SPANIS

Jet

[TERROR]

D0052652

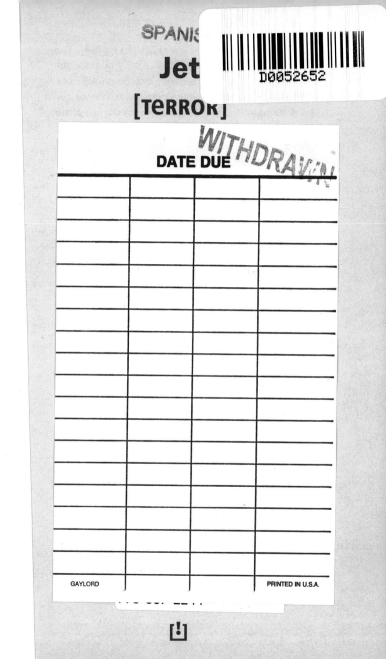

Stephen King nació en Maine (EE.UU.) en 1947. Estudió en la universidad de su estado natal y después trabajó como profesor de literatura inglesa. Su primer éxito literario fue *Carrie* (1973), que, como muchas de sus novelas posteriores, fue adaptada al cine también con pleno éxito. A partir de entonces la ascensión de King en las listas de *bestsellers* fue meteórica. Entre sus títulos más célebres cabe destacar *El misterio de Salem's Lot*, *El resplandor*, *La zona muerta*, *Ojos de fuego*, *It*, *Maleficio* y la novela por entregas *El pasillo de la muerte*. Sus dos últimas novelas, *Desesperación* y *Posesión* (ésta con el seudónimo de Richard Bachman), constituyen un arrollador díptico que reúne sus mejores cualidades.

STEPHEN KING

OJOS DE FUEGO

Traducción de
Eduardo Goligorsky

EDITORIAL PLAZA & JANÉS, S.A.

⚇ DeBOLS!LLO

Primera edición en U.S.A.: julio, 2001

© 1980, Stephen King
Copyright renovado © 1981, Stephen King
Publicado por acuerdo con New American Library
© de la traducción: Eduardo Goligorsky
© 1993, Plaza & Janés Editores, S. A.
Travessera de Gràcia, 47-49. 08021 Barcelona

Printed in Spain – Impreso en España

ISBN: 0-609-81087-1

Distributed by B.D.D.

A la memoria de Shirley Jackson,
que nunca necesitó levantar la voz.

«Era un placer quemar.»

RAY BRADBURY,
Fahrenheit 451

NUEVA YORK/ALBANY

1

—Estoy cansada, papá —dijo impacientemente la niña de los pantalones rojos y la blusa verde—. ¿No podemos detenernos?

—Aún no, cariño.

Era un hombre corpulento, de anchas espaldas, y vestía una chaqueta de pana, usada y raída, y unos sencillos pantalones deportivos de sarga marrón. Él y la niña caminaban cogidos de la mano, calle arriba, por la Tercera Avenida de la ciudad de Nueva York, de prisa, casi corriendo. Él miró por encima del hombro y el coche de color verde seguía allí, rodando lentamente por el carril contiguo al bordillo.

—Por favor, papá. *Por favor.*

La miró y vio que estaba muy pálida. Tenía ojeras. La alzó y la sentó sobre el hueco del brazo, pero no sabía cuánto tiempo podría continuar así. Él también estaba cansado, y Charlie ya no pertenecía a la categoría de los pesos pluma.

Eran las cinco y media de la tarde y la Tercera Avenida estaba atestada. Ahora cruzaban las calles que correspondían al final de la decena numerada con el sesenta, y las transversales eran más oscuras y estaban menos concurridas... Pero eso era precisamente lo que temía.

Tropezaron con una señora que empujaba un carrito cargado de provisiones.

—Eh, miren por dónde caminan, ¿quieren? —exclamó, y desapareció, devorada por el enjambre humano.

Se le estaba cansando el brazo, y pasó a Charlie al otro. Volvió a mirar por encima del hombro y el coche verde seguía allí, siempre a sus espaldas, a unos cincuenta metros. Había dos hombres en el asiento delantero, y le pareció vislumbrar a un tercero atrás.

¿Qué haré ahora?

No supo qué contestar. Estaba exhausto y asustado y le resultaba difícil pensar. Lo habían pillado en un mal momento y probablemente esos hijos de puta lo sabían. Lo que deseaba hacer era sentarse, sencillamente, en el bordillo mugriento, y desahogar su frustración y su miedo, llorando. Pero ésta no era la respuesta. Era un hombre adulto. Debía pensar en los dos.

¿Qué haremos *ahora?*

No tenía dinero. Probablemente, éste era el principal problema, después del que planteaban los hombres del coche verde. En Nueva York no podías hacer nada sin dinero. Allí las personas sin dinero desaparecían. Se las tragaban las aceras y nadie volvía a verlas nunca.

Echó otra mirada hacia atrás, vio que el coche verde estaba un poco más cerca, y el sudor le chorreó más copiosamente por la espalda y los hombros. Si ellos sabían tanto como lo que él sospechaba que sabían, si sabían que realmente le quedaba muy poco empuje, tal vez intentarían capturarlos en ese mismo lugar y momento. Tampoco importaban los muchos testigos. En Nueva York, si no te sucede a ti adquieres una extraña ceguera. ¿Han estudiado mi progresión?, se preguntó Andy desesperadamente. Si la han estudiado, lo saben, y sólo me queda gritar. Si la habían estudiado, conocían la pauta. Cuando Andy conseguía un poco de dinero, esos fenómenos extraños dejaban de suceder durante un tiempo. Los fenómenos que a ellos les interesaban.

Sigue caminando.

Claro que sí, jefe. Por supuesto, jefe. ¿A dónde?

A mediodía había visitado el Banco porque se había activado su radar: esa rara intuición de que se acercaban nuevamente. Tenían dinero en el Banco, y él y Charlie podían usarlo para huir si hacía falta. Qué curioso. Andrew McGee ya no tenía una cuenta en el Chemical Allied Bank de Nueva York, ni una cuenta personal, ni una cuenta corriente, ni una cuenta de ahorros. Su capital se había esfumado, íntegramente, y entonces había comprendido que ahora estaban verdaderamente decididos a acabar con todo. ¿Eso había ocurrido realmente hacía apenas cinco horas y media?

Pero quizá le quedaba una pizca de empuje. Sólo una pizca. Había transcurrido casi una semana desde la última vez: ese hombre que se hallaba al borde del suicidio y que había asistido a la sesión regular de asesoramiento de los jueves por la noche, en Confidence Associates, y que había empezado a hablar con tétrica parsimonia acerca de la forma en que se había matado Hemingway. Y al salir, con el brazo informalmente apoyado sobre los hombros del individuo que se hallaba al borde del suicidio, Andy había empujado.

Ahora, amargamente, deseaba que hubiera valido la pena. Porque todo parecía indicar que él y Charlie pagarían el pato. Casi deseó que un eco...

Pero no. Alejó este pensamiento, horrorizado y asqueado de sí mismo. Eso no había que deseárselo *a nadie*.

Una pizca, rogó. Eso es todo, Dios mío, sólo una pizca. Lo suficiente para que Charlie y yo podamos salir de este aprieto.

Y, oh, Dios mío, cómo pagarás... sumado al hecho de que después estarás desactivado durante un mes, como una radio con una válvula quemada. Quizá seis semanas. O quizás estarás realmente desactivado, muerto y los sesos inservibles te chorrearán por las orejas. ¿Qué sería de Charlie, entonces?

Estaban llegando a la Calle Setenta y el semáforo no les permitía pasar. El tráfico ocupaba la calzada y los peatones se apiñaban en la intersección, en un cuello de botella. Y de pronto comprendió que era allí

11

donde los pillarían los hombres del coche verde. Si era posible vivos, desde luego, pero si sospechaban que podía haber complicaciones... Bueno, probablemente también les habían dado órdenes respecto de Charlie. *Quizá ya ni siquiera les interesamos con vida. Quizá decidieron conformarse con mantener el statu quo. ¿Qué haces con una ecuación fallida? La borras de la pizarra.*

Un puñal en la espalda, una pistola con silenciador, muy posiblemente algo más misterioso: una gota de un extraño veneno en la punta de una aguja. Convulsiones en la intersección de la Tercera y la Setenta. Agente, parece que este hombre ha sufrido un infarto.

Tendría que esforzarse por movilizar esa pizca. No le quedaba otro recurso.

Llegaron a la esquina donde aguardaban los peatones. Enfrente, el NO CRUZAR se mantenía estable y aparentemente eterno. Miró hacia atrás. El coche verde se había detenido. Las puertas del lado de la acera se abrieron, y se apearon dos hombres vestidos con trajes formales. Eran jóvenes y lampiños. Parecían mucho más rozagantes de lo que se sentía Andy McGee.

Empezó a abrirse paso a codazos entre la aglomeración de peatones, buscando frenéticamente con la vista un taxi desocupado.

—Eh, señor...

—Por el amor de Dios, señor...

—Por favor, caballero, ha pisado a mi *perro*...

—Disculpe... disculpe... —repetía Andy desesperadamente. Buscaba un taxi. No había ninguno. A cualquier otra hora la calle habría estado plagada de taxis. Intuía que los hombres del coche verde venían a buscarlos, ansiosos por echarles el guante a él y a Charlie, por llevarlos consigo Dios sabía a dónde, a la Tienda, a algún condenado lugar, o por hacerles algo aún peor...

Charlie recostó la cabeza en el hombro de Andy y bostezó.

Vio un taxi desocupado.

—¡Taxi! ¡Taxi! —vociferó, agitando como un loco la mano libre.

Detrás de él, los dos hombres dejaron de guardar las apariencias y echaron a correr.

El taxi se detuvo.

—¡Alto! —gritó uno de los hombres—. ¡Policía! ¡Policía!

Una mujer chilló, en el fondo de la multitud congregada en la esquina, y entonces todos empezaron a dispersarse.

Andy abrió la portezuela trasera del taxi y metió dentro a Charlie. Se zambulló tras ella.

—A La Guardia, de prisa —exclamó.

—*¡Deténgase, taxi! ¡Policía!*

El taxista volvió la cabeza hacia la voz, y Andy empujó... muy suavemente. Un puñal se clavó exactamente en el centro de la frente de Andy y se zafó en seguida, dejando una vaga sensación de dolor localizado, como una jaqueca matutina... esas que te atacan cuando duermes apoyado sobre el cuello.

—Creo que persiguen al negro de la gorra a cuadros —le dijo al taxista.

—Es cierto —asintió el chófer, y arrancó serenamente. Enderezaron por la Setenta Este, calle abajo.

Andy miró hacia atrás. Los dos hombres estaban solos en el bordillo. Los otros peatones no querían saber nada de ellos. Uno de los hombres desprendió un radioteléfono de su cinturón y empezó a hablar en dirección al micrófono.

Después se fueron.

—¿Qué hizo el negro? —preguntó el taxista—. ¿Cree que asaltó una tienda de licores o algo por el estilo?

—No lo sé —respondió Andy, mientras trataba de decidir qué haría a continuación, cómo podría sacarle el máximo de provecho al taxista con el mínimo de empuje. ¿Habrían anotado el número de matrícula del taxi? Era lógico suponer que sí. Pero no querrían recurrir a la Policía Municipal o del Estado, y se quedarían sorprendidos y embrollados, por lo menos durante un tiempo.

—Son todos un atajo de drogadictos, los negros de esta ciudad —comentó el taxista—. No hace falta que me lo diga. Se lo digo yo.

Charlie se estaba adormeciendo. Andy se quitó la chaqueta de pana, la dobló y la deslizó bajo la cabeza de la niña. Había empezado a alimentar una tenue esperanza. Si actuaba correctamente, tal vez tendría éxito. La Suerte le había enviado lo que Andy tenía catalogado (sin ningún prejuicio) como un candidato ideal. Pertenecía a la categoría de los que parecían más fáciles de empujar, entre todos: era blanco (quién sabe por qué, los orientales eran los más resistentes); era bastante joven (los viejos eran casi invulnerables) y de inteligencia media (los inteligentes eran los más vulnerables, los estúpidos los menos vulnerables, y con los retrasados mentales era imposible lograrlo).

—He cambiado de idea —manifestó Andy—. Llévenos a Albany, por favor.

—¿A dónde? —El taxista lo miró por el espejo retrovisor—. Hombre, no puedo llevar pasajeros a Albany. ¿Se ha vuelto loco?

Andy extrajo la cartera, que contenía un solo billete de un dólar. Agradeció a Dios que éste no fuera uno de los taxis equipados con un cristal intermedio a prueba de balas, donde sólo se podía entrar en contacto con el chófer a través de la ranura para el dinero. Siempre era más fácil empujar mediante el contacto directo. No había podido descifrar si se trataba de algo psicológico o no, y en ese preciso instante tampoco importaba.

—Le daré un billete de quinientos dólares —dijo Andy en voz baja—, para que nos lleve a mi hija y a mí a Albany. ¿De acuerdo?

—Jesssús, señor...

Andy introdujo el billete en la mano del taxista, y mientras éste lo miraba, Andy empujó... y empujó con fuerza. Durante un segundo aterrador pensó que sería infructuoso, que sencillamente no le quedaba nada, que había despilfarrado sus últimas reservas cuando le había hecho ver al negro inexistente de la gorra a cuadros.

Entonces afloró la sensación, acompañada como siempre por aquel dolor semejante al que habría producido una daga de acero. Al mismo tiempo, le pareció que su estómago aumentaba de peso y sus tripas

14

se crisparon con una sensación torturante y nauseabunda. Se llevó una mano trémula a la cara y se preguntó si iba a vomitar... o a morir. Fugazmente *deseó* morir, como lo deseaba siempre que abusaba de ello. *Haz uso pero no abuso.* La frase que un *disc-jockey* de otra época utilizaba para poner punto final a su programa reverberó en su cabeza con otro ramalazo de náusea, aunque ignoraba a qué se refería el consejo. Si en ese preciso instante alguien le hubiera puesto un revólver en la mano...

Entonces miró de soslayo a Charlie. Charlie que dormía, Charlie que confiaba en que él los sacaría de ese embrollo como de todos los otros anteriores, Charlie que estaba segura de encontrarlo a su lado al despertar. Sí, todos los embrollos, con la salvedad de que siempre era el mismo, el mismo jodido embrollo, y lo único que hacían era huir nuevamente. Una desesperación tenebrosa se agolpó detrás de sus ojos, presionando.

La sensación pasó... pero no la jaqueca. Ésta se intensificaría cada vez más hasta convertirse en un peso triturante, que despediría punzadas de dolor al rojo a través de su cabeza y su cuello con cada latido de la sangre. Las luces refulgentes lo harían lagrimear incontrolablemente y le clavarían dardos lacerantes en la carne, justo por detrás de los ojos. Su senos nasales se cerrarían y tendría que respirar por la boca. Los taladros le morderían las sienes. Oiría ruiditos amplificados, ruidos comunes tan potentes como martillazos, ruidos fuertes insoportables. La jaqueca empeoraría hasta martirizarlo como si le estuvieran estrujando la cabeza dentro de un instrumento de tortura de la Inquisición. Entonces se nivelaría en esa intensidad durante seis horas, u ocho, o quizá diez. Esta vez no podía preverlo. Nunca había empujado tanto cuando se hallaba casi agotado. Durante el lapso que pasara preso de la jaqueca, cualquiera fuese su duración, estaría prácticamente reducido a la impotencia. Charlie tendría que cuidar de él. Dios sabía que lo había hecho antes... pero habían tenido suerte. ¿Cuántas veces podías tener suerte?

—Escuche, señor no sé...

O sea que creía que ése era un problema legal.

—El pacto sólo seguirá en pie si no se lo cuenta a mi hijita —le interrumpió Andy—. Ha pasado las dos últimas semanas conmigo. Tiene que estar de vuelta en casa de su madre mañana por la mañana.

—Los derechos de visita de los padres divorciados —comentó el taxista—. Conozco bien el tema.

—Verá, teóricamente debería haberla llevado en avión.

—¿A Albany? Probablemente a Ozark, ¿verdad?

—Sí. Bueno, el problema consiste en que los aviones me inspiran terror. Sé que parece absurdo, pero es cierto. Generalmente la llevo de vuelta en coche, pero esta vez mi ex esposa se encarnizó conmigo, y... no sé.

Claro que no sabía. Había inventado esa historia en un rapto de inspiración, y ahora parecía llevar a un *culde-sac*. Eso era sobre todo producto de la extenuación.

—Así que lo dejo en el aeropuerto de Albany, y mamá creerá que llegó en avión, ¿eh?

—Eso mismo. —Le palpitaba la cabeza.

—Además, mamá no se entera de que usted está clac-clac-clac, ¿he dado en el clavo?

—Sí. —¿Clac-clac-clac? ¿Qué significaba eso? El dolor se hacía más fuerte.

—Quinientos dólares para ahorrarse un viaje en avión —murmuró el taxista.

—Para mí vale la pena —contestó Andy, y dio un último empujoncito. En voz muy baja, hablando casi en el oído del taxista, añadió—: También valdrá la pena para usted.

—Escuche —respondió el taxista en todo soñador—, no seré yo quien rechace quinientos dólares. No me lo diga a mí, yo se lo digo a usted.

—De acuerdo —asintió Andy, y se arrellanó en el asiento. El taxista estaba satisfecho. La historia incoherente de Andy no le inspiraba dudas. No se preguntaba qué hacía una niña de siete años visitando a su padre durante dos semanas en el mes de octubre, en época de clases. No le extrañaba que ninguno de los dos no llevara aunque no fuese más que un neceser. No le preocupaba nada. Lo habían empujado.

Ahora Andy seguiría adelante y pagaría el precio.

Apoyó una mano sobre la pierna de Charlie. Dormía profundamente. Habían estado deambulando durante toda la tarde, desde que Andy había ido a la escuela y la había sacado de su aula de segundo grado con una excusa que recordaba a medias... la abuela estaba grave... habían telefoneado a casa... sentía mucho tener que llevársela a esa hora. Y detrás de todo esto, un inmenso y arrollador alivio. Cuánto había temido asomarse al aula de la señora Mishkin y ver el banco de Charlie vacío, con los niños pulcramente apilados dentro del pupitre. *No, señor McGee... se fue con sus amigos hace aproximadamente dos horas... traían una nota firmada por usted... ¿acaso no procedimos correctamente?* Volvieron a aflorar los recuerdos de Vicky, del terror repentino que le había producido aquel día la casa vacía. De su loca carrera en pos de Charlie. Porque ya la habían atrapado antes una vez, oh, sí.

Pero Charlie estaba allí. ¿Había corrido mucho peligro? ¿Había llegado media hora antes que ellos? ¿Quince minutos antes? ¿O aún menos? No le gustaba pensar en eso. Habían comido, tarde, en «Nathan's», y habían pasado el resto de la tarde *deambulando*, simplemente. Ahora Andy podía confesar que se había dejado arrastrar por un pánico ciego, y habían viajado en Metro, en autobús, pero sobre todo habían caminado. Y ahora ella estaba extenuada.

Le dedicó una larga mirada llena de cariño. El cabello, impecablemente rubio, le caía hasta los hombros, y al dormir irradiaba una serena belleza. Se parecía tanto a Vicky que eso lo hacía sufrir. Él también cerró los ojos.

En el asiento delantero, el taxista miró intrigado el billete de quinientos dólares que le había dado el tipo. Lo introdujo en el bolsillo especial del cinturón donde guardaba las propinas. No le pareció raro que ese fulano de atrás hubiera estado andando por Nueva York con una niña y un billete de quinientos dólares en el bolsillo. No se preguntó cómo le explicaría eso a su jefe. Sólo pensaba en lo emocionada que quedaría su amiguita, Glyn. Glynis no cesaba de repetirle que la profesión de taxista era lúgubre y aburrida. Bueno, qué diría cuando viera ese billete lúgubre y aburrido de quinientos dólares.

Andy viajaba en el asiento posterior con la cabeza echada hacia atrás y los ojos cerrados. La jaqueca avanzaba, avanzaba, tan inexorablemente como un caballo negro sin jinete en un cortejo fúnebre. Oía el golpeteo de los cascos del caballo en sus sienes: *ploc... ploc... ploc.*

Fugitivos. Él y Charlie. Él tenía treinta y cuatro años y hasta el año anterior había sido profesor de inglés en el Harrison State College, en Ohio. Harrison era una pequeña y aletargada ciudad universitaria. La buena y vieja Harrison, en el corazón mismo de los Estados Unidos. El bueno y viejo Andrew McGee, un joven simpático, honrado.

Ploc... ploc... ploc, el caballo negro sin jinete avanza por los corredores del cerebro con los ojos inyectados en sangre, levantando con sus cascos herrados unos grumos blandos y grises de tejido encefálico, dejando huellas que se llenan con semicírculos místicos de sangre.

El taxista había sido un candidato ideal. Sí. Un excelente taxista.

Se adormeció y vio el rostro de Charlie. Y el rostro de Charlie se convirtió en el de Vicky.

Andy McGee y su bella esposa, Vicky. Le habían arrancado las uñas de la mano, una por una. Le habían arrancado cuatro, y entonces había hablado. Esto era, por lo menos, lo que él deducía. El pulgar, el índice, el corazón, el anular. Entonces: Basta. Hablaré. Os diré todo lo que deseéis saber. Pero dejad de hacerme daño. Por favor. Así que había hablado. Y después... quizás había sido un accidente..., después su esposa había muerto. Bueno, algunas cosas son más fuertes que nosotros dos, y otras son más fuertes que todos nosotros.

La Tienda, por ejemplo.

Ploc, ploc, ploc, el caballo negro sin jinete se acerca, se acerca, y se acerca. Mirad, un caballo negro.

Andy dormía.

Y recordaba.

2

El supervisor del experimento era el doctor Wanless. Era gordo y tenía una calvicie incipiente y por lo menos un hábito extravagante.

—Sois doce jóvenes, damas y caballeros, y a cada uno le aplicaremos una inyección —anunció, mientras desmenuzaba un cigarrillo en el cenicero que tenía delante. Sus deditos rosados tironeaban del delgado papel del cigarrillo y dejaban caer pulcras hebras de tabaco rubio—. Seis de estas inyecciones serán de agua. Otras seis serán de agua mezclada con un compuesto químico que llamamos Lote Seis. La naturaleza exacta de este compuesto es secreta, pero se trata en esencia de una sustancia hipnótica y ligeramente alucinógena. Como veis, el compuesto será administrado mediante el método de doble ciego... o sea que ni vosotros ni nosotros sabremos hasta después quién ha recibido una dosis pura o quién no. Los doce estaréis bajo estrecha vigilancia hasta cuarenta y ocho horas después de aplicada la inyección. ¿Alguna pregunta?

Hubo varias, la mayoría de ellas relacionadas con la composición exacta del Lote Seis... La palabra *secreto* había surtido el mismo efecto que se obtiene al soltar una jauría de sabuesos en pos de un convicto. Wanless eludió las preguntas con maestría. Nadie formuló la que más le interesaba a Andy McGee, que entonces tenía veintidós años. Estudió la posibilidad de alzar la mano en medio del silencio que cayó sobre la sala de conferencias casi desierta del pabellón mixto de Psicología y Sociología del Harrison State College, para preguntar: «Oiga, ¿por qué desmenuza así unos cigarrillos que están en perfectas condiciones?» Pero mejor era callar. Mejor era dar rienda suelta a la imaginación mientras se perpetuaba el aburrimiento. Quería dejar de fumar. El retentivo oral los fuma; el retentivo anal los desmenuza. (Esta reflexión hizo aflorar una tenue sonrisa en los labios de Andy, que la cubrió con la mano.) El hermano de Wanless había

19

muerto de cáncer de pulmón y el doctor descargaba simbólicamente sus agresiones sobre la industria del cigarrillo. O tal vez no era más que uno de esos tics llamativos que los profesores universitarios se sentían obligados a exhibir en lugar de reprimir. En su segundo año de estudios en Harrison, Andy había tenido un profesor de inglés (ahora afortunadamente jubilado) que olfateaba constantemente su corbata mientras disertaba sobre William Dean Howells y el auge del realismo.

—Si no hay más preguntas, os agradeceré que rellenéis estos formularios, y espero volver a veros el próximo martes a las nueve en punto.

Dos asistentes diplomados distribuyeron fotocopias de veinticinco preguntas ridículas a las que había que contestar sí o no. N.º 8: *¿Alguna vez se ha sometido a tratamiento psiquiátrico?* N.º 14: *¿Cree haber tenido alguna vez una auténtica experiencia extrasensorial?* N.º 18: *¿Alguna vez ha consumido drogas alucinógenas?* Después de una breve pausa, Andy tildó el «no» en esta última, mientras pensaba: «*¿En este año feliz de 1969, quién no las ha consumido?*»

Quincey Tremont, el tipo con el que compartía su habitación en la Universidad, era el que lo había metido en eso. Quincey sabía que la situación económica de Andy no era muy brillante. Corría el mes de mayo del último año de estudios de Andy y se graduaría con el número 40 en un curso de 506 alumnos, y sería el 3.º en inglés. Pero con eso no comías, como le había dicho a Quincey, que era licenciado en psicología. A Andy le aguardaba un puesto de asistente graduado a partir del otoño, junto con una beca que apenas le alcanzaría para comprar provisiones y para pagarse el curso de posgraduado en Harrison. Pero todo eso se materializaría en otoño, y mientras tanto debía pasar el interregno del verano. Lo mejor que había conseguido asegurarse hasta ese momento era un empleo de responsabilidad, y estimulante, en una gasolinera Arco, por la noche.

—¿Te gustaría ganar doscientos dólares en un santiamén? —le preguntó Quincey.

Andy apartó de sus ojos verdes un largo mechón de pelo oscuro y sonrió.

—¿En qué lavabo de hombres debo ponerme a trabajar?

—No. Se trata de un experimento de psicología —respondió Quincey—. Pero te advierto que lo supervisa el Científico Loco.

—¿Quién es?

—Ser Wanless, indio manso. Gran brujo en Departamento de Psicología.

—¿Por qué lo llaman el Científico Loco?

—Bueno —explicó Quincey—, trabaja con ratas de laboratorio y es un discípulo de Skinner. Un conductista. En estos tiempos los conductistas no son precisamente los seres más amados del mundo.

—Oh —musitó Andy, perplejo.

—Además, utiliza unas pequeñas gafas sin montura, de lentes muy gruesas, con las cuales se parece un poco a aquel fulano que reducía la dimensión de las personas en *Doctor Cyclops*. ¿Has visto ese programa?

Andy, que era aficionado a los últimos programas de la noche, lo había visto, y sintió que pisaba terreno más firme. Pero no sabía con certeza si deseaba participar en experimentos organizados por un profesor catalogado como: *a*) un especialista en ratas de laboratorio y *b*) un Científico Loco.

—Supongo que no se propondrán comprimir a la gente, ¿verdad? —preguntó.

Quincey rió con ganas.

—No, eso sólo lo hacen los encargados de efectos especiales de las películas de terror de clase B —dijo—. El Departamento de Psicología ha estado probando una serie de alucinógenos débiles. Trabaja en combinación con el Servicio de Inteligencia de los Estados Unidos.

—¿La CIA? —inquirió Andy.

—Ni la CIA, ni la DIA, ni la NSA —contestó Quincey—. Se trata de un organismo menos conocido. ¿Has oído hablar de la Tienda?

—Quizás en un suplemento dominical. No estoy seguro.

Quincey encendió su pipa.

—La manera de operar es más o menos la misma

21

en todas las disciplinas —prosiguió Quincey—. En psicología, química, física, biología..., incluso a los chicos de sociología les arrojan algunas migajas. El Gobierno financia determinados programas. Éstos abarcan desde los ritos de apareamiento de la mosca tse-tse hasta la búsqueda de medios viables para eliminar los residuos de plutonio. Un organismo como la Tienda debe gastar todo el presupuesto anual para justificar la asignación de la misma suma al año siguiente.

—Esa mierda me preocupa mucho —comentó Andy.

—Preocupa a casi todos los seres pensantes —asintió Quincey, con una sonrisa serena, apática—. Pero la maquinaria sigue su curso. ¿Qué interés tiene nuestro servicio de inteligencia en los alucinógenos débiles? ¿Quién lo sabe? Yo no. Tú tampoco. Probablemente ellos tampoco. Pero los informes causan una buena impresión en las comisiones que se reúnen a puerta cerrada, a la hora de renovar el presupuesto. Tienen sus favoritos en todos los departamentos. En Harrison, el favorito es Wanless, dentro del Departamento de Psicología.

—¿Y a la administración no le disgusta?

—No seas ingenuo, chico. —La pipa tiraba bien y Quincey despedía espesas nubes de humo hediondo en la miserable sala del apartamento. Al mismo tiempo, su voz se tornó más rotunda, más sonora, más solemne—. Lo que es bueno para Wanless es bueno para el Departamento de Psicología de Harrison, que el año próximo tendrá su propio edificio. Ya basta de convivir en los arrabales con esos fulanos de sociología. Y lo que es bueno para Psicología es bueno para el Harrison State College. Y para Ohio. Y así sucesivamente. Bla-bla-bla.

—¿Crees que hay riesgos?

—Si hubiera riesgos no experimentarían con alumnos voluntarios —replicó Quincey—. Si tuvieran aunque sólo fuera la menor duda, lo probarían con ratas y después con presidiarios. Puedes estar seguro de que lo que te inyectarán ya se lo han inyectado antes a unas trescientas personas, cuyas reacciones fueron escrupulosamente controladas.

—No me gusta liarme con la CIA...

—La Tienda.

—¿En qué consiste la diferencia? —preguntó Andy con tono hosco. Miró el póster de Quincey que mostraba a Richard Nixon frente a un coche usado y destartalado. Nixon sonreía y formaba la V-de-la-victoria con ambos puños en alto. Andy aún no podía creer que a ese hombre lo hubieran elegido presidente hacía menos de un año.

—Bueno, pensé que a lo mejor los docientos dólares te vendrían bien. Eso es todo.

—¿Por qué pagan tanto? —inquirió Andy, con desconfianza.

Quincey hizo un ademán de frustración.

—¡Andy, éste es un convite del Gobierno! ¿Es que no lo entiendes? Hace dos años la Tienda invirtió alrededor de trescientos mil dólares en un estudio de viabilidad relacionado con la producción en masa de una bicicleta que estallaba automáticamente... y *esto* lo publicaron en el *Times* dominical. Supongo que era otro artefacto para Vietnam, aunque probablemente nadie lo sabe con certeza. Como acostumbraba a decir el Embustero McGee: «En ese momento pareció una buena idea.» —Quincey vació su pipa con unos golpes rápidos, espasmódicos—. Para tipos como ésos, cada Universidad de los Estados Unidos se puede equiparar a unos grandes almacenes. Compran un poco en ésta, miran otro poco de los escaparates de aquélla. Ahora si te interesa...

—Bueno, quizá sí. ¿Tú participarás?

Quincey sonrió. Su padre tenía una cadena de sastrerías muy prósperas en Ohio e Indiana.

—No necesito tanto los docientos dólares —explicó—. Además, aborrezco las inyecciones.

—Oh.

—Escucha, no pretendo convencerte, por el amor de Dios. Sencillamente, me pareció que estabas un poco famélico. Existe un cincuenta por ciento de probabilidades de que te toque el grupo de control, al fin y al cabo. Doscientos dólares por una inyección de agua. Ni siquiera agua del grifo, entiéndeme bien. Agua *destilada*.

—¿Puedes conseguir que me inscriban?

—Soy amigo de una de las asistentes diplomadas de Wanless —respondió Quincey—. Habrá quizá cincuenta aspirantes, muchos de ellos lameculos que desean quedar bien con el Científico Loco...

—Te ruego que no lo sigas llamando así.

—Wanless, entonces —corrigió Quincey, y se rió—. Él se ocupa personalmente de descartar a los aduladores. Mi amiga se encargará de que tu solicitud vaya a parar al cesto de «entradas». Después, amigo mío, deberás apañarte solo.

Así que presentó su solicitud cuando la petición de voluntarios apareció en el tablero de noticias del Departamento de Psicología. Una semana más tarde le telefoneó una joven asistente diplomada (tal vez la amiguita de Quincey, por lo que Andy sabía) para formularle algunas preguntas. Él le informó que sus padres habían muerto; que su sangre era del grupo O; que nunca había participado antes en un experimento del Departamento de Psicología; que realmente estaba matriculado en el último año de Harrison, curso del 69, y que tenía más de las doce horas de estudios necesarias para entrar en la categoría de los alumnos de dedicación plena. Y sí, tenía más de veintiún años y reunía todas las condiciones legales necesarias para firmar cualquier tipo de contratos, públicos y privados.

Al cabo de una semana recibió una carta en la que le informaban que había sido aceptado y le pedían que firmara un formulario. Tenga la gentileza de traer el formulario firmado al Aula 100, del Pabellón Jason Gearneigh, el 6 de mayo.

Y allí estaba, después de haber entregado el formulario y de haber visto partir al desmenuzador de cigarrillos Wanless (que en verdad se parecía un poco al científico loco de la película del Cíclope), contestando preguntas sobre sus experiencias religiosas, junto con otros once alumnos del último año. ¿Era epiléptico? No. Su padre había muerto súbitamente, víctima de un ataque cardíaco, cuando Andy tenía once años. Su madre había muerto en un accidente de automóvil cuando Andy tenía diecisiete años... Una experiencia desagradable y traumática. Su única parienta próxima era la hermana de su madre, la tía Cora, ya muy entrada en años.

Recorrió la columna de preguntas, tildando NO, NO, NO. Tildó un solo sí: *¿Alguna vez ha sufrido una fractura o luxación grave? En caso* AFIRMATIVO, *especifique.* En el espacio libre, garabateó que se había fracturado el tobillo izquierdo al resbalar en la segunda base durante un partido de la Liga Juvenil, hacía doce años.

Repasó sus respuestas, deslizando ligeramente hacia arriba la punta del bolígrafo. Fue entonces cuando alguien le dio un golpecito en el hombro y cuando una voz femenina, dulce y ligeramente gangosa, le preguntó:

—¿Me lo prestas, si has terminado? El mío se secó.

—Claro que sí —respondió, y se volvió para entregárselo. Bonita. Alta. Cabello rojizo claro, tez maravillosamente blanca. Vestía con un suéter azul y una falda corta. Piernas hermosas. Sin medias. Una evaluación informal de la futura esposa.

Le dio su bolígrafo y ella se lo agradeció con una sonrisa. Cuando se inclinó nuevamente sobre su formulario, las luces del techo arrancaron destellos cobrizos de su pelo, que llevaba despreocupadamente ceñido por detrás mediante una ancha cinta blanca.

Andy le llevó su formulario al asistente diplomado que se hallaba en la parte anterior del aula.

—Gracias —dijo el asistente, programado como *Robbie* el Robot—. Aula 70, el sábado por la mañana, a las nueve. Por favor sea puntual.

—¿Cuál es la contraseña? —susurró Andy con voz gutural.

El asistente diplomado sonrió cortésmente.

Andy salió del aula, echó a andar por el vestíbulo hacia las grandes puertas de dos hojas (fuera, el césped verde delataba la proximidad del verano, los alumnos iban y venían sin orden ni concierto) y entonces se acordó del bolígrafo. Estuvo a punto de desecharlo. No era más que un «Bic» barato, y aún tenía que estudiar para la última serie de exámenes preliminares. Pero la chica le había parecido guapa y tal vez valía la pena cambiar algunas palabras con ella. No se hacía ilusiones acerca de su propio porte o su retórica, que eran igualmente neutros, ni acerca de la situación probable de la chica (con pretendiente o con novio), pero el día era hermoso y se sentía animado. Resolvió esperar. Por lo menos, podría echar otro vistazo a esas piernas.

Ella salió tres o cuatro minutos más tarde, con algunos cuadernos y un libro de texto bajo el brazo. Era realmente muy bonita, y Andy decidió que no había incurrido en un derroche de tiempo al esperar semejantes piernas. Más que hermosas: espectaculares.

—Oh, ahí estás —exclamó la chica, sonriendo.

—Aquí estoy —asintió Andy McGee—. ¿Qué te pareció eso?

—No sé qué decir. Mi amiga me explicó que estos experimentos se repiten constantemente. Ella participó en uno el semestre pasado, con las cartas de percepción extrasensorial diseñadas por J. B. Rhine, y le pagaron cincuenta dólares a pesar de que falló en casi todas las pruebas. Así que pensé... —Concluyó la frase con un encogimiento de hombros y sacudió la cabeza para volver a poner en orden su cabellera cobriza.

—Sí, yo también —dijo él, mientras recuperaba su bolígrafo—. ¿Tu amiga estudia en el Departamento de Psicología?

—Sí, y mi novio también. Concurre a una de las clases del doctor Wanless, y por eso no pudo participar. Un conflicto de intereses o algo parecido.

Su novio. Era lógico que una beldad alta y de cabello rojizo tuviese novio. Así marchaba el mundo.

—¿Y tú? —inquirió ella.

—La misma historia. Un amigo en el Departamento de Psicología. Por cierto, me llamo Andy. Andy McGee.

—Yo soy Vicky Tomlinson. Y esto me pone un poco nerviosa, Andy McGee. ¿Y si tengo un mal viaje?

—A mí me parece que se trata de una sustancia muy débil. Y aunque sea ácido, bueno..., el ácido de laboratorio es distinto del que se compra en la calle, o por lo menos eso es lo que me han dicho. Muy suave, muy decantado, y administrado en un clima muy apacible. Probablemente, pondrán música de Cream o de Jefferson Airplane. —Andy sonrió.

—¿Entiendes mucho de LSD? —preguntó Vicky con una sonrisa ligeramente sesgada que le gustó muchísimo.

—Muy poco —confesó él—. Lo he probado dos veces... Una hace dos años, y la otra el año pasado. Hasta cierto punto me produjo una sensación de bienestar. Me despejó la cabeza..., o por lo menos ésa fue la impresión que me causó. Después, me pareció que me había librado de gran parte de la vieja resaca. Pero no querría convertirlo en un hábito estable. No me gusta sentir que he perdido el control de mí mismo. ¿Puedo invitarte a una «Coca-Cola»?

—Está bien —asintió ella, y se encaminaron juntos hacia el edificio del Club de estudiantes.

Él terminó invitándola a dos «Coca-Colas», y pasaron la tarde juntos. Esa noche bebieron unas cervezas en el antro local. Resultó que Vicky y su novio habían llegado a una bifurcación de sus respectivos caminos, y ella no sabía muy bien cómo afrontar la situación. Él empezaba a pensar que estaban casados, le informó a Andy. Le había prohibido terminantemente que participara en el experimento de Wanless. Por esta misma razón ella se había empecinado y había firmado el formulario y ahora estaba decidida a seguir adelante aunque tenía un poco de miedo.

—Ese Wanless parece realmente un científico loco —comentó Vicky, mientras trazaba círculos sobre la mesa con su vaso de cerveza.

—¿Qué te pareció el truco de los cigarrillos?

Vicky soltó una risita.

—Qué sistema tan raro para dejar de fumar, ¿no es cierto?

Él le preguntó si podría pasar a recogerla la mañana del experimento, y ella accedió, agradecida.

—Será bueno poder contar para esto con la compañía de un amigo —reflexionó, y lo miró con sus ojos azules muy francos—. Sinceramente, estoy un poco asustada, ¿sabes? George fue tan..., no sé, tan *inflexible*.

—¿Por qué? ¿Qué dijo?

—Se trata precisamente de eso. En realidad, no quiso decirme nada, excepto que no se fiaba de Wanless. Añadió que en el departamento casi nadie se fía de él, pero que muchos se inscriben para participar en sus experimentos porque dirige el programa para graduados. Además, saben que no corren ningún riesgo, porque siempre los excluye.

Andy estiró la mano sobre la mesa y tocó la de ella.

—De todas maneras, lo más probable es que a los dos nos inyecten agua destilada —murmuró—. Tranquilízate, pequeña. Todo marchará bien.

Pero según se comprobó después, nada marchó bien. Nada.

3

albany
aeropuerto de albany señor
eh señor ya estamos aquí

Una mano que lo sacudía. Que le zarandeaba la cabeza sobre el cuello. Una jaqueca espantosa... ¡Jesús! Un dolor sordo, centelleante.

—Eh, señor. Estamos en el aeropuerto.

Andy abrió los ojos y después volvió a cerrarlos para protegerse de la luz blanca de una lámpara de sodio. Oyó un aullido tremendo, ululante, que se intensificaba progresivamente, y se crispó, a la defensiva. Era como si le estuvieran perforando los oídos con agujas de acero, agujas de zurcir. Un avión. Despegaba. Empezó a recordar a través de la bruma roja del dolor. Ah, sí, doctor, ahora lo recuerdo todo.

—¿Señor? —El taxista parecía alarmado—. ¿Se siente bien, señor?

—Me duele la cabeza. —Su voz parecía provenir de muy lejos, sepultada en el ruido del reactor que, gracias a Dios, empezó a menguar—. ¿Qué hora es?

—Casi medianoche. Tardamos mucho en llegar. No me lo diga, se lo diré yo. Los autobuses ya no circulan, si ése era su plan. ¿Está seguro de que no quiere que lo lleve a casa?

Andy exploró su mente buscando el pretexto que le había dado al taxista. Era importante que recordara, a pesar de su jaqueca monstruosa. En razón del eco. Si contradecía de alguna manera su versión anterior, esto produciría un efecto de rebote en la mente del taxista. El efecto podría extinguirse —era lo más probable— pero también podría no extinguirse. El taxista podría aferrarse a un elemento del eco, y forjarse una fijación; al cabo de poco tiempo escaparía a su control y no podría pensar en otra cosa; y poco después, le destrozaría sencillamente la psiquis. Había ocurrido antes.

—Mi coche está en el aparcamiento —explicó. Todo está en orden.

—Oh. —El taxista sonrió, aliviado—. Glyn no podrá creerlo, ¿sabe? ¡Eh! No me lo diga usted, se lo diré...

—Claro que lo creerá. Usted lo cree, ¿no es cierto?

La sonrisa del taxista se ensanchó.

—Tengo el billete para probarlo, señor. Uno de los grandes. Gracias.

—Gracias *a usted* —respondió Andy. Esfuérzate por ser amable. Esfuérzate por seguir adelante. Por el bien de Charlie. Si hubiera estado solo, se habría matado hacía mucho tiempo. Un ser humano no tenía por qué soportar semejante dolor.

—¿Está seguro de que se siente bien, señor? Está usted terriblemente pálido.

—Sí, estoy bien, gracias. —Empezó a sacudir a Charlie—. Eh, pequeña. —Tuvo la precaución de no llamarla por su nombre. Probablemente no importaba, pero la prudencia surgía en él con tanta naturalidad como la respiración—. Despierta. Hemos llegado.

Charlie murmuró e intentó apartarse de él.

—Vamos, muñeca. Despierta, cariño.

Charlie abrió los ojos, parpadeando —esos francos ojos azules que había heredado de su madre— y se sentó, frotándose la cara.

—¿Papá? ¿Dónde estamos?

—En Albany, cariño. En el aeropuerto. —E inclinándose hacia ella, susurró—: No digas nada, todavía.

—Esta bien. —Charlie le sonrió al taxista, y éste le devolvió la sonrisa. Se deslizó fuera del coche y Andy la siguió, procurando no trastabillar.

—Gracias de nuevo, amigo —exclamó el taxista—. Eh, escuche. Fue un viaje estupendo. No me lo diga usted, se lo diré yo.

Andy estrechó la mano tendida.

—Cuídese.

—Me cuidaré. Glyn sencillamente no va a creer lo que pasó.

El taxista se puso de nuevo al volante y se alejó del bordillo pintado de amarillo. Despegaba otro «jet» cuyo motor rugía sin parar, hasta que a Andy le pareció que la cabeza se le partiría en dos y caería en la acera como una calabaza hueca. Se tambaleó un poco, y Charlie le sujetó el brazo con las dos manos.

—Oh, papá —dijo, y su voz sonó como si estuviera muy lejos.

—Adentro. Tengo que sentarme.

Entraron. La chiquilla de los pantalones rojos y la blusa verde, y el hombre corpulento de la cabellera hirsuta y los hombros encorvados. Un maletero los vio pasar y pensó que era un tremendo pecado que un hombre adulto como ése estuviera fuera de casa después de medianoche, borracho como una cuba a juzgar por su aspecto, y que una criatura que debería haber estado en cama desde hacía muchas horas tuviese que guiarlo como un perro lazarillo. A los padres de esa calaña habría que esterilizarlos, se dijo el maletero.

Después, franquearon las puertas controladas por una célula fotoeléctrica y el maletero los olvidó hasta aproximadamente cuarenta minutos más tarde, cuando el coche verde se detuvo junto al bordillo y dos hombres se apearon para hablar con él.

4

Eran las doce y diez de la noche. El vestíbulo había sido invadido por los viajeros de la madrugada: soldados cuyos permisos iban a caducar; mujeres de aspecto ajetreado que llevaban consigo a un atajo de críos nerviosos y fastidiados por el sueño; hombres de negocios ojerosos; chicos trashumantes y melenudos, equipados con zapatones, algunos de los cuales cargaban mochilas, en tanto que dos llevaban raquetas de tenis enfundadas.

Andy y Charlie se sentaron juntos, frente a dos mesas a las que estaban remachados sendos televisores. Los televisores estaban rayados y abollados y pintados de negro. A Andy le parecieron siniestras cobras futuristas. Echó en las ranuras sus últimas monedas de veinticinco centavos para que no les pidieran que desocupasen los asientos. El de Charlie proyectaba una reposición de *The Rookies*, y en el de Andy, Johnny Carson charlaba con Sonny Bono y Buddy Hackett.

—¿Es necesario que vaya, papá? —preguntó Charlie por segunda vez. Estaba al borde de las lágrimas.

—Estoy extenuado, cariño —respondió él—. No tenemos dinero. No podemos quedarnos aquí.

—¿Van a venir esos hombres malos? —inquirió ella, y bajó la voz hasta reducirla a un susurro.

—No lo sé. —Ploc, ploc, ploc en su cerebro. Ya no era un caballo negro sin jinete. Ahora eran sacos de correos llenos de chatarra filosa que alguien dejaba caer desde la ventana de un quinto piso—. Tenemos que suponer que sí.

—¿Cómo podría conseguir dinero?

Andy vaciló y por fin dijo:

—Ya lo sabes.

Las lágrimas afloraron, y rodaron por las mejillas de Charlie.

—No está bien. No está bien robar.

—Lo sé. Pero tampoco está bien que ellos nos persigan sin cesar. Ya te lo expliqué, Charlie. O por lo menos intenté hacerlo.

—¿Que algunas cosas son un poco malas y otras son muy malas?

—Sí. El mal menor y el mal mayor.

—¿Te duele realmente la cabeza?

—Mucho —asintió Andy. De nada serviría advertirle que dentro de una hora, o posiblemente dentro de dos le dolería tanto que ya no podría pensar coherentemente. ¿Para qué asustarla más de lo que estaba? Sería inútil informarle que no creía que esta vez pudieran zafarse.

—Lo intentaré —manifestó, y se levantó de la silla—. Pobre papá —añadió, y lo besó.

Andy cerró los ojos. El televisor funcionaba delante de él, con una cháchara remota en medio del dolor que se intensificaba sistemáticamente en su cabeza. Cuando volvió a abrir los ojos Charlie no era más que una imagen lejana, vestida de rojo y verde, como un adorno de Navidad, que se alejaba bamboleándose entre la concurrencia dispersa.

Por favor, Dios mío, que no le pase nada —pensó—. No permitas que nadie la moleste, ni que la asusten más de lo que está. Te lo pido por favor, Dios mío, y te lo agradezco. ¿De acuerdo?

5

Una chiquilla con pantalones elásticos rojos y una blusa verde de rayón. El cabello rubio le llegaba a los hombros. Trasnochaba y aparentemente estaba sola. Se hallaba en uno de los pocos lugares donde una niña sola puede pasar inadvertida después de la medianoche. Se cruzaba con otras personas, pero nadie la veía realmente. Si hubiera estado llorando, tal vez se le habría acercado un guardia para preguntarle si se había extraviado, si sabía en qué línea aérea iban a viajar su papá y su mamá, y cómo se llamaban para poder alertarlos por el sistema de altavoces. Pero no lloraba, y parecía saber hacia dónde se dirigía.

No lo sabía con exactitud... pero tenía una idea bastante precisa de lo que buscaba. Necesitaban dinero. Esto era lo que había dicho papá. Venían los hombres malos y papá estaba enfermo. Cuando se enfermaba así, le resultaba difícil pensar. Tenía que tumbarse y rodearse del mayor sosiego posible. Tenía que dormir hasta que se le pasaba el dolor. Y tal vez venían los hombres malos..., los hombres de la Tienda, los hombres que querían desmontarlos y estudiar sus mecanismos interiores... para verificar si podrían utilizarlos, si podrían obligarlos a hacer cosas.

Vio una bolsa de papel, que asomaba de un cesto de basura, y la cogió. Un poco más adelante encontró lo que buscaba: una hilera de teléfonos públicos.

Charlie se quedó mirándolos y tuvo miedo. Tuvo miedo porque papá le había repetido una y otra vez que no debía hacerlo..., desde su más tierna infancia eso había sido lo Malo. No siempre podía controlar lo Malo. Podría hacerse daño a sí misma, o podría lastimar a alguna otra persona, o a muchas personas. Aquella vez

(oh mamaíta lo siento la herida las vendas los gritos ella gritaba hice gritar a mamá y nunca volveré a hacerlo... nunca... porque eso es lo Malo)

en la cocina cuando era pequeña... pero la martirizaba demasiado pensar en ello. Era lo Malo porque cuando lo dejabas escapar, llegaba... a todas partes. Y eso resultaba aterrador.

Había otras cosas. El empuje, por ejemplo. Así lo llamaba papá: el empuje. Aunque ella podía empujar con mucha más fuerza que papá, y después nunca le dolía la cabeza. Pero a veces, después... se producían incendios.

La palabra que designaba lo Malo reverberó en su mente mientras miraba, nerviosa, las cabinas telefónicas: *piroquinesis.* «Eso no importa —le había dicho papá cuando aún se hallaban en Port City, pensando, como tontos, que estaban a salvo—. Eres una incendiaria, cariño. Como un encendedor "Zipo" gigante.» Y entonces le había parecido gracioso, y había soltado una risita, pero ahora no le resultaba nada divertido.

Había otra razón por la que teóricamente no debía empujar: *ellos* podrían enterarse. Los hombres malos de la Tienda. «No sé cuánto saben acerca de ti ahora —le había dicho papá—, pero tampoco quiero que lo averigüen. Tu empuje no es exactamente igual al mío, cariño. Tú no puedes hacer que la gente..., bueno, cambie de idea, ¿no es verdad?»

«No-ooo...»

«Pero puedes mover las cosas. Y si alguna vez empiezan a vislumbrar una pauta, y asocian esta pauta contigo, correremos aún más peligro que ahora.»

Y eso era robar, y robar también era Malo.

No importaba. A papá le dolía la cabeza y debían encontrar un lugar tranquilo y tibio antes de que la situación empeorara hasta el punto de que no pudiera pensar. Charlie avanzó.

Había aproximadamente quince cabinas telefónicas, en total, con puertas correderas curvas. Cuando te metías en la cabina, era como si estuvieras dentro de una gran cápsula con un teléfono en su interior. Cuando Charlie pasó frente a las cabinas, comprobó que la mayoría de ellas estaban a oscuras. En una había una gorda con pantalones, que ocupaba casi todo el espacio y que parloteaba frenéticamente y sonreía. Y en la tercera cabina, contando desde el final de la hilera, había un hombre joven, con uniforme de soldado, sentado en el taburete, con la puerta abierta y las piernas asomadas fuera. Hablaba de prisa.

Escucha, Sally, entiendo tus sentimientos, pero puedo explicártelo todo. Absolutamente todo. Lo sé..., lo sé..., pero si me dejas... —Levantó la vista, vio a la niña que lo miraba, y recogió las piernas dentro y cerró la puerta curva, todo en un solo movimiento, como una tortuga que se mete en el caparazón. Estaba riñendo con su novia, pensó Charlie. Probablemente la había dejado plantada. Nunca permitiré que un hombre me deje plantada.

Un altavoz reverberante. El miedo le roía el fondo de la mente, como una rata. Todos los rostros eran desconocidos. Se sentía sola y muy pequeña, acongo-

34

jada por su madre aun ahora. Esto era robar, ¿pero qué importaba? Ellos habían robado la vida de su madre.

Se introdujo en la última cabina, haciendo crujir la bolsa de papel. Quitó el auricular de la horquilla y fingió hablar —hola, abuelito, sí, papá y yo acabamos de llegar, estamos bien— y miró por el cristal para verificar si alguien la espiaba. Nadie. La única persona próxima era una negra que estaba extrayendo un seguro de vuelo de un dispositivo automático, y se hallaba de espaldas a Charlie.

Charlie miró el teléfono público y súbitamente *empujó*.

El esfuerzo le hizo soltar un débil gemido y se mordió el labio inferior. Le agradó la forma en que éste se aplastaba bajo sus dientes. No, no experimento ningún dolor. Era *agradable* empujar las cosas, y esto también la asustaba. ¿Y si terminaba por *gustarle* esa operación peligrosa?

Volvió a empujar el teléfono público, suavemente, y de pronto brotó, de la ranura de devolución, un chorro de monedas. Intentó meter la bolsa abajo, pero cuando por fin lo logró la mayoría de las piezas de veinticinco y, de diez y de cinco centavos ya se habían dispersado por el suelo. Se agachó y metió todas las que pudo dentro de la bolsa, sin dejar de mirar una y otra vez por el cristal.

Después de recoger el cambio, entró en la cabina contigua. El soldado seguía hablando en el teléfono siguiente. Había abierto nuevamente la puerta y fumaba.

—Sal, te juro por Dios que lo hice. ¡Pregúntale a tu hermano, si no me crees! Él...

Charlie cerró la puerta, y cortó la voz ligeramente plañidera. Tenía sólo siete años, pero sabía reconocer a un embaucador cuando lo oía hablar. Miró el teléfono y un momento después el aparato descargó su contenido. Esta vez había colocado la bolsa en el lugar justo y las monedas se precipitaron al fondo con un ligero tintineo musical.

Cuando Charlie salió, el soldado ya se había ido, y ella entró en la cabina que acababa de dejar vacía.

El asiento aún estaba tibio y el aire apestaba a humo de cigarrillo, a pesar del ventilador.

El dinero repiqueteó en la bolsa y Charlie pasó a la cabina siguiente.

6

Eddie Delgardo estaba sentado en una dura silla de plástico mirando el techo y fumando. La muy zorra, pensaba. La próxima vez se lo pensará dos veces antes de negarse a abrir las malditas piernas. Eddie esto y Eddie aquello y Eddie nunca quiero volver a verte y Eddie cómo has podido ser tan *cruuuel*. Pero él la había hecho cambiar de idea respecto del nunca-quiero-volver-a-verte. Tenía un permiso de treinta días y ahora se iría a Nueva York, la Gran Manzana, a hacer turismo y recorrer los bares para solitarios. Y cuando volviera, Sally también parecería una gran manzana madura, madura y a punto de caer. A Eddie Delgardo de Marathon, Florida no le impresionaba la monserga del es-que-no-te-inspiro-ningún-respeto. Sally Bradford se daría por vencida, y si creía realmente la patraña de que él se había hecho practicar una vasectomía, bien merecido lo tenía. Y que después fuera a llorarle a su hermano, ese maestro palurdo, si quería. Eddie Delgardo estaría al volante de un camión de abastecimientos militares en Berlín occidental. Estaría...

Un extraño calor que le subía de los pies interrumpió su secuencia de fantasías, en parte resentidas, en parte placenteras. Era como si la temperatura del suelo hubiera aumentado repentinamente diez grados. Y a esto lo acompañó un olor raro pero no totalmente desconocido..., no de algo que se quemaba sino..., ¿de algo que se *chamuscaba*, quizá?

Bajó los ojos y lo primero que vio fue a la chiquilla que había estado deambulando en torno de las cabinas telefónicas, una niña de siete u ocho años, que parecía verdaderamente consumida. Ahora llevaba consigo una gran bolsa de papel, que sostenía por abajo como si estuviera llena de provisiones o algo semejante.

Pero el problema residía en sus pies.

Ya no estaban tibios. Estaban *calientes*.

Eddie Delgardo miró hacia abajo y aulló:

—¡*Dios bendito!*

Sus zapatos estaban ardiendo.

Eddie se levantó de un salto. Las cabezas se volvieron. Una mujer vio lo que sucedía y lanzó un grito de alarma. Dos guardias del servicio de seguridad que estaban bromeando con la taquillera de «Allegheny Airlines» miraron qué pasaba.

Nada de todo ello conmovió a Eddie Delgardo. El recuerdo de Sally Bradford y de la venganza de amor que había tramado contra ella no podía estar más ausente de su cabeza. Los zapatos que le había asignado el Ejército ardían alegremente. El fuego se estaba propagando a los bajos de su uniforme de paseo. Echó a correr por el pasillo, dejando atrás una estela de humo, como si lo hubiera disparado una catapulta. El lavabo de mujeres estaba más próximo, y Eddie, cuyo instinto de conservación estaba muy desarrollado, empujó la puerta con el brazo estirado y entró corriendo sin vacilar un momento.

Una joven salía de uno de los compartimientos, con la falda recogida hasta la cintura, ajustándose las bragas. Vio a Eddie, la tea humana, y profirió un alarido que las paredes de azulejos magnificaron desmesuradamente. Desde los otros compartimientos ocupados brotó un rumor confuso de preguntas: «¿Qué ha sido eso?» «¿Qué sucede?» Eddie sujetó la puerta del compartimiento, que funcionaba accionada por una moneda, antes de que tuviera tiempo de cerrarse herméticamente. Se izó, asiéndose del borde superior de las paredes laterales, y metió los pies en la taza del inodoro. Se oyó un siseo y se desprendió una espesa nube de vapor.

Los dos guardias irrumpieron atropelladamente.

—¡No se mueva, usted! —gritó uno de ellos. Había

desenfundado la pistola—. ¡Salga con las manos entrelazadas sobre la cabeza!

—¿Pueden esperar hasta que saque los pies? —bramó Eddie Delgardo.

7

Charlie había vuelto. Lloraba nuevamente.

—¿Qué pasó, pequeña?

—Conseguí el dinero pero... se me escapó otra vez, papá..., había un hombre..., un soldado..., no pude evitarlo...

Andy sintió que lo invadía el miedo. Lo mitigaba el dolor de su cabeza y su cuello, pero estaba allí.

—¿Hubo..., hubo un incendio, Charlie?

Ella no podía hablar, pero hizo un ademán afirmativo con la cabeza. Las lágrimas le corrían por las mejillas.

—Dios mío —murmuró Andy, y se levantó con un esfuerzo.

Esto terminó de desquiciar a Charlie. Se cubrió el rostro con las manos y lloró desesperadamente, meciéndose sobre sus pies.

Alrededor de la puerta del lavabo de mujeres se había congregado un grupo de personas. Estaba atascada, para que no se cerrara, pero Andy no veía nada... hasta que sí vio. Los dos guardias que habían corrido hasta allí sacaban del lavabo a un joven de fuerte complexión, vestido con un uniforme militar, y lo conducían hacia la oficina del Departamento de Seguridad. El soldado les hablaba a gritos, y casi todo lo que decía era ingeniosamente grosero. Casi no le quedaba uniforme por debajo de las rodillas, y llevaba en las manos dos objetos chorreantes, ennegrecidos, que quizás alguna vez habían sido zapatos. Después, entraron en la oficina y la puerta se cerró violentamente a sus espaldas. Un rumor de conversaciones excitadas recorrió la terminal.

Andy se sentó de nuevo y rodeó a Charlie con el brazo. Ahora le resultaba muy difícil reflexionar. Sus pensamientos eran pececillos de plata que nadaban dentro de un inmenso mar tenebroso de dolor palpitante. Pero debía apañarse de la mejor manera posible. Necesitaba a Charlie, porque sólo con su ayuda podrían salir con bien de ese aprieto.

—No le ha pasado nada, Charlie. Está sano y salvo. Sólo lo han llevado al Departamento de Seguridad. ¿Qué sucedió?

Charlie se lo explicó, mientras menguaba su llanto. Había oído la conversación telefónica del soldado. Había concebido algunas ideas dispersas respecto de él, una sensación de que pretendía embaucar a la chica con la que hablaba.

—Y entonces, cuando venía a reunirme contigo, lo vi... y antes de que pudiera evitarlo..., ocurrió. Se me escapó. Podría haberle hecho daño, papá. Podría haberle hecho mucho daño. ¡Lo *incendié*!

—No levantes la voz. Quiero que me escuches, Charlie. Creo que esto es lo más alentador que ha sucedido en mucho tiempo.

—¿D-de veras? —Lo miró sin disimular su sorpresa.

—Dices que se te escapó —prosiguió Andy, forzando las palabras—. Y así fue. Pero no como antes. Sólo pudo escaparse un poco. Lo que sucedió fue peligroso, cariño, pero... podrías haberle incendiado el pelo. O la cara.

Charlie desvió la vista, horririzada. Andy hizo que volviera a mirarlo, con una maniobra delicada.

—Es un fenómeno inconsciente, y siempre se dirige contra alguien que no te gusta —continuó Andy—. Pero... no le hicistes realmente daño a ese hombre, Charlie. Tú... —El resto se extinguió y sólo perduró el dolor. ¿Acaso seguía hablando? Por un momento ni siquiera lo supo.

Charlie aún sentía que eso, lo Malo, le daba vueltas por la cabeza, empecinado en volver a escapar, en hacer algo más. Parecía un animalito perverso y un poco tonto. Tenías que dejarlo salir de la jaula para que hiciese algo como robar monedas de los teléfonos... pero podía hacer algo más, algo realmente malo

(como a mamá en la cocina oh mamaíta lo siento)
antes de que pudieras encerrarlo nuevamente. Pero ahora no importaba. No pensaría en eso ahora, no pensaría en

(las vendas mi mamá tiene que usar vendas porque le hice daño)

nada de eso. Lo que importaba ahora era su padre. Estaba derrumbado en su silla, frente al televisor, con el dolor retratado en el rostro. Estaba blanco como el papel. Con los ojos inyectados en sangre.

Oh, papito —pensó—. Si pudiera cambiaría de lugar contigo. Tienes algo que te hace daño pero nunca sale de su jaula. Yo tengo algo grande que no me hace absolutamente ningún daño pero oh a veces me asusto tanto...

—Tengo el dinero —anunció— No visité todos los teléfonos porque la bolsa pesaba cada vez más y temí que se rompiera. —Lo miró ansiosamente—. ¿A dónde podemos ir, papá? Tienes que acostarte.

Andy metió la mano en la bolsa y empezó a trasladar lentamente las monedas a los bolsillos de su chaqueta de pana. Se preguntó si esa noche no terminaría nunca. Lo único que deseaba hacer era coger otro taxi e ir a la ciudad y pedir una habitación en el primer hotel o motel que encontraran..., pero tenía miedo. Era posible rastrear un taxi. Y tenía la fuerte sensación de que los hombres del coche verde aún los seguían de cerca.

Intentó coordinar todo lo que sabía acerca del aeropuerto de Albany. Para empezar, se trataba del aeropuerto del condado de Albany y no estaba realmente en Albany sino en la ciudad de Colonie. La región de los cuáqueros... ¿No le había dicho su abuelo una vez que ésa era la región de los cuáqueros? ¿O acaso ya habían muerto todos? ¿Y las carreteras? ¿Las autopistas? La respuesta afloró lentamente. Había una carretera... cuyo nombre terminaba con la palabra «Way». Northway o Southway, pensó. La carretera del Norte o del Sur.

Abrió los ojos y miró a Charlie.

—¿Puedes seguir caminando, nena? ¿Dos o tres kilómetros, quizá?

—Claro que sí. —Había dormido y se sentía relativamente descansada—. ¿Y tú?

Ésta sí que era una pregunta difícil de contestar. No lo sabía.

—Lo intentaré —manifestó—. Creo que deberemos caminar hasta la carretera principal, y allí trataremos de que nos lleven, cariño.

—¿Autostop? —inquirió ella.

Andy hizo un ademán de asentimiento.

—Es difícil seguirle el rastro a un autostopista, Charlie. Si tenemos suerte, viajaremos con alguien que estará en Buffalo por la mañana. —Y si no la tenemos, estaremos en el arcén haciendo señas con el pulgar cuando pase el coche verde.

—Si te parece una buena idea —comentó Charlie, con tono dubitativo.

—Ven, ayúdame.

Un gigantesto ramalazo de dolor cuando se levantó. Se balanceó un poco, cerró los ojos y luego volvió a abrirlos.

La gente tenía un aspecto surrealista. Las luces parecían demasiado brillantes. Pasó una mujer montada sobre unos altos tacones, y cada vez que éstos repicaban sobre las baldosas del aeropuerto le parecía oír el ruido que hacía la puerta de un sepulcro al cerrarse.

—¿Estás seguro de que puedes, papá? —Su vocecilla sonaba débil y muy asustada.

Charlie. Sólo Charlie tenía buen aspecto.

—Creo que puedo —respondió él—. Vamos.

Salieron por otra puerta, distinta de aquella por la que habían entrado, y el mozo que los había visto bajar del taxi estaba atareado descargando maletas de un coche. No los vio salir.

—¿En qué dirección, papá? —preguntó Charlie.

Él miró en ambos sentidos y vio la carretera del Norte, que se alejaba por debajo y hacia la derecha del edificio de la terminal. El problema consistía en encontrar la forma de llegar allí. Había carreteras por todas partes: por arriba, por abajo, PROHIBIDO GIRAR A LA DERECHA, DETÉNGASE EN LA SEÑAL, SIGA A LA IZQUIERDA, PROHIBIDO ESTACIONAR LAS 24 HORAS.

—Creo que por aquí —murmuró él, y caminaron paralelamente a la terminal siguiendo el empalme bordeado por carteles con la leyenda SÓLO PARA CARGA Y DESCARGA. La acera llegaba hasta el fin de la terminal y allí se interrumpía. Un enorme «Mercedes» plateado pasó junto a ellos, indiferentemente, y el reflejo de las lámparas de sodio sobre la carrocería le produjo una crispación espasmódica.

Charlie le dirigió una mirada inquisitiva.

Andy hizo un ademán con la cabeza.

—Limítate a mantenerte lo más alejada que puedas de la calzada. ¿Tienes frío?

—No, papá.

—Por fortuna, es una noche calurosa. Tu madre habría...

Cerró bruscamente la boca, interrumpiendo la frase.

Los dos se internaron en la oscuridad, el hombre corpulento de anchas espaldas y la chiquilla de los pantalones rojos y la blusa verde, cogidos de la mano, de manera que ella casi parecía guiarlo.

8

El coche verde llegó aproximadamente quince minutos más tarde y aparcó junto al bordillo amarillo. Se apearon dos hombres, los mismos que habían perseguido a Andy y Charlie hasta el taxi, allá en Manhattan. El conductor permaneció sentado al volante.

Se acercó un policía del aeropuerto.

—Aquí no se puede aparcar, señor —anunció—. Si tiene la gentileza de seguir hasta...

—Claro que sí —respondió el conductor. Le mostró su credencial al policía. Éste la miró, miró al conductor, y volvió a escudriñar la foto de la credencial.

—Oh —exclamó—. Lo siento, señor. ¿Se trata de algo que debo saber?

—Nada que afecte a la seguridad del aeropuerto

—contestó el conductor— pero quizá pueda ayudarnos. ¿Ha visto esta noche a alguna de estas dos personas? —Le entregó al policía del aeropuerto una foto de Andy, y después otra más borrosa de Charlie. En aquella época llevaba el cabello más largo. En la instantánea, tenía trenzas. Su madre aún vivía—. Ahora la chiquilla es más o menos un año mayor —añadió el conductor—. Tiene el pelo un poco más corto. Hasta los hombros, aproximadamente.

El policía examinó las fotos con toda atención, pasando de una a otra.

—Sabe, me parece que he visto a la niña —comentó—. Es rubia, ¿verdad? La foto no es muy nítida.

—Sí, rubia.

—¿El hombre es su padre?

—Si no me hace preguntas, no me obligará a mentirle.

El policía del aeropuerto experimentó un acceso de antipatía contra el joven de rostro inexpresivo que estaba sentado al volante del anónimo coche verde. Había tenido contactos esporádicos con el FBI, la CIA y la organización que llamaban la Tienda, antes de entonces. Todos sus agentes eran iguales: impasiblemente arrogantes y condescendientes. Para ellos todo el que usaba un uniforme azul era un polizonte novato. Pero cuando habían secuestrado un avión, allí mismo, cinco años atrás, habían sido los polizontes novatos quienes habían sacado de la cabina al tipo, cargado de granadas, y se hallaba bajo la custodia de los «verdaderos» polizontes cuando se había suicidado, seccionándose la carótida con sus propias uñas. Buen trabajo, muchachos.

—Escuche..., señor. Le he preguntado si el hombre es su padre para saber si tienen un aire de familia. No es fácil deducirlo de estas fotos.

—Se parecen un poco. Distinto color de pelo.

Eso ya lo veo, imbécil de mierda, pensó el policía.

—Los he visto a los dos —le informó el policía al conductor del coche verde—. Él es corpulento, más de lo que parece en la foto. Tenía el aspecto de estar indispuesto o algo así.

—¿De veras? —El conductor pareció satisfecho.

—Aquí hemos tenido una noche muy ajetreada, entre una cosa y otra. Un idiota consiguió incendiar sus propios zapatos.

El conductor se irguió bruscamente detrás del volante.

—¿Qué ha dicho?

El policía hizo un ademán con la cabeza, satisfecho de haber podido traspasar la fachada de hastío del conductor. No se habría sentido tan satisfecho si el conductor le hubiera advertido que acababa de hacerse acreedor a un interrogatorio en las oficinas que la Tienda tenía en Manhattan. Y Eddie Delgardo probablemente lo habría molido a golpes, porque en lugar de recorrer los bares de solitarios (y los salones de masaje y los *porno-shops* de Times Square) durante el tramo de su permiso que se proponía consagrar a la Gran Manzana, habría de pasar casi todo ese lapso en un estado de evolución total inducido mediante drogas, describiendo una y otra vez lo que había sucedido antes e inmediatamente después de que sus zapatos se recalentaran tanto.

9

Los otros dos hombres del sedán verde hablaban con el personal del aeropuerto. Uno de ellos descubrió al mozo de las maletas que había visto a Andy y Charlie cuando éstas se apeaban del taxi y entraban en la terminal.

—Claro que los vi. Pensé que era una vergüenza que un tipo tan borracho anduviera paseando a esa hora con una chiquilla.

—Quizá cogieron un avión —sugirió uno de los hombres.

—Quizás —asintió el mozo—. Me pregunto qué estará pensando la madre de esa niña. ¿Sabrá lo que pasa?

—Lo dudo —contestó el hombre del traje «Botany

500» azul oscuro. Era totalmente sincero—. ¿No los vio partir?

—No, señor. Por lo que sé, podrían estar aún aquí, en alguna parte... a menos que ya haya despegado su avión, desde luego.

10

Los dos hombres hicieron un rápido recorrido por la terminal y después por las puertas de embarque, sosteniendo sus credenciales en la mano ahuecada para que los agentes de seguridad las vieran. Volvieron a encontrarse cerca de la taquilla de «United Airlines».

—Nada —manifestó el primero.

—¿Crees que cogieron un avión? —preguntó el segundo. Era el tipo del elegante «Botany 500» azul.

—No creo que ese hijo de puta tuviera más de cincuenta dólares... y quizá mucho menos aún.

—Será mejor que lo verifiquemos.

—Sí. Pero de prisa.

«United Airlines», «Allegheny», «American», «Braniff». Las líneas locales. Ningún hombre de espaldas anchas que pareciera enfermo había comprado billetes. El mozo de las maletas de «Albany Airlines» creía haber visto, empero a una niña con pantalones rojos y blusa verde. Una bonita cabellera rubia que le llegaba a los hombros.

Los dos volvieron a encontrarse cerca de las mesas de los televisores, donde Andy y Charlie habían estado sentados poco tiempo antes.

—¿Qué opinas? —preguntó el primero.

El agente del «Botany 500» parecía excitado.

—Creo que debemos explorar la zona —afirmó—. Sospecho que van a pie.

Enderezaron nuevamente hacia el coche verde, casi al trote.

11

Andy y Charlie caminaban por la oscuridad bordeando el empalme de entrada al aeropuerto. De cuando en cuando pasaba un coche junto a ellos. Era casi la una. Un kilómetro y medio más atrás, en la terminal, los dos hombres se habían reunido con un tercer compañero en el auto verde. Ahora Andy y Charlie marchaban paralelamente a la carretera del Norte, la Northway, que estaba a la derecha de ellos y más abajo, iluminada por el resplandor insondable de las lámparas de sodio. Tal vez podrían deslizarse por el terraplén hasta el carril de desaceleración, que era un buen lugar para hacer autostop, pero si pasaba un polizonte habrían perdido sus últimas posibilidades de salir de allí. Andy se preguntaba cuánto deberían caminar hasta encontrar una rampa. Cada vez que apoyaba el pie, éste generaba un impacto que resonaba cruelmente en su cabeza.

—¿Papá? ¿Todavía te sientes bien?

—Hasta ahora, sí —respondió él, pero no se sentía tan bien. No se engañaba a sí mismo, y probablemente tampoco engañaba a Charlie.

—¿Cuánto falta?

—¿Te estás cansando?

—Aún no, papá..., pero...

Él se detuvo y la miró solemnemente.

—¿De qué se trata, Charlie?

—Siento que esos hombres malos están nuevamente cerca —susurró ella.

—Entiendo —asintió Andy—. Creo que será mejor que tomemos un atajo, cariño. ¿Puedes bajar por ese barranco sin caerte?

Ella miró la pendiente, cubierta de hierba seca.

—Supongo que sí —respondió con tono dubitativo.

Él pasó por encima de los cables de la valla y le echó una mano a Charlie. Como sucedía a veces en los trances de mucho dolor y tensión, su mente intentó evadirse al pasado, para eludir la angustia. Habían disfrutado de algunos años felices, de algunos momentos felices, antes de que la sombra empezara a desplegarse gradualmente sobre sus vidas. Primero sólo sobre la de él y Vicky, y después sobre la de los tres, velando poco a poco su dicha, tan inexorablemente como un eclipse de luna. Había sido...

—¡*Papá!* —exclamó Charlie, súbitamente alarmada. Había sentido que se le iban los pies. La hierba seca era resbaladiza, traicionera. Andy procuró asir su brazo convulsionado, no lo consiguió, y trastabilló a su vez. Cuando se estrelló contra el suelo, el choque le produjo un dolor tan intenso en la cabeza que lanzó un alarido. Después los dos continuaron rodando y deslizándose por el terraplén hacia la Northway, donde los coches circulaban a una velocidad vertiginosa, tan vertiginosa que no podrían frenar si uno de ellos (él o Charlie) seguían dando tumbos hasta llegar al asfalto.

12

El asistente diplomado ciñó el brazo de Andy con un manguito de goma, justo por encima del codo, y dijo:

—Cierra el puño, por favor.

Andy lo cerró. La vena se hinchó obedientemente. Miró en otra dirección, con un ligero malestar. Le pagaran o no doscientos dólares, no tenía interés en ver cómo le conectaban con el equipo de goteo intravenoso.

Vicky Tomlinson yacía en la camilla contigua, vestida con una blusa blanca sin mangas y unos pantalones de color gris paloma. Ella le sonrió tensamente. Andy volvió a pensar que tenía una hermosa cabellera rojiza que casaba muy bien con sus francos ojos azules... y entonces sintió el pinchazo, seguido de un calor embotado en el brazo.

—Ya está —anunció el asistente, reconfortándolo.

—Ojalá estuvieras tú así —respondió Andy, nada reconfortado.

Se hallaba en el aula 70, en el primer piso del Pabellón Jason Gearneigh. Habían instalado una docena de camillas con ruedas, cedidas por la enfermería de la Universidad, y los doce voluntarios estaban recostados sobre almohadas de espuma hipoalérgica, ganándose sus emolumentos. El doctor Wanless no puso en funcionamiento, personalmente, ninguno de los equipos de goteo intravenoso, pero se paseaba entre las camillas, de un lado a otro, con una palabra para cada voluntario y una sonrisita helada en los labios. *En cualquier momento empezaremos a comprimirnos*, pensó Andy, con mentalidad morbosa.

Wanless había pronunciado un breve discurso cuando estuvieron todos congregados, y lo que había dicho podía sintetizarse así: *No temáis. Estáis confortablemente acurrucados en los brazos de la Ciencia Moderna*. Andy no tenía mucha fe en la Ciencia Moderna, que había dado al mundo la bomba H, el napalm y el fusil de láser, junto con la vacuna Salk y las gárgaras contra el mal aliento.

Ahora el asistente diplomado hacía algo nuevo. Pellizcaba el tubo del equipo intravenoso.

El goteo intravenoso consistía en una solución de dextrosa en agua al cinco por ciento, había dicho Wanless..., lo que él llamaba una solución D5A. Debajo del recodo del tubo de goteo intravenoso asomaba una pequeña pipeta. Si a Andy le tocaba el Lote Seis, se lo administrarían mediante una jeringa a través de la pipeta. Si formaba parte del grupo de control, le administrarían una solución salina normal. Cara o cruz.

Volvió a mirar a Vicky.

—¿Qué tal te encuentras, pequeña?

—Muy bien.

Había llegado Wanless. Se plantó entre los dos, mirando primero a Vicky y después a Andy.

—Sientes un ligero dolor, ¿verdad? —No tenía ningún tipo de acento, y menos aún el de una región cualquiera de los Estados Unidos, pero construía las oraciones empleando una sintaxis que Andy asociaba con el inglés aprendido como segundo idioma.

—Presión —respondió Vicky—. Una ligera presión.

—¿Sí? Ya pasará. —Sonrió con expresión benévola en dirección a Andy. Enfundado en su bata blanca de laboratorio parecía muy alto. Y sus gafas parecían muy pequeñas. Lo pequeño y lo alto.

—¿Cuándo empezaremos a encoger? —preguntó Andy.

Wanless siguió sonriendo.

—¿Sientes que vas a encoger?

—Encogggggger —repitió Andy, con una sonrisa boba. Le estaba sucediendo algo. Santo cielo, se estaba embriagando. Iba a emprender un viaje.

—Todo saldrá bien —prometió Wanless, y su sonrisa se ensanchó. Siguió su marcha. Pasa de largo, jinete, pensó Andy, perplejo. Volvió a mirar a Vicky. ¡Cómo refulgía su cabello! Por alguna razón absurda le recordó el alambre de cobre de la armadura de un motor nuevo..., generador..., alternador..., chacarrachaca...

Se rió en voz alta.

El asistente diplomado, que sonreía tenuemente como si compartiera el chiste, pellizcó el tubo, inyectó otra pequeña dosis del contenido de la jeringa en el brazo de Andy, y volvió a alejarse. Ahora Andy podía mirar el tubo del equipo de goteo. Ya no le inquietaba. *Soy un pino* —pensó—. *Observad mis bellas agujas*. Se rió nuevamente.

Vicky le sonreía. Dios, qué guapa era. Quería decirle cuán guapa era, y que su cabellera parecía cobre incandescente.

—Gracias —murmuró ella—. Qué hermoso cumplido.

¿Ella había pronunciado estas palabras? ¿O las había imaginado?

Andy se aferró a los últimos jirones de su lucidez y exclamó:

—Creo que no me ha tocado el agua destilada, Vicky.

—A mí tampoco —asintió ella plácidamente.

—Es agradable, ¿verdad?

—Agradable —confesó ella con tono soñador.

En alguna parte alguien gritaba. Balbuceaba histéricamente. Las ondas sonoras subían y caían en ciclos interesantes. Después de lo que pareció una eternidad de contemplación, Andy giró la cabeza para observar qué ocurría. Era interesante. Todo se había vuelto interesante. Todo parecía desarrollarse en cámara lenta, en *slow motion*. *Slomo*, como escribía siempre en sus columnas el crítico de cine vanguardista de la Universidad. *En esta película, como en otras, Antonioni logra algunos de sus efectos más espectaculares mediante el uso de escenas en slomo*. Qué palabra tan interesante, realmente sagaz. Sonaba como una serpiente deslizándose fuera de una nevera. *Slomo*.

Varios asistentes diplomados corrían en *slomo* hacia una de las camillas que habían sido colocadas cerca de la pizarra del Aula 70. El chico tumbado en la camilla parecía estar haciendo algo con sus ojos. Sí, desde luego hacía algo con sus ojos, porque tenía los dedos metidos en las cavidades y parecía estar arrancándose los globos oculares. Tenía las manos agarrotadas y de sus ojos manaba sangre. Manaba en *slomo*. La aguja colgada de su brazo oscilaba en *slomo*. Wanless corría en *slomo*. Ahora los ojos del chico tumbado en la camilla parecían huevos escalfados que se hubieran desinflado, observó Andy con espíritu clínico. Claro que sí.

Entonces, todas las batas blancas se congregaron alrededor de la camilla, y ya no pudo ver al chico. Un gráfico colgaba directamente detrás de éste. Mostraba los cuadrantes del cerebro humano. Andy lo contempló con mucho interés durante un rato. *Muuuuy interrrresante*, como decía Arte Johnson en el programa de TV Laugh-In.

Una mano ensangrentada se alzó en medio del círculo de batas blancas, como la de un hombre a punto de ahogarse. Los dedos estaban veteados de sangre y de ellos colgaban jirones de tejidos. La mano golpeó el gráfico y dejó una mancha roja, que tenía la forma de una coma enorme. El gráfico se enrolló con un chasquido.

Entonces levantaron la camilla (aún era imposible ver al chico que se había arrancado los ojos) y la sacaron apresuradamente del recinto.

Pocos minutos (¿horas? ¿días? ¿años?) después, uno de los asistentes diplomados se acercó a la camilla de Andy, examinó su dispositivo de goteo, y a continuación le inyectó en la mente otra dosis de Lote Seis.

—¿Cómo te sientes, muchacho? —le preguntó el asistente diplomado, pero por supuesto no era un asistente diplomado, no era un estudiante, ninguno de ellos lo era. Para empezar, este tipo parecía tener alrededor de treinta y cinco años, y ya era un poco veterano para ser un graduado. Además, trabajaba para la Tienda. Andy lo supo repentinamente. Era absurdo, pero lo supo. Y el hombre se llamaba...

Andy lo buscó a tientas, y lo encontró. El hombre se llamaba Ralph Baxter.

Sonrió. Ralph Baxter. Un buen negocio.

—Me siento bien —respondió—. ¿Cómo está ese otro fulano?

—¿Qué otro fulano, Andy?

—El que se arrancó los ojos —contestó Andy serenamente.

Ralph Baxter sonrió y palmeó la mano de Andy.

—Vaya alucinación visual, ¿eh, muchacho?

—En verdad no —intervino Vicky—. Yo también lo vi.

—Crees que lo viste —afirmó el asistente diplomado que no era asistente diplomado—. Compartisteis la misma ilusión óptica. Junto a esa pizarra había un tipo que tuvo una reacción muscular..., algo así como un calambre. Nada de ojos arrancados. Nada de sangre.

Empezó a alejarse.

—Escucha —dijo Andy—, es imposible compartir la misma ilusión óptica sin una consulta previa. —Se sintió inmensamente listo. La lógica era impecable, incontrovertible. Tenía cogido por las pelotas al viejo Ralph Baxter.

Ralph lo miró sonriendo, sin inmutarse.

—Con esta droga es perfectamente posible —sentenció—. Volveré dentro de un rato. ¿De acuerdo?

—De acuerdo, Ralph —asintió Andy.

Ralph se detuvo y volvió hacia la camilla donde yacía Andy. Volvió en *slomo*. Miró pensativamente a Andy. Éste le devolvió la sonrisa: una sonrisa ancha, boba, drogada. Te tengo, Ralph, viejo hijoputa. Te tengo cogido por las pelotas. De pronto absorbió una plétora de información acerca de Ralph Baxter, toneladas de datos: tenía treinta y cinco años, hacía seis que prestaba servicios en la Tienda, antes había trabajado dos años para el FBI, había...

Había matado a cuatro personas a lo largo de su carrera, tres hombres y una mujer. Y había violado a la mujer después de matarla. Ella era periodista de «Associated Press» y se había enterado de...

Ese fragmento no estaba claro. Y no importaba. De pronto, Andy no quiso saber. La sonrisa se borró de sus labios, Ralph Baxter seguía mirándolo y a Andy lo acometió una negra paranoia que recordaba de sus dos viajes anteriores con LSD..., pero ésta era más profunda y mucho más alarmante. No entendía cómo podía saber tantas cosas acerca de Ralph Baxter —ni que éste se llamaba así— pero temía muchísimo que si le informaba a Ralph que lo sabía, tal vez desaparecería del Aula 70 del Pabellón Jason Gearneigh con la misma celeridad con que había desaparecido el otro chico que se había arrancado los ojos. O quizá todo había sido una alucinación. Ahora ya no parecía tan real como antes.

Ralph seguía mirándolo. Empezó a sonreír poco a poco.

—¿Ves? —preguntó en voz baja—. Con el Lote Seis suceden toda clase de fenómenos raros.

Se fue. Andy soltó un lento suspiro de alivio. Miró a Vicky y vio que ésta lo miraba a su vez, con los ojos dilatados y espantados. *Ella capta tus emociones —pensó—. Como una radio. ¡Trátala bien! ¡Recuerda que está viajando con esta mierda extraña, cualquiera que sea!*

Le sonrió a Vicky, y después de un momento ella le devolvió la sonrisa, ambiguamente. Vicky le preguntó qué era lo que estaba fallando. Él le contestó que no lo sabía, que probablemente no pasaba nada:

(pero no hablamos... ella no mueve la boca)
(¿no la muevo?)

(¿vicky? ¿eres tú?)

(¿esto es telepatía, andy? ¿lo es?)

No lo sabía. Algo era. Dejó que se le cerraran los ojos.

¿Ésos son realmente asistentes diplomados?, le preguntó ella, preocupada. No lo parecen. ¿Es el efecto de la droga, Andy? No lo sé, replicó él, con los ojos aún cerrados. No sé quiénes son. ¿Qué le pasó a ese chico? ¿Al que se llevaron? Andy volvió a abrir los ojos y la miró, pero Vicky meneaba la cabeza. No lo recordaba. Parecía haber sucedido hacía muchos años. ¿Había tenido un calambre, verdad, aquel tipo? Un espasmo muscular, nada más. Él...

Se había arrancado los ojos.

¿Pero qué importaba eso, realmente?

Una mano que asomaba del círculo de batas blancas, como la de un hombre a punto de ahogarse.

Pero había sucedido hacía mucho tiempo. Más o menos en el siglo XII.

Una mano ensangrentada. Que había golpeado el gráfico. El gráfico se había enrollado con un chasquido.

Sería mejor dejarse llevar por la corriente. Vicky parecía nuevamente preocupada.

De pronto, empezó a brotar música de los altavoces del techo, y eso fue agradable..., mucho más agradable que pensar en calambres y globos oculares chorreantes. La música era suave y al mismo tiempo majestuosa. Mucho más tarde Andy decidió (en consulta con Vicky) que se trataba de Rachmaninoff. E incluso después, cada vez que oía a Rachmaninoff, esa música le traía recuerdos pasajeros, oníricos, de aquel lapso interminable, intemporal, que habían pasado en el Aula 70 del Pabellón Jason Gearneigh.

¿En qué medida había sido real y en qué medida había sido una alucinación? Aun después de formularse esta pregunta intermitentemente durante doce años, Andy McGee no había podido contestarla. En determinado momento los objetos habían parecido volar a través del recinto como si soplara un viento invisible: vasos de papel, toallas, la abrazadera del esfigmomanómetro, una andanada letal de bolígrafos y lápices. En otro momento, un poco más tarde (¿o acaso había sido antes? sencillamente no existía una secuencia lineal), uno de los sujetos de la prueba había sufrido una convulsión muscular seguida por un paro cardíaco..., o eso le había parecido. Habían hecho esfuerzos frenéticos para resucitarlo mediante la respiración boca a boca, seguida por la inyección de una droga administrada directamente en la cavidad torácica, y finalmente habían empleado un aparato que producía un agudo chirrido y que tenía dos ventosas negras conectadas a unos gruesos cables. Andy creía recordar que uno de los «asistentes diplomados» había rugido: «¡Al máximo! ¡Al máximo! ¡Oh, pásamelos a mí, cretino!»

Durante otro lapso había dormido, entrando y saliendo de un estado de conciencia crepuscular. Habló con Vicky y se contaron sus vidas. Andy le dijo que su madre había muerto en un accidente de coche y que él había pasado el año siguiente con su tía, en un estado de semipostración nerviosa provocada por la aflicción. Ella le confesó que cuando tenía siete años un *baby-sitter* adolescente había intentado violarla, y que ahora le tenía un miedo espantoso al sexo, y tenía un miedo aún más espantoso de ser frígida, y que era esto más que cualquier otra cosa lo que los había obligado a ella y a su novio a romper las relaciones. Él no cesaba de... apremiarla.

Se contaron cosas que un hombre y una mujer sólo se cuentan después de haberse conocido durante años..., cosas que a menudo un hombre y una mujer no se cuentan jamás, ni siquiera en el lecho matrimonial a oscuras después de mucho tiempo de vida en común.

¿Pero acaso *hablaron*?

Andy nunca lo supo.

El tiempo se había detenido pero, quién sabe cómo, transcurrió igualmente.

13

Salió del letargo poco a poco. La música de Rachmaninoff se había acallado... si es que había existido alguna vez. Vicky dormía plácidamente en la camilla contigua, con las manos cruzadas entre los pechos: las manos sencillas de una criatura que se ha dormido después de recitar sus oraciones nocturnas. Andy la miró y simplemente se dio cuenta de que en algún momento se había enamorado de ella. Era un sentimiento profundo y completo, por encima (y por debajo) de toda duda.

Después de un rato miró en torno. Varias camillas estaban vacías. Quedaban cinco sujetos de la prueba en el recinto. Algunos dormían. Uno estaba sentado en su camilla y un asistente diplomado —un auténtico asistente diplomado que tal vez tenía veinticinco años— lo interrogaba y tomaba notas en un bloc. Aparentemente, el sujeto dijo algo gracioso porque ambos se rieron... en ese tono bajo, considerado, que uno emplea cuando hay gente dormida alrededor.

Andy se sentó e hizo un inventario de sí mismo. Se sentía bien. Intentó sonreír y pudo hacerlo sin ningún problema. Sus músculos estaban apaciblemente yuxtapuestos. Se sentía animado y despejado, con todos los sentidos finamente aguzados y misteriosamente inocentes. Recordaba haberse sentido así en su infancia, cuando se despertaba el sábado por la mañana con la certeza de que su bicicleta estaba montada sobre su caballete, en el garaje, y que tenía todo el fin de semana por delante como un parque de atracciones onírico donde todos los juegos eran gratuitos.

Uno de los asistentes diplomados se acercó y le preguntó:

—¿Cómo te sientes, Andy?

Andy lo miró. Era el mismo tipo que lo había pinchado... ¿Cuándo? ¿Hacía un año? Se frotó la mejilla con la palma de la mano y oyó el áspero susurro de la barba incipiente.

—Me siento como Rip van Winkle —comentó.

El asistente sonrió.

—Han sido sólo cuarenta y ocho horas, y no veinte años. De veras, ¿cómo te sientes?

—Bien.

—¿Normal?

—Suponiendo que sabemos lo que significa esta palabra, sí. Normal. ¿Dónde está Ralph?

—¿Ralph? —El asistente arqueó las cejas.

—Sí. Ralph Baxter. Aproximadamente treinta y cinco años. Corpulento. Rubio.

El asistente diplomado sonrió.

—Lo soñaste —dijo.

Andy lo escrutó dubitativamente.

—¿Qué es lo que hice?

—Lo soñaste. Fue una alucinación. El único Ralph que conozco y que está relacionado de alguna manera con las pruebas del Lote Seis es un representante de «Dartan Pharmaceutical» que se llama Ralph Steinham. Tiene más o menos cincuenta y cinco años.

Andy miró al asistente durante largo rato, sin pronunciar una palabra. ¿Ralph había sido una ilusión? Bueno, quizá. Ciertamente tenía todos los elementos paranoides propios de un sueño inducido por la droga. Había pensado que Ralph era una especie de agente secreto que había asesinado a toda clase de personas, según creía recordar. Esbozó una tenue sonrisa. El asistente diplomado le devolvió la sonrisa... quizá con demasiada prontitud, pensó Andy. ¿O esto también era una rapto de paranoia? Seguramente lo era.

El chico que había estado sentado y hablando cuando Andy se había despertado salía ahora del recinto, acompañado y bebiendo un vaso de zumo de naranja. El vaso era de papel.

—A nadie le pasó nada malo, ¿verdad? —inquirió Andy cautelosamente.

—¿Nada malo?

—Bueno..., nadie tuvo una convulsión, ¿verdad? O...

El asistente se inclinó hacia delante, con expresión preocupada.

—Oye, Andy, no vayas a comenzar a difundir rumores. Eso sería fatal para el programa de investigaciones del doctor Wanless. El próximo semestre probaremos los Lotes Siete y Ocho y...

—¿Pasó algo?

—Un chico tuvo una reacción muscular, leve pero muy dolorosa —explicó el asistente—. Duró menos de quince minutos y no produjo ninguna lesión. Pero aquí impera una atmósfera de caza de brujas. Quieren terminar con el servicio militar, quieren proscribir los cuerpos de entrenamiento de oficiales de reserva, quieren expulsar a los reclutadores de ejecutivos de la «Dow Chemical» porque fabrica napalm... La gente exagera, y a mí me parece que ésta es una investigación muy importante.

—¿Quién era el tipo?

—Ya sabes que no te lo puedo decir. Lo único que te pido es que tengas la gentileza de recordar que estabas bajo los efectos de un alucinógeno débil. No mezcles las fantasías que te inspiró la droga con la realidad, y no difundas después esa combinación.

—¿Acaso me lo permitirían?

El asistente pareció azorado.

—No veo cómo podrían impedírtelo. Todo programa de experimentos realizado en la Universidad está a merced de los voluntarios. Por doscientos roñosos dólares difícilmente podríamos pretender que firmes un juramento de lealtad, ¿no te parece?

Andy se sintió aliviado. Si ese tipo mentía, lo hacía prodigiosamente bien. Todo había sido una sucesión de alucinaciones. Y Vicky empezaba a moverse en la camilla vecina.

—¿Y ahora qué dices? —prosiguió el asistente, sonriendo—. Creo que se supone que soy yo quien debo formular las preguntas.

Y las formuló. Cuando Andy terminó de contestarlas, Vicky estaba totalmente despierta, tenía un aspecto descansado, sereno y radiante, y le sonreía. Las preguntas fueron minuciosas. Muchas de ellas eran las que al mismo Andy se le habría ocurrido formular.

Entonces, ¿por qué tenía la sensación de que sólo se las planteaban para salvar las apariencias?

14

Esa noche Andy y Vicky cotejaron sus alucinaciones, sentados en un sofá de una de las salas más pequeñas del Club de estudiantes.

Vicky no recordaba lo que a él más le preocupaba: aquella mano ensangrentada que se agitaba fláccidamente sobre un círculo de batas blancas, que golpeaba el gráfico, y que después desaparecía. Andy no recordaba lo que a ella le había impresionado más vívidamente: un hombre de larga cabellera rubia había montado una mesa plegable junto a la camilla de Vicky, justo a la altura de sus ojos. Había alineado sobre la mesa una hilera de grandes fichas de dominó y había dicho: «Dales la vuelta, Vicky. Dales la vuelta a todas.» Y ella había levantado la mano para empujarlas, porque deseaba complacerlo, y el hombre había vuelto a colocarle las manos sobre el pecho, empujándolas cortés pero enérgicamente. «No necesitas usar las manos, Vicky —había explicado—. Limítate a darles la vuelta.» Entonces ella había mirado las fichas y éstas habían caído, una tras otra. Aproximadamente doce, en total.

—La prueba me dejó exhausta —le confesó a Andy, con esa sonrisita suya, sesgada—. Y no sé por qué se me ocurrió la idea de que estábamos discutiendo la situación de Vietnam. Por ello hice más o menos el siguiente comentario: «Sí, esto demuestra que es correcta la teoría de que si Vietnam del Sur cae en poder de los comunistas, los países vecinos también caerán como las fichas del dominó.» Y el hombre sonrió y me palmeó las manos y murmuró: «¿Por qué no duermes un poco, Vicky? Debes de estar cansada.» Y eso fue lo que hice. Dormir. —Meneó la cabeza—. Pero ahora no me parece en absoluto real. Pienso que lo he inventado todo y que engendré una alucinación en torno de una prueba perfectamente normal. No recuerdas haberlo visto, ¿verdad? Un tipo alto, con el cabello rubio que le caía hasta los hombros y una pequeña cicatriz en el mentón.

Andy hizo un ademán negativo con la cabeza.

—Pero aún no entiendo cómo pudimos compartir algunas fantasías idénticas —comentó Andy—, a menos que se trate de una droga que es telepática además de alucinógena. Sé que se ha hablado de eso durante los últimos años..., la hipótesis parece consistir en que si los alucinógenos pueden intensificar la percepción... —Se encogió de hombros, y después sonrió—. Carlos Castaneda, ¿dónde estás cuando te necesitamos?

—¿No es más probable que hayamos discutido sencillamente la misma fantasía y que después nos hayamos olvidado de ello? —inquirió Vicky.

Andy admitió que eso era muy posible, pero igualmente se sentía perturbado por toda aquella experiencia. Había sido, como se dice, un mal viaje.

Andy se armó de valor y dijo:

—De lo único que estoy verdaderamente seguro es de que creo que he empezado a enamorarme de ti, Vicky.

Ella esbozó una sonrisa nerviosa y lo besó en la comisura de los labios.

—Eso es muy hermoso, Andy, pero...

—Pero me tienes un poco de miedo. Se lo tienes a todos los hombres en general, tal vez.

—Tal vez.

—Lo único que te pido es una oportunidad.

—La tendrás —asintió Vicky—. Me gustas, Andy. Me gustas mucho. Pero, por favor, recuerda que me asusto. A veces sencillamente... me asusto.

Vicky intentó encogerse ligeramente de hombros, pero su ademán se trocó en algo parecido a un estremecimiento.

—Lo recordaré —respondió Andy, y la rodeó con los brazos y la besó.

Después de una breve vacilación, ella le devolvió el beso.

—¡Papá! —gritó Charlie.

El mundo giraba delante de los ojos de Andy, descomponiéndolo. Las lámparas de sodio que flanqueaban la Northway estaban debajo de él, y el suelo estaba encima de él y procuraba librarse de su peso. Entonces cayó sentado, deslizándose por el último tramo del terraplén como un niño por un tobogán. Charlie estaba más abajo y rodaba impotentemente sobre sí misma, una y otra vez.

Oh no, va a terminar justo en medio del tráfico...

—¡Charlie! —vociferó roncamente, lacerándose la garganta, la cabeza—. ¡Cuidado!

Entonces Charlie llegó abajo, y se quedó acuclillada en el carril de desaceleración, sollozando, bañada por la luz desapacible de un coche que pasaba. Un momento después él aterrizó junto a ella con un fuerte *¡plaf!* que le repercutió por la columna vertebral hasta la cabeza. Las imágenes se duplicaron delante de sus ojos, se triplicaron, y después se estabilizaron gradualmente.

Charlie estaba sentada, con la cabeza apoyada sobre los brazos.

—Charlie —le dijo, tocándole el brazo—. No ha pasado nada, cariño.

—¡Ojalá hubiera caído delante de los coches! —exclamó ella, con una voz cruel y saturada de autoaborrecimiento que le crispó el corazón a Andy dentro del pecho—. ¡Me lo merezco por haber incendiado a ese hombre!

—Shhh —respondió él—. No debes volver a pensar en eso, Charlie.

La abrazó. Los coches pasaban velozmente junto a ellos. Cualquiera de los conductores podía ser un polizonte, y ahí terminaría todo. A esa altura casi sería un alivio.

Sus sollozos se eclipsaron poco a poco. Él comprendió que, en parte, eran producto del cansancio, simplemente. El mismo cansancio que intensificaba su jaqueca hasta el límite de lo insoportable y que le traía ese indeseado aluvión de recuerdos. Si por lo menos consiguieran llegar a alguna parte y tumbarse...

—¿Puedes levantarte, Charlie?

Ella se puso en pie, lentamente, enjugándose las últimas lágrimas. Su rostro era una lunita pálida en la oscuridad. Al mirarla, experimentó un punzante sentimiento de culpa. Ella habría podido estar confortablemente arropada en su lecho, en una casa cuya hipoteca se reducía progresivamente, con un osito bajo un brazo, lista para volver a la escuela a la mañana siguiente y para luchar por Dios, la patria y el segundo grado. En cambio, estaba plantada en el carril de desaceleración de una autopista de la parte alta del Estado de Nueva York, a la una y cuarto de la madrugada, en plena fuga, consumida por el remordimiento que le producía algo que había heredado de su madre y su padre..., algo de lo que ella era tan responsable como del color azul inequívoco de sus ojos. ¿Cómo se le explica a una niña de siete años que hacía mucho tiempo su padre y su madre habían necesitado doscientos dólares y que las personas con las que habían hablado les habían dicho que todo estaba en orden, pero les habían mentido?

—Vamos a hacer autostop —anunció Andy, sin saber si había pasado el brazo sobre los hombros de ella para consolarla o para apoyarse—. Iremos a un hotel o un motel y dormiremos. Después pensaremos lo que vamos a hacer a continuación. ¿Te parece bien?

Charlie hizo un ademán indiferente de asentimiento.

—Está bien —agregó él, y levantó el pulgar. Los coches pasaban velozmente, sin hacer caso, y a menos de tres kilómetros de allí el coche verde se había puesto nuevamente en marcha. Andy no lo sabía. Su mente atormentada había vuelto a aquella noche de su encuentro con Vicky en el Club. Ella se alojaba en una de las residencias estudiantiles y la había dejado allí, y había vuelto a saborear sus labios en el umbral de la enorme puerta de dos hojas, y ella, esa chica aún virgen, le había rodeado el cuello con los brazos, vacilando. Eran jóvenes. Jesús, qué jóvenes eran.

Los coches pasaban velozmente, el cabello de Charlie se levantaba y volvía a caer con cada ráfaga de aire, y él recordaba el resto de lo que había ocurrido aquella noche, hacía doce años.

16

Andy echó a andar a través del campus después de dejar a Vicky en su residencia, y se encaminó hacia la carretera donde haría autostop para volver a la ciudad. Aunque sólo lo sentía lánguidamente contra el rostro, el viento de mayo soplaba con fuerza entre los olmos que bordeaban la explanada, como si un río invisible corriera por el aire justo sobre su cabeza, un río del cual sólo captaba las ondas más débiles y lejanas.

El Pabellón Jason Gearneigh se levantaba en su trayecto, y se detuvo frente a su oscura mole. Los árboles coronados por el nuevo follaje danzaban sinuosamente en torno, en la corriente invisible del río de viento. Un escalofrío le bajó por la columna vertebral y se asentó en su estómago, congelándolo un poco. Tiritó a pesar de que la noche era cálida. Una luna grande como un dólar de plata se deslizaba entre los bancos de nubes, cada vez mayores... Barcazas doradas que corrían delante del viento, navegando sobre ese tenebroso río de aire. La luna se reflejaba sobre las ventanas del edificio, y las hacía refulgir como ojos inexpresivos y desagradables.

Allí dentro ocurrió algo —pensó—. *Algo más que lo que nos informaron o nos indujeron a prever. ¿Qué fue?*

Volvió a ver mentalmente aquella mano de ahogado, ensangrentada..., pero esta vez la vio golpeando el gráfico, dejando una mancha de sangre en forma de coma... y después vio cómo el gráfico se enrollaba con un tableteo, con un chasquido.

Se encaminó hacia el edificio. Qué locura. No te dejarán entrar en un aula cuando son más de las diez de la noche. Y...

Y tengo miedo.

Sí. Eso era. Demasiados recuerdos incompletos, inquietantes. Era demasiado fácil autoconvencerse de que sólo habían sido fantasías. Vicky ya estaba próxima a lograrlo. Un sujeto de la prueba se arranca los ojos. Una mujer grita que desea estar muerta, que estar muerta sería mejor que eso, aunque implicara irse al infierno y arder eternamente. Otro sufre un paro cardíaco y lo quitan de en medio con escalofriante pericia profesional. Porque, seamos sinceros, viejo Andy, pensar en la telepatía no te asusta. Lo que te asusta es pensar que pudo haber ocurrido alguna de esas cosas.

Subió hasta las grandes puertas de dos hojas, con un repiqueteo de tacones, y comprobó que estaban cerradas con llave. Del otro lado se veía el vestíbulo desierto. Andy golpeó, y cuando vio que alguien salía de entre las sombras casi echó a correr. Casi echó a correr porque el rostro que asomaría de esas sombras fluctuantes sería el de Ralph Baxter, o el de un hombre alto con una melena rubia que le caía hasta los hombros y con una cicatriz en el mentón.

Pero no fue el uno ni el otro. El hombre que se acercó a las puertas del vestíbulo e hizo girar la llave para abrirlas y asomó su rostro malhumorado era un típico vigilante de la Universidad: de unos sesenta años, mejillas y frente arrugadas, ojos azules recelosos y aguachentos por el exceso de alcohol. Llevaba un gran reloj registrador prendido al cinturón.

—¡El edificio está cerrado! —exclamó.

—Lo sé —contestó Andy—, pero participé en el experimento del Aula 70 que terminó esta mañana y...

—¡Eso no importa! ¡Los días de la semana el edificio cierra a las nueve de la noche! ¡Vuelva mañana!

—...y creo que he dejado mi reloj dentro —prosiguió Andy. No tenía reloj—. ¿Eh, qué me dice? Nada más que una ojeada rápida.

—No se lo puedo permitir —respondió el hombre, pero de pronto pareció extrañamente inseguro de sí mismo.

Sin pensarlo dos veces, Andy dijo en voz baja:

—Claro que puede. Me limitaré a echar una ojeada y después no lo molestaré más. Ni siquiera recordará que estuve aquí, ¿de acuerdo?

Una súbita sensación rara en su cabeza: fue como si hubiera tanteado y *empujado* a ese viejo vigilante, pero con la cabeza y no con las manos. Y el vigilante retrocedió dos o tres pasos, vacilando, y soltó la puerta.

Andy entró, un poco preocupado. Experimentó un repentino dolor lancinante en la cabeza, pero luego se redujo a una ligera palpitación que desaparecería al cabo de media hora.

—Oiga, ¿se encuentra bien? —le preguntó al vigilante.

—¿Cómo? Claro que me encuentro bien. —El recelo del vigilante se había esfumado. Le sonrió a Andy con franca cordialidad—. Suba y busque su reloj, si quiere. No corre prisa. Probablemente ni siquiera recordaré que usted está aquí.

Y se alejó parsimoniosamente.

Andy lo miró con expresión incrédula y después se frotó distraídamente la frente, como si quisiera mitigar el ligero dolor que palpitaba allí. En nombre de Dios, ¿qué le había hecho a ese pobre infeliz? *Algo* le había hecho, de eso estaba seguro.

Dio media vuelta, llegó hasta la escalera y empezó a subir. El pasillo de arriba estaba sumido en sombras y era angosto. Experimentó una acuciante sensación de claustrofobia que pareció cortarle a medias la respiración como un dogal invisible. Allí arriba, el edificio se había metido en el río de viento, y el aire resbalaba bajo los aleros con un chillido agudo. El Aula 70 tenía dos puertas de dos hojas, cuyas mitades superiores eran unos cuadriláteros de vidrio esmerilado, opaco. Andy se detuvo frente a ellas, escuchando cómo el viento circulaba por los viejos canalones y los desagües, haciendo rechinar las hojas herrumbrosas de los años muertos. El corazón le retumbaba violentamente en el pecho.

Casi volvió sobre sus pasos. De pronto, le pareció más fácil no saber, olvidarlo todo. Después estiró la mano y cogió uno de los pomos, diciéndose que igualmente no tenía por qué preocuparse. La puerta estaría cerrada con llave y al diablo con todo.

Pero no lo estaba. El pomo giró sin dificultad. La puerta se abrió.

El recinto estaba vacío, iluminado sólo por la luna que se filtraba espasmódicamente entre las ramas de los viejos olmos que se agitaban. La luz le bastó para comprobar que habían quitado las camillas. Habían borrado y lavado la pizarra. El gráfico estaba enrollado como una persiana, y lo único que colgaba era la anilla que servía para desenrollarlo. Andy se acercó al gráfico, y al cabo de un momento estiró la mano, ligeramente trémula, y tiró hacia abajo.

Los cuadrantes del cerebro. La mente humana exhibida y fraccionada como una res en el diagrama de un carnicero. El solo ver la imagen le produjo aquella sensación psicodélica, como si le hubieran administrado una descarga de ácido. Eso no tenía nada de divertido. Era nauseabundo, y se le escapó un gemido de la garganta, tan frágil como el hilo de plata de una tela de araña.

La mancha de sangre estaba allí, una coma negra a la luz inquieta de la luna. Una leyenda impresa que indudablemente había rezado CORPUS CALLOSUM antes de su experimento del fin de semana, rezaba ahora COROSUM, interrumpida por la mancha en forma de coma.

Algo tan insignificante.

Algo tan descomunal.

Se quedó plantado en la oscuridad, mirando, y empezó realmente a temblar. ¿Qué confirmaba esto? ¿Un poco? ¿Casi todo? ¿Todo? ¿Nada de lo precedente?

Oyó un ruido detrás de él o creyó oírlo: el chirrido sigiloso de un zapato.

Sus manos se dispararon violentamente y una de ellas azotó el gráfico con el mismo y espantoso ruido restallante. Volvió a enrollarse con un tableteo, tétricamente fuerte en ese recinto semejante a un foso negro.

Un golpe repentino en la ventana del fondo, espolvoreada por la luna. Una rama, o quizás unos dedos muertos veteados de sangre y tejidos. *Déjame entrar olvidé mis ojos ahí adentro oh déjame entrar déjame entrar...*

Giró en un sueño de cámara lenta, un sueño en *slomo*, abrumadoramente convencido de que sería ese chico, un espíritu con una túnica blanca, con unos agujeros negros chorreantes donde había tenido los ojos. Su corazón era algo vivo atascado en su garganta.

Allí no había nadie.

Allí no había *nada*.

Pero tenía miedo y cuando la rama reanudó su golpeteo implacable, huyó, sin molestarse en cerrar la puerta del aula a sus espaldas... Corrió por el angosto pasillo y de pronto unas pisadas lo siguieron *realmente*, el eco de las suyas propias. Bajó los escalones de dos en dos y así llegó de nuevo al vestíbulo, jadeando, con la sangre martilleándole las sienes. El aire que circulaba por su garganta pinchaba como heno segado.

No vio al vigilante por ninguna parte. Salió, cerró una de las grandes puertas de cristal del vestíbulo detrás de él, y se deslizó por el sendero que conducía al parque, como el fugitivo que llegaría a ser más adelante.

17

Cinco días más tarde Andy arrastró a Vicky Tomlinson hasta el Pabellón Jason Gearneigh, muy contra la voluntad de ella. Vicky ya había resuelto que no quería volver a pensar nunca en el experimento. Había recogido su cheque de doscientos dólares extendido por el Departamento de Psicología, lo había ingresado en el Banco y deseaba olvidar cómo lo había conseguido.

Él la persuadió de que debía acompañarlo, utilizando una elocuencia que no creía poseer. Entraron aprovechando el cambio de clases de las tres menos diez. El carillón de la capilla Harrison tañía en el aire aletargado de mayo.

—En plena luz del día no puede ocurrirnos nada —afirmó él, sin aclarar, ni siquiera para sus adentros, qué era exactamente lo que podía infundirle miedo—. NO, cuando nos rodean docenas de personas.

—Sencillamente no quiero ir —protestó ella, pero fue.

Dos o tres chicos salían de la sala de conferencias con libros bajo el brazo. El resplandor del sol pintaba las ventanas con un tono más prosaico que el del polvo de diamantes de la luna, que recordaba Andy. Cuando entraron Andy y Vicky, los siguieron algunos otros que se dirigían al seminario de biología de las tres. Uno de sus casuales acompañantes empezó a hablar parsimoniosa y seriamente a otros dos acerca de una manifestación contra los cuerpos de entrenamiento de oficiales de reserva que se organizaría durante el fin de semana. Ninguno de ellos prestó la menor atención a Andy y Vicky.

—Está bien —dijo Andy, con voz pastosa y nerviosa—. A ver qué opinas.

Tiró de la anilla oscilante y desenrolló el gráfico. Se encontraron con la imagen de un hombre desnudo y desollado, con los órganos rotulados. Sus músculos parecían madejas entrelazadas de estambre rojo. Un chistoso lo había bautizado *Oscar el Cascarrabias*.

—¡Jesús! —exclamó Andy.

Ella le cogió del brazo con una mano recalentada por la transpiración nerviosa.

—Andy. Por favor, salgamos de aquí. Antes de que alguien nos reconozca.

Sí, estaba dispuesto a irse. El hecho de que hubieran cambiado el gráfico lo asustaba, por alguna razón, más que todo lo demás. Tiró bruscamente de la anilla y la soltó. Produjo el mismo restallido al enrollarse.

Otro gráfico. El mismo ruido. Doce años más tarde aún podría oír el ruido que hacía... cuando se lo permitía el dolor de cabeza. Después de aquel día nunca volvió a entrar en el Aula 70 del Pabellón Jason Gearneigh, pero estaba familiarizado con el ruido.

Lo oía frecuentemente en sueños... y veía esa mano implorante, que se ahogaba, ensangrentada.

18

El coche verde enderezó zumbando por el empalme del aeropuerto hacia la rampa de entrada de la Northway. Detrás del volante, Norville Bates estaba sentado con las manos firmemente colocadas en la posición de las dos menos diez. Del receptor de FM fluía una melodía atenuada y suave de música clásica. Ahora llevaba el pelo corto y peinado hacia atrás, pero la pequeña cicatriz semicircular de su mentón no había cambiado: allí era donde se había cortado en su infancia con el fragmento mellado de una botella de «Coca-Cola». Si Vicky hubiera estado viva, lo habría reconocido.

—Tenemos una unidad en camino —anunció el hombre del traje «Botany 500». Se llamaba John Mayo—. El tipo es un agente múltiple. Trabaja para la DIA, la Agencia de Inteligencia de Defensa y, además, para nosotros.

—Una puta común y corriente —comentó el tercer hombre, y los tres soltaron una risa nerviosa, atiplada. Sabían que etaban cerca y casi olían la sangre. El tercer hombre se llamaba Orville Jamieson, pero prefería que lo llamaran *OJ*, o mejor aún, *El Jugo*. Todos los informes de su oficina los firmaba *OJ*. Uno lo había firmado *El Jugo* y el hijo de perra de Cap lo habían amonestado. No sólo verbalmente, sino por escrito, y la amonestación figuraba en su hoja de servicios.

—¿Crees que están en la Northway, eh? —preguntó *OJ*.

Norville Bates se encogió de hombros.

—En la Northway o van rumbo a Albany —dijo—. Le adjudiqué al palurdo local los hoteles de Albany porque al fin y al cabo ésta es su ciudad, ¿correcto?

—Correcto —asintió John Mayo.

Él y Norville se llevaban bien. Su colaboración se remontaba hasta muy atrás. Hasta la época del Aula 70 del Pabellón Jason Gearneigh, y esto sí que había sido *peliagudo*, amigo, si alguna vez te lo preguntan. John no quería volver a pasar nunca por una situación tan peliaguda. Él había sido el encargado de aplicarle la corriente al chico que había sufrido el paro cardíaco. Había sido paramédico en los primeros tiempos de Vietnam y sabía manejar el defibrilador..., en teoría, por lo menos. En la práctica no había funcionado tan bien, y el chico se les había ido de las manos. Aquel día doce chicos habían recibido sendas dosis del Lote Seis. Dos de ellos habían muerto: el del paro cardíaco y una chica que había muerto seis días después en su residencia estudiantil, aparentemente víctima de una súbita embolia cerebral. Otros dos habían terminado irremisiblemente locos: uno había sido el chico que se había cegado a sí mismo, y la otra una chica que más tarde había quedado totalmente paralizada del cuello para abajo. Wanless había dicho que era una parálisis psicológica, ¿pero quién carajo lo sabía? Ésa había sido una buena jornada de trabajo, sí señor.

—El palurdo local lleva consigo a su esposa —explicó Norville—. Ella dirá que está buscando a su nieta. Su hijo huyó con la pequeña. Una fea historia de divorcio. No quiere denunciar el hecho a la Policía, a menos que sea indispensable, pero teme que su hijo se esté volviendo loco. Si sabe mentir, en toda la ciudad no habrá un conserje que no le informe si los dos se han alojado en su hotel.

—Si sabe mentir —comentó OJ—. Cuando se trata de estos agentes múltiples, nunca puedes estar seguro de nada.

—Nos dirigimos a la rampa más próxima, ¿verdad? —preguntó John.

—Sí —respondió Norville—. Ahora faltan tres o cuatro minutos.

—¿Han tenido tiempo suficiente para bajar allí?

—Sí, si andan de prisa tal vez podremos recogerlos mientras hacen autostop en la rampa. O quizá tomaron un atajo y bajaron por el terraplén al carril de desaceleración. En uno u otro caso, nos bastará con ir y venir hasta que los encontremos.

—Vayas donde fueres, hermano, te llevaremos —exclamó *El Jugo*, y se rió. Llevaba un «Magnum 357» en una funda de sobaco, bajo el brazo izquierdo. Lo llamaba *la Turbina*.

—Si ya los han recogido, estamos jodidos, Jorv —murmuró John.

Norville hizo un ademán de indiferencia.

—Es una cuestión estadística. Es la una y cuarto de la mañana. Con el racionamiento hay menos tráfico que nunca. ¿Qué pensará el señor Magnate si ve a un hombrón y una chiquilla haciendo autostop?

—Pensará que son aves de mal agüero —contestó John.

—Exactamente.

El Jugo volvió a reír. Más adelante el semáforo intermitente que marcaba la rampa de la Northway refulgía en la oscuridad. Por si acaso, *OJ* apoyó la mano sobre la culata de nogal de *la Turbina*.

19

La furgoneta pasó de largo, despidiendo una ráfaga de aire fresco... y entonces sus luces de freno se encendieron y viró hacia el carril de desaceleración unos cincuenta metros más adelante.

—Gracias a Dios —murmuró Andy—. Déjame hablar a mí, Charlie.

—Está bien, papá. —Su voz sonó apática. Habían vuelto a aparecerle las ojeras. La furgoneta daba marcha atrás mientras caminaban hacia ella. Andy sentía la cabeza como si fuera un globo superpesado que se estuviera hinchando lentamente.

Había una visión de las Mil y Una Noches pintada sobre el costado de la carrocería: califas, doncellas ocultas tras velos de gasa, una alfombra que flotaba místicamente en el aire. Sin duda, la alfombra pretendía ser roja, pero a la luz de las lámparas de sodio de la autopista tenía el color marrón oscuro de la sangre en proceso de coagulación.

Andy abrió la portezuela para pasajeros e izó a Charlie al interior. La siguió.

—Gracias, señor —dijo—. Nos ha salvado la vida.

—El gusto es mío —respondió el conductor—. Hola, pequeña desconocida.

—Hola —contestó Charlie con un hilo de voz.

El conductor miró el espejo retrovisor, avanzó por el carril de desaceleración aumentando progresivamente la velocidad, y luego se introdujo en el carril de tránsito. Andy miró por encima de la cabeza ligeramente inclinada de Charlie, y experimentó un acceso de remordimiento: el conductor pertenecía exactamente a la categoría de jóvenes frente a los cuales el mismo Andy siempre pasaba de largo cuando los veía plantados sobre el margen de la carretera con el pulgar extendido. Alto pero flaco, con una espesa barba negra que le caía en ondas hasta el pecho y un gran sombrero de fieltro que parecía sacado del vestuario de una película sobre campesinos pendencieros de Kentucky. De la comisura de la boca le colgaba un cigarrillo que parecía liado a mano, del cual se desprendía una espiral de humo. Un simple cigarrillo, a juzgar por el olor. No era el aroma dulzón del cannabis.

—¿A dónde se dirige, amigo?

—Voy a dos ciudades más adelante —respondió Andy.

—¿A Hastings Glen?

—Precisamente.

El conductor hizo un ademán de asentimiento.

—Supongo que huye de alguien.

Charlie se puso tensa y Andy le apoyó la mano sobre la espalda para apaciguarla, y la masajeó suavemente hasta que sintió que se relajaba. No había captado ningún tono de amenaza en la voz del conductor.

—Había un alguacil en el aeropuerto —murmuró.

El conductor sonrió, y la sonrisa quedó casi oculta tras la barba hirsuta. Se quitó el cigarrillo de la boca y se lo ofreció delicadamente al viento que succionaba justo fuera de la ventanilla de ventilación parcialmente abierta. La corriente de aire se lo tragó.

—Supongo que se trata de algo relacionado con la pequeña desconocida —comentó.

—No está muy equivocado —dijo Andy.

El conductor se quedó callado. Andy se arrellanó en el asiento y procuró lidiar con su jaqueca. Parecía haberse estabilizado en un último apogeo aullante. ¿Antes había sido alguna vez tan intensa? Era imposible saberlo. Cada vez que se excedía en el esfuerzo, parecía peor que nunca. Dejaría pasar un mes antes de atreverse a usar nuevamente el empuje. Sabía que dos ciudades más adelante no estaría suficientemente lejos, pero era todo lo que podía hacer esa noche. Había llegado al límite de sus fuerzas. Tendría que conformarse con Hastings Glen.

—¿A quién eligió, amigo? —preguntó el conductor.

—¿Eh?

—En la Serie. Los San Diego Padres en la Serie Mundial... ¿Qué le parece?

—Sensacional —asintió Andy. Su voz procedía desde muy lejos y sonaba como una campana repicando bajo el mar.

—¿Se siente bien, amigo? Está muy pálido.

—Me duele la cabeza —contestó Andy—. Una jaqueca.

—Demasiada tensión —comentó el conductor—. Lo entiendo. ¿Se alojará en un hotel? ¿Necesita dinero? Puedo facilitarle cinco dólares. Ojalá pudiera ofrecerle más, pero viajo rumbo a California y debo andar con tiento. Como Jads en *Viñas de ira*.

Andy sonrió amablemente.

—Creo que podemos arreglarnos con lo que tenemos.

—Estupendo. —Miró a Charlie, que se había adormecido—. Es una linda cría, amigo. ¿Cuida de ella?

—Lo mejor que puedo.

—Así me gusta —dijo el conductor—. Ésa es la consigna.

20

Hastings Glen era poco más que un caserío que había crecido a ambos lados de la carretera. A esa hora los semáforos del pueblo eran unos faros parpadeantes. El conductor barbudo y tocado con el sombrero rústico enfiló por la rampa de salida, atravesó la ciudad dormida y los llevó por la Ruta 40 hasta el «Stumberland Motel», un edificio de madera de pino, con los vestigios esqueléticos de un maizal trillado, en el fondo, y un cartel de neón rosado, en el frente, que tartajeaba en medio de la oscuridad la palabra ficticia H BIT I NES. A medida que su sueño se había hecho más profundo Charlie se había ido deslizando progresivamente hacia la izquierda, hasta que ahora su cabeza descansaba sobre el muslo del conductor, enfundado en un vaquero azul. Andy había ofrecido quitarla de allí, pero el conductor había negado con la cabeza.

—Así está bien, amigo. Déjela dormir.

—¿Le molestaría detenerse un poco más adelante? —inquirió Andy. Le resultaba difícil pensar, pero esta medida de precaución se le ocurrió casi intuitivamente.

—¿No quiere que el portero de noche sepa que no tiene coche? —El conductor sonrió—. Cómo no, amigo. Pero en una pocilga como ésa no se les movería un pelo si llegara pedaleando en un uniciclo. —Los neumáticos de la furgoneta trituraron la grava del arcén—. ¿Está seguro de que no le vendrían bien los cinco?

—Supongo que mal no me vendrían —murmuró Andy, renuentemente—. ¿Quiere anotarme su dirección? Se los devolveré por correo.

La sonrisa del conductor reapareció.

—Mi dirección es «en tránsito» —replicó, mientras extraía la cartera—. Pero es posible que vuelva a encontrarse con mi cara sonriente, ¿entendido? Quién sabe. Agárrese del retrato del viejo Lincoln, amigo.

Le entregó el billete a Andy, y de pronto éste se echó a llorar. No mucho pero lloraba.

—No, amigo —protestó el conductor afablemente. Rozó apenas con la mano la nuca de Andy—. La vida es corta y el martirio es largo y nos han puesto a todos en el mundo para que nos ayudemos los unos a los otros. La filosofía del comic de Jim Paulson, en versión abreviada. Cuide bien de la pequeña desconocida.

—Claro —contestó Andy, frotándose los ojos. Guardó el billete de cinco dólares en el bolsillo de su chaqueta de pana—. ¿Charlie? ¿Cariño? Despierta. Ya falta poco.

21

Tres minutos después Charlie estaba apoyada contra él, somnolienta, mientras Andy miraba cómo Jim Paulson seguía hasta un restaurante cerrado, daba media vuelta, y después pasaba nuevamente frente a ellos rumbo a la carretera. Andy alzó la mano. Paulson alzó la suya, devolviendo el saludo. Una vieja furgoneta «Ford» con las Mil y Una Noches pintadas sobre el costado de la carrocería: genios y grandes visires y una alfombra mística, flotante. Ojalá California te trate bien, muchacho, pensó Andy, y después los dos se encaminaron a pie hacia el «Slumberland Motel».

—Quiero que esperes afuera donde no te vea nadie —dijo Andy—. ¿De acuerdo?

—De acuerdo, papá. —Su voz sonó muy aletargada.

La dejó junto a un arbusto, se dirigió a la oficina y tocó el timbre. Al cabo de unos dos minutos apareció un hombre de edad mediana, vestido con un batín, frotando sus gafas. Abrió la puerta y dejó entrar a Andy, sin pronunciar una palabra.

—¿Puedo ocupar la última unidad de la izquierda? —preguntó Andy—. Aparqué allí.

—A esta altura del año podría ocupar *toda* el ala

74

izquierda, si quisiera —respondió el portero de noche, y al sonreír mostró una dentadura postiza amarillenta que le llenaba la boca. Le entregó a Andy una tarjeta impresa y un bolígrafo con un anuncio de artículos de oficina. Afuera pasó un coche, unas luces silenciosas que se intensificaron y después se eclipsaron.

Andy firmó con el nombre de Bruce Rozelle al pie de la tarjeta. Bruce pilotaba un «Vega» 1978, matrícula de Nueva York LMS 240. Miró un momento el espacio donde se leía ORGANIZACIÓN / COMPAÑÍA, y después con un rapto de inspiración (tanta como le permitía su cabeza dolorida), escribió «United Vending Company of America», una cadena de máquinas expendedoras automáticas. Y tildó la palabra EFECTIVO en la columna de formas de pago.

Afuera pasó otro coche.

El portero garabateó sus iniciales en la tarjeta y la archivó.

—Son diecisiete dólares con cincuenta.

—¿Le molesta que le pague con monedas? —preguntó Andy—. No tuve oportunidad de cambiarlas y arrastro diez kilos de metálico conmigo. Aborrezco estos recorridos de recaudación por el interior.

—Todo el dinero es igual a la hora de gastarlo. No me molesta.

—Gracias.

Andy metió la mano en el bolsillo de la chaqueta, apartó con los dedos el billete de cinco dólares, y sacó un puñado de monedas de veinticinco, diez y cinco centavos. Contó catorce dólares, sacó más cambio, y completó la diferencia. El portero había estado clasificando pulcramente las monedas en pilas, y al fin las barrió dentro de los compartimientos apropiados del cajón donde guardaba el dinero.

—¿Sabe una cosa? —exclamó, mientras cerraba el cajón y miraba esperanzado a Andy—. Le devolveré cinco dólares si consigue repararme la máquina expendedora de cigarrillos. Hace una semana que no funciona.

Andy se acercó a la máquina, que se levantaba en un rincón, fingió estudiarla y después volvió al mostrador.

—No es de nuestra marca —se disculpó.

—Mierda. Está bien. Buenas noches, compañero. En el armario encontrará otra manta, si la necesita.

—Estupendo.

Salió. La grava crujía bajo sus pies, en un sonido espantosamente amplificado. Se acercó al arbusto donde había dejado a Charlie y no la encontró.

—¿Charlie?

No obtuvo respuesta. Pasó de una mano a otra la llave de la habitación, unida a una larga plancha de plástico. Ambas manos estaban súbitamente empapadas en transpiración.

—¿Charlie?

Nada. Recapacitó y entonces le pareció que el coche que había pasado por allí mientras él firmaba la ficha de registro había reducido la velocidad. Quizás había sido un coche verde.

Los latidos de su corazón se aceleraron, acribillando su cráneo con punzadas de dolor. Intentó preguntarse qué haría si Charlie había desaparecido, pero no podía pensar. Le dolía demasiado la cabeza. El...

Desde detrás de los arbustos le llegó un ronquido apagado resollante, que él conocía muy bien. Corrió en esa dirección, y sus zapatos hicieron volar la grava. Las ramas rígidas le rasparon las piernas y le engancharon los faldones de la chaqueta de pana.

Charlie estaba tumbada de costado sobre el borde del prado del motel, con las rodillas recogidas casi hasta el mentón y las manos entre ellas. Profundamente dormida. Andy permaneció un momento inmóvil, con los ojos cerrados, y después la zarandeó hasta despertarla. Esperaba que fuera la última vez que tenía que despertarla esa noche. Esa noche larga, muy larga.

Charlie agitó los párpados y en seguida lo miró.

—¿Papá? —musitó, con voz confusa, aún parcialmente sumida en sus sueños—. Me escondí como dijiste.

—Lo sé, cariño. Lo sé. Ven. Vamos a la cama.

22

Veinte minutos más tarde estaban los dos en la cama de matrimonio de la Unidad 16. Charlie dormía profundamente, con una respiración rítmica, y Andy seguía despierto pero se deslizaba hacia el sueño. Sólo la palpitación uniforme de su cabeza lo mantenía despierto. Eso y las preguntas.

Hacía aproximadamente un año que huían. Era casi increíble, quizá porque aquello no se había *parecido* tanto a una fuga, sobre todo mientras habían estado en Port City, Pennsylvania, controlando el Programa de Adelgazamiento. Charlie había concurrido a la escuela en Port City, ¿y cómo podías estar escapando si tenías un empleo y tu hija iba a primer grado? Casi los habían atrapado en Port City, no tanto porque fueran excepcionalmente listos (aunque eran tremendamente tenaces, y esto asustaba mucho a Andy) sino porque Andy había cometido aquel error crucial: se había permitido el lujo de olvidar que eran fugitivos.

Esto ya no sería posible.

¿Dónde estarían? ¿Aún allá en Nueva York? Si por lo menos hubiera podido convencerse de que... no habían copiado el número de la matrícula del taxi. Todavía lo estaban rastreando. Lo más probable era que estuviesen en Albany, pululando por el aeropuerto como los gusanos en un montón de carroña. ¿En Hastings Glen? Probablemente llegarían por la mañana. Pero quizá no. Hastings Glen estaba a más de veinte kilómetros del aeropuerto. No se justificaba que la paranoia triunfara sobre el sentido común.

¡Me lo merezco! ¡Ojalá hubiera caído delante de los coches! ¡Me lo merezco por haber incendiado a ese hombre!

Su propia voz que replicaba: *Podría haber sido peor. Podría haber sido su cara.*

Voces en una habitación embrujada.

Se le ocurrió una idea. Teóricamente conducía un «Vega». Cuando amaneciera y el portero de noche no viese un «Vega» aparcado frente a la Unidad 16, ¿supondría simplemente que el representante de la «United Vending Company» había partido? ¿O investigaría? Ahora no podía hacer nada al respecto. Estaba totalmente desquiciado.

Me pareció notar algo raro en él. Pálido, descompuesto. Y pagó con monedas. Dijo que trabajaba para una firma de máquinas expendedoras, pero no pudo reparar la de cigarrillos que hay en la entrada.

Voces en una habitación embrujada.

Se dio la vuelta sobre el costado, escuchando la respiración lenta y uniforme de Charlie. Pensó que se la habían llevado, pero no había hecho más que internarse entre los arbustos. Donde no la vieran. Charlene Norma McGee. Charlie desde..., bueno, desde siempre. *No sé qué haría, Charlie, si te atraparan.*

23

Una última voz, la voz de su compañero de habitación, Quincey, que provenía de seis años atrás.

En aquella época, Charlie tenía un año, y sabían, por supuesto, que no era normal. Lo sabían desde que había tenido una semana y Vicky la había acostado junto a ellos en la cama porque cuando la dejaban en la cuna la almohada empezaba a..., bueno, empezaba a chamuscarse. La noche en que se habían desprendido definitivamente de la cuna, enmudecidos por el miedo, un miedo tan desmesurado y tan extraño que no se podía traducir en palabras, se había calentado tanto que le había producido ampollas en la mejilla y ella había llorado durante casi toda la noche, a pesar del ungüento que Andy había encontrado en el botiquín. Aquel primer año la casa había sido un manicomio: la falta de sueño, el miedo interminable. Las papeleras incendiadas cuando se retrasaba el biberón. Una vez se habían inflamado las cortinas, y si Vicky no hubiera estado en la habitación...

Lo que lo había inducido a telefonear a Quincey había sido la caída de Charlie por la escalera. En aquella época gateaba, y era una experta en subir por la escalera a cuatro patas y en retroceder luego de la misma manera. Aquel día la cuidaba Andy. Vicky estaba con una amiga en «Senter's», de compras. Se había resistido a ir, y Andy casi había tenido que echarla a empujones. Últimamente parecía demasiado agobiada, demasiado exhausta. Sus ojos tenían una expresión un poco fija, que le recordaba a Andy las historias que se contaban durante la guerra sobre la fatiga de combate.

Él estaba leyendo en la sala de estar, cerca del pie de la escalera. Charlie subía y bajaba. Sobre la escalera descansaba un osito de juguete. Él debería haberlo quitado de allí, por supuesto, pero cada vez que Charlie subía lo contorneaba, y él se había embotado, más o menos como se había dejado embotar por lo que parecía ser su vida normal en Port City.

Cuando Charlie bajó por tercera vez, sus piernas se enredaron en el osito y rodó hasta abajo, pim, pam, pum, berreando de cólera y de miedo. La escalera estaba alfombrada así que no se hizo ni siquiera un chichón —Dios protege a los borrachos y a los críos, acostumbraba a decir Quincey, y ésa fue la primera vez que pensó conscientemente en Quincey aquel día— pero Andy corrió hacia ella, la alzó, la abrazó, y le susurró un montón de trivialidades mientras la examinaba rápidamente, en busca de sangre, o de una extremidad torcida, o de señales de conmoción. Y...

Y *sintió* que pasaba junto a él: el rayo letal invisible, increíble, que emanaba de la mente de su hija. Le pareció la ráfaga de aire caliente que despide el Metro disparado a toda velocidad, en verano, cuando estás quizá demasiado cerca de la vía. Una corriente suave y silenciosa de aire caliente..., y el osito se incendió. El osito le había hecho daño a Charlie; Charlie le haría daño al osito. Las llamas se alzaron rugiendo y, mientras ardía, Andy vio los botones negros de sus ojitos a través de su cortina de fuego, y éste se propagaba por la alfombra de la escalera allí donde había estado el osito.

Andy dejó a su hija en el suelo y corrió a buscar el extintor de incendios adosado a la pared, cerca del televisor. Él y Vicky no hablaban de lo que su hija era capaz de hacer —había momentos en que Andy deseaba hablar, pero Vicky se negaba a escucharlo, eludía el tema con obstinación histérica, y afirmaba que a Charlie no le pasaba nada malo, *nada malo*—. Pero los extintores habían aparecido silenciosamente, sin objeciones, con el mismo sigilo con que los dientes de león aparecen en el período en que se superponen la primavera y el verano. No hablaban de lo que Charlie podía hacer, pero había extintores en toda la casa.

Él empuñó el que tenía a mano, oliendo el pesado aroma de la alfombra achicharrada, y corrió hacia la escalera... e igualmente tuvo tiempo para recordar aquel cuento, el que *había* leído en su infancia, *It's a Good Life, Es una buena vida*, escrito por un tal Jerome Bixby, acerca de una criatura que había esclavizado a sus padres con el terror telepático, con la pesadilla de mil muertes posibles, y nunca se sabía..., nunca se sabía cuándo la criatura podía enfadarse...

Charlie berreaba, sentada sobre el trasero al pie de la escalera.

Andy hizo girar brutalmente la manivela del extintor y roció el fuego con espuma, sofocándolo. Levantó el osito, que tenía la piel salpicada de grumos y protuberancias y goterones de espuma, y bajó con él la escalera.

Aborreciéndose por lo que hacía, pero convencido por una razón atávica de que debía hacerlo, de que debía fijar un límite, de que debía asimilar la lección, casi refregó el muñeco contra las facciones de Charlie, aullantes, asustadas, surcadas por las lágrimas. *Oh, sucio hijo de puta* —pensó desesperadamente— *¿por qué no vas sencillamente a la cocina y coges un cuchillo de trinchar y le abres un surco en cada mejilla? ¿Por qué no la marcas así?* Y su mente atrapó la idea al vuelo. Cicatrices. Sí. Eso era lo que tenía que hacer. Dejarle cicatrices. Estamparle a fuego una cicatriz en el alma.

—¿Te gusta cómo ha quedado el osito? —bramó. El muñeco estaba achicharrado, ennegrecido, y aún le transmitía calor a la mano, como un trozo de carbón que se estuviera enfriando poco a poco—. ¿Te gusta que el osito esté tan quemado que ya no puedes jugar con él, Charlie?

Charlie lloraba convulsivamente, a gritos, con la piel teñida de un rojo febril y de una palidez mortal al mismo tiempo, con los ojos anegados en lágrimas.

—*¡Paaaaa! ¡Osi! ¡Osi!*

—Sí, el osito —insistió él implacable—. El osito está totalmente quemado. Tú has quemado el osito. Y si has quemado el osito, puedes quemar a mamá, a papá. Ahora..., *¡no lo hagas nunca más!* —Se acercó más a ella, todavía sin alzarla, sin tocarla—. ¡No vuelvas a hacerlo porque *es una cosa Mala*!

—*Paaaaaaa...*

Y ése fue todo el dolor que atinó a infligirle, todo el horror, todo el miedo. La tomó en brazos, la abrazó, la paseó de un lado a otro hasta que —mucho tiempo después— sus sollozos amainaron y se transformaron en espasmos irregulares del pecho y en moqueos. Cuando la miró, dormía con la mejilla apoyada sobre su hombro.

La depositó sobre el sofá y fue a coger el teléfono de la cocina y llamó a Quincey.

Quincey no quería hablar. En ese año 1975 trabajaba para una gran compañía de la industria aeronáutica, y en las notas que acompañaban cada una de las tarjetas anuales de Navidad que enviaba a los McGee describía humorísticamente su cargo como el de Vicepresidente Encargado de Lavados de Cerebro. Cuando los hombres que fabricaban aviones tenían problemas, debían ir a ver a Quincey. Éste los ayudaba a resolver dichos problemas —sentimientos de alienación, crisis de identidad, quizá sólo una impresión de que sus tareas los deshumanizaban— y evitaba que éstos volvieran a la línea de montaje y metieran el tornillo donde debía ir el remache y así los aviones no se estrellarían y continuarían sirviendo a la democracia con el máximo de seguridad. Por ello Quincey ganaba treinta y dos mil dólares anuales, diecisiete mil más que Andy. «Y no me siento nada culpable —había escrito—. Considero que les cobro poco por mantener a flote a los Estados Unidos casi sin ayuda de terceros.»

Así era Quincey, sardónico y divertido como siempre. Pero no se mostró ni sardónico ni divertido aquel día en que Andy le telefoneó desde Ohio mientras su hija dormía en el sofá y el olor de osito quemado y la alfombra chamuscada le cosquilleaba las fosas nasales.

—He oído rumores —dijo Quincey finalmente, cuando comprendió que Andy no lo dejaría en paz si no averiguaba *algo*—. Pero a veces los demás escuchan lo que hablas por teléfono, amigo. Vivimos en la era de Watergate.

—Estoy asustado —confesó Andy—. Vicky está asustada. Y Charlie también lo está. ¿Qué rumores has oído, Quincey?

—Érase que se era un experimento en el que participaron doce personas —respondió Quincey—. Hace aproximadamente seis años. ¿Lo recuerdas?

—Lo recuerdo —asintió Andy hoscamente.

—No quedan muchas de esas doce personas. Según las últimas noticias que tuve quedaban cuatro. Y dos de ellas se casaron la una con la otra.

—Sí —murmuró Andy, pero sintió que dentro de él crecía el pánico. ¿Sólo quedaban cuatro? ¿A qué se refería Quincey?

—Me han contado que una de ellas puede doblar llaves y cerrar puertas sin tocarlas. —La voz de Quincey, aguda, llegaba después de recorrer tres mil kilómetros de cables telefónicos y después de pasar por conmutadores, reveladores y cajas de empalme sembrados a lo largo de Nevada, Idaho, Colorado, Iowa. Un millón de lugares donde podían captar clandestinamente la voz de Quincey.

—¿Sí? —preguntó, esforzándose por conservar un tono sereno. Y pensó en Vicky, que a veces podía encender la radio o apagar el televisor sin acercarse a la una o el otro... y aparentemente Vicky ni siquiera se daba cuenta de lo que hacía.

—Oh, sí, de veras —prosiguió Quincey—. Es..., ¿cómo decirlo...?, un caso documentado. Cuando hace esas cosas con demasiada frecuencia le duele la cabeza, pero puede hacerlas. Lo tienen encerrado en una habitación pequeña con una puerta que no puede abrir y una cerradura que no puede forzar. Lo someten a pruebas. Dobla llaves. Cierra puertas. Y según me han dicho, está casi loco.

—Oh..., válgame... Dios —musitó Andy débilmente.

—Forma parte del esfuerzo encaminado a preservar la paz, así que no importa que se vuelva loco —añadió Quincey—. Él enloquece para que doscientos veinte millones de norteamericanos podamos vivir seguros y libres. ¿Entiendes?

—Sí —susurró Andy.

—¿Y qué ha pasado con los dos que se casaron? Nada. Hasta donde ellos saben. Viven plácidamente en un tranquilo Estado del interior de los Estados Unidos, como Ohio. Quizá los investiguen una vez por año. Sólo para averiguar si hacen algo parecido a doblar llaves o cerrar puertas sin tocarlas o si montan un divertido número de clarividencia en la feria local a beneficio de la Campaña contra la Distrofia Muscular. Es una suerte que esos dos no puedan hacer nada semejante, ¿no te parece, Andy?

Andy cerró los ojos y aspiró el olor de tela quemada. A veces Charlie abría la puerta de la nevera, espiaba en su interior y después volvía a alejarse a gatas. Y si Vicky estaba planchando, miraba la puerta de la nevera y ésta se cerraba nuevamente... siempre sin que ella se diera cuenta de que hacía algo raro. Esto ocurría a veces. Y otras veces no parecía dar resultado, y entonces dejaba de planchar e iba a cerrar la puerta de la nevera personalmente (o a apagar la radio, o a apagar el televisor). Vicky no doblaba llaves ni leía el pensamiento ni volaba ni provocaba incendios ni predecía el futuro. A veces podía cerrar una puerta desde el otro extremo de la habitación, y nada más. A veces, Andy notaba que después de haber realizado varias de estas operaciones, Vicky se quejaba de que le dolía la cabeza o de que tenía un trastorno gástrico, y él no sabía si ésta era una reacción física o una especie de advertencia susurrada por su inconsciente. Su capacidad para realizar estas operaciones quizá se reforzaba un poco durante los días de la menstruación. Eran hechos minúsculos, y tan esporádicos, que Andy había terminado por considerarlos normales. En cuanto a él..., bueno, él podía empujar a la gente. Eso no tenía un nombre verdadero. Quizás el más parecido era autohipnosis. Y no podía hacerlo a menudo, porque le producía jaquecas. Durante la mayor parte del tiempo podía olvidar por completo que no era totalmente normal y que realmente nunca lo había sido desde la experiencia vivida en el Aula 70 del Pabellón Jason Gearneigh.

Cerró los ojos y sobre la pantalla oscura del interior de sus párpados vio la mancha de sangre en forma de coma y las palabras desprovistas de significado COR OSUM.

—Sí, es una suerte —continuó Quincey, como si Andy hubiera asentido—. Porque si no fuera así podrían meterlos en dos pequeñas habitaciones y podrían hacerlos trabajar las veinticuatro horas del día en beneficio de la seguridad y la libertad de doscientos veinte millones de norteamericanos.

—Es una suerte —confirmó Andy.

—Esas doce personas... —reflexionó Quincey—. Quizá les administraron a las doce una droga que no entendían del todo. Es posible que alguien, un científico loco, los haya engañado deliberadamente. O quizás él creía que los estaba engañando, y ellos lo manipulaban deliberadamente. Eso no importa.

—No.

—Así que les administraron esta droga, y a lo mejor les modificó un poco los cromosomas. Un poco o mucho. Quién sabe. Y quizá dos de esas personas se casaron y resolvieron tener un bebé y tal vez el bebé heredó algo más que los ojos de ella y la boca de él. ¿No crees que a ellos les interesaría esa criatura?

—Ya lo creo que sí —respondió Andy, ahora tan asustado que le resultaba difícil hablar. Ya había decidido no contarle a Vicky que había telefoneado a Quincey.

—Es como cuando tienes limón, y eso está bien, y tienes merengue, y *eso* está bien, igualmente, pero cuando los mezclas, tienes... un sabor totalmente nuevo. Apuesto a que ellos querrían saber qué es exactamente lo que puede hacer esa criatura. Tal vez sólo querrían llevársela y encerrarla en una pequeña habitación y comprobar si esto puede ayudarlos a salvar el mundo para la democracia. Y creo que no quiero agregar nada más, muchacho, excepto esto: sé discreto.

24

Voces en una habitación embrujada.
Sé discreto.
Volvió la cabeza sobre la almohada del motel y miró a Charlie, que dormía profundamente. *Charlie, pequeña, ¿qué haremos? ¿A dónde podemos ir para que nos dejen en paz? ¿Cómo terminará esto?*
No encontró contestación a ninguna de estas preguntas.
Y por fin se durmió, mientras no muy lejos de allí un coche verde patrullaba en medio de la oscuridad, todavía con la esperanza de encontrar a un hombre corpulento y ancho de hombros, con una chaqueta de pana, y a una niña de cabello rubio, con pantalones rojos y blusa verde.

LONGMONT, VIRGINIA
LA TIENDA

1

Dos hermosas mansiones típicas de una plantación sureña se levantaban la una frente a la otra, separadas por un prado extenso y ondulado, cruzado a su vez por unos pocos senderos para ciclistas elegantemente sinuosos, y por un camino de dos carriles, de grava triturada, que llegaba desde la carretera principal, franqueando la colina. A un costado de una de las mansiones se alzaba un enorme granero, pintado de rojo brillante con inmaculados ribetes blancos. Cerca de la otra había un gran establo, del mismo atractivo color rojo ribeteado de blanco. Allí se alojaban algunos de los mejores caballos del Sur. Entre el granero y el establo se extendía un estanque ancho, poco profundo, que reflejaba serenamente el cielo.

En la década de 1860, los antiguos propietarios de las dos mansiones habían ido a la guerra, donde habían perecido y ahora todos los sobrevivientes de ambas familias estaban muertos. En 1954 las dos mansiones habían sido mancomunadas en su nueva condición de dependencias del Gobierno. Ése era el cuartel general de la Tienda.

A las nueve y diez de una soleada mañana de octubre —un día después de que Andy y Charlie hubieran salido de Nueva York en taxi, rumbo a Albany— un hombre de edad, con los ojos benévolos y resplandecientes, y tocado con una gorra de conductor, británica, de lana, se acercaba pedaleando a una de las casas. Detrás de él, sobre la segunda loma, se levantaba el puesto de control que había atravesado después de que un sistema cibernético de identificación hubo aprobado la impresión digital de su pulgar. El puesto de control se alzaba detrás de una valla doble de tela metálica. La valla exterior, de más de dos metros de altura, estaba jalonada cada veinte metros por carteles con la leyenda: ¡ATENCIÓN! PROPIEDAD DEL GOBIERNO. ¡VALLA ELECTRIZADA DE BAJA TENSIÓN! Durante el día el potencial era realmente bajo. Por la noche, el generador montado en la propiedad lo elevaba a un voltaje letal, y cada mañana un equipo de cinco vigilantes recorría la valla pilotando pequeños vehículos de los que utilizan los jugadores de golf, y recogía los cadáveres crispados de conejos, topos, pájaros, marmotas, de alguna mofeta postrada en un charco fétido y, a veces, de un ciervo. Y en dos oportunidades, de seres humanos, igualmente achicharrados. La valla exterior estaba separada de su gemela interior por un espacio de tres metros. Noche y día, ese tramo de la instalación era patrullado por perros guardianes. Los perros eran Dobermans, y los habían adiestrado para que no se acercaran a la valla electrizada. En cada esquina del reducto se levantaban torres de guardia, también construidas con tablas de granero llamativamente rojas y ribeteadas de blanco. El personal apostado en ellas era experto en el manejo de diversos instrumentos mortales. Toda la propiedad estaba controlada mediante cámaras de TV, y una computadora examinaba continuamente las imágenes que transmitían dichas cámaras. El reducto de Longmont era seguro.

El hombre mayor seguía pedaleando, y sonreía a las personas que se cruzaban con él. Un hombre anciano, calvo, tocado con una gorra de béisbol, paseaba a una yegua de cañas finas. Levantó la mano y exclamó:

—¡Hola, Cap! ¡Qué día tenemos!

—Estupendo —asintió el ciclista—. Que lo pases bien, Henry.

Llegó a la mansión situada en el extremo norte, desmontó de la bicicleta y la asentó sobre su caballete. Inhaló profundamente el aire grato de la mañana, y después se adelantó con paso vivo por los anchos escalones del porche y entre las anchas columnas dóricas.

Abrió la puerta y entró en el amplio vestíbulo. Una joven pelirroja estaba sentada detrás de un escritorio, con un libro de análisis estadístico abierto frente a ella. Una mano sostenía la hoja del libro. La otra estaba dentro del cajón del escritorio, posada sobre un «Smith & Wesson» calibre 38.

—Buenos días, Josie —dijo el caballero de edad.

—Hola, Cap. Se ha retrasado un poco, ¿verdad? —Las chicas guapas podían salirse con la suya. Si le hubiera tocado a Duane estar detrás del escritorio, las cosas habrían sido distintas. Cap no era partidario de la liberación femenina.

—Se me pegan las sábanas, cariño. —Metió el pulgar en la ranura apropiada. Algo chasqueó pesadamente dentro de la consola, y una luz verde parpadeó y después se estableció sobre el tablero de Josie—. Ahora pórtese bien.

—Bueno, tendré cuidado —respondió Josie con picardía, y se cruzó de piernas.

Cap soltó una carcajada y se alejó por el pasillo. Ella lo siguió con la mirada y se preguntó fugazmente si debería haberle advertido que Wanless, ese viejo macabro, había llegado hacía unos veinte minutos. Supuso que no tardaría en enterarse, y suspiró. La conversación con semejante mamarracho había arruinado el comienzo de un día maravilloso. Pero Josie sospechaba que un hombre como Cap, que ocupaba un puesto de mucha responsabilidad, debía estar a las duras y a las maduras.

2

El despacho de Cap estaba en la parte posterior de la casa. Un amplio ventanal mostraba un magnífico panorama del prado, el granero y el estanque, este último parcialmente oculto por una hilera de alisos. Rich Mckeon estaba en la mitad del prado, a horcajadas de una diminuta cortadora de césped. Cap se quedó mirándolo un momento con los brazos cruzados detrás de la espalda y después se acercó a la cafetera automática instalada en el rincón. Se sirvió un poco de café en su taza de la Marina de los Estados Unidos, le agregó Cremora y después se sentó y accionó el interfono.

—Hola, Rachel —dijo.

—Hola, Cap. El doctor Wanless está...

—Lo sabía —murmuró Cap—. Lo *sabía*. Olí a esa vieja puta apenas entré.

—¿Quiere que le diga que hoy está muy atareado?

—Nada de eso —contestó Cap enérgicamente—. Déjelo durante toda la jodida mañana en la sala amarilla. Si no opta por irse a casa, supongo que podré recibirlo antes de comer.

—Está bien, señor.

Problema resuelto... para Rachel, por lo menos, pensó Cap con una pizca de resentimiento. En realidad, Wanless no era un problema de la incumbencia de ella. Y verdaderamente Wanless empezaba a convertirse en un engorro. Había sobrevivido a su utilidad y su influencia. Bueno, siempre quedaba el reducto de Maui. Y también Rainbird.

Cap experimentó un ligero estremecimiento interior al pensar en eso..., y no era un hombre que se estremeciera fácilmente.

Volvió a pulsar la clavija del interfono.

—Necesitaré de nuevo todo el expediente McGee, Rachel. Y a las diez y media quiero ver a Al Steinowitz. Si Wanless aún está aquí cuando se vaya Al, hágalo pasar.

—Muy bien, Cap.

Cap se repantigó en su asiento, juntó las yemas de los dedos en forma de pirámide y miró el retrato de George Patton que colgaba en la pared de enfrente. Patton estaba montado sobre la torreta de un tanque, con las piernas separadas, como si creyera ser John Wayne o alguien parecido.

—La vida es dura si no aflojas —le dijo a la imagen de Patton.

3

Diez minutos más tarde Rachel entró empujando un carrito rodante de la biblioteca sobre el que descansaba el expediente. Allí había seis cajas con papeles e informes y cuatro cajas de fotografías. También había transcripciones de conversaciones telefónicas. El teléfono de McGee estaba interferido desde 1978.

—Gracias, Rachel.

—No hay de qué. El señor Steinowitz estará aquí a las diez y media.

—Claro que estará, ¿Wanless ya ha muerto?

—Me temo que no —contestó ella, sonriendo—. Sigue sentado ahí afuera, mirando cómo Walter pasea los caballos.

—¿Y desmenuza sus condenados cigarrillos?

Rachel se cubrió la boca como lo hubiera hecho una niña, soltó una risita e hizo un ademán de asentimiento.

—Ya ha consumido medio paquete.

Cap gruñó. Rachel se fue y él se volvió hacia el expediente. ¿Cuántas veces lo había revisado en los últimos once meses? ¿Una docena? ¿Dos docenas? Sabía los extractos casi de memoria. Y si Al estaba en lo cierto, hacia el fin de semana tendría a los dos McGee restantes bajo vigilancia. Esta idea le hizo circular una cálida y leve corriente de emoción por el vientre.

Empezó a repasar el expediente McGee al azar, volviendo una hoja por aquí, leyendo un fragmento por allá. Ésta era su técnica para volver a situarse. Su cerebro consciente estaba en punto muerto, su inconsciente estaba en directa. Ahora no buscaba detalles sino abarcar el conjunto. Necesitaba encontrar la palanca.

Ahí tenía un memorándum del mismo Wanless, un Wanless más joven (ah, pero entonces todos eran más jóvenes), fechado el 12 de setiembre de 1968. Unas líneas atrajeron la atención de Cap:

...de enorme importancia en el estudio continuado de los fenómenos parapsicológicos controlables. La repetición de pruebas con animales sería contraproducente (véase al dorso 1) y, como subrayé este verano en la reunión conjunta, podríamos tener problemas muy concretos si utilizáramos como sujetos a presidiarios u otros individuos con personalidad anómala y el Lote Seis tuviera aunque sólo fuese una mínima parte del poder que le atribuimos (véase al dorso 2). Por tanto sigo recomendando...

Sigues recomendando que se lo administremos a grupos controlados de estudiantes universitarios mientras se aplican todos los planes de emergencia grave por si la experiencia termina en un fracaso, pensó Cap. En aquellos tiempos Wanless no se andaba por las ramas. Claro que no. En aquellos tiempos su lema era adelante a toda máquina y que el diablo se lleve a los rezagados. Habían experimentado con doce personas. Dos habían muerto: una durante la prueba, otra poco después. Dos habían enloquecido irremisiblemente, y ambas estaban tullidas: una ciega, la otra atacada por una parálisis psicótica, y ambas encerradas en el reducto de Maui, donde permanecerían hasta el fin de sus desdichadas vidas. Así que quedaron ocho. Una de las ocho había muerto en un accidente de automóvil en 1972, accidente que casi con toda seguridad no había sido tal, sino un suicidio. Otra había saltado del techo del Correo Central de Cleveland, en 1973, y respecto de ésta no quedaban dudas: había dejado una nota en la que explicaba que «ya no podía seguir soportando las imágenes que tenía en la cabeza». La Policía de Cleveland había diagnosticado depresión suicida y paranoia. Cap y la Tienda habían diagnosticado una resaca letal del Lote Seis. Y así quedaron seis.

Tres más se habían suicidado entre 1974 y 1977, dando un número conocido de cuatro suicidios y un total probable de cinco. Casi la mitad del curso, se podría decir. Los cuatro suicidas comprobados habían parecido completamente normales hasta el momento en que habían recurrido al revólver o la cuerda, o al salto en el vacío. ¿Pero quién sabía por qué trances podían estar pasando? ¿Quién lo sabía realmente?

Y así quedaron tres. Desde 1977, cuando el proyecto Lote Seis, mucho tiempo en hibernación, había vuelto a ponerse al rojo vivo, un individuo llamado James Richardson, que ahora vivía en Los Ángeles, había estado bajo constante vigilancia encubierta. En 1969 había participado en el experimento del Lote Seis, y bajo la influencia de la droga había exhibido la misma gama de poderes asombrosos de los demás: telequinesis, transmisión del pensamiento, y quizá la manifestación más interesante de todas, por lo menos desde el punto de vista especializado de la Tienda: dominación mental.

Pero tal como había sucedido en los restantes casos, los poderes de James Richardson, inducidos por la droga, parecían haber desaparecido por completo a medida que se había disipado la acción de ésta. Las entrevistas de control realizadas en 1971, 1973 y 1975 no había revelado nada. Incluso Wanless había tenido que admitirlo, a pesar de que era un fanático del Lote Seis. Las suministradas regularmente por las computadoras de acuerdo a un régimen aleatorio (mucho menos aleatorio desde que empezó a suceder lo de McGee) no mostraron absolutamente ningún indicio de que Richardson estuviera empleando de alguna forma el poder extrasensorial, consciente o inconscientemente. Se había graduado en 1971, había gravitado hacia el Este a medida que ocupaba una serie de cargos de menor jerarquía como ejecutivo —sin ningún testimonio de dominación mental— y ahora trabajaba para la «Telemyne Corporation».

Además era un jodido marica.

Cap suspiró.

No había perdido de vista a Richardson, pero Cap se había convencido personalmente de que ese hombre era un mamarracho. Y así quedaron dos: Andy McGee y su esposa. El azar de su matrimonio no había pasado inadvertido a la Tienda, ni a Wanless, que había empezado a bombardear la oficina con informes en los que sugería que valdría la pena vigilar a cualquier vástago de este matrimonio —contaba los pollos antes de que éstos hubieran roto el cascarón, se podría decir— y en más de una oportunidad Cap había acariciado la idea de decirle a Wanless que se habían enterado de que Andy McGee se había hecho practicar una vasectomía. Así le habrían cerrado el pico al viejo hijo de puta. Para entonces, Wanless había sufrido una embolia y en la práctica no servía para nada, no era más que un incordio.

Sólo se había realizado un experimento con el Lote Seis. Los resultados habían sido tan desastrosos que la operación de encubrimiento había sido masiva y completa... y costosa. Desde arriba llegó la orden de suspender indefinidamente cualquier otra prueba ulterior. Aquel día Wanless había tenido sobrados motivos para poner el grito en el cielo, pensó Cap... y vaya si lo había puesto. Pero no había habido indicios de que los rusos o alguna otra potencia mundial manifestara interés por los fenómenos extrasensoriales generados mediante drogas, y los peces gordos habían llegado a la conclusión de que, a pesar de algunos resultados positivos, el Lote Seis era un callejón sin salida. Al evaluar los resultados a largo plazo, uno de los científicos que habían trabajado en el proyecto lo había comparado al montaje de un motor de retropropulsión en un viejo «Ford». Éste habría arrancado a toda velocidad, es cierto..., y se habría estrellado contra el primer obstáculo. «Dadnos otros diez mil años de evolución —había dicho ese científico—, y repetiremos el experimento.»

Parte del problema había consistido en que cuando los poderes extrasensoriales llegaban a su apogeo, los sujetos de la prueba salían disparados de su envoltura craneal. Era imposible controlarlos. Y por otra parte los peces gordos casi se habían cagado en los pantalones. Ocultar la muerte de un agente, o incluso del testigo de una operación, era una cosa. Pero ocultar la muerte de un estudiante que había sufrido un ataque cardíaco, la desaparición de otros dos, y los rastros latentes de histeria y paranoia en otros más, era muy distinto. Todos tenían amigos y compañeros, aunque una de las condiciones estipuladas había consistido en que los sujetos seleccionados para la prueba tuvieran pocos parientes próximos. Los costes y los riesgos habían sido inmensos. Habían supuesto casi setecientos mil dólares en sobornos y la eliminación de por lo menos una persona..., el padrino del chico que se había arrancado los ojos. El padrino sencillamente no había querido darse por vencido. Se había mostrado dispuesto a llegar al fondo de la cuestión. Al final, sólo había conseguido llegar al fondo del estuario de Baltimore, donde presumiblemente estaba aún, con dos bloques de cemento sujetos a lo que quedara de sus piernas.

E igualmente, mucho —demasiado— había dependido de la suerte.

Así que habían archivado el proyecto del Lote Seis, con la asignación de una partida anual estable en el presupuesto. El dinero lo utilizaban para continuar la vigilancia aleatoria de los sujetos por si afloraba algo..., alguna pauta.

Finalmente, la pauta había aflorado.

Cap hurgó en un cartapacio lleno de fotografías y extrajo una en blanco y negro, de veinte por veinticinco, sobre papel brillante, en la que aparecía una niña. Había sido tomada tres años atrás, cuando la criatura tenía cuatro años y concurría a la Free Children's Nursery School, de Harrison. La habían tomado con teleobjetivo desde la parte posterior de la furgoneta de una panadería, y posteriormente la habían ampliado y recortado para transformar la foto de un grupo de niños y niñas a la hora del recreo en el retrato de una chiquilla sonriente, con las trenzas flotando en el aire y con un asa de la cuerda con que saltaba a la comba en cada mano.

Cap estudió sentimentalmente la foto durante un rato. Después de sufrir la embolia, Wanless había descubierto el miedo. Ahora Wanless pensaba que había que eliminar a la niña. Y aunque últimamente Wanless se contaba entre los parias, no faltaban quienes compartían su opinión, incluso entre los que permanecían dentro del círculo de los privilegiados. Cap rogaba ansiosamente que no fuese necesario llegar a ese extremo. Él tenía tres nietos, dos de ellos aproximadamente de la edad de Charlene McGee.

Desde luego, tendrían que separar a la niña de su padre. Probablemente en forma definitiva. Y casi con seguridad habría que eliminarlo a él... después de que hubiera prestado sus servicios, por supuesto.

Eran las diez y cuarto. Le habló a Rachel por el interfono.

—¿Ya ha llegado Albert Steinowitz?

—Acaba de entrar, señor.

—Muy bien. Dígale que pase.

4

—Quiero que te ocupes personalmente de la última partida, Al.

—De acuerdo, Cap.

Albert Steinowitz era un hombre menudo, de tez pálida y amarilla y cabello muy oscuro. En otra época lo confundían a veces con el actor Victor Jory. Hacía casi ocho años que Cap trabajaba esporádicamente con Al —en verdad los dos provenían de la Marina— y siempre había tenido la impresión de que Al parecía estar a punto de ingresar en el hospital para pasar allí sus últimos días. Fumaba constantemente, excepto allí adentro, donde estaba prohibido. Su andar lento, majestuoso, le confería un extraño aire de solemnidad, y la solemnidad impenetrable es un atributo poco común en cualquier individuo. Cap, que veía los expedientes médicos de todos los agentes de la Primera Sección, sabía que el andar majestuoso de Albert era falso: sufría de hemorroides y dada la gravedad de su afección lo habían operado dos veces. Se había negado a operarse por tercera vez porque ello podría haberle implicado la necesidad de llevar una bolsa para excrementos adosada a la pierna durante el resto de su vida. Su andar majestuoso siempre le hacía evocar a Cap el cuento infantil de la sirena que quería ser mujer y del precio que había pagado por sus piernas y sus pies. Cap imaginaba que ella también había tenido un andar bastante majestuoso.

—¿Dentro de cuánto tiempo podrás estar en Albany? —le preguntó entonces Al.

—Una hora después de partir de aquí.

—Estupendo. No te distraeré demasiado. ¿Cuál es la situación allí?

Albert cruzó sobre los muslos sus manos pequeñas, ligeramente amarillas.

—La Policía coopera correctamente. Han bloqueado todas las carreteras que salen de Albany. Las barreras se levantan en círculos concéntricos alrededor del aeropuerto del condado de Albany. En un radio de cincuenta kilómetros.

—Das por supuesto que no consiguieron llegar más lejos.

—Tenemos que darlo por supuesto —respondió Albert—. Naturalmente, si hicieron autostop y alguien los transportó a unos trescientos kilómetros de allí, tendremos que empezar de nuevo. Pero apuesto a que están dentro del círculo.

—Oh, ¿y por qué, Albert? —Cap se inclinó hacia delante. Albert Steinowitz era, sin duda, el mejor agente de la Tienda, quizá con la sola excepción de Rainbird. Era inteligente, intuitivo... y despiadado, cuando su trabajo se lo exigía.

—En parte se trata de una corazonada —explicó Albert—. En parte lo deduzco de las respuestas que nos dio la computadora cuando la alimentamos con todo lo que sabíamos acerca de los tres últimos años de la vida de Andrew McGee. Le pedimos todas y cada una de las pautas que pueden aplicarse a sus presuntos dones.

—Presuntos no, Al. Comprobados —afirmó Cap parsimoniosamente—. Por ello esta operación es tan condenadamente delicada.

—Bueno, los tiene —asintió Al—. Pero la respuesta de la computadora sugiere que su capacidad para utilizarlos es extremadamente limitada. Si abusa, se enferma.

—Correcto. Contamos con eso.

—Dirigía un instituto en Nueva York, algo parecido a la organización Dale Carnegie.

Cap hizo un ademán afirmativo. Confidence Associates, un instituto que reclutaba su clientela principalmente entre los ejecutivos pusilánimes. Lo suficiente para pagar para él y su hija una ración de pan, leche y carne, y no mucho más.

—Hemos interrogado a su último grupo de discípulos —prosiguió Albert Steinowitz—. Eran dieciséis, y cada uno de ellos pagaba una suma dividida en dos cuotas: cien dólares al matricularse y otros cien a mitad del curso, si estaba satisfecho con los resultados Por supuesto, todos lo estaban.

Cap volvió a asentir con un movimiento de cabeza. El talento de McGee era el más apropiado para infundir confianza a la gente. Literalmente *empujaba* a sus discípulos para infundírsela.

—Alimentamos la computadora con sus respuestas a varias preguntas clave. Éstas eran: ¿había circunstancias específicas en que usted se sentía mejor respecto a sí mismo y del curso de Confidence Associates? ¿Recuerda si había días en que al irse a trabajar, después de las reuniones de Confidence Associates, se sentía como un tigre? ¿Ha tenido..?

—¿Si se sentía como un tigre? —lo interrumpió Cap—. Jesús, ¿les preguntabais si se sentían como *tigres*?

—La computadora sugirió el texto.

—Está bien. Continúa.

—La tercera pregunta clave era: ¿ha tenido un éxito específico, mensurable, en su empleo, después de haber iniciado el curso de Confidence Associates? Ésa era la pregunta que todos podían contestar con más objetividad y fiabilidad, porque la gente no olvida el día en que recibió un aumento o en que el jefe le palmeó la espalda. Estaban ansiosos por hablar. Me resultó un poco macabro, Cap. Realmente cumplió con lo prometido. De los dieciséis, once consiguieron ascensos... *once*. De los otros cinco, tres ocuparon cargos en los que sólo se producen ascensos en fechas estipuladas.

—Nadie discute los dones de McGee. Ya no.

—Está bien. Volvamos al meollo de la cuestión. El curso duró seis semanas. Utilizando las respuestas a las preguntas clave, la computadora identificó cuatro fechas culminantes... O sea, los días en que probablemente McGee complementó la habitual monserga del hip-hip-hurra-si-te-esmeras-lo-lograrás con un buen empujón. Las fechas eran el 17 de agosto, el primero de setiembre, el 19 de setiembre... y el 4 de octubre.

—¿Esto qué demuestra?

—Bueno, anoche empujó al taxista. Lo empujó con fuerza. Ese infeliz todavía está mareado y aturdido. Calculamos que eso desquició a Andy McGee. Que está enfermo. Quizás inmovilizado —Albert miró fijamente a Cap—. La computadora indicó que existe un veintiséis por ciento de probabilidades de que esté muerto.

—¿*Cómo*?

—Bueno, otras veces se excedió y terminó en cama. Le está haciendo algo a su cerebro... Dios sabe qué. Quizá se produce a sí mismo hemorragias microscópicas. Podría ser progresivo. La computadora calcula que existe un poco más de una probabilidad sobre cuatro de que haya muerto, de un ataque cardíaco o, más probablemente, de un derrame cerebral.

—Tenía que usarlo antes de recargarse —comentó Cap.

Albert hizo un ademán afirmativo y extrajo algo del bolsillo. Estaba dentro de una funda blanda de plástico. Se lo pasó a Cap, que lo miró y después se lo devolvió.

—¿Qué se supone que significa esto? —preguntó.

—No tanto —murmuró Al, mientras miraba pensativamente el billete metido en su funda de plástico—. Es sencillamente lo que McGee usó para pagar el viaje en taxi.

—¿Fue desde Nueva York hasta Albany con un billete de un dólar, eh? —Cap volvió a cogerlo y lo miró con renovado interés—. Las tarifas de los taxis deben de haber... ¡qué diablos! —Dejó caer el billete enfundado sobre su escritorio como si estuviera caliente y se echó hacia atrás en su asiento, parpadeando.

—¿A ti te pasó lo mismo, eh? —dijo Al—. ¿Lo viste?

—Jesús, no sé lo que vi —contestó Cap, y metió la mano en el estuche de cerámica donde guardaba sus antiácidos—. Por un segundo no pareció un billete de un dólar.

—¿Pero ahora lo parece?

Cap escudriñó el billete.

—Claro que lo parece. Sí, ése es George Wash... ¡*Dios*! —Esta vez respingó hacia atrás tan violentamente que casi se golpeó la parte posterior de la cabeza contra el panel de madera oscuro que recubría la pared, detrás de su escritorio. Miró a Al—. La cara estampada en el billete... pareció cambiar por un segundo. De pronto tenía gafas, o algo. ¿Es un truco?

—Oh, es un truco de primera —afirmó Al, mientras recuperaba el billete—. Yo también lo vi, aunque ya no. Creo que me he adaptado... Pero que el diablo me lleve si sé cómo. No es auténtico, desde luego. Es una alucinación demencial. Pero yo incluso distinguí la cara. Es la de Ben Franklin.

—¿Esto te lo dio el taxista? —inquirió Cap, mientras miraba el billete, esperando que éste volviera a transformarse. Pero sólo vio a George Washington.

Al se rió.

—Sí —contestó—. Le quitamos el billete y le dimos un cheque de quinientos dólares. Salió ganando, en realidad.

—¿Por qué?

—Ben Franklin no figura en los billetes de quinientos, sino en los de cien. Aparentemente, McGee no lo sabía.

—Muéstramelo de nuevo.

Al le devolvió el billete de un dólar a Cap, y éste lo escrutó fijamente durante dos minutos. Justo cuando se disponía a devolverlo volvió a fluctuar, desconcertándolo. Pero por lo menos esta vez sintió sin ninguna duda que la fluctuación se había producido en su cabeza y no en el billete, o sobre éste, o donde fuera.

—Te diré algo más —manifestó Cap—. No estoy seguro, pero creo que Franklin tampoco aparece con gafas en el retrato de los billetes. Por lo demás es... —Dejó la frase en suspenso, sin saber muy bien cómo completarla. La maldita palabra *macabro* cruzó por su mente, pero la descartó.

—Sí —contestó Al—. Sea lo que fuere, el efecto se está disipando. Esta mañana mostré el billete a seis personas. Dos de ellas creyeron ver algo, pero no tanto como el taxista y la chica que vive con él.

—¿Así que piensas que McGee empujó demasiado?

—Sí. Dudo que pueda seguir así. Es posible que hayan dormido en el bosque o en un motel. Tal vez forzaron la puerta de un chalet de veraneo de la zona. Pero pienso que no se alejaron y que podremos echarles el guante sin grandes problemas.

—¿Cuántos hombres necesitas para la operación?

—Tenemos todos los que nos hacen falta —replicó Al—. Si contamos a la Policía de Albany, hay más de setecientas personas comprometidas en este pequeño festejo doméstico. Prioridad 1-A-1. Van puerta por puerta y casa por casa. Ya hemos registrado todos los hoteles y moteles de la zona contigua a Albany... Más de cuarenta. Ahora nos estamos expandiendo por las ciudades vecinas. Un hombre y una chiquilla... llaman la atención como si tuvieran monos en la cara. Los atraparemos. O la atraparemos a ella, si él ha muerto. —Albert se levantó—. Creo que es hora de que me ponga en marcha. Me gustaría estar allí cuando se cierre la trampa.

—Claro que sí. Tráemelos, Al.

—Los traeré —respondió Al, y se encaminó hacia la puerta.

—¿Albert?

Albert se volvió, menudo, con su tez amarilla y enfermiza.

—¿Quién es el que *sí* figura en el billete de quinientos? ¿Lo verificaste?

Albert Steinowitz sonrió.

—McKinley —dijo—. Lo asesinaron.

Salió y cerró la puerta silenciosamente a sus espaldas. Cap se quedó a solas con sus pensamientos.

5

Diez minutos más tarde, Cap volvió a pulsar la clavija del interfono.

—¿Rainbird ya ha regresado de Venecia, Rachel?

—Llegó ayer —contestó Rachel, y a Cap le pareció captar el tono de repugnancia en la voz de Secretaria del Jefe que Rachel había cultivado cuidadosamente.

—¿Está aquí o en Sanibel? —La Tienda tenía un centro de descanso y recuperación en Sanibel Island, Florida.

Se produjo una pausa mientras Rachel consultaba a la computadora.

—Está en Longmont, Cap. Desde las dieciocho horas de ayer. Supongo que se está reponiendo de los efectos del viaje.

—Ocúpese de que alguien lo despierte —dijo Cap—. Me gustaría verlo cuando se haya ido Wanless..., suponiendo que Wanless esté aún aquí.

—Hace quince minutos estaba.

—Muy bien..., digamos que a Rainbird lo recibiré a mediodía.

—Sí, señor.

—Usted es una buena chica, Rachel.

—Gracias, señor. —Pareció emocionada. Cap le tenía estima, mucha estima.

—Dígale a Wanless que entre, Rachel.

Se arrellanó en su asiento, cruzó las manos delante de él, y pensó: *Por mis pecados.*

6

El doctor Joseph Wanless había sufrido el derrame cerebral el mismo día en que Richard Nixon había anunciado que renunciaba a la presidencia: el 8 de agosto de 1974. Había sido una hemorragia de relativa gravedad, y no había terminado de recuperarse físicamente. Ni mentalmente, a juicio de Cap. El interés de Wanless por el experimento de Lote Seis y sus consecuencias sólo se había tornado obsesivo después del derrame.

Entró en el despacho apoyándose en un bastón, y la luz del ventanal se reflejó en sus gafas circulares, sin montura, y las hizo brillar inexpresivamente, su mano izquierda era una garra recogida hacia atrás. La comisura izquierda de su boca estaba torcida por un inalterable rictus glacial.

Rachel miró a Cap con aire compasivo por encima del hombro de Wanless y Cap le indicó con un movimiento de cabeza que podía irse. Esto fue lo que ella hizo, cerrando la puerta sin hacer ruido.

—Mi buen doctor —saludó Cap hoscamente.

—¿Cómo marcha la operación? —preguntó Wanless, mientras se sentaba con un gruñido.

—Secreto de Estado —respondió Cap—. Ya lo sabes, Joe. ¿Qué puedo hacer hoy por ti?

—He visto la actividad que se desarrolla en este lugar —prosiguió Wanless, ignorando la pregunta de Cap—. ¿De qué otra manera podía distraerme, mientras esperaba durante toda la mañana?

—Si vienes sin pedir cita...

—Piensas nuevamente que estás a punto de atraparlos —afirmó Wanless—. ¿Cómo se explica, si no, la presencia del «cazador» Steinowitz? Bueno, quizá los atraparás. Quizá. Pero eso mismo ya lo habías pensado antes, ¿no es cierto?

—¿Qué deseas, Joe? —A Cap no le gustaba que le recordaran los fracasos anteriores. Incluso habían retenido a la chica, durante un tiempo. Los hombres que habían intervenido en la operación aún no se habían repuesto, y quizá no se repondrían nunca.

—¿Qué es lo que deseo siempre? —inquirió Wanless, encorvado sobre su bastón. Oh, Jesús, pensó Cap, el viejo jodido va a pronunciar otro discurso retórico—. ¿Por qué permanezco con vida? Para persuadirte de que los elimines a los dos. De que elimines también a James Richardson. De que elimines a los que están en Maui. De que los elimines definitivamente, capitán Hollister. De que los aniquiles. De que los borres de la faz de la Tierra.

Cap suspiró.

Wanless señaló con su garra el carrito de la biblioteca, y comentó:

—Veo que has vuelto a revisar el expediente.

—Lo conozco casi de memoria —respondió Cap, y entonces sonrió un poco. Durante el último año se había alimentado y abrevado en el Lote Seis. Y durante los dos anteriores éste había sido un tema constante de la agenda en todas las reuniones. Así que, al fin y al cabo, tal vez Wanless no era el único obseso que había en ese organismo.

La diferencia consiste en que a mí me pagan por ello. Para Wanless es un hobby. Un hobby peligroso.

—Lo lees pero no aprendes —manifestó Wanless—. Deja que intente catequizarte una vez más, capitán Hollister.

Cap empezó a protestar, pero entonces recordó a Rainbird y la cita concertada para el mediodía, y sus facciones se suavizaron. Asumieron una expresión plácida, casi comprensiva.

—Está bien —asintió—. Cuando estés listo, arremete.

—Sigues pensando que estoy loco, ¿verdad? ¿Que soy un lunático?

—Lo has dicho tú, no yo.

—Harías bien en recordar que yo fui el primero en sugerir un programa de pruebas con ácido trino dilisérgico.

—A veces lamento que lo sugirieras —murmuró Cap. Si cerraba los ojos, aún podía ver el primer informe de Wanless, una monografía de doscientas páginas sobre una droga conocida originalmente por la sigla TDL, y después, entre los técnicos que estaban al tanto, por el nombre de «ácido estimulante», y finalmente por el nombre de Lote Seis. El predecesor de Cap había aprobado el proyecto inicial. A ese caballero lo habían enterrado con todos los honores, en el cementerio militar de Arlington.

—Lo único que digo es que mi opinión debería tener algún peso —continuó Wanless. Esa mañana parecía cansado. Hablaba lentamente y con voz pastosa, sin mover la mueca crispada de la comisura izquierda de su boca.

—Te escucho —respondió Cap.

—Hasta donde sé, soy el único psicólogo o médico que todavía consigue que lo escuchéis. Estáis cegados por una idea fija, y sólo una: lo que este hombre y esta niña pueden implicar para la seguridad de los Estados Unidos... y posiblemente para el equilibrio de poder futuro. Por lo que hemos podido deducir de la pista que deja McGee, éste es una especie de Rasputín benévolo. Puede...

Wanless siguió hablando con voz monótona, pero Cap se desentendió momentáneamente de él. Un *Rasputín benévolo*, pensó. Aunque la expresión era rimbombante, le gustó. Se preguntó qué diría Wanless si le informaba que la computadora había calculado que había una probabilidad sobre cuatro de que McGee se hubiera condenado a sí mismo al huir de Nueva York. Probablemente se pondría eufórico. ¿Y si le mostraba a Wanless aquel extraño billete? Tal vez sufriría otra hemorragia cerebral, pensó Cap, y se cubrió la boca para ocultar una sonrisa.

—La que más me preocupa es la niña —repitió Wanless por... ¿vigésima? ¿trigésima? ¿quincuagésima? vez—. Había una probabilidad sobre mil de que McGee y la Tomlisom se casaran. Deberíamos haberlo impedido a cualquier precio. ¿Pero quién podría haber previsto...?

—En aquella época nadie os opusisteis —lo interrumpió Cap, y después añadió secamente—: Creo que habrías aceptado ser el padrino de la desposada, si te lo hubieran pedido.

—Ninguno de nosotros se dio cuenta —murmuró Wanless—. Hizo falta un derrame cerebral, para abrirme los ojos. Al fin y al cabo, el Lote Seis no era más que una copia sintética de un extracto de pituitaria..., un alucinógeno-anestésico increíblemente poderoso que no entendíamos entonces y tampoco entendemos ahora. Sabemos, o por lo menos tenemos un noventa y nueve por ciento de certeza de que la versión natural de esta sustancia es responsable, de alguna manera, de los pantallazos esporádicos de capacidad parapsicológica que casi todos los seres humanos exhiben de cuando en cuando. Una gama asombrosamente amplia de fenómenos: precognición, telequinesis, dominación mental, accesos de fuerza sobrehumana, control temporal sobre el sistema nervioso simpático. ¿Sabías que la glándula pituitaria se torna súbitamente hiperactiva durante casi todos los experimentos de biorrealimentación?

Cap lo sabía. Wanless le había repetido esto y todo lo demás incontables veces. Pero era innecesario contestar.

Esa mañana la retórica de Wanless estaba en pleno apogeo y su sermón progresaba viento en popa. Y Cap estaba dispuesto a escucharlo... por última vez. Dejaría que el viejo se explayara a gusto. Había llegado al final de la carrera.

—Sí, es cierto —se respondió Wanless a sí mismo—. Está activa durante la biorrealimentación, durante la fase del sueño de movimiento ocultar rápido, y es raro que las personas con lesiones en la pituitaria sueñen normalmente. Entre las personas que sufren lesiones en la pituitaria se da un porcentaje tremendamente alto de tumores cerebrales y casos de leucemia. La glándula pituitaria, capitán Hollister. En términos evolutivos, es la glándula endocrina más antigua del cuerpo humano. Durante los comienzos de la adolescencia, vuelca muchas veces su propio peso, en forma de secreciones, en el torrente sanguíneo. Es una glándula de extraordinaria importancia, y también muy misteriosa. Si creyera en el alma humana, capitán Hollister, diría que ésta reside en la glándula pituitaria.

Cap gruñó.

—Sabemos estas cosas —continuó Wanless—, y sabemos que el Lote Seis modificó de alguna manera la composición física de la glándula pituitaria de las personas que participaron en el experimento. Incluso la de James Richardson, al que llamáis *el manso*. Sobre todo, a partir del caso de la niña, podemos inferir que también modifica de alguna manera la estructura de los cromosomas... y que el cambio de la glándula pituitaria puede ser una auténtica mutación.

—El factor X fue heredado.

—No —dijo Wanless—. Éste es uno de los muchos detalles que no atináis a entender, capitán Hollister. Andrew McGee se convirtió en un factor X después del experimento. Victoria Tomlinson se convirtió en un factor Y... También resultó afectada, pero no del mismo modo que su marido. La mujer conservó un poder telequinético de baja potencia. El hombre conservó una aptitud de dominación mental de mediana potencia. En cambio la niña..., la niña, capitán Hollister... ¿qué es la niña? No lo sabemos realmente. Ella es el factor Z.

—Nos proponemos averiguarlo —explicó Cap en voz baja.

Esta vez la mueca burlona abarcó las dos comisuras de la boca de Wanless.

—Os proponéis averiguarlo —repitió, como un eco—. Sí, si perseveráis, quizá lo lograréis. Sois unos idiotas ciegos y obsesivos. —Cerró los ojos durante un momento y se los cubrió con la mano.

Cap lo observaba serenamente.

—Hay algo que ya sabéis —dictaminó Wanless—. Provoca incendios.

—Sí.

—Suponéis que ha heredado la aptitud telequinética de su madre. En verdad, estáis convencidos de ello.

—Sí.

—En su primera infancia era totalmente incapaz de controlar estos..., estos poderes, a falta de una palabra mejor.

—Una criatura pequeña no sabe controlar sus esfínteres —argumentó Cap—. Pero a medida que crece...

—Sí, sí, pero una criatura mayor también puede sufrir accidentes.

—La alojaremos en una habitación incombustible —replicó Cap, sonriendo.

—Una celda.

—Si lo prefieres —asintió Cap, sin dejar de sonreír.

—Te propongo esta deducción —dijo Wanless—. A ella no le gusta usar su poder. Le han enseñado a temerle, y este miedo se lo han inculcado deliberadamente. Te daré un ejemplo paralelo. El hijo de mi hermano. En la casa había cerillas. Freddy quería jugar con ellas. Prenderlas y después apagarlas, agitándolas. «Me gusta, me gusta», decía. Y entonces mi hermano se empeñó en crearle un trauma. Asustarlo hasta el punto de que nunca volviera a jugar con las cerillas. Le dijo a Freddy que las cabezas de las cerillas eran de azufre y que le pudrirían los dientes y se le caerían. Que si miraba cerillas encendidas terminaría por quedarse ciego. Y por fin, sostuvo brevemente la mano de Freddy sobre una cerilla encendida y se la chamuscó.

—Por lo que cuentas, tu hermano era un padre modelo —comentó Cap.

—Es mejor una pequeña mancha roja en la mano que estar en la unidad de quemados, envuelto en sábanas mojadas, con quemaduras de tercer grado cubriendo el sesenta por ciento del cuerpo —sentenció Wanless hoscamente.

—Es aún mejor colocar las cerillas fuera del alcance del niño.

—¿Puedes poner las cerillas de Charlene McGee fuera de su alcance? —inquirió Wanless.

—Hasta cierto punto tienes razón... —asintió Cap, moviendo lentamente la cabeza.

—Trata de responder a esta pregunta, capitán Hollister: ¿cómo habrá sido la vida de Andrew y Victoria McGee cuando su hija era pequeña? ¿Después de que empezaron a atar cabos? El biberón llega con retraso. La pequeña llora. Al mismo tiempo, uno de los animales de juguete *que están en la cuna junto a ella*, se inflama. El pañal está pringado. La pequeña llora. Un momento después las ropas sucias acumuladas en el cesto empiezan a arder espontáneamente. Tú tienes los antecedentes, capitán Hollister. Sabes lo que pasaba en aquella casa. Un extintor y un detector de fuego en cada habitación. Y una vez fue su *pelo*, capitán Hollister. Entraron en su cuarto y la encontraron levantada en la cuna y chillando y con el *pelo* en llamas.

—Sí, eso debió de ponerlos muy nerviosos.

—Así que le enseñaron a controlar sus esfínteres... y después le enseñaron a controlar sus poderes incendiarios.

—Le enseñaron a controlar sus poderes incendiarios —musitó Cap.

—Lo que equivale a decir que, como en el caso de mi hermano y su hijo Freddy, le crearon un trauma, una inhibición. Has citado esa analogía, capitán Hollister, así que detengámonos un momento a examinarla. ¿En qué consiste la educación de esfínteres? Consiste ni más ni menos que en la creación de una inhibición.

Y de pronto, asombrosamente, la voz del anciano se trocó en la voz trémula y atiplada de una mujer que regaña a su hijo. Cap siguió mirándolo con una mezcla de repulsión y sorpresa.

—¡Eres un tunante! —chilló Wanless—. ¡Mira lo que has hecho! ¡Es muy feo, hijito! ¿Ves qué feo es? ¡Está mal hacerse caca en los pantalones! ¿Acaso los mayores se hacen caca en los pantalones? ¡Hazlo en el orinal, hijito, en el orinal!

—Por favor —protestó Cap, fastidiado.

—Así se crea un trauma —prosiguió Wanless—. El control de esfínteres se inculca encauzando la atención del niño hacia sus propias funciones excretorias en una forma que consideraríamos insalubre si el objeto de la fijación fuera otro. ¿Te preguntarás si el trauma que se le inculca al niño está muy arraigado? Esto mismo se preguntó Richard Damon, de la Universidad de Washington, e hizo un experimento para averiguarlo. Buscó cincuenta voluntarios entre los estudiantes. Los llenó de agua y soda y leche hasta que todos experimentaron fuertes deseos de orinar. Después de transcurrido un cierto lapso, les informó que podían desahogarse..., pero en los pantalones.

—¡Qué inmundicia! —exclamó Cap vehementemente. Estaba horrorizado y asqueado. Eso no era un experimento, sino un ejercicio de degeneración.

—Observa qué bien se ha implantado la inhibición en tu propia psiquis —alegó Wanless parsimoniosamente—. No te parecía tan inmundo cuando tenías veinte meses. Entonces, cuando necesitabas desahogarte, te desahogabas. Te habrías desahogado sobre las rodillas del Papa si alguien te hubiera sentado allí y hubieses necesitado hacerlo. Lo importante del experimento de Damon, capitán Hollister, es que la mayoría de ellos *no pudieron* orinar. Entendieron que las reglas de comportamiento ordinarias habían quedado canceladas, por lo menos mientras durara el experimento; cada uno se hallaba solo en un recinto por lo menos tan privado como el cuarto de baño común... pero el ochenta y ocho por ciento de ellos sencillamente *no pudieron* orinar. Aunque la necesidad física fuera muy fuerte, el trauma implantado por sus padres era más fuerte aún.

—Esto no es más que una divagación absurda —dictaminó Cap secamente.

—No, no lo es. Quiero que consideres las analogías entre la educación para el control de esfínteres y la educación para el control del instinto incendiario..., y la única diferencia importante, que consiste en la magnitud cuántica que separa la *urgencia* de la una y la otra. Si el niño aprende a controlar sus esfínteres lentamente, ¿cuáles son las consecuencias? Pequeños inconvenientes. Su habitación apesta si no se la ventila constantemente. La madre está encadenada a su lavadora. Es posible que una vez completada la operación haya que llamar a los limpiadores para que le apliquen un champú a la alfombra. Y en el peor de los casos, el niño puede tener un eczema constante, si su piel es muy sensible o si la madre es negligente y no lo mantiene limpio. Pero para un niño capaz de provocar *incendios*, las consecuencias pueden ser...

Sus ojos refulgieron. La comisura izquierda de su boca se crispó.

—Los McGee me inspiran mucho respeto, en su condición de padres —continuó Wanless—. De alguna manera se lo inculcaron. Imagino que iniciaron su labor mucho antes de la edad en que los padres generalmente empiezan la educación de esfínteres. Quizás incluso antes de que pudiera gatear. «¡Eso no se hace! ¡Te has hecho daño sola! ¡No, no, no! ¡Mala! ¡Mala! ¡Maaaaala!» Pero las respuestas de tu propia computadora sugieren que está venciendo su inhibición, capitán Hollister. Se encuentra en una situación envidiable para ello. Es joven, y el trauma no ha tenido tiempo para asentarse en un sustrato de años y endurecerse como el cemento. ¡Y va en compañía de su padre! ¿Comprendes la importancia que tiene este simple detalle? No, no la comprendes. El padre es la figura de autoridad. Él empuña las riendas psíquicas de todas las fijaciones de la niña. Orales, anales, genitales... Detrás de cada una de ellas está la figura de la autoridad paterna, como una silueta sombría plantada detrás de una cortina. Para la niña su padre es Moisés, las leyes son las leyes de su padre, transmitidas no sabe cómo, pero impuestas por él. Quizás él es el único ser de este mundo que puede eliminar el bloqueo. Nuestros traumas, capitán Hollister, siempre nos producen el mayor tormento y la mayor angustia psíquica cuando quienes nos los han inculcado mueren y desaparecen más allá del ámbito de la controversia... y la clemencia.

Cap consultó su reloj y descubrió que ya hacía aproximadamente cuarenta minutos que Wanless estaba allí. Le parecía que habían pasado horas.

—¿Ya casi has terminado? Tengo otra cita...

—Cuando los traumas se derrumban, desaparecen como una presa arrasada después de lluvias torrenciales —afirmó Wanless apaciblemente—. He aquí una chica promiscua de diecinueve años. Ya ha tenido trescientos amantes. Su cuerpo está tan inflado por la infección sexual como el de una prostituta de cuarenta años. Pero hasta los diecisiete años había sido virgen. Su padre era un sacerdote que le repetía una y otra vez, en su infancia, que el sexo en el matrimonio era el infierno y la perdición, que el sexo era la manzana del pecado original. Cuando semejante inhibición se derrumba, desaparece como una presa arrasada. Primero surgen una o dos grietas, hilillos de agua tan pequeños que nadie los nota. Y según la información que suministra tu computadora, la chiquilla pasa ahora por esta etapa. Hay indicios de que ha utilizado su poder para ayudar a su padre, exhortada por éste. Y después todo se precipita simultáneamente, vomitando millones de litros de agua, destruyendo todo lo que encuentra en su paso, ahogando a todos los que se cruzan en su camino ¡cambiando definitivamente el paisaje!

La voz cascada de Wanless había perdido su primitivo tono apacible para trocarse en el grito entrecortado de un viejo... pero era más malhumorada que majestuosa.

—Escucha —le dijo a Cap—. Por única vez, escúchame. Quítate las vendas de los ojos. El hombre no es peligroso en y por sí mismo. Tiene un poder mínimo, un juguete, un pasatiempo. Él lo entiende así. No ha podido utilizarlo para ganar un millón de dólares. No gobierna a hombres y naciones. Lo ha usado para hacer adelgazar a mujeres gordas. Lo ha usado para ayudar a ejecutivos timoratos e infundirles confianza. No puede emplearlo a menudo ni bien..., algún factor fisiológico interior lo limita. Pero la niña es increíblemente peligrosa. Huye con su padre y enfrenta una situación en la que está en juego su supervivencia. Está muy asustada. Y él también, lo cual lo hace peligroso. No en y por sí mismo, sino porque tú lo obligas a reeducar a la niña. Lo obligas a modificar las ideas que sustenta la niña acerca de su propio poder intrínseco. Lo obligas a obligarla a ella a *usarlo*.

Wanless respiraba con dificultad.

Cap se ciñó al guión —el final ya estaba a la vista— y preguntó parsimoniosamente:

—¿Qué sugieres?

—Hay que matar al hombre. En seguida. Antes de que pueda seguir socabando la inhibición que él y su esposa implantaron en la niña. Y pienso que a la niña también hay que matarla. Por si el mal ya está hecho.

—Después de todo no es más que una criatura, Wanless. Sí, puede provocar incendios. Lo llamamos piroquinesis. Pero tú lo presentas como si fuera el Apocalipsis.

—Quizá lo será —replicó Wanless—. No debes dejar que su edad y su talla te engañen y te hagan olvidar el factor Z..., y lo que haces, por supuesto, es precisamente dejarte engañar y olvidarlo. ¿Y si su poder incendiario no fuera más que la punta visible del iceberg? ¿Y si su talento se siguiera desarrollando? Tiene siete años. Cuando John Milton tenía siete años, quizá no era más que un crío que aferraba un trozo de carbón y escribía trabajosamente su propio nombre para que papá y mamá pudieran entenderlo. Era un chiquillo. John Milton creció y escribió *El paraíso perdido*.

—No sé de qué demonios hablas —manifestó Cap secamente.

—Hablo del potencial de destrucción. Hablo de un talento asociado a la glándula pituitaria, una glándula que está casi inactiva en una criatura de la edad de Charlene McGee. ¿Qué sucederá cuando ella llegue a la adolescencia y la glándula despierte de su hibernación y se convierta durante veinte meses en la fuerza más poderosa del organismo humano, que lo gobierna todo, desde la súbita maduración de las características sexuales primarias y secundarias hasta una mayor producción de la púrpura visual del ojo? Imagina que te encuentras con una niña capaz de producir finalmente una explosión nuclear *sólo con su* fuerza de voluntad.

—Ésta es la hipótesis más loca que he oído en mi vida.

—¿De veras? Déjame pasar de la insania a la demencia total, capitán Hollister. Imagina que esta mañana anda por alguna parte una niñita que lleva dentro de sí, inactivo sólo por el momento, el poder de partir algún día este mismo planeta por la mitad, como si fuera un plato de loza, en una barraca de tiro al blanco.

Se miraron en silencio. Y de pronto zumbó el interfono.

Cap se inclinó hacia delante, al cabo de un momento, y pulsó la clavija.

—¿Sí, Rachel?

Que el diablo lo llevara si el viejo no lo había pillado en la trampa por un momento. Parecía un horrible cuervo devorador de carroña, y ésta era otra razón por la cual Cap no le tenía simpatía. Él personalmente era un hombre emprendedor, y si había algo que no soportaba, ese algo era un pesimista.

—Tiene una llamada por la línea a prueba de interferencias —anunció Rachel—. Del área de servicio.

—Muy bien, querida. Gracias. Reténgala un par de minutos, ¿de acuerdo?

—Sí, señor.

Se arrellanó en el asiento.

—Debo poner fin a esta entrevista, doctor Wanless. Puedes estar seguro de que meditaré cuidadosamente todo lo que me has dicho.

—¿De veras? —La comisura paralizada de la boca de Wanless pareció sonreír cínicamente.

—Sí.

—La chica... McGee... y Richardson... son las tres últimas incógnitas de una ecuación muerta, capitán Hollister. Bórralas. Empieza de nuevo. La niña es muy peligrosa.

—Meditaré todo lo que has dicho —repitió Cap.

—Hazlo. —Y finalmente Wanless empezó a levantarse dificultosamente, apoyándose sobre el bastón. Tardó mucho. Por fin estuvo en pie—. Se acerca el invierno —comentó—. Estos viejos huesos le temen.

—¿Esta noche te quedarás en Longmont?

—No, en Washington.

Cap titubeó y luego dijo:

—Alójate en el «Mayflower». Quizá quiera comunicarme contigo.

Algo cruzó por los ojos del anciano. ¿Gratitud? Sí, casi seguramente fue eso.

—Muy bien, capitán Hollister —asintió, y se encaminó hacia la puerta ayudándose con el bastón. Un anciano que en otro tiempo había abierto la caja de Pandora y ahora quería acribillar a tiros todo lo que había escapado de ella, en lugar de ponerlo a trabajar.

Cuando la puerta se hubo cerrado detrás de Wanless con un chasquido, Cap lanzó un suspiro de alivio y levantó el teléfono a prueba de interferencias.

7

—¿Con quién hablo?

—Con Orv Jamieson, señor.

—¿Lo habéis atrapado, Jamieson?

—Aún no, señor. Pero hemos descubierto algo interesante en el aeropuerto.

—¿De qué se trata?

—Todos los teléfonos públicos están vacíos. En el suelo de algunas cabinas encontramos unas pocas monedas de veinticinco y de diez centavos.

—¿Los forzaron con ganzúa?

—No, señor. Por eso lo llamo. No los forzaron. Sencillamente están vacíos. La compañía de teléfonos va a enloquecer.

—Muy bien, Jamieson.

—Esto acelera la operación. Hemos pensado que quizás el tipo escondió a la chica fuera y se anotó solo en el registro. Pero sea como fuere, ahora parece que buscamos a un tipo que pagó con muchas monedas.

—Si están en un hotel, y no en algún campamento de verano.

—Sí, señor.

—Adelante, *OJ*.

—Sí, señor. Gracias. —Parecía absurdamente complacido que hubieran recordado su apodo.

Cap colgó. Permaneció cinco minutos en su asiento, con los ojos cerrados, cavilando. La apacible luz de otoño se colaba por el ventanal y alumbraba el despacho, entibiándolo. Luego se inclinó hacia delante y volvió a llamar a Rachel.

—¿John Rainbird está allí?

—Sí, está, Cap.

—Deje pasar otros cinco minutos y después dígale que entre. Quiero hablar con Norville Bates, en el área de servicio. Él es el mandamás allí hasta que llegue Al.

—Sí, señor —respondió Rachel, con tono un poco dubitativo—. Tendrá que ser por una línea abierta. Un enlace mediante radioteléfono. No muy...

—Sí, así está bien —la interrumpió impacientemente.

Al cabo de dos minutos oyó la voz de Bates, fina y crepitante. Era un buen hombre..., no imaginativo, pero sí tesonero. El hombre que Cap prefería tener al frente de la operación hasta que Albert Steinowitz pudiera llegar allí. Cuando por fin Norville apareció en la línea, le informó a Cap que empezaban a expandirse por las ciudades circundantes: Oakville, Tremont, Messalonsett, Hastings Glen, Looton.

—De acuerdo, Norville, está bien —asintió Cap. Recordó que Wanless había dicho: *Lo obligas a reeducar a la niña.* Recordó que Jamieson le había informado que los teléfonos estaban vacíos. Eso no lo había hecho McGee. Lo había hecho la chiquilla. Y luego, como aún estaba activa, había quemado los zapatos del soldado, probablemente por accidente. A Wanless le habría gustado saber que Cap iba a seguir sus consejos por lo menos en un cincuenta por ciento. Esa mañana el viejo de mierda había estado muy elocuente.

—Las cosas han cambiado —anunció Cap—. Tenemos que hacer eliminar al mayor de los dos. Una eliminación drástica. ¿Me entiendes?

—Una eliminación drástica —repitió Norville—. Sí, señor.

—Muy bien, Norville —dijo Cap en voz baja. Colgó el auricular y esperó que entrara John Rainbird.

Se abrió la puerta y apareció, descomunal y feo como un demonio. Era tan silencioso, por naturaleza, este medio indio cherokee, que si hubieras estado mirando tu escritorio, leyendo o contestando cartas, no habrías notado que había alguien más en la habitación, contigo. Cap sabía que esto era muy raro. La mayoría de las personas podían intuir la presencia de otro individuo en la habitación. Una vez Wanless había dicho que esta aptitud no era un sexto sentido sino un sentido residual y acumulativo, una percepción nacida de un aporte infinitesimal de los cinco sentidos normales. Pero cuando se trataba de Rainbird, la percepción era nula. Ninguno de los detectores sutiles como un pelo de bigote vibraba siquiera. Una vez, Al Steinowitz había hecho un comentario extraño acerca de

Rainbird, mientras bebían oporto en casa de Cap: «El el único ser humano, entre todos los que conozco, que no desplaza aire a su paso cuando camina.» Y Cap se alegraba de que Rainbird estuviera en su bando, porque era el único ser humano, entre todos los que *él* conocía, que lo aterrorizaba por completo.

Rainbird era un ogro, un gigante, un cíclope. Le faltaban cinco centímetros para llegar a los dos metros diez de estatura y llevaba el pelo negro lustroso estirado hacia atrás y ceñido en una breve cola de caballo. Hacía diez años, una mina le había volado la cara durante su segunda expedición a Vietnam, y ahora sus facciones eran una pesadilla de tejidos cicatrizados y carnes estriadas. Había perdido el ojo izquierdo. En su lugar no quedaba más que una depresión. No había querido someterse a una operación de cirugía plástica ni hacerse colocar un ojo de vidrio porque, explicaba, cuando llegara al feliz coto de caza del más allá le pedirían que mostrara sus cicatrices de guerra. Cuando hablaba así, no sabías si creerle o no. No sabías si lo decía en serio o si te tomaba el pelo por razones que sólo él conocía.

A lo largo de los años Rainbird había demostrado ser un agente sorprendentemente eficaz, en parte porque a lo que menos se parecía era a un agente, y sobre todo porque detrás de esa máscara de carne se ocultaba una mente sagaz, ferozmente espabilada. Hablaba correctamente cuatro idiomas y entendía otros tres. Seguía un curso de ruso, mientras dormía. Cuando hablaba, lo hacía con una voz baja, melodiosa y civilizada.

—Buenas tardes, Cap.

—¿Ya es la tarde? —inquirió Cap, sorprendido.

Rainbird sonrió, mostrando una enorme hilera de dientes inmaculadamente blancos... Dientes de tiburón, pensó Cap.

—Desde hace catorce minutos —respondió Rainbird—. Compré un digital «Seiko» en el mercado negro de Venecia. Es fascinante. Unos numeritos negros que cambian constantemente. Un prodigio de la tecnología. Pienso a menudo, Cap, que no libramos la guerra de Vietnam para ganarla sino para realizar prodigios de tecnología. Combatimos para crear el reloj digital de pulsera económico, el juego doméstico de ping-pong que se conecta al televisor, la calculadora de bolsillo. Miro mi nuevo reloj de pulsera en medio de la noche. Me informa que estoy más próximo a mi muerte, segundo a segundo. Es una buena noticia.

—Siéntate, viejo amigo —dijo Cap. Como le sucedía siempre que hablaba con Rainbird, tenía la boca seca y debía contener sus manos, que deseaban entrelazarse y comprimirse la una contra la otra sobre la superficie lustrada de su escritorio. Todo esto, a pesar de que creía que Rainbird lo *estimaba*... si se podía suponer que Rainbird estimaba a alguien.

Rainbird se sentó. Vestía con unos vaqueros y una camisa desteñida de cambray.

—¿Cómo está Venecia? —preguntó Cap.

—Hundiéndose —respondió Rainbird.

—Tengo un trabajo para ti, si quieres aceptarlo. Es de poca monta, pero tal vez sea el paso previo a una misión que te resultará mucho más interesante.

—¿De qué se trata?

—Es un trabajo estrictamente voluntario —insistió Cap—. Aún estás en tu período de descanso y recuperación.

—¿De qué se trata? —repitió Rainbird apaciblemente, y Cap se lo explicó.

Estuvo sólo quince minutos con Rainbird, pero le pareció que había transcurrido una hora. Cuando el indio gigantesco se fue, Cap lanzó un largo suspiro. Wanless y Rainbird en una sola mañana... Eso le habría estropeado el día a cualquiera. Pero la mañana ya había terminado, habían progresado mucho, ¿y quién podía saber lo que podía reservar la tarde? Se comunicó con Rachel.

—Comeré aquí, querida. ¿Hará el favor de pedir algo para mí en la cafetería? No importa qué. Cualquier cosa. Gracias, Rachel.

Por fin solo. El teléfono a prueba de interferencias descansaba sobre su gruesa base, llena de microcircuitos micromemorias y sólo Dios sabía qué más. Cuando volviera a repicar probablemente el autor de la llamada sería Albert o Norville para informarle de que todo había terminado en Nueva York. La chica prisionera, el padre muerto. Ésta sí que sería una buena noticia.

Cap volvió a cerrar los ojos. Los pensamientos y las frases flotaban por su memoria como grandes cometas perezosas. Dominación mental. Los miembros del trust de cerebros afirmaban que las posibilidades eran colosales. Imaginad a alguien como McGee al lado de Castro, o del Ayatolah Jomeini. Imaginadlo suficientemente cerca del rojillo Ted Kennedy como para sugerirle en esa voz baja típica de la convicción absoluta que el suicidio era la mejor solución. Imaginad a un hombre como ése con la orden de neutralizar a los jefes de los diversos grupos guerrilleros comunistas. Era una lástima tener que perderlo. Pero... lo que se había conseguido una vez, se podía lograr dos.

La chiquilla. Wanless había dicho: *El poder de partir algún día este mismo planeta por la mitad, como si fuera un plato de loza en una barraca de tiro al blanco*... absurdo, desde luego. Wanless se había vuelto tan loco como el niño del cuento de D. H. Lawrence, el que podía identificar a los caballos ganadores en el hipódromo. El Lote Seis había actuado sobre Wanless como el ácido de una batería: le había corroído el sentido común, llenándolo de grandes agujeros. Se trataba de una *niña*, no de un arma apocalíptica. Y tendrían que retenerla por lo menos durante el tiempo suficiente para saber lo que era y para determinar lo que podía llegar a ser. Esto solo bastaría para reactivar el programa de pruebas del Lote Seis. Si lograban inducirle a utilizar sus poderes a favor del país, tanto mejor.

Tanto mejor, pensó Cap.

De pronto, el teléfono a prueba de interferencias emitió su largo y ronco alarido.

Cap lo cogió, sintiendo que el pulso se le aceleraba súbitamente.

EL INCIDENTE DE LA
GRANJA MANDERS

1

Mientras Cap discutía el futuro de Charlie McGee con Al Steinowitz, en Longmont, ella estaba sentada sobre el borde de la cama, en la Unidad 16 del motel «Slumberland», bostezando y desperezándose. El sol brillante de la mañana entraba oblicuamente por la ventana, irradiado desde un cielo de un profundo e inocente color azul otoñal. Todo tenía mucho mejor aspecto a la luz del día, la buena luz del día.

Miró a su padre, que no era más que un bulto inmóvil bajo las mantas. Asomaba una mata de pelo negro, y esto era todo. Charlie sonrió. Él siempre hacía todo lo que podía. Si él estaba hambriento y ella estaba hambrienta y tenían una sola manzana, su padre daba un mordisco y le hacía comer el resto. Cuando estaba despierto, siempre hacía todo lo que podía por ella.

Pero cuando dormía, le robaba todas las mantas.

Entró en el cuarto de baño, se quitó las bragas y abrió la ducha. Usó el inodoro mientras se calentaba el agua y después se colocó bajo la ducha. El agua caliente la azotó y cerró los ojos, sonriendo. En el mundo no había nada mejor que el primer minuto o los dos primeros minutos bajo una ducha caliente.

(anoche te portaste mal)

Se le arrugó la frente.

(No. Papá dijo que no.)

Incendiaste los zapatos de ese hombre, eres mala, muy mala, ¿te gusta que el osito esté totalmente negro?

La arruga de la frente se hizo más profunda. Ahora la inquietud estaba teñida de miedo y vergüenza. El recuerdo de su osito nunca aparecía íntegro. Era un recuerdo inconsciente y, como sucedía tan a menudo, su culpa parecía condenarse en un olor, un olor a sustancia quemada, carbonizada. A tela y relleno abrasados. Y este olor le hacía evocar imágenes borrosas de su madre y su padre inclinados sobre ella, y ambos eran *grandes*, y estaban asustados, estaban enfadados, sus voces sonaban potentes y chasqueantes, como grandes peñascos al rodar saltando y retumbando por la pendiente de una montaña en una película.

(«¡eres una niña mala! ¡muy mala! ¡no debes hacerlo, Charlie! ¡nunca! ¡nunca! ¡nunca!»)

¿Cuántos años tenía entonces? ¿Tres? ¿Dos? ¿Hasta dónde se remontaban los recuerdos de una persona? Una vez se lo había preguntado a papá y él le había contestado que no lo sabía. Papá le dijo que recordaba la picadura de una abeja y su madre había afirmado que eso había sucedido cuando él tenía sólo quince meses.

Éste era el primer recuerdo de Charlie: los rostros gigantescos inclinados sobre ella; las voces potentes retumbando como peñascos al rodar cuesta abajo; y un olor parecido al de una golosina quemada. El olor había sido el de su pelo. Había inflamado su propio cabello y lo había quemado casi totalmente. Fue después de eso cuando papá pronunció la palabra «ayuda», y mamá se puso muy rara, riendo al principio y llorando después, y riendo de nuevo con un tono tan agudo y extraño que papá la abofeteó. Charlie lo recordaba porque era la única vez que, hasta donde ella sabía, papá le había hecho algo semejante a mamá.

120

Tal vez haya que pensar en pedir «ayuda» para ella, había dicho papá. Estaban en el cuarto de baño y ella tenía la cabeza mojada porque papá la había metido bajo la ducha. Oh, sí, había contestado mamá, vayamos a ver al doctor Wanless, que nos prestará mucha «ayuda», como antes... Entonces la risa, el llanto, más risa, y la bofetada.

(te portaste tal MAL anoche)

—No —murmuró, bajo el tamborileo de la ducha—. Papá dijo que no. Papá dijo que podría... haber... sido... su... cara.

(ANOCHE TE PORTASTE MUY MAL)

Pero necesitaban las monedas de los teléfonos. Así se lo había dicho papá.

(¡MUY MAL!)

Y entonces empezó a pensar nuevamente en mamá, en la época en que ella tenía cinco años, aproximándose ya a los seis. No le gustaba pensar en esto, pero ahora el recuerdo había aflorado y no podía alejarlo.

Había ocurrido inmediatamente antes de que los hombres vinieran y lastimaran a mamá

(querrás decir antes de que la mataran, antes de que la mataran)

sí, está bien, antes de que la *mataran*, y se llevaran a Charlie. Papá la había sentado sobre sus rodillas, a la hora de contar los cuentos, pero no tenía consigo los libros infantiles de siempre. En cambio, tenía un montón de libros gruesos sin ilustraciones. Ella había fruncido la nariz, disgustada, y había pedido que le leyera las historias de los siete enanitos.

—No, Charlie —había contestado él—. Quiero leerte otras historias, y es necesario que las escuches. Ya tienes edad suficiente, creo, y tu madre opina lo mismo. Es posible que estas historias te asusten un poco, pero son importantes. Son verídicas.

Recordaba los títulos de los libros de los cuales papá había leído las historias, porque éstas *sí* que la habían asustado. Había un libro titulado *Lo!*, escrito por un señor que se llamaba Charles Fort. Un libro titulado *Más extraño que la ciencia*, escrito por un señor que se llamaba Frank Edwards. Un libro titulado *La verdad de la noche*. Y había otro libro titulado *Pi-*

roquinesis: Una compilación de casos, pero mamá no había permitido que papá le leyera nada de este último. «Más adelante —había dicho mamá—, cuando sea muy mayor, Andy.» Y entonces el libro había desaparecido. Charlie se había alegrado de ello.

Las historias eran terroríficas, en verdad. Una se refería a un hombre que había muerto abrasado en un parque. Otra era sobre una señora que había muerto incinerada en la sala de la caravana donde vivía, y en toda la habitación no se había quemado nada más que la señora y un trozo pequeño de la silla donde estaba sentada viendo la televisión. Algunos fragmentos habían sido demasiado complejos para ella y no los había entendido, pero recordaba algo, recordaba que un policía había comentado: «No tenemos ninguna explicación para esta muerte. No quedó nada de la víctima, excepto unos dientes y unos trozos de hueso carbonizado. Habría sido necesario emplear un lanzallamas para dejar a una persona en esas condiciones, y alrededor de ella no había nada que estuviese siquiera chamuscado. No nos explicamos por qué el vehículo íntegro no salió disparado como un cohete.»

La tercera historia se refería a un chico mayor que ella —de once o doce años— que había ardido mientras estaba en la playa. Su padre lo había metido en el agua, quemándose a su vez, pero el chico había seguido ardiendo hasta consumirse totalmente. Y había una historia acerca de una adolescente que había ardido mientras le recitaba sus pecados al cura en el confesionario. Charlie sabía lo que era el confesionario de los católicos, porque su amiga Deenie se lo había contado. Deenie afirmaba que debías contarle al cura todas las cosas malas que habías hecho durante la semana. Deenie aún no iba porque no había hecho la primera comunión, pero su hermano Carl sí. Carl estaba en cuarto grado, y debía contarlo todo. Incluso había tenido que confesar que un día se había colado de rondón en el dormitorio de su madre y le había robado algunos de los bombones que le habían regalado para su cumpleaños. Porque si no se lo confesabas al cura, no podrías lavarte en LA SANGRE DE CRISTO y terminarías en EL LUGAR ABRASADOR.

A Charlie no se le había escapado la intención de todas estas historias. Se había asustado tanto después de oír la de la chica en el confesionario, que había prorrumpido en llanto.

—¿Me voy a quemar a mí misma? —No cesaba de llorar—. ¿Como cuando era pequeña y me incendié el pelo? ¿Voy a arder hasta el fin?

Y papá y mamá parecieron alterados. Mamá estaba pálida y no cesaba de morderse los labios. Pero papá la rodeó con el brazo y murmuró:

—No, cariño. No si recuerdas siempre que debes ser prudente y no pensar en... eso. Eso que haces a veces cuando estás ofuscada y asustada.

—¿Qué es? —chilló Charlie—. Qué es, dime qué es, ni siquiera lo sé, no lo haré nunca, ¡lo *prometo*!

—Por lo que parece, cariño —intervino mamá—, es algo que se llama piroquinesis. Consiste en la facultad de encender fuego, a veces, con sólo pensar en el fuego. Generalmente sucede cuando la gente está ofuscada. Algunas personas tienen este..., este poder durante toda la vida, y nunca se enteran de ello. Y otras..., bueno, el poder las domina durante un momento y se... —No pudo terminar.

—Y se queman a sí mismas —concluyó papá—. Por ejemplo, cuando eras pequeña y te incendiaste el pelo, sí. Pero puedes controlar eso, Charlie. *Debes* controlarlo. Y Dios sabe que tú no tienes la culpa. —Cuando dijo esto su mirada se encontró fugazmente con la de mamá, y algo pareció circular entre ellos. Mientras la abrazaba rodeándole los hombros, prosiguió—: Sé que a veces no puedes evitarlo. Es un accidente, como cuando eras más pequeña y te olvidabas de ir al baño porque estabas jugando y te mojabas las bragas. Decíamos que eso era un accidente, ¿lo recuerdas?

—Ya no lo hago.

—No, claro que no. Y dentro de poco controlarás esto otro, en la misma forma. Pero por ahora, Charlie, debes prometernos que *nunca, nunca, nunca* te alterarás de esa manera si puedes evitarlo. De esa manera que provoca incendios. Y si te sucede, si no puedes evitarlo, *apártalo* de ti. En dirección a una papelera o a un cenicero. Procura alejarte. Trata de proyectarlo hacia el agua, si la hay cerca.

—Pero nunca hacia una persona —acotó mamá, con el rostro estático y pálido y serio—. Eso sería muy peligroso, Charlie. Si lo hicieras serías una niña muy mala. Porque podrías —hizo un esfuerzo para articular las palabras—, porque podrías matar a alguien.

Y entonces Charlie lloró histéricamente, con lágrimas de pánico y remordimiento, porque mamá tenía las dos manos vendadas, y ella sabía por qué papá le había leído todas esas historias sobrecogedoras. El día anterior, cuando mamá le había dicho que no podía ir a casa de Deenie porque no había ordenado su habitación, Charlie se había enfadado *mucho*, y de pronto habían aparecido las llamas, brotando como siempre de la nada, como el muñeco que salta de una caja de sorpresas aviesa, balanceando la cabeza y sonriendo, y ella había estado tan furiosa que las había alejado de sí en dirección a su madre y entonces las manos de mamá se habían quemado. Y eso había sido *muy* grave.

(podría haber sido peor podría haber sido su cara)

porque el fregadero estaba lleno de agua jabonosa para los platos, no había sido *demasiado* grave, pero había sido *MUY GRAVE*, y ella les había prometido a los dos que *nunca nunca nunca*...

El agua caliente le tamborileaba sobre la cara, el pecho, los hombros, enfundándola en un sobre tibio, en un capullo, mitigando los recuerdos y la preocupación. Papá le había *dicho* que eso era correcto. Y si papá decía que algo era correcto, lo era. En el mundo no había nadie tan inteligente como él.

Sus pensamientos saltaron del pasado al presente y se encauzaron hacia los hombres que los perseguían. Trabajaban para el Gobierno, le había informado papá, pero no para una parte buena del Gobierno. Trabajaban para una parte del Gobierno que se llamaba la Tienda. Los hombres los perseguían sin cesar. Fueran a donde fueren, estos hombres de la Tienda aparecían al cabo de poco tiempo.

Me pregunto si les gustaría que los incendiara, inquirió fríamente una parte de ella, y apretó fuertemente los párpados, con una sensación de espanto culpable.

124

Era feo pensar eso. Era malo.

Charlie estiró la mano, cogió el grifo del agua CA-LIENTE, y lo cerró con un súbito giro enérgico de la muñeca. Durante los dos minutos siguientes se quedó tiritando y abrazando su cuerpo endeble bajo la lluvia helada y penetrante, anhelando salir pero sin permitírselo.

Cuando alimentabas malos pensamientos, debías pagar por ellos.

Se lo había dicho Deenie.

2

Andy se despertó poco a poco, con una vaga conciencia del tamborileo de la ducha. Al principio ésta había formado parte de su sueño: se hallaba en la laguna Tashmore con su abuelo y tenía nuevamente ocho años, e intentaba ensartar una lombriz convulsionada en el anzuelo, sin clavárselo en el pulgar. El sueño había sido increíblemente vívido. Veía la astillada cesta de mimbre que descansaba sobre la proa del bote, veía los parches rojos para neumático que remendaban las viejas botas verdes del Abuelo McGee, veía su propio guante antiguo y ajado de béisbol, y al mirarlo recordó que al día siguiente debía practicar con el equipo de la Liga Juvenil en el campo Roosevelt. Pero ésa era la noche anterior, los últimos destellos de luz y la oscuridad creciente se equilibraban perfectamente sobre la cúspide del crepúsculo, la laguna estaba tan serena que se distinguían las pequeñas nubes de jejenes que rozaban su superficie de color cromado. Los relámpagos generados por el calor centelleaban intermitentemente... o quizás eran relámpagos auténticos, porque llovía. Las primeras gotas oscurecieron la madera del bote del Abuelo, blanqueada por la intemperie, formando círculos del tamaño de una moneda. Después las oyó sobre el lago, con un siseo bajo y misterioso, como...

como el ruido de una
ducha, Charlie debe de estar en la ducha.

Abrió los ojos y vio un techo de vigas desconocido. *¿Dónde estamos?*

Las piezas del rompecabezas ocuparon su lugar una por una, pero hubo un instante de aterradora caída libre, producto de haber estado en demasiados lugares durante el último año, de haber escapado demasiadas veces por un pelo, y de haber estado sometido a demasiada presión. Pensó nostálgicamente en su sueño y deseó poder estar de nuevo con el Abuelo McGee, que había muerto hacía ya veinte años.

Hastings Glen. Estaba en Hastings Glen. *Estaban* en Hastings Glen.

Pensó en su cabeza, extrañado. Le dolía pero no como la noche anterior, cuando se habían separado del barbudo. El dolor se había reducido a una débil palpitación sistemática. Si el proceso seguía su cauce normal, esa noche la palpitación se habría reducido a un vago malestar, y al día siguiente habría desaparecido.

Se cortó el chorro de la ducha.

Se sentó en la cama y consultó el reloj. Eran las once menos cuarto.

—¿Charlie?

Ella volvió al dormitorio, secándose con una toalla.

—Buenos días, papá.

—Buenos días. ¿Cómo estás?

—Tengo hambre —respondió Charlie. Se acercó a la silla donde había depositado sus prendas y recogió la blusa verde. La olfateó. Hizo una mueca—. Debo cambiarme de ropa.

—Tendrás que conformarte con ésta durante un tiempo, nena. Más tarde te compraré algo.

—Ojalá no tengamos que esperar tanto para comer.

—Haremos autostop, y nos detendremos en la primera cafetería que encontremos.

—Papá, cuando empecé a ir a la escuela, me dijiste que nunca debía subir a un coche con desconocidos. —Se había puesto las bragas y la blusa verde, y lo miraba con curiosidad.

Andy bajó de la cama, se acercó a ella y le puso las manos sobre los hombros.

—A veces el diablo que no conoces es mejor que el que sí conoces —sentenció—. ¿Me entiendes, nena?

Charlie reflexionó cuidadosamente. Conjeturó que el diablo que conocían eran los hombres de la Tienda. Los hombres que los habían perseguido por la calle de Nueva York, el día anterior. El diablo que no conocían...

—Supongo que significa que la mayoría de las personas que viajan en coche no trabajan para esa Tienda —respondió.

Él le devolvió la sonrisa.

—Has acertado. Y lo que dije antes sigue en pie, Charlie. Cuando estás en un grave aprieto, a veces debes hacer cosas que nunca harías si todo marchara bien.

La sonrisa de Charlie se borró. Su expresión se tornó seria.

—¿Por ejemplo, hacer salir dinero de los teléfonos?

—Sí —contestó Andy.

—¿Y eso no fue malo?

—No. Dadas las circunstancias, no fue malo.

—Porque cuando estás en un grave aprieto, haces todo lo necesario para salir de él.

—Sí, con algunas excepciones.

—¿Cuáles son las excepciones, papá?

Él le alborotó el cabello.

—Eso no importa, ahora. ¡Ánimo, Charlie!

Pero ella no cejó.

—Y no quise incendiar los zapatos de ese hombre. No lo hice adrede.

—No, claro que no.

Charlie se entonó. Su sonrisa, tan parecida a la de Vicky, se hizo radiante.

—¿Qué tal tu cabeza esta mañana, papá?

—Mucho mejor, gracias.

—Estupendo. —Lo miró detenidamente—. Papá, tu ojo está raro.

—¿Cuál?

Charlie señaló el izquierdo.

—Ése.

—¿De veras? —Andy entró en el cuarto de baño y frotó una parte del espejo empañado, para despejarla.

Se miró el ojo durante largo rato y sintió que se desvanecía su buen humor. El ojo derecho tenía el aspecto de siempre: verde grisáceo, con el color del océano en un día nublado de primavera. El ojo izquierdo también tenía un color verde grisáceo, pero con la esclerótica muy inyectada en sangre. Y la pupila parecía más contraída que la derecha. Y el párpado tenía una peculiar flaccidez que nunca había notado antes.

La voz de Vicky reverberó de pronto en su mente. La oyó tan nítidamente como si ella estuviera junto a él. *Las jaquecas me asustan, Andy. Cuando utilizas ese empuje o como quieras llamarlo, te haces algo a ti mismo, además de hacérselo a las otras personas.*

Esta reflexión fue seguida por la imagen de un globo que se hincha... y se hincha... y se hincha... y que finalmente revienta con un fuerte estampido.

Empezó a estudiar minuciosamente la mitad de su cara, palpándola en todas partes con las yemas de los dedos de la mano derecha. Parecía el protagonista de un anuncio de TV, maravillándose de estar rasurado a flor de piel. Encontró tres puntos —uno debajo del ojo izquierdo, otro sobre el pómulo izquierdo, y otro justo debajo de la sien izquierda— totalmente desprovistos de sensibilidad. El miedo se infiltró en los lugares huecos de su cuerpo como una mansa bruma vespertina. No estaba tan asustado por sí mismo como por Charlie, por lo que sería de ella cuando tuviera que apañarse sola.

La vio detrás de él, en el espejo, como si la hubiera llamado.

—¿Papá? —Parecía un poco alarmada—. ¿Estás bien?

—Sí, bien —respondió. Su voz tenía un timbre normal. Sin ningún temblor. Tampoco sonaba excesivamente confiada, con falso entusiasmo—. Sólo pensaba que necesito afeitarme.

Ella se cubrió la boca con la mano y soltó una risita.

—Raspas como un estropajo. Qué horror.

Andy la persiguió hasta el dormitorio y frotó su mejilla áspera contra la muy tersa de ella. Charlie se rió y pataleó.

Mientras Andy le hacía cosquillas a su hija con la barba crecida, Orville Jamieson, apodado *OJ*, apodado *El Jugo*, y otro agente de la Tienda llamado Bruce Cook, se apeaban de un «Chevy» de color azul marino frente a la cantina «Hastings».

OJ se detuvo un momento y miró hacia la parte baja de la Calle Mayor, con su aparcamiento, su ferretería, su tienda de comestibles, sus dos gasolineras, su único *drugstore*, su Ayuntamiento de madera con una placa en el frente en conmemoración de algún acontecimiento histórico que a nadie le importaba una mierda. La Calle Mayor también era la carretera 40, y los McGee estaban a menos de seis kilómetros del lugar donde *OJ* y Bruce Cook se hallaban ahora.

—Mira este villorrio —dijo *OJ*, asqueado—. Me crié cerca de aquí. En un pueblo llamado Lowville. ¿Has oído hablar de Lowville, Estado de Nueva York?

Bruce Cook meneó la cabeza.

—Está cerca de Utica, además. Donde fabrican la cerveza «Utica Club». Nunca en mi vida me sentí tan feliz como el día en que me largué de Lowville. —*OJ* metió la mano bajo la americana y reacomodó *la Turbina* en la pistolera de sobaco.

—Allí están Tom y Steve —anunció Bruce.

Enfrente, un «Pacer» de color marrón claro había aparcado en el espacio que acababa de desocupar una furgoneta. Dos hombres de traje oscuro se estaban apeando del «Pacer». Parecían banqueros. Calle abajo, a la altura del semáforo parpadeante, otros dos agentes de la Tienda conversaban con la vieja yegua que ayudaba a cruzar a los chicos de la escuela a la hora del almuerzo. Le mostraban la foto y la mujer meneaba la cabeza. En Hastings Glen había diez agentes de la Tienda, todos ellos coordinados bajo la dirección de Norville Bates, quien se hallaba en Albany esperando a Al Steinowitz, la fiera personal de Cap.

—Sí, Lowville —suspiró *OJ*—. Ojalá atrapemos a esos dos mamarrachos antes de mediodía. Y ojalá mi próxima misión sea en Karachi. O en Islandia. En cualquier parte, menos en la zona alta del Estado de Nueva York. Eso está demasiado cerca de Lowville. Demasiado cerca, para mi gusto.

—¿Crees que los atraparemos antes del mediodía? —preguntó Bruce.

OJ se encogió de hombros.

—Los atraparemos antes de que se ponga el Sol. Puedes estar seguro de eso.

Entraron en la cantina, se sentaron a la barra y pidieron café. Se lo sirvió una camarera joven, bien formada.

—¿Hace mucho que estás aquí, hermana? —inquirió *OJ*.

—Si tienes una hermana, la compadezco —respondió la camarera—. Si se parece a ti, quiero decir.

—No seas insolente, hermana —le amonestó *OJ*, y le mostró su credencial. La camarera la escrutó largamente. Detrás de ella, un delincuente juvenil no tan joven, enfundado en una cazadora de motorista, pulsaba los botones de un tocadiscos automático.

—Llegué a las siete —contestó la camarera—. Como todas las mañanas. Quizá sería mejor que hablaras con Mike. Es el propietario.

Empezó a girar y *OJ* le sujetó con fuerza la muñeca. No le gustaban las mujeres que se burlaban de su facha. De todas maneras la mayoría de las mujeres eran zorras. Su madre no se había equivocado en esto, aunque sí en casi todo lo demás. Y seguramente su madre habría sabido qué pensar de una zorra de tetas erguidas, como ésta.

—¿Acaso dije que quería hablar con el propietario, hermana?

Ahora la chica empezaba a asustarse, y esto era lo que quería *OJ*.

—N-no.

—Correcto. Porque deseo hablar contigo y no con un tipo que ha estado toda la mañana en la cocina, batiendo huevos y friendo hamburguesas. —Extrajo del bolsillo las fotos de Andy y Charlie y se las entregó, sin soltarle la muñeca—. ¿Los reconoces, hermana? ¿Tal vez les has servido el desayuno esta mañana?

—Suéltame. Me haces *daño*. —Todos los colores habían desaparecido de su rostro, exceptuando los aceites de puta con que se había embadurnado. Probablemente había sido *majorette* en la escuela secundaria. Como las chicas que se habían reído de Orville Jamieson cuando las invitaba a salir, porque era el presidente del Club de Ajedrez y no zaguero del equipo de fútbol. Un hato de putas baratas, las chicas de Lowville, Dios, cómo odiaba el Estado de Nueva York. Incluso la ciudad de Nueva York estaba demasiado cerca, jodidamente cerca.

—Dime si les serviste o no. Después te soltaré. *Hermana*.

La camarera miró fugazmente la foto.

—¡No! No los vi. Ahora suél...

—No has mirado bastante, *hermana*. Será mejor que vuelvas a hacerlo.

Volvió a mirar.

—¡No! ¡No! —exclamó en voz alta—. ¡Nunca los he visto! ¿Es que no puedes soltarme?

El delincuente juvenil no tan joven, enfundado en la cazadora de cuero comprada en la liquidación del «Mammoth Mart», se acercó a ellos con un tintineo de cremalleras. Tenía los pulgares enganchados en los bolsillos del pantalón.

—Está molestando a la dama —espetó.

Bruce Cook lo miró con franco desdén y con los ojos muy abiertos.

—Cuida que no decidamos molestarte después a ti, cara de mono —siseó.

—Oh —murmuró el joven viejo de la cazadora de cuero, y su voz bajó de tono repentinamente. Se alejó de prisa, como si hubiera recordado que tenía un compromiso urgente en la calle.

Dos ancianas sentadas en un reservado observaban con expresión nerviosa la escena que se desarrollaba en la barra. Un hombre corpulento, con un uniforme de cocinero más o menos blanco —presumiblemente Mike, el propietario— estaba plantado en la puerta de la cocina, también mirando. Empuñaba en una mano un cuchillo de matarife, pero no con talante de mucha autoridad.

—¿Ustedes qué quieren? —inquirió.

—Son agentes federales —anunció la camarera, alarmada—. Ellos...

—¿No les serviste? ¿Estás segura? —inquirió *OJ*—. *¿Hermana?*

—Estoy segura —afirmó ella. Ahora estaba ya al borde del llanto.

—Ojalá lo estés. Un error podría costarte cinco años de cárcel, *hermana*.

—Estoy segura —susurró la camarera. Una lágrima se desbordó por la curva inferior de un ojo y se deslizó por su mejilla—. Suéltame, por favor. No me hagas más daño.

OJ apretó con más fuerza durante un instante brevísimo, saboreando la sensación que le producían los huesitos al moverse bajo su mano, saboreando la certeza de que podía apretar con más fuerza aún y romperlos..., y entonces la soltó. La cantina estaba sumida en el silencio, quebrado sólo por la voz de Stevie Wonder que brotaba del tocadiscos para asegurarles a los atemorizados parroquianos de la cantina «Hastings» que podían sentirlo todo. Entonces las dos ancianas se levantaron y salieron de prisa.

OJ levantó su taza de café, se inclinó sobre la barra, derramó el café en el suelo, y después dejó caer la taza, que se hizo trizas. Las gruesas esquirlas de loza salieron despedidas en una docena de direcciones distintas. Ahora la camarera lloraba sin intentar disimularlo.

—Qué brebaje tan inmundo —sentenció *OJ*.

El propietario hizo un ademán poco entusiasta con el cuchillo y las facciones de *OJ* parecieron iluminarse.

—Vamos, hombre —exclamó, riendo a medias—. Vamos. Inténtalo.

Mike depositó el cuchillo junto a la tostadora y gritó súbitamente, avergonzado e indignado.

—¡He combatido en Vietnam! ¡Mi hermano combatió en Vietnam! ¡Le escribiré al diputado de mi distrito, para contarle esto! ¡Esperad y veréis si lo hago o no!

OJ lo miró. Después de un rato Mike bajó la vista, asustado.

Los dos salieron.

La camarera se agachó y empezó a recoger los fragmentos de la taza, sollozando.

Afuera, Bruce preguntó:

—¿Cuántos moteles hay?

—Tres moteles, seis grupos de cabañas para turistas —contestó *OJ*, mirando en dirección al semáforo parpadeante. Éste lo fascinaba. En el Lowville de su juventud había una cantina con una placa que rezaba: SI NO LE GUSTA NUESTRA CIUDAD, BUSQUE UN HORARIO DE SALIDAS. ¿Cuántas veces había tenido ganas de arrancar la placa de la pared para hacérsela tragar a alguien?

—Los están registrando —dijo, mientras se encaminaba hacia su «Chevrolet» azul marino, el cual formaba parte de un parque automotor del Gobierno pagado y mantenido con los dólares de los contribuyentes—. Pronto lo sabremos.

4

John Mayo iba en compañía de un agente llamado Ray Knowles. Viajaban por la carretera 40 rumbo al «Slumberland Motel». Pilotaban un «Ford» color marrón, de modelo reciente, y cuando estaban subiendo la última cuesta que los separaba de la imagen visible del motel, pincharon un neumático.

—*Mierda* —exclamó John, cuando el coche empezó a zarandearse y a desviarse hacia la derecha—. Así son los materiales que te suministra el Gobierno. Jodidamente recauchutados. —Frenó sobre el arcén y encendió los cuatro intermitentes del «Ford»—. Sigue tú —agregó—. Yo cambiaré la condenada rueda.

—Te ayudaré —respondió Ray—. Sólo tardaremos cinco minutos.

—No, sigue adelante. Tiene que estar justo del otro lado de la loma.

—¿Seguro?

—Sí. Pasaré a recogerte. A menos que la rueda de repuesto también esté pinchada. No me sorprendería.

Un camión rural pasó traqueteando junto a ellos. Era el mismo que *OJ* y Bruce Cook habían visto salir de la ciudad mientras estaban frente a la cantina «Hastings».

Ray sonrió.

—Ojalá te equivoques. Tendrías que llenar un formulario por cuadruplicado para pedir otra nueva.

John no le devolvió la sonrisa.

—Como si no lo supiera —masculló hoscamente.

Contornearon el maletero y Ray lo abrió. La rueda de repuesto se hallaba en buenas condiciones.

—Está bien —asintió John—. Sigue adelante.

—Realmente no harán falta cinco minutos para cambiar esta bazofia.

—Sí, y esos dos no están en el motel. Pero hagámoslo como si fuera en serio. Al fin y al cabo, tienen que estar en alguna parte.

—Sí, de acuerdo.

John extrajo del maletero el gato y la rueda de repuesto. Ray Knowles lo miró un momento y después echó a andar por el borde de la carretera en dirección al «Slumberland Motel».

5

Un poco más adelante del motel, Andy y Charlie estaban en la carretera 40. Los temores de Andy habían resultado infundados. Nadie había notado que no tenían coche. Lo único que le interesaba a la mujer que atendía la recepción era el pequeño televisor «Hitachi» colocado sobre el mostrador. En su interior estaba atrapado un diminuto Phil Donahue, y la mujer lo miraba ávidamente. Dejó caer en la ranura del buzón la llave que le tendía Andy, sin siquiera apartar la mirada de la imagen.

—Espero que haya disfrutado de su estancia —recitó. Hurgaba dentro de una caja de rosquillas de coco con chocolate y ya había hecho desaparecer la mitad del contenido.

—Claro que sí —respondió Andy y salió.

Charlie lo esperaba fuera. La mujer le había dado un duplicado de la cuenta, que Andy metió en el bolsillo lateral de su chaqueta de pana mientras bajaba la escalera. Las monedas de los teléfonos públicos de Albany tintinearon apagadamente.

—¿Todo bien, papá? —preguntó Charlie, mientras se encaminaban hacia la carretera.

—Parece que sí —contestó, y le rodeó los hombros con el brazo. Ray Knowles y John Mayo acababan de sufrir el reventón a la derecha de ellos y del otro lado de la loma.

—¿A dónde vamos, papá? —inquirió Charlie.

—No lo sé.

—Esto no me gusta. Me siento nerviosa.

—Creo que les llevamos mucha ventaja —afirmó Andy—. No te preocupes. Probablemente aún están buscando el taxista que nos llevó a Albany.

Pero lo que hacía era comportarse como quien silba para alejar el miedo. Él lo sabía, y probablemente Charlie también. El solo hecho de estar plantado a la vera de la carretera le hacía sentirse exhibido, como si fuera el presidiario de un cómic, con su traje a rayas. Basta, se dijo. A continuación pensarás que están en todas partes, uno detrás de cada árbol y un pelotón detrás de la loma contigua. ¿No había dicho alguien que la paranoia perfecta y la sensibilidad perfecta eran una misma cosa?

—Charlie... —empezó a decir.

—Vamos a casa del Abuelo —lo interrumpió ella.

La miró, sobresaltado. Volvió a acometerlo su sueño, el sueño en el que se había visto pescando bajo la lluvia, la lluvia que se había trocado en el ruido de la ducha de Charlie.

—¿Qué te ha hecho pensar en eso? —preguntó. El Abuelo había muerto mucho antes de que naciera

135

Charlie. Había pasado toda su vida en Tashmore, Vermont, un pueblo situado justo al oeste del límite de New Hampshire. Cuando el Abuelo había muerto, la madre de Andy había heredado la casa de la laguna, y cuando ella había muerto, la había heredado Andy. Las autoridades municipales la habrían embargado hacía mucho tiempo para cobrarse los impuestos atrasados, si el Abuelo no hubiera dejado un pequeño fideicomiso para pagarlos.

Andy y Vicky habían ido allí una vez al año, durante las vacaciones de verano, hasta que había nacido Charlie. Se hallaba a treinta kilómetros de la carretera de dos carriles más próxima, en una comarca boscosa, despoblada. En verano iba toda clase de gente a la laguna Tashmore, que en realidad era un lago sobre cuya margen extrema se levantaba la pequeña ciudad de Bradford, en New Hampshire. Pero a esta altura del año los campamentos de verano estarían vacíos. Andy incluso dudaba que despejaran la nieve del camino de entrada, durante el invierno.

—No lo sé —respondió Charlie—. Sencillamente... se me ha ocurrido ahora mismo.

Al otro lado de la loma, John Mayo abría el maletero del «Ford» e inspeccionaba la rueda de repuesto.

—Esta mañana soñé con el Abuelo —manifestó Andy lentamente—. Creo que es la primera vez que pienso en él, desde hace más de un año. Así que supongo que se podría decir que a mí también se me ocurrió la idea, sencillamente.

—¿Fue un sueño agradable, papá?

—Sí —contestó él, con una sonrisita—. Sí, lo fue.

—Bueno, ¿qué opinas?

—Opino que es una excelente idea —sentenció Andy—. Podemos ir allí y quedarnos un tiempo y pensar qué podemos hacer después. Cómo afrontar esto. Quizá si pudiéramos llegar a un periódico y contar nuestra historia para que se entere mucha gente, se verían obligados a dejarnos en paz.

Un viejo camión se acercaba a ellos traqueteando, y Andy hizo señas con el pulgar. Del otro lado de la loma, Ray Knowles caminaba por el margen de tierra de la carretera.

El camión se detuvo, y un hombre vestido con un mono y tocado con una gorra de béisbol de los New York Mets se asomó por la ventanilla.

—Caray, aquí tenemos a una señorita encantadora —comentó sonriendo—. ¿Cómo te llamas, señorita?

—Roberta —respondió Charlie inmediatamente. Roberta era su segundo nombre.

—Bueno, Bobbi, ¿y a dónde vas esta mañana? —inquirió el conductor.

—Vamos a Vermont —explicó Andy—. A St. Johnsbury. Mi esposa estaba visitando a su hermana y tuvo un pequeño contratiempo.

—No me diga —respondió el granjero, y no añadió nada más, pero miró astutamente a Andy, de soslayo.

—Dolores de parto —prosiguió Andy, y forzó una ancha sonrisa—. La niña tiene un flamante hermanito. Desde la una y cuarenta y una de esta mañana.

—Se llama Andy —intervino Charlie—. ¿No es un bonito nombre?

—En efecto —asintió el granjero—. Montad en el camión y por lo menos os dejaré quince kilómetros más cerca de St. Johnsbury.

Subieron a la cabina y el camión volvió a meterse en la carretera, traqueteando y rezongando, y enfiló hacia el refulgente sol matinal. Knowles franqueaba en ese momento la cresta de la loma. Vio una carretera desierta que bajaba hasta el motel «Slumberland». Y vio cómo desaparecía, más allá del motel, el camión que había pasado a su coche pocos minutos antes.

No pensó que fuera necesario apresurar el paso.

6

El granjero se llamaba Manders, Irv Manders. Acababa de transportar un cargamento de calabazas a la ciudad, donde tenía un trato con el gerente del «A & P». Antes lo había tenido con el del «First National», pero ese individuo sencillamente no entendía de calabazas. Era un matarife que había ascendido de categoría, y nada más, a juicio de Irv Manders. El gerente del «A & P», en cambio, era un tipo de primera. Irv les informó que en verano su esposa montaba una tienda para turistas, y él vendía productos de la zona junto a la carretera, y entre los dos se las apañaban muy bien.

—No le gustará que me meta en sus asuntos —le dijo Irv Manders a Andy—, pero usted y esta muñeca no deberían viajar haciendo autostop. Dios mío, claro que no. Piense en la clase de gente que últimamente comete atrocidades por las carreteras. En el *drugstore* de Hastings Glen hay una terminal de autocares Greyhound. Eso es lo ideal para ustedes.

—Bueno... —empezó a argumentar Andy. Estaba azorado, pero Charlie se introdujo limpiamente en la conversación.

—Papá se ha quedado sin trabajo —explicó con gran desenvoltura—. Por eso mamá tuvo que ir a dar a luz a casa de la tía Em. Papá no le cae simpático a la tía Em. Así que nos quedamos en casa. Pero ahora vamos a ver a mamá. ¿No es cierto, papá?

—Ésa es una historia muy personal, Bobbi —respondió Andy, aparentemente incómodo. Se *sentía* incómodo. La versión de Charlie era muy inconsistente.

—No agregue una palabra más —exclamó Irv—. Yo sé lo que son los conflictos de familia. A veces llegan a ser muy enconados. Y también sé lo que es pasar apuros económicos. No hay por qué avergonzarse de ello.

Andy se aclaró la garganta pero permaneció callado. No se le ocurrió nada para decir. Viajaron un rato en silencio.

—Oiga, ¿por qué no vienen los dos a casa, y se quedan a comer con mi esposa y conmigo? —inquirió Irv súbitamente.

—Oh, no, no podríamos...

—Nos gustaría mucho —intervino Charlie—. ¿No es cierto, papá?

Andy sabía que por lo general las corazonadas de Charlie eran positivas, y estaba demasiado exhausto, mental y físicamente, para contradecirla en ese momento. Era una chiquilla segura de sí y emprendedora, y más de una vez él se había preguntado cuál de los dos llevaba la batuta.

—Si le parece que hay suficiente... —murmuró.

—Siempre hay suficiente comida —dictaminó Irv Manders, y puso enérgicamente el camión en tercera. Traqueteaban entre los árboles que el otoño teñía de colores brillantes: arces, olmos, chopos—. Nos alegrará tenerlos con nosotros.

—Muchas gracias —dijo Charlie.

—El gusto es mío muñeca —respondió Irv—. Y también será de mi esposa, cuando te vea.

Charlie sonrió.

Andy se frotó las sienes. Bajo los dedos de su mano izquierda estaba uno de los tramos de piel donde los nervios parecían haber muerto. Por alguna razón, no estaba tranquilo. Seguía teniendo la fuerte intuición de que sus perseguidores se acercaban cada vez más.

7

La mujer que había anotado la salida de Andy del «Slumberland Motel» hacía menos de veinte minutos empezaba a ponerse nerviosa. Se había olvidado totalmente de Phil Donahue.

—Está segura de que era este hombre —le repetía Ray Knowles por tercera vez.

A ella no le gustaba ese individuo menudo, pulcro, un poco tenso. Quizá trabajaba para el Gobierno, pero eso no era ningún consuelo para Lena Cunningham. No le gustaba su rostro afilado, no le gustaban las arrugas que circundaban sus fríos ojos azules, y sobre todo no le gustaba la forma en que le colocaba una y otra vez la foto debajo de la nariz.

—Sí, era él —insistió—. Pero no lo acompañaba ninguna niña. Se lo juro, señor. Mi marido se lo confirmará. Él trabaja por la noche. Tal como están las cosas casi no nos vemos, excepto a la hora de cenar. Él le dirá...

El otro hombre entró nuevamente, y Lena observó con creciente alarma que empuñaba un radioteléfono en una mano y un revólver descomunal en la otra.

—Eran ellos —dictaminó John Mayo. La cólera y el desencanto lo habían puesto casi histérico—. En esa cama durmieron dos personas. Cabellos rubios en una almohada y negros en la otra. ¡Condenado reventón! ¡Me cago en todo! ¡De la barra del baño cuelgan unas toallas mojadas! ¡La jodida ducha todavía está goteando! ¡Se nos escabulleron quizá por cinco minutos, Ray!

Volvió a meter el revólver en la funda del sobaco.

—Llamaré a mi marido —musitó Lena débilmente.

—No hace falta —espetó Ray. Cogió a John por el brazo y lo arrastró afuera. John seguía maldiciendo el neumático pinchado—. Olvídate del neumático, John. ¿Llamaste a OJ, a la ciudad?

—Hablé con él y con Norville. Éste viene desde Albany y trae consigo a Al Steinowitz, que aterrizó hace menos de diez minutos.

—Bueno, estupendo. Escucha, piensa un minuto, Johnny. Debieron de hacer autostop.

—Sí, supongo que sí. A menos que hayan robado un coche.

—Ese tipo es profesor de inglés. No sabría cómo robar un caramelo del quiosco de un asilo para ciegos. Sí, viajan haciendo autostop. Anoche hicieron autostop desde Albany. Esta mañana han hecho autostop. Te apuesto el suelo de este año a que mientras yo escalaba la loma ellos estaban moviendo el pulgar sobre el borde de la carretera.

—Si no hubiera sido por ese reventón... —Los ojos de John tenían una expresión desdichada tras las gafas con montura de alambre. Vio un ascenso que se alejaba aleteando lenta, perezosamente.

—¡A la mierda con el reventón! —exclamó Ray—. ¿Qué fue lo que pasó al lado de nosotros? Después de que se pinchara el neumático, ¿qué fue lo que pasó al lado de nosotros?

John recapacitó mientras prendía el radioteléfono a su cinturón.

—Un camión —dijo.

—Eso es lo que yo también recuerdo —asintió Ray.

Miró en torno y distinguió la carota de luna de Lena Cunningham que los espiaba desde la ventana de la recepción del motel. Ella vio que la observaban y dejó caer la cortina en su lugar.

—Un camión destartalado —prosiguió Ray—. Si no se desvían de la carretera principal, los alcanzaremos.

—Vamos, entonces —exclamó John—. Podremos mantenernos en contacto con Al y Norville a través de *OJ*, con el radioteléfono.

Fueron al trote hasta el coche y montaron en él. Un momento después el «Ford» marrón salió rugiendo del aparcamiento, despidiendo una andanada de grava blanca triturada desde abajo de los neumáticos traseros. Lena Cunningham los vio alejarse con un sentimiento de alivio. La administración de un motel ya no era lo que había sido antes.

Fue a despertar a su marido.

8

Mientras el «Ford» en el que Ray Knowles iba al volante, y en el que John Mayo ocupaba el segundo asiento delantero, rugía por la carretera 40 a más de ciento diez kilómetros por hora (y mientras una caravana de diez u once coches de último modelo igualmente imposibles de identificar convergían sobre Hastings Glen desde las áreas circundantes de búsqueda), Irv Manders hacía una seña con la mano hacia la izquierda y salía de la carretera para internarse por un acceso alquitranado y emparchado, desprovisto de carteles indicadores, que se dirigía más o menos hacia al Noreste. El camión avanzaba zangoloteándose y dando tumbos. Obedeciendo a las sugerencias de Irv, Charlie había entonado casi todo su repertorio de nueve canciones, que incluía éxitos como *Happy Birthday to*

You, This Old Man, Jesus Loves Me y *Camptown Races*. Irv y Andy cantaban con ella.

El camino siguió un trayecto sinuoso y enroscado sobre una serie de colinas cada vez más boscosas, y después empezó a descender hacia un territorio más llano, cultivado y segado.

En una oportunidad una perdiz salió disparada de su refugio de matorrales y heno viejo, situado sobre la margen izquierda del camino, e Irv gritó:

—¡Cázala, Bobbi!

Y Charlie le apuntó con el dedo y canturreó:

—¡Bam-ba-DAM! —y después soltó una risita frenética.

Pocos minutos más tarde Irv giró por un camino de tierra, y un kilómetro y medio más adelante encontraron un destartalado buzón rojo, blanco y azul con el nombre MANDERS estampado en la cara lateral. Irv entró en un camino interior marcado por dos huellas profundas, que tenían casi un kilómetro de longitud.

—Debe de costarle un brazo y una pierna mantenerlo libre de nieve en invierno —comentó Andy.

—Lo hago yo mismo —respondió Irv.

Llegaron a una casona de madera blanca, de tres pisos, con ribetes de color verde menta. A Andy le pareció que se trataba de una de esas casas que inicialmente habían sido muy normales y que después se habían tornado excéntricas a medida que transcurrían los años. Había dos cobertizos adosados a la parte posterior: uno zigzagueaba hacia aquí, y el otro hacia allá. Por el lado sur había agregado un invernadero, y por el lado norte asomaba una gran galería protegida por un enrejado que sobresalía como un miriñaque almidonado.

Detrás de la casa se alzaba un granero rojo que había conocido tiempos mejores, y entre la casa y el granero se extendía lo que los habitantes de New England llamaban un *door-yard*: un patio de tierra lisa donde cacareaban y se contorneaban dos docenas de gallinas. Cuando el camión avanzó estrepitosamente hacia ellas, huyeron alborotando y agitando sus alas inútiles, delante de un tocón en el que estaba clavada un hacha.

Irv avanzó con el camión hasta introducirlo en el granero cuyo aroma dulzón de heno le hizo evocar a Andy sus veranos de Vermont. Cuando Irv desconectó el motor, todos oyeron un mugido bajo, melodioso, que provenía de las entrañas sombrías de la cuadra.

—Tienes una *vaca* —exclamó Charlie, y algo parecido al éxtasis se reflejó en su rostro—. La *oigo*.

—Tenemos tres —contestó Irv—. A la que oyes es a la *Mandona*... Un nombre muy original, ¿no te parece, muñeca? La *Mandona* opina que hay que ordeñarla tres veces por día. Más tarde podrás verla, si tu padre te autoriza.

—¿Puedo, papá?

—Supongo que sí —asintió Andy, capitulando mentalmente. Se había plantado sobre el borde de la carretera para hacer autostop, y quién sabe cómo habían terminado por secuestrarlos.

—Vengan y les presentaré a mi esposa.

Atravesaron el patio de tierra, deteniéndose para que Charlie examinara todas las gallinas a las que podía acercarse. Se abrió la puerta trasera, y una mujer de unos cuarenta y cinco años apareció en la escalera. Levantó la mano hasta la altura de sus ojos, a modo de visera y exclamó:

—¡Por fin has llegado, Irv! ¿A quién has traído a casa?

Irv sonrió.

—Bueno, esta muñeca se llama Roberta. Y el hombre es su padre. Aún no he oído su nombre, así que ignoro si somos parientes.

Andy se adelantó y dijo:

—Me llamo Frank Burton, señora. Su marido nos invitó a comer a Bobbi y a mí, si no le molesta. Tenemos mucho gusto en conocerla.

—Yo también —agregó Charlie, aún más interesada en las gallinas que en la mujer..., al menos por el momento.

—Yo soy Norma Manders —se presentó la mujer—. Entre. Bien venidos a casa. —Pero Andy captó la mirada de desconcierto que le dirigió a su mirado.

Entraron por una puerta junto a la cual se levantaba una pila de leña que llegaba hasta la altura de la cabeza, y desembocaron en un vasto recinto dominado por una cocina económica y por una larga mesa sobre la que estaba desplegado un mantel de hule a cuadros rojos y blancos. En el aire flotaba un olor de fruta y parafina. El olor de las conservas caseras, pensó Andy.

—Frank y su muñeca viajan rumbo a Vermont —explicó Irv—. Pensé que no les haría daño echarse al estómago un poco de comida caliente, en el trayecto.

—Claro que no —aprobó ella—. ¿Dónde está su coche, señor Burton?

—Esto... —empezó a decir Andy. Miró a Charlie, pero ella no le prestaría ninguna ayuda: se paseaba por la cocina con pasos cortos, mirándolo todo con franca curiosidad infantil.

—Frank ha tenido un pequeño contratiempo —intervino Irv, mirando fijamente a su esposa—. Pero no hay por qué hablar de eso. Al menos, no por ahora.

—Está bien —asintió Norma. Tenía un rostro dulce y franco... Era una bella mujer acostumbrada al trabajo duro. Sus manos estaban rojas y curtidas—. Tengo pollo y puedo preparar una buena ensalada. Y hay mucha leche. ¿Te gusta la leche, Roberta?

Charlie no le hizo caso. Ha olvidado el nombre, pensó Andy. Jesús, esto se pone cada vez más interesante.

—¡Bobbi! —exclamó en voz alta. Entonces se volvió y su sonrisa fue demasiado ancha.

—Oh, sí —contestó—. Me encanta la leche.

Andy vio que Irv le dirigía una mirada de advertencia a su esposa: *Nada de preguntas, no por ahora.* Experimentó una sensación abrumadora de desesperación. Los últimos vestigios que quedaban de su historia ficticia se los había llevado el viento. Pero no podían hacer otra cosa que sentarse a comer y esperar hasta enterarse de lo que Irv Manders se traía entre manos.

¿A qué distancia del motel estamos? —inquirió John Mayo.

Ray consultó el cuantakilómetros.

—A veinticinco kilómetros —dijo y frenó—. Ya es bastante.

—Pero quizá...

—No, ya los habríamos alcanzado, si eso hubiera sido posible. Volveremos atrás y nos reuniremos con los otros.

John golpeó el tablero de instrumentos con la parte posterior de la palma de la mano.

—Giraron en alguna parte —siseó—. ¡Ese condenado reventón! Esta operación nos ha traído mala suerte desde el comienzo, Ray. Un intelectual y una mocosa. Y siempre se nos escabullen.

—No. Creo que esta vez los hemos pillado —contestó Ray, y extrajo el radioteléfono. Levantó la antena y la asomó por la ventanilla—. Dentro de media hora la zona estará rodeada. Y apuesto a que antes de que visitemos una docena de casas alguien reconocerá el camión. Un «International Harvester» verde oscuro, de fines de los años sesenta, con un dispositivo para empalmar un quitanieves a la parte delantera, y estacas de madera alrededor de la plataforma para sostener carga alta. Sigo pensando que los atraparemos antes de que oscurezca.

Un momento después hablaba con Al Steinowitz, quien se estaba acercando al motel «Slumberland». Al, a su vez, alertó a sus agentes. Bruce Cook recordaba haber visto el camión en la ciudad. *OJ* también. Había estado aparcado frente al «A & P».

Al los envió de vuelta a la ciudad, y media hora más tarde todos sabían que el camión que casi con seguridad se había detenido para recoger a los fugitivos era de Irving Manders, buzón número 5. Baillings Road, Hastings Glen, Estado de Nueva York.

Eran poco más de las doce y media.

El almuerzo fue muy sabroso. Charlie comió como un caballo: tres raciones de pollo con salsa, dos de bizcochos caseros calientes, un plato de ensalada, y tres pepinos encurtidos también caseros. Completaron la comida con unos trozos de pastel de manzana acompañados por una guarnición de queso cheddar, e Irv opinó que «un pastel de manzana sin queso es como un beso sin un apretón». Esto lo hizo acreedor de un afectuoso codazo de Norma. Irv puso los ojos en blanco y Charlie se rió. A Andy lo sorprendió su propio apetito. Charlie eructó y después se cubrió la boca con expresión culpable.

Irv le sonrió.

—Hay más espacio fuera que dentro, muñeca.

—Creo que si sigo comiendo reventaré —respondió Charlie—. Es lo que siempre decía mi madre..., o sea, lo que siempre dice.

Andy sonrió cansadamente.

—Norma —murmuró Irv, levantándose—, ¿por qué tú y Bobbi no vais a dar de comer a las gallinas?

—Bueno, los platos aún están sobre la mesa —objetó Norma.

—Yo los recogeré —insistió Irv—. Quiero charlar un poco con Frank.

—¿Te gustaría dar de comer a las gallinas, cariño? —le preguntó Norma a Charlie.

—Y que lo diga. —Sus ojos centelleaban.

—Bueno, entonces ven conmigo. ¿Tienes una chaqueta? Ha refrescado un poco.

—Esto... —Charlie miró a Andy.

—Te prestaré un suéter mío —intervino Norma. Volvió a intercambiar una mirada con Irv—. Si lo remangas un poco te quedará bien.

—De acuerdo.

Norma cogió del recibidor un chaquetón viejo y desteñido, y un suéter blanco raído dentro del cual

Charlie pareció flotar aún después de hacerse tres o cuatro dobleces en las mangas.

—¿Pican? —inquirió Charlie, un poco nerviosa.

—Sólo su comida, cariño.

Salieron y cerraron la puerta a sus espaldas. Charlie seguía parloteando. Andy miró a Irv Manders y éste le devolvió la mirada serenamente.

—¿Quiere una cerveza, Frank?

—No me llamo Frank. Supongo que ya lo sabe.

—Supongo que sí. ¿Cuál es su nombre?

—Cuanto menos sepa —respondió Andy—, tanto mejor será para usted.

—Pues entonces seguiré llamándolo Frank.

Oyeron débilmente los chillidos de júbilo que Charlie lanzaba fuera. Norma dijo algo y Charlie asintió.

—Creo que no me vendría mal la cerveza —comentó Andy.

—De acuerdo.

Irv extrajo dos «Utica Clubs» de la nevera, las abrió, y depositó la de Andy sobre la mesa y la suya junto al fregadero. Cogió un delantal de un gancho y se lo ciñó. El delantal era rojo y amarillo y tenía volantes en el ruedo, pero de alguna manera se las apañaba para no parecer ridículo.

—¿Puedo ayudarlo? —preguntó Andy.

—No, yo sé donde hay que colocar cada cosa. Casi todas, al menos. Norma modifica la distribución de semana en semana. Ninguna mujer quiere que su hombre se sienta cómodo en la cocina. Sí, les gusta que las ayudes, pero prefieren que tengas que preguntarles dónde hay que colocar la cacerola o dónde dejaron el estropajo.

Andy, que recordaba sus propios tiempos de pinche de cocina junto a Vicky, hizo un ademán de asentimiento y sonrió.

—Entrometerme en asuntos ajenos no es mi especialidad —prosiguió Irv, mientras llenaba el fregadero de agua y agregaba detergente—. Soy granjero y, como le conté, mi esposa tiene una pequeña tienda de artículos para turistas en la intersección de Baillings Road y la carretera de Albany. Hace casi veinte años que vivimos aquí.

Miró a Andy por encima del hombro.

—Pero comprendí que algo fallaba desde el momento en que los vi a los dos al borde de la carretera. No sueles encontrar a un hombre adulto y una chiquilla haciendo autostop en la carretera. ¿Me entiende?

Andy asintió con la cabeza y sorbió su cerveza.

—Además, me pareció que acababa de salir del «Slumberland», pero no llevaba equipaje. Ni siquiera un neceser. Así que casi decidí pasar de largo. Pero entonces me detuve. Porque..., bueno, una cosa es no entrometerme en los asuntos ajenos y otra muy distinta es ver algo que tiene muy mal aspecto y cerrar los ojos.

—¿Eso es lo que le parece? ¿Que tenemos muy mal aspecto?

—Entonces —aclaró Irv—, no ahora. —Fregaba escrupulosamente los platos viejos, desiguales, y los apilaba en el escurridor—. Ahora no sé qué pensar. Lo primero que se me ocurrió fue que era a ustedes dos a quienes buscaban los polis. —Observó que se producía un cambio en el talante de Andy y que éste depositaba súbitamente su bote de cerveza sobre la mesa—. Supongo que efectivamente los buscan a ustedes —murmuró afablemente—. Ojalá me hubiera equivocado.

—¿Qué polis? —inquirió Andy con tono áspero.

—Tienen bloqueadas todas las carreteras principales que entran y salen de Albany —explicó Irv—. Si hubiéramos seguido otros nueve kilómetros por la carretera 40, habríamos encontrado una de esas barreras justo donde se cruza con la Nueve.

—Bueno, ¿y por qué no siguió adelante? Así se habría librado de nosotros. Y de este lío.

Ahora Irv empezaba con los cacharros, e hizo una pausa para hugar en los armarios, sobre el fregadero.

—¿Entiende lo que le digo? No encuentro el glorioso estropajo... Espere..., aquí está... ¿Por qué no lo llevé hasta donde los aguardaban los polis? Digamos que deseaba satisfacer mi curiosidad innata.

—¿Quiere formularme algunas preguntas, eh?

—Toda clase de preguntas. Un hombre adulto y una chiquilla haciendo autostop, la niña no lleva consigo ni un neceser, y los polis los buscan. Así que se me ocurre una idea. No es demasiado descabellada. Pienso que tal vez tenemos a un padre que quería la custodia de su muñeca y no la obtuvo. Así que la secuestró.

—Sí, me parece una idea muy descabellada.

—Sucede todo el tiempo, Frank. Y me digo que eso no le gustó nada a la madre y que lanzó una orden de captura contra el padre. Esto explicaría el bloqueo de las carreteras. Sólo ponen tanto empeño en buscarte cuando has cometido un robo descomunal... o un secuestro.

—Es mi hija, pero su madre no nos ha hecho buscar por la Policía —dijo Andy—. Su madre murió hace un año.

—Bueno, más o menos ya había desechado la idea —comentó Irv—. No hace falta ser un detective privado para comprender que ustedes dos se llevan muy bien. No sé qué pasa, pero no me parece que la esté reteniendo contra su voluntad.

Andy no contestó nada.

—Así que ahora desembocamos en mi problema —prosiguió Irv—. Los recogí a los dos porque sospeché que la pequeña podía necesitar ayuda. Ahora no sé en qué situación me encuentro. No me parece que usted sea un tipo peligroso. Pero igualmente, viajan con nombres falsos, y usted me ha contado una historia que no podría ser más endeble, y tiene aspecto de estar enfermo, Frank. Todo lo enfermo que puede estar un hombre sin caerse redondo. Así que éstas son mis preguntas. Y si puede contestarlas, sería una gran cosa.

—Llegamos a Albany desde Nueva York, y esta madrugada hicimos autostop hasta Hastings Glen —respondió Andy—. Es trágico saber que están aquí, pero creo que ya lo sabía. Creo que Charlie también lo sabía. —Acababa de mencionar el nombre de Charlie, lo cual implicaba un traspié, pero en ese momento no parecía importar.

—¿Por qué lo buscan, Frank?

Andy reflexionó largamente, y después enfrentó los francos ojos grises de Irv.

—¿Usted vino de la ciudad, no es cierto? —preguntó al fin—. ¿Allí vio gente extraña? ¿Con aspecto de vivir en la metrópoli? ¿Vestida con esos trajes pulcros, todos iguales, que uno olvida apenas los tipos que los usan se pierden de vista? ¿Pilotando coches último modelo que sencillamente se confunden con el paisaje?

Esta vez le tocó reflexionar a Irv.

—Había dos tipos así en el «A & P» —asintió—. Conversando con Helga. Es una de las cajeras. Me pareció que le mostraban algo.

—Probablemente nuestra fotografía. Son agentes del Gobierno. Trabajan en colaboración con la Policía, Irv. Mejor dicho, la Policía trabaja para ellos. Los polis no saben por qué nos buscan.

—¿A qué organismo del Gobierno se refiere? ¿Al FBI?

—No. A la Tienda.

—¿Qué? ¿Una rama de la CIA? —Irv parecía realmente incrédulo.

—No tienen absolutamente nada que ver con la CIA —contestó Andy—. La Tienda es en realidad el DIC: Departamento de Inteligencia Científica. Hace aproximadamente tres años leí en un artículo que un chistoso la apodó la Tienda a comienzos de la década del sesenta, inspirándose en un relato de ciencia ficción titulado *Las tiendas de armas de Ishtar*. Escrito por un fulano llamado Van Vogt, creo, pero esto no importa. Se supone que sus miembros están implicados en proyectos científicos locales que pueden tener una aplicación presente o futura en asuntos relacionados con la seguridad nacional. Esta definición procede de sus estatutos, y la opinión pública los asocia sobre todo con la investigación que financian y supervisan en el campo de la energía: sistemas electromagnéticos y energía por fusión. En realidad están implicados en muchas más cosas. Charlie y yo formamos parte de un experimento que se realizó hace mucho tiempo. Antes aún de que Charlie naciera. Su madre también participó en él. La asesinaron. La responsable fue la Tienda.

Irv permaneció un rato callado. Dejó correr el agua, se secó las manos, y después se acercó y empezó a frotar el hule que cubría la mesa. Andy levantó su bote de cerveza.

—No diré categóricamente que no le creo —sentenció Irv finalmente—. No después de las cosas que han hecho clandestinamente en este país y que más tarde salieron a la luz. Agentes de la CIA que servían bebidas mezcladas con LSD, y algún agente del FBI acusado de asesinar gente durante las marchas a favor de los derechos civiles, y sumas de dinero en bolsos marrones y todo lo demás. Así que no puedo afirmar categóricamente que no le creo. Digamos sólo que aún no me ha convencido.

—Pienso que ya ni siquiera me buscan verdaderamente a mí —continuó Andy—. Tal vez antes sí. Pero han cambiado de presa. Ahora buscan a Charlie.

—¿Eso significa que el Gobierno nacional busca a una alumna de primer o segundo grado por razones de seguridad nacional?

—Charlie no es una vulgar alumna de segundo grado —replicó Andy—. A su madre y a mí nos inyectaron una droga cuyo nombre en clave era Lote Seis. Hasta hoy no sé en qué consistía, exactamente. Lo más que atino a sospechar es que se trataba de una secreción glandular sintética. Cambió mis cromosomas y los de la mujer con la que después me casé. Le transmitimos estos cromosomas a Charlie, y se recombinaron en condiciones totalmente nuevas. Si ella pudiera transmitírselos a sus hijos, supongo que la catalogarían como una mutante. Si por alguna razón no puede transmitírselos, o si el cambio la esterilizó, supongo que la catalogarán como una aberración de la Naturaleza o como un híbrido. Sea como fuere, la buscan. Quieren estudiarla, verificar si es posible desentrañar lo que le confiere la facultad de hacer lo que puede hacer. Y sobre todo, creo que quieren usarla como ejemplo. Quieren usarla para reactivar el programa del Lote Seis.

—¿Qué es lo que puede hacer? —preguntó Irv.

Por la ventana de la cocina vieron cómo Norma y Charlie salían del granero. El suéter blanco bailaba alrededor del cuerpo de Charlie, y el borde inferior le llegaba a las pantorrillas. Tenía las mejillas muy rojas y le hablaba a Norma, que sonreía con la cabeza.

—Puede encender fuego —respondió Andy en voz muy baja.

—Bueno, yo también —comentó Irv. Se sentó nuevamente y miró a Andy con una expresión peculiar, cautelosa. Como se mira a una persona de la que se sospecha que puede estar loca.

—Puede encenderlo con sólo pensar en ello —explicó Andy—. El término técnico que designa su facultad es piroquinesis. Es un talento parapsicológico, como la telepatía, la telequinesis o la precognición. Entre paréntesis, Charlie posee una pizca de estas otras facultades, pero la piroquinesis es mucho más rara... y mucho más peligrosa. Charlie le tiene mucho miedo, podría incendiar su casa, su granero o el jardín. O podría encenderle la pipa. —Andy sonrió débilmente—. Sólo que mientras le encendiera la pipa también podría incendiarle la casa, el granero y el jardín.

Irv terminó su cerveza y murmuró:

—Creo que debería telefonear a la Policía y entregarse, Frank. Necesita ayuda.

—Supongo que parece demencial, ¿verdad?

—Sí —asintió Irv con expresión adusta—. Es lo más demencial que he oído en mi vida. —Estaba un tanto tenso, sin apoyar totalmente el cuerpo en la silla, y Andy pensó: *Espera que cometa una locura apenas se me presente la primera oportunidad.*

—Supongo que de todos modos eso no importa mucho —argumentó Andy—. Pronto estarán aquí. Creo que la Policía es preferible. Por lo menos cuando la Policía te echa el guante no te conviertes instantáneamente en alguien que no ha existido jamás.

Irv empezó a responder, y entonces se abrió la puerta. Entraron Norma y Charlie. Charlie tenía las facciones y los ojos radiantes.

—¡Papá! —exclamó—. Papá, les di de comer a...

Se interrumpió. Parte del color se borró de sus mejillas, y miró fijamente a Irv Manders, a su padre, y de nuevo a Irv. La alegría se esfumó de su rostro y fue sustituida por una expresión de angustia.

Así estaba anoche —pensó Andy—. *Así estaba ayer cuando la saqué de la escuela. Esto sigue, ¿y dónde encontrará un final feliz?*

—Se lo has dicho —musitó—. Oh, papá, ¿por qué se lo dijiste?

Norma se adelantó y rodeó los hombros de Charlie con un brazo protector.

—Irv, ¿qué pasa aquí?

—No lo sé —contestó Irv—. ¿Qué es lo que piensas que dijo, Bobbi?

—No me llamo así —exclamó Charlie, y sus ojos se anegaron de lágrimas—. Usted sabe que no me llamo así.

—Charlie —intervino Andy—. El señor Manders se dio cuenta de que algo fallaba. Se lo expliqué, pero no me ha creído. Cuando lo pienses mejor, entenderás por qué.

—Yo no entiendo na... —empezó a decir Charlie, alzando la voz hasta alcanzar un tono estridente. Entonces se calló. Inclinó la cabeza, con un ademán peculiar, como si escuchara algo, aunque hasta donde los otros sabían no había nada que escuchar. Mientras la miraban, el color terminó de borrarse de sus mejillas. Fue como si vieran verter de una jarra un líquido espeso.

—¿Qué sucede, cariño? —inquirió Norma, y miró a Irv con talante preocupado.

—Vienen, papá —susurró Charlie. Sus ojos estaban desmesuradamente dilatados por el miedo—. Vienen a buscarnos.

11

Se habían citado en la intersección de la carretera 40 con el acceso asfaltado sin nombre por donde había girado Irv. En los mapas de Hastings Glen figuraba con el nombre de Old Baillings Road. Al Steinowitz había alcanzado finalmente al resto de sus hombres, y había asumido el mando rápida y perentoriamente. Eran dieciséis, en cinco automóviles. Al enderezar por el camino hacia la casa de Irv

Manders, asumieron el aspecto de un veloz cortejo fúnebre.

Norville Bates le había cedido a Al las riendas —y la responsabilidad— de la operación con sincero alivio y con una pregunta acerca de la Policía local y del Estado de Nueva York que habían sido llamados a colaborar.

—Por ahora guardaremos el secreto de esto —respondió Al—. Si los pillamos, les diremos que pueden desmontar sus barreras. Si no, les ordenaremos que empiecen a converger hacia el centro del círculo. Pero entre nosotros, si no podemos controlarlos con dieciséis hombres, no podremos controlarlos de ningún modo, Norv.

Norv captó el ligero reproche y se calló. Sabía que lo mejor sería capturarlos a los dos sin ayuda ajena, porque Andrew McGee sufriría un lamentable accidente apenas lo atraparan. Un accidente fatal. Sin los polis cerca, eso podría concluir mucho antes.

Delante de él y Al, las luces de freno del coche de *OJ* parpadearon fugazmente, y entonces el coche giró por un camino de tierra. Los otros lo siguieron.

12

—No entiendo nada de esto —dijo Norma—. Bobbi... Charlie... ¿Puedes tranquilizarte?

—Claro que no entiende —replicó Charlie. Su voz tenía un tono agudo y estrangulado. El solo mirarla sobresaltaba a Irv. Su rostro parecía el de un conejo pillado en una trampa. Charlie se zafó del brazo de Norma y corrió hacia su padre, que le colocó las manos sobre los hombros—. Creo que te van a matar, papá —afirmó.

—¿Cómo?

—Te van a matar —repitió. Tenía los ojos muy abiertos y vidriados por el pánico. Su boca se movía frenéticamente—. Tenemos que huir. Tenemos que...

Calor. Aquí hace demasiado calor.

Andy miró hacia su izquierda. Entre la cocina y el fregadero había un termómetro de interior adosado a la pared, de esos que se pueden encontrar en cualquier catálogo de objetos que se compran contra rembolso. Al pie del artefacto un diablo de plástico rojo armado con un tridente, sonreía y se enjugaba la frente. Debajo de sus pezuñas se leía: ¿TIENES BASTANTE CALOR?

El mercurio del termómetro subía lentamente, como un dedo rojo acusador.

—Sí, eso es lo que quieren hacer —prosiguió—. Matarte, matarte como mataron a mamá, llevarme, no lo permitiré, no permitiré que ocurra eso, *no permitiré...*

Su voz se elevaba. Se elevaba como la columna de mercurio.

—*¡Charlie!* ¡Ten cuidado con lo que haces!

Sus ojos se despejaron un poco. Irv y su esposa se habían acercado el uno al otro.

—Irv... ¿qué...?

Pero Irv había visto cómo Andy miraba el termómetro, y repentinamente le creyó. Ahora hacía calor allí dentro. Suficiente calor como para ponerse a sudar. El mercurio del termómetro estaba por encima de los treinta y cinco grados.

—Jesús bendito —musitó roncamente—. ¿Esto lo ha hecho ella, Frank?

—Charlie, ¿crees que es demasiado tarde? ¿Qué sientes?

—Sí —afirmó. Su rostro estaba totalmente blanco—. Ahora se acercan por el camino de tierra. Oh, papá, tengo miedo.

—Puedes detenerlos, Charlie —murmuró él parsimoniosamente.

Charlie lo miró.

—Sí —dictaminó Andy.

—Pero... papá... eso está mal. Lo sé. Podría matarlos.

—Sí —replicó Andy—. Quizá se trata de matar o morir. Quizás hemos llegado a ese extremo.

—¿No está mal? —La voz de Charlie era casi inaudible.

—Sí. Está mal. Nunca te engañes pensando lo contrario. Y no lo hagas si no puedes controlarlo, Charlie. Ni siquiera por mí.

Se miraron, cara a cara. Los ojos de Andy estaban exhaustos e inyectados en sangre y asustados. Los de Charlie estaban desencajados, casi en trance.

—Si hago... algo... ¿seguirás queriéndome? —inquirió Charlie.

La pregunta flotó entre ellos, girando perezosamente.

—Charlie —contestó él—, siempre te querré. Nada me hará cambiar.

Irv había estado junto a la ventana, y en ese momento atravesó la cocina en dirección a ellos.

—Creo que debo pedir disculpas —manifestó—. Una columna de coches avanza por el camino. Lo ayudaré, si quiere. Tengo mi rifle para cazar venados.

—No necesitará su rifle —sentenció Charlie.

Se deslizó de entre las manos de su padre y se encaminó hacia la puerta mosquitera. Vestida con el suéter blanco tejido de Norma Manders parecía aún más pequeña de lo que era. Salió de la casa.

Al cabo de un momento Andy recuperó el uso de sus pies y la siguió. Sentía el estómago congelado, como si hubiera devorado un cucurucho de helado gigantesco en tres bocados. Los Manders se quedaron atrás. Andy echó una última mirada a las facciones perplejas, asustadas, del granjero, y una idea fortuita cruzó velozmente por su cabeza: *esto te enseñará a recoger desconocidos que hacen autostop.*

Entonces él y Charlie estuvieron en la galería, observando cómo los primeros coches de la columna avanzaban por el largo camino interior. Las gallinas cacareaban y aleteaban. En el granero, la *Mandona* volvió a mugir, pidiendo que alguien fuera a ordeñarla. Y los débiles rayos del sol de octubre se posaban sobre las colinas boscosas y los campos bronceados por el otoño de ese pequeño pueblo del norte del Estado de Nueva York. Hacía casi un año que huían, y a Andy le sorprendió descubrir una extraña sensación de alivio mezclada con su terror lacerante. Había oído decir que en esos casos extremos a veces incluso un conejo daba media vuelta y enfrentaba a los perros, remontándose a una naturaleza atávica, menos dócil, un instante antes de que lo destrozaran.

Fueran como fuere, lo reconfortaba haber dejado de huir. Estaba junto a Charlie, sobre cuya cabellera rubia el Sol brillaba tenuemente.

—Oh, papá —gimió Charlie—. Apenas puedo tenerme en pie.

Él le rodeó los hombros con el brazo y la apretó con más fuerza contra su cuerpo.

El primer coche se detuvo en el otro extremo del patio de entrada y se apearon dos hombres.

13

—Hola, Andy —dijo Al Steinowitz, y sonrió—. Hola, Charlie.

Tenía las manos vacías, pero su americana estaba desabrochada. Detrás de él, el otro hombre permanecía alerta junto al coche, con las manos a los costados del cuerpo. El segundo coche se detuvo detrás del primero y descendieron otros cuatro hombres. Todos los coches se estaban deteniendo, todos los hombres se estaban apeando. Andy contó una docena y dejó de contar.

—Váyanse —ordenó Charlie. Su voz sonó fina y atiplada en medio de la tarde fresca.

—Nos ha dejado con un palmo de lengua afuera —le dijo Al a Andy. Miró a Charlie—. Cariño, no tienes por qué...

—¡*Váyanse!* —chilló Charlie.

Al se encogió de hombros y sonrió seductoramente.

—Me temo que eso no es posible, cariño. Tengo órdenes. Nadie quiere haceros daño a ti o a tu padre.

—¡*Embustero! ¡Tiene orden de matarlo! ¡Lo sé!*

Andy habló, y le sorprendió descubrir que lo hacía con total aplomo.

—Le aconsejo que acceda a lo que le pide mi hija.

Seguramente le han dado suficientes explicaciones acerca del motivo por el cual la buscan. Sabe lo que le pasó al soldado en el aeropuerto.

OJ y Norville Bates intercambiaron una súbita mirada de alarma.

—Si suben al coche, hablaremos de esto —respondió Al—. Le aseguro que sólo se trata de...

—Sabemos bien de qué se trata —lo interrumpió Andy.

Los hombres de los dos o tres últimos coches empezaron a desplegarse en abanico y a caminar, casi despreocupadamente, hacia el porche.

—Por favor —le suplicó Charlie al hombre llamativamente pálido—. No me obligue a hacer nada.

—Es inútil, Charlie —sentenció Andy.

Irv Manders salió al porche.

—Ustedes son intrusos —exclamó—. Quiero que salgan inmediatamente de mi propiedad.

Tres de los hombres de la Tienda habían subido por los escalones que había frente a la galería y ahora estaban a menos de diez metros de Andy y Charlie, a su izquierda. Charlie les echó una mirada angustiosa de advertencia y se detuvieron... por el momento.

—Somos agentes del Gobierno, señor —le informó Al a Irv en voz baja, cortésmente—. Buscamos a estas dos personas para interrogarlas. Nada más.

—No me interesa si las buscan porque asesinaron al Presidente —replicó Irv, con voz aguda, cascada—. Muéstrenme un mandato judicial o lárguense de mi propiedad.

—No necesitamos un mandamiento —afirmó Al. Ahora su voz tenía un refuerzo acerado.

—Lo necesitan a menos que esta mañana me haya despertado en Rusia —replicó Irv—. Le repito que se largue de aquí, y será mejor que se dé prisa, caballero. Ésta es mi última palabra.

—¡Ven adentro, Irv! —exclamó Norma.

Andy sintió que algo se generaba en el aire, se generaba alrededor de Charlie como una carga eléctrica. De pronto los pelillos de sus brazos empezaron a agitarse y moverse, como algas mecidas por una marea invisible. Bajó la mirada y vio su rostro, tan pequeño y ahora tan extraño.

Ahí viene —pensó—. *Ahí viene, por Dios, viene de veras.*

—¡Váyanse! —le gritó a Al—. ¿Es que no entiende lo que mi hija va a hacer? ¿No lo siente? ¡No sea idiota, hombre!

—Por favor —respondió Al. Miró a los tres hombres apostados en el extremo de la galería y les hizo una seña imperceptible con la cabeza. Después se volvió nuevamente hacia Andy—. Si pudiéramos discutirlo en...

—¡Cuidado, Frank! —vociferó Irv Manders.

Los tres hombres apostados en el extremo de la galería se abalanzaron súbitamente sobre ellos, desenfundando las armas en plena carrera.

—¡Alto, alto! —exclamó uno de los tres—. ¡No se muevan! Las manos sobre...

Charlie giró hacia ellos. En ese mismo momento, otra media docena de hombres, entre los que se hallaban John Mayo y Ray Knowles, echaron a correr hacia los escalones del fondo de la galería, con los revólveres desenfundados.

Los ojos de Charlie se dilataron un poco, y Andy sintió que algo ardiente estaba junto a él en una bocanada de aire cálido.

Los tres hombres apostados en el extremo anterior de la galería ya habían llegado a la mitad del trayecto cuando se les incendió el pelo.

Sonó un disparo, ensordecedor, y una astilla de madera de quizá veinte centímetros de largo saltó de uno de los postes de la galería. Norma Manders lanzó un alarido y Andy dio un brinco, pero Charlie no pareció notarlo. Su expresión era soñadora y pensativa. Una sonrisita de Mona Lisa le había curvado las comisuras de su boca.

Está disfrutando de esto —pensó Andy, con algo parecido al horror—. *¿Es ésa la razón por la que tiene tanto miedo? ¿Porque le gusta?*

Charlie estaba girando nuevamente hacia Al Steinowitz. Los tres hombres que éste había hecho correr hacia Andy y Charlie desde el extremo anterior de la

159

galería habían olvidado su deber para con Dios, la patria y la Tienda. Les daban manotazos a las llamas que se desprendían de sus cabezas y aullaban. El olor penetrante del pelo achicharrado saturó repentinamente el aire de la tarde.

Sonó otro estampido. Una ventana se hizo trizas.

—¡A la chica, no! —bramó Al—. *¡A la chica, no!*

Andy sintió que lo asían violentamente. En la galería hubo un confuso torbellino de hombres. Lo remolcaron hacia la baranda en medio del caos. Entonces alguien intentó arrastrarlo en dirección contraria. Se sintió como la cuerda de un juego de tira y afloja.

—¡Suéltenlo! —rugió Irv Manders, con voz gutural—. Suél...

Hubo otro disparo y súbitamente Norma empezó a chillar de nuevo, a chillar una y otra vez el nombre de su marido.

Charlie miraba a Al Steinowitz, y de pronto la expresión fría y confiada desapareció del rostro de Al y la sustituyó otra de terror. Su tez pálida se tornó totalmente amarilla.

—No, no lo hagas —dijo, con un tono casi coloquial—. No...

Habría sido imposible determinar dónde se originó el fuego. Súbitamente sus pantalones y su americana deportiva entraron en combustión. Su cabello se convirtió en una zarza ardiente. Retrocedió, aullando, rebotó contra la carrocería de su coche, y se volvió a medias hacia Norville Bates, con los brazos estirados.

Andy volvió a sentir el suave hálito de calor, un desplazamiento de aire, como si un proyectil incandescente disparado a la velocidad de un cohete acabara de pasar junto a su nariz.

Las facciones de Al Steinowitz se incendiaron.

Hubo un momento en que estuvo todo él allí, gritando silenciosamente dentro de una placenta transparente de llamas, y después sus rasgos empezaron a fundirse, a mezclarse, a chorrear como sebo. Norville rehuyó su contacto. Al Steinowitz era un espantapájaros inflamado. Se tambaleó a ciegas por el camino interior, agitando los brazos, y después se desplomó de bruces, junto al tercer coche. Ya no parecía un hombre, sino un bulto de trapos incendiados.

Los hombres reunidos en la galería se habían inmovilizado, y miraban alelados ese inesperado fenómeno ígneo. Los tres a los que Charlie les había hecho arder el pelo habían conseguido sofocar el fuego por sí solos. En el futuro (por breve que éste fuera) tendrían un aspecto muy extraño. Su pelo, reglamentariamente corto, ahora tenía, sobre sus cabezas, un aspecto semejante al de unos grumos de cenizas ennegrecidas y apelmazadas.

—Váyanse —exclamó Andy roncamente—. Váyanse enseguida. Es la primera vez que hace algo así, *y no sé si puede detenerse.*

—Estoy bien, papá —dijo Charlie. Su voz era serena, controlada y curiosamente apática—. Todo está arreglado.

Y fue entonces cuando los coches empezaron a estallar.

Todos explotaron por detrás. Más tarde, cuando Andy repasó mentalmente el incidente, se sintió absolutamente seguro de ello. Todos explotaron por detrás, donde estaban los depósitos de gasolina.

El «Plymouth» color verde claro de Al fue el primero, y estalló con un ruido apagado. De su culata brotó una bola de fuego brillante, tan brillante que encandilaba. La ventanilla trasera explotó hacia adentro. Lo siguió, apenas dos segundos después, el «Ford» en el que habían llegado John y Ray. Unos trozos de metal retorcido silbaron por el aire y llovieron sobre el techo.

—¡Charlie! —vociferó Andy—. *¡Basta, Charlie!*

—No puedo detenerme —respondió ella con la misma voz sosegada.

Estalló el tercer coche.

Alguien echó a correr. Algún otro lo siguió. Los hombres congregados en la galería empezaron a retroceder. Andy recibió otro tirón, se resistió, y de pronto descubrió que ya nadie le sujetaba. Y súbitamente salieron todos disparados, con las facciones blancas y los ojos fijos en el infinito, como los de los ciegos, porque los dominaba el pánico. Uno de los hombres de pelo carbonizado intentó saltar sobre la baranda, se le enganchó un pie, y cayó de cabeza en el pequeño huerto lateral donde Norma había plantado alubias en los meses anteriores. Las estacas sobre las que debían enroscarse las plantas aún estaban allí, y una atravesó el cuello de ese hombre y asomó por el otro lado con un chasquido húmedo que Andy no habría de olvidar jamás. Se retorció en el huerto como una trucha fuera del agua, y el rodrigón sobresalía como el ástil de una flecha, y la sangre le chorreaba por la pechera de la camisa mientras él emitía débiles gorgoteos.

Entonces, los restantes coches estallaron como una ristra de triquitraques ensordecedores. La onda expansiva despidió a dos de los hombres en fuga como si fueran muñecos de trapo, uno de ellos incendiado de la cintura para abajo, y el otro acribillado por fragmentos de cristal irrompible.

Un humo oscuro, aceitoso, se elevaba por el aire. Más allá del camino interior, las colinas y los campos lejanos fluctuaban y se convulsionaban a través del velo de calor rielante, como si se replegaran horrorizados. Las gallinas corrían como locas en todas direcciones, lanzando cacareos demenciales. De pronto, tres de ellas estallaron en llamas y se dispararon, como bolas de fuego con patas, para desplomarse en el otro extremo del patio de entrada.

—¡Charlie, termina inmediatamente! ¡Basta!

Un surco de fuego atravesó el patio en diagonal, y el polvo mismo se inflamó en línea recta, como si hubieran sembrado un reguero de pólvora. La llama llegó al tajo donde estaba clavada el hacha de Irv, formó un círculo alrededor y se precipitó hacia adentro bruscamente. El tajo se incendió con un suspiro.

—¡CHARLIE, POR EL AMOR DE DIOS!

El revólver de un agente de la Tienda yacía sobre la franja de hierba situada entre la galería y la hilera de coches que ardían en el camino. Inesperadamente sus balas empezaron a estallar con una serie de detonaciones secas, reverberantes. El arma brincaba y danzaba absurdamente sobre la hierba.

Andy la abofeteó con todas su fuerzas.

La cabeza de Charlie se dobló hacia atrás, con los ojos azules e inexpresivos. Después lo miró sorprendida y agraviada y aturdida, y él se sintió repentinamente envuelto en una cápsula de calor, de un calor que aumentaba aceleradamente. Inhaló una bocanada de aire que parecía vidrio molido. Tuvo la impresión de que los pelos de su nariz se achicharraban.

Combustión espontánea —pensó—. *Voy a disolverme en un estallido de combustión espontánea.*

Entonces cesó.

Charlie se tambaleó y se cubrió la cara con las manos. Y luego, a través de éstas, brotó un alarido estridente, cada vez más agudo, tan cargado de espanto y angustia que Andy temió que su hija hubiera perdido la razón.

—*PAAAAAAPIIIIIIIII...*

La rodeó con los brazos y la estrujó contra su pecho.

—Shhh —susurró—. Oh, Charlie, cariño, shhh.

El alarido se cortó y ella se relajó en sus brazos. Charlie se había desmayado.

14

Andy la alzó en sus brazos y la cabeza de ella cayó flojamente contra su pecho. El aire estaba caliente y saturado de olor a gasolina quemada. Las llamas ya habían reptado por el césped hasta la reja de la enredadera, y unos dedos de fuego empezaran a trepar por ésta con la agilidad de un golfo en plena aventura de medianoche. La casa se iba a incendiar.

Irv Manders estaba apoyado contra la puerta mosquitera de la cocina, con las piernas abiertas. Norma se hallaba hincada de rodillas junto a él. Una bala había atravesado el brazo de Irv por encima del codo, y la manga de su camisa azul de faena estaba teñida de un fuerte color rojo. Norma había arrancado un largo jirón de su vestido a la altura del ruedo y trataba de recogerle la manga para poder vendar la herida. Irv tenía los ojos abiertos. Su tez había adquirido un color gris ceniciento, sus labios estaban ligeramente azulados y respiraba rápidamente.

Andy avanzó un paso hacia ellos y Norma Manders se echó bruscamente hacia atrás, al tiempo que cubría el cuerpo de su marido con el suyo. Miró a Andy con ojos brillantes y duros.

—Váyase —siseó—. Llévese a su monstruo y váyase.

15

OJ corría.

La Turbina se zarandeaba bajo su brazo mientras corría. Había abandonado el camino y corría a campo traviesa. Se cayó y se levantó y siguió corriendo. Se torció el tobillo en lo que podría haber sido un hoyo, y volvió a caer. Un grito espasmódico brotó de su boca cuando se despatarró. Después se levantó y siguió corriendo. A ratos le parecía que corría solo, y en otros momentos le parecía que alguien iba con él. No importaba. Lo único que importaba era alejarse. Alejarse de ese bulto de trapos abrasados que diez minutos antes había sido Al Steinowitz, alejarse de la hilera de coches inflamados, alejarse de Bruce Cook que yacía en un pequeño huerto con la garganta atravesada por una estaca. Alejarse, alejarse. *La Turbina* se desprendió de su funda, le golpeó la rodilla con un impacto doloroso, y cayó entre la maleza, olvidada. Entonces *OJ* llegó a un pequeño bosque. Tropezó con un tronco caído y se desplomó cuan largo era. Se quedó allí, resollando entrecortadamente, y se apretó el costado con la mano, en el lugar donde había aparecido una punzada torturante. Se quedó allí, derramando lágrimas de conmoción y miedo. *No más misiones en Nueva York* —pensó—. *Nunca. Esto es definitivo. Sálvese quien pueda. Nunca volveré a pisar el Estado de Nueva York aunque viva hasta los doscientos años.*

164

Después de un rato *OJ* se levantó y empezó a cojear hacia el camino.

16

—Saquémoslo de la galería —dijo Andy. Había depositado a Charlie sobre el césped del otro lado del patio. Ahora el costado de la casa estaba ardiendo, y las chispas caían revoloteando sobre la galería como grandes luciérnagas lerdas.

—Váyase —ordenó ella hoscamente—. No lo toque.

—La casa está ardiendo —dijo Andy—. Deje que la ayude.

—¡Váyase! ¡Ya ha hecho bastante!

—Cállate, Norma. —Irv la miró—. Este hombre no es responsable de nada de lo que ha ocurrido. Así que cierra el pico.

Norma lo miró como si tuviera mucho más que agregar, y después apretó las mandíbulas con un chasquido.

—Levánteme —murmuró Irv—. Siento las piernas como si fueran de goma. Creo que tal vez me oriné encima. No me extrañaría. Uno de esos hijos de puta me pegó un tiro. No sé cuál de ellos. Écheme una mano, Frank.

—Me llamo Andy. —Pasó un brazo alrededor de la espalda de Irv. Éste se levantó poco a poco—. No se enfade con su esposa. Esta mañana debería haber pasado de largo junto a nosotros.

—Si se presentara el caso de nuevo, actuaría igual —respondió Irv—. Esos condenados invadieron mi propiedad y vinieron armados. Malditos cerdos y jodidos rufianes del Gobierno y... ayyyyy, *¡Jesús!*

—¿Irv? —exclamó Norma.

—Cállate, mujer. Ya pasó. Vamos, Frank, o Andy, o como se llame. Empieza a hacer calor.

Claro que sí. Una ráfaga de viento lanzó una espiral de chispas dentro de la galería mientras Andy llevaba a Irv escaleras abajo y en dirección al patio, más o menos a rastras. El tajo se había convertido en un muñón ennegrecido. De las gallinas que Charlie había abrasado no quedaba nada, exceptuando unos pocos huesos calcinados y una peculiar ceniza densa que tal vez provenía de las plumas. No las había asado, las había quemado.

—Déjeme junto al granero —boqueó Irv—. Quiero hablar con usted.

—Necesita un médico —dijo Andy.

—Sí, ya vendrá. ¿Qué le pasó a la pequeña?

—Se desmayó. —Sentó a Irv con la espalda apoyada contra la puerta del granero. Irv lo miraba. Su rostro había recuperado un poco de color, y el tinte azulado se estaba borrando de sus labios. Sudaba. Detrás de ellos, las llamas devoraban la casona blanca que se había levantado en Baillings Road desde 1868.

—Ningún ser humano debería poder hacer lo que ella hace —comentó Norma.

—Tal vez tenga razón —replicó Andy, y después apartó la vista de Irv y miró fijamente el rostro pétreo, implacable, de Norma Manders—. Pero ningún ser humano debería sufrir tampoco parálisis cerebral ni distrofia muscular ni leucemia. Sin embargo sucede. Y les sucede a algunos niños.

—Ella no es la responsable —asintió Irv—. Es cierto.

Sin dejar de mirar a Norma, Andy prosiguió:

—No es un monstruo, como tampoco lo es un niño colocado en un pulmón de acero o ingresado en un instituto para retrasados mentales.

—Lamento haber dicho eso —contestó Norma, y su mirada fluctuó y rehuyó la de Andy—. Le dio de comer a las gallinas junto conmigo. La vi acariciar a la vaca. Pero mi casa se está quemando, señor, y ha muerto gente.

—Lo siento.

—La casa está asegurada, Norma —intervino Irv, y le cogió la mano con la que a él le quedaba sana.

—El seguro no me devolverá los platos de mi madre, que ella heredó de la suya —arguyó Norma—. Ni mi hermoso escritorio, ni los cuadros que compramos el pasado mes de julio en la exposición de arte de Schenectady. —Una lágrima se escurrió de uno de sus ojos y ella se la enjugó con la manga—. Ni las cartas que me escribiste cuando estabas en el Ejército.

—¿Su muñequita se repondrá? —inquirió Irv.

—No lo sé.

—Bueno, escuche. He aquí lo que puede hacer, si quiere. Detrás del granero hay un viejo jeep «Willys»...

—¡No, Irv! ¡No te compliques más en esto!

Él se volvió para mirarla, con sus facciones grises y arrugadas y sudadas. Detrás de ellos ardía su casa. Al reventar, las tejas producían un ruido semejante al de las castañas en una fogata de Navidad.

—Esos hombres vinieron sin mandamiento judicial ni documentos de ningún tipo e intentaron llevárselos de nuestra propiedad —sentenció—. Intentaron llevarse a dos personas que yo había invitado a comer tal como se acostumbra a hacer en un país civilizado con leyes decorosas. Uno de ellos me descerrajó un tiro y otro intentó matar a Andy. Le erró a su cabeza por no más de medio centímetro. —Andy recordó el primer estampido ensordecedor y la astilla de madera que había saltado del poste de la galería. Se estremeció—. Vinieron y se comportaron de ese modo. ¿Qué pretendes que haga yo, Norma? ¿Que me quede aquí sentado y que los entregue a la Policía secreta, si tienen las pelotas necesarias para volver a buscarlos? ¿Pretendes que me porte como un buen alemán?

—No —murmuró ella roncamente—. Supongo que no.

—No hace falta que... —empezó a decir Andy.

—Yo pienso que sí debo hacerlo —lo interrumpió Irv—. Y cuando vuelvan..., porque volverán, ¿no es cierto, Andy?

—Oh, sí. Volverán. Usted acaba de comprar acciones de una industria en crecimiento, Irv.

Irv se rió, con una risa sibilante, ahogada.

—Eso está muy bien, sí señor. Bueno, cuando aparezcan por aquí, yo sólo sabré que se llevó mi «Willys». Nada más que eso. Y le deseo buena suerte.

—Gracias —contestó Andy en voz baja.

—Debemos darnos prisa —continuó Irv—. El pueblo está lejos, pero ya deben de haber visto el humo. Vendrán los bomberos. Dijo que usted y la muñeca van hacia Vermont. ¿Eso era verdad?

—Sí.

Se oyó un gemido que provenía de su izquierda.

—Papá...

Charlie estaba sentada. Tenía los pantalones rojos y la blusa verde manchados de tierra. Estaba pálida y tenía una expresión tremendamente azorada.

—¿Qué se está quemando, papá? Huelo que algo se quema. ¿Lo hago yo? *¿Qué se está quemando?*

Andy se acercó a ella y la alzó.

—Todo está en orden —afirmó, y se preguntó por qué tenías que decirle eso a los niños incluso cuando sabían perfectamente, tanto como tú mismo, que no era verdad—. Todo está en orden. ¿Cómo te sientes, cariño?

Charlie miraba por encima de su hombro en dirección a la hilera de coches incendiados, al cuerpo convulsionado del huerto y a la casa de los Manders, coronada de fuego. La galería también estaba envuelta en llamas.

El viento alejaba el calor y el humo, pero el olor de la gasolina y de las tejas recalentadas era intenso.

—Eso lo he hecho yo —murmuró Charlie, en voz tan baja que era casi inaudible. Su rostro empezó a crisparse y descomponerse nuevamente.

—¡Muñeca! —exclamó Irv enérgicamente.

Ella miró hacia él y a través de él.

—Yo —gimió.

Andy transportó a Charlie hasta donde Irv estaba sentado y apoyado contra la puerta del granero, y la depositó en el suelo.

—Escúchame, muñeca —prosiguió Irv—. Esos hombres querían matar a tu papá. Tú lo supiste antes que yo, quizás antes de que lo supiera él, aunque maldito sea si entiendo cómo. ¿Es así?

—Sí —respondió Charlie. Sus ojos conservaban una expresión insondable y desdichada—. Pero usted no lo entiende. Yo era como un soldado pero peor. Ya..., ya no podía controlarlo. Iba en todas direcciones. Quemé algunas de sus gallinas... y casi quemé a mi padre.

—Los ojos angustiados abrieron sus compuertas y Charlie se echó a llorar impotentemente.

—Tu padre se encuentra bien —afirmó Irv. Andy no dijo nada. Recordaba aquella súbita sensación de estrangulamiento, de encierro en una cápsula de calor.

—Nunca volveré a hacerlo —musitó Charlie—. *Nunca.*

—Está bien —asintió Andy, y le apoyó la mano sobre el hombro—. Está bien, Charlie.

—*Nunca* —repitió ella, con sereno énfasis.

—No debes decir eso, muñeca —dictaminó Irv, levantando la vista hacia ella—. No debes bloquearte así. Harás lo que tengas que hacer. Harás lo mejor de todo. Y esto es lo único que puedes hacer. Pienso que lo que más le gusta al Dios de este mundo es desmentir a las personas que dicen «nunca». ¿Me entiendes?

—No —susurró Charlie.

—Pero creo que me entenderás —comentó Irv, y escrutó a Charlie con tan honda compasión que Andy sintió que la aflicción y el miedo le bloqueaban la garganta. Después Irv miró a su esposa—. Alcánzame esa rama que hay junto a tu pie, Norma.

Norma le alcanzó la rama y se la puso en la mano y le repitió que estaba excediéndose, que debía descansar. Y por eso Andy fue el único que oyó que Charlie repetía nuevamente «nunca», con voz casi inaudible, entre dientes, como si prestara un juramento secreto.

17

—Fíjese, Andy —dijo Irv, y trazó una línea recta en el polvo—. Éste es el camino de tierra por donde vinimos. Baillings Road. Si sigue más o menos cuatrocientos metros hacia el Norte, encontrará a su derecha un camino arbolado. Un coche no puede transitar por ese camino, pero el «Willys» sí, si se le da gas y sabe manejar bien el embrague. Un par de veces le parecerá que el camino sencillamente ha terminado, pero siga adelante y volverá a encontrarlo. No figura en ningún mapa, ¿entiende? En ningún mapa.

Andy hizo un ademán afirmativo con la cabeza, y miró cómo la rama trazaba el camino arbolado.

—Lo llevará unos veinte kilómetros al Este, y si no se atasca ni se extravía, desembocará en la carretera 152, cerca de Hoags Corners. Gire a la izquierda, hacia el Norte, y aproximadamente un kilómetro más adelante, en la 152, encontrará otro camino arbolado. Allí el terreno es bajo, cenagoso, pantanoso. Es posible que el «Willys» pueda sortearlo, pero también es posible que no pueda. Hace unos cinco años que no transito por allí. Es el único camino, entre todos los que conozco, que va hacia el Este, en dirección a Vermont, y que no estará bloqueado. El segundo camino lo dejará en la carretera 22, al norte de Cherry Plain y al sur del límite de Vermont. Para entonces habrá pasado lo peor..., aunque supongo que harán circular sus nombres y fotos. Pero les deseamos lo mejor. ¿No es así, Norma?

—Sí —asintió Norma, y su voz fue casi un suspiro. Miró a Charlie—. Le has salvado la vida a tu padre, pequeña. Eso es lo que debes recordar.

—¿De veras? —preguntó Charlie, y su tono fue tan perfectamente apático que Norma Manders se quedó perpleja y un poco asustada. Después Charlie ensayó una sonrisa vacilante y Norma se la retribuyó, aliviada.

—Las llaves están en el «Willys», y... —Inclinó la cabeza hacia un costado—. ¡Caramba!

Era el ulular de las sirenas, que aumentaba y menguaba cíclicamente, aún débil pero cada vez más próximo.

—Son los bomberos —anunció Irv—. Si piensan partir, será mejor que lo hagan inmediatamente.

—Ven, Charlie —dijo Andy.

Ella se acercó, con los ojos enrojecidos por las lágrimas. La sonrisita se había eclipsado como un sol indeciso tras las nubes, pero a Andy lo alentaba mucho que por lo menos hubiera aflorado. Su rostro era el de una sobreviviente: conmocionado y dolorido. En ese momento, Andy lamentó no tener los poderes de su hija. Los habría utilizado, y él sabía contra quien.

—Gracias, Irv.

—Lo siento mucho —murmuró Charlie, con un hilo de voz—. Lamento lo que ocurrió con su casa y con sus gallinas y..., y todo lo demás.

—No fue por tu culpa, muñeca —replicó Irv—. Ellos se lo buscaron. Cuida a tu papá.

—Está bien —asintió ella.

Andy la cogió de la mano y contornearon el granero hasta donde el «Willys» estaba aparcado bajo un toldo desmontable.

Cuando lo hizo arrancar y lo condujo por la hierba hasta el camino, las sirenas estaban muy próximas. La casa ya era un infierno. Charlie no quiso mirarla. Andy vio por última vez a los Manders en el espejo retrovisor del jeep con techo de lona: Irv apoyado contra el granero, con el jirón de falda blanca anudado alrededor del brazo y teñido de rojo, y Norma sentada a su lado. Él la rodeaba con el brazo sano. Andy agitó la mano, e Irv devolvió el saludo a medias con el brazo herido. Norma no se despidió. Quizá pensaba en la loza de su madre, en su escritorio, en las cartas de amor..., en todo aquello de lo cual el seguro se desentiende y se ha desentendido siempre.

18

Encontraron el primer camino arbolado exactamente donde había dicho Irv Manders. Andy puso la tracción a las cuatro ruedas del jeep y se internó en él.

—Sujétate, Charlie —advirtió—. Vamos a zarandearnos.

Charlie se agarró con fuerza. Su rostro estaba blanco e inexpresivo, y el solo mirarla lo ponía nervioso. *La casa* —pensó—. *La casa del Abuelo McGee sobre la laguna Tashmore. Si por lo menos pudiéramos lle-*

gar allí y descansar. *Ella se recuperará y después pensaremos qué es lo que nos conviene hacer.*

Lo pensaremos mañana. Como dijo Scarlett, mañana será otro día.

El «Willys» rugía y se bamboleaba por el camino, que no era más que una doble huella con arbustos e incluso algunos pinos enclenques que crecían a lo largo del caballón. Ese terreno había sido talado hacía quizá diez años, y Andy dudaba que lo hubieran utilizado desde entonces, si se exceptuaba la presencia de algún que otro cazador. Nueve kilómetros más adelante pareció «terminar, sencillamente», y Andy tuvo que detenerse dos veces para quitar de en medio troncos caídos. La segunda vez levantó la vista, con unas palpitaciones en el corazón y la cabeza que casi lo descomponían, y descubrió a un venado hembra de grandes dimensiones que lo contemplaba pensativamente. El animal permaneció un momento inmóvil y después desapareció en la espesura con una sacudida de su rabo blanco. Andy miró a Charlie y comprobó que ésta observaba la marcha del venado con algo parecido al asombro... y se sintió nuevamente animado. Un poco más adelante volvieron a encontrar la huella, y aproximadamente a las tres desembocaron en el tramo de asfalto de dos carriles que correspondía a la carretera 152.

19

Orville Jamieson, cubierto de rasguños y de lodo y apenas en condiciones de apoyarse sobre el tobillo lesionado, se sentó a la vera de Baillings Road, a unos setecientos u ochocientos metros de la granja Manders, y habló por su radioteléfono. Su mensaje fue retransmitido a un puesto de mando provisional instalado en un camión aparcado en la Calle Mayor de Hastings Glen. El camión tenía un equipo de radio con un sistema a prueba de interferencias y un transmisor potente. El mensaje de *OJ* fue alterado por el sistema contra interferencias, amplificado y radiado a la ciudad de Nueva York, donde una estación de empalme lo recogió y lo retransmitió a Longmont, Virginia, donde Cap estaba sentado en su despacho, escuchando.

El rostro de Cap ya no estaba radiante ni vivaz, como esa mañana, cuando había llegado pedaleando al trabajo. El informe de *OJ* era casi increíble. Ellos sabían que la niña tenía *algo*, pero la historia de la carnicería le cayó (por lo menos a Cap) como un rayo desde un cielo azul y despejado. Entre cuatro y seis hombres muertos, los demás en fuga desordenada por el bosque, media docena de coches incendiados, una casa arrasada por el fuego, un civil herido y dispuesto a proclamar a los cuatro vientos que una pandilla de neonazis había aparecido en el umbral de su casa sin un mandamiento judicial y había intentado secuestrar a un hombre y a una chiquilla a los que él había invitado a almorzar.

Cuando *OJ* completó su informe (y no lo completó realmente, sino que empezó a repetirse en una especie de semihisteria), Cap colgó el auricular y se hundió en la mullida silla giratoria e intentó pensar. No creía que una operación clandestina hubiera fracasado tan espectacularmente desde la de la Bahía de los Cochinos... y esta vez había sucedido en territorio norteamericano.

El despacho estaba oscurecido y poblado de espesas sombras ahora que el sol se había desplazado y daba sobre el otro lado del edificio, pero no encendió las luces. Rachel lo había llamado por el interfono y él le había dicho tajantemente que no quería hablar con nadie, absolutamente con nadie.

Se sentía viejo.

Le oyó decir a Wanless: *Hablo del potencial de destrucción*. Bueno, ya no se trataba sólo del potencial, ¿verdad? *Pero la atraparemos*, pensó, mientras miraba inexpresivamente a través de la habitación. *Oh, sí, claro, que la atraparemos*.

Llamó a Rachel.

—Quiero hablar con Orville Jamieson apenas puedan traerlo en avión. Y quiero hablar con el general Brackman, en Washington. Prioridad A-1-A. Se ha presentado una situación que puede ser difícil en el Estado de Nueva York, y quiero informárselo ya mismo.

—Sí, señor —respondió Rachel respetuosamente.

—Quiero reunirme con los seis subdirectores a las diecinueve horas. También prioridad A-1-A. Y quiero hablar con el jefe de la Policía del Estado de Nueva York. —Ellos habían participado en la búsqueda masiva, y Cap quería recordárselo. Si había que repartir mierda, él cuidaría que les reservaran a ellos un cubo repleto. Pero también quería señalarle que si actuaban coordinadamente, tal vez todavía podrían salir bastante bien parados.

Cap vaciló un momento y después agregó:

—Cuando llame John Rainbird, dígale que quiero hablar con él. Le tengo reservado otro trabajo.

—Sí, señor.

Cap soltó la clavija del interfono. Volvió a arrellanarse en su silla y estudió las sombras.

—No ha pasado nada que no tenga arreglo —les dijo a las sombras. Éste había sido su lema de toda la vida. No estaba impreso en un pergamino y colgado de la pared, ni grabado en una placa de bronce y montado sobre su escritorio, sino que estaba estampado en su corazón como un axioma.

No había nada que no tuviera arreglo. Hasta esa tarde, hasta el momento de recibir el informe de *OJ*, había alimentado esa convicción. Era una filosofía que había hecho progresar mucho al hijo de un pobre minero de Pennsylvania. Y seguía opinando lo mismo, aunque con una vacilación pasajera. Manders y su esposa, sumados, probablemente tenían parientes esparcidos desde New England hasta California, y cada uno era una palanca potencial para acallarlos. Ahí mismo en Longmont había suficientes archivos ultrasecretos como para que cualquier audiencia legislativa sobre los métodos de la Tienda terminara por ser..., bueno, un poco dura de oído. Los coches e incluso los agentes no eran más que herramientas, aunque pasaría mucho tiempo antes de que pudiera acostumbrarse a la idea de que Al Steinowitz había muerto. ¿Quién podría remplazar a Al? Esa mocosa y su padre iban a pagar lo que le habían hecho a Al. Él se encargaría de ello.

Pero la chica. ¿Podrían controlar a la chica?

Había medios para ello. Existían sistemas de contención.

El expediente McGee seguía sobre el carrito de la biblioteca. Se levantó, se acercó a él y empezó a hojearlo impacientemente. Se preguntó dónde estaría John Rainbird en ese momento.

WASHINGTON, D.C.

1

En el momento en que Cap Hollister le consagró
un pensamiento fugaz, John Rainbird estaba sentado
en su habitación del «Mayflower Hotel», frente al televisor, viendo un programa llamado *The Crosswits*.
Estaba desnudo. Estaba sentado en su silla con los
pies descalzos muy juntos. Esperaba que oscureciera.
Después de que oscureciera, esperaría que se hiciese
tarde. Cuando fuera tarde, empezaría a esperar que
se hiciese temprano. Cuando fuera temprano y el pulso del hotel se redujese a su mínima expresión, dejaría de esperar y subiría a la habitación 1.217 y mataría al doctor Wanless. Después volvería a bajar ahí
y reflexionaría acerca de lo que Wanless le habría dicho antes de morir, y cuando asomara el Sol dormi-
ría un rato.

John Rainbird era un hombre en paz. Estaba en
paz con casi todo: con Cap, con la Tienda, con los Estados Unidos. Estaba en paz con Dios, con Satán y con
el universo. Si todavía no estaba totalmente en paz
consigo mismo, esto sólo se debía a que su peregrina-
je aún no había terminado. Había dado muchos gol-

pes maestros, tenía muchas cicatrices honorables. No le importaba que la gente le volviera la espalda con miedo y con asco. No le importaba haber perdido un ojo en Vietnam. No le importaba lo que ganaba. Cobraba su paga e invertía la mayor parte en comprar zapatos. Estaba enamorado de los zapatos. Tenía una casa en Flagstaff, y aunque rara vez iba personalmente, se hacía enviar allí los zapatos. Cuando se le presentaba la oportunidad para ir a su casa admiraba los zapatos: «Gucci», «Bally», «Bass», «Adidas», «Van Donen». Zapatos. Su casa era un bosque extraño: en todas las habitaciones crecían árboles de zapatos, y él pasaba de una habitación a otra admirando los frutos-zapatos que crecían en ellos. Pero cuando estaba solo andaba descalzo. A su padre, un indio cherokee de pura sangre, lo habían enterrado descalzo. Alguien había robado sus mocasines funerarios.

A John Rainbird sólo le interesaban dos cosas, además de los zapatos. Una era la muerte. Su propia muerte, desde luego. Hacía veinte años o más que estaba preparado para su inevitabilidad. Su profesión siempre había consistido en dispensar la muerte, y ése era el único oficio en el que se había destacado. Le interesaba cada vez más a medida que envejecía, así como a un pintor le interesan cada vez más las cualidades y las gradaciones de la luz, así como a los escritores les interesa cada vez más la búsqueda a tientas de la idiosincrasia y los matices en razón de lo cual se parecen a los ciegos que leen según el sistema Braille. Lo que más le interesaba era la *partida* concreta..., la exhalación concreta del alma..., la salida del interior del cuerpo y de lo que los seres humanos conocen por el nombre de vida y la transmutación en algo distinto. ¿Qué impresión te produce sentir cómo te vas escurriendo? ¿Piensas acaso que es un sueño del que despertarás? ¿El diablo de los cristianos te está esperando con su tridente, listo para ensartar tu alma aullante y bajarla al infierno como si fuera un trozo de carne en una brocheta? ¿Sientes placer? ¿Sabes a dónde vas? ¿Qué ven los ojos del agonizante?

Rainbird confiaba en tener la oportunidad de descubrirlo por sí mismo. En su profesión, la muerte era a menudo rápida e imprevista, algo que ocurría en un abrir y cerrar de ojos. Esperaba que cuando a él le llegara la hora de morir, tuviese tiempo para prepararse y sentirlo todo. Últimamente había escudriñado cada vez con más frecuencia los rostros de las personas que mataba, procurando leer el secreto de sus ojos.

La muerte le interesaba.

Lo que también le interesaba era la chiquilla que los tenía tan preocupados a todos. Esa Charlene McGee. Cap creía que John Rainbird sólo sabía vagamente quiénes eran los McGee y que no sabía absolutamente nada acerca del Lote Seis. En realidad, Rainbird sabía casi tanto como el mismo Cap..., lo cual seguramente lo habría condenado a ser eliminado inmediatamente si Cap se hubiera enterado. Sospechaban que la niña tenía un poder desmesurado o potencialmente desmesurado..., quizá todo un arsenal de poderes. A él le gustaría encontrar a la niña y comprobar cuáles eran sus poderes. También sabía que Andy McGee era lo que Cap llamaba «un dominador mental en potencia», pero esto no inquietaba a John Rainbird. Aún no había conocido a ningún hombre que pudiera dominarlo a él.

Terminó *The Crosswits*. Empezó el telediario. Pura bazofia. John Rainbird se quedó sentado, sin comer, sin beber, sin fumar, limpio y vacío y desnudo, y esperó a que llegara la hora de matar.

2

Ese mismo día, más temprano, Cap había pensado, inquieto, que Rainbird era muy silencioso. El doctor Wanless ni lo oyó. Se despertó de un sueño profundo. Se despertó porque un dedo le hacía cosquillas debajo de la nariz. Se despertó y vio sobre su cama la mole de lo que parecía ser un monstruo salido de una pesadilla. Un ojo brillaba tenuemente con el reflejo de la luz del baño, la luz que él siempre dejaba encendida cuando estaba en un lugar extraño. Donde debería haber estado el otro ojo sólo había un cráter vacío.

Wanless abrió la boca para gritar y John Rainbird le apretó las fosas nasales con los dedos de una mano y le cubrió la boca con la otra. Wanless empezó a debatirse.

—Shhh —chistó Rainbird, con la complacida indulgencia con que una madre se dirige a su bebé en el momento de cambiar los pañales.

Wanless se debatió con más fuerza.

—Si quiere vivir, quédese quieto y callado —agregó Rainbird.

Wanless lo miró, tuvo un sobresalto y después se quedó quieto.

—¿Se callará? —le preguntó Rainbird.

Wanless asintió con un movimiento de cabeza. Su cara se estaba poniendo roja.

Rainbird apartó las manos y Wanless empezó a boquear roncamente. De una de sus fosas nasales brotó un hilillo de sangre.

—¿Quién... es... lo... envió... Cap?

—Rainbird —respondió su visitante solemnemente—. Sí, me envió Cap.

Los ojos de Wanless estaban desorbitados en la oscuridad. Sacó la lengua y se humedeció los labios. Postrado en el lecho, con las sábanas caídas alrededor de sus tobillos nudosos, parecía el niño más viejo del mundo.

—Tengo dinero —susurró muy rápidamente—. Una cuenta bancaria en Suiza. Mucho dinero. Es todo suyo. Nunca volveré a abrir la boca. Se lo juro por Dios.

—No es su dinero lo que quiero, doctor Wanless —replicó Rainbird.

Wanless lo miraba fijamente. La comisura izquierda de su boca estaba crispada en una mueca frenética y su párpado izquierdo se aflojaba y se estremecía.

—Si quiere estar vivo cuando salga el sol —prosiguió Rainbird—, hablará conmigo, doctor Wanless. Pronunciará una conferencia. Será un seminario para mí solo. Estaré atento, seré un buen alumno. Y lo recompensaré con su vida, que vivirá lejos del alcance de Cap y de la Tienda. ¿Comprende?

—Sí —contestó Wanless roncamente.

—¿Acepta?

—Sí... ¿pero qué...?

Rainbird se llevó dos dedos a los labios y el doctor Wanless se calló en seguida. Su tórax escuálido subía y bajaba rápidamente.

—Pronunciaré dos palabras y entonces empezará su conferencia. Dirá todo lo que sabe, todo lo que sospecha, todas sus teorías. ¿Está preparado para escuchar las dos palabras, doctor Wanless?

—Sí —respondió Wanless.

—Charlene McGee —dijo Rainbird, y el doctor Wanless empezó a hablar.

Al principio sus palabras brotaron lentamente y después con más rapidez. Habló. Le contó a Rainbird la historia completa de las pruebas del Lote Seis y del experimento culminante. Rainbird ya sabía mucho de eso, pero Wanless también llenó varios huecos. El profesor repitió todo el sermón que le había recitado a Cap esa mañana, y esta vez el discurso no cayó en oídos sordos. Rainbird lo escuchó atentamente, frunciendo a veces el ceño, aplaudiendo y riendo quedamente al oír la metáfora de Wanless sobre la educación de esfínteres. Esto lo alentó a hablar con más celeridad, y cuando empezó a repetirse, como acostumbran a hacerlo los viejos, Rainbird bajó nuevamente las manos, y volvió a apretarle las fosas nasales con una y a cubrirle la boca con la otra.

—Lo siento —dijo Rainbird.

Wanless corcoveó y se arqueó bajo el peso de Rainbird. Éste aumentó la presión, y cuando los forcejeos de Wanless empezaron a menguar, Rainbird levantó bruscamente la mano con la que le había apretado la nariz. El buen doctor exhaló el aire con un siseo sibilante parecido al que produce un neumático pinchado al desinflarse. Sus ojos giraban demencialmente en las órbitas, como los de un caballo enloquecido por el miedo..., pero aún era demasiado difícil ver en ellos.

Rainbird cogió el cuello de la chaqueta del pijama del doctor Wanless y lo volteó sobre la cama para que la fría luz blanca del baño se proyectara directamente sobre su rostro.

Después volvió a apretar las fosas nasales de Wanless.

A veces un hombre puede sobrevivir hasta nueve minutos sin sufrir lesiones cerebrales permanentes si cuando le cortan el aire se queda totalmente inmóvil. Una mujer, con una capacidad pulmonar ligeramente mayor y un sistema de eliminación de anhídrido carbónico un poco más eficiente, puede sobrevivir diez o doce minutos. Desde luego, los forcejeos y el terror reducen mucho el tiempo de supervivencia.

El doctor Wanless se debatió vehementemente durante cuarenta segundos, y después sus esfuerzos encaminados a salvar su propia vida empezaron a declinar. Sus manos aporrearon débilmente el granito anfractuoso de la cara de John Rainbird. Sus talones martillearon un ahogado redoble de retirada sobre la alfombra. Empezó a babear contra la palma callosa de la mano de Rainbird.

Ése era el momento.

Rainbird se inclinó hacia delante y escudriñó los ojos de Wanless con avidez infantil.

Pero era lo mismo, siempre lo mismo. Los ojos parecieron perder su miedo y llenarse en cambio de una gran perplejidad. Ni asombro, ni el despuntar de la comprensión o de la percepción o del temor reverencial. Sólo perplejidad. Durante un momento esos ojos perplejos se clavaron en el único de John Rainbird, y éste supo que lo estaban viendo. Borrosamente, quizás, esfumándose más y más a medida que el científico agonizaba pero lo estaban *viendo*. Después se vidriaron, simplemente. El doctor Joseph Wanless ya no estaba en el «Mayflower Hotel». Rainbird se hallaba sentado en esa cama junto a un muñeco de tamaño natural.

Se quedó quieto, con una mano todavía sobre la boca del muñeco, y apretando fuertemente con la otra las fosas nasales de éste. Era mejor asegurarse. Permanecería así durante diez minutos.

Pensó en lo que Wanless había dicho acerca de Charlene McGee. ¿Era posible que una chiquilla tuviera semejante poder? Suponía que sí. En Calcuta había visto cómo un hombre se clavaba cuchillos en el cuerpo —en las piernas, en el vientre, en el pecho, en el cuello— y después los arrancaba sin dejar heridas. Quizás era posible. Y desde luego era... interesante.

Pensó en esas cosas y después descubrió que se estaba preguntando cómo sería matar a una criatura. Nunca lo había hecho conscientemente (aunque una vez había colocado una bomba en un avión de pasajeros y ésta había estallado y había matado a las sesenta y siete personas que viajaban a bordo, y a lo mejor entre ellas había habido uno o más niños, pero eso no era lo mismo: se trataba de algo impersonal). En su profesión no era necesario matar niños con frecuencia. La Tienda, al fin y al cabo, no era una organización terrorista como el IRA o la OLP, aunque a algunos —incluidos ciertos caguetas del Congreso, por ejemplo— les gustara creer que sí lo era.

Se trataba, después de todo, de una organización científica.

Quizá con una niña el resultado sería distinto. Tal vez al final habría otra expresión en sus ojos, algo más que la perplejidad que lo hacía sentirse tan vacío y tan —sí, era cierto— tan triste.

Quizás en la muerte de una niña descubriría parte de lo que necesitamos saber.

De una niña como Charlene McGee.

—Mi vida es como los caminos rectos del desierto —murmuró John Rainbird con voz queda. Miró absorto las canicas azules y opacas que habían sido los ojos del doctor Wanless—. Pero tu vida no es ningún camino, mi amigo..., mi buen amigo.

Besó a Wanless primero en una mejilla y después en la otra. A continuación volvió a acostarlo sobre la cama y lo cubrió con una sábana. Ésta cayó mansamente, como un paracaídas, y delineó la nariz sobresaliente y ahora inactiva de Wanless, rodeándola con un entorno blanco.

Rainbird salió de la habitación.

Esa noche pensó en la niña de la que se decía que podía provocar incendios. Pensó mucho en ella. Se preguntó dónde estaba, qué pensaba, qué soñaba. Le inspiraba mucha ternura, un sentimiento muy protector.

· Cuando se sumió en el sueño, inmediatamente después de las seis de la mañana, estaba seguro: la niña sería suya.

TASHMORE, VERMONT

1

Andy y Charlie McGee llegaron a la casa de la laguna Tashmore dos días después del incendio de la granja de los Manders. Desde el principio el «Willys» no se hallaba en muy buenas condiciones, y las zambullidas en el lodo por los caminos a través del bosque hacia los cuales los había orientado Irv no contribuyeron a mejorar su estado.

Cuando cayó la noche del día interminable que había comenzado en Hastings Glen, se hallaban a menos de veinte metros del final del segundo —y el peor— de los caminos que atravesaban un bosque. A sus pies, pero oculta por un espeso matorral, se extendía la carretera 22. Aunque no la veían, les llegaban de cuando en cuando los ruidos que producían los coches y camiones al pasar zumbando y chirriando. Esa noche durmieron en el «Willys», acurrucados para consevar el calor. Se pusieron en marcha a las cinco de la mañana siguiente —o sea la del día anterior al de la llegada a la laguna— cuando el amanecer no era más que un tenue resplandor en el Este.

Charlie estaba pálida, apática y abrumada. No le

había preguntado a Andy qué les ocurriría si los controles se habían desplazado hasta el Este. Poco importaba, porque si los controles se habían desplazado, los atraparían, y eso sería todo. Tampoco era cuestión de deshacerse del «Willys». Charlie no estaba en condiciones de caminar, y en verdad, él tampoco.

Así que Andy entró en la carretera y durante todo ese día de octubre se zarandearon y traquetearon por caminos secundarios bajo un cielo encapotado que auguraba lluvia pero no terminaba de descargarla. Charlie durmió mucho y Andy se sintió preocupado: temía que ése fuera un sueño malsano, un sueño que ella empleaba para evadirse de lo que había sucedido, cuando debía tratar de adaptarse a la realidad.

Se detuvo dos veces en restaurantes de la carretera y pidió hamburguesas y patatas fritas. La segunda vez pagó con el billete de cinco dólares que le había obligado a aceptar Jim Paulson, el conductor de la furgoneta. Casi todas las monedas restantes de los teléfonos habían desaparecido. Algunas debían de habérsele caído de los bolsillos durante los sucesos alucinantes que se habían desarrollado en la granja de los Manders, pero lo había olvidado. Algo más había desaparecido: esos alarmantes puntos insensibles de sus facciones se habían disipado durante la noche. Y ciertamente no lo lamentaba.

Charlie no tocó apenas su ración de hamburguesas y patatas fritas.

La noche anterior habían entrado en un área de servicio de la carretera, aproximadamente una hora después de la puesta del sol. Estaba desierta. Era otoño, y la temporada de las *roulottes* había concluido, por ese año. Un cartel rústico, pirograbado, rezaba: PROHIBIDO ACAMPAR PROHIBIDO ENCENDER FUEGO PÓNGALE LA CORREA A SU PERRO 500 DÓLARES DE MULTA A QUIEN ARROJE BASURAS.

—Qué benévolos —murmuró Andy y descendió con el «Willys» por la pendiente que nacía al final del aparcamiento de grava, hasta meterlo en un bosquecillo situado a la vera de un arroyuelo rumoroso. Él y Charlie se apearon y se acercaron en silencio al agua. El cielo seguía nublado pero el tiempo era apacible. No se veían estrellas y la noche era muy negra. Se sentaron y escucharon un rato cómo el arroyo contaba su historia. Él cogió la mano de Charlie y fue entonces cuando ésta se echó a llorar, con fuertes sollozos convulsivos que parecían a punto de desgarrarla.

Andy la rodeó con los brazos y la meció.

—Charlie —susurró—. Charlie, Charlie, ya basta. No llores.

—Por favor, papá, no me obligues a hacerlo nuevamente —gimoteó ella—. Porque si me lo pidieras lo haría y creo que después me mataría así que por favor..., por favor... nunca más...

—Te quiero. Cálmate y no hables de matarte. Eso es una locura.

—No —insistió ella—. No lo es. Prométemelo, papá.

Él reflexionó durante un largo rato y después respondió, con parsimonia:

—No sé si puedo, Charlie. Pero prometo que lo intentaré. ¿Te basta con eso?

Su angustioso silencio fue respuesta suficiente.

—Yo también me asusto —agregó él en voz baja—. Los padres tienen miedo como todos. Créeme.

Esa noche la pasaron también en la cabina del «Willys». A las seis de la mañana reanudaron el viaje. Se habían abierto claros entre las nubes, y hacia las diez era un día impecable del veranillo de San Martín. No mucho después de haber cruzado el límite del Estado de Vermont, vieron a una legión de hombres montados en lo alto de escaleras que parecían mástiles adosados a manzanos oscilantes, y en los huertos había camiones cargados con cestos rebosantes de fruta.

A las once y media abandonaron la carretera 34 y tomaron un angosto camino de tierra, lleno de baches, a la entrada del cual había un cartel que rezaba PROPIEDAD PRIVADA, y algo se distendió en el pecho de Andy. Habían llegado a la finca del Abuelo McGee. Estaban allí.

Avanzaron lentamente hacia la laguna, que se hallaba a unos dos kilómetros. Las hojas otoñales, rojas y doradas, se arremolinaban en el camino frente al morro chato del jeep. Precisamente cuando empezaron a vislumbrar unos destellos de agua entre los árboles, el camino se bifurcó. Una pesada cadena de acero estaba atravesada sobre el ramal más pequeño, y de la cadena colgaba un cartel amarillo, moteado de herrumbre: PROHIBIDO PASAR POR ORDEN DEL SHERIFF DEL CONDADO. La mayoría de las manchas de óxido se habían formado alrededor de seis u ocho depresiones de metal, y Andy conjeturó que, para desahogar su aburrimiento, algún chico veraneante había dedicado unos minutos a acribillar el cartel con su rifle calibre 22. Pero desde entonces habían transcurrido muchos años.

Se apeó del «Willys» y extrajo el llavero del bolsillo. Del aro colgaba una lengüeta de cuero con sus iniciales —A.McG— casi borradas. Vicky se lo había regalado para Navidad... un año antes de que naciera Charlie.

Permaneció un momento inmóvil junto a la cadena, contemplando primero la lengüeta de cuero, y luego las llaves. Había casi dos docenas. Cosa rara, las llaves: podrías rememorar tu vida guiándote por las que se acumulaban de una manera u otra en tu llavero. Supuso que algunas personas —que sin duda tenían un sentido de la organización más desarrollado que el suyo— sencillamente se desprendían de sus viejas llaves, así como cultivaban el hábito de limpiar sus carteras más o menos cada seis meses. Andy nunca había hecho lo uno ni lo otro.

Allí estaba la llave que abría la puerta este del Pabellón Prince, en Harrison, donde había tenido su despacho. La llave del despacho propiamente dicho. La del Departamento de Inglés. La de la casa de Harrison que había visto por última vez el día en que los hombres de la Tienda habían matado a su esposa y secuestrado a su hija. Dos o tres más que ni siquiera podía identificar. Sí, las llaves eran una cosa rara.

Se le empañó la vista. De pronto, echó de menos a Vicky, y la necesitó como no había vuelto a necesitarla desde aquellas primeras semanas trágicas que había pasado peregrinando con Charlie. Estaba muy cansado, muy asustado y desmedidamente furioso. En ese momento, si hubiera tenido a todos los secuaces

187

de la Tienda alineados frente a él a lo largo del camino del Abuelo, y si alguien le hubiera alcanzado una ametralladora «Thompson»...

—¿Papá? —Era la voz de Charlie, ansiosa—. ¿No encuentras la llave?

—Sí, la tengo —respondió. Estaba entre las otras: una pequeña llave «Yale» en la que había grabado con el cortaplumas las iniciales L.T., que significaban laguna Tashmore. Habían estado allí por última vez el año en que había nacido Charlie, y en ese momento Andy tuvo que maniobrar un poco con la llave para hacer girar los mecanismos encasquillados. Entonces el candado se abrió con un chasquido y Andy depositó la cadena sobre la alfombra de hojas caídas.

Condujo el «Willys» por la apertura y después volvió a asegurar la cadena con el candado.

A Andy lo regocijó comprobar que el camino estaba en malas condiciones. Cuando iban allí todos los veranos, con regularidad, se quedaban tres o cuatro semanas y siempre encontraban un par de días libres para trabajar en el camino: traían un cargamento de grava de la cantera de Sam Moore, la volcaban en los peores baches, cortaban la maleza, y hacían venir a Sam en persona con su vieja niveladora para que lo alisara. El otro ramal del camino, más ancho, conducía a casi dos docenas de casas y cabañas alineadas a lo largo de la costa, y esos propietarios tenían su Asociación de Vías Públicas, pagaban cuotas anuales, celebraban reuniones formales en el mes de agosto y llenaban todos los otros requisitos (aunque las reuniones formales no eran más que una excusa para agarrar unas tremendas curdas antes de que terminase otro verano). Pero la finca del Abuelo era la única situada en esa otra dirección, porque él mismo había comprado toda la tierra por una bicoca en el momento más crítico de la Depresión.

En los viejos tiempos había tenido un coche familiar «Ford». No creía que éste hubiera podido llegar ahora hasta alí, e incluso el «Willys», con sus ejes altos, tocó una o dos veces en el suelo. A Andy no le importó en absoluto. Esto significaba que no había pasado nadie por ese lugar.

—¿Habrá electricidad, papá? —preguntó Charlie.

—No —contestó él—, ni teléfono. No nos conviene conectar la corriente, pequeña. Eso equivaldría a proclamar AQUÍ ESTAMOS. Pero hay lámparas de queroseno y dos bidones de petróleo para la cocina. Si no los han robado, desde luego. —Esto le preocupaba un poco. Desde la última vez que habían estado allí, el precio del petróleo había aumentado tanto que valía la pena robarlo.

—¿Habrá...? —empezó a decir Charlie.

—Mierda —exclamó Andy. Frenó bruscamente. Un árbol había caído atravesado sobre el camino, más adelante: un abedul de grandes dimensiones, derribado por una tormenta de invierno—. Creo que a partir de aquí tendremos que caminar. De todos modos sólo falta más o menos un kilómetro y medio. Será un paseo. —Más tarde volvería con la sierra del Abuelo y cortaría el tronco en trozos. No quería dejar el «Willys» de Irv aparcado allí. Resultaba demasiado visible.

Le alborotó el cabello a Charlie.

—Ven.

Se apearon del «Willys», y Charlie se deslizó sin esfuerzo por debajo del abedul, mientras Andy pasaba cuidadosamente por encima, procurando no pincharse las zonas delicadas. Las hojas crujieron agradablemente bajo sus pies cuando echaron a andar, y el bosque estaba impregnado por los aromas propios del otoño. Una ardilla los espió desde un árbol, y vigiló atentamente su marcha. Y entonces empezaron a ver nuevamente refulgentes tramos azules entre el follaje.

—¿Qué habías empezado a decir cuando encontramos el tronco? —inquirió Andy.

—¿Habrá suficiente petróleo para mucho tiempo? Por si tenemos que pasar el invierno aquí.

—No, pero hay bastante para empezar. Y yo cortaré mucha leña. Tú me ayudarás a transportarla.

Diez minutos más tarde el camino se ensanchó hasta formar un claro sobre la orilla de la laguna y llegaron a su lugar de destino. Ambos permanecieron un momento callados. Andy ignoraba lo que sentía Charlie, pero sobre él se precipitó una avalancha de recuerdos, y sus sentimientos fueron tan intensos que para designarlos no habría bastado una palabra moderada como nostalgia. Con esas remembranzas se mezcló su sueño de tres mañanas atrás: el bote, la lombriz que se retorcía convulsivamente, incluso los parches de neumático en las botas del Abuelo.

La casa tenía cinco habitaciones y estaba construida con madera sobre cimientos de piedra. Una terraza asomaba en dirección a la laguna, y un muelle de piedra se internaba en el agua. Si se exceptuaban los montículos de hojas y los árboles derribados por el viento durante los últimos inviernos, nada había cambiado. Casi esperaba que el mismo Abuelo saliera caminando, vestido con una de esas camisas de cuadros verdes y negros, agitando el brazo a modo de saludo e invitándolo a entrar con su vozarrón, mientras le preguntaba si ya había obtenido el permiso de pesca, porque las truchas seguían picando bien al caer la noche.

Ése había sido un lugar estupendo. En el otro extremo de la laguna Tashmore, lejos, los pinos despedían destellos gris verdosos bajo los rayos del sol. *Qué árboles estúpidos* —había comentado el Abuelo una vez—, *ni siquiera saben distinguir el verano del invierno.* La única señal de civilización sobre la margen opuesta continuaba siendo el embarcadero del pueblo de Bradford. Nadie había construido un centro comercial ni un parque de atracciones. Ahí el viento seguía susurrando entre los árboles. Las tejas verdes aún tenían un aspecto musgoso, típico del bosque, y las agujas de los pinos se acumulaban todavía en los ángulos del techo y en la embocadura del canalón de madera. Él había sido niño allí, y el Abuelo le había enseñado a colocar el cebo en el anzuelo. Había tenido su propio dormitorio, con sólidos paneles de arce, y había soñado sus sueños infantiles en una cama angosta y lo había despertado el chapoteo del agua contra el muelle. Allí también había sido hombre, y le había hecho el amor a su esposa en la cama de matrimonio que había pertenecido antaño al Abuelo y a su consorte..., aquella mujer taciturna y un poco ominosa que pertenecía a la Sociedad Norteamericana de Ateos y que te explicaba, si se lo pedías, las Treinta Mayores Contradicciones de la Biblia del rey Jacobo o, si preferías, la Hilarante Falacia de la Teoría que Interpreta el Universo Como Si Fuera un Muelle de Reloj, todo ello con la lógica rotunda, irrebatible, de un predicador fanático.

—Echas de menos a mamá, ¿verdad? —inquirió Charlie con tono desolado.

—Sí. Sí, la echo de menos.

—Yo también —afirmó Charlie—. Lo pasasteis bien aquí, ¿no es cierto?

—Sí —asintió él—. Ven, Charlie.

Ella se quedó inmóvil, mirándolo.

—Papá, ¿alguna vez volveremos a vivir normalmente? ¿Podré ir a la escuela y todo eso?

Él contempló la posibilidad de mentir, pero no le habría valido de nada.

—No lo sé —respondió. Intentó sonreír, pero no lo logró. Ni siquiera podía curvar los labios de manera convincente—. No lo sé, Charlie.

2

Las herramientas del Abuelo seguían pulcramente alineadas en la zona que les correspondía dentro del cobertizo donde guardaban el bote, y Andy encontró, por añadidura, algo que había esperado hallar, aunque sin hacerse demasiadas ilusiones: dos pilas de leña limpiamente cortada y seca en la cala situada al pie del cobertizo. Casi toda la había partido él mismo, y seguía cubierta por la lona mugrienta y desgarrada que él le había echado encima. Ese acopio no duraría todo el invierno, pero cuando él terminara de trocear los troncos caídos alrededor de la casa y el abedul atravesado sobre el camino, estarían bien provistos.

Llevó la sierra hasta el árbol desplomado y lo cortó de forma que le fuera posible pasar en el «Willys». Para entonces, ya casi había oscurecido y él estaba exhausto y hambriento. Nadie se había molestado, tampoco, en saquear la bien provista despensa. Si durante los seis últimos inviernos había habido vándalos o ladrones equipados con quitanieves, se habían limitado al extremo sur de la laguna, más densamente poblado. Había cinco estantes atestados de sopas «Campbell's» y sardinas «Wyman's» y guisos de carne «Dinty Moore» y toda clase de verduras envasadas. También había en el suelo media caja de alimento para perros «Rival», un legado del buen y viejo *Bimbo* del Abuelo, pero Andy no creía que tuvieran que llegar a semejantes extremos.

Mientras Charlie echaba un vistazo a los libros alineados en los anaqueles de la amplia sala de estar, Andy bajó los tres escalones que conducían desde la despensa hasta la pequeña cámara subterránea para guardar conservas, frotó un fósforo de madera contra una de las vigas, metió un dedo en el agujero natural de una de las tablas que recubrían las paredes del diminuto recinto con suelo de tierra, y tiró. La tabla se desprendió y Andy espió en el interior. Al cabo de un momento sonrió. Dentro del pequeño hueco festoneado de telas de araña había cuatro frascos de vidrio herméticamente cerrados, llenos de un líquido transparente, de aspecto ligeramente aceitoso, que era aguardiente destilado en casa, cien por ciento puro: lo que el Abuelo llamaba «el matarratas de papá».

El fósforo le quemó los dedos. Lo lanzó lejos y encendió otro. Al igual que los adustos predicadores de la antigua New England (de los cuales había sido descendiente directa), Hulda McGee no estimaba, ni comprendía, ni toleraba los placeres masculinos, simples y un poco tontos. Había sido una atea puritana, y éste había sido el pequeño secreto del Abuelo, que había compartido con Andy el año antes de morir.

Además del aguardiente, había un bote para fichas de póquer. Andy lo extrajo del hueco y tanteó a través de la abertura de la tapa. Oyó un crujido y sacó un delgado fajo de billetes: unos pocos de diez y cinco y algunos de uno. Unos ochenta dólares en total. La debilidad del Abuelo había sido el póquer de siete cartas, y eso era lo que él llamaba su «capital de reserva».

El segundo fósforo le quemó los dedos y Andy lo arrojó. En la oscuridad, volvió a guardar las fichas de póquer y el dinero. Era bueno saber que estaba allí. Colocó la tabla en su lugar y atravesó nuevamente la despensa.

—¿Sopa de tomate para ti? —le preguntó a Charlie. Milagrosamente, ella había encontrado todos los libros infantiles de Winnie-the-Pooh en uno de los estantes y ahora estaba sumergida en la trama de uno de ellos.

—Sí —respondió Charlie, sin levantar la vista.

Andy calentó una gran olla de sopa de tomate y abrió una lata de sardinas para cada uno. Encendió una de las lámparas de queroseno luego de haber corrido cuidadosamente las cortinas, y la depositó en el centro de la mesa. Se sentaron y comieron, casi en silencio. Después Andy fumó un cigarrillo, que prendió en el tubo de la lámpara. Charlie descubrió el cajón de los naipes en la cómoda de la abuela. Había ocho o nueve mazos, a cada uno de los cuales le faltaba una sota o un dos, y pasó el resto del tiempo poniéndolos en orden y jugando mientras Andy exploraba la finca.

Más tarde, al arrebujarla en la cama, le preguntó cómo se sentía.

—A salvo —contestó ella, sin vacilar—. Buenas noches, papá.

Si eso estaba bien para Charlie, también lo estaba para él. Se quedó un rato sentado junto a ella, pero Charlie se durmió en seguida y sin dificultades, y él se fue después de dejar la puerta abierta para oírla si se sobresaltaba por la noche.

3

Antes de acostarse, Andy volvió a la cámara subterránea, sacó uno de los frascos de aguardiente, se sirvió una pequeña ración en un vaso, y salió a la terraza por la puerta corredera. Se sentó en uno de los sillones de lona (olía a moho, y se preguntó por un momento si habría alguna solución para eso), y miró hacia la inmensidad oscura y movediza de la laguna. El aire estaba un poco frío, pero un par de sorbos del matarratas del Abuelo lo hicieron entrar agradablemente en calor. Por primera vez desde aquella pavorosa persecución por la Tercera Avenida, él también se sentía seguro y descansado.

Fumaba y miraba hacia el otro extremo de la laguna Tashmore.

Seguro y descansado, pero no por primera vez desde el episodio de la ciudad de Nueva York. Por primera vez desde que la Tienda había reaparecido en sus vidas en aquel terrible día de agosto, catorce meses atrás. Desde entonces habían vivido escapando, o emboscados, y ni lo uno ni lo otro implicaba un descanso.

Recordaba haber hablado por teléfono con Quincey mientras respiraba el olor de la alfombra quemada. Él en Ohio y Quincey allá lejos en California, a la que siempre bautizaba, en sus escasas cartas, con el nombre de Reino Mágico de los Terremotos. *Sí, es una suerte* —había dicho Quincey—. *Porque si no fuera así podrían meterlos en dos pequeñas habitaciones y podrían hacerlos trabajar las veinticuatro horas del día en beneficio de la seguridad y la libertad de doscientos veinte millones de norteamericanos... Apuesto a que ellos querrían pillar a esa criatura y encerrarla en una pequeña habitación y comprobar si esto puede ayudarlos a salvar el mundo para la democracia. Y creo que no quiero agregar nada más, muchacho, excepto esto: sé discreto.*

Entonces había creído estar asustado. No sabía lo que era estar asustado. El susto consistía en volver a casa y encontrar a tu esposa muerta y con las uñas arrancadas. Se las habían arrancado para que les dijera dónde estaba Charlie. Charlie estaba pasando unos días en la casa de su amiga Terri Dugan. Planeaban recibir a Terri en su propia casa, uno o dos meses más tarde, por un lapso parecido. Vicky lo había llamado el Gran Intercambio de 1980.

Ahora, mientras fumaba sentado en la terraza,

Andy pudo reconstruir lo que había sucedido, aunque en aquella época sólo había vegetado en medio de una bruma de dolor y pánico y furia: había sido una racha de buena suerte ciega (o quizás un poco más que suerte) lo que le había permitido desentrañar lo que se traían entre manos.

Toda la familia había estado bajo control. Probablemente desde hacía bastante tiempo. Y cuando aquel miércoles por la tarde Charlie no volvió del campamento de verano donde pasaba el día, y tampoco volvió en la tarde del martes o del jueves, los secuaces de la Tienda debieron de llegar a la conclusión de que Andy y Vicky habían descubierto por casualidad que los estaban vigilando. En lugar de descubrir que Charlie estaba sencillamente alojada en casa de una amiga, a no más de tres kilómetros de la suya propia, debieron de deducir que ellos se habían llevado a su hija y habían pasado a la clandestinidad.

Fue un error absurdo y estúpido, pero no el primero de esa naturaleza que cometía la Tienda. Según un artículo que Andy había leído en la revista *Rolling Stone*, la Tienda había estado implicada y había influido en los hechos que habían desencadenado un baño de sangre durante el secuestro de un avión por terroristas del Ejército Rojo (el secuestro había fracasado... con un coste de sesenta vidas), en la venta de heroína a la Organización a cambio de datos sobre grupos cubano-norteamericanos de Miami (en su mayoría inofensivos), y en la caída en manos de los comunistas de una isla del Caribe que había sido famosa por los hoteles multimillonarios que bordeaban su costa y por las prácticas vudúes de su población.

Con semejante serie de traspiés colosales anotados en la cuenta de la Tienda, resultaba menos difícil entender cómo los agentes encargados de vigilar a la familia McGee habían interpretado que las dos noches que la niña había pasado en casa de una amiga constituían en realidad el intento de poner pies en polvorosa. Como habría dicho (y quizás había dicho realmente) Quincey, si los más eficientes de los mil o más funcionarios de la Tienda hubieran pasado a trabajar en el sector privado, habrían empezado a cobrar el seguro de desempleo aún antes de completar el período de prueba.

Pero los errores absurdos los habían cometido ambos bandos, reflexionó Andy, y si el transcurso del tiempo había desdibujado un poco la naturaleza dolorosa de esta convicción, en otra época había sido suficientemente aguda como para hacer brotar sangre, y sus efectos habían sido semejantes a los de un instrumento de múltiples puntas, cada una de ellas impregnada con el veneno del remordimiento. Las cosas que Quincey había insinuado por teléfono aquel día en que Charlie había tropezado y caído por la escalera lo habían asustado, pero aparentemente no lo suficiente. Si lo hubiera asustado lo suficiente, quizá *sí* habría pasado a la clandestinidad.

Había descubierto demasiado tarde que la mente humana puede quedar hipnotizada cuando una vida, o la vida de una familia, empieza a apartarse poco a poco de la escala normal de las cosas para ingresar en un fervoroso mundo de fantasía que generalmente sólo te piden que aceptes durante eclosiones de sesenta minutos en la Televisión, o quizá durante funciones de ciento diez minutos en un cine.

Después de la conversación con Quincey, se infiltró gradualmente en él una sensación peculiar: empezó a parecerle que estaba constantemente drogado. ¿Una interferencia en su teléfono? ¿Gente que los vigilaba? La posibilidad de que los secuestraran a todos y los encerrasen en las cámaras subterráneas de un complejo de edificios del Gobierno. Tendía a sonreír tontamente y a limitarse a mirar cómo se materializaban estas circunstancias, tendía a comportarse civilizadamente y a burlarse de sus propios instintos...

En la laguna Tashmore se produjo una súbita conmoción invisible y varios patos remontaron vuelo en medio de la noche, rumbo al Oeste. La media luna se estaba elevando, y proyectó un opaco resplandor plateado sobre sus alas a medida que se alejaban. Andy encendió otro cigarrillo. Fumaba demasiado, pero pronto tendría la oportunidad de iniciar un tratamiento de desintoxicación. Sólo le quedaban cuatro o cinco.

Sí, había sospechado que su teléfono estaba interferido. A veces se producía un extraño chasquido metálico doble cuando levantaba el auricular para atender una llamada. En un par de ocasiones la comunicación se había interrumpido misteriosamente mientras hablaba con un alumno que lo había llamado para consultarle algo, o con un colega. Había sospechado que podían existir micrófonos ocultos en la casa, pero nunca se había dedicado a buscarlos (¿acaso porque temía encontrarlos?). Y varias veces había sospechado que los vigilaban. No había estado seguro de ello.

Vivían en el barrio Lakeland de Harrison, y Lakeland era el sublime arquetipo de un barrio residencial. En una noche de borrachera podías dar vueltas durante horas alrededor de seis u ocho manzanas, buscando tu propia casa. Sus vecinos trabajaban en la planta de la «IBM» situada en las afueras de la ciudad, en la «Ohio Semi-Conductor» situada en plena ciudad, o daban clases en la Universidad. Podrías haber trazado dos rectas horizontales sobre la hoja de ingresos de una familia promedio, la inferior a la altura de los dieciocho mil quinientos dólares, y la superior más o menos a la altura de los treinta mil, y prácticamente todos los habitantes de Lakeland habrían quedado comprendidos entre la una y la otra.

Con el tiempo aprendías a conocer a la gente. Saludabas en la calle a la señora Bacon, que había perdido a su esposo y que posteriormente había vuelto a casarse con el vodka, lo cual se reflejaba en su aspecto: la luna de miel con este caballero específico le estaba arruinando las facciones y la silueta. Hacías una seña amistosa a las dos chicas del «Jaguar» blanco que alquilaban la casa de la esquina de Jasmine Street y Lakeland Avenue... y te preguntabas qué tal sería pasar la noche con las dos. Hablabas de béisbol con el señor Hammond de Laurel Lane mientras éste recortaba eternamente su seto. El señor Hammond trabajaba para la «IBM» («que significa, en inglés *I've Been Moved* o sea Me Han Trasladado», repetía incesantemente mientras las tijeras de podar eléctricas susurraban y zumbaban), provenía de Atlanta y era un hincha fanático de los Atlanta Braves. Odiaba al equipo de Cincinnati, lo que no lo hacía precisamente acreedor a la estima del vecindario. Cosa que a Hammond le resultaba indiferente. Él se limitaba a esperar que la «IBM» volviera a trasladarlo.

Sin embargo, el señor Hammond no era lo importante. La señora Bacon no era lo importante, ni tampoco lo eran las dos muchachas suculentas montadas en su «Jaguar» blanco con el ribete de pintura roja opaca alrededor de los faros. Lo importante era que al cabo de un tiempo tu cerebro generaba su propia categoría inconsciente: la gente que encaja en Lakeland.

Pero en los meses transcurridos antes de que mataran a Vicky y secuestraran a Charlie de la casa de los Dugan, allí había habido gente que no pertenecía a esa categoría. Andy no había hecho caso de su presencia, diciéndose que habría sido ridículo alarmar a Vicky sólo porque la conversación con Quincey lo había transformado en un paranoide.

Los ocupantes de la furgoneta de color gris claro. El pelirrojo que una noche había estado repantigado al volante de un «Matador AMC» y que otra noche, dos semanas más tarde, había estado al volante de un «Arrow Plymouth», y que aproximadamente diez días más tarde había estado en el asiento para pasajeros de la furgoneta gris. Los visitaban demasiados vendedores. Había noches en que volvían a casa después de haber pasado el día fuera o después de haber llevado a Charlie a ver la última película de Disney y él tenía la sensación de que alguien había estado allí, de que los objetos habían sufrido un desplazamiento infinitesimal.

La sensación de que lo vigilaban.

Pero había pensado que se conformarían con vigilarlo. Éste había sido *su* error absurdo. Aún no estaba totalmente convencido de que a ellos los hubiera impulsado un acceso de pánico. Tal vez habían planeado secuestrarlos a él y a Charlie, y matar a Vicky porque no les era de utilidad. ¿Quién necesitaba realmente a una mujer dotada de poderes parapsicológicos cuya mayor hazaña de la semana consistía en cerrar la puerta de la nevera desde el otro extremo de la habitación?

Sin embargo, la operación había tenido unas características temerarias, apresuradas, que le hacían pensar que la desaparición inesperada de Charlie los había obligado a reaccionar antes de lo previsto. Si el que hubiera desaparecido hubiese sido Andy, tal vez habrían esperado, pero no había sido él. Había sido Charlie, y ésta era la que les interesaba verdaderamente. Ahora Andy estaba seguro de ello.

Se levantó y se desperezó, oyendo cómo crujían sus vértebras. Era hora de acostarse, de dejar de remover esos recuerdos viejos, dolorosos. No podía pasar el resto de su vida culpándose por la muerte de Vicky. Al fin y al cabo, no había sido más que un cómplice. Y posiblemente, tampoco a él le quedaba mucho tiempo de vida. Lo que había ocurrido en la galería de la casa de Irv Manders no le había pasado inadvertido. Tenían el propósito de eliminarlo. Ahora sólo deseaban capturar a Charlie.

Se fue a la cama y no tardó en dormirse. Sus sueños no fueron placenteros. Vio una y otra vez la franja de fuego que corría a través de la tierra apisonada del patio, la vio dividirse para formar un círculo alrededor del tajo, vio cómo las gallinas se inflamaban cual bombas incendiarias vivas. En sueños, se sintió rodeado por la cápsula de fuego, cada vez más caliente.

Ella había dicho que no volvería a provocar incendios.

Y quizás esto sería lo mejor.

Afuera, la fría luna de octubre brillaba sobre la laguna Tashmore, sobre Bradford, New Hampshire, en la otra orilla; y sobre el resto de New England. Más al Sur, brillaba sobre Longmont, en Virginia.

4

A veces, Andy McGee tenía intuiciones, corazonadas extraordinariamente vívidas. Desde que había participado en el experimento del Pabellón Jason Gearneigh. Ignoraba si las corazonadas eran una forma primaria de precognición o no, pero había aprendido a no desecharlas cuando las tenía.

Alrededor del mediodía de aquel día de agosto de 1980 tuvo una, y mala.

Empezó mientras almorzaba en la Sala Buckeye, el comedor para profesores situado en el último piso del edificio del Club de estudiantes. Incluso podía identificar el momento preciso. Estaba comiendo pollo a la crema con arroz en compañía de Ev O'Brien, Bill Wallace y Don Grabowski, del Departamento de Inglés. Buenos amigos, todos ellos. Como de costumbre, alguien le había aportado un chiste de polacos a Don, que los coleccionaba. El chiste lo había contado Ev, y decía algo así como que lo que diferenciaba a una escalera polaca de una escalera común era el hecho de que la polaca tenía la palabra STOP pintada en el último escalón. Todos se estaban riendo cuando una vocecilla muy serena habló en la mente de Andy.

(algo anda mal en casa)

Eso fue todo. Y fue suficiente. Empezó a intensificarse más o menos como se intensificaban las jaquecas cuando empujaba demasiado fuerte y se desmoronaba. Pero esto no residía en su cabeza. Todas sus emociones parecían estar embrollándose, casi perezosamente, como si fueran una madeja y alguien hubiera soltado un gato irritable por los conductos de su sistema nervioso para que jugase con ellos y los enmarañara.

Dejó de sentirse bien. El pollo a la crema perdió cualquier vestigio de atractivo que pudiera haber tenido. Su estómago empezó a convulsionarse y el corazón le latía aceleradamente, como si acabara de recibir un susto tremendo. Y entonces los dedos de su mano derecha comenzaron a palpitar bruscamente, como si se los hubiera pillado con una puerta.

Se levantó repentinamente.

Un sudor frío le perlaba la frente.

—Escuchad, no me siento muy bien —anunció—. ¿Puedes sustituirme en la clase de la una, Bill?

—¿Con los aspirantes a poetas? Claro. No tengo ningún inconveniente. ¿Qué te pasa?

—No lo sé. Tal vez me ha sentado mal algo que comí.

—Estás un poco pálido —comentó Don Grabowski—. Deberías ir a la enfermería, Andy.

—Quizá sea eso lo que haga —asintió.

Se fue, pero sin la menor intención de acudir a la enfermería. Eran las doce y cuarto, y el campus discurría aletargado por la última semana del curso final de verano. Saludó con un ademán a Ev, Bill y Don mientras se alejaba de prisa. Desde aquel día no había vuelto a ver a ninguno de ellos.

Se detuvo en la planta baja del Club, entró en una cabina telefónica y llamó a su casa. No obtuvo respuesta. No había ninguna razón concreta para que la obtuviera: puesto que Charlie se hallaba en casa de los Dugan, Vicky podía haber ido de compras, o a la peluquería, o a la casa de Tammy Upmore, o incluso haber ido a almorzar con Eileen Bacon. Sin embargo, sus nervios se tensaron un poco más. Ahora casi los oía chirriar.

Salió del edificio del Club y fue mitad caminando y mitad corriendo hasta el coche familiar, que se hallaba en el aparcamiento del Pabellón Prince. Condujo con movimientos bruscos, incorrectamente. Se saltó semáforos, perdió fugazmente el control del coche, y estuvo a punto de atropellar a un hippie que circulaba en una «Olimpia» de diez velocidades. El hippie le hizo un ademán obsceno. Andy casi no le prestó atención. Ahora el corazón le martilleaba el pecho. Se sentía como si hubiera tomado una dosis de anfetaminas.

Vivían en Conifer Place, o la calle de la conífera: en Lakeland, como en muchas otras urbanizaciones residenciales construidas en los años cincuenta, la mayoría de las calles parecían tener nombres de árboles o arbustos. En medio del calor de ese mediodía de agosto, la calle parecía tétricamente desierta. Eso sólo contribuía a exacerbar la intuición de que había pasado algo malo. Con tan pocos coches aparcados a lo largo de las aceras, la calzada parecía más ancha. Incluso los pocos niños que jugaban de trecho en trecho no bastaban para disipar la sensación de soledad.

La mayoría de ellos estaban comiendo en sus casas, o jugando en el parque. La señora Flynn, de Laurel Lane, pasó empujando un carrito de compras con un bolso de comestibles, con la panza tan redonda y tensa como un balón de fútbol bajo sus pantalones elásticos de color verde oscuro. Los rociadores giraban lentamente de un extremo al otro de la calle, esparciendo agua sobre el césped y múltiples arco iris por el aire.

Andy montó las ruedas laterales del coche familiar sobre el bordillo y después frenó de manera tan brusca que su cinturón de seguridad se trabó momentáneamente y el morro del vehículo se inclinó hacia el pavimento. Desconectó el motor con la palanca de cambios todavía en primera, cosa que jamás hacía, y echó a andar por el camino interior del cemento agrietado que siempre se proponía reparar y del que por alguna razón u otra no se ocupaba nunca. Sus tacones repicaban sin ningún sentido. Observó que la persiana enrollable del ventanal de la sala (*una ventana mural*, la había llamado el agente de propiedades que les había vendido la casa, *una típica ventana mural*) estaba baja, lo que suministraba a la casa un aspecto cerrado, secreto, que no le gustaba. ¿Vicky bajaba habitualmente la persiana? ¿Quizá para evitar, en la medida de lo posible, que entrase el calor del verano? No lo sabía. Reflexionó que ignoraba muchas de las cosas que hacía Vicky cuando él estaba fuera.

Cogió el pomo de la puerta pero éste no giró, sino que sólo le resbaló entre los dedos. ¿Ella cerraba la puerta con llave cuando él estaba ausente? No lo creía. No era propio de Vicky. Su preocupación —no, ahora era terror— aumentó. Y sin embargo hubo un instante (cosa que nunca habría de confesarse a sí mismo, más tarde), un fugacísimo instante en el cual no experimentó otra cosa que el fuerte deseo de volverle la espalda a la puerta cerrada. De huir, simplemente. Sin pensar en Vicky, ni en Charlie, ni en las débiles justificaciones que se le ocurrirían más tarde.

Sólo huir.

En cambio, hurgó en su bolsillo, buscando las llaves.

Estaba tan nervioso que las dejó caer y tuvo que agacharse para recogerlas: las llaves del coche, la llave del ala oriental del Pabellón Prince, la llave negruzca para el candado de la cadena que él tendía sobre el camino del Abuelo al concluir cada visita de verano. Era curioso cómo se acumulaban las llaves.

Separó del manojo la llave de la casa y abrió la puerta. Entró y la cerró a sus espaldas. En la sala de estar había una tenue claridad, una luz amarilla y enfermiza. Hacía calor. Y reinaba el silencio. Dios, qué silencio.

—¿Vicky?

Ninguna respuesta. Y la falta de respuesta sólo significaba que Vicky no estaba allí. Se había calzado sus «zapatones de bruja», como ella los llamaba, y había salido de compras o a visitar a alguien. Pero no, no estaba haciendo nada de eso. Andy se sentía seguro de ello. Y su mano, su mano derecha... ¿Por qué los dedos palpitaban tanto?

—¡Vicky!

Entró en la cocina. Allí había una pequeña mesa de formica con tres sillas. Generalmente él, Vicky y Charlie desayunaban en la cocina. Ahora una de las sillas yacía de costado, como un perro muerto. El salero estaba volcado y su contenido se había esparcido sobre la superficie de la mesa. Sin pensar en lo que hacía, Andy cogió una pizca de sal entre el pulgar y el índice de la mano izquierda y la arrojó por encima del hombro, recitando entre dientes un ensalmo contra la mala suerte que les había oído repetir a su padre y a su abuelo.

Sobre el hornillo había una cacerola de sopa. Estaba fría. El bote de sopa vacío descansaba sobre la repisa. Almuerzo para uno. ¿Pero dónde estaba Vicky?

—¡Vicky! —gritó, mirando escaleras abajo. Allí reinaba la oscuridad. El lavadero y el salón de juegos, que ocupaba toda la fachada de la casa.

No hubo respuesta.

Volvió a pasear la mirada por la cocina. Limpia y ordenada. Dos dibujos de Charlie, que ésta había hecho en la Escuela Bíblica de Vacaciones a la que había concurrido en julio, sostenidos sobre la nevera por unas pequeñas hortalizas de plástico con base magnética. Una factura de electricidad y otra de teléfonos ensartadas en el pincho sobre cuya base se leía: PAGAR A ÚLTIMA HORA. Un lugar para cada cosa y cada cosa en su lugar.

Pero la silla estaba caída. Pero la sal se había esparcido.

No le quedaba una gota de saliva en la boca, ni una. La tenía reseca y resbaladiza como el cromo en un día de verano.

Andy subió al primer piso, y exploró la habitación de Charlie, la habitación de ellos, la habitación de huéspedes. Nada. Volvió a atravesar la cocina, encendió la luz de la escalera y bajó. La lavadora «Maytag» estaba abierta. La secadora lo miraba fijamente con su ojo solitario de vidrio. Entre ambas colgaba un bordado que Vicky había comprado en alguna parte, con la leyenda: CARIÑO, ESTAMOS FREGADOS. Entró en la sala de juegos y buscó a tientas el interruptor de la luz, rozando la pared con la mano, demencialmente seguro de que en cualquier momento unos dedos helados y desconocidos se cerrarían sobre los suyos y los guiarían hasta su objetivo. Por fin lo encontró y los tubos fluorescentes embutidos en el techo cobraron vida.

Ése era un lugar acogedor. Había pasado mucho tiempo allí, reparando cosas, sonriendo constantemente para sus adentros porque, al fin, se habían convertido en todo aquello en lo que durante sus años de estudiantes habían jurado no convertirse nunca. Los tres habían pasado mucho tiempo allí. Había un televisor empotrado en la pared, una mesa de ping-pong, un tablero descomunal de *backgammon*. Había más juegos de mesa alineados contra la pared, en sus cajas, y a lo largo de una mesa baja, que Vicky había confeccionado con tablas rústicas, descansaban algunos libros de grandes dimensiones. Una pared estaba tapizada de libros de bolsillo. De las paredes colgaban varias labores de punto, enmarcadas y montadas sobre esteras, que había confeccionado Vicky. Ésta bromeaba diciendo que era una especialista en cuadrados individuales, pero que sencillamente carecía de fuerzas para armar un condenado cubrecamas íntegro. Allí estaban también los libros de Charlie, en una biblioteca especial fabricada a su medida, y clasificados escrupulosamente por orden alfabético. Andy le había enseñado ese orden en una tediosa noche nevada, dos inviernos atrás, y a ella todavía la fascinaba.

Una habitación acogedora.

Una habitación vacía.

Procuró distenderse. La premonición, la corazonada, o como quisiera llamarla, lo había engañado. Sencillamente, Vicky no estaba allí. Apagó la luz y volvió al lavadero.

La lavadora, que se cargaba por delante y que habían comprado por sesenta dólares en una liquidación de artículos de segunda mano, seguía abierta. La cerró con un movimiento reflejo, tal como había arrojado por encima del hombro la pizca de sal esparcida. Había sangre sobre la tapadera de vidrio de la lavadora. No mucha. Sólo tres o cuatro gotas. Pero era sangre.

Andy se quedó mirándola. Allí abajo hacía más frío, demasiado frío, como en un depósito de cadáveres. Miró el suelo. Más sangre. Ni siquiera estaba seca.

De su garganta brotó un débil susurro sibilante.

Echó a andar por el lavadero, que no era más que un pequeño niño con paredes de escayola blanca. Abrió el cesto de ropa. Sólo había un calcetín dentro. Espió en el hueco de debajo del fregadero. Sólo jabones en polvo y detergentes de distintas marcas. Miró bajo la escalera. Sólo telas de araña y la pierna de plástico de una de las viejas muñecas de Charlie. Dios sabría desde cuándo esa extremidad desmembrada esperaba pacientemente allí que alguien la encontrase.

Abrió la puerta situada entre la lavadora y la secadora, y la tabla de planchar se desplomó estrepitosamente y detrás de ella apareció Vicky Tomlinson McGee, con una bayeta metida en la boca, con las piernas atadas de modo tal que las rodillas se hallaban recogidas justo debajo del mentón, con los ojos abiertos y muertos. En el aire flotaba un fuerte y nauseabundo olor de cera para muebles.

Lo acometió una arcada y retrocedió, tambaleándose. Agitó espasmódicamente las manos, como si quisiera alejar esa visión sobrecogedora, y una de ellas golpeó el panel de mandos de la secadora y ésta se puso en funcionamiento. Las ropas empezaron a dar vueltas y a repicar en su interior. Andy lanzó un alarido. Y después echó a correr. Corrió escaleras arriba y tropezó al girar hacia la cocina y cayó despatarrado y se golpeó la frente contra el suelo. Se sentó, resollando.

La escena se repitió. Se repitió en cámara lenta, como la segunda proyección instantánea de una jugada de fútbol, cuando ves sortear al defensa o detener el pase ganador.

Después habría de perseguirlo en sueños. La puerta que se abría, la tabla de planchar que caía hacia la horizontal con un fuerte chasquido, que le recordaba un poco el de la guillotina, su esposa apretujada en el espacio posterior y dentro de su boca una bayeta que había servido para lustrar los muebles. Todo esto volvió a aflorar con una especie de evocación total y comprendió que iba a lanzar otro alarido así que se metió el antebrazo en la boca y lo mordió y lo que se filtró fue un aullido confuso, sofocado. Repitió la operación dos veces, y algo escapó de su interior y se serenó. Era el falso sosiego de la conmoción, pero podría aprovecharlo. El miedo amorfo y el terror desenfocado se disiparon. La palpitación de su mano derecha había cesado. Y el pensamiento que se infiltró entonces en su mente fue tan frío como la calma que se había posado sobre él, tan frío como la conmoción, y lo que pensó fue: *CHARLIE*.

Se levantó, se encaminó hacia el teléfono y después volvió a la escalera. Se detuvo un momento en lo alto, mordiéndose los labios, juntando fuerzas, y al fin bajó nuevamente. La secadora giraba y giraba. Allí no había nada más que unos vaqueros, y era el gran botón de bronce de la cintura el que repicaba a medida que la prenda daba una vuelta y caía, daba una vuelta y caía. Andy detuvo la secadora y miró hacia el interior del armario donde guardaban la tabla de plachar.

—Vicky —murmuró suavemente.

Ella, su esposa, lo observaba con sus ojos muertos. Él había caminado con ella, le había cogido la mano, había poseído su cuerpo en la oscuridad de la noche. Recordó imprevistamente la noche en que ella había bebido demasiado en una fiesta del cuerpo de profesores y él le había sostenido la cabeza mientras vomitaba. Y este recuerdo se transformó en el del día en que él estaba lavando su coche y había entrado fugazmente en el garaje para recoger el bote de cera y ella había cogido la manguera y había corrido tras él y se la había introducido por la parte posterior del pantalón. Recordó la boda y el beso que le había dado delante de todos, el beso en la boca, en su boca suculenta, suave, el beso que tanto había disfrutado.

—Vicky —repitió, y emitió un largo suspiro tembloroso.

La sacó del armario y le quitó la bayeta de la boca. Su cabeza se bamboleó fláccidamente sobre los hombros. Vio que la sangre le había manado de la mano derecha, de la cual le habían arrancado algunas uñas. De una de sus fosas nasales había brotado un hilillo de sangre, pero eso era todo. Le habían fracturado el cuello con un solo golpe violento.

—Vicky —susurró.

Charlie, susurró su mente, a modo de respuesta.

En medio del manso sosiego que ahora le colmaba la cabeza, comprendió que Charlie se había convertido en el elemento importante, en el único elemento importante. Las recriminaciones quedaban para el futuro.

Volvió a la sala de juegos, esta vez sin molestarse en encender la luz. En el otro extremo de la habitación, junto a la mesa de ping-pong, había un sofá cubierto por una funda. Cogió la funda y volvió al lavadero y la desplegó encima de Vicky. Quién sabe por qué, su silueta inmóvil bajo la funda del sofá era aún más impresionante. Lo tenía casi hipnotizado. ¿Nunca volvería a moverse? ¿Era posible?

Le descubrió la cara y la besó en los labios. Estaban fríos.

Le arrancaron las uñas —se maravilló su mente—. *Jesús, le arrancaron las uñas*.

Y comprendió la razón. Querían saber dónde estaba Charlie. Habían perdido de alguna manera su rastro cuando ella había ido a la casa de Terri Dugan en lugar de volver a la suya, después de pasar el día en el campamento de verano. Se habían dejado arrastrar por el pánico, y ahora la etapa de vigilancia había concluido. Vicky estaba muerta..., premeditadamente o porque un agente de la Tienda había puesto demasiado celo en su trabajo. Se arrodilló junto a Vicky y pensó que posiblemente, hostigada por el miedo, había hecho algo un poco más espectacular que cerrar la puerta de la nevera desde el otro extremo de la habitación. Quizás había apartado a uno de ellos o le había hecho perder el equilibrio. Qué pena que no hubiera tenido suficiente poder para despedirlos contra la pared a unos setenta kilómetros por hora, pensó.

Supuso que tal vez sabían apenas lo suficiente para sentirse nerviosos. Quizás incluso les habían impartido órdenes expresas: *La mujer puede ser extremadamente peligrosa. Si hace algo —lo que sea— que ponga en peligro la operación, eliminadla. En seguida.*

O a lo mejor sólo se trataba de que preferían no dejar testigos. Al fin y al cabo estaba en juego algo más que la tajada que les tocaba en el reparto de dólares de los contribuyentes.

Pero la sangre. Debería estar pensando en la sangre, que ni siquiera se hallaba seca cuando la había descubierto. Sólo pegajosa. No hacía mucho que se habían ido.

Su mente repitió, con más insistencia: *¡Charlie!*

Besó nuevamente a su esposa y dijo:

—Regresaré, Vicky.

Pero tampoco volvió a ver a Vicky.

Subió en busca del teléfono y encontró el número de los Dugan en la agenda de Vicky. Marcó el número y lo atendió Joan Dugan.

—Qué tal, Joan —exclamó, y esta vez la conmoción lo ayudaba: la suya era una voz perfectamente serena, normal—. ¿Puedo hablar un momento con Charlie?

—¿Charlie? —La señora Dugan pareció dudar—. Bueno, se fue con sus dos amigos. Esos profesores. ¿No... era eso lo que debía hacer?

Algo se disparó dentro de él y después de describir una trayectoria ascendente volvió a caer a plomo. Tal vez fue su corazón. Pero de nada serviría aterrorizar a esa simpática mujer con la que sólo había tenido tratos sociales en cuatro o cinco oportunidades. Eso no lo ayudaría a él ni ayudaría a Charlie.

—Caray —murmuró—. Esperaba que estarían allí todavía. ¿Cuándo se fueron?

La voz de la señora Dugan se apagó un poco.

—Terri, ¿cuándo se fue Charlie?

Una vocecilla infantil contestó algo. No entendió qué. Le brotó sudor entre los nudillos.

—Dice que hace aproximadamente quince minutos. —Su tono era compungido—. Yo estaba lavando la ropa y no tengo reloj. Uno de ellos vino a hablar conmigo. ¿No pasa *nada* malo, verdad, señor McGee? Me pareció una persona correcta...

Tuvo el impulso lunático de soltar una risita y responder: *¿Estaba lavando la ropa, eh? Mi esposa también. La encontré apretujada bajo la tabla de planchar. Éste ha sido su día de suerte, Joan.*

—Está bien —manifestó, en cambio—. Me pregunto si pensaban venir aquí.

La pregunta fue transmitida a Terri, y ésta contestó que lo ignoraba. Estupendo, pensó Andy. La vida de mi hija está en manos de otra chiquilla de seis años.

Se aferró a un clavo ardiente.

—Tengo que ir al supermercado de la esquina —le explicó a la señora Dugan—. ¿Puede preguntarle a Terri si iban en el coche o en la furgoneta? Por si los veo.

Esta vez oyó a Terri.

—Iban en la furgoneta. Se fueron en una furgoneta gris, como la del padre de David Pasioco.

—Gracias —exclamó. La señora Dugan respondió que no tenía por qué darlas. Volvió a experimentar el impulso, esta vez de gritarle solamente por la línea telefónica: *¡Mi esposa está muerta! Mi esposa está muerta, ¿y usted por qué estaba lavando la ropa mientras mi hija montaba en una furgoneta con dos desconocidos?*

En lugar de gritar esto o cualquier otra cosa, colgó y salió de la casa. El calor le asestó un garrotazo en la cabeza y se tambaleó un poco. ¿Hacía tanto calor cuando había llegado? Ahora parecía hacer mucho más. Había pasado el cartero. Del buzón asomaba una circular publicitaria de Woolco que no había estado antes allí. El cartero había pasado mientras él estaba abajo, meciendo entre sus brazos a su esposa muerta. Su pobre Vicky muerta: le habían arrancado las uñas, y el hecho de que la muerte te acosara constantemente desde distintos flancos y distintos ángulos era curioso, más curioso en verdad que la forma en que se acumulaban las llaves. Tratabas de zigzaguear, de protegerte por un lado, y la verdad te acometía por el otro. La muerte es un jugador de fútbol, pensó, un enorme futbolista hijo de puta. Y te sienta de culo una y otra vez sobre el césped.

Mueve los pies, pensó. Quince minutos de ventaja... no era mucho. La pista aún no se había enfriado. No a menos que Terri Dugan no supiera distinguir quince minutos de media hora o dos horas. Eso ya no importaba. Debía ponerse en marcha.

Se puso en marcha. Volvió al coche familiar, que se hallaba aparcado mitad sobre la acera y mitad sobre la calzada. Abrió la portezuela del lado del conductor y después echó una mirada a la pulcra casa cuya hipoteca estaba pagada a medias. El Banco permitía una «moratoria de pagos» de dos meses por año, si la necesitabas. Andy nunca la había necesitado. Miró la casa que dormitaba al sol, y sus ojos alelados volvieron a sentirse atraídos por la insignia roja de la circular de Woolco que asomaba del buzón y, ¡zas!, la muerte volvió a machacarlo, y le nubló los ojos y le hizo entrechocar los dientes.

Se metió en el coche y enderezó hacia la calle donde vivía Terri Dugan, no porque lo impulsara la convicción concreta y lógica de que podría rastrearlos, sino porque lo guiaba una esperanza ciega. Desde entonces no había vuelto a ver su casa de Conifer Place, en Lakeland.

Ahora conducía mejor. Ahora que sabía lo peor, conducía mucho mejor. Encendió la radio y oyó la voz de Bob Seeger cantando *Still the Same*.

Atravesó Lakeland, a la mayor velocidad que se atrevía a desarrollar. Hubo un momento sobrecogedor en el que olvidó el nombre de la calle, y después lo recordó. Los Dugan vivían en Blassmore Place. Él y Vicky habían bromeado al respecto: Blassmore Place, con casas diseñadas por Bill Blass. Al recordarlo empezó a sonreír un poco, y ¡zas!, el hecho de su muerte volvió a martillearlo, aturdiéndolo.

Llegó en diez minutos. Blassmore Place era una calle corta, sin salida. La furgoneta gris no podría haber huido por el otro extremo, donde una valla de tela metálica marcaba el límite de la John Glenn Junior High School.

Andy aparcó el coche en la intersección de Blassmore Place y Ridge Street. En la esquina había una casa pintada de verde sobre blanco. Un rociador de césped daba vueltas. En el frente había dos críos, una niña y un varón de aproximadamente diez años. Se turnaban para montar en un patinete. La niña vestía con *shorts*, y tenía sendas costras en las rodillas.

Se apeó del coche familiar y caminó hacia ellos. Lo miraron de arriba abajo, cautamente.

—Hola —saludó—. Busco a mi hija. Pasó por aquí hace aproximadamente media hora en una furgoneta gris. Estaba con..., bueno, con unos amigos míos. ¿Visteis pasar una furgoneta gris?

El chico se encogió de hombros.

—¿Está preocupado por ella, señor? —preguntó la chica.

—Has visto la furgoneta, ¿verdad? —inquirió Andy amablemente, y le dio un empujoncito. Otro más fuerte habría sido contraproducente. Vería la furgoneta avanzando en cualquier dirección que a él se le antojara. Incluso hacia el cielo.

—Sí, la he visto —contestó la chica. Montó sobre el patinete y se deslizó hacia la boca de riego de la esquina y allí se apeó de un salto—. Fue directa por allí. —Señaló calle arriba, por Blassmore Place. Dos o tres intersecciones más adelante estaba Carlisle Avenue, una de las principales calles de Harrison. Andy había sospechado que seguirían ese trayecto, pero era bueno estar seguro.

—Gracias —dijo, y volvió a meterse en el coche.

—¿Está preocupado por ella? —repitió la chica.

—Sí, un poco —respondió Andy.

Dio media vuelta con el coche y siguió tres manzanas calle arriba, por Blassmore Place, hasta la intersección con Carlisle Avenue. Eso era imposible, totalmente imposible. Experimentó un acceso de pánico, apenas un foco ardiente, pero se expandiría. Lo apartó de sí y se obligó a concentrarse en el objetivo de seguir la pista hasta donde fuera posible. Si tenía que utilizar el empuje, lo utilizaría. Podría aplicar un montón de empujoncitos sin enfermarse por ello. Gracias a Dios no había utilizado ese talento —o esa maldición, según cómo se lo mirara— durante todo el verano. Estaba en inmejorables condiciones y tenía la carga completa, suponiendo que eso sirviera para algo.

Carlisle Avenue tenía cuatro carriles y a esa altura estaba regulada por un semáforo. A su derecha había un lavadero de coches y a su izquierda una cantina abandonada. Enfrente se levantaban una gasolinera «Exon» y la tienda de artículos de fotografía «Mike». Si habían girado hacia la izquierda, habían enfilado hacia la parte baja de la ciudad. Si habían girado hacia la derecha, se dirigían hacia el aeropuerto y la carretera 80.

Andy entró en el lavadero de coches. Un hombre joven, con una increíble melena roja y crespa que se derramaba sobre el cuello de su mono de color verde opaco, se acercó a él. Chupaba un pirulí.

—Lo siento, señor —dijo, antes de que Andy pudiese abrir siquiera la boca—. El equipo de lavado se estropeó hace una hora. Hemos cerrado.

—No quiero un lavado —respondió Andy—. Busco una furgoneta gris que pasó por la intersección hace quizá media hora. Mi hija iba dentro, y estoy un poco preocupado por ella.

—¿Cree que alguien pudo haberla secuestrado? —siguió chupando el pirulí.

—No, no se trata de eso. ¿Ha visto la furgoneta?

—¿Una furgoneta gris? Escuche, amigo, ¿sabe cuántos coches pasan por aquí en sólo una hora? ¿O en media hora? Es una calle muy transitada. Carlisle es una calle muy, muy transitada.

Andy señaló con el pulgar por encima del hombro.

—Venía de Blassmore Place. Ésa no es una calle tan transitada. —Se dispuso a agregar un empujoncito, pero no hizo falta. Los ojos del joven se iluminaron súbitamente. Partió el pirulí en dos, como si fuera la espoleta de la pechuga de un pollo, y sorbió todo el caramelo púrpura de uno de los palitos con una sola succión.

—Sí, de acuerdo, está bien —asintió—. La vi. Le diré por qué me llamó la atención. Montó sobre la explanada para eludir la luz roja del semáforo. A mí, personalmente, no me importa, pero el patrón se pone hecho una furia cuando hacen eso. Claro que con la máquina de lavado averiada, las cosas cambian. Tiene otro motivo para sentirse irritado.

—Así que la furgoneta enfiló hacia el aeropuerto.

El tipo asintió con un movimiento de cabeza, arrojó uno de los palitos del pirulí por encima del hombro, y atacó el trozo restante.

—Ojalá encuentre a su hija, amigo. Pero si no le molesta, le daré un pequeño consejo gratuito. Si está realmente preocupado, debería notificar a la poli.

—Creo que no sería muy útil —contestó Andy—. Dadas las circunstancias.

Montó nuevamente en el coche familiar, cruzó él también la explanada y giró por Carlisle Avenue. Ahora se dirigía hacia el Oeste. La zona estaba atestada de gasolineras, lavaderos de coches, centros donde se vendían alimentos precocidos, agencias de venta de coches usados. Un autocine anunciaba un programa doble compuesto por *LOS TRITURADORES DE CADÁVERES* y *LOS SANGRIENTOS MERCADERES DE LA MUERTE*. Miró la marquesina y oyó el chasquido de la tabla de planchar que caía del interior del armario como una guillotina. Se le revolvió el estómago.

Pasó bajo un cartel que anunciaba que dos kilómetros más adelante se podía entrar en la I-80. A continuación había un cartel más pequeño con la imagen de un avión. Muy bien, había llegado hasta allí. ¿Y ahora qué?

Súbitamente entró en el aparcamiento de «Shakey's Pizza». Habría sido inútil detenerse a formular preguntas en ese lugar. Como había dicho el tipo del la-

213

vadero de coches, Carlisle era una calle de mucho tránsito. Podría empujar a la gente hasta que los sesos les chorrearan de las orejas y lo único que conseguiría sería aumentar su propia confusión. De todas maneras optar entre la autopista y el aeropuerto. Estaba seguro de ello. La princesa o el tigre.

Nunca en su vida se había *esforzado* realmente por generar una de sus corazonadas. Cuando las tenía, sencillamente las aceptaba como un don, y generalmente se dejaba guiar por ellas. Esta vez se deslizó hacia abajo por el asiento del coche, se tocó ligeramente las sienes con las puntas de los dedos, y procuró que apareciera algo. El motor seguía funcionando y la radio continuaba encendida. Los Rolling Stone. *Baila, hermanita, baila.*

Charlie, pensó. Había ido a casa de Terri con las ropas apretujadas en la mochila que llevaba a casi todas partes. Probablemente esto había contribuido a despistarlos. La última vez que la había visto, vestía vaqueros y una blusa de color salmón. Usaba trenzas, como casi siempre. Una despedida despreocupada, papá, y un beso y santo cielo, ¿ahora dónde estás, Charlie?

No apareció nada.

No importa. Quédate así otro rato. Escucha a los Rolling Stones. «Shakey's Pizza». Cómo la prefieres, poco tostada o crujiente. Tú pagas y tú eliges, como acostumbraba a decir el Abuelo McGee. Los Rolling Stones que exhortaban a la hermanita a bailar, a bailar, a bailar. Quincey que decía que, probablemente, la meterían en una habitación para que doscientos veinte millones de norteamericanos vivieran seguros y libres. Vicky. Al principio, él y Vicky habían tenido contratiempos en su relación sexual. Ella estaba muerta de miedo. Simplemente considérame la Doncella de Hielo, había dicho ella entre lágrimas después de aquel primer fracaso lastimoso. Nada de sexo, por favor, somos británicos. Pero hasta cierto punto, el experimento con el Lote Seis los había ayudado en este contexto: la totalidad que compartían era a su modo, semejante a la copulación. Igualmente había sido difícil. Paso a paso. Ternura. Llanto. Vicky que empeza-

214

ba a responder, y que después se ponía rígida, gritando: *¡No, me dolerá, no, Andy, basta!* Y quién sabe por qué había sido la prueba del Lote Seis, esa experiencia compartida, la que lo había alentado a perseverar, como si fuera un violador de cajas de caudales convencido de que hay un sistema, de que siempre hay un sistema. Y una noche habían llegado hasta el fin. Y otra noche todo había salido bien. Y entonces, otra noche, todo había sido portentoso. *Baila, hermanita, baila.* Andy había estado junto a ella cuando había nacido Charlie. Un parto rápido y fácil. Rápido para componer, fácil de conformar...

No aparecía nada. El rastro se estaba enfriando y él no sabía nada.

¿El aeropuerto o la autopista? ¿La princesa o el tigre?

Terminó la canción de los Rolling Stone. Los sustituyeron los Doobie Brothers, que deseaban saber dónde estarías ahora si no fuera por el amor. Andy no lo sabía. El Sol se encarnizaba con él. Las rayas del aparcamiento de «Shakey's» estaban recién pintadas. Eran muy blancas y resaltaban contra el asfalto negro. Las tres cuartas partes del aparcamiento estaban ocupadas. Era la hora del almuerzo. ¿Charlie habría almorzado? ¿Le darían de comer? Quizá *(quizá se detendrán para hacer sus necesidades ya sabes en una de las áreas de servicio que bordean la autopista... al fin y al cabo no podrán conducir no podrán conducir).*

¿A dónde? ¿A dónde no podrán conducir?

(no podrán conducir hasta Virginia sin hacer un alto en el camino, ¿no es verdad? Quiero decir que una chiquilla debe detenerse y hacer sus necesidades en algún momento, ¿no es cierto?)

Se enderezó, experimentando una inmensa pero embotada sensación de gratitud. Había aparecido, espontáneamente. No iban hacia el aeropuerto, como habría conjeturado inicialmente, si se hubiera limitado a conjeturar. No iban hacia el aeropuerto sino hacia la autopista. No estaba totalmente seguro de que la corazonada fuera válida, pero sí estaba bastante seguro. Y esto era mejor que no tener la menor idea.

Avanzó el coche sobre la flecha recién pintada que señalaba la salida y volvió a girar hacia la derecha por Carlisle. Diez minutos más tarde estaba en la autopista, rumbo al Este, con una tarjeta de peaje entre las páginas del ejemplar de *El paraíso perdido*, descuajeringado y cubierto de anotaciones, que descansaba sobre el asiento, junto a él. Y al cabo de otros diez minutos, Harrison, Ohio, había quedado a sus espaldas. Había iniciado el viaje hacia el Este que lo llevaría a Tashmore, Vermont, catorce meses más tarde.

El sosiego perduraba. Aumentó el volumen de la radio y esto lo ayudó. Una canción sucedía a otra y sólo reconoció las antiguas porque hacía tres o cuatro años que había dejado de escuchar música pop. Sin ninguna razón especial: era algo que había ocurrido, sencillamente. Aún le llevaban ventaja, pero el sosiego reiteraba con su propia lógica impasible que no era mucha ventaja... y que él no haría más que buscarse problemas si se disparaba a más de cien kilómetros por hora por el carril de adelantamiento.

Fijó la aguja del velocímetro por encima de los noventa, diciéndose que los hombres que habían secuestrado a Charlie no querrían exceder el límite de velocidad de ochenta y cinco kilómetros por hora.

Cierto que podrían mostrarle la credencial a cualquier policía de tráfico que los hiciera detener por exceso de velocidad, pero tal vez, a pesar de ello, les resultaría un poco difícil explicar la presencia de una chiquilla de seis años que estaría berreando a voz en grito. Eso podría retrasarlos y seguramente los indispondría con el que manejaba los hilos de ese espectáculo, quienquiera que fuese.

Podrían haberla drogado y escondido —le susurró su mente—. Entonces, si los detuvieran por ir a ciento diez, o incluso a ciento veinte, les bastaría con mostrar sus papeles y seguir adelante. ¿Acaso a un agente de la Policía de Ohio se le ocurriría confiscar una furgoneta de la Tienda?

Andy lidió con esta idea mientras el territorio oriental de Ohio desfilaba junto a él. En primer lugar, tal vez tendrían miedo de drogar a Charlie. Sedar a una criatura puede resultar peligroso, si no eres un experto... y quizá no sabían con certeza qué efecto tendría el sedante sobre los poderes que presuntamente estaban investigando. En segundo lugar, el agente de Policía podría confiscar igualmente la furgoneta, o al menos podría retenerlos en el carril de desaceleración mientras verificaba la autenticidad de sus credenciales. En tercer lugar, ¿qué motivo tenían para correr? No sospechaban que alguien los seguía. Aún no era la una. Teóricamente, Andy debería haber permanecido en la Universidad hasta las dos. Los tipos de la Tienda no esperaban que volviera a casa antes de las dos y veinte, y probablemente calculaban que podrían contar entre veinte minutos a dos horas hasta que la Policía diera la alarma. ¿Qué motivo tenían para correr?

Andy aceleró un poco.

Pasaron cuarenta minutos, y después cincuenta. A él le parecieron más. Empezaba a sudar ligeramente. La preocupación corroía el hielo artificial de la calma y la conmoción. ¿La furgoneta estaba realmente más adelante, o todo eso no había sido más que la expresión de sus deseos?

Las configuraciones del tráfico se formaban y transformaban. Vio dos furgonetas grises. Ninguna se parecía a la que había visto rodando por Lakeland. El conductor de una de ellas era un anciano de alborotada melena blanca. La otra estaba llena de alucinados que fumaban marihuana. El conductor vio que Andy le escudriñaba, y lo saludó con una pinza para sostener pitillos. La chica sentada junto a él estiró el dedo cordial, lo besó apaciblemente y después lo alzó en dirección a Andy. Éste los dejó atrás.

Empezó a dolerle la cabeza. El tráfico era pesado, el sol brillaba. Cada coche estaba recargado de cromo y cada pieza de cromo contaba con su propio rayo de sol que le reverberaba en los ojos.

Pasó frente a un cartel que rezaba: ÁREA DE SERVICIO A 1 KILÓMETRO.

Había estado transitando por el carril de adelantamiento. Encendió el intermitente de la derecha y volvió al primer carril. Disminuyó la velocidad a setenta, y después a sesenta. Un pequeño coche deportivo

217

lo pasó, y el conductor hizo sonar el claxon, enfadado con Andy.

ÁREA DE SERVICIO, anunciaba el cartel. No era tal: sólo un desvío con un aparcamiento, un surtidor de agua y lavabos. Había cuatro o cinco coches aparcados allí y una furgoneta gris. *La* furgoneta gris. Se sintió casi seguro de ello. El corazón empezó a martillearle las paredes del tórax. Entró con un rápido giro del volante y los neumáticos emitieron un débil chirrido.

Condujo lentamente el coche por la entrada en dirección a la furgoneta, mirando en torno, tratando de abarcarlo todo simultáneamente. Había dos mesas de picnic ocupadas por sendas familias. Un grupo estaba recogiendo sus cosas y se disponía a partir, la madre y los dos chicos recogían la basura y la transportaban hasta el tonel reservado para los desperdicios. En la otra mesa, un joven y una mujer comían bocadillos y ensalada de patatas. Un bebé dormía sentado en una sillita, entre ellos dos. La criatura tenía puesto un trajecito de pana sobre el que bailaban un montón de elefantes. Sobre el césped, entre dos grandes y hermosos olmos, había dos chicas de unos veinte años, que también estaban comiendo. No se veían señales de Charlie ni de hombres que parecieran suficientemente jóvenes y suficientemente fornidos como para pertenecer a la Tienda.

Andy desconectó el motor. Ahora sentía las palpitaciones del corazón en los globos oculares.

La furgoneta parecía vacía.

Una anciana apoyada sobre un bastón salió del lavabo para señoras y se encaminó lentamente hacia un viejo «Biscayne» rojo. Un caballero que tenía aproximadamente la misma edad que ella salió de detrás del volante, pasó por delante del motor, abrió la portezuela y la ayudó a subir. Volvió al lugar, arrancó, y el «Biscayne» dio marcha atrás, mientras despedía por el escape un espeso chorro de humo aceitoso y azul.

Se abrió la puerta del lavabo de hombres y salió Charlie. Por la izquierda y la derecha la flanqueaban dos hombres de unos treinta años, vestidos con americanas deportivas, camisas de cuello abierto y pantalones oscuros. Charlie tenía un semblante inexpresivo y conmocionado. Miraba alternativamente a los dos hombres. Las tripas de Andy empezaron a revolverse impotentemente. Charlie llevaba consigo su mochila. Caminaba hacia la furgoneta. Charlie le dijo algo a uno de los hombres y éste negó con la cabeza. Se volvió hacia el otro, que se encogió de hombros y luego comentó algo con su compañero por encima de la cabeza de Charlie. El que antes había hecho el ademán negativo hizo ahora otro de asentimiento. Se volvieron y fueron hacia el surtidor de agua.

El corazón de Andy latía más aceleradamente que nunca. Un torrente de adrenalina se expandió, agrio y espasmódico, por su organismo. Estaba asustado, muy asustado, pero algo más palpitaba dentro de él, la cólera, la furia total. La furia era aún mejor que el sosiego. Era casi dulce. Ésos eran los dos hombres que habían matado a su esposa y secuestrado a su hija, y si no se habían puesto en paz con Jesús, los compadecía.

Cuando se encaminaron con Charlie hacia el surtidor de agua, le volvieron la espalda a Andy. Éste se apeó del coche y se apostó detrás de la furgoneta.

La familia de cuatro que acababa de terminar su picnic se dirigió hacia un «Ford» nuevo, de medianas dimensiones, se instaló en él e inició la marcha atrás. La madre miró a Andy sin ninguna curiosidad, tal como las personas se miran entre sí cuando realizan largos viajes, deslizándose lentamente por el sistema digestivo de la red de autopistas de los Estados Unidos. Al partir dejaron ver una matrícula de Michigan. Ahora quedaban en el aparcamiento del área de servicio tres autos, la furgoneta, y el coche familiar de Andy. Uno de los autos pertenecía a las chicas. Otras dos personas se paseaban por los terrenos circundantes, y dentro de la pequeña cabina de información había un hombre que estudiaba el mapa de la I-80, con las manos metidas en los bolsillos posteriores de sus vaqueros.

Andy no sabía exactamente qué era lo que iba a hacer.

Charlie terminó de beber. Después emprendieron

el regreso a la furgoneta. Andy los miraba desde detrás del ángulo posterior izquierdo del vehículo. Charlie parecía asustada, realmente asustada. Había llorado. Andy tanteó la puerta posterior, sin saber por qué, pero de todas maneras fue inútil: estaba cerrada con llave.

Súbitamente se mostró de cuerpo entero.

Fueron muy rápidos. Andy se dio cuenta de que lo reconocieron inmediatamente, aun antes de que el júbilo se reflejara en el rostro de Charlie, disipando su talante de conmoción y susto.

—¡Papá! —gritó Charlie con voz estridente, y la joven pareja del bebé los miró. Una de las chicas sentadas bajo los olmos se protegió los ojos con una mano colocada a manera de visera para poder observar lo que ocurría.

Charlie intentó correr hacia él y uno de los hombres la cogió por el hombro y la arrastró nuevamente hacia atrás, torciéndole a medias la mochila. Un instante después blandió una pistola. La había extraído de debajo de la americana deportiva, como si fuera un prestidigitador en el momento de ejecutar un truco avieso. Apoyó el cañón contra la sien de Charlie.

El otro hombre empezó a apartarse sin prisa de Charlie y de su compañero, y después echó a andar en dirección a Andy. Su mano estaba metida debajo de la americana, pero no era tan experto como su colega en las artes del escamoteo. Tenía dificultades para desenfundar el arma.

—Apártese de la furgoneta si no quiere que le suceda nada malo a su hija —ordenó el de la pistola.

—¡Papá! —volvió a gritar Charlie.

Andy se apartó lentamente del vehículo. El otro tipo, que era prematuramente calvo, ya había conseguido extraer el arma. Le apuntó a Andy. Estaba a menos de un metro y medio de éste.

—Le aconsejo sinceramente que no se mueva —dijo en voz baja—. Ésta es una «Colt» cuarenta y cinco, y abre un boquete *enorme*.

El joven que ocupaba con su esposa una de las mesas para picnic se levantó. Usaba gafas sin montura y tenía un semblante adusto.

—¿Qué es lo que pasa aquí, exactamente? —preguntó, con esa voz resonante, bien modulada, que es típica de los profesores universitarios.

El hombre que llevaba a Charlie se volvió hacia él. El cañón de la pistola se apartó ligeramente de la sien de la niña, para que el joven pudiera verla.

—Misión oficial —espetó—. No se mueva. Todo está en orden.

La esposa del joven lo cogió por el brazo y lo hizo sentar nuevamente.

Andy miró al agente calvo y murmuró en voz baja, afablemente:

—Esa pistola está demasiado caliente para su mano.

El Pelado lo miró, intrigado. Entonces, repentinamente, lanzó un alarido y soltó el arma. Ésta golpeó contra el asfalto y se disparó sola. Una de las chicas sentadas bajo los olmos dejó escapar un grito de perplejidad y sorpresa. *El Pelado* se apretaba la mano y brincaba de un lado a otro. En su palma aparecieron unas ampollas frescas y blancas, que se hinchaban como la masa del pan.

El hombre que conducía a Charlie miró a su compañero, y por un momento la pistola se desentendió totalmente de su cabecita.

—Está ciego —le dijo Andy, y empujó con todas sus fuerzas. Un ramalazo de dolor le taladró la cabeza, descomponiéndolo.

El hombre chilló súbitamente. Soltó a Charlie y se llevó las manos a los ojos.

—Charlie —murmuró Andy, y su hija corrió hacia él y se aferró a sus piernas con un abrazo trémulo. El hombre que se hallaba dentro de la cabina de información salió de prisa para averiguar qué ocurría.

El Pelado, que seguía sosteniendo su mano quemada, corrió hacia Andy y Charlie. Hacía unas muecas horribles.

—Duérmase —ordenó Andy lacónicamente y volvió a empujar. *El Pelado* cayó despatarrado, como si le hubieran asestado un garrotazo. Su frente rebotó contra el asfalto. La esposa del joven adusto lanzó un gemido.

Ahora a Andy le dolía ferozmente la cabeza, y se alegró remotamente de que fuese verano y de no haber usado el empujón, quizá desde mayo, ni siquiera para azuzar a un alumno que descuidaba sus estudios sin una razón concreta. Estaba cargado, pero cargado o no, Dios sabía que pagaría caro lo que hacía en esa calurosa tarde estival.

El ciego se tambaleaba por el césped, cubriéndose la cara con las manos y aullando. Chocó con el tonel verde que tenía estampada en el costado la leyenda ARROJE LA BASURA AQUÍ y se desplomó sobre una mezcolanza de envoltorios de bocadillos, botes de cerveza, colillas y botellas vacías de gaseosas.

—Oh, papá, estaba tan asustada —exclamó Charlie, y se echó a llorar.

—El coche está allí. ¿Lo ves? —se oyó decir a Andy—. Sube y en seguida estaré contigo.

—¿Mamá ha venido?

—No. Sube, Charlie. —Ahora no podía ocuparse de eso. Ahora tenía que ocuparse, de alguna manera, de los testigos.

—¿Qué diablos significa esto? —preguntó, azorado, el hombre de la cabina de informaciones.

—Mis ojos —chilló el hombre que había encañonado con su pistola la cabeza de Charlie—. Mis *ojos*, mis *ojos*. ¿Qué ha hecho con mis ojos, hijo de puta? —Se puso en pie. Tenía el envoltorio de un bocadillo adherido a una de sus manos. Empezó a trastabillar en dirección a la cabina de informaciones, y el hombre de los vaqueros volvió a meterse precipitadamente dentro de ésta.

—Vete, Charlie.

—¿Tú vendrás, papá?

—Sí, dentro de un segundo. Ahora vete.

Charlie se alejó, zarandeando las trenzas rubias. Su mochila aún estaba torcida.

Andy pasó junto al agente dormido de la Tienda, pensó en su pistola y resolvió que no la quería. Se acercó a los jóvenes que ocupaban la mesa de picnic. No te excedas, se dijo. Calma. Unos toquecitos. No empieces a generar ecos. Tu propósito no es hacer daño a esta gente.

222

La mujer levantó bruscamente al bebé de su sillita. El niño se despertó y empezó a berrear.

—No se acerque a mí, chiflado —exclamó la mujer.

Andy miró al hombre y a su esposa.

—Nada de esto es muy importante —explicó, y empujó. Un flamante dolor se posó sobre la parte posterior de su cabeza, como una araña... y se implantó profundamente.

El joven pareció aliviado.

—Bueno, gracias a Dios.

Su esposa sonrió ambiguamente.

El empujón no le había surtido mucho efecto. Su espíritu maternal estaba exacerbado.

—Qué criatura tan encantadora —comentó Andy—. Es un niño, ¿verdad?

El ciego bajó del bordillo, se abalanzó hacia delante y se estrelló de cabeza contra el marco de la portezuela del «Pinto» rojo que probablemente pertenecía a las dos chicas. Lanzó un alarido. Le manaba sangre por la sien.

—*¡Estoy ciego!* —chilló.

La sonrisa ambigua de la mujer se tornó radiante.

—Sí, es un niño —asintió—. Se llama Michael.

—Hola, Mike —lo saludó Andy. Pasó la mano sobre la cabeza casi pelada del crío.

—No entiendo por qué llora —murmuró la mujer—. Estaba durmiendo plácidamente. Supongo que tiene hambre.

—Claro que sí, contestó su marido.

—Excúsenme. —Andy se encaminó hacia la cabina de información. No podía perder más tiempo. Algún viajero podría entrar en cualquier momento en ese manicomio situado a la vera de la autopista.

—¿De qué se trata, hombre? —preguntó el tipo de los vaqueros—. ¿Es un arresto?

—No, no ha pasado nada —contestó Andy, y dio otro empujoncito. Empezaba a sentir náuseas. La cabeza le palpitaba y le retumbaba.

—Oh —murmuró el tipo—. Bueno, yo sólo quería averiguar cómo se llega a Chagrin Falls, desde aquí. Discúlpeme. —Y volvió a entrar en la cabina de información.

Las dos chicas se habían replegado hasta la valla de tela metálica que separaba el área de servicio del campo particular contiguo. Lo miraron con los ojos desencajados. Ahora el ciego daba vueltas de un lado para otro, arrastrando los pies, con los brazos rígidamente estirados delante de él. Blasfemaba y sollozaba.

Andy se acercó lentamente a las chicas, mostrando las manos para convencerlas de que no llevaba nada en ellas. Les habló. Una de las chicas le formuló una pregunta y Andy volvió a hablar. Poco después las dos sonrieron aliviadas y empezaron a hacer ademanes de asentimiento. Andy se despidió agitando la mano y ellas le devolvieron el saludo. Después atravesó rápidamente el prado en dirección al coche familiar. Tenía la frente perlada de sudor frío y su estómago se convulsionaba en un mar de grasa. Sólo le quedaba rogar al cielo que no entrara nadie antes que él y Charlie se hubieran ido, porque lo había agotado todo. Estaba totalmente desbaratado. Se deslizó tras el volante y puso en marcha el coche.

—Papá —dijo Charlie, y se arrojó sobre él y ocultó el rostro contra su pecho. Él la abrazó rápidamente y después salió de la plaza de aparcamiento dando marcha atrás. Girar la cabeza era una tortura. El caballo negro. Después de empujar, ésta era siempre la imagen que cobraba forma. Había dejado salir al caballo negro de su pesebre situado en algún lugar del establo oscuro de su inconsciente y ahora volvía a galopar de un lado a otro por su cerebro. Tendrían que detenerse en alguna parte, para que él pudiera tumbarse a descansar. En seguida. No estaría en condiciones de conducir durante mucho más tiempo.

—El caballo negro —murmuró con voz pastosa. Se acercaba. No..., no. No se acercaba; ya estaba allí. *Ploc..., ploc..., ploc.* Sí, estaba allí.

—¡Cuidado, papá! —gritó Charlie.

El ciego se había cruzado directamente en su trayectoria, trastabillando. Andy frenó. El ciego empezó a aporrear el capó del coche y a vociferar pidiendo ayuda. A su derecha, la joven madre había empezado a amamantar a su crío. Su marido leía un libro de bolsillo. El hombre de la cabina de información había ido

224

a conversar con las dos chicas del «Pinto» rojo, quizá con la esperanza de tener una experiencia fugaz suficientemente aberrante como para comentarla en el «Foro» de *Penthouse*. *El Pelado* seguía durmiendo, despatarrado sobre el asfalto.

El otro agente golpeaba sin parar el capó del coche.

—¡Ayúdenme! —chillaba—. ¡Estoy ciego! ¡Ese inmundo hijo de puta me hizo algo en los ojos! *¡Estoy ciego!*

—Papá —gimió Charlie.

Estuvo a punto de apretar el acelerador a fondo, en un acceso de locura. Dentro de su cabeza dolorida oyó el ruido que habrían hecho los neumáticos, sintió el sordo rebote de las ruedas al pasar sobre el cuerpo.

Había secuestrado a Charlie y le había apuntado en la cabeza con una pistola. Quizás era el mismo que le había metido la bayeta en la boca a Vicky para que no gritara mientras le arrancaban las uñas.

Sería maravilloso matarlo..., ¿pero entonces qué lo diferenciaría de ellos?

En cambio pulsó el claxon. Esto descerrajó otro ramalazo de dolor en su cabeza. El ciego se apartó con un salto, como si lo hubieran pinchado. Andy hizo girar el volante y pasó de largo junto a él. Lo último que vio en el espejo retrovisor mientras enfilaba por el carril de entrada a la autopista fue la imagen del ciego sentado en el asfalto, con las facciones crispadas por la cólera y el terror... y de la joven madre que levantaba plácidamente al pequeño Michael hasta su hombro para hacerlo eructar.

Entró en la columna de tráfico de la autopista sin mirar. Un claxon resonó estridentemente; hubo un chirrido de neumáticos. Un «Lincoln» enorme contorneó al coche familiar y el conductor blandió el puño en dirección a ellos.

—¿Te sientes bien, papá?

—Ya pasará —respondió él. Su voz pareció llegar de muy lejos—. Charlie, mira la tarjeta de peaje y dime cuál es la próxima salida.

El tráfico se desdibujaba delante de sus ojos. Se duplicaba, se triplicaba, volvía a fusionarse y luego se dispersaba nuevamente en fragmentos microscópicos. El Sol se reflejaba en todas partes sobre el cromo lustroso.

—Y colócate el cinturón de seguridad, Charlie.

La salida siguiente estaba en Hammersmith, treinta kilómetros más adelante. De alguna manera consiguió llegar. Más tarde pensó que lo único que lo retuvo en la autopista fue la conciencia de que Charlie estaba sentada junto a él y dependía de él. Charlie también lo ayudó a superar todos los contratiempos que se presentaron posteriormente: la idea de que Charlie estaba supeditada a él. Charlie McGee, cuyos padres habían necesitado en otra época doscientos dólares.

Al pie de la rampa de Hammersmith se levantaba un motel de la cadena «Bast Western» y Andy consiguió alojamiento. Especificó que deseaba una habitación alejada de la autopista. Utilizó un nombre falso.

—Nos perseguirán, Charlie —dijo—. Necesito dormir. Pero sólo hasta que oscurezca. Ése es todo el tiempo del que podemos disponer..., del que me atrevo a disponer. Despiértame cuando caiga la noche.

Charlie contestó algo, pero él ya se estaba durmiendo en la cama. El mundo se condensó en un punto gris y borroso, y después incluso el punto desapareció y todo fue una oscuridad hasta la que no llegaba el dolor. No hubo dolor ni sueños. Cuando Charlie lo zarandeó para despertarlo en esa calurosa tarde de agosto, a las siete y cuarto, en la habitación reinaba un calor sofocante y sus ropas estaban empapadas en transpiración. Ella había tratado de poner en marcha el acondicionador de aire, pero no había entendido el funcionamiento de los mandos.

—No te preocupes —murmuró Andy. Bajó los pies al suelo y se llevó las manos a las sienes, apretando su cabeza para que no estallara.

—¿Te sientes mejor, papá? —preguntó Charlie ansiosamente.

—Un poco mejor —asintió él. Era verdad..., pero sólo un poco—. Dentro de un rato nos detendremos a comer un bocado. Eso me ayudará.

—¿A dónde vamos?

Él balanceó la cabeza lentamente hacia atrás y adelante. Sólo llevaba encima el dinero con el que había salido esa mañana de su casa: unos diecisiete dólares. Tenía su «Master Charge» y su «Visa», pero había pagado la habitación con los dos billetes de veinte que siempre guardaba en el compartimiento posterior de su cartera (*el dinero para mi fuga, le decía a veces a Vicky, en son de broma, pero qué endemoniadamente cierto* había resultado ser eso) para no emplear las tarjetas de crédito. Usar cualquiera de las dos habría equivalido a pintar en un cartel: POR AQUÍ PASARON EL PROFESOR FUGITIVO Y SU HIJA. Con los diecisiete dólares comprarían unas hamburguesas y llenarían una vez el depósito del coche. Después estarían en la indigencia.

—No lo sé, Charlie. Nos vamos, sencillamente.

—¿Cuándo nos reuniremos con mamá?

Andy la miró y su jaqueca empezó a ser más intensa de nuevo. Pensó en las gotas de sangre que salpicaban el suelo y el cristal de la lavadora. Pensó en el olor de la cera para muebles.

—Charlie... —musitó y no pudo agregar nada más. De todos modos no era necesario.

Ella lo miró con unos ojos que se iban dilatando lentamente. Se llevó la mano a su boca trémula.

—Oh, no, papá..., por favor dime que no es verdad.

—Charlie...

Ella gritó:

—*¡Oh, por favor di que no es verdad!*

—Charlie, esos hombres que...

—¡Por favor dime que mamá está *bien*, dime que mamá está *bien*, dime que mamá está *bien*!

En la habitación hacía mucho calor, el aire acondicionado estaba desconectado, esto era todo, pero hacía mucho *calor*, y le dolía la cabeza, el sudor le chorreaba por la cara, ahora no era un sudor frío sino que parecía caliente, *caliente*...

—No —repetía Charlie—. No, no, no, no, no. —Sacudió la cabeza. Sus trenzas revolotearon de un lado a otro, y él recordó absurdamente la primera vez que él y Vicky la habían llevado al parque de atracciones, al tíovivo...

No era la falta de aire acondicionado.

227

—¡Charlie! —vociferó—. ¡Charlie, la bañera! *¡El agua!*

Charlie gritó. Giró la cabeza hacia la puerta abierta del baño y súbitamente allí se produjo un fogonazo azul, como el de una bombilla en cortocircuito. La ducha se desprendió de la pared y repicó contra la bañera, retorcida y negra. Varios azulejos azules se trizaron. Él apenas atinó a sostenerla cuando cayó, sollozando.

—Lo siento, papá, lo siento...

—No te preocupes —respondió Andy, con voz temblorosa, y la abrazó.

Una tenue columna de humo se desprendía de la bañera fundida, en el cuarto de baño. Todas las superficies de porcelana se habían agrietado instantáneamente. Fue como si todo el recinto hubiera pasado por un horno de cochura, potente pero defectuoso. Las toallas estaban ardiendo.

—No te preocupes —repitió él, apretándola—. No te preocupes, Charlie, todo se arreglará, de alguna manera se arreglará, te lo prometo.

—Quiero a mamá —gimoteó ella.

Andy hizo un ademán de asentimiento. Él también la quería. Estrujó a Charlie contra su pecho y aspiró el olor de ozono y de la porcelana y de las toallas quemadas del «Best Western». Había estado a punto de achicharrarlos instantáneamente a ambos.

—Se arreglará —insistió Andy, y la meció, sin creerlo realmente, pero era la letanía, la salmodia, la voz del adulto que clama en el fogoso de los años hasta el fondo del abismo aciago de la infancia aterrorizada; era lo que se decía cuando las cosas entraban en crisis; era la lámpara de noche que tal vez no podía ahuyentar al monstruo del armario pero que quizá lo mantendría a raya durante un rato; era la voz impotente que a pesar de serlo debe hablar—. Se arreglará —sentenció, sin creerlo realmente, convencido, como todo adulto lo está en lo más recóndito del alma, de que nada se arregla de veras, nunca—. Se arreglará.

Andy lloraba. Ahora no podía evitarlo. Se había abierto la compuerta de sus lágrimas y la estrechó contra su pecho con toda la fuerza posible.

—Te juro, Charlie, que todo se arreglará, de alguna manera.

5

Lo único que no habían podido achacarle —aunque eso les habría encantado— había sido el asesinato de Vicky. En cambio, habían optado por borrar sencillamente lo que había sucedido en el lavadero. Menos problemas para ellos. A veces —aunque no con frecuencia— Andy se preguntaba qué habían conjeturado los vecinos de Lakeland. ¿Cobradores de deudas sin pagar? ¿Problemas conyugales? ¿Tal vez un caso de drogadicción o de ultraje a la infancia? No conocían a nadie en Conifer Place tan bien como para que aquello pasara de ser el tema de una conversación ociosa a la hora de cenar, una sorpresa de nueve días de duración cuando el Banco que tenía la titularidad de la hipoteca había sacado a subasta la casa.

Ahora, sentado en la terreza y con la vista perdida en la oscuridad, Andy pensó que tal vez aquel día había tenido más suerte de la que había sospechado (o sabido valorar). Había llegado demasiado tarde para salvar a Vicky, pero había partido antes de que irrumpiera la Cuadrilla de Limpieza.

Nunca había aparecido nada en el periódico, ni siquiera un suelto acerca de la forma —¡qué curioso!— en que un profesor de inglés llamado Andrew McGee y su familia se habían esfumado como por arte de magia. Quizá la Tienda había conseguido silenciar eso también. Seguramente alguien había denunciado su desaparición.

Era lo menos que podía hacer uno de los tipos con los que había estado almorzando aquel día, o todos. Pero la noticia no había llegado a los diarios y, desde luego, los cobradores de deudas sin pagar no ponen anuncios.

—Me lo habrían achacado si hubieran podido

—dijo, sin darse cuenta de que había hablado en voz alta.

Pero eso no habría sido posible. El médico forense habría fijado la hora de la muerte, y Andy, que había estado a la vista de algún testigo imparcial (y en el caso de la clase Eh 116, de Estilo y Cuento Breve, de diez a once y media, se trataba de veinticinco testigos imparciales) durante todo aquel día, no habría podido ser designado como chivo expiatorio. Aunque no hubiera estado en condiciones de probar dónde se hallaba a la hora crítica, carecía de motivos para perpetrar el asesinato.

Así que los dos agentes habían matado a Vicky y habían corrido en busca de Charlie..., pero no sin antes alertar a los que Andy imaginaba como la Cuadrilla de Limpieza (y mentalmente incluso los veía así: jóvenes lampiños vestidos con monos blancos). Y poco después de que *él* hubo corrido en pos de Charlie, quizás al cabo de apenas cinco minutos, pero casi seguramente antes de que transcurriera una hora, la Cuadrilla de Limpieza debía de haber llegado a su puerta. Habían Limpiado a Vicky mientras Conifer Place dormitaba por la tarde.

Tal vez habían razonado —correctamente— que una esposa desaparecida le crearía más problemas a Andy que una esposa efectivamente muerta. Si no había un cadáver, no había una hora probable de defunción. Si no había una hora probable de defunción, no había coartada. Lo vigilarían, lo halagarían, lo acorralarían cortésmente. Por supuesto habrían hecho circular la descripción de Charlie —y en verdad también la de Vicky— pero Andy no habría disfrutado de libertad para emprender sencillamente su propia búsqueda. Así que la habían Limpiado, y ahora ni siquiera sabía dónde estaba sepultada. O quizá la habrían quemado. O...

¿Oh mierda por qué te torturas así?

Se levantó bruscamente y vertió por encima de la baranda de la terraza el resto del matarratas del Abuelo. Todo pertenecía al pasado y no se podía modificar nada. Era hora de dejar de pensar en eso.

Habría sido maravilloso materializar esa decisión.

Miró las siluetas oscuras de los árboles y apretó el vaso con fuerza en la mano derecha, y la idea volvió a cruzarle por la mente.

Te juro que todo se arreglará, Charlie.

6

Aquel invierno, en Tashmore, tanto tiempo después de su desdichado despertar en aquel motel de Ohio, pareció que su desesperada predicción por fin se había convertido en realidad.

No fue un invierno idílico para ambos. Poco después de Navidad, Charlie pilló un resfriado y siguió estornudando y tosiendo hasta comienzos de abril, cuando por fin se curó totalmente. Durante un tiempo tuvo fiebre. Andy la atosigó con mitades de aspirina y se dijo que si la fiebre no bajaba al cabo de tres días, tendría que llevarla al médico de Bradford, al otro lado de la laguna, sin pensar en cuáles pudieran ser las consecuencias. Pero la fiebre bajó, y durante el resto del invierno el resfriado de Charlie no fue más que un engorro para ésta. En una ocasión memorable, en marzo, Andy se las apañó para sufrir una ligera congelación, y en una ventosa noche de febrero, con una temperatura bajo cero, estuvo a punto de provocar un incendio que los habría achicharrado a ambos, cuando cargó en exceso la estufa de leña. Irónicamente, fue Charlie la que se despertó en mitad de la noche y descubrió que en la casa hacía demasiado calor.

El 14 de diciembre celebraron el cumpleaños de él, y el 24 de marzo festejaron el de Charlie. Ella tenía ocho años, y a veces Andy la miraba con una suerte de asombro, como si la viera por primera vez. Ya no era una chiquilla: le llegaba más arriba del codo. Su cabello había crecido nuevamente y Charlie se había acostumbrado a trenzarlo para que no le cayera sobre los ojos. Sería hermosa. Ya lo era, a pesar de la nariz enrojecida y todo lo demás.

231

No tenían coche. El «Willys» de Irv Manders se había congelado en enero, y Andy sospechaba que el bloque de cilindros estaba rajado. Lo había puesto en marcha todos los días, más por sentido de responsabilidad que por cualquier otra razón, porque ni siquiera un vehículo de tracción en las cuatro ruedas podría haberlos sacado de la finca del Abuelo después de Año Nuevo. La nieve, intacta si se exceptuaban las huellas de las ardillas, algunos ciervos y un mapache tenaz que se acercaba a husmear esperanzado el cubo de desperdicios, ya tenía más de medio metro de profundidad.

En el pequeño cobertizo que se levantaba detrás de la casa había unos anticuados esquíes para viajar a campo traviesa: tres pares, ninguno de los cuales casaba con los pies de Charlie. Tanto mejor. Andy la mantenía bajo techo tanto como podía. Se resignaba a vivir con su resfriado, pero no quería correr el riesgo de que reapareciera la fiebre.

Bajo la mesa donde el Abuelo había cepillado antaño las persianas y fabricado las puertas, encontró un par de viejas botas de esquiar, polvorientas y agrietadas, guardadas en una caja de cartón para rollos de papel higiénico. Andy las aceitó, las flexionó, y después descubrió que aún no podía calzarse los zapatos del Abuelo sin antes rellenar las punteras con papel de periódico. Eso le pareció un poco cómico, pero también un tanto ominoso. Durante ese largo invierno pensó mucho en el Abuelo, preguntándose que habría hecho él en semejante aprieto.

En el invierno se calzó media docena de veces los esquíes (que no tenían un sistema de fijación moderno sino una confusa e irritante maraña de correas, hebillas y anillos) y se deslizó a través de la vasta y helada superficie de la laguna Tashmore hasta el embarcadero de Bradford. Desde allí, un camino angosto y sinuoso conducía a la aldea, plácidamente acurrucada en las colinas a tres kilómetros de la laguna.

Siempre partía antes del amanecer, con la mochila del Abuelo ceñida a la espalda, y nunca regresaba antes de las tres de la tarde. En una ocasión se adelantó por muy poco tiempo a un aullante temporal de nieve que lo habría dejado cegado y desorientado y a la deriva sobre el hielo. Charlie lanzó una exclamación de alivio cuando él entró, y después tuvo un largo y alarmante acceso de tos.

Los viajes a Bradford los hacía en busca de víveres y de ropas para él y para Charlie. Contaba con el «capital de reserva» del Abuelo, y después forzó la puerta de tres de las casas más grandes del otro extremo de la laguna Tashmore y robó dinero. No se envanecía de ello, pero le parecía una cuestión de supervivencia. Las casas que eligió se podrían haber vendido en el mercado de propiedades a ochenta mil dólares cada una, y suponía que los dueños podrían soportar la pérdida de treinta o cuarenta dólares guardados en botes de galletas, que eran el lugar donde la mayoría de ellos ocultaban su dinero. Aquel invierno sólo tocó otro elemento: el gran tambor de petróleo montado detrás de una casa amplia y moderna bautizada con el extraño nombre de CONFUSIÓN.

No le gustaba ir a Bradford. No le gustaba la certidumbre de que los ancianos sentados en torno de la gran estufa vecina a la caja registradora conversaran acerca del forastero que residía en una de las casas, del otro lado de la laguna. Las historias de ese tipo solían circular y a veces llegaban a oídos peligrosos. No haría falta mucho —sólo un susurro— para que la Tienda urdiera un nexo inevitable entre Andy, su abuelo, y la casa que éste tenía en Tashmore, Vermont. Pero sencillamente no se le ocurría qué otra cosa podía hacer. Necesitaban comer, y no podían pasar todo el invierno alimentándose con sardinas envasadas. Quería frutas frescas para Charlie, y vitaminas, y ropas. Charlie no había traído consigo nada más que una blusa sucia, un par de pantalones rojos, y un solo par de bragas. No contaba con ningún medicamento para la tos que le inspirara confianza, no había verduras frescas, y aunque pareciera absurdo, casi no tenían fósforos. En todas las casas que visitó tras forzar la puerta había una chimenea, pero sólo encontró una caja de fósforos de madera «Diamond».

Podría haberse alejado más —había otras casas y cabañas— pero muchas de las zonas vecinas estaban despejadas de nieve y eran patrulladas por la Policía local de Tashmore. Y en muchos de los caminos había por lo menos uno o dos residentes fijos.

En la tienda de Bradford pudo comprar todo lo que necesitaba, incluidos tres pares de pantalones gruesos y tres camisas de lana, aproximadamente de la talla de Charlie. No había ropa interior para niñas, así que tuvo que conformarse con unos *shorts* de talla pequeña. Esto la indignaba y la divertía al mismo tiempo.

El viaje de nueve kilómetros, entre ida y vuelta, hasta Bradford, en los esquíes del Abuelo, suponía un engorro y un placer para Andy. No le gustaba dejar sola a Charlie, no porque no confiara en ella sino porque siempre temía volver y no encontrarla..., o encontrarla muerta. Las viejas botas le producían ampollas aunque se pusiera muchos pares de calcetines. Si intentaba desplazarse a demasiada velocidad lo atacaban las jaquecas, y entonces recordaba los pequeños puntos insensibles de su rostro e imaginaba su cerebro como un viejo neumático pelado, un neumático que había sido usado durante tanto tiempo y en condiciones tan difíciles que en algunos tramos estaba corroído hasta la lona. Si sufría una hemorragia cerebral en medio de esa condenada laguna y moría congelado, ¿qué sería de Charlie?

Pero era durante esas expediciones cuando pensaba mejor. El silencio contribuía a despejarle la cabeza. La laguna Tashmore en sí misma no era ancha —el trayecto de Andy desde la orilla occidental hasta la oriental abarcaba poco más de un kilómetro— pero era muy larga. En febrero, con una capa de nieve de más de un metro de espesor sobre el hielo, Andy a veces se detenía en el centro y miraba lentamente a derecha e izquierda. Entonces la laguna parecía un extenso corredor pavimentado con deslumbrantes azulejos blancos: limpio, ininterrumpido, se desplegaba por ambos lados hasta perderse de vista. Pinos espolvoreados con azúcar en todo el perímetro. Arriba, el cielo de invierno, azul, duro, refulgente y despiadado, o la blancura baja e indescriptible de la nieve en cierne. A veces se oía el graznido lejano de un cuervo, o el ruido débil, ondulante, que producía el hielo al dilatarse, pero esto era todo. El ejercicio tonificaba su

234

cuerpo. Le brotaba una tibia película de sudor entre la piel y sus ropas, y era agradable generar traspiración y enjugársela después de la frente. Había olvidado en parte esta sensación mientras enseñaba la obra de Yeats y Williams y corregía ejercicios.

En medio de ese silencio, y merced al esfuerzo que implicaban los ejercicios corporales violentos, se le despejaba la cabeza y podía analizar el problema. Debía hacer algo, debería haberlo hecho hacía mucho tiempo, pero esto pertenecía al pasado. Habían ido a pasar el invierno en la finca del Abuelo, pero seguían siendo fugitivos. La sensación incómoda que le producían los viejos sentados alrededor de la estufa, fumando sus pipas y mirándolo inquisitivamente, bastaba para convencerlo de ello. Él y Charlie estaban acorralados, y tenía que haber alguna escapatoria.

Y todavía estaba furioso, porque *no era justo*. Sus perseguidores *no tenían* derecho. La suya era una familia de ciudadanos norteamericanos, que vivían en una sociedad presuntamente abierta, y habían asesinado a su esposa, habían secuestrado a su hija, y a ellos dos los perseguían como si fueran conejos.

Volvió a pensar que, si conseguía hacerse escuchar por una o más personas, podría destaparlo todo. No lo había hecho antes porque había perdurado, por lo menos hasta cierto punto, aquella extraña hipnosis, la misma hipnosis que había desembocado en la muerte de Vicky. No había querido que su hija se criara como si fuese un bicho raro de un parque de atracciones. No había querido que la internaran en alguna institución... ni por el bien de la patria ni por el suyo propio. Y peor aún, había seguido mintiéndose a sí mismo. Incluso después de ver a su esposa embutida en el armario de la tabla de planchar, en el lavadero, con aquella bayeta en la boca, había seguido mintiéndose y diciéndose que tarde o temprano los dejarían en paz. *Jugamos en broma* —habían dicho como niños—. *Al final todos deberán devolver el dinero.*

Pero no eran niños, ni jugaban en broma, y nadie les devolvería nada a él y a Charlie cuando concluyera el juego. Eso era irreversible.

En silencio, empezó a asimilar ciertas verdades

crueles. Hasta cierto punto, Charlie *era* un bicho raro, no muy distinto de los bebés talidomídicos de los años sesenta o de las hijas de madres que habían tomado determinados estrógenos. Los médicos sencillamente no habían sabido que después de catorce o dieciséis años un número anormal de esas niñas desarrollarían tumores vaginales. Charlie no tenía la culpa, pero esto no cambiaba nada. Su naturaleza extraña, aberrante, era simplemente un elemento interior. Lo que había hecho en la granja Manders había sido terrorífico, absolutamente terrorífico, y desde entonces Andy no había cesado de preguntarse hasta dónde llegaba su capacidad, hasta dónde *podía* llegar. Durante el año que habían pasado huyendo había leído muchos libros sobre parapsicología, los suficientes para saber que se sospechaba que tanto la piroquinesis como la telequinesis estaban asociadas a ciertas glándulas de secreción interna cuyo funcionamiento nadie entendía muy bien. Sus lecturas también le habían revelado que ambos talentos estaban íntimamente relacionados, y que en la mayoría de los casos documentados se trataba de niñas no mucho mayores a lo que Charlie era en ese momento.

A los siete años, Charlie había estado en condiciones de iniciar la destrucción de la granja Manders. Ahora tenía casi ocho. ¿Qué podía hacer cuando cumpliera doce y entrase en la adolescencia? Quizá nada. Quizá mucho. Había dicho que no volvería a emplear su poder, pero, ¿y si la obligaban a usarlo? ¿Y si empezaba a manifestarse espontáneamente? ¿Y si empezaba a provocar incendios en sueños en el curso de su extraña pubertad, lo cual sería la abrasadora contrapartida de las poluciones nocturnas de la mayoría de los adolescentes varones? ¿Y si la Tienda finalmente se daba por vencida... y a Charlie la secuestraba una potencia extranjera?

Interrogantes, interrogantes.

En sus expediciones a través de la laguna, Andy trataba de encontrarles respuesta y llegó renuentemente a la conclusión de que tal vez Charlie debería someterse a algún tipo de custodia durante el resto de su vida, aunque sólo fuera para su propia protección.

Tal vez la necesitaría tanto como las víctimas de la distrofia muscular necesitaban usar crueles soportes en las piernas o como los bebés talidomídicos necesitaban usar extrañas prótesis.

Y además debía considerar el problema de su propio futuro. Recordaba las zonas insensibles, el ojo inyectado en sangre. Nadie quiere aceptar que su propia sentencia de muerte ha sido firmada y fechada, y Andy no terminaba de creerlo, pero tenía conciencia de que otros dos o tres empujones fuertes podrían matarlo, y comprendía que quizá su expectativa normal de vida ya se había abreviado drásticamente. Debería tomar alguna precaución para que Charlie no quedara desamparada en ese caso.

Pero no a la manera de la Tienda.

No quería que la encerraran en un cuartucho. No lo permitiría en absoluto.

Así que lo pensó bien y llegó por fin a una decisión penosa.

7

Andy escribió seis cartas. Sus textos eran casi idénticos. Dos estaban dirigidas a los senadores por el Estado de Ohio. Una la dirigió a la mujer que representaba, en el Congreso de los Estados Unidos, al distrito del cual formaba parte Harrison. Otra estaba dirigida al *New York Times*. Otra al *Chicago Tribune*. Y otra al *Toledo Blade*. Las seis cartas contaban la historia de lo que había pasado, desde el experimento del Pabellón Jason Gearneigh hasta el aislamiento forzado de él y Charlie en la laguna Tashmore.

Cuando hubo terminado de escribir, le entregó una de las cartas a Charlie para que la leyera. Ella la estudió lenta y cuidadosamente, tardando casi una hora en hacerlo. Era la primera vez que se encontraba ante la historia completa, desde el comienzo hasta el fin.

—¿Vas a despacharlas? —le preguntó a su padre, cuando concluyó la lectura.

—Sí. Mañana. Creo que mañana será el último día en que me atreveré a cruzar la laguna. —Había empezado a hacer un poco más de calor. El hielo aún se mantenía sólido, pero crujía constantemente y Andy no sabía hasta cuándo seguiría sosteniendo su peso.

—¿Qué sucederá, papá?

Él sacudió la cabeza.

—No lo sé con certeza. Lo único que puedo hacer es esperar que una vez que se destape la historia, los tipos que nos han estado persiguiendo accedan a darse por vencidos.

Charlie asintió con talante circunspecto.

—Deberías haberlo hecho antes.

—Sí —respondió Andy, convencido de que ella pensaba en el cataclismo parcial que se había desencadenado en el mes de octubre en la granja Manders—. Quizá debería haberlo hecho. Pero nunca tuve oportunidad de reflexionar mucho, Charlie. Sólo podía pensar en la forma de seguir huyendo. Y lo que atinas a pensar mientras estás escapando..., bueno, casi siempre son estupideces. Vivía esperando que desistieran y nos dejasen en paz. Fue un tremendo error.

—No me obligarán a irme, ¿verdad? —preguntó Charlie—. De tu lado, quiero decir. ¿Podremos permanecer juntos, no es cierto, papá?

—Sí —respondió él. No quería confesarle que su opinión acerca de lo que podría suceder después de que las cartas fuesen despachadas y recibidas era probablemente tan vaga como la de ella. Sólo se trataba del «después».

—Eso es lo único que me importa. Y no provocaré más incendios.

—Está bien —murmuró él, y le acarició el pelo. Un temor premonitorio le oprimió súbitamente la garganta, y de pronto recordó algo que había ocurrido cerca de allí, algo en lo que no había pensado durante años. Había salido de la casa con su padre y con el Abuelo, y éste le había dado a Andy un rifle calibre 22, que llamaba su «rifle para alimañas», cuando él se lo había pedido a gritos. Andy había visto una ardilla y quería dispararle. Su padre empezó a protestar, y el Abuelo lo hizo callar con una rara sonrisita.

Andy apuntó tal como el Abuelo le había enseñado a hacerlo. Apretó el gatillo en lugar de limitarse a tironearlo hacia atrás (también como se lo había enseñado el Abuelo), y descerrajó un tiro. La ardilla cayó de la rama como un juguete relleno de estopa y Andy corrió excitado a cobrar su presa después de devolverle el rifle al Abuelo. Lo que vio al aproximarse lo dejó de una pieza. La ardilla, vista desde cerca, no era un juguete relleno de estopa. No estaba muerta. El proyectil la había alcanzado en los cuartos traseros y yacía agonizando en medio de sus propias salpicaduras de sangre brillante, con los ojos negros despiertos y vivos y cargados de un espantoso sufrimiento. Sus pulgas, que ya sabían la verdad, abandonaban el cuerpo en tres hileras pululantes.

La garganta se le bloqueó bruscamente, y a los nueve años Andy paladeó por primera vez el sabor intenso, compacto, del autoaborrecimiento. Miraba azorado a su víctima maltrecha, consciente de que su padre y su abuelo se hallaban detrás de él, cubriéndolo con sus sombras: tres generaciones de McGee junto a una ardilla asesinada en los bosques de Vermont. Y el Abuelo comentó suavemente a sus espaldas: *Bueno, lo has conseguido Andy. ¿Estás satisfecho?* Y las lágrimas brotaron repentinamente, abrumándolo, las lágrimas quemantes de horror y comprensión..., comprensión de que lo hecho, hecho está. De pronto, juró que nunca volvería a matar con un arma de fuego. Lo juró ante Dios.

No provocaré más incendios, había dicho Charlie y él volvió a oír mentalmente la respuesta que le había dado el Abuelo aquel día en que había matado la ardilla, aquel día en que había jurado ante Dios que nunca volvería a hacer algo parecido. *Nunca digas eso, Andy. A Dios le encanta obligarnos a renegar de nuestros juramentos. Así aprendemos a reconocer con la debida humildad el lugar que ocupamos en el mundo y hasta dónde podemos controlarnos.* Más o menos lo mismo que Irv Manders le había dicho a Charlie.

Charlie había encontrado en la buhardilla una serie completa de libros sobre *Bomba el Niño de la Jungla* y los estaba leyendo lenta pero sistemáticamente. En ese momento Andy la contempló sentada bajo un rayo polvoriento de sol en la vieja mecedora negra, justo donde siempre se había sentado su abuela, habitualmente con un cesto de ropa para remendar entre los pies, y luchó con el deseo vehemente de pedirle que se retractara, que se retractara mientras aún podía, y de decirle que ella no entendía la horrible traición: si el rifle quedaba durante el tiempo suficiente al alcance de tu mano, tarde o temprano volverías a empuñarlo.

A Dios le encanta obligarnos a renegar de nuestros juramentos.

8

Nadie vio cómo Andy despachaba sus cartas, excepto Charles Payson, el individuo que se había trasladado a Bradford en noviembre y que desde entonces procuraba sacar adelante el viejo bazar. Payson era un hombre menudo, de facciones tristes, que una vez había querido invitar a Andy a beber un trago durante una de sus visitas al pueblo. En Bradford se pensaba que si Payson no salía a flote el verano siguiente, el bazar volvería a ostentar en su escaparate, hacia el 15 de setiembre, el cartel de SE VENDE O ALQUILA. Era un buen tipo, pero pasaba por un trance difícil. Bradford ya no era lo que había sido.

Andy caminó calle arriba —había dejado sus esquíes clavados en la nieve, en el comienzo del camino que llevaba al embarcadero de Bradford— y enfiló hacia la tienda del pueblo. Dentro, los veteranos lo miraron con relativo interés. Ese invierno se había hablado bastante acerca de Andy. Existía el consenso de que huía de algo: de las consecuencias de una quiebra, tal vez, o de las estipulaciones de un juicio de divorcio. Quizá de una esposa encolerizada a la que le había arrebatado ilegalmente la custodia de su criatura: las ropas de talla pequeña que había comprado Andy no habían pasado inadvertidas. También existía el consenso de que probablemente él y la criatura habían violentado la puerta de una de las casas situadas en la margen opuesta de la laguna y estaban pasando el invierno allí. Nadie le planteó esta posibilidad al polizonte de Bradford, un intruso que vivía en el pueblo desde hacía apenas doce años y que ya se creía dueño de todo. El forastero venía de la margen opuesta de la laguna, de Tashmore, de Vermont. Ninguno de los hombres mayores que se sentaban alrededor de la estufa de Jake Rowley en la tienda de Bradford alimentaba mucha simpatía por las costumbres de Vermont, con sus impuestos y su arrogante ley sobre bebidas alcohólicas y ese ruso de mierda que vivía en su mansión como un zar, escribiendo libros que nadie entendía. La opinión unánime, aunque tácita, era que lo mejor era dejar que los habitantes de Vermont se apañaran solos.

—No cruzará la laguna durante mucho más tiempo —comentó uno de ellos. Le dio otro mordisco a su barra de chocolate y empezó a rumiar.

—No a menos que tenga un par de alas para volar sobre el agua —respondió otro, y todos se rieron sardónicamente.

—No seguiremos viéndolo por mucho más tiempo —asintió Jake, complaciente, mientras Andy se aproximaba a la tienda. Andy tenía puesto el viejo chaquetón del Abuelo y llevaba una faja de lana azul ceñida sobre las orejas, y un recuerdo (quizás un aire de familia que se remontaba al Abuelo en persona) cruzó fugazmente por la cabeza de Jake y después se esfumó—. Cuando empiece el deshielo, se pondrá a secar y se largará. Él y quienquiera que esté haciéndole compañía allí.

Andy se detuvo afuera, descargó su mochila y extrajo varias cartas. Después entró. Los hombres congregados allí examinaron sus uñas, sus relojes, incluso la vieja estufa «Pearl Kineo». Uno de ellos sacó un descomunal pañuelo azul y expectoró violentamente en su interior.

Andy miró en torno.

—Buenos días, caballeros.

—Buenos días tenga usted —saludó Jake Rowley—. ¿Necesita algo?

—Usted vende sellos, ¿verdad?

—Oh sí. El Gobierno confía en mí hasta ese punto.

—Seis de quince centavos, por favor.

Jake los sacó del cajón, y los desprendió cuidadosamente de una de las hojas de su vieja carpeta negra de sellos.

—¿Algo más?

Andy reflexionó y después sonrió. Era el 10 de marzo. Sin contestarle a Jake se encaminó hacia el muestrario contiguo a la moledora de café, y escogió una tarjeta de cumpleaños grande e ilustrada.

PARA TI, HIJA, EN TU DÍA ESPECIAL rezaba. La cogió y la pagó.

—Gracias —dijo Jake... y la caja registradora tintineó.

—De nada —respondió Andy, y salió del local. Vieron cómo se ajustaba la faja alrededor de la cabeza y cómo pegaba a continuación los sellos, uno por uno. Lo vieron contornear el edificio en dirección al lugar donde estaba el buzón, pero ninguno de los hombres sentados alrededor de la estufa podría haber atestiguado ante un tribunal si había despachado o no esas cartas. Cuando volvió a aparecer estaba cargando la mochila sobre sus hombros.

—Ya se va —comentó uno de los hombres.

—Es un tipo cortés —murmuró Jake, y cambiaron de tema. La conversación se encauzó hacia otros asuntos.

Charles Payson estaba en la puerta de su bazar, que en todo el invierno no había rendido trescientos dólares de ganancia, y vio pasar a Andy. Él sí podría haber atestiguado que las cartas habían sido despachadas. Desde ese lugar había visto cómo las introducía todas juntas en la ranura del buzón.

Cuando Andy se perdió de vista, Payson entró nuevamente en el local y atravesó la puerta situada detrás del mostrador donde vendía caramelos y detonadores para pistolas de juguete y chicles hinchables y

242

se metió en la trastienda donde vivía. Su teléfono tenía adosado un dispositivo que desbarataba las interferencias. Payson llamó a Virginia para pedir instrucciones.

9

En Bradford, New Hampshire, no había ni hay una estafeta (ni tampoco en Tashmore, Vermont, para ser sinceros). Ambos pueblos eran demasiado pequeños. La oficina de correos más próxima a Bradford estaba en Teller, New Hampshire. A la una y cuarto de la tarde de ese día 10 de marzo, la furgoneta postal de Teller se detuvo frente a la tienda y el cartero vació el contenido del buzón situado a la vuelta de la esquina, en el lado donde Jake había vendido gasolina hasta 1970. La correspondencia allí depositada consistía en las seis cartas de Andy y en una postal que la señorita Shirley Divine, una solterona de cincuenta años, le enviaba a su hermana radicada en Tampa, Florida.

Del otro lado de la laguna, Andy McGee dormía la siesta y Charlie McGee levantaba un muñeco de nieve.

El cartero, Robert Everett, metió la correspondencia en una saca, arrojó la saca en la parte posterior de su furgoneta azul y blanca y partió rumbo a Williams, otro pueblecito de New Hampshire situado en el distrito postal de Teller. Finalmente cambió el sentido de la marcha en el centro de lo que los residentes de Williams llamaban en son de broma la Calle Mayor, y emprendió el regreso a Teller, donde toda la correspondencia sería clasificada y despachada aproximadamente a las tres de la tarde. A siete kilómetros de la ciudad, un «Caprice Chevrolet» marrón estaba atravesado en la carretera, bloqueando los dos carriles angostos. Everett aparcó sobre el borde cubierto de nieve y se apeó de la furgoneta para preguntar si podía prestar alguna ayuda.

Dos hombres se aproximaron a él, desde el coche.

Le mostraron sus credenciales y le explicaron lo que deseaban.

—¡No! —exclamó Everett. Intentó reír y sólo atinó a emitir un sonido de incredulidad, como si alguien acabara de informarle que esa misma tarde iban a abrir la playa de Tashmore a los nadadores.

—Si duda que somos lo que decimos ser... —empezó a explicar uno de ellos. Se trataba de Orville Jamieson, apodado a veces *OJ*, y a veces *El Jugo*. No le inquietaba tratar con ese cartero rural; nada le inquietaba siempre que sus órdenes no lo obligaran a colocarse a menos de cinco kilómetros de esa criatura infernal.

—No se trata de eso —respondió Robert Everett. Estaba asustado, todo lo asustado que puede estar un hombre cuando se enfrenta súbitamente con el poderío del Gobierno, cuando la gris burocracia encargada de imponer la ley adquiere repentinamente un rostro concreto, como si algo torvo y sólido saliera flotando de una bola de cristal. Sin embargo, estaba obcecado—. Pero lo que llevo aquí es correspondencia. Correspondencia de los Estados Unidos. Ustedes tienen que entenderlo.

—Se trata de una cuestión de seguridad nacional —replicó *OJ*. Después del fiasco de Hastings Glen, habían tendido un cordón de protección en torno de la granja Manders. La finca y los restos de la casa habían sido registrados minuciosamente. Como consecuencia de ello, *OJ* había recuperado *la Turbina*, que ahora descansaba confortablemente sobre el lado izquierdo de su pecho.

—Eso es lo que usted dice, pero no basta —sentenció Everett.

OJ desabrochó su anorak «Carroll Reed» para que Robert Everett viera *la Turbina*. Los ojos de Everett se dilataron, y *OJ* sonrió un poco.

—Bueno, no querrá que desenfunde esto, ¿verdad?

Everett no podía creer que eso estuviera ocurriendo realmente. Hizo una última tentativa.

—¿Ustedes saben con qué pena se castiga el robo de la correspondencia de los Estados Unidos? Por ese delito lo encierran a uno en Leavenworth, Kansas.

—Eso podrá aclararlo con su jefe de correos cuando vuelva a Teller —manifestó el otro hombre, que hablaba por primera vez—. Ahora dejémonos de joder, ¿entiende? Denos la saca de correspondencia rural.

Everett le entregó la pequeña saca que procedía de Bradford y Williams. La abrieron allí mismo, sobre la carretera, y revisaron las cartas con talante impersonal. Robert Everett experimentó una sensación de cólera y una especie de vergüenza nauseabunda. Lo que hacían no era correcto, aunque allí dentro no descansaran los secretos de la bomba nuclear. No estaba bien abrir la correspondencia de los Estados Unidos a la vera de un camino. Era ridículo, pero se dio cuenta de que reaccionaba como habría reaccionado si un desconocido hubiera irrumpido en su casa y hubiera desvestido a su esposa.

—Esto lo pagarán —masculló con voz ahogada, temerosa—. Ya verán.

—Eh, aquí están —le informó el otro hombre a *OJ*. Le entregó seis cartas, en todas las cuales la dirección estaba escrita por la misma mano cuidadosa. Robert Everett las reconoció muy bien. Provenían del buzón adosado a la tienda de Bradford. *OJ* se guardó las cartas en el bolsillo y los dos hombres se encaminaron de vuelta hacia el «Caprice», dejando la saca de correspondencia abierta sobre la carretera.

—¡Esto no quedará así! —gritó Everett, con voz trémula.

Sin mirar atrás, *OJ* respondió:

—Hable con su jefe antes de hacerlo con cualquier otra persona. Si quiere conservar su jubilación de empleado de correos, claro está.

Partieron. Everett los siguió con la mirada, furioso, asustado, con el estómago revuelto. Por fin recogió la saca de correspondencia y volvió a arrojarla dentro de la furgoneta.

—Me han robado —murmuró, y le sorprendió descubrir que estaba al borde del llanto—. Me han robado, me han robado, maldición, me han robado.

Regresó a Teller tan rápidamente como se lo permitieron los caminos cubiertos de aguanieve fangosa.

Habló con su jefe de correos, como se lo habían sugerido los dos hombres. El jefe de correos de Teller era Bill Cobham, y Everett pasó más de una hora en el despacho de su superior. A ratos sus voces se filtraban por la puerta, potentes y coléricas.

Cobham tenía cincuenta y seis años. Hacía treinta y cinco que trabajaba en el servicio de correos, y estaba despavorido. Por fin consiguió contagiarle su miedo a Robert Everett. Y Everett jamás dijo una palabra, ni siquiera a su esposa, acerca del día en que lo habían asaltado en la carretera de Teller, entre Bradford y Williams. Pero tampoco lo olvidó, y nunca terminó de librarse de aquella sensación de furia y vergüenza... y de desencanto.

10

Hacia las dos y media Charlie había completado su muñeco de nieve, y Andy, un poco descansado después de la siesta, se había levantado. Orville Jamieson y su flamante compañero, George Sedaka, viajaban en avión. Cuatro horas más tarde, cuando Andy y Charlie se sentaban a jugar a la canasta, después de haber lavado los platos y de haberlos dejado en la escurridera, las cartas se hallaban sobre el escritorio de Cap Hollister.

CAP Y RAINBIRD

1

El 24 de marzo, día del cumpleaños de Charlie McGee, Cap Hollister estaba sentado tras su escritorio, presa de una gran e indefinida inquietud. La *razón* de su inquietud no era indefinida. Esperaba recibir la visita de John Rainbird antes de una hora, y eso era más o menos como esperar la aparición del diablo. Por así decir. Y al menos el diablo cumplía lo pactado, cuando pactaba, si uno daba crédito a sus comunicados de Prensa, pero Cap siempre había intuido que en la personalidad de John Rainbird había un elemento fundamentalmente ingobernable. Una vez que se reducían las cosas a su esencia última, Rainbird no era más que un asesino a sueldo, y los asesinos a sueldo siempre se autodestruyen, tarde o temprano. Cap sospechaba que cuando Rainbird saltara por los aires, la detonación sería espectacular. ¿Cuánto sabía acerca de la operación McGee, exactamente? No más de lo debido, ciertamente, pero... la idea lo carcomía. Se preguntó, y no por primera vez, si una vez concluido el caso McGee no sería prudente que ese indio descomunal sufriera un accidente. Para decirlo con las memorables palabras del padre de Cap, Rainbird estaba tan loco como un hombre que comía mierda de rata y decía que era caviar.

Suspiró. Fuera, una lluvia fría, azotaba las ventanas, impulsada por un vendaval. Su estudio, tan luminoso y agradable, se hallaba poblado, ahora, de sombras grises y fluctuantes. Sombras que no le eran gratas, mientras estaba sentado allí con el expediente McGee a su izquierda, sobre el carrito de la biblioteca. El invierno lo había envejecido. No era el mismo hombre vivaz que había pedaleado hasta la puerta de entrada en aquel día de octubre en que los McGee habían vuelto a huir, dejando en pos de sí una tempestad de fuego. Las arrugas de su rostro que en aquel entonces habían sido apenas perceptibles se habían profundizado hasta convertirse en fisuras. Le habían impuesto la humillación de utilizar bifocales —las gafas típicas de los ancianos, a su juicio— y para acostumbrarse había necesitado seis semanas de náuseas. Éstos eran los detalles minúsculos, los símbolos exteriores del curso absurdo y demencialmente errado que habían seguido los acontecimientos. Éstas eran las insignificancias por las que se irritaba consigo mismo, porque su educación le había enseñado a no irritarse por los problemas graves que se ocultaban apenas por debajo de la superficie.

Como si esa condenada chiquilla fuera una maldición personal, las dos únicas mujeres por las que había sentido un profundo afecto desde el fallecimiento de su madre habían muerto de cáncer ese invierno: su esposa, Georgia, tres días después de Navidad, y su secretaria particular, Rachel, hacía sólo poco más de un mes.

Él sabía que Georgia estaba gravemente enferma, desde luego. Una mastectomía practicada catorce meses antes de su muerte había retardado pero no detenido el progreso de la enfermedad. La muerte de Rachel había sido una cruel sorpresa. Recordaba que poco antes del fin (qué imperdonables parecemos a veces, retrospectivamente) había bromeado con ella, diciéndole que habría que engordarla, y Rachel le había devuelto los chistes.

Ahora sólo le quedaba la Tienda, y quizá no por mucho tiempo. Una forma insidiosa de cáncer había invadido al mismo Cap. ¿Cómo llamarlo? ¿Cáncer de la confianza? Algo así. Y en las jerarquías superiores este género de enfermedad era casi siempre mortal. Nixon, Lance, Helms..., todos ellos víctimas del cáncer de la credibilidad.

Abrió el expediente McGee y extrajo los últimos agregados: las seis cartas que Andy había despachado hacía menos de dos semanas. Las barajó sin leerlas. Se trataba esencialmente de la misma carta, y conocía el contenido casi de memoria. Debajo de ellas había varias fotografías brillantes, algunas tomadas por Charles Payson, y las restantes por otros agentes en la orilla de la laguna que correspondía a Tashmore. Había fotos que mostraban a Andy subiendo por la calle principal de Bradford. En otras aparecía comprando en la tienda y pagando sus compras. Fotos de Andy y Charlie junto al cobertizo del bote, en la finca, con el «Willys» de Irv Manders al fondo, transformado en un promontorio cubierto de nieve. Una foto que mostraba a Charlie deslizándose en una caja plana de cartón por una pendiente endurecida y refulgente cubierta de nieve compacta, mientras su cabellera flameaba asomando de un gorro de punto demasiado holgado para ella. En esta foto su padre aparecía en un segundo plano, con las manos enfundadas en mitones y apoyadas sobre las caderas, con la cabeza echada hacia atrás, lanzando una carcajada. Cap había contemplado esta foto a menudo, larga y serenamente, y a veces le sorprendía descubrir un temblor en sus manos cuando la dejaba a un lado. Éste era un testimonio de la vehemencia con que deseaba capturarlos.

Se levantó y se aproximó por un momento a la ventana. Ese día Rich McKeon no estaba cortando el césped. Los alisos se erguían pelados y esqueléticos, y el estanque que separaba las dos casas se hallaba reducido a una explanada desnuda con reminiscencias de pizarra. A comienzos de esa primavera había una docena de asuntos importantes sobre la bandeja de la Tienda, como si se tratara de un auténtico desayuno escandinavo, pero para Cap sólo había realmente uno, y éste era el que concernía a Andy McGee y a su hija Charlene.

El fracaso de Manders había producido mucho daño. La Tienda lo había superado, y Cap también, pero había generado una onda sísmica que no tardaría en estallar. El centro crítico de esta onda era la forma en que habían manejado a los McGee desde el día en que habían matado a Victoria McGee y habían secuestrado a su hija..., aunque por muy poco tiempo. Muchas de las críticas estaban asociadas al hecho de que un profesor universitario que nunca había recibido siquiera adiestramiento militar hubiese podido rescatar a su hija de manos de dos agentes expertos de la Tienda, dejando a uno de ellos enloquecido y al otro en un estado de coma que había durado seis meses. El segundo agente nunca volvería a servir para nada. Si alguien pronunciaba la palabra «dormir» al alcance de sus oídos, se desplomaba como un saco de patatas y podía permanecer desde cuatro horas hasta un día íntegro en brazos de Morfeo. Desde un punto de vista aberrante, no dejaba de ser gracioso.

La otra crítica importante estaba asociada al hecho de que los McGee habían conseguido llevarles siempre la delantera, por mínima que ésta fuese. Lo cual no favorecía la imagen de la Tienda. Hacía que todos sus miembros parecieran lelos.

Pero la mayoría de las críticas estaban reservadas para el incidente de la granja Manders en sí mismo, porque éste casi había puesto al descubierto las actividades de la organización. Cap sabía que habían empezado los susurros. Los susurros, los informes, quizás incluso el testimonio en las audiencias ultrasecretas del Congreso. *No queremos que se perpetúe como Hoover. La operación cubana se frustró completamente porque no podía sacar la cabeza de ese maldito expediente McGee. Su esposa falleció hace poco, sabe. Una lástima. Sufrió mucho. Toda la operación McGee no es más que un catálogo de ineptitudes. Quizás un hombre más joven...*

Pero ninguno de ellos entendía con qué se enfrentaban. Creían saberlo, pero no lo sabían. Los había visto rechazar una y otra vez el sencillo dato de que la chiquilla era piroquinética: una incendiaria. Docenas de informes, literalmente docenas, sugerían que el incendio de la granja Manders había sido provocado al derramarse la gasolina, porque la mujer había roto una lámpara de queroseno, por una jodida combustión espontánea y sólo Dios sabía por qué otras necedades.

Algunos de esos informes procedían de personas que habían estado allí.

De pie junto a la ventana, Cap lamentó, perversamente, la ausencia de Wanless.

Wanless había entendido. Él podría haber hablado con Wanless acerca de esa..., esa peligrosa ceguera.

Volvió a su escritorio. Era inútil engañarse a sí mismo: una vez que empezaba a minarse el terreno, era imposible detener el proceso. Era realmente como un cáncer. Podías retrasar su crecimiento sacando a relucir favores (y Cap los había sacado a relucir por valor de diez años de actividad, sólo para conservar las riendas durante ese último invierno); y tal vez incluso podías forzarlo a mitigarse. Pero tarde o temprano estabas aniquilado. Intuía que podría durar hasta julio si se atenía a las reglas del juego, y quizás hasta noviembre si optaba por empecinarse y ponerse duro. Pero esto último podría implicar el descalabro de la Tienda, y él no quería llegar a semejante extremo. No deseaba destruir algo a lo cual había consagrado la mitad de su vida. Pero lo haría, si era necesario: seguiría esa operación hasta el fin.

El principal factor que le había permitido conservar el control había sido la rapidez con que habían localizado nuevamente a los McGee.

Cap aceptaba de buen grado que le atribuyeran ese mérito, porque así reforzaba su posición, pero en realidad se lo debían exclusivamente a la computadora.

El caso era tan antiguo que habían tenido tiempo más que suficiente de hurgar a fondo en la vida de los McGee. En la computadora habían almacenado datos sobre más de doscientos parientes y cuatrocientos amigos congregados en torno del árbol genealógico McGee-Tomlinson. Estas amistades se remontaban hasta la mejor amiga que había tenido Vicky en primer grado, una chica llamada Kathy Smith, que ahora era la esposa de Frank Worthy, de Cabral, California, y que probablemente no había vuelto a pensar en Vicky Tomlinson desde hacía veinte años.

La computadora fue alimentada con los datos del «último contacto» y se escupió inmediatamente una lista de probabilidades. La lista la encabezaba el nombre del difunto abuelo de Andy, que había sido propietario de una finca en la laguna Tashmore, en Vermont. Andy había heredado la finca. Los McGee habían pasado sus vacaciones allí, y estaba a una distancia razonable de la granja Manders, por carreteras comarcales. La computadora opinaba que si Andy y Charlie querían ir a un «lugar conocido», elegirían precisamente ése.

Menos de una semana después de que se hubieran instalado en la casa del Abuelo, Cap sabía que estaban allí. Tendió un cordón de agentes dispersos en torno de la finca. Tomó medidas para adquirir el bazar de Bradford, porque era probable que las compras indispensables las hicieran en ese pueblo.

Una vigilancia pasiva, y nada más. Todas las fotografías habían sido tomadas con teleobjetivo, en condiciones óptimas para no ser visto. Cap no quería correr el riesgo de que se produjera otra tempestad de fuego.

Podrían haber atrapado discretamente a Andy durante cualquiera de sus viajes a través de la laguna. Podrían haberlos acribillado a los dos con la misma facilidad con que habían fotografiado a Charlie en el momento en que ésta se deslizaba utilizando la caja de cartón a modo de trineo. Pero Cap deseaba capturar a la chica, y se había convencido de que para poder controlarla realmente también necesitarían a su padre.

Después de localizarlos, lo más importante fue asegurarse de que no levantarían la liebre. A Cap no le hacía falta una computadora para saber que a medida que Andy se sintiera más asustado, aumentarían progresivamente las probabilidades de que buscara ayuda exterior. Antes del incidente en la granja de Manders, podrían haber manipulado o soportado un rumor en la Prensa. Pero a partir de ese episodio, la intromisión periodística habría tenido una repercusión muy distinta. A Cap le producía pesadillas el solo hecho de pensar en lo que sucedería si la noticia llegaba al *New York Times*.

Durante un breve lapso, en medio de la confusión que había seguido a la tempestad de fuego, Andy podría haber despachado sus cartas. Pero aparentemente los McGee padecían parecida confusión. Habían desaprovechado su mejor oportunidad para enviar cartas o hacer algunas llamadas telefónicas... que de todas maneras muy posiblemente no les habrían servido para nada. Últimamente el mundo estaba lleno de chalados, y los periodistas eran tan cínicos como el que más. La suya se había convertido en una profesión deslumbrante. Les interesaba más lo que hacían Margaux, Bo, Suzanne, y Cheryl. Era menos peligroso.

Ahora los dos estaban encajonados. Cap, había tenido todo el invierno para estudiar las alternativas. Incluso durante el funeral de su esposa las había estado sopesando. Gradualmente se había decidido a optar por un plan de acción y ahora estaba preparado para ponerlo en marcha. Payson, su emisario en Bradford, decía que el hielo de la laguna Tashmore estaba a punto de ceder. Y McGee había despachado finalmente las cartas. Ya debía estar esperando impacientemente una respuesta... y quizás empezaba a sospechar que las cartas no habían llegado a destino. Tal vez se preparaban para partir, y Cap prefería que no se movieran de donde estaban.

Debajo de las fotos había un grueso informe mecanografiado, de más de trescientas páginas, encuadernado en la cubierta azul propia de todo material ULTRASECRETO. Once médicos y psicólogos habían compilado esa combinación de monografía y prospecto bajo la dirección general del doctor Patrick Hockstetter, psicólogo clínico y psicoterapeuta. Éste era, a juicio de Cap, uno de los diez o doce cerebros más astutos que prestaban servicios a la Tienda. Tenía que serlo, dados los ochocientos mil dólares que le había costado al contribuyente la redacción de ese informe.

Ahora, mientras lo hojeaba, Cap se preguntó qué habría opinado al respecto Wanless, aquel viejo augur.

Allí confirmaban su intuición de que necesitaban a Andy con vida. El equipo de Hockstetter había fundado su propia secuencia lógica sobre la premisa de que todos los poderes que les interesaban eran ejercidos por iniciativa propia, y tenían su causa inicial en la *voluntad* de su poseedor, que debía querer emplearlos. La palabra clave era *voluntad*.

Los poderes de la niña, de los cuales la piroquinesis era la piedra angular, tenían una peculiaridad, a saber, que escapaban a su control, que saltaban caprichosamente las barreras de su voluntad, pero este estudio, que incorporaba toda la información disponible, indicaba que era la criatura la que resolvía por sí misma si entraría o no en acción... como lo había hecho en la granja de Manders al darse cuenta de que los agentes de la Tienda planeaban matar a su padre.

Hojeó la recapitulación del experimento original con el Lote Seis. Todos los gráficos y las respuestas de las computadoras se reducían, en última instancia, a una misma conclusión: la voluntad como causa inicial.

Hockstetter y sus colegas habían utilizado la voluntad como base de todo y habían pasado revista a un asombroso catálogo de drogas antes de optar por el Toracín para Andy y por una nueva droga llamada Orasín para la niña. Setenta páginas de monsergas del informe se condensaban en el hecho de que estas drogas los harían sentirse embriagados, aletargados, flotantes. Ninguno de los dos podría ejercer la voluntad necesaria para elegir entre la leche con chocolate y la leche pura, y menos aún para generar incendios o para convencer a las personas de que estaban ciegas o de cualquier otra cosa.

A Andy McGee podrían mantenerlo constantemente drogado. No estaba en condiciones de prestarles ningún servicio concreto: tanto el informe como la intuición de Cap sugerían que era un callejón sin salida, un caso perdido. La que les interesaba era la niña. Concededme seis meses, pensó Cap, y no necesitaremos más. El tiempo suficiente para revelar la topografía interior de esa cabecita portentosa. Ninguna subcomisión de la Cámara de Representantes o del Senado podría desentenderse de la promesa de poderes extrasensoriales inducidos mediante productos químicos, ni de las implicaciones colosales que tendría para la carrera de armamentos el hecho de que la niña poseyera aunque sólo fuese la mitad de los poderes que le había atribuido Wanless.

Y había otras posibilidades. No figuraban en el informe de cubiertas azules, porque eran demasiado explosivas incluso para un material ULTRASECRETO. Hockstetter, que se había ido excitando gradualmente a medida que la imagen cobraba forma ante él y su comisión de expertos, le había mencionado una de tales posibilidades a Cap hacía sólo una semana.

—Este factor Z... —sentenció Hockstetter—. ¿Ha considerado alguna de las perspectivas que se plantearían si resultara que la niña no es un híbrido sino una mutación auténtica?

Cap lo había considerado, aunque no se lo había confesado a Hockstetter. Eso planteaba la interesante cuestión de la eugenesia, con sus connotaciones latentes de nazismo y razas superiores. Los norteamericanos habían combatido en la Segunda Guerra Mundial precisamente para acabar con todo eso. Pero una cosa era perforar un yacimineto filosófico y hacer saltar un surtidor de bazofias sobre la usurpación del poder divino, y otra muy distinta demostrar en el laboratorio que los vástagos de padres tratados con el Lote Seis podrían ser teas humanas, levitadores, telépatas, telémpatas, o sólo Dios sabía qué más. Era fácil defender los ideales mientras no existían argumentos sólidos para desecharlos. ¿Pero qué había que hacer si existían dichos argumentos? ¿Había que montar criaderos de seres humanos? Aunque la idea pareciera disparatada, Cap podía imaginar su materialización. Ésa podría ser la clave de todo. De la paz mundial, o de la dominación mundial, ¿y acaso las dos no eran en realidad una misma cosa, cuando se eliminaban los espejos deformantes de la retórica y la pomposidad?

Era una situación compleja. Las posibilidades se

proyectaban a lo largo de los doce próximos años. Cap sabía que, con espíritu realista, él, personalmente, no podía aspirar a un plazo mayor de seis meses, pero tal vez le bastaría con fijar la estrategia, con explorar el terreno sobre el que tenderían los rieles y circularía el ferrocarril. Ése sería su legado al país y al mundo. En comparación, la vida de un profesor universitario fugitivo y de la golfa de su hija valían menos que el polvo que arrastraba el viento.

No podrían someter a la chica a pruebas y observaciones mínimamente válidas si la mantenían constantemente drogada, pero su padre sería la prenda de la fortuna. Y en las pocas ocasiones en que quisieran ponerlo a prueba a él, procederían a la inversa. Era un simple sistema de palancas. Y como había observado Arquímedes, una palanca de longitud suficiente movería el mundo.

Se oyó el zumbido del interfono.

—Ha llegado John Rainbird —anunció la nueva secretaria. Su tono de recepcionista, habitualmente afable, estaba lo bastante erosionado como para dejar entrever el miedo que se ocultaba abajo.

No te culpo por ello, nena, pensó Cap.

—Hágalo pasar, por favor.

2

El mismo Rainbird de siempre.

Entró lentamente, vestido con una cazadora desgastada, de cuero marrón, sobre una camisa a cuadros desvaída. Por los bajos de sus vaqueros desteñidos, de perneras rectas, asomaban unas botas viejas y maltratadas. La parte superior de su cabezota casi parecía rozar el techo. El despojo mutilado de su cuenca ocular vacía hizo estremecer interiormente a Cap.

—Cap —dijo, y se sentó—. He pasado demasiado tiempo en el desierto.

—He oído hablar de tu casa de Flagstaff —comentó Cap—. Y de tu colección de zapatos.

John Rainbird se limitó a mirarlo sin parpadear, con su ojo sano.

—¿Cómo se explica que nunca te ves calzado con algo que no sea ese par de viejos trastos? —inquirió Cap.

Rainbird exhibió una ligera sonrisa y no contestó nada. Cap experimentó la inquietud de siempre y se preguntó de nuevo cuánto sabía Rainbird, y por qué esto lo preocuba tanto.

—Tengo un trabajo para ti —anunció.

—Estupendo. ¿Es lo que yo quiero?

Cap lo miró, sorprendido y dubitativo, y por fin respondió:

—Creo que sí.

—Entonces hable, Cap.

Cap bosquejó el plan que permitiría llevar a Andy y Charlie McGee a Longmont. No necesitó mucho tiempo para ello.

—¿Puedes manejar el fusil? —preguntó, cuando hubo terminado.

—Puedo manejar cualquier fusil. Y su plan es bueno. Tendrá éxito.

—Es una suerte que le des tu aprobación —dijo Cap. Había tratado de emplear un tono de ligera ironía y sólo había conseguido parecer petulante. De todos modos, lo maldijo por dentro.

—Y dispararé el arma —agregó Rainbird—. Con una condición.

Cap se levantó, apoyó las manos sobre el escritorio —que estaba cubierto de papeles del expediente McGee, y se inclinó hacia Rainbird.

—No —sentenció—. Tú no me impones ninguna condición.

—Esta vez sí —replicó Rainbird—. Pero creo que le resultará fácil cumplirla.

—No —repitió Cap. De pronto el corazón le martilleaba el pecho, aunque no sabía si lo que lo excitaba era el miedo o la cólera—. Te equivocas. En esta agencia y en esta dependencia mando yo. Soy tu superior. Creo que has pasado suficiente tiempo en el Ejército como para entender lo que significa un oficial superior.

—Sí —asintió Rainbird, sonriendo—. Me cargué a uno o dos en mi época. Una vez por orden directa de la Tienda. *Su* orden, Cap.

—¿Me estás amenazando? —bramó Cap. Una parte de su ser tenía conciencia de que la reacción era exagerada, pero aparentemente no podía controlarse—. ¿Me estás amenazando, maldito seas? ¡Si es así, creo que has perdido la chaveta por completo! ¡Si decido que no debes abandonar este edificio, me bastará con pulsar un botón! Hay treinta hombres que pueden disparar ese fusil...

—Pero ninguno de ellos puede dispararlo con tanto aplomo como este negro piel roja tuerto —lo interrumpió Rainbird. Su tono apacible no había cambiado—. Usted cree que ya los tiene en sus manos, Cap, pero son intangibles. Es posible que los dioses, cualesquiera que éstos sean, no quieran que usted los atrape. Es posible que no quieran que usted los encierre en sus cámaras diabólicas y vacías. No es la primera vez que cree tenerlos a su alcance. —Señaló el expediente apilado sobre el carrito de la biblioteca y después la carpeta de cubiertas azules—. He leído todo eso. Y el informe de su doctor Hockstetter.

—¡Ni en sueños! —exclamó Cap, pero vio la verdad reflejada en las facciones de Rainbird. Los había leído. De alguna manera los había leído. ¿Quién se los había dado?, se preguntó, furioso. ¿Quién?

—Oh, sí —prosiguió Rainbird—. Consigo lo que quiero, cuando lo quiero. La gente me lo da. Creo... que debe ser por mi cara bonita. —Su sonrisa se ensanchó y se tornó súbita y horriblemente rapaz. Su ojo sano se revolvió en la cuenca.

—¿Qué me dices? —murmuró Cap. Necesitaba un vaso de agua.

—Sólo que he dispuesto de mucho tiempo en Arizona para caminar y olfatear los vientos que soplan... y para usted, Cap, tienen un olor amargo, como los de una meseta alcalina. He dispuesto de tiempo para leer mucho y reflexionar mucho. Y lo que pienso es que tal vez soy el único hombre del mundo que puede traer a esos dos hasta aquí. Y tal vez soy el único hombre del mundo que podrá hacer algo con la chica cuando esté aquí. En cuanto a su voluminoso informe, su «Toracín» y su «Orasín»..., es posible que las drogas no basten para resolver el problema. Es posible que existan más peligros que los que usted puede suponer.

Escuchar a Rainbird era como escuchar al fantasma de Wanless, y ahora Cap tenía tanto miedo y estaba tan indignado que no podía hablar.

—Haré todo esto —afirmó Rainbird amablemente—. Los traeré aquí y ustedes harán todas sus pruebas. —Parecía un padre a la hora de darle permiso a su crío para jugar con un juguete nuevo—. Con la condición de que me encomiende la eliminación de la chica cuando hayan terminado con ella.

—Estás loco —susurró Cap.

—Cuánta razón tiene —contestó Rainbird, y se rió—. Usted también lo está. Loco como una cabra. Se sienta aquí y urde planes para controlar una fuerza que escapa a su comprensión. Una fuerza que sólo pertenece a los dioses en persona... y a esta única chiquilla.

—¿Y qué impedirá que te haga borrar del mapa? ¿Aquí mismo y ahora?

—Mi palabra de que si desaparezco, en este mismo mes se expandirá por todo el país una onda sísmica de asco e indignación tan grande que, en comparación, Watergate parecerá un simple robo de caramelos. Mi palabra de que si desaparezco, la Tienda dejará de existir en el curso de seis semanas, y de que en los próximos seis meses usted comparecerá ante un juez que lo sentenciará por crímenes suficientemente graves como para retenerlo entre rejas durante el resto de su vida. —Sonrió nuevamente, mostrando unos dientes torcidos que parecían lápidas—. Créame, Cap. He pasado mucho tiempo en esta viña pestilente y pútrida, y la cosecha sería en verdad amarga.

Cap intentó reír. Lo que brotó de su garganta fue un gruñido ahogado.

—Durante diez años he almacenado mis nueces y mi forraje —explicó Rainbird serenamente—, como un animal que ha conocido el invierno y lo recuerda. Tengo una olla podrida de fotos, cintas magnetofónicas y fotocopias de documentos que le helarían la sangre en las venas a nuestro buen amigo el Hombre de la Calle.

—Nada de eso es posible —argumentó Cap, pero sabía que Rainbird no fanfarroneaba, y tuvo la impresión de que una mano fría e invisible le oprimía el pecho.

—Oh, es muy posible —replicó Rainbird—. Durante los últimos tres años he vivido en un estado de saturación informativa, porque en ese mismo lapso he podido conectarme con su computadora cada vez que se me antojaba. Mediante un sistema de tiempo compartido, desde luego, lo cual lo hizo muy costoso, pero he estado en condiciones de pagar. Mis remuneraciones han sido muy buenas, y he podido multiplicarlas con inversiones. Estoy plantado ante usted, Cap, o sentado, mejor dicho, aunque sea menos poético, como un ejemplo triunfal de la libre empresa norteamericana en acción.

—No —protestó Cap.

—Sí —respondió Rainbird—. Soy John Rainbird, pero también soy la Oficina de los Estados Unidos para Estudios Geológicos. Verifíquelo, si quiere. Mi clave para la computadora es AXON. Verifique en su terminal los códigos de tiempo compartido. Coja el ascensor. Lo esperaré.

Rainbird se cruzó de piernas y los bajos de la pernera derecha del pantalón se levantaron y dejaron al descubierto un desgarrón y un abultamiento en la costura de una de sus botas. Parecía un hombre que podía esperar por los tiempos de los tiempos, si ello era necesario.

Los pensamientos de Cap giraban vertiginosamente.

—Tal vez tengas acceso a la computadora mediante un sistema de tiempo compartido. Pero eso no te permite conectarte...

—Vaya a ver al doctor Noftzieger —dijo Rainbird cortésmente—. Pregúntele cuántos medios existen para conectarse con una computadora cuando se tiene acceso a ella utilizando un sistema de tiempo compartido. Hace dos años, un chico espabilado de doce años consiguió interferir la computadora de claves de los Estados Unidos. Y entre paréntesis; conozco *su* clave de acceso, Cap. Este año es BROW. El año pasado era RASP. Esta última me gustaba mucho más.

Cap se quedó sentado, mirando a Rainbird. Su mente parecía haberse fraccionado, parecía haberse convertido en un circo de tres pistas. Una parte se maravillaba ante el hecho de que nunca había oído hablar tanto a John Rainbird de una sola tirada. Otra parte procuraba asimilar la idea de que ese maníaco conocía todas las actividades de la Tienda. Una tercera parte recordaba una maldición china, una maldición que parecía engañosamente simpática hasta que uno la analizaba seriamente. *Ojalá vivas en tiempos interesantes*. Durante el último año y medio había vivido en tiempos excepcionalmente interesantes. Intuía que le bastaría un solo hecho interesante adicional para volverse totalmente loco.

Y entonces pensó una vez más en Wanless, con un espanto reptante, que sólo ahora empezaba a despuntar. Casi se sentía como si..., como si... se estuviera transformando en Wanless. Rodeado y acosado por demonios pero impotente para combatirlos o incluso para pedir ayuda.

—¿Qué deseas, Rainbird?

—Ya se lo he dicho, Cap. No quiero nada más que su palabra de que mi relación con Charlene McGee no terminará con el fusil sino que empezará allí. Deseo —el ojo de Rainbird se oscureció y se tornó pensativo, melancólico, introspectivo—, anhelo conocerla íntimamente.

Cap lo miró, despavorido.

Rainbird entendió repentinamente y meneó la cabeza, con expresión despectiva.

—No *tan* íntimamente. No en el sentido bíblico. Pero la conoceré. Ella y yo nos haremos amigos, Cap. Si es tan poderosa como todo lo indica, ella y yo seremos grandes amigos.

Cap dio una muestra de buen humor. No se rió, exactamente, sino que emitió más bien una risita estridente.

La expresión despectiva reflejada en el rostro de Rainbird no cambió.

—No, claro que usted no cree que eso sea posible. Mira mi cara y ve un monstruo. Mira mis manos y las ve empapadas en la sangre que usted me ordenó derramar. Pero le aseguro, Cap, que lo conseguiré. Hace dos años que la chica no tiene un amigo. Ha tenido a su padre, y nada más. La ve a ella como me ve a mí, Cap. Ése es su gran error. Donde mira, ve un monstruo. Sólo que en el caso de la niña ve un monstruo útil. Quizás ello se debe a que es blanco. Los blancos ven monstruos en todas partes. Los blancos miran sus propios miembros sexuales y ven monstruos. —Rainbird volvió a reír.

Por fin Cap había empezado a sosegarse y a pensar sensatamente.

—¿Por qué habría de permitírtelo, aunque todo lo que dices sea cierto? Tus días están contados y ambos lo sabemos. Hace veinte años que buscas tu propia muerte. Todo lo demás ha sido casual, sólo un hobby. No tardarás en encontrarla. Y entonces ése será el fin para todos nosotros. ¿Por qué habría de complacerte y concederte lo que deseas?

—Quizá tenga razón. Quizás he estado buscando mi propia muerte, y le confieso que nunca habría esperado de usted una frase tan pintoresca, Cap. Quizás a usted deberían inculcarle más a menudo el miedo a Dios.

—Tú no coincides con la imagen que tengo de Dios —replicó Cap.

Rainbird sonrió.

—Sí, me parezco más al diablo de los cristianos. Pero le diré algo: creo que si realmente hubiera estado buscando mi propia muerte, la habría encontrado hace mucho tiempo. Quizá la he estado acechando para entretenerme. Pero no tengo ningún interés en demolerlo a usted, Cap, ni en destruir a la Tienda, ni al servicio de inteligencia interna de los Estados Unidos. No soy un idealista. Sólo deseo a la chiquilla. Y es posible que descubra que soy capaz de conseguir mucho más que todas las drogas almacenadas en el gabinete del doctor Hockstetter.

—¿Y a cambio de ello?

—Cuando concluya la operación McGee, dejará de existir la Oficina de Estudios Geológicos de los Estados Unidos. Su jefe de computadoras, Noftzieger, podrá cambiar todas sus claves. Y usted, Cap, volará conmigo a Arizona en un avión de una línea comercial. Disfrutaremos de una buena cena en mi restaurante favorito de Flagstaff y después iremos a mi casa, y detrás de ella, en el desierto, encenderemos nuestra propia hoguera y quemaremos un montón de papeles y cintas magnetofónicas y películas. Incluso le mostraré mi colección de zapatos, si quiere.

Cap reflexionó.

Rainbird le dio tiempo, plácidamente sentado.

Por fin Cap explicó:

—Hockstetter y sus colegas sugieren que tal vez se necesiten dos años para desentrañar los secretos de la niña. Todo depende de la profundidad de los estratos donde se hallaban implantadas sus inhibiciones protectoras.

—Y usted no durará más de cuatro o seis meses.

Cap se encogió de hombros.

Rainbird se tocó la aleta de la nariz con el índice e inclinó la cabeza, con un grotesco ademán de cuento de hadas.

—Creo que podremos conservarlo mucho más tiempo en el puesto de mando, Cap. Entre los dos, sabemos dónde están sepultados centenares de cadáveres..., tanto en un sentido literal como metafórico. Y dudo que hagan falta años. Al final, los dos conseguiremos lo que deseamos. ¿Qué me dice?

Cap lo pensó. Se sentía viejo y exhausto y completamente desconcertado.

—Supongo que ya hemos cerrado el trato —murmuró.

—Estupendo —asintió Rainbird vivamente—. Creo que seré el ordenanza de la niña. No estaré implicado en el esquema rutinario. Lo cual será importante para ella. Y, por supuesto, nunca sabrá que fui yo quien disparó el fusil. Sería peligroso que lo supiera, ¿no le parece? Muy peligroso.

—¿Por qué? —preguntó Cap finalmente—. ¿Por qué ha llegado a este extremo demencial?

—¿Le parece demencial? —replicó Rainbird con tono despreocupado. Se levantó y cogió una de las fotos que descansaban sobre el escritorio de Cap. Era aquella en la que aparecía Charlie deslizándose por la pendiente de nieve apelmazada sobre su caja de cartón de fondo plano, riendo—. En esta profesión todos almacenamos nuestras nueces y forrajes para el invierno, Cap. Es lo que hizo Hoover. Y lo que hicieron incontables directores de la CIA. Y lo que hizo usted, porque de lo contrario ya estaría cobrando su jubilación. Cuando yo empecé a hacerlo, Charlene McGee ni siquiera había nacido. Sólo me protegía las espaldas.

—¿Pero por qué tanto interés en la chica?

Rainbird tardó mucho en contestar. Miraba la foto atentamente, casi con ternura. La tocó.

—Es muy hermosa —dijo—. Y muy joven. Sin embargo lleva dentro su factor Z. El poder de los dioses. Ella y yo tendremos una relación muy íntima. —En su ojo apareció una expresión soñadora—. Sí, muy íntima.

EN EL CAJÓN

1

El 27 de marzo, Andy McGee resolvió repentinamente que no podían permanecer más tiempo en Tashmore. Hacía más de dos semanas que había despachado las cartas, y si éstas hubiesen tenido que dar algún resultado, ya lo habrían dado. El mismo silencio ininterrumpido que pesaba en torno de la finca del Abuelo lo ponía nervioso. Suponía que era posible que lo hubieran desechado simplemente, como un chalado más, pero... no creía que ésta fuera la explicación.

Lo que creía, lo que le susurraba su intuición más profunda, era que las cartas no habían llegado a su destino.

Y esto significaba que conocían el paradero de él y de Charlie.

—Nos iremos —le dijo a Charlie—. Juntemos nuestros bártulos.

Ella se limitó a mirarlo atentamente, un poco asustada, y no contestó nada. No le preguntó a dónde irían ni qué harían, y esto también lo puso nervioso. En uno de los armarios habían encontrado dos viejas maletas, tapizadas con rótulos de lejanas vacaciones —Grand

Rapids, Niagara Falls, Miami— y los dos empezaron a seleccionar lo que llevarían consigo y lo que dejarían atrás.

Un sol refulgente y enceguecedor entraba por las ventanas del lado oriental de la casa. El agua goteaba y gorgoteaba en los canalones. La noche anterior había dormido poco. El hielo se había resquebrajado y él había permanecido despierto, escuchándolo, escuchando el ruido agudo, etéreo y a veces macabro del viejo hielo amarillo que se partía y se deslizaba lentamente hacia la desembocadura de la laguna, donde el Great Hancock River se derramaba hacia el Este a través de New Hampshire y de todo Maine, cada vez más maloliente y contaminado hasta vomitar sus aguas fétidas y muertas en el Atlántico. El ruido parecía el de una prolongada nota cristalina o quizás el de un arco de violín frotado incesantemente contra una cuerda aguda, un zzziiiiinnnggg constante y atiplado que se posaba sobre las terminaciones nerviosas y parecía hacerlas vibrar por simpatía. Él nunca había estado allí en la época del deshielo y no estaba seguro de querer repetir la experiencia. Ese sonido tenía un elemento sobrecogedor, de ultratumba, a medida que reverberaba entre las silenciosas paredes vegetales de esa cuenca montañosa, baja y erosionada.

Intuía que estaban muy cerca otra vez, como el monstruo entrevisto de una pesadilla reiterada. El día después del cumpleaños de Charlie había emprendido una de sus expediciones, con los esquíes incómodamente abrochados a sus pies, y había encontrado una hilera de huellas de raquetas de nieve que conducían hasta un alto abeto. En la costra superficial se veían marcas semejantes a puntos allí donde el caminante se había quitado las raquetas y las había clavado de punta en la nieve. Se observaban marcas confusas donde había vuelto a ceñirse las raquetas («botes para fango», las llamaba siempre el Abuelo, que las desdeñaba por una oscura razón que sólo él conocía). En la base del árbol, Andy encontró seis colillas de cigarrillos «Vangate» y un estuche amarillo estrujado que alguna vez había contenido un carrete de película «Kodak Tri-X». Más inquieto que nunca, se había quitado los esquíes y había trepado por el tronco. A mitad de trayecto su campo visual había abarcado la casa del Abuelo situada a un kilómetro y medio. Parecía pequeña y vacía. Pero con un teleobjetivo...

No le mencionó su hallazgo a Charlie.

Terminaron de preparar las maletas. El silencio continuo de Charlie lo obligó a abordarla con un tono nervioso, como si al callar ella lo estuviera acusando.

—Haremos autostop hasta Berlín —anunció—, y después volveremos a la ciudad de Nueva York en un «Greyhound». Iremos a las oficinas del *New York Times*...

—Pero papá, si ya les enviaste una carta.

—Es posible que no la hayan recibido, cariño.

Ella lo miró un momento en silencio y después preguntó:

—¿Crees que *ellos* la interceptaron?

—Claro que n... —Andy meneó la cabeza y después volvió a empezar—: Sencillamente no lo sé, Charlie.

Charlie no contestó. Se arrodilló, cerró una de las maletas, y empezó a maniobrar torpemente con los pestillos.

—Deja que te ayude, querida.

—¡*No puedo hacerlo!* —le gritó ella, y se echó a llorar.

—Charlie, no. Por favor, cariño. Esto, terminará pronto.

—No, no terminará pronto —replicó ella, llorando más desconsoladamente aún—. No terminará nunca.

2

Había exactamente doce agentes en torno a la casa del Abuelo McGee. Se habían apostado la noche anterior. Todos vestían ropas con motas blancas y verdes. Ninguno de ellos había estado en la granja de Manders y ninguno estaba armado, con excepción de John

Rainbird, que empuñaba el fusil, y de Don Jules, que llevaba una pistola calibre 22.

—No quiero correr el riesgo de que alguien reaccione despavorido por lo que ocurrió allá en Nueva York —le había dicho Rainbird a Cap—. Cuando miro a Jamieson, todavía me parece que las pelotas le cuelgan hasta las rodillas.

Igualmente, no aceptó ni oír hablar de que los agentes fueran armados. Siempre sucedían cosas imprevistas, y no quería que la operación terminara con dos cadáveres. Había seleccionado personalmente a todos los agentes, y el que había escogido para encomendarle la captura de Andy McGee era Don Jules. Jules era un hombre canijo, de unos treinta años, taciturno, adusto. Y conocía su oficio. Rainbird lo sabía, porque Jules era el único hombre que había elegido como compañero de trabajo en más de una oportunidad. Era rápido y práctico. No estorbaba en los momentos críticos.

—McGee saldrá en algún momento durante el día —les había explicado Rainbird durante la reseña previa—. La chica sale habitualmente, pero McGee sale siempre. Si el hombre va solo, yo me ocuparé de él y Jules se ocultará rápida y silenciosamente. Si la niña sale sola, el procedimiento será el mismo. Si salen juntos, yo me ocuparé de la niña y Jules se ocupará de McGee. Los demás sois sólo comparsas..., ¿entendido? —El ojo de Rainbird los recorrió con una mirada fulminante—. Estaréis allí únicamente por si algo sale completamente mal, eso es todo. Por supuesto, si algo *sale* completamente mal, la mayoría de vosotros echaréis a correr hacia la laguna con los pantalones incendiados. Venís por si se presenta esa única probabilidad entre cien de que podáis hacer algo. Desde luego, se entiende que también asistiréis como observadores y testigos para el caso de que yo meta la pata.

Esto provocó una risita débil y nerviosa.

Rainbird levantó un dedo.

—Si alguno de vosotros se aparta del guión previsto y los ahuyenta de alguna manera, me ocuparé personalmente de que lo destinen a la jungla más atroz. Creedme, amigos. Sois los comparsas de mi espectáculo. Recordadlo.

Más tarde, en su «área de concentración» —un motel abandonado de St. Johnsbury— Rainbird llevó aparte a Don Jules.

—Has leído el expediente de ese hombre —manifestó Rainbird.

Jules fumaba un «Camel».

—Sí.

—¿Entiendes el concepto de dominación mental?

—Sí.

—¿Entiendes lo que les sucedió a los dos hombres de Ohio? ¿A los hombres que intentaron secuestrar a su hija?

—Yo trabajé con George Waring —respondió Jules parsimoniosamente—. Ese tipo era capaz de cosas peores.

—No lo creas. Sólo quiero dejarlo todo en claro. Tendrás que ser muy veloz.

—Sí, está bien.

—Este fulano ha descansado durante todo el invierno. Si tiene tiempo de asestarte un impacto, te convertirás en un candidato ideal para pasar los próximos tres años de tu vida en una celda acolchada, pensando que eres un pájaro o un nabo o algo semejante.

—Está bien.

—¿Qué es lo que está bien?

—Seré veloz. No hace falta que insistas, John.

—Es muy probable que salgan juntos —prosiguió Rainbird, sin hacerle caso—. Tú estarás a la vuelta de la esquina de la galería, donde no te verán desde la puerta. Esperarás que yo me ocupe de la chica. Su padre correrá hacia ella. Tú estarás detrás de él. Aciértale en el cuello.

—De acuerdo.

—No jodas esta operación, Don.

Jules sonrió fugazmente y continuó fumando.

—No.

Las maletas estaban preparadas. Charlie se había puesto su anorak y los pantalones para la nieve. Andy se enfundó en su propio chaquetón, levantó la cremallera y cogió las maletas. No se sentía bien, nada bien. Estaba nervioso. Una de sus corazonadas.

—¿Tú también lo captas, no es cierto? —preguntó Charlie. Su carita estaba pálida e inexpresiva.

Andy asintió con un movimiento de cabeza, de mala gana.

—¿Qué haremos?

—Roguemos que la corazonada sea un poco prematura —contestó, aunque íntimamente no creía que lo fuera—. ¿Qué otra cosa podemos hacer?

—¿Qué otra cosa podemos hacer? —repitió ella.

Se acercó a él y estiró los brazos para que la alzara, cosa que Andy no recordaba que ella hubiera hecho en mucho tiempo, quizá desde hacía dos años. Era increíble cómo pasaba el tiempo, con cuánta rapidez podía cambiar una criatura, delante de tus ojos y con una naturalidad casi pavorosa.

Andy depositó las maletas en el suelo y la alzó y la abrazó. Ella lo besó en la mejilla y después lo abrazó a su vez, con mucha fuerza.

—¿Estás lista? —le preguntó Andy, mientras la bajaba.

—Supongo que sí. —Charlie estaba nuevamente al borde del llanto—. Papá... no provocaré incendios. Aunque vengan antes de que podamos huir.

—Sí —contestó él—. Está bien, Charlie. Te entiendo.

—Te quiero papá.

Él hizo un ademán afirmativo.

—Yo también te quiero, pequeña.

Andy se encaminó hacia la puerta y la abrió. Por un momento el sol lo encandiló y no pudo ver absolutamente nada. Después sus pupilas se contrajeron y el día se aclaró delante de él, radiante con el brillo de la nieve derretida. A su derecha estaba la laguna Tashmore: tramos refulgentes e irregulares de agua azul que asomaban entre los témpanos flotantes. Al otro lado, en línea recta, se alzaban los bosques de pinos. Entre éstos vislumbró el tejado de tejas verdes de la casa más próxima, finalmente despejado de nieve.

En el bosque reinaba el silencio, y la sensación de desasosiego de Andy se intensificó. ¿Dónde estaban los gorjeos de los pájaros que los recibían por la mañana desde que habían empezado a mitigarse las temperaturas invernales? Ese día no se oía nada..., sólo el goteo de la nieve que se derretía en las ramas. De pronto lamentó tremendamente que el Abuelo no hubiera instalado un teléfono en la casa. Tuvo que reprimir el deseo de gritar *¿Quién está ahí?* a voz en grito. Sólo habría conseguido asustar aún más a Charlie.

—Todo parece estar bien —comentó—. Creo que seguimos llevándoles la delantera... si es que vienen hacia aquí.

—Qué bien —murmuró ella, sin convicción.

—Echemos a andar, nena —dijo Andy, y reflexionó por centésima vez, *¿Qué otra cosa podemos hacer?*, y pensó una vez más cuánto los odiaba.

Charlie atravesó el cuarto en dirección a él, dejando atrás el escurridor cargado de platos que habían lavado esa mañana después de desayunar. Toda la casa quedaba tal como la habían encontrado, muy bien arreglada. El Abuelo se habría sentido satisfecho.

Andy pasó un brazo alrededor de los hombros de Charlie y le dio otro fugaz apretón. Después cogió las maletas y salieron juntos al encuentro del sol primaveral.

4

John Rainbird había trepado hasta la mitad del tronco de un alto abeto situado a ciento cincuenta metros de allí. Usaba botas con clavos, como los obreros que reparaban líneas telefónicas, y un cinturón que también pertenecía al equipo de esos obreros lo ceñía fuertemente al tronco. Cuando se abrió la puerta de la casa, se echó la culata del fusil al hombro y la apoyó firmemente. La calma total se asentó sobre él como un manto apaciguador. Todo asumió una nitidez prodigiosa delante de su único ojo sano. Cuando había perdido su otro ojo, había sufrido un embotamiento del sentido de profundidad, pero en los momentos de extrema concentración, como ése, recuperaba su antigua claridad visual. Era como si su ojo estropeado pudiera regenerarse por lapsos muy breves.

No era un tiro difícil, y no habría perdido un momento en preocuparse si lo que se proponía incrustar en el cuello de la niña hubiese sido una bala. Pero se trataba de algo muy distinto, de algo que multiplicaba por diez el elemento de riesgo. Dentro del cañón de este fusil especialmente modificado estaba embutido un dardo acoplado a una ampolla de «Orasín», y desde esa distancia, siempre existía la posibilidad de que diera una voltereta o se desviase. Afortunadamente, casi no soplaba viento.

Si ésta es la voluntad del Gran Espíritu y de mis antepasados —rezó silenciosamente Rainbird—, *guía mis manos y mi ojo para que dé en el blanco.*

La chica salió acompañada por su padre, o sea que debería intervenir Jules. Vista a través de la mira telescópica, la niña parecía tan grande como la puerta de un granero. El anorak era una mancha azul brillante contra las tablas añosas de la casa. Rainbird dispuso de un momento para notar que McGee transportaba las maletas, para comprender que después de todo habían llegado justo a tiempo.

La chica llevaba la capucha baja y la lengüeta de la cremallera levantada sólo hasta el esternón, así que la prenda se abría ligeramente a la altura del cuello. La atmósfera estaba tibia y esto también jugaba a su favor.

Presionó el disparador y enfocó los hilos cruzados de la mira sobre la base del cuello.

Si ésa es la voluntad...

Oprimió el disparador. No se oyó un estampido, sino sólo un *plut* hueco, y de la boca del fusil brotó una pequeña espiral de humo.

5

Estaban sobre el borde de la escalera cuando Charlie se detuvo repentinamente y emitió un ruido ahogado de deglución. Andy dejó caer inmediatamente las maletas. No había oído nada, pero algo fallaba espantosamente. Algo había cambiado en Charlie.

—¿Charlie? *¿Charlie?*

La miró fijamente. Estaba inmóvil como una estatua, increíblemente hermosa contra el rutilante campo nevado. Increíblemente pequeña. Y de pronto comprendió en qué consistía el cambio. Era tan fundamental, tan abyecto, que al principio no lo había captado.

Lo que parecía ser una larga aguja sobresalía del cuello de Charlie, justo por debajo de la nuez de Adán. Ella la tanteó con su mano enfundada en un mitón, la encontró y la torció hasta colocarla en un nuevo ángulo grotesco, ascendente. Un hilillo de sangre empezó a brotar de la herida y a fluir por el costado de su cuello. Una flor de sangre, diminuta y delicada, le manchó el borde de la camisa y rozó apenas el ribete de piel sintética que festoneaba la cremallera del anorak.

—¡*Charlie!*—aulló. Se adelantó de un salto y la cogió por el brazo justo cuando ella ponía los ojos en blanco y se desplomaba hacia fuera. La depositó sobre el suelo de la galería, repitiendo una y otra vez su nombre.

El dardo clavado en su cuello titilaba brillante a la luz del sol. Su cuerpo tenía la consistencia fláccida, invertebrada, de las cosas muertas. La abrazó, la acunó, y miró hacia el bosque soleado que parecía tan vacío, y donde no gorjeaban los pájaros.

—¿Quién lo hizo? —vociferó—. ¿Quién lo hizo? ¡Que salga para que pueda verlo!

Don Jules contorneó la esquina de la casa. Calzaba zapatillas de tenis «Adidas». Empuñaba una pistola calibre 22.

—¿Quién le disparó a mi hija? —gritó Andy. La fuerza del alarido hizo que algo vibrara dolorosamente en su garganta. La estrujó contra él, tan pavorosamente fláccida e invertebrada dentro de su abrigado anorak azul. Sus dedos subieron hasta el dardo y lo arrancaron, provocando la aparición de un nuevo hilo de sangre.

Debo llevarla adentro —pensó—. Debo llevarla adentro.

Jules se aproximó a él y le disparó en la nuca, más o menos como el actor Booth le había disparado antaño al presidente Lincoln. Andy se irguió por un momento sobre las rodillas, apretando a Charlie con más fuerza aún contra su pecho. Después, se desplomó hacia delante encima de ella.

Jules lo escudriñó atentamente y a continuación les hizo una seña a los hombres apostados en el bosque.

—Sencillísimo —murmuró para sus adentros, mientras Rainbird avanzaba hacia la casa, chapoteando en la nieve pegajosa, semiderretida, de fines de marzo—. Sencillísimo. ¿Por qué armaron tanto alboroto?

EL APAGÓN

1

La secuencia de acontecimientos que terminó con tanta destrucción y pérdidas de vidas comenzó con una tormenta de verano y la avería de dos generadores.

La tormenta se desencadenó el 19 de agosto, casi cinco meses después de que hubieran capturado a Andy y Charlie en la finca del Abuelo, en Vermont. Hacía diez días que la atmósfera estaba bochornosa y estática. Ese día de agosto, los cumulonimbos empezaron a concentrarse poco después de mediodía, pero ninguna de las personas que trabajaban en las dos bellas mansiones que se levantaban frente a frente, a ambos lados del prado ondulado y de los bien cuidados macizos de flores, creyó que se materializaría el presagio de las nubes: ni los jardineros montados en sus cortadoras de césped, ni la mujer que estaba a cargo de las subsecciones A-E de la computadora (así como de la cafetera instalada en la sala de computación) y que sacó a uno de los caballos y lo hizo trotar amorosamente por los pulcros senderos a la hora de su almuerzo, ni mucho menos Cap, que comió un suculento bocadillo en su despacho provisto de aire acondicionado y continuó trabajando en la confección del presupuesto para el año siguiente, ajeno al calor y la humedad del exterior.

Quizá la única persona que pensó que llovería realmente, entre todas las que se hallaban aquel día en el reducto de la Tienda, en Longmont, fue el hombre cuyo nombre evocaba ese fenómeno natural: Rainbird, el pájaro de lluvia. El indio gigantesco llegó a las doce y media, anticipándose a su obligación de marcar la tarjeta de control a la una. Cuando iba a llover, sus huesos y la cavidad mutilada donde se había alojado su ojo izquierdo, palpitaban sordamente.

Iba al volante de un «Thunderbird» muy viejo y herrumbroso, con un distintivo de aparcamiento de tipo D adherido al parabrisas. Vestía una bata blanca de ordenanza. Antes de apearse del coche, se puso un parche bordado sobre el ojo. Lo usaba en las horas de trabajo, por la chica, pero sólo entonces. Le fastidiaba. El parche era lo único que le hacía pensar en el ojo perdido.

Dentro del reducto de la Tienda había cuatro aparcamientos. El coche particular de Rainbird, un «Cadillac» amarillo flamante de motor diesel, ostentaba una insignia de tipo A. El aparcamiento A era el de las personalidades muy importantes, y se hallaba debajo de la mansión situada más al Sur. Un sistema de túneles y ascensores lo conectaba directamente con la sala de computadoras y hemeroteca de la Tienda y, por supuesto, con la Zona de Huéspedes, nombre ambiguo que designaba al complejo de laboratorios y apartamentos contiguos donde retenían a Charlie McGee y a su padre.

El aparcamiento B estaba reservado para los empleados de segunda categoría y se hallaba un poco más lejos. El aparcamiento C era el del personal especializado..., el de los comparsas, para decirlo con las palabras del mismo Rainbird. Se hallaba a casi setecientos metros de todo, y siempre estaba poblado por una penosa y heterogénea colección de chatarra rodante de Detroit a la que le faltaba muy poco para terminar en la carrera de demolición que se celebraba semanalmente en la pista de Jackson Plains, cerca de allí.

La jerarquía del gallinero trasladada a la burocracia, pensó Rainbird, mientras cerraba su «Thunderbird» destartalado y levantaba la cabeza para mirar las nubes. Se acercaba la tormenta. Calculó que la tendrían encima alrededor de las cuatro.

Echó a andar hacia el pequeño cobertizo de cinc montado con buen gusto en medio de un monte de pinos, donde los empleados de las categorías V y VI marcaban sus tarjetas. Su bata blanca flameaba al viento. Un jardinero pasó junto a él en una de las más o menos doce cortadoras de césped del Departamento de Parques cuyo motor roncaba espasmódicamente. Un parasol de colores alegres flotaba sobre el asiento. El jardinero no se fijó en Rainbird, lo cual también era producto de la jerarquía del gallinero trasladada a la burocracia. Si pertenecías a la categoría IV, un individuo de la categoría V se tornaba invisible. Ni siquiera la cara semidestrozada de Rainbird inspiraba muchos comentarios. La Tienda, como todos los otros organismos oficiales, reclutaba muchos veteranos para causar buena impresión. Max Factor tenía poco que enseñarle al Gobierno de los Estados Unidos acerca de la buena cosmética. Y es innecesario aclarar que un veterano visiblemente lisiado —con un brazo artificial, una silla de ruedas motorizada o las facciones descalabradas— valía por tres veteranos de aspecto «normal». Rainbird conocía a hombres a los que en la fiesta itinerante de Vietnam les habían destrozado la mente y el alma tanto como a él la cara, y que se habrían dado por satisfechos con un empleo de escribientes en una fábrica de embutidos. Pero sencillamente no tenían el aspecto apropiado. Aunque no por ello Rainbird los compadecía. En verdad, todo eso le resultaba un poco cómico.

Ninguna de las personas con las que trabajaba ahora lo reconocía tampoco como un antiguo agente y asesino de la Tienda. Él lo habría jurado. Hasta diecisiete semanas atrás, sólo había sido una silueta oscura recortada tras el parabrisas polarizado de su «Cadillac» amarillo. Uno más entre los que poseían un permiso de aparcamiento A.

—¿No crees que exageras un poco? —preguntó

Cap—. La chica no tiene ningún contacto con los jardineros ni con las mecanógrafas. Tú eres el único que comparte la escena con ella.

Rainbird meneó la cabeza.

—Bastaría un solo traspié. Que una sola persona comentara, al pasar, que el cordial asistente de la cara mutilada deja su coche en el aparcamiento de primera categoría y se pone la bata blanca en el lavabo para ejecutivos. Lo que yo quiero fomentar aquí es un sentimiento de confianza, confianza que descansará sobre la idea de que somos dos extraños, dos bichos raros, si quieres, sepultados en las entrañas de la rama norteamericana de la KGB.

Esto no le había agradado a Cap. No le gustaba que nadie se burlara de los métodos de la Tienda, sobre todo en este caso en que dichos métodos eran confesadamente extremos.

—Bueno, pues te diré que lo estás haciendo muy bien —replicó Cap.

Y para esto no encontró ninguna respuesta satisfactoria porque, en verdad, *no* lo estaba haciendo muy bien. La chica ni siquiera había encendido un fósforo desde que estaba allí. Y lo mismo podía decirse acerca de su padre, que no había exhibido la menor señal de su poder de dominación mental, si aún lo poseía. Ya dudaban cada vez más de ello.

La niña fascinaba a Rainbird. Durante el primer año de su carrera en la Tienda, había seguido una serie de cursos que no figuraban en el programa de ninguna Universidad: interferencia de teléfonos, registros furtivos, robo de coches, y otra docena de especialidades. El único que había cautivado totalmente la atención de Rainbird había sido el curso de apertura de caja de caudales, dictado por un ladrón ya envejecido que se llamaba G. M. Rammaden. A Rammaden lo habían sacado de una prisión de Atlanta con el único fin de que enseñara su oficio a los nuevos agentes de la Tienda. Se suponía que era un as en su profesión, y Rainbird no lo habría puesto en duda, aunque estaba convencido de que ya casi poseía la misma destreza.

Rammaden, que había muerto hacía tres años (Rainbird había enviado flores a su funeral..., ¡a veces la vida era una comedia!), les había enseñado lo que eran las cerraduras. «Skidmore», las cajas de puerta cuadrada, los dispositivos secundarios de cierre que pueden inmovilizar permanentemente los pestillos de la caja de caudales cuando se arranca el cuadrante de la combinación con un martillo y un escoplo; les había enseñado cómo funcionaban las cajas de caudales cilíndricas, y las cajas embutidas, y cómo se cortaban las llaves; les había enseñado los múltiples usos del grafito, la forma de tomar una impresión de una llave con un estropajo «Brillo» y la forma de fabricar nitroglicerina en la bañera y la forma de desmontar una caja desde atrás, capa por capa.

Rainbird había asimilado las enseñanzas de G. M. Rammaden con un entusiasmo frío y cínico. Rammaden había explicado una vez que las cajas de caudales son como las mujeres: con tiempo y con las herramientas indispensables, era posible abrirlas a todas. Había, afirmó, aperturas difíciles y aperturas fáciles, pero no había aperturas imposibles.

La chica era difícil.

Al principio habían tenido que alimentar a Charlie por vía intravenosa para evitar que se dejara morir por inanición. Al cabo de un tiempo empezó a comprender que lo único que ganaba con su huelga de hambre era un montón de hematomas en el hueco interior de la articulación del codo y empezó a comer, no con entusiasmo sino sencillamente porque era menos doloroso utilizar la boca.

Leyó algunos libros que le dieron —por lo menos los hojeaba— y a veces encendía el televisor de color que tenía en su habitación, sólo para volver a apagarlo después de unos pocos minutos. En junio asistió a la exhibición completa de la película *Black Beauty* y una o dos veces asistió a la proyección íntegra de *The Wonderful World of Disney*. Eso fue todo. En los informes semanales empezó a aparecer cada vez con más frecuencia la frase «afasia esporádica».

Rainbird buscó el término en un diccionario médico y lo entendió inmediatamente. En razón de sus experiencias personales como indio y guerrero tal vez lo entendió mejor que los mismos facultativos. A veces la chica se quedaba sin palabras. Permanecía allí, impasible, moviendo la boca silenciosamente. Y a veces utilizaba una palabra que estaba totalmente fuera de contexto, aparentemente sin notarlo. «No me gusta este vestido, prefiero el de heno.» A veces se corregía distraídamente —«quiero decir el *verde*— pero más a menudo el error le pasaba inadvertido.

Según el diccionario, la afasia era una amnesia provocada por una alteración cerebral. Los médicos empezaron a maniobrar inmediatamnete con las drogas. Sustituyeron el «Orasín» por el «Valium», sin lograr una mejoría apreciable. Probaron el «Orasín» y el «Valium» juntos, pero una interacción imprevista de las dos drogas la hizo llorar constante y monótonamente hasta que pasó el efecto de la dosis. Ensayaron una nueva droga, la combinación de un sedante y un alucinógeno débil, y durante un tiempo pareció dar buenos resultados. Pero entonces empezó a tartamudear y le apareció un ligero eczema. Le estaban administrando nuevamente «Orasín», pero la controlaban por si se agudizaba la afasia.

Habían llenado resmas de papel con informes sobre la delicada condición psicológica de la niña y sobre lo que los psiquiatras denominan su «conflicto básico asociado con el fuego», una forma rebuscada de expresar que su padre le había dicho que no lo hiciera y que los servidores de la Tienda le decían que sí lo hiciera..., todo ello complicado por su sentimiento de culpa respecto del incidente en la granja de Manders.

Rainbird no aceptaba ninguna de estas explicaciones. No era el efecto de las drogas, no era porque estuviese separada de su padre.

Se trataba de un caso difícil, y nada más.

En alguna etapa de ese proceso, la chica había resuelto no cooperar, sucediera lo que sucediera. Fin. *Tout fini*. Lo psiquiatras podrían correr de un lado a otro mostrándole manchas de tinta hasta que a las ranas les creciera el pelo, y podrían jugar con las medicaciones y mascullar tras sus barbas que era difícil drogar con éxito a una chiquilla de ocho años. Los papeles podrían seguir apilándose y Cap podría seguir delirando.

Y Charlie McGee sencillamente continuaría resistiendo.

Rainbird lo intuía con la misma seguridad con que esa tarde había intuido la lluvia. Y la admiraba por ello. Los tenía a todos dando vueltas en redondo, y si los dejaban hacer seguirían dándolas cuando pasara el Día de Acción de Gracias primero, y después la Navidad. Pero no las darían eternamente, y esto era lo que preocupaba a John Rainbird más que cualquier otra cosa.

Rammaden, el especialista en cajas de caudales, había contado la divertida historia de dos ladrones que habían forzado la entrada de un supermercado un viernes por la noche, cuando se enteraron que una tormenta de nieve había impedido que el camión blindado de «Wells Fargo» pasara a recoger las copiosas ganancias del fin de semana. La caja de caudales era de modelo cilíndrico. Intentaron taladrar el cuadrante de la combinación, pero en vano. Intentaron desmontarla pero no pudieron levantar un ángulo en la parte posterior para poder empezar. Finalmente la volaron. El éxito fue total. La explosión abrió la caja de punta a punta. La abrió tanto, en verdad, que destruyó totalmente el dinero guardado dentro. Lo dejó reducido a *confetti*.

«Lo importante —sentenció Rammaden, con su voz seca y resonante—, es que los dos ladrones no triunfaron sobre la caja. El juego consiste en triunfar sobre la caja. Y no triunfáis sobre ella si no podéis llevaros su contenido en buenas condiciones de uso, ¿entendéis? La sobrecargaron de nitroglicerina. Destruyeron el dinero. Eran unos imbéciles y la caja triunfó sobre ellos.»

Rainbird asimiló la lección.

Había más de sesenta títulos universitarios comprometidos en esa operación, pero en realidad todo se reducía a forzar una caja de caudales. Habían intentado taladrar la combinación de la chica con sus drogas. Allí tenían suficientes psiquiatras como para parar la pelota a un equipo de béisbol, y todos esos psiquiatras hacían lo que podían para resolver el «conflicto básico asociado con el fuego», y toda esa mierda se reducía en última instancia a una tentativa de desmontar a la chica desde atrás como si fuera una caja de caudales.

Rainbird entró en el pequeño cobertizo de cinc, retiró su tarjeta del tablero y la selló en el reloj de control. T. B. Norton, el supervisor de turno, levantó la vista del libro de bolsillo que estaba leyendo.

—No te pagaremos horas extras aunque selles más temprano, indio.

—¿De veras?

—De veras. —Norton lo miró con expresión desafiante, preñado de esa certidumbre hosca, casi sacrosanta, que acompaña tan a menudo a la autoridad subalterna.

Rainbird bajó la vista y fue a echar un vistazo al tablero de información. El equipo de bolos de los ordenanzas había ganado la noche anterior. Alguien quería vender «dos lavadoras usadas en buenas condiciones». Un boletín oficial advertía que «TODOS LOS EMPLEADOS DE LAS CATEGORÍAS W-1 a W-6 DEBEN LAVARSE LAS MANOS ANTES DE ABANDONAR ESTA OFICINA».

—Parece que va a llover —le dijo a Norton por encima del hombro.

—Eso no pasa nunca, indio —respondió Norton—. ¿Por qué no te largas? Estás apestando la habitación.

—Sí, jefe. Sólo he venido a marcar la tarjeta.

—La próxima vez márcala a la hora justa.

—Sí, jefe —repitió Rainbird, mientras salía. Le dedicó una mirada a la parte lateral del cuello rubicundo de Norton, al punto blando situado justo debajo de la quijada. ¿Tendrías tiempo para gritar, jefe? ¿Tendrías tiempo para gritar si te atravesara el cuello con el dedo índice en ese punto? Como si ensartara un trozo de carne en el asador..., jefe.

Salió nuevamente al encuentro del calor bochornoso. Los cumulonimbos estaban más cerca, desplazándose lentamente, combados hacia abajo por el peso de la lluvia. Sería una tormenta feroz. Retumbó un trueno, todavía lejano.

Ahora faltaba poco para llegar a la casa. Rainbird se encaminaría hacia la entrada lateral, que antaño había correspondido a la despensa, y bajaría cuatro niveles en el ascensor C. Se suponía que ese día debía lavar y encerar todos los pisos de los aposentos de la chica, lo cual le daría una buena oportunidad. Y no se trataba de que ella se resistiera a hablar con él, no, no se trataba de eso. Sólo se trataba de que siempre se mantenía tremendamente distante. Él procuraba desmontar la caja a su manera, y si pudiera hacerla *reír*, hacerla reír una sola vez, hacerla compartir un chiste a expensas de la Tienda, se sentiría como si hubiera hecho ceder ese único ángulo vital. Entonces tendría un espacio donde insertar el escoplo. Una sola risa. Eso los convertiría en infiltrados cómplices, en una comisión que sesionaba secretamente. Dos contra todos.

Pero hasta ese momento no había conseguido arrancarle una risa, y Rainbird la admiraba por ello más de lo que podría haber expresado.

2

Rainbird introdujo su tarjeta de identificación en la ranura apropiada y después bajó a la sala de ordenanzas para tomar una taza de café antes de entrar. No quería café, pero aún era temprano. No podía darse el lujo de demostrar su ansiedad. Ya era bastante grave que Norton la hubiera notado y hubiese hecho un comentario al respecto.

Se sirvió un chorro del lodo recalentado sobre el hornillo y se sentó a beberlo. Por lo menos todavía no había llegado ninguno de los otros lacayos. Se instaló en el sofá gris agrietado y desfondado y bebió el café. Sus facciones devastadas (por las que Charlie sólo había manifestado un interés pasajero) se mantenían serenas e impasibles. Su cerebro funcionaba aceleradamente, analizando la situación.

El equipo que trabajaba allí tenía muchos puntos en común con los ladrones novatos de la anécdota de

Rammaden, los que habían entrado en la oficina del supermercado. Ahora trataban a la niña con guantes de seda, pero no porque le tuvieran cariño. Tarde o temprano decidirían que los guantes de seda no servían para nada, y cuando se les agotaran las alternativas «suaves» optarían por volar la caja. Rainbird estaba casi seguro de que al proceder así «matarían el dinero», para decirlo con las palabras cáusticas de Rammaden.

Ya había leído la frase «tratamientos ligeros de *shock*» en los informes de dos médicos, y uno de estos médicos era Pynchot, que tenía un gran ascendiente sobre Hockstetter. Había visto un informe de contingencia redactado en una jerga tan abstrusa que casi se trataba de otro lenguaje. Traducido, se condensaba al fin en una serie de recursos violentos: si la chica ve que su padre sufre mucho, cederá. Rainbird sospechaba que si la chica veía a su padre conectado a una batería «Delco», bailando la polca y con los cabellos erizados, lo que haría sería volver parsimoniosamente a su habitación, romper un vaso y tragarse los fragmentos de vidrio.

Pero era imposible abrirles los ojos. La Tienda, como el FBI y la CIA, tenía un largo historial de operaciones en las que «mataban el dinero». Si no puedes conseguir lo que deseas con la ayuda extranjera, irrumpe con ametralladoras y gelinita y asesina al bastardo. Inyecta cianuro en los cigarros de Castro. Era absurdo, pero no podías advertírselo. Sólo veían los RESULTADOS, refulgiendo y titilando como una mítica fortuna ganada en Las Vegas. Entonces mataban el dinero y se quedaban con un puñado de jirones de papel verde que se les escapaban entre los dedos y se preguntaban qué demonios había sucedido.

Empezaron a entrar otros ordenanzas, bromeando, intercambiando palmadas en los bíceps, hablando de los tantos que habían marcado la noche anterior al derribar todos los bolos con el primer o el segundo tiro, hablando de mujeres, hablando de autos, hablando de la curda que habían agarrado. Los mismos temas que se reiterarían hasta el día del juicio final, aleluya, amén. Se mantuvieron alejados de Rainbird. Éste no le caía simpático a nadie. Éste no jugaba a los bolos y no quería hablar de su auto y parecía haber salido de una película de Frankenstein. Los ponía nerviosos. Si uno de ellos le hubiera dado una palmada en el bíceps, Rainbird lo habría enviado al hospital con fracturas múltiples.

Extrajo una bolsita de «Red Man», un papel «Zig-Zag», y lió un cigarrillo. Permaneció sentado y fumó y esperó la hora de bajar a los aposentos de la chica.

En términos generales, se sentía mejor, más vivo, que en muchos años. Se daba cuenta de ello y se lo agradecía a la chica. Ésta nunca sabría que le había devuelto la vida por un tiempo, la vida de un honbre que tiene los sentidos aguzados y alimenta esperanzas portentosas. O sea, un hombre con inquietudes vitales. Era bueno que la chica fuese difícil. Finalmente se introduciría en ella (aperturas difíciles y aperturas fáciles, pero no aperturas imposibles); la haría interpretar su número fuerte delante de ellos, suponiendo que mereciera la pena; y cuando terminara el número la mataría y le miraría los ojos, con la esperanza de captar esa chispa de comprensión, ese mensaje, en el momento en que ella cruzara a donde había que cruzar, estuviera esto donde estuviere.

En el ínterin, él viviría.

Aplastó el cigarrillo y se levantó, listo para ir a trabajar.

3

Los cumulonimbos siguieron agolpándose. A las tres, el cielo estaba encapotado y negro sobre el complejo de Longmont. Los truenos retumbaban cada vez con más fuerza, con más ímpetu, convenciendo a la gente que estaba abajo. Los jardineros guardaron las cortadoras de césped. Quitaron las mesas preparadas en los patios de las dos casas. En el establo los palafreneros trataban de apaciguar a los caballos inquietos, que se sobresaltaban al oír cada estampido ominoso de los cielos.

La tormenta se desencadenó alrededor de las tres y media, con la misma rapidez con que un forajido desenfunda su arma y con furia arrolladora. Empezó en forma de lluvia y en seguida se trocó en granizo. El vendaval soplaba de Oeste a Este y después viraba súbitamente en dirección opuesta. Los rayos centelleaban con descomunales ramificaciones blancoazuladas que dejaban en el aire un olor parecido al de la gasolina diluida. Los vientos empezaron a girar en dirección contraria a las agujas del reloj, y en la sección meteorológica del telediario de la noche proyectaron la película de un pequeño tornado que había bordeado el centro de Longmont y había arrancado al pasar el techo de la cabina fotográfica de un gran centro comercial.

La Tienda capeó bien la mayor parte del temporal. El granizo rompió dos ventanas y la borrasca arrancó una pequeña cerca de estacas que rodeaba a una extraña glorieta situada en el otro extremo del estanque y la arrojó a sesenta metros de distancia, pero los daños no pasaron de ahí (exceptuando las ramas voladoras y algunos macizos de flores estropeados: más trabajo para la dotación de jardineros). En el apogeo de la tempestad los perros guardianes echaron a correr como locos entre la valla interior y la exterior, pero se sosegaron rápidamente apenas empezó a amainar.

El daño lo produjo la tormenta eléctrica que siguió al granizo, la lluvia y el vendaval. La caída de rayos en las plantas de electricidad de Roiwantree y Briska privó de corriente hasta la medianoche a algunas zonas del este de Virginia. El área abastecida por la planta de Briska incluía el cuartel general de la Tienda.

En su despacho, Cap Hollister levantó la vista, fastidiado, cuando se apagaron las luces y cuando enmudeció el zumbido compacto e inadvertido del acondicionador de aire. Hubo quizá cinco segundos de semioscuridad tenebrosa producida por el apagón y las nubes espesas, lo suficiente para que Cap susurrara «¡Maldición!» entre dientes y se preguntara qué demonios le había sucedido al equipo eléctrico de refuerzo.

Miró por la ventana y vio que los rayos zigzagueaban casi continuamente. Esa noche, uno de los centinelas apostados en las torres de guardia habría de contarle a su esposa que había visto cómo una bola de fuego que parecía tener la dimensión de dos bandejas saltaba de la valla exterior, provista de una carga eléctrica débil, a la valla interior, provista de una carga más potente, y luego rebotaba en sentido inverso.

Cap tendió la mano hacia el teléfono, para preguntar qué había sucedido con la corriente... y entonces volvieron a encenderse las luces. El acondicionador de aire reanudó su zumbido, y Cap cogió su lápiz en lugar de coger el teléfono.

En ese momento las luces se apagaron nuevamente.

—¡Mierda! —exclamó Cap. Arrojó el lápiz y ahora sí cogió el teléfono. Desafió a las luces para comprobar si éstas se encendían una vez más antes de que él tuviera oportunidad de gritar a algún subordinado. Las luces rechazaron el desafío.

Las dos elegantes mansiones que se levantaban a ambos lados de las ondulaciones cubiertas de césped —y todo el complejo subterráneo de la Tienda— se abastecían de la «Eastern Virginia Power Authority», pero había dos sistemas de refuerzo activado por generadores diesel. Un sistema alimentaba las «funciones vitales»: la valla electrizada, las terminales de la computadora (un apagón puede costar sumas increíbles en términos de tiempo de computación), y la pequeña enfermería. El segundo sistema alimentaba los elementos secundarios del complejo: luces, acondicionadores de aire, ascensores y todo eso. El sistema secundario estaba programado para «acoplarse» —o sea, para conectarse si el sistema primario daba señales de estar sobrecargado— pero el sistema primario no se acoplaba si se empezaba a sobrecargar el secundario. El 19 de agosto se sobrecargaron los dos sistemas. El secundario se acopló cuando empezó a sobrecargarse el primario, tal como lo habían planeado los diseñadores del sistema de energía (aunque, en verdad, nunca habían previsto, para empezar, que se sobrecargara el sistema primario), y como consecuencia de ello el sistema primario funcionó sesenta segundos más que el secundario. Después, los generadores de ambos sistemas reventaron, uno tras otro, como una ristra de petardos. Sólo que estos petardos habían costado aproximadamente ochenta mil dólares cada uno.

Más tarde, una investigación de rutina emitió el veredicto sonriente y benévolo de «avería mecánica», aunque una conclusión más precisa habría sido la de «codicia y venalidad». Cuando habían instalado los generadores de refuerzo, en 1971, un senador que conocía el monto de las posturas mínimas aceptables de esa pequeña operación (y de las otras obras de la Tienda por valor de dieciséis millones de dólares) le había pasado el dato a su cuñado, que era consultor de instalaciones eléctricas. El consultor había decidido que podía colocarse fácilmente por debajo de la postura mínima, recortando un poco de calidad por aquí y otro poco por allá.

Ése no fue más que otro favor en un medio que vive de los favores y las informaciones confidenciales, y sólo se destacó porque fue el primer eslabón de la cadena que culminó finalmente en la destrucción y la pérdida de vidas. El sistema de refuerzo sólo había sido utilizado en muy pequeña escala en los años transcurridos desde su construcción. En su primera prueba de gran envergadura, durante la tormenta que desactivó la planta de energía de Briska, falló totalmente. Por supuesto, para entonces, el consultor de instalaciones eléctricas había prosperado y ascendido mucho: contribuía en la construcción de un hotel multimillonario en Coko Beach, en la isla de St. Thomas.

La Tienda no recuperó el suministro de corriente hasta la hora en que la planta de Briska volvió a entrar en funcionamiento, o sea, hasta la hora en que lo recuperó el resto de la zona oriental de Virginia: alrededor de la medianoche.

Para entonces, los eslabones siguientes de la cadena ya estaban forjados. Como consecuencia de la tormenta y del apagón, a Andy y Charlie McGee les ocurrió algo prodigioso, aunque ninguno de los dos tuvo la menor idea de lo que le había sucedido al otro.

Después de cinco meses de estancamiento, el proceso se había puesto nuevamente en marcha.

4

Cuando se cortó la corriente, Andy McGee estaba frente al televisor, viendo el programa «The PTL Club». La sigla PTL correspondía a *Praise the Lord*, o sea, «Alabado sea el Señor». «The PTL Club» parecía transmitirse continuamente por una de las emisoras de Virginia, las veinticuatro horas del día. Probablemente no era así, pero Andy tenía el sentido del tiempo tan alterado que resultaba difícil determinarlo con precisión.

Había aumentado de peso. A veces —más a menudo cuando estaba en pie— se veía en el espejo y pensaba en Elvis Presley y en cómo éste se había hinchado en las postrimerías de su vida. En otros momentos, pensaba en la forma en que a veces engorda y se pone abúlico un gato «operado».

Aún no estaba gordo, pero le faltaba poco. En Hastings Glen se había pesado en la balanza del baño del «Slumberland Motel» y en la aguja había señalado setenta y tres kilos. Últimamente rondaba los ochenta y cinco. Tenía los carrillos más rellenos, y se veía un atisbo de doble papada y de lo que su viejo profesor de gimnasia de la escuela secundaria llamaba (con feroz desdén) «tetas de hombre». Y más que un atisbo de barriga. No hacía mucho ejercicio —ni sentía muchos deseos de hacerlo mientras estaba bajo los efectos de una fuerte dosis de «Toracín»— y la comida era excelente.

No se preocupaba por su peso cuando estaba dopado, y ésta era la condición en que vivía casi permanentemente. Cuando resolvían someterlo a otra de sus pruebas infructuosas, lo desintoxicaban durante un lapso de dieciocho horas, un médico verificaba sus reacciones físicas, lo sometían a un electroencefalograma para comprobar que sus ondas cerebrales estaban en orden y a punto, y después lo llevaban al cubículo de experimentos, que consistía en una pequeña habitación blanca con paneles de corcho perforado.

Habían empezado, allá por abril, con voluntarios humanos. Le explicaron lo que debía hacer y le advirtieron que si se pasaba de rosca —si dejaba ciego a alguien, por ejemplo— lo harían sufrir. La amenaza llevaba implícita la connotación de que tal vez no lo harían sufrir a él solo. Andy tuvo la impresión de que ésta era una amenaza hueca: no creía que pudieran maltratar realmente a Charlie. Ella era la estrella del espectáculo. Él no pasaba de ser una figura secundaria.

El médico que controlaba sus pruebas se llamaba Herman Pynchot. Frisaba los cuarenta y habría parecido perfectamente normal si no hubiera sonreído tanto. A veces el exceso de sonrisas lo ponía nervioso. De cuando en cuando aparecía un médico mayor, llamado Hockstetter, pero generalmente trataba con Pynchot.

Cuando se aproximó el momento de realizar la primera prueba, Pynchot le informó que en la pequeña sala de experimentos había una mesa. Sobre la mesa descansaban una botella de zumo de uvas «Kool-Aid» con un rótulo que rezaba TINTA, una estilográfica montada sobre un soporte, un bloc de papel, una jarra de agua y dos vasos. Pynchot le explicó que el voluntario no sabría que en la botella de tinta había otra cosa. Añadió que le quedarían agradecidos a Andy si éste «empujaba» al voluntario para inducirlo a servirse un vaso de agua, a verter en éste una dosis considerable de «tinta» y a beber después la mezcla.

—A punto —dijo Andy. Él no se sentía personalmente tan a punto. Echaba de menos su «Toracín» y el sosiego que éste le aportaba.

—Muy a punto —asintió Pynchot—. ¿Lo hará?

—¿Por qué habría de hacerlo?

—Recibirá algo a cambio. Algo placentero.

—Pórtate como una buena ratita y te recompensaremos con un trozo de queso —comentó Andy—. ¿Correcto?

Pynchot se encogió de hombros y sonrió. Su bata era agresivamente pulcra. Parecía cortada por un sastre de primera.

—Está bien —manifestó Andy—. Me rindo. ¿Con qué me recompensarán si consigo que ese pobre infeliz beba tinta?

—Bueno, para empezar, podrá seguir tomando sus píldoras.

Súbitamente tuvo una pequeña dificultad para tragar y se preguntó si el «Toracín» creaba adicción, y en el caso de que fuera así, si ésta era psicológica o fisiológica.

—Dígame, Pynchot, ¿qué sensación produce el hecho de traficar con drogas? ¿Eso figura en el juramento hipocrático?

Pynchot se encogió de hombros y sonrió.

—También saldrá por un tiempo de aquí —anunció—. Creo que usted ha manifestado interés en salir.

Era cierto. Sus aposentos eran agradables..., tanto, que a veces casi podía olvidar que sólo se trataba de una celda acolchada. Disponía de tres habitaciones y un baño. Había un televisor de color equipado con un sistema privado de vídeo en el que cada semana aparecía una nueva opción de tres películas recientes. Uno de los trepanadores de cráneos —probablemente había sido Pynchot— debía de haber explicado que era inútil quitarle el cinturón y darle sólo lápices blandos para escribir y cucharas de plástico para comer. Si quería suicidarse, no podrían impedírselo.

Si empujaba con suficiente fuerza y durante el tiempo necesario, podría reventarse sencillamente el cerebro como si fuera un neumático viejo.

Así que su alojamiento tenía toda clase de comodidades, incluido un horno de microondas. Estaba totalmente pintado con colores decorativos, una alfombra mullida cubría el suelo de la sala, y los cuadros eran reproducciones de calidad. Pero a pesar de todo, un excremento de perro glaseado no es un pastel de bodas, sino simplemente un excremento de perro glaseado, y ninguna de las puertas de ese bonito apartamento tenía picaportes por dentro. Por todas partes había pequeñas mirillas de cristal, como las que se ven en las puertas de los hoteles. Incluso había una en el cuarto de baño, y Andy había calculado que su campo visual abarcaba todo el apartamento. Andy sospechaba la existencia de equipos monitores de televisión, y probablemente equipados con rayos infrarrojos, así que ni siquiera podía uno masturbarse en un clima de relativa intimidad.

No padecía claustrofobia, pero tampoco le gustaba vivir encerrado durante mucho tiempo. Eso le ponía nervioso, aun con las drogas. Era un nerviosismo mitigado, que generalmente se traducía en largos suspiros y períodos de abulia. Claro que había pedido que lo dejaran salir. Deseaba ver nuevamente el sol, y la hierba verde.

—Sí —le informó en voz baja a Pynchot—. He manifestado mi interés por salir.

Pero no lo logró.

Al principio el voluntario se mostró nervioso. Indudablemente esperaba que Andy lo hiciera poner cabeza abajo y cacarear como una gallina o ejecutar una acción igualmente ridícula. Era hincha de fútbol. Andy consiguió que el tipo, que se llamaba Dick Albright, lo pusiera al día acerca de lo sucedido durante la última temporada.

Albright se entusiasmó. Pasó los veinte minutos siguientes evocando lo sucedido durante toda la temporada y se fue serenando gradualmente. Estaba describiendo la pésima actuación de un árbitro cuando Andy dijo:

—Beba un vaso de agua, si quiere. Debe de tener sed.

Albright lo miró.

—Sí, tengo un poco de sed. Escuche..., ¿estoy hablando demasiado? ¿Cree que echaré a perder las pruebas?

—No, no me lo parece —respondió Andy. Observó cómo Dick Albright vertía el agua de la jarra en un vaso.

—¿Usted también quiere beber? —inquirió Albright.

292

—No, gracias —contestó Andy, y súbitamente asestó un fuerte empujón—. ¿Por qué no le agrega un poco de tinta?

Albright volvió a mirarlo y después estiró la mano hacia la botella de «tinta». La levantó, la estudió y volvió a dejarla en su lugar.

—¿Pretende que le agregue *tinta*? Debe de estar loco.

Pynchot sonrió tanto después de la prueba como antes, pero no estaba satisfecho. Nada satisfecho. Andy tampoco lo estaba. Cuando había empujado en dirección a Albright no había experimentado aquella sensación de deslizamiento..., la curiosa sensación de *desdoblamiento* que generalmente acompañaba al empujón. Ni la jaqueca. Había encauzado toda su voluntad hacia el acto de sugerirle a Albright que sería muy razonable agregar tinta al agua, y Albright le había dado una respuesta igualmente razonable: que Andy estaba chiflado. No obstante el inmenso dolor que siempre le había causado su poder, tuvo un acceso de pánico al pensar que tal vez lo había perdido.

—¿Por qué quiere mantenerlo encubierto? —le preguntó Pynchot. Encendió un «Chesterfield» y sonrió—. No lo entiendo, Andy. ¿Qué *beneficio* le produce?

—Le repito por décima vez que no lo estaba reprimiendo. No fingía. Empujé con toda la fuerza posible. No sucedió nada, eso es todo.

Quería su píldora. Se sentía deprimido y nervioso. Todos los colores parecían demasiado brillantes, la luz demasiado intensa, las voces demasiado estridentes. Con las píldoras vivía mejor. Con las píldoras la indignación inútil por lo que había sucedido y la soledad que experimentaba por la ausencia de Charlie y su preocupación por lo que podía estar sucediéndole a su hija... se diluían y se convertían en sentimientos controlables.

—Temo no poder creerlo —manifestó Pynchot, y sonrió—. Piénselo mejor, Andy. No le pedimos que obligue a alguien arrojarse por un precipicio o a pegarse un tiro en la cabeza. Supongo que usted no estaba tan ansioso como decía por salir de este edificio.

Se levantó como si se dispusiera a irse.

—Escuche —exclamó Andy, sin poder impedir que

parte de la desesperación se reflejara en su voz—. Me gustaría tomar una de esas píldoras.

—¿De veras? Bueno, tal vez le interese saber que estoy reduciendo la dosis..., por si es el «Toracín» el que anula su poder. —Volvió a exhibir la sonrisa—. Claro está que si su poder reapareciera súbitamente.

—Hay un par de cosas que usted debe saber —lo interrumpió Andy—. En primer lugar, ese tipo estaba nervioso, a la expectativa. En segundo lugar, no era tan listo. Es mucho más difícil empujar a los viejos y a las personas con un coeficiente intelectual bajo o entre bajo y normal. Las personas inteligentes responden mejor.

—¿Eso es cierto? —preguntó Pynchot.

—Sí.

—¿Entonces por qué no me empuja a mí para que le dé una píldora ahora mismo? Mi coeficiente intelectual, verificado mediante tests, es de ciento cincuenta y cinco.

Andy lo había intentado... infructuosamente.

Finalmente consiguió que lo dejaran salir al aire libre, y finalmente también volvieron a aumentarle la dosis de la medicación... una vez convencidos de que realmente no fingía, de que, en verdad, se esforzaba desesperadamente por utilizar el empujón, sin ningún éxito. Independientemente el uno del otro, tanto Andy como el doctor Pynchot empezaron a preguntarse si no había perdido sus capacidades definitivamente durante la fuga que los había llevado a él y a Charlie de Nueva York al aeropuerto del condado de Albany y de éste a Hastings Glen. Si no había agotado sencillamente su talento. Y los dos se preguntaban si no se trataba de alguna suerte de bloqueo psicológico. El mismo Andy llegó a convencerse de que su talento se había esfumado por completo o de que sólo se trataba de un mecanismo de defensa: su mente se negaba a activar su poder porque sabía que eso podría matarlo. No había olvidado los puntos insensibles de la mejilla y el cuello, ni el ojo inyectado en sangre.

Fuera como fuere, el resultado era el mismo: un fracaso total. Al comprobar que se desvanecían sus sueños de convertirse en el primer hombre que había obtenido pruebas verificables y empíricas de la dominación mental parapsicológica, y de cubrirse así de gloria, Pynchot empezó a visitarlo cada vez con menos frecuencia.

Las pruebas continuaron durante los meses de mayo y junio, primero con voluntarios y después con sujetos totalmente desprevenidos. Pynchot fue el primero en admitir que no era muy ético recurrir a éstos, pero algunos de los experimentos iniciales con LSD tampoco habían sido totalmente éticos. Andy se maravilló de que, después de equiparar estas dos trasgresiones, Pynchot pareciera llegar a la conclusión de que todo era lícito. Tampoco importaba mucho, porque Andy no consiguió empujar a ninguno de estos sujetos.

Hacía un mes, inmediatamente después del 4 de julio, habían empezado a ponerlo a prueba con animales. Andy argumentó que empujar a un animal era aún más imposible que tratar de empujar a un subnormal, pero sus protestas no conmovieron a Pynchot y a su equipo, que a esa altura ya se conformaban con atenerse a las apariencias formales de una investigación científica. Y así, Andy se encontraba sentado una vez por semana en una habitación en compañía de un perro o un gato o un mono, y con la sensación de ser el protagonista de una novela del género absurdo. Recordaba al taxista que había mirado el billete de un dólar y había visto uno de quinientos. Recordaba a los ejecutivos tímidos a los que había conseguido encauzar apaciblemente por el camino de la confianza y la agresividad. Antes de trabajar con ellos había montado, en Port City, Pennsylvania, el Programa de Adelgazamiento, a cuyas clases asistían sobre todo amas de casa obesas adictas a los pasteles, la «Pepsi-Cola», y a cualquier sustancia que se pudiera meter entre dos rebanadas de pan. Éstas eran las cosas que llenaban un poco el vacío de sus vidas. Entonces había bastado empujar ligeramente, porque la mayoría de ellas querían rebajar realmente de peso. Él las había ayudado a lograrlo. También pensaba en lo que les había sucedido a los dos matones de la Tienda que habían secuestrado a Charlie.

Él *había* podido hacerlo, pero ya no. Incluso era difícil recordar lo que había sentido entonces. De modo que se sentaba en la habitación con perros que le lamían la mano y con gatos que ronroneaban y con monos que se rascaban melancólicamente el culo y que a veces le mostraban los dientes con unas sonrisas apocalípticas, erizadas de colmillos, unas sonrisas que se parecían procazmente a las de Pynchot, y por supuesto ninguno de esos animales hacía nada inusitado. Y más tarde lo llevaban a su apartamento, cuyas puertas carecían de picaportes, y sobre la repisa de la cocina encontraba una píldora azul en un plato blanco y al cabo de poco tiempo dejaría de sentirse nervioso y deprimido. Empezaría a sentirse a gusto una vez más. Y miraba una de las películas del sistema privado de vídeo —una de Clint Eastwood, si la conseguía— o quizá «The PTL Club». No lo preocupaba mucho haber perdido su talento y haberse convertido en una persona superflua.

5

En la tarde de la gran tormenta estaba sentado mirando «The PTL Club». Una mujer cuya permanente parecía una colmena le explicaba al entrevistador cómo el poder de Dios le había curado de la enfermedad de Bright. Andy estaba fascinado. Su peinado refulgía bajo las luces del estudio como la pata barnizada de una mesa. Parecía una viajera del tiempo llegada del año 1963. Éste era uno de los elementos que lo cautivaban en «The PTL Club», junto con la charlatanería desvergonzada a la que recurrían para recaudar dinero en nombre de Dios. Andy escuchaba esos camelos recitados por jóvenes adustos elegantemente vestidos y recordaba, azorado, cómo Cristo había expulsado a los mercaderes del templo. Y *todas* las personas que participaban en ese programa parecían viajeros del tiempo llegados del año 1963.

La mujer terminó de narrar cómo Dios la había salvado de temblar hasta desarticularse. Antes, un actor que había sido famoso a comienzos de la década de los cincuenta había contado cómo Dios lo había rescatado del alcohol. En ese momento la mujer del peinado en forma de colmena se echó a llorar y el actor otrora célebre la abrazó. La cámara se acercó para tomar un primer plano. En el fondo, los PTL Singers empezaron a tararear. Andy cambió ligeramente de posición en la silla. Casi era hora de tomar la píldora.

Se daba cuenta, vagamente, de que la medicación sólo era responsable en parte de los cambios peculiares que había experimentado durante los últimos cinco meses, cambios de los cuales su ligero aumento de peso sólo era un síntoma externo. Cuando la Tienda le había quitado a Charlie, lo había privado del único soporte sólido que le quedaba en la vida. Sin Charlie —oh, indudablemente estaba cerca, pero tanto habría dado que estuviera en la luna— no parecía tener ningún motivo para salvaguardar su integridad.

Para colmo, la huida constante le había producido una variante del *shock* bélico. Había pasado tanto tiempo en la cuerda floja que, cuando por fin había caído, había caído en un letargo total. En verdad, creía haber sufrido una forma muy sosegada de colapso nervioso. Ni siquiera estaba seguro de que, *si volvía* a ver a Charlie, ésta lo reconociera como la misma persona que había sido antes, y eso le afligía.

Nunca había hecho ningún esfuerzo para engañar a Pynchot ni para hacer trampas en las pruebas. No pensaba realmente que esto pudiera repercutir sobre Charlie, pero tampoco se había atrevido a correr el menor riesgo de que ello sucediera. Y resultaba más fácil hacer lo que ellos querían. Se había convertido en un ser pasivo. Había agotado su furia al gritar en el porche de la casa del Abuelo, mientras acunaba a su hija con el dardo clavado en el cuello. Ya no le quedaba más indignación. Había descargado su última reserva.

Éste era el estado de ánimo de Andy McGee mientras veía la televisión aquel 19 de agosto, en tanto la tormenta avanzaba sobre las colinas circundantes. El animador del programa «PTL» soltó la arenga de las donaciones y después presentó a un trío evangélico.

El trío empezó a cantar y entonces las luces se apagaron de pronto.

El televisor también se apagó, y la imagen se contrajo hasta reducirse a un punto brillante. Andy se quedó sentado en la silla, inmóvil, sin saber muy bien qué había ocurrido. Su mente dispuso del tiempo justo para captar la sobrecogedora totalidad de las tinieblas y entonces las luces se encendieron nuevamente. El trío evangélico reapareció, cantando «Me telefonearon desde el Cielo y Jesús estaba en la línea». Andy lanzó un suspiro de alivio y en ese momento volvieron a apagarse las luces.

Siguió sentado, sujetando los brazos de la silla como si pudiera echarse a volar en caso de que los soltara. Mantuvo la vista desesperadamente fija en el punto brillante de la pantalla aun después de saber que se había extinguido y que sólo veía una imagen que subsistía únicamente en su retina... o en sus deseos.

Volverá dentro de uno o dos segundos —se dijo—. *En alguna parte debe de haber generadores de refuerzo. Nadie confía en la red central de energía doméstica para alimentar un lugar como éste.*

De todas formas estaba asustado. Repentinamente empezó a evocar las historias de aventuras juveniles de su infancia. En más de una de ellas se producía un incidente en alguna caverna al apagarse las luces o las velas. Y el autor parecía poner siempre gran empeño en describir la oscuridad como algo «palpable» o «absoluto» o «total». Incluso existía aquella vieja muletilla de «la oscuridad viviente», como en «la oscuridad viviente envolvió a Tom y a sus amigos». Si todo aquello había sido escrito con el propósito de impresionar a Andy McGee cuando tenía nueve años, el resultado había sido nulo. Por lo que a él concernía, si deseaba ser «devorado por la oscuridad viviente» le bastaba con meterse en el armario y extender una manta a lo largo de la rendija que había al pie de la puerta. Al fin y al cabo, la oscuridad era la oscuridad.

Ahora se dio cuenta de su error. No era el único que había cometido en su infancia, pero sí era tal vez el último del que tomaba conciencia. Habría preferido prescindir de esta comprobación, porque la oscuridad *no era* la oscuridad. Nunca en su vida había estado en una oscuridad como ésa. Si no hubiera sido por la sensación de la silla debajo de sus posaderas y bajo sus manos, podría haber estado flotando en un tenebroso abismo interestelar imaginado por Lovecraft. Levantó una mano y la sostuvo frente a sus ojos. Y aunque sintió que la palma le tocaba la nariz, no pudo verla.

Alejó la mano de su cara y volvió a cerrarla sobre el brazo de la silla. El corazón había empezado a palpitarle rápida y entrecortadamente en el pecho. Fuera, alguien gritó con voz ronca: «¡Richie! ¿Dónde mierda estás?», y Andy se acurrucó contra el respaldo de la silla como si lo hubieran amenazado. Se humedeció los labios.

La luz volverá dentro de uno o dos segundos —pensó, pero una zona asustada de su mente que se resistía a dejarse consolar por simples argumentos racionales preguntó—: *¿Cuánto duran un segundo o dos, o un minuto o dos, en la oscuridad total? ¿Cómo se mide el tiempo en la oscuridad total?*

Afuera, más allá de su «apartamento», algo cayó y alguien lanzó un grito de dolor y sorpresa. Andy volvió a replegarse y dejó escapar un gemido trémulo. Eso no le gustaba. Eso no estaba bien.

Bueno, si tardan más de unos minutos en repararlo, en montar de nuevo los interruptores o lo que sea..., vendrán a sacarme de aquí. Tendrán que hacerlo.

Incluso la zona asustada de su mente, la zona que estaba al borde del desvarío, admitió la lógica de este razonamiento, y Andy se distendió un poco. Al fin y al cabo, no era más que la *oscuridad*. Sólo eso: la falta de luz. No se trataba de que en la oscuridad hubiera *monstruos* o algo parecido.

Tenía mucha sed. Se preguntó si se atrevería a levantarse para ir a sacar una lata de *ginger ale* de la nevera. Llegó a la conclusión de que podría hacerlo si se movía con mucha cautela. Se levantó, avanzó dos pasos arrastrando los pies, y en seguida se golpeó la espinilla contra el borde de una mesita. Se agachó y se la frotó, con los ojos humedecidos por el dolor.

Eso también se parecía a la infancia. Había jugado al «hombre ciego», como suponía que lo habían hecho todos los niños. Tratabas de ir de un extremo de la casa al otro con un pañuelo u otra cosa ceñido alrededor de los ojos. Y todos pensaban que era sencillamente el colmo de la diversión cuando caías sobre un escabel o cuando tropezabas con el escalón que separaba el comedor de la cocina. El juego podía enseñarte una lección dolorosa acerca de lo poco que recordabas realmente sobre la disposición de tu casa presuntamente familiar y acerca de la confianza que depositabas en tus ojos en detrimento de la memoria. Y el juego podía hacer que te preguntaras cómo diablos vivirías si te quedabas ciego.

Pero no me pasará nada —pensó Andy—. *No me pasará nada si lo tomo todo con calma y paciencia.*

Contorneó la mesita y después empezó a arrastrar los pies lentamente por el espacio abierto de la sala, con los brazos frente a él. Era gracioso que el espacio abierto pudiera parecer tan amenazador en la oscuridad. *Probablemente las luces se encenderán en este mismo momento y me reiré como un loco de mí mismo. Me....*

—¡Ay!

Sus dedos estirados chocaron con la pared y se doblaron dolorosamente hacia atrás. Algo cayó: el cuadro del granero y el campo de heno, estilo Wyeth, que colgaba de la puerta de la cocina, supuso. Pasó zumbando junto a él, como el filo de una espada en las tinieblas, y se estrelló contra el suelo. El ruido fue alarmantemente fuerte.

Se quedó quieto, sosteniendo sus dedos doloridos, sintiendo las palpitaciones de su espinilla despellejada. El miedo le trababa la lengua.

—¡Eh! —gritó—. ¡Eh, muchachos, no se olviden de mí!

Esperó y escuchó. No obtuvo respuesta. Seguía oyendo ruidos y voces, pero ahora estaban más lejos. Si se alejaban mucho más, quedaría sumido en el silencio total.

Me han olvidado por completo, pensó, y su miedo se intensificó.

Su corazón se había disparado. Sintió un sudor frío en los brazos y la frente, y de pronto recordó aquella vez que se había internado demasiado en la laguna Tashmore, y se había cansado, había empezado a manotear y vociferar, seguro de que iba a morir..., pero al estirar el pie hacia abajo había tocado el fondo, y el agua sólo le llegaba hasta la tetilla. ¿Dónde estaba el fondo ahora? Se pasó la lengua por los labios resecos, pero también estaba seca.

—¡Eh! —gritó con todas sus fuerzas, y el timbre despavorido de su voz lo aterrorizó aún más. Tenía que controlarse. Ahora estaba a un paso del pánico total, revolviéndose insensatamente y aullando de forma estentórea. Todo porque había saltado un fusible.

Oh, malditos sean, ¿por qué tuvo que suceder precisamente cuando era la hora de tomar la píldora? Si hubiera tomado la píldora me sentiría perfectamente. Jesús me siento como si tuviera la cabeza llena de vidrio molido...

Se quedó donde estaba, jadeando fuertemente. Había enfilado hacia la puerta de la cocina, había equivocado el rumbo y había chocado con la pared. Ahora se sentía totalmente desorientado y ni siquiera recordaba si el estúpido cuadro del granero había estado colgado a la derecha o a la izquierda de la puerta. Lamentó, angustiado, no haberse quedado en la silla.

—Contrólate —murmuró con voz audible—. Contrólate.

Se daba cuenta de que no era *sólo* pánico. Era la carencia de la píldora, de la píldora de la que dependía. Claro que no era justo que eso hubiera sucedido a la hora de tomar la píldora.

—Contrólate —volvió a murmurar.

El *ginger ale*. Tenía que conseguir el *ginger ale* y por Dios que lo conseguiría. Tenía que fijar la mente en algo. Ésta era la clave, y el *ginger ale* le serviría tan bien como cualquier otra cosa.

Empezó a desplazarse nuevamente, hacia la izquierda, y en seguida tropezó con el cuadro que se había desprendido de la pared.

Andy gritó y cayó, agitando infructuosamente los brazos en un movimiento frenético, para recuperar el equilibrio. Se golpeó violentamente la cabeza y volvió a gritar.

Ahora estaba muy asustado. Ayúdenme, pensó. Que alguien me ayude, que alguien me alcance una vela, por el amor de Dios, algo, tengo miedo...

Se echó a llorar. Sus dedos palparon a tientas algo espeso y húmedo —sangre— sobre el costado de la cabeza, y se preguntó con alelado terror si sería grave.

—¿*Dónde están ustedes?* —vociferó. No obtuvo respuesta. Oyó, o creyó oír, un único grito lejano, y después se hizo el silencio. Sus dedos encontraron el cuadro con el que había tropezado y lo arrojó al otro extremo de la habitación, furioso con el objeto inanimado por el daño que le había hecho. El cuadro se estrelló contra la mesita contigua al sofá y derribó la lámpara ahora inútil que descansaba allí. La bombilla estalló en un ruido hueco, y Andy volvió a gritar. Se palpó el costado de la cabeza. Ahora allí había más sangre. Le chorreaba por la mejilla formando pequeños hilos.

Empezó a avanzar a gatas, resollando, con una mano estirada para tantear la pared. Cuando su solidez terminó bruscamente en el vacío, replegó al mismo tiempo el aliento y la mano, como si esperara que algún elemento avieso saliera reptando de las tinieblas y lo atrapara. Sus labios succionaron aire con un ruidito sibilante. Por un solo segundo se reencontró con la totalidad de su infancia y oyó el susurro de los duendes que convergían ávidamente hacia él.

—Sólo la puerta de la cocina, me cago en Dios —musitó entrecortadamente—. Eso sólo.

La atravesó arrastrándose. La nevera estaba a la derecha y empezó a avanzar hacia allí, arrastrándose lentamente y respirando de prisa, con las manos enfriadas por el contacto con los azulejos.

Algo cayó con estrépito un piso más arriba, a la altura de su cabeza. Andy se incorporó espasmódicamente sobre las rodillas. Perdió la compostura y se desorientó. Empezó a aullar «¡*Socorro! ¡Socorro! ¡Socorro!*» una y otra vez, hasta quedarse ronco. Nunca habría de saber cuánto tiempo pasó vociferando allí, a cuatro patas dentro de la cocina oscura.

Por fin se calló y trató de dominarse. Sus manos y sus brazos temblaban incontrolablemente. El golpe le había dejado la cabeza dolorida, pero la hemorragia parecía haber cesado. Eso era un poco tranquilizador. Sentía la garganta ardiente y le escocía de tanto gritar. Lo cual le hizo pensar nuevamente en el *ginger ale*.

Empezó a arrastrarse una vez más y encontró la nevera sin otros contratiempos. La abrió (esperando absurdamente que se encendiera la luz interior con su habitual resplandor blanco escarchado) y tanteó dentro de la cavidad oscura y fría hasta encontrar una lata con una lengüeta de apertura en la parte superior. Cerró la puerta de la nevera y se apoyó contra ella. Abrió la lata y bebió la mitad de su contenido de una sola vez. Su garganta lo bendijo por esto.

Entonces se le ocurrió una idea y se le congeló la garganta.

El edificio se ha incendiado —le informó su mente con falsa serenidad—. *Por eso nadie viene a sacarte de aquí. Lo están evacuando. Tú, ahora..., eres prescindible*.

Esta idea le produjo una crisis extrema de terror claustrofóbico que estaba más allá del pánico. Sencillamente se replegó contra la nevera, con los labios crispados en un rictus. Se le aflojaron las piernas. Por un momento incluso imaginó oler el humo, y una tromba de calor pareció arrollarlo. La lata de gaseosa se deslizó entre sus dedos y vertió su contenido en el suelo con un gorgoteo, mojándole los pantalones.

Andy se quedó sentado en medio del charco, gimoteando.

6

John Rainbird pensó más tarde que eso no podría haber salido mejor si lo hubieran planeado..., y si esos psicólogos de pacotilla no hubiesen sido unos incompetentes, claro que lo *habrían* planeado. Pero tal como sucedieron las cosas, fue sólo el hecho casual y afortunado de que el apagón se produjera cuando se produjo lo que le permitió meter finalmente su escoplo bajo un ángulo del acero psicológico que blindaba a Charlie McGee. La buena fortuna y su propia intuición sagaz.

Entró en los aposentos de Charlie a las tres y media, precisamente cuando la tormenta empezaba a desencadenarse. Empujaba un carrito no muy distinto de los que empujan la mayoría de las criadas de los hoteles y moteles cuando van de habitación en habitación. Contenía sábanas y fundas de almohada limpias, cera para muebles y un preparado jabonoso para quitar las manchas de las alfombras. También llevaba encima un cubo y un lampazo. Había un aspirador adosado a un extremo del carrito.

Charlie estaba sentada en el suelo delante del sofá, y tenía puestos unos leotardos de color azul intenso y nada más. Sus largas piernas se hallaban cruzadas en la posición de loto. Se sentaba así a menudo. Un extraño habría pensado que estaba drogada, pero Rainbird sabía que no. Seguían administrándole una medicación ligera, pero ahora la dosis era poco más que un placebo. Todos los psicólogos coincidían en pensar, descorazonados, que hablaba en serio cuando decía que nunca volvería a encender fuego. En un principio, el objetivo, al administrarle las drogas, había sido el de impedir que se abriera paso mediante un incendio, pero ahora parecía seguro que no haría esto... ni ninguna otra cosa.

—Hola, nena —saludó Rainbird. Desprendió el aspirador del carrito.

Ella lo miró pero no contestó. Rainbird conectó el aspirador y, cuando lo puso en funcionamiento, Charlie se levantó elegantemente y se metió en el cuarto de baño. Cerró la puerta.

Rainbird siguió pasando el aspirador por la alfombra. No tenía ningún plan fijo. Sólo se trataba de buscar pequeños signos y señales, aferrarse a ellos y dejarse guiar. Sentía una admiración acendrada por esa chica. Su padre se estaba tansformando en un budín apático. Los psicólogos tenían su propio vocabulario para diagnosticarlo «*shock* de dependencia» y «pérdida de identidad» y «fuga mental» y «ligera disfunción de la realidad»— pero todo eso se sintetizaba en el hecho de que había capitulado y ya se le podía borrar de la ecuación. A la chica no le había pasado nada de eso. Sencillamente, se había replegado en sí misma. Y Rainbird nunca se había sentido tan auténticamente indio como cuando estaba en compañía de Charlie McGee.

Pasaba el aspirador y esperaba que ella saliera..., a lo mejor. Le parecía que últimamente salía del baño con un poco más de frecuencia. Al principio siempre se había escondido más allí hasta que él se iba. Ahora a veces salía y lo miraba. Quizás ese día también lo haría. Quizá no. Él esperaría. Y estaría alerta a los signos.

7

Charlie estaba sentada en el baño con la puerta cerrada. Habría cerrado con llave si hubiera podido. Antes de que el ordenanza entrara a limpiar, había estado haciendo unos ejercicios sencillos que había encontrado en un libro. El ordenanza venía para mantener el orden. Ahora el asiento del inodoro le producía una sensación de frío, debajo de ella. La luz blanca de los tubos fluorescentes que circundaban el espejo del baño hacía que todo pareciera frío, y demasiado brillante.

Al principio había tenido una «acompañante» que convivía con ella, una mujer de unos cuarenta y cinco años. Se suponía que debía ser «maternal», pero la «acompañante maternal» tenía ojos verdes y duros con pequeñas vetas en el iris. Las vetas parecían de hielo. Ésas eran las personas que habían matado a su verdadera madre, y ahora pretendían que conviviera allí con la «acompañante maternal». Charlie les dijo que no quería a la «acompañante maternal». Le sonrieron. Entonces Charlie se calló y no volvió a pronunciar una palabra hasta que la «acompañante maternal» se hubo marchado, llevándose consigo sus ojos verdes con vetas de hielo. Había concertado un pacto con ese fulano Hockstetter: contestaría sus preguntas, y sólo las suyas, si sacaba de allí a la «acompañante maternal». El único acompañante que quería era su padre, y si no podía tenerlo a él prefería estar sola.

En muchos sentidos pensaba que los últimos cinco meses (le decían que habían pasado cinco meses; ella no tenía conciencia de eso) habían sido un sueño. No tenía con qué medir el tiempo. Las caras entraban y salían sin el acompañamiento de recuerdos, desprovistos de cuerpo como si fueran globos flotantes, y la comida carecía de un sabor específico. A veces ella misma se sentía como si fuera un globo. Se sentía como si flotara. Pero su mente le decía que, en cierta forma, esto era justo. Ella era una asesina. Había violado el más inexorable de los Diez Mandamientos y seguramente estaba condenada al infierno.

Pensaba en ello por la noche, con las luces atenuadas hasta que el apartamento mismo parecía un sueño. Lo veía todo. Los hombres de la galería coronados por las llamas. La explosión de los coches. Las gallinas abrasadas. El olor de las cosas quemadas, que era siempre el olor del relleno chamuscado, el olor de su osito.

(*y le habían gustado*)

Eso era; en eso residía el problema. Cuanto más lo había hecho más le había gustado. Cuanto más lo había hecho más capaz había sido de experimentar el poder, algo vivo, cada vez más fuerte. Era como una pirámide invertida, apoyada sobre el vértice, y cuanto más lo hacías más difícil te resultaba interrumpirlo. *Dolía* interrumpirlo.

(*y era divertido*)

y por ello no volvería a hacerlo. Moriría allí antes que volver a hacerlo. Quizás incluso deseaba morir allí. La idea de morir en un sueño no la asustaba en absoluto.

Las únicas dos caras que no estaban totalmente disociadas eran la de Hockstetter y la del ordenanza que venía a limpiar su apartamento todos los días. Charlie le había preguntado una vez por qué venía todos los días, puesto que ella no era tan sucia.

John —así se llamaba— había sacado un viejo bloc ajado del bolsillo posterior y un bolígrafo barato del bolsillo anterior.

—Ése es mi deber, nena —había dicho. Y había escrito en el papel: *Porque son pura mierda, ¿por qué, si no?*

Ella casi había dejado escapar una risita, pero se había contenido a tiempo al pensar en los hombres coronados de fuego, en los hombres que olían como ositos quemados. Había sido peligroso reír. Así que sencillamente fingió no haber visto la nota o no haberla entendido. La cara del ordenanza era monstruosa. Usaba un parche sobre un ojo. Ella le tenía lástima y una vez casi le había preguntado qué le había sucedido, si había sufrido un accidente de coche o algo parecido, pero eso habría sido más peligroso que reírse al leer su nota. No sabía por qué, pero lo sentía en todas sus fibras.

Su cara tenía un aspecto horrible, pero parecía bastante simpático, y la cara no era peor que la del pequeño Chuckie Eberhardt, allá en Harrison. La madre de Chuckie estaba friendo patatas cuando Chuckie tenía tres años y él se había volcado encima de la sartén llena de grasa hirviente y casi había muerto. Después los otros chicos lo llamaban a veces Chuckie *Hamburguesa* y Chuckie *Frankenstein*, y Chuckie lloraba. Era una infamia. Los otros chicos no parecían entender que eso podía pasarle a cualquiera. A los tres años no tienes mucho material en la sesera.

La cara de John estaba totalmente espachurrada, pero esto no la asustaba. El rostro que la asustaba era el de Hockstetter, aunque —exceptuando los ojos— era tan vulgar como cualquier otro. Sus ojos eran aún peores que los de la «acompañante maternal». Siempre hurgaba con ellos dentro de ti. Hockstetter quería instalar a generar fuego. Se lo pedía constantemente. La llevaba a una habitación, y a veces había trozos de periódico estrujados, otras veces había platos llenos de aceite, y a veces había otras cosas. Pero no obstante todas las preguntas y todas las falsas muestras de comprensión, siempre desembocaba en lo mismo: enciende esto, Charlie.

Hockstetter la asustaba. Intuía que él tenía toda clase de... de...

(*cosas*)

que podía utilizar para obligarla a generar fuego. Pero no lo haría. Aunque temía llegar a hacerlo. Hockstetter se valdría de cualquier medio. No jugaba limpio, y una noche Charlie tuvo un sueño, y en este sueño había abrasado a Hockstetter y se despertó con las manos metidas en la boca para ahogar un alarido.

Un día, para posponer la inevitable petición, le preguntó cuándo podría ver a su padre. Pensaba mucho en eso pero no lo había preguntado antes porque sabía cuál sería la respuesta. Sin embargo, ese día se sentía particularmente cansada y descorazonada, y se le soltó la lengua.

—Charlie, creo que sabes la respuesta —contestó Hockstetter. Le señaló la mesa que había en la habitación. Sobre la mesa descansaba una bandeja llena de virutas enroscadas—. Si las inflamas, te llevaré inmediatamente a ver a tu padre. Podrás pasar dos minutos con él. —Debajo de sus ojos fríos y escrutadores, la boca de Hockstetter se ensanchó para exhibir una sonrisa de aparente camaradería—. ¿Qué me dices?

—Deme un fósforo —murmuró Charlie, al borde del llanto—. Les prenderé fuego.

—Puedes inflamarlas con sólo pensar en ello. Tú lo sabes.

—No. No puedo. Y aunque pudiera, no lo haría. Es algo malo.

Hockstetter la miró tristemente, y la sonrisa de camaradería se desvaneció.

—Charlie, ¿por qué te martirizas así? ¿No quieres ver a tu papá? Él quiere verte a ti. Me pidió que te dijera que puedes hacerlo.

Y entonces *sí* lloró, lloró desconsolada durante un largo rato, porque quería ver a su padre, y no pasaba un minuto sin que sus pensamientos volaran hacia él, todos los días, sin que lo echara de menos, sin que deseara sentir cómo la rodeaba con sus fuertes brazos. Hockstetter miró cómo lloraba y sus facciones no reflejaron compasión, ni pena, ni bondad. Pero sí un cálculo diligente. Oh, cómo lo odiaba.

Eso había sucedido hacía tres semanas. Desde entonces se había empecinado en no mencionar a su padre, aunque Hockstetter no cesaba de usarlo como señuelo, diciéndole que estaba triste, que la autorizaba a prender fuego, y peor aún, que le había confiado la sospecha de que Charlie ya no lo amaba.

Contempló su rostro pálido en el espejo del baño y escuchó el zumbido sistemático del aspirador de John. Cuando terminara esta operación, cambiaría las sábanas. Después quitaría el polvo. Y entonces se iría. De pronto deseó que no se fuera, quiso oírlo hablar.

Al principio ella siempre se encerraba en el baño y se quedaba allí hasta que él se iba, y una vez él había detenido el aspirador y había golpeado la puerta del baño, preguntando, inquieto: «¿Nena? ¿Te sientes bien? ¿No estás enferma, ¿verdad?»

Su voz era tan amable —y la amabilidad, la simple amabilidad, era muy difícil de encontrar allí— que Charlie tuvo que hacer un esfuerzo para hablar con un tono sereno y circunspecto, porque las lágrimas amenazaban con brotar nuevamente. «Sí..., estoy bien.»

Esperó, preguntándose si John intentaría ir más lejos, si intentaría penetrar en ella como los otros, pero sencillamente se alejó y volvió a poner en marcha el aspirador. En cierta manera se sintió desencantada.

Otra vez John estaba fregando el suelo y cuando ella salió del cuarto de baño le dijo, sin levantar la vista: «Ten cuidado con el suelo húmedo, nena. Podrías fracturarte un brazo.» Esto fue todo, pero nuevamente la sorpresa la colocó al borde del llanto: ésa era una muestra de consideración, tan simple y directa que era inconsciente.

Últimamente salía cada vez más a menudo del baño para mirarlo. Para mirarlo... y para ecucharlo. A veces él le formulaba preguntas, pero éstas nunca eran amenazantes. De todas maneras, la mayoría de las veces Charlie no contestaba, sólo por una cuestión de principio. John hablaba de los tantos que marcaba jugando a los bolos, de su perro, de su televisor que se había averiado y que no podría hacer reparar antes de un par de semanas porque pedían mucho dinero por unas válvulas minúsculas.

Charlie suponía que se sentía solo. Con semejante cara, probablemente no tenía esposa ni nada. Le gustaba escucharlo porque él era como un túnel secreto que la comunicaba con el exterior. Su voz era baja, musical, y a veces errabunda. Nunca perentoria e inquisitiva, como la de Hockstetter. No pedía respuesta, aparentemente.

Se bajó de la tapa del inodoro y se encaminó hacia la puerta y fue entonces cuando se apagaron las luces. Se quedó donde estaba, intrigada, con una mano sobre el picaporte y la cabeza ladeada. Pensó inmediatamente que se trataba de una treta. Oyó el zumbido agonizante del aspirador de John y a continuación su voz:

—Bueno, ¿y ahora qué?

Las luces volvieron a encenderse. Charlie no se movió de donde estaba. El aspirador se activó nuevamente. Unas pisadas se acercaron a la puerta y John preguntó:

—¿Allí dentro las luces se apagaron por un segundo?

—Sí.

—Supongo que ha sido la tormenta.

—¿Qué tormenta?

—Cuando vine a trabajar parecía amenazar tormenta. Había grandes nubarrones.

Parecía amenazar tormenta. Afuera. Deseó poder salir y ver los grandes nubarrones. Oler el extraño aroma que impregnaba el aire antes de una borrasca de verano. Ese aroma lluvioso, húmedo. Todo parecía...

Las luces volvieron a apagarse.

El aspirador enmudeció. La oscuridad era total. El único contacto de ella con el mundo se lo daba su mano apoyada sobre el picaporte de cromo lustrado.

Empezó a darse golpecitos pensativos con la punta de la lengua contra el labio superior.

—¿Nena?

310

No contestó. ¿Una tetra? Tormenta, había dicho John. Le creía. A John le creía. Era sorprendente y alarmante descubrir que, después de tanto tiempo, creía a alguien.

—¿*Nena*? —Era nuevamente él. Y esta vez parecía... asustado.

Su propio miedo a la oscuridad, que sólo había empezado a infiltrarse en ella, se sublimó en el de él.

—¿Qué pasa, John? —Abrió la puerta y tanteó delante de ella. No salió, aún no. Temía tropezar con el aspirador.

—¿Qué ha sucedido? —Ahora en la voz de él había un atisbo de pánico. Esto la asustó—. ¿Dónde están las luces?

—Se apagaron —respondió Charlie—. Tú dijiste..., la tormenta.

—No soporto la oscuridad —exclamó él. Su tono destilaba terror y una especie de disculpa grotesca—. Tú no entiendes. No puedo... Debo salir...

Lo oyó emprender una carrera torpe a través de la sala de estar, y después se produjo un estrépito fuerte y alarmante cuando cayó encima de algo. Muy probablemente la mesilla. John lanzó un grito desconsolado y esto la asustó aún más.

—¿John? ¡John! ¿Te encuentras bien?

—¡Tengo que salir! —vociferó—. ¡Diles que me dejen salir, nena!

—¿Qué pasa?

No tuvo respuesta, no por un largo rato. Hasta que oyó un gemido débil, ahogado, y se dio cuenta de que John estaba llorando.

—Ayúdenme —dijo entonces, y Charlie permaneció en el umbral del baño, tratando de decidirse. Una parte de su miedo ya se había transformado en compasión, pero otra parte, dura y rutilante, seguía dudando—. Ayúdenme, oh, que alguien me ayude —insistió él en voz baja, tan baja como si esperara que nadie lo oyese o le hiciese caso. Y esto fue lo que la decidió. Empezó a avanzar lentamente, a tientas, a través de la habitación, en dirección a él, con las manos estiradas hacia delante.

8

Rainbird la oyó acercarse y no pudo contener una sonrisa en la oscuridad, una sonrisa cruel, desprovista de humor, que cubrió con la palma de su mano por si la luz volvía a encenderse en ese preciso instante.

—¿John?

Él forzó una voz de intensa zozobra a través de su sonrisa.

—Lo siento, nena. Es sólo... la oscuridad. No puedo soportarla. Se parece al lugar donde me encerraron después de capturarme.

—¿Quién te encerró?

—Los Vietcong.

Ahora estaba más cerca. La sonrisa se borró de su rostro y empezó a amoldarse al papel. *Asustado. Estás asustado porque los Vietcong te metieron en un hoyo subterráneo después de que una de sus minas te voló casi toda la cara... y te retuvieron allí... y ahora necesitas una amiga.*

Hasta cierto punto ese papel era auténtico. Lo único que debía hacerle creer era que la inmensa excitación que le producía esa oportunidad imprevista era un miedo igualmente inmenso. Y por supuesto *tenía* miedo..., miedo de estropearlo todo. Comparado con esto, el disparo de la ampolla de «Orasín» desde el árbol había sido un juego de niños. La intuición de ella estaba letalmente aguzada. La transpiración nerviosa le chorreaba a mares.

—¿Quiénes son los Vietcong? —preguntó Charlie, ahora muy cerca. La mano de ella le rozó ligeramente la cara y él la sujetó. Charlie dejó escapar una exclamación de sobresalto.

—Eh, no te asustes. Sólo se trata de que...

—Tú..., eso duele. Me estás lastimando.

Era el tono justo. Ella también estaba asustada, asustada en la oscuridad y de él... Pero también estaba preocupada por él. Quiso hacerle sentir que podía servir de sostén a un hombre que se ahogaba.

—Disculpa, nena. —Aflojó la presión pero no la soltó—. Sólo te pido que... ¿Puedes sentarte a mi lado?

—Claro que sí. —Charlie se sentó, y él respingó al oír el leve impacto de su cuerpo contra el suelo. Afuera, muy lejos, alguien le gritó algo a alguien.

—¡Sáquennos de aquí! —vociferó Rainbird inmediatamente—. ¡Sáquennos de aquí! ¡Eh, sáquennos de aquí! ¡Eh, sáquennos de aquí! ¡Aquí hay gente!

—Basta —lo interrumpió Charlie, alarmada—. No nos pasará nada malo..., quiero decir, ¿no nos pasará, verdad?

El cerebro de él, esa máquina supersintonizada, repiqueteaba a toda velocidad, escribiendo el guión, siempre tres o cuatro líneas por delante, lo suficiente para estar a salvo, pero sin caer en excesos que pudieran destruir la vehemente espontaneidad. Se preguntaba sobre todo de cuánto tiempo disponía, de cuánto tiempo disponía antes de que volvieran a encenderse las luces. Se dijo, precavidamente, que no debía alimentar demasiadas expectativas o esperanzas. Había metido el escoplo bajo el borde de la caja. Todo lo demás vendría por añadidura.

—No, supongo que no —respondió—. Es sólo la oscuridad, nada más. Ni siquiera tengo una jodida cerilla para... Oh, lo siento, nena. Se me escapó.

—No te preocupes. A veces mi padre dice esa palabra. Una vez cuando estaba reparando mi carrito en el garaje se pegó un martillazo en la mano y la repitió cinco o seis veces. Y no fue la única. —Éste era el discurso más largo que había pronunciado hasta ese día en presencia de Rainbird—. ¿Vendrán a sacarnos pronto de aquí?

—No podrán hacerlo hasta que vuelva la corriente —explicó, compungido por fuera, regocijado por dentro—. Todas estas puertas, nena, tienen cerraduras eléctricas. Están programadas para cerrarse herméticamente cuando se corta la corriente. Te tienen en una jo..., te tienen en una celda, nena. Parece un lindo apartamento, pero tanto daría que estuvieses en la cárcel.

—Lo sé —asintió Charlie parsimoniosamente. Él seguía reteniéndole la mano con fuerza, pero ahora a ella no parecía molestarle mucho—. No deberías decir eso, sin embargo. Creo que ellos nos escuchan.

¡*Ellos*! —pensó Rainbird, y lo recorrió una cálida oleada de júbilo. Se dio cuenta vagamente que desde hacía diez años no experimentaba una emoción tan violenta—. ¡*Ellos*! *¡Hablaba de ellos!*

Sintió que su escoplo penetraba más profundamente debajo del ángulo de esa caja que era Charlie McGee, y volvió a estrujarle involuntariamente la mano.

—¡Ay!

—Disculpa, nena —murmuró, aflojando la presión—. Sé muy bien que nos escuchan. Pero no ahora, con el apagón. Oh, nena, esto no me gusta nada. ¡Tengo que salir de aquí! —Empezó a temblar.

—¿Quiénes son los Vietcong?

—¿No lo sabes...? No, supongo que eres demasiado joven. Fue la guerra, nena. La guerra de Vietnam. Los Vietcong eran los malos. Vestían pijamas negros. En la jungla. Sabes lo que fue la guerra de Vietnam, ¿no es cierto?

Lo sabía... vagamente.

—Estábamos patrullando la zona y caímos en una emboscada —explicó.

Esto era cierto, pero ahí mismo se bifurcaban los caminos de John Rainbird y la verdad. No hacía falta desconcertar a Charlie contándole que estaban todos dopados: la mayoría de los reclutas con la hierba roja camboyana, y el teniente titulado en West Point, que estaba a sólo un paso del límite entre el mundo de la cordura y el de la locura, con los botones de peyote que mascaba cada vez que salían a patrullar. Una vez Rainbird había visto cómo el teniente acribillaba a una mujer embarazada con un fusil semiautomático y había visto cómo el feto de seis meses saltaba desintegrado de su cuerpo. Eso, les había informado más tarde el teniente, era lo que se conocía por el nombre de Técnica Abortiva de West Point. De modo que cuando volvían a su base habían caído realmente en una emboscada, pero quienes la habían tendido habían sido sus propios camaradas, aún más dopados que ellos, y cuatro tipos habían muerto espachurrados. Rainbird no creyó necesario contárselo a Charlie, ni contarle que la mina que le había pulverizado la mitad de la cara procedía de una fábrica de municiones de Maryland.

—Sólo sobrevivimos seis. Echamos a correr. Corrimos a través de la jungla y supongo que nos perdimos. ¿Equivocamos el rumbo? ¿O no? En esa guerra demencial no sabías cuál era el rumbo correcto porque no había auténticos frentes de combate. Me separé involuntariamente de mis compañeros. Aún estaba tratando de encontrar un tramo de terreno conocido, cuando pisé una mina. Eso fue lo que le sucedió a mi cara.

—Lo siento mucho —dijo Charlie.

—Cuando desperté, *ellos* me tenían prisionero —continuó Rainbird, que ya se había internado en el mundo quimérico de la ficción total. En realidad, había recuperado el conocimiento en un hospital militar de Saigón, con un equipo de goteo intravenoso inyectado en el brazo—. Se negaron a darme tratamiento médico, ni nada parecido, hasta que contestara sus preguntas.

Ahora con prudencia. Intuía que si obraba con prudencia todo saldría bien.

Levantó la voz, azorado y amargado.

—Preguntas, siempre preguntas. Querían que les hablara de los movimientos de tropas, de los suministros, del despliegue de la infantería..., de todo. No cejaban nunca. Me hostigaban constantemente.

—Sí —murmuró Charlie con tono cálido, y el corazón de Rainbird dio un vuelco de júbilo.

—Les repetía una y otra vez que no sabía nada, que no podía informarles nada, que yo sólo era un pobre recluta, un número más con una mochila sobre la espalda. No me creían. Mi cara..., el dolor..., me hinqué de rodillas y les supliqué que me dieran morfina..., ellos contestaron que después..., que después de que hablara me darían la morfina. Me tratarían en un buen hospital... después de que les dijera lo que deseaban saber.

Ahora era Charlie quien le apretaba la mano con fuerza. Charlie pensaba en los fríos ojos grises de Hockstetter, en Hockstetter que le señalaba la bandeja de acero llena de virutas enroscadas. *Creo que sabes la respuesta..., si las inflamas, te llevaré inmediatamente a ver a tu padre. Podrás pasar dos minutos con él.* Su corazón se apiadó de ese hombre de facciones mutiladas, de ese hombre adulto que le temía a la oscuridad. Pensó que podía entender lo que él había sufrido. Conocía su dolor. Y en la oscuridad empezó a llorar silenciosamente por él, y hasta cierto punto las lágrimas también las derramaba por ella misma..., eran todas las lágrimas contenidas durante los últimos cinco meses. Eran lágrimas de dolor e ira por John Rainbird, por su padre, por su madre, por ella misma. La quemaban y la mortificaban.

Las lágrimas no fueron tan silenciosas como para que los oídos de radar de Rainbird no las captaran. Tuvo que esforzarse para sofocar otra sonrisa. Oh, sí, el escoplo estaba bien implantado. Había aperturas difíciles y aperturas fáciles, pero no aperturas imposibles.

—Sencillamente no me creyeron nunca. Por fin me arrojaron en un hoyo excavado en la tierra, donde siempre reinaba la oscuridad. Había un pequeño..., un cuarto, supongo que se podría decir, con raíces que asomaban de las paredes de tierra... y a veces veía un poco de sol a unos dos metros y medio de altura. Venían con un hombre que debía ser su comandante, y éste me preguntaba si ya estaba dispuesto a hablar. Decía que ahí abajo me estaba poniendo blanco, como un pez. Que mi cara se estaba infectando, que se gangrenaría y que después la gangrena me atacaría el cerebro y lo pudriría y que me volvería loco y que luego me moriría. Me preguntaba si me gustaría salir de las tinieblas y volver a ver el Sol. Yo le imploraba..., le suplicaba..., le juraba por mi madre que no sabía nada. Y entonces se reían y volvían a colocar las tablas y a cubrirlas con tierra. Era como estar sepultado con vida. La oscuridad... como esta...

Dejó escapar un sonido gutural y Charlie le apretó la mano con más fuerza para recordarle que ella estaba allí.

—Había un cuarto y un pequeño túnel de un poco más de dos metros de longitud. Yo debía ir al final del túnel para..., ya sabes. El aire estaba viciado y yo no cesaba de pensar que moriría asfixiado allí abajo, en la oscuridad, que me iba a sofocar con el olor de mi propia mi... —Soltó un gemido—. Lo siento. Ésta no es una historia para niñas.

—No te preocupes. Si te hace bien hablar, no te preocupes.

Rainbird reflexionó y después optó por explayarse un poco más.

—Pasé cinco meses allí abajo hasta que me incluyeron en un intercambio de prisioneros.

—¿Qué comías?

—Me arrojaban arroz podrido. Y a veces, arañas. Arañas vivas. Enormes... arañas de los árboles, supongo. Yo las perseguía en la oscuridad, ya sabes, y las mataba y las comía.

—¡Qué *horror*!

—Me convirtieron en un animal —prosiguió él, y permaneció un momento callado, respirando con fuerza—. Tú has tenido más suerte que yo, pequeña, pero en última instancia es lo mismo. Una rata en una trampa. ¿Crees que encenderán pronto las luces?

Tardó mucho en contestar, y él temió haberse excedido. Entonces Charlie dijo:

—No importa. Estamos juntos.

—Está bien —asintió él, y después añadió, atropelladamente—: No contarás nada, ¿verdad? Me echarían si supieran que he hablado así. Necesito este empleo. Cuando tienes una cara como la mía, necesitas un buen empleo.

—No, no contaré nada.

Él sintió que el escoplo avanzaba otro poco, sin encontrar obstáculos. Ahora compartían un secreto.

La tenía en sus manos.

En la oscuridad, pensó en lo que sentiría si la cogía por el cuello. Ésta era la meta final, naturalmente, y no las estúpidas pruebas, los juegos de niños. Ella... y después quizás él. La chica le gustaba, de veras. Incluso era posible que se estuviera enamorando de ella. Llegaría el momento en que la despacharía al más allá, mientras le escudriñaba atentamente los ojos. Y entonces, si sus ojos irradiaban la señal que él buscaba desde hacía tanto tiempo, tal vez la seguiría. Sí. Tal vez se internarían juntos en la verdadera oscuridad.

Afuera, del otro lado de la puerta cerrada, iban y venían remolinos de confusión, a ratos cerca, a ratos lejos.

Rainbird se escupió mentalmente en las manos y luego volvió a la carga.

9

Andy no sabía que no habían ido a sacarlo de allí porque el apagón había bloqueado automáticamente las puertas. Permaneció sentado durante un tiempo indefinido, semidesvanecido por efecto del pánico, seguro de que el edificio estaba ardiendo, imaginando el olor del humo. En el exterior, las nubes se habían despejado y los rayos postreros del sol se sesgaban en los prolegómenos del crepúsculo.

De pronto el rostro de Charlie afloró en su mente, con tanta nitidez como si la hubiera tenido allí mismo, delante de él.

(*corre peligro charlie corre peligro*)

Era una de sus corazonadas, la primera que tenía desde aquel último día que habían pasado en Tashmore. Creía que se habían extinguido, junto con el empuje, pero aparentemente no era así porque nunca había tenido una corazonada más patente que ésta, ni siquiera el día en que habían matado a Vicky.

¿Esto significaba que también conservaba el empuje? ¿Que éste no se había evaporado sino que sólo permanecía latente?

(*¡charlie corre peligro!*)

¿Qué clase de peligro?

No lo sabía. Pero la idea, el miedo, habían hecho aparecer con nitidez el rostro de Charlie delante de él, recortado en la oscuridad con todos sus detalles. Y la imagen de su rostro, de sus ojos azules muy separados y de su fino cabello rubio, provocó simultáneamente un sentimiento de culpa..., aunque la culpa era una palabra demasiado suave para designar lo que sentía. Esto era algo más parecido al horror. Desde que se habían apagado las luces había estado enloquecido por el pánico, y el pánico lo había experimentado exclusivamente por sí mismo. Nunca se le había ocurrido pensar siquiera que Charlie también debía de estar a oscuras.

No, vendrán y la sacarán, probablemente vinieron y la sacaron hace mucho tiempo. Charlie es la única que les interesa. Charlie es la que les garantiza el sustento.

Esto era lógico, pero seguía experimentando la sofocante certidumbre de que Charlie corría un terrible peligro.

El miedo que tuvo por ello surtió el efecto de disipar el pánico por sí mismo, o al menos de hacerlo más controlable. Su sensibilidad se proyectó nuevamente hacia afuera y se tornó más objetiva. De lo primero que tomó conciencia fue de que estaba sentado en medio de un charco de *ginger ale*. Tenía los pantalones mojados y pegajosos, y emitió una ligera exclamación de disgusto.

El movimiento. El movimiento era el remedio para el miedo.

Se levantó sobre las rodillas, buscó a tientas la lata caída de «Canada Dry», y la arrojó lejos. La oyó rodar y repicar sobre el suelo de azulejos. Extrajo otra lata de la nevera: aún tenía la boca reseca. Arrancó la lengüeta de metal, la dejó caer dentro de la lata y después bebió. Faltó poco para que la anilla de la lengüeta se le metiera en la boca y volvió a escupirla distraídamente, sin detenerse a pensar que hacía apenas un momento esto habría sido motivo suficiente para echarse a temblar de miedo durante otros quince minutos.

Buscó a tientas la salida de la cocina, deslizando la mano libre a lo largo de la pared. Ese nivel del edificio estaba ahora silencioso y, aunque de cuando en cuando oía un grito lejano, la voz no parecía reflejar ofuscación ni pánico. El olor de humo había sido una alucinación. El aire estaba un poco rancio porque los extractores habían cesado de funcionar al producirse el apagón, pero esto era todo.

En vez de atravesar la sala. Andy giró hacia la izquierda y entró arrastrándose en su dormitorio. Tanteó cuidadosamente el terreno hasta llegar a la cama, dejó el bote de *ginger ale* sobre la mesita de noche, y después se desvistió. Diez minutos más tarde tenía puestas ropas limpias y se sentía mucho mejor. Se le ocurrió pensar que todo esto lo había hecho sin especiales contratiempos, mientras que al apagarse las luces, cruzar la sala había sido tan difícil como atravesar un campo minado.

(*charlie... ¿qué problemas tiene charlie?*)

Pero no se trataba realmente de la sensación de que ella tenía un *problema*, sino sólo de que corría peligro de que le sucediera algo. Si pudiera verla, podría preguntarle qué...

Se rió amargamente en la oscuridad. Sí, correcto. Y mañana volarán las vacas. Tanto daba pedir la luna. Tanto daba...

Por un momento sus pensamientos se paralizaron, y después retomaron la marcha..., pero más lentamente, y sin amargura.

Tanto daba querer inducir a los ejecutivos a alimentar más confianza en sí mismos.

Tanto daba querer inducir a las gordas a adelgazar.

Tanto daba querer cegar a uno de los forajidos que habían secuestrado a Charlie.

Tanto daba querer que volviera el poder de empujar.

Sus manos estaban muy activas sobre el cubrecama, tironeándolo, estrujándolo, palpándolo... Su cerebro experimentaba una necesidad, casi inconsciente, de recibir constantemente información sensorial. Era inútil pretender que volviera el empuje. El empuje había desaparecido. Tenía tan pocas probabilidades de abrirse camino hasta Charlie con el empuje como de convertirse en estrella del béisbol. Había desaparecido.

(*¿de veras?*)

De pronto no se sintió tan seguro de ello. Quizás una parte de él —una parte muy profunda— había resuelto sencillamente no aceptar su decisión consciente de elegir el camino del menor esfuerzo y suministrarles todo lo que ellos deseaban. Quizás una parte muy profunda de él había optado por resistir.

Siguió palpando el cubrecama, deslizando las manos sobre la tela una y otra vez.

¿Esto era cierto, o sólo se trataba de la expresión de un deseo estimulada por una corazonada súbita e indemostrable? La corazonada misma podía haber sido tan falsa como el olor de humo que había creído captar, y podía haber sido el producto de su sola ansiedad. No tenía cómo verificarla y ciertamente allí no había nadie a quien empujar.

Bebió su *ginger ale*.

¿Y si había *recuperado* el empuje? Éste no era una panacea universal, como él sabía mejor que nadie. Podría dar muchos pequeños empujones o tres o cuatro muy potentes antes de desmoronarse. Quizá podría llegar hasta Charlie, pero a un copo de nieve le resultaría más fácil sobrevivir en el infierno de lo que a él le resultaría evadirse de allí con Charlie. Lo único que conseguiría sería empujarse a sí mismo hasta la tumba mediante una hemorragia cerebral (y mientras pensaba en esto se llevó automáticamente los dedos a la cara, a los lugares donde habían aparecido los puntos insensibles).

Sin olvidar el «Toracín» que le habían administrado. Sabía que la carencia de éste —la demora de la dosis regular cuando se habían apagado las luces— había tenido mucho que ver con el pánico. Incluso en ese momento, cuando sentía que se controlaba mejor, *deseaba* el «Toracín» y la sensación de sosiego y plácido deslizamiento que le producía la droga. Al principio, lo habían privado del «Toracín» durante plazos de hasta dos días, antes de someterlo a las pruebas. El resultado había sido un nerviosismo constante y una depresión opresiva con reminiscencias de espesas nubes que parecían no despejarse nunca... a pesar de que entonces su grado de dependencia no era tan desmesurado como ahora.

—Convéncete, eres un drogadicto —musitó.

Ignoraba si esto era cierto o no. Sí sabía que había adicciones físicas, por ejemplo, a la nicotina, y a la heroína, que producían cambios orgánicos en el sistema nervioso central. Y también había adicciones psíquicas. En sus tiempos de profesor había tenido un colega llamado Bill Wallace que se ponía muy, muy nervioso cuando no ingería sus tres «Coca-Colas» diarias, y su antiguo condiscípulo Quincey había sido un fanático de las patatas fritas, pero éstas debían ser de una deconocida marca que se fabricaba en New England: «Humpty Dumpty.» Afirmaba que ninguna otra lo satisfacía. Andy suponía que estas adicciones podían catalogarse como psíquicas. No sabía si la necesidad que experimentaba de tomar la píldora era física o psíquica. Lo único que sabía era que la necesitaba, que la *necesitaba* de veras. El solo hecho de estar sentado allí y pensar en la píldora azul colocada sobre el plato blanco le hacía sentir la boca nuevamente pastosa. Ya no lo privaban de la droga durante cuarenta y ocho horas antes de someterlo a las pruebas, aunque no sabía si procedían así porque pensaban que no podría pasar tanto tiempo sin tener un acceso de delirio ululante o porque sólo fingían poner interés en dichas pruebas.

El resultado era un problema cruelmente nítido e insoluble: no podía empujar si estaba saturado de «Toracín», y sin embargo carecía sencillamente de fuerza de voluntad para rechazarlo (y, por supuesto, si lo *sorprendían* rechazándolo eso los colocaría ante un nuevo cúmulo de problemas inquietantes, ¿no es verdad?). Cuando le sirvieran la píldora azul en el plato blanco después de ese episodio, la tomaría. Y volvería poco a poco al estado permanente de sosiego inalterable en el que se hallaba sumido a la hora de producirse el apagón. Todo esto no era más que una fantasmagórica alucinación subsidiaria. Muy pronto volvería a contemplar el PTL Club y el vídeo con las películas de Clint Eastwood, y se sobrealimentaría con el contenido de la nevera siempre bien provista. Volvería a engordar.

(*charlie, charlie corre peligro, charlie corre infinitos peligros, está en un mundo cruel*)

Si era así, él no podía hacer nada al respecto.

Y aunque hubiera podido, aunque hubiera podido

desprenderse de alguna manera del peso de su drogadicción y apañárselas para huir de allí con Charlie
—las vacas volarán, ¿por qué no?— cualquier solución
última para el futuro de Charlie estaría tan lejana
como siempre.

Se tumbó sobre la cama, despatarrado. El pequeño sector de su cerebro que ahora se ocupaba exclusivamente del «Toracín», continuaba clamando sin descanso.

No había soluciones en el presente, así que se remontó al pasado. Se vio huyendo con Charlie por la
Tercera Avenida en una especie de pesadilla en cámara lenta: un hombre con una chaqueta raída de pana
y una chiquilla vestida de rojo y verde. Vio a Charlie,
con las facciones tensas y pálidas, mientras las lágrimas le corrían por las mejillas después de haber robado todas las monedas de los teléfonos públicos del
aeropuerto..., había robado las monedas y había incendiado los zapatos de un recluta.

Su mente se remontó aún más atrás, a la oficina
de Port City, Pennsylvania, y a la señora Gurney. La
afligida y gorda señora Gurney, que había entrado en
la oficina del Programa de Adelgazamiento con un traje de chaqueta verde, estrujando el eslogan pulcramente escrito que en verdad había salido de la imaginación de Charlie. *Si no adelgaza le pagaremos sus
provisiones durante los próximos seis meses.*

Entre 1950 y 1957 la señora Gurney le había dado
cuatro hijos a su marido, capataz de una flota de camiones, y ahora los chicos habían crecido y ella les
inspiraba repulsión, como se la inspiraba a su marido, que tenía amoríos con otra mujer, y ella lo comprendía porque Stan Gurney aún era un hombre apuesto, vital, viril, de cincuenta y cinco años, y ella había
aumentado setenta y dos kilos en los años transcurridos desde que su penúltimo hijo había partido rumbo
a la Universidad, pasando de los sesenta y tres que
pesaba el día de su matrimonio a los ciento treinta
y cinco justos. La señora Gurney había entrado, fofa
y monstruosa y desesperada en su traje verde, con un
culo casi tan ancho como el escritorio del presidente
de un Banco. Cuando miró dentro de su bolso para

buscar el talonario de cheques, sus tres papadas se transformaron en seis.

Andy la incluyó en un curso junto con otras tres gordas. Hacían ejercicios y se sometían a una ligera dieta, que Andy había estudiado en la biblioteca pública. Les endilgaba apacibles discursos didácticos, que cobraba como «asesoramiento», y de cuando en cuando les daba un empujón de magnitud intermedia.

La señora Gurney bajó de ciento treinta y cinco kilos a ciento veintiséis y después a ciento veintiuno, y confesó con una mezcla de miedo y júbilo que aparentemente ya no deseaba repetir las raciones. La segunda ración sencillamente no parecía tener buen sabor. Antes, siempre había guardado fuentes y fuentes de tentempiés en la nevera (y rosquillas en la panera, y dos o tres pasteles de queso en el congelador) para comer mientras veía la televisión por la noche, pero ahora, quién sabe por qué..., bueno, parecía casi absurdo, pero... *olvidaba* continuamente que estaban allí. Esto, a pesar de que siempre había oído decir que cuando hacías dieta, *no podías* pensar en otra cosa que no fueran los bocados ocasionales. Ciertamente todo había sido muy distinto cuando había ensayado otros sistemas, como el de los Weight Watchers.

Las otras tres mujeres del grupo habían reaccionado con la misma vehemencia. Andy se limitaba a mantenerse en un segundo plano, observándolas con un sentimiento ridículamente paternal. Las cuatro estaban aleladas y encantadas por la analogía de su experiencia. Los ejercicios tonificantes, que antes siempre les habían parecido tan aburridos y dolorosos, ahora resultaban casi placenteros. Y a ello se sumaba la extraña compulsión de *caminar*. Todas concordaban en que si no caminaban mucho antes de que acabara el día, se sentían incómodas e intranquilas. La señora Gurney confesó que había adquirido el hábito de hacer a pie el viaje de ida y vuelta al centro de la ciudad, a pesar de que en total tenía que caminar más de tres kilómetros. Antes, siempre había cogido el autobús, lo que ciertamente era muy sensato, porque la parada estaba justo delante de su casa.

Pero el único día en que había vuelto a cogerlo

—porque los músculos de los muslos le dolían *mucho*— se sintió tan nerviosa y desasosegada que bajó en la segunda parada. Las otras manifestaron que les sucedía lo mismo. Y todas bendijeron a Andy McGee por ello, a pesar de sus músculos doloridos.

La señora Gurney había rebajado a ciento doce kilos cuando se pesó por tercera vez, y cuando concluyó el curso de seis semanas había llegado a ciento un kilos. Contó que su marido estaba atónito, sobre todo porque ella había fracasado con otras incontables dietas y sistemas de moda. Quiso que consultara al médico, pues temía que tuviese cáncer. No creía que fuera posible rebajar treinta y cuatro kilos en seis semanas por medios naturales. Ella le mostró sus dedos, enrojecidos y callosos de tanto encoger sus ropas con aguja e hilo. Y después lo abrazó (casi hasta romperle la columna vertebral) y lloró contra su cuello.

Sus ex pacientes generalmente volvían, como habían vuelto por lo menos una vez sus ex discípulos más prósperos, algunos para darle las gracias, otros sólo para refregarle su éxito por las narices, para darle a entender. Mira, el alumno ha superado al maestro..., cosa que no era tan inusitada como ellos parecían creer, pensaba a veces Andy.

Pero la señora Gurney se había contado dentro de la primera categoría. Había vuelto para saludarlo y manifestarle su inmensa gratitud sólo unos diez días antes de que Andy empezara a sentirse nervioso y vigilado en Port City. Y antes de que concluyera ese mes, partieron rumbo a la ciudad de Nueva York.

La señora Gurney seguía siendo una mujer corpulenta, y uno sólo notaba la asombrosa diferencia si la había visto antes..., como en uno de esos anuncios del antes y después que aparecen en las revistas. Cuando lo visitó por última vez, se había situado en los ochenta y siete kilos. Pero por supuesto lo que importaba no era su peso exacto. Lo que importaba era que adelgazaba a un promedio de dos kilos setecientos gramos por semana, kilo más o menos, y que seguiría haciéndolo a un ritmo menor hasta llegar a cincuenta y ocho kilos, kilo más o menos. No experimentaría una descompresión violenta, ni esa tardía fobia a la comida que a veces desemboca en la *anorexia nerviosa*. Andy pretendía ganar un poco de dinero, pero no quería matar a nadie en el curso de la operación.

«Deberían declararlo recurso nacional por lo que está haciendo», afirmó la señora Gurney, después de explicarle a Andy que se había reencontrado con sus hijos y que las relaciones con su marido estaban mejorando. Andy sonrió y le dio las gracias, pero ahora, tumbado en la cama, progresivamente aletargado, pensó que eso era más o menos lo que les había pasado a Charlie y a él: los habían declarado recursos nacionales.

De cualquier forma, su talento no era totalmente negativo. No cuando podía ayudar a alguien como la señora Gurney.

Sonrió un poco.

Y mientras sonreía, se durmió.

10

Posteriormente, nunca pudo recordar los detalles del sueño. Buscaba algo. Se hallaba en un laberinto de corredores, iluminado sólo por bombillas rojas y opacas de alarma. Abría puertas de habitaciones vacías y después volvía a cerrarlas. Algunas de las habitaciones estaban sembradas de papeles estrujados y en una había una mesita volcada y un cuadro caído que imitaba el estilo de Wyeth. Intuyó que estaba en un reducto que había sido clausurado y vaciado con gran premura.

Y sin embargo, había encontrado por fin lo que buscaba. Era..., ¿qué? ¿Una caja? ¿Un cofre? Era tremendamente pesado, fuera lo que fuere, y había sido marcado con una calavera y unas tibias cruzadas, impresas en color blanco, como si se tratase de un frasco de raticida almacenado en un estante alto del sótano. De alguna manera, no obstante su peso (debía de pesar por lo menos tanto como la señora Gurney) consiguió levantarlo. Sintió que todos sus músculos y tendones se tensaban y endurecían, pero no experimentó dolor.

Claro que no experimentas dolor —se dijo—. *No puedes experimentarlo.porque es un sueño. Lo pagarás más tarde. Más tarde te dolerá.*

Sacó la caja de la habitación donde la había hallado. Tenía que llevarla a otro lugar, pero no sabía cuál era ni dónde estaba...

Lo sabrás cuando lo veas, susurró su mente.

De modo que transportó la caja o el cofre por interminables corredores, y su peso le tironeaba los músculos sin producir dolor, y le ponía rígida la nuca y aunque no le dolían los músculos, sí empezaba a dolerle la cabeza.

El cerebro es un músculo —lo aleccionó su mente, y la lección se convirtió en una canción infantil, en el estribillo con el que una niña saltaba a la comba—: *El cerebro es un músculo que puede mover el mundo. El cerebro es un músculo que puede mover...*

Ahora todas las puertas parecían las de un vagón de Metro, ligeramente curvadas hacia fuera y equipadas con grandes ventanas, y todas estas ventanas tenían ángulos redondeados. Por estas puertas (si eran puertas) veía escenas confusas. En una habitación el doctor Wanless tocaba un enorme acordeón. Parecía un personaje demencial con una lata llena de lápices frente a él y un cartel colgado del cuello que rezaba: NO HAY PEOR CIEGO QUE EL QUE NO QUIERE VER. Por otra ventana vio a una niña con una túnica blanca que volaba por el aire, chillaba y esquivaba las paredes, y Andy pasó velozmente de largo frente a esta escena.

Por otra ventana vio a Charlie y se convenció nuevamente que éste era una especie de sueño de piratas —con un tesoro enterrado, interjecciones y todo— porque Charlie parecía estar conversando con Long John Silver, el personaje de *La isla del tesoro*. Este hombre tenía un loro sobre el hombro y un parche en el ojo. Le sonreía a Charlie con un aire de falsa y untuosa cordialidad que puso nervioso a Andy. Como para confirmar esta actitud, el pirata tuerto rodeó con el brazo los hombros de Charlie y exclamó: «¡Aún les haremos morder el polvo, pequeña!»

Andy quiso detenerse allí y golpear la ventana hasta atraer la atención de Charlie, que miraba al pirata como hipnotizada. Quiso hacerle captar las intenciones ocultas de ese hombre, hacerle entender que no era lo que parecía ser.

Pero no pudo detenerse. Tenía esa maldita

(¿caja? ¿cofre?)

que

(???)

¿qué? ¿Qué demonios se suponía que debía hacer con ese objeto?

Pero a su debido tiempo lo sabría.

Pasó frente a otras docenas de habitaciones —no recordaba todo lo que vio— y después entró en un largo corredor vacío que terminaba en una pared desnuda. Pero no totalmente desnuda. En su centro exacto había algo: un gran rectángulo de acero que parecía la ranura de un buzón.

Entonces vio la palabra que había sido estampada allí en altorrelieve, y entendió.

BASURERO, rezaba.

Y de pronto apareció junto a él la señora Gurney, una señora Gurney delgada y hermosa, con un cuerpo esbelto y piernas bien torneadas que parecían hechas para bailar toda la noche, para bailar en una terraza hasta que las estrellas palidecieran en el cielo y el Sol despuntara por el Este como una dulce melodía. Nunca imaginarías, pensó, perplejo, que en otra época sus ropas las confeccionaba Omar el Fabricante de Tiendas de Campaña.

Intentó levantar la caja, pero no pudo. Repentinamente pesaba demasiado. Su jaqueca se intensificaba. Era como el caballo negro, el caballo sin jinete con los ojos inyectados en sangre, y con creciente pavor se dio cuenta de que el caballo estaba suelto, en algún lugar de esa instalación abandonada, y que venía a buscarlo, con un sordo ruido de cascos...

«Lo ayudaré —dijo la señora Gurney—. Usted me ayudó a mí y ahora yo lo ayudaré a usted. Al fin y al cabo el recurso nacional es usted, no yo.»

«Está muy bella», comentó él. Su voz parecía venir de muy lejos, a través de una jaqueca cada vez más compacta.

«Me siento como si me hubieran dejado salir de la cárcel —respondió la señora Gurney—. Permita que lo ayude.»

«Es que me duele la cabeza...»

«Claro que le duele. Después de todo, el cerebro es un músculo.»

¿Lo ayudó ella o lo hizo solo? No lo recordaba. Pero sí recordaba haber pensado que ahora entendía el sueño. De lo que se estaba deshaciendo, de una vez por todas, era del empuje. Recordaba haber inclinado la caja contra la ranura con la leyenda BASURERO, haberla inclinado, preguntándose qué aspecto tendría cuando apareciera, eso que había estado implantado en su cerebro desde sus tiempos de estudiante universitario. Pero lo que apareció no fue el empuje. Cuando se abrió la tapa experimentó sorpresa y miedo a la vez. Lo que rodó por el conducto fue una avalancha de píldoras azules, *sus* píldoras, y se asustó, de veras. Para decirlo con las palabras del Abuelo McGee, súbitamente se asustó tanto que podría haber cagado monedas.

«¡No!», gritó.

«Sí —respondió enérgicamente la señora Gurney—. El cerebro es un músculo que puede mover el mundo.»

Entonces compartió la opinión de ella.

Parecía que cuanto más derramaba más le dolía la cabeza, y que cuanto más le dolía la cabeza más se oscurecía todo, hasta que ya no hubo más luz, y la oscuridad fue completa, una oscuridad viviente, alguien había hecho saltar todos los fusibles en alguna parte y no había ni luz, ni caja, ni sueño, sólo su dolor de cabeza y el caballo sin jinete con sus ojos inyectados en sangre que se acercaba más y más.

Ploc, ploc, ploc...

11

Tuvo que pasar un largo rato despierto antes de darse cuenta de que estaba despierto. La ausencia de toda luz hacía que fuera difícil encontrar la línea divisoria exacta. Pocos años atrás, había leído la descripción de un experimento que había consistido en encerrar a una cantidad de monos en entornos programados para embotar todos los sentidos. Los monos habían enloquecido. Ahora entendía por qué. No sabía cuánto tiempo había permanecido dormido, no recibía ninguna sensación concreta excepto...

—¡Ay, Jesús!

El acto de sentarse le incrustó en la cabeza dos monstruosos remaches de dolor cromado. Se llevó ambas manos al cráneo y lo balanceó hacia atrás y adelante, y el dolor amainó poco a poco hasta reducirse a una intensidad más controlable.

Ninguna sensación concreta excepto ese atroz dolor de cabeza. Debo de haber dormido en una mala posición, pensó. Debo de...

No. Oh, no. Conocía esa jaqueca, la conocía muy bien. Era la que seguía a un empujón entre intermedio y fuerte..., más fuerte que el que había dedicado a las señoras gordas y a los ejecutivos tímidos, aunque no tanto como el que había dirigido aquella vez a los tipos del área de servicio de la autopista.

Andy se llevó las manos a la cara y la palpó íntegramente, desde la frente hasta el mentón. No encontró puntos insensibilizados. Cuando sonrió, las dos comisuras de su boca se curvaron hacia arriba, como siempre. Rogó a Dios que le diera luz para mirarse los ojos en el espejo del baño y verificar si alguno de ellos dejaba entrever un brillo de sangre revelador...

¿Un empujón? ¿Había empujado? Qué ridículo.

¿A quién podía haber empujado? A quién, excepto...

El aliento se le cortó gradualmente en la garganta, y luego retomó lentamente su ritmo.

Lo había pensado antes pero nunca lo había intentado. Se había dicho que sería como recargar un circuito haciendo pasar incesantemente una corriente por su interior. Había tenido miedo de intentarlo.

Mi píldora —pensó—. *Mi píldora se ha retrasado y la deseo, la deseo realmente, la necesito realmente. Mi píldora lo arreglará todo.*

No fue más que una reflexión. No le produjo ningún apetito malsano. La idea de tomar una píldora de «Toracín» tenía la misma graduación emocional que un *por favor páseme la mantequilla.* El hecho era que, exceptuando el infame dolor de cabeza, se sentía bastante bien. Y el hecho era que también había tenido dolores de cabeza mucho peores que éste... El del aeropuerto de Albany, por ejemplo. Éste era un chiste comparado con aquél. *Me he empujado a mí mismo*, pensó, azorado.

Por primera vez entendía realmente lo que sentía Charlie, porque por primera vez estaba un poco asustado de su propio talento extrasensorial. Por primera vez entendía cuán poco sabía acerca de lo que era y lo que podía hacer. ¿Por qué lo había perdido? Lo ignoraba. ¿Por qué lo había recuperado? También lo ignoraba. ¿Su recuperación estaba asociada con el pavor que había experimentado en la oscuridad? ¿Con la repentina sensación de que Charlie estaba amenazada (tuvo una reminiscencia fantasmagórica del tuerto con aire de pirata y después ésta volvió a desvanecerse) y con su propio autoaborrecimiento desolador por la forma en que la había olvidado? ¿Posiblemente incluso con el golpe que había recibido en la cabeza al caer?

No lo sabía. Sólo sabía que se había empujado a sí mismo.

El cerebro es un músculo que puede mover el mundo.

Se le ocurrió repentinamente que mientras estaba dando empujoncitos a ejecutivos y señoras gordas, podría haberse convertido en un centro de rehabilitación unipersonal para drogadictos, y se sumió en un trémulo éxtasis de presunciones nacientes. Se había dormido pensando que un talento capaz de ayudar a la pobre y rechoncha señora Gurney no podía ser totalmente negativo. ¿Qué decir de un talento capaz de librar de su vicio a todos los infelices toxicómanos de la ciudad de Nueva York? ¿Qué os parece *eso*, queridos hinchas deportivos?

—Jesús —murmuró—. ¿Estoy realmente desintoxicado?

No experimentaba ningún apetito malsano. El «Toracín», la imagen de la píldora azul sobre el plato blanco: la idea se había tornado inconfundiblemente neutra.

—Estoy desintoxicado —se respondió a sí mismo.

Segunda pregunta: ¿Podría mantenerse desintoxicado?

Pero no había terminado de formularse esta pregunta cuando se precipitaron otras muchas. ¿Podría averiguar con exactitud qué le sucedía a Charlie? Él había utilizado el empujón consigo mismo mientras dormía, como si fuera una especie de autohipnosis. ¿Podría utilizarlo con otros mientras estaba despierto? ¿Por ejemplo con Pynchot, ese sujeto que exhibía incesantemente una sonrisa repulsiva? Pynchot debía de saber lo que le pasaba a Charlie. ¿Podría hacérselo confesar? ¿Quizás incluso podría sacarla de allí, al fin y al cabo? ¿Existía un medio para alcanzar este fin? Y si conseguían salir, ¿qué ocurriría después? Para empezar, basta de vivir huyendo. Ésta no era una solución. Debía de haber un lugar adonde ir.

Por primera vez en varios meses se sintió excitado, optimista. Empezó a formar un embrión de plan, aceptando, rechazando, cuestionando. Por primera vez en varios meses se sintió cómodo dentro de su propia cabeza, vivo y vital, capaz de actuar. Y sobre todo, esto: si lograba engañarlos y hacerlos creer dos cosas —que aún estaba drogado y que seguía siendo incapaz de utilizar su poder de dominación mental— tal vez, sólo tal vez, tendría la oportunidad de hacer..., de hacer *algo*.

Aún estaba considerando impacientemente todas estas ideas cuando volvieron a encenderse las luces. En la habitación contigua, el televisor empezó a vomitar el mismo y viejo estribillo de Jesús-cuidará-de-tu-alma-y-nosotros-cuidaremos-de-tu-cuenta-bancaria. ¡Los ojos, los ojos electrónicos! Te están vigilando nuevamente, o pronto empezarán a hacerlo... ¡No lo olvides!

Por un instante lo abarcó todo: los días y semanas de subterfugios que seguramente le aguardaban si quería tener un atisbo de probabilidad, y la casi certidumbre de que en algún momento lo desenmascararían. Lo acometió la depresión..., pero ésta no trajo consigo la necesidad de la droga, lo cual le ayudó a su vez a recuperar el dominio de sí.

Pensó en Charlie, y esto le ayudó aún más.

Se levantó lentamente de la cama y caminó hasta la sala.

—¿Qué ha sucedido? —vociferó—. ¡Me asusté! ¿Dónde está mi medicación? ¡Que alguien me traiga mi medicación!

Se sentó frente al televisor, con el semblante fláccido, embotado y estólido.

Y detrás de ese rostro insulso su cerebro —ese músculo que podía mover el mundo— funcionaba cada vez más rápidamente.

12

Así como su padre nunca pudo recordar el sueño que había tenido en ese mismo momento, Charlie McGee tampoco pudo recordar nunca los detalles de su larga conversación con John Rainbird, sino sólo los puntos sobresalientes. Jamás supo con mucha certeza cómo se decidió a contarle de qué manera había llegado allí, y a hablarle de la desesperación con que añoraba a su padre y del terror que experimentaba al pensar que quizás encontrarían la forma de engatusarla para quer volviera a utilizar su poder piroquinético.

En parte se debió al apagón, por supuesto, y a la certeza de que *ellos* no la escuchaban. En parte fue obra del mismo John, que había sufrido tanto y que le tenía un pavor tan patético a la oscuridad y a los recuerdos que ésta traía del hoyo espantoso donde lo habían metido los «Vietcongs». Él le había preguntado, casi con indiferencia, por qué la habían encerrado, y ella se puso a hablar con el único fin de distraerlo. Pero en seguida su narración se transformó en algo más. Todo lo que había reprimido empezó a brotar cada vez más de prisa, hasta que las palabras se superpusieron unas con otras, sin orden ni concierto. Una o dos veces Charlie lloró, y él la abrazó desmañadamente. Era un hombre dulce... que le recordaba en muchos sentidos a su padre.

—Si ahora decubren que sabes todo esto —murmuró Charlie—, probablemente te encerrarán también a ti. No debería habértelo contado.

—Ya lo creo que me encerrarán —asintió John alegremente—. Tengo una certificación de categoría D, nena, que prácticamente sólo me autoriza a destapar frascos de cera «Johnson». —Se rió—. Pero supongo que no me pasará nada si no revelas que me lo contaste.

—No lo revelaré —afirmó Charlie, vehemente. Ella también se había sentido un poco intranquila, pensando que si John hablaba, podrían utilizarlo para presionarla—. Tengo una sed tremenda. Hay agua helada en la nevera. ¿Quieres un poco?

—No me dejes —exclamó él inmediatamente.

—Bueno, vayamos juntos. Cogidos de la mano.

Él pareció recapacitar.

—Está bien —contestó.

Fueron juntos hasta la cocina, arrastrando los pies, fuertemente cogidos de la mano.

—Será mejor que no te vayas de la lengua, nena. Sobre todo respecto de esto. De que el indio grandote le teme a la oscuridad. Me obligarían a dejar mi puesto, con sus burlas.

—No se burlarían si supieran...

—Quizá no. Quizá sí. —Sólo una risita—. Pero prefiero que no se enteren. Gracias a Dios estabas aquí, nena.

Se sintió tan emocionada que los ojos se le anegaron nuevamente de lágrimas y necesitó hacer un esfuerzo para controlarse. Llegaron a la nevera y ella localizó la jarra de agua a tientas. Ya no estaba helada, pero le refrescó la garganta. Se preguntó con flamante inquietud durante cuánto tiempo había hablado, y no supo determinarlo. Pero había contado... todo. Incluso lo que se había propuesto callar, como por ejemplo el episodio de la granja de Manders. Claro que hombres como Hockstetter lo sabían, pero esa gente no le importaba a Charlie. En cambio le importaba John, y la opinión que éste tenía de ella.

Sin embargo, se lo había contado. Él le formulaba una pregunta que de alguna manera llegaba al meollo de la cuestión y... ella le contestaba, a menudo llorando. Y en lugar de formularse más preguntas y de confrontar sus respuestas y de manifestar recelo, él se había limitado a aceptar sus palabras y a tratarla con serena comprensión. Parecía entender el infierno que ella había vivido, quizá porque él había vivido el suyo.

—Aquí está el agua —dijo Charlie,

—Gracias. —Charlie le oyó beber, y después le devolvió la jarra, que colocó en sus manos—. Muchas gracias.

Charlie la guardó en la nevera.

—Volvamos a la otra habitación —agregó Rainbird—. Me pregunto si en algún momento conseguirán volver a encender las luces. —Ahora esperaba impacientemente que se reanudara el suministro de corriente. Hacía más de siete horas que estaban a oscuras, según sus cálculos. Quería salir de allí y reflexionar sobre lo que había ocurrido. No sobre lo que ella le había contado, pues todo eso ya lo sabía, sino sobre la forma en que debería utilizar la información.

—Estoy segura de que no tardarán en encenderse —afirmó Charlie.

Volvieron al sofá, arrastrando los pies, y se sentaron.

—¿No te han dicho nada acerca de tu padre? —preguntó él.

—Sólo que se encuentra bien.

—Apuesto a que yo podría llegar a verlo —anunció Rainbird, como si acabara de ocurrírsele la idea.

—¿De veras? ¿Crees que realmente podrías?

—Un día podría cambiar mi turno con Herbie. Y

335

verlo. Comunicarle que te encuentras bien. Bueno, no se lo diría sino que le pasaría una nota o algo.

—Oh, ¿y no sería peligroso?

—Sería peligroso hacerlo con frecuencia, nena. Pero te debo un favor. Veré cómo se encuentra.

Ella le rodeó con los brazos en la oscuridad y le besó: Rainbird a su vez le dio un abrazo afectuoso. La quería, a su manera, y ahora más que nunca. Ahora ella le pertenecía, y suponía que él le pertenecía a ella. Transitoriamente.

Permanecieron sentados, juntos, sin hablar mucho, y Charlie se adormeció. Entonces él dijo algo que la despertó en forma tan súbita y total como si le hubieran frotado la cara con agua fría.

—Mierda, deberías encender ese maldito fuego, si puedes hacerlo.

Charlie inhaló una bocanada de aire, atónita, como si John le hubiera pegado repentinamente.

—Te lo *expliqué* —exclamó Charlie—. Eso es como..., como abrirle la jaula a una fiera salvaje. Me prometí a mí misma que no volvería a hacerlo. El soldado del aeropuerto... y aquellos hombres de la granja... los maté... ¡los *inceneré*! —Tenía las facciones acaloradas, ardientes, y estaba nuevamente al borde del llanto.

—Cuando me lo contaste, me pareció un caso de defensa propia.

—Sí, pero ésa no es una excusa para...

—También me pareció que quizá le salvaste la vida a tu padre.

Charlie no contestó. Pero Rainbird intuyó que la chiquilla irradiaba oleadas de ofuscación y desconcierto y pena. Habló de prisa porque no quería que recordara en ese preciso instante que también había estado a punto de matar a su padre.

—En cuanto a ese tal Hockstetter, lo he visto por aquí. Vi tipos como él en la guerra. Todos eran prodigios fugaces, los Reyes de la Mierda en la Montaña de Excrementos. Si no consigue lo que desea por una vía, lo intentará por otra.

—Esto es lo que más me asusta —confesó Charlie en voz baja.

—Además, es un personaje al que no le vendría mal que lo calentaran un poco.

Charlie quedó alelada, pero soltó una risita potente... También los chistes obscenos la hacían reír a veces con más vehemencia porque era incorrecto contarlos. Cuando terminó de reír, manifestó:

—No, no encenderé el fuego. Me lo prometí a mí misma. Es malo y no lo haré.

Con eso bastaba. Ya era hora de terminar. Pensó que podría seguir guiándose simplemente por la intuición, pero admitió que tal vez ésta era una sensación equivocada. Estaba cansado. Trabajar con la chica había sido tan agotador como trabajar con una de las cajas de caudales de Rammaden.

Sería demasiado fácil perseverar y cometer un error irreparable.

—Está bien. Supongo que tienes razón.

—¿De veras visitarás a mi padre?

—Lo intentaré, pequeña.

—Lamento que te hayas quedado encerrado conmigo, John. Pero también me alegro inmensamente de ello.

—Sí.

Hablaron de cosas intrascendentes, y ella le apoyó la cabeza sobre el brazo. Rainbird sintió que se aletargaba nuevamente —ya era muy tarde y cuando las luces volvieron a encenderse, al cabo de cuarenta minutos, estaba profundamente dormida—. La luz enfocada sobre su cara la hizo agitarse y volverla hacia la oscuridad. Él miró pensativo el frágil tallo de junco que era su cuello, la tierna curva de su cráneo. Tanto poder en esa pequeña y delicada cuna de hueso. ¿Podía ser cierto? Su mente aún lo rechazaba, pero su instinto le decía que era verdad. Era extraño y en cierta forma maravilloso sentirse así escindido. Su instinto le decía que era verdad hasta un punto que ellos no imaginaban, que era veredad quizás hasta el punto en que lo había sospechado aquel loco Wanless en medio de sus delirios.

La alzó, la llevó a la cama y la deslizó entre las sábanas. Cuando se las levantó hasta el mentón, Charlie se despertó a medias.

Rainbird se agachó impulsivamente y la besó.

—Buenas noches, pequeña.

—Buenas noches, papá —respondió ella con voz pastosa, somnolienta. Después se volvió y se quedó quieta.

Siguió mirándola durante varios minutos y a continuación regresó a la sala. Hockstetter en persona irrumpió diez minutos más tarde.

—Se cortó la corriente —exclamó—. La tormenta. Malditas cerraduras electrónicas, todas bloqueadas. ¿Ella está...?

—Estará bien si usted no levanta su condenada voz —lo interrumpió Rainbird, con un susurro. Sus manazas se proyectaron hacia delante, cogieron a Hockstetter por las solapas de la bata blanca y lo atrajeron hacia él, de modo que el rostro repentinamente despavorido de Hockstetter quedó a menos de un par de centímetros del suyo—. Y si vuelve a comportarse aquí dentro como si me conociera, si vuelve a tratarme como si yo fuese algo más que un ordenanza de categoría D, lo mataré, y después lo cortaré en pedacitos, y lo guisaré, y lo transformaré en alimento para gatos.

Hockstetter farfulló algo impotente. La saliva burbujeaba en las comisuras de su boca.

—¿Me entiende? Lo mataré. —Sacudió dos veces a Hockstetter.

—En-en-entiendo.

—Entonces salgamos de aquí —dijo Rainbird, y empujó a Hockstetter, que estaba pálido y desorbitado, hacia el corredor.

Echó una última mirada en torno y después hizo rodar el carrito fuera de la habitación y cerró la puerta a sus espaldas. El pestillo la trabó automáticamente. Charlie seguía durmiendo en su aposento, más apaciblemente que en los últimos meses. Que en los últimos años, quizá.

FUEGOS PEQUEÑOS
HERMANO GRANDE

1

Pasó la violenta borrasca. Pasó el tiempo: tres semanas. El verano, húmedo y bochornoso, seguía pesando sobre el este de Virginia, pero se habían reanudado las clases y los ruidosos autobuses escolares amarillos iban y venían por los bien cuidados caminos comarcales del área de Longmont.

En la no muy lejana Washington, D.C., comenzaba otro año de legislación, de rumores y de insinuaciones, marcado por la habitual atmósfera de exhibición de monstruos que creaba la Televisión nacional, por las filtraciones premeditadas de información y por las espesas nubes de vapores de whisky.

Nada de esto causaba mucha impresión en las habitaciones frescas de las dos mansiones edificadas antes de la guerra civil, donde el clima estaba bien controlado, ni en los corredores y estratos que formaban la colmena subterránea. El único hecho correlativo podía consistir en que Charlie McGee también continuaba sus estudios. A Hockstetter se le había ocurrido la idea de darle clases particulares y Charlie se había mostrado reticente, pero John Rainbird la había persuadido.

—¿Qué daño te hará? —le preguntó—. Es absurdo que una chica lista como tú se retrase. Mierda..., oh, lo siento, Charlie..., pero a veces pienso que ojalá mi educación no se hubiera interrumpido en el octavo grado. Puedes apostar que de haber sido así no estaría fregando pisos. Además, te ayudará a distraerte.

Así que había accedido... por John. Aparecieron los preceptores: el joven que le enseñaba inglés, la mujer madura que le enseñaba matemáticas, la mujer joven con gafas de cristales gruesos que empezó a enseñarle francés, el hombre de la silla de ruedas que le enseñaba ciencias. Charlie los escuchaba y suponía que aprendía, pero lo había hecho por John.

En tres ocasiones John había arriesgado su puesto para pasarle mensajes a su padre, y ella se sentía culpable por ello y en consecuencia estaba más dispuesta a hacer lo que pensaba que lo complacería. Y él le había traído noticias de su padre: se encontraba bien, le tranquilizaba saber que Charlie también se encontraba bien, y estaba cooperando con las pruebas. Esto la afligió un poco, pero ya tenía edad suficiente para entender —por lo menos un poco— que lo que era mejor para ella podía no serlo siempre para su padre. Y últimamente había empezado a preguntarse cada vez con más frecuencia si John era quien mejor sabía lo que le convenía hacer a ella. Adusto y al mismo tiempo divertido (siempre profería obscenidades y después se disculpaba por ello, cosa que le hacía reír), era muy persuasivo.

Durante casi diez días, a partir del apagón, él no volvió a hablarle de generar fuego. Cuando tocaban estos temas lo hacían en la cocina, donde él afirmaba que no había micrófonos, y siempre bajaban la voz. Ese día John le preguntó:

—¿Has vuelto a pensar en la posibilidad de prender fuego, Charlie? —Ahora siempre la llamaba Charlie, en lugar de «nena». Ella se lo había pedido.

Charlie empezó a temblar. El solo hecho de pensar en prender fuego le producía este efecto, desde el incidente en la granja de Manders. Sentía frío y se ponía tensa y temblorosa. En los informes de Hockstetter esto se definía como una «ligera reacción fóbica».

—Te lo he dicho —respondió ella—. No puedo hacerlo. No lo haré.

—Bueno, una cosa es que no puedas hacerlo, y otra es que no lo hagas —comentó John. Estaba fregando el suelo, pero muy lentamente, para poder hablar con ella. Su lampazo producía un ruido chasqueante. Él hablaba como lo hacen los presidiarios en la cárcel: casi sin mover los labios.

Charlie no contestó.

—Se me han ocurrido un par de ideas al respecto —prosiguió John—. Pero si no quieres escucharlas..., si ya has tomado una resolución inamovible..., me callaré.

—No, está bien —asintió Charlie cortésmente, aunque en realidad habría preferido que se callara, que no hablara de eso, que ni siquiera le hiciese pensar en eso, porque le producía malestar. Pero John le había hecho muchos favores... y ella se resistía desesperadamente a ofenderlo o a herir sus sentimientos. Necesitaba un amigo.

—Bueno, sólo he pensado que ellos deben de saber cómo se disparó tu poder en aquella granja —manifestó John—. Probablemente pondrán mucho cuidado. No creo que te sometan a la prueba de una habitación llena de papel y de trapos empapados en petróleo, ¿no te parece?

—No, pero...

Él levantó la mano y la apartó un poco de su instrumento de limpieza.

—Escúchame, escúchame.

—Está bien.

—Y seguramente saben que aquélla fue la única oportunidad en que generaste una auténtica..., ¿cómo se llama...?, una conflagración. Pequeños incendios, Charlie. Ésta es la clave. Y si sucediera algo, cosa que dudo porque sospecho que te controlas mejor de lo que tú misma crees..., pero digamos que *sucediera* algo. ¿A quién van a culpar, eh? ¿Acaso te culparán a ti? ¿Después de que esos jodidos pasaron medio año presionándote para que lo hicieras? Oh, diablos, lo siento.

Lo que decía la asustaba, pero de todas formas se llevó las manos a la boca y soltó una risita al ver la expresión desconsolada de su rostro.

John también sonrió un poco, y después se encogió de hombros.

—También he pensado que no podrás aprender a controlar eso si no practicas constantemente.

—No me interesa si lo controlo o no, sencillamente, no lo haré.

—Quizá sí o quizá no —insistió John tercamente, mientras retorcía el lampazo. Lo apoyó en un rincón y después vertió el agua jabonosa en el sumidero. Empezó a llenar el cubo de nuevo para aclarar—. Tal vez lo hagas *por sorpresa*.

—No, no lo creo.

—O supongamos que un día tienes una fiebre muy alta. Producto de la gripe, o diablos, no sé, de alguna infección. —Éste era uno de los pocos argumentos útiles que le había soplado Hockstetter—. ¿Te han extirpado el apéndice, Charlie?

—No-ooo...

John empezó a aclarar el suelo.

—A mi hermano se lo extirparon, pero antes le reventó y casi se murió. Esto ocurrió porque vivíamos en la reserva india y a nadie le importaba un..., a nadie le importaba si vivíamos o moríamos. Le subió mucho la fiebre, a cuarenta y dos grados, creo, y se puso a delirar, y profería maldiciones espantosas y hablaba con gente que no estaba allí. ¿Sabes que pensó que nuestro padre era el Ángel de la Muerte, o algo parecido, que había venido a llevárselo, y que intentó clavarle un cuchillo que descansaba sobre su mesita de noche? Ya te conté esta historia, ¿verdad?

—No —susurró Charlie, no porque temiera que la oyesen sino porque estaba fascinada y horrorizada—. ¿De veras?

—De veras —afirmó John. Estrujó nuevamente el lampazo—. Él no tuvo la culpa. Fue obra de la fiebre. La gente suele decir o hacer cualquier cosa cuando delira. *Cualquier cosa.*

Charlie entendió a qué se refería y experimentó un miedo abrumador. Nunca había considerado esa posibilidad.

—Pero si pudieras controlar esa piro-no-sé-qué...

—¿Cómo podría controlarla si estuviera delirando?

—Porque es *así*. —Rainbird se remontó a la metáfora original de Wanless, la misma que tanto había disgustado a Cap hacía casi un año—. Es como el control de esfínteres, Charlie. Una vez que aprendes a dominar las tripas y la vejiga, las dominas para siempre. A veces los enfermos delirantes empapan la cama de sudor, pero rara vez se mean encima.

Hockstetter le había explicado que esto no era siempre cierto, pero Charlie no tenía por qué saberlo.

—Bueno, de todas maneras, lo único que quiero decirte es que si aprendieras a *controlarlo*, ¿entiendes?, ya no deberías volver a preocuparte. Habrías ganado la partida. Pero para tener el control es necesario practicar y practicar. Así fue como aprendiste a atar los cordones de los zapatos y a escribir las letras en el parvulario.

—Pero..., pero es que no quiero prender fuego. ¡Y no lo haré! *¡No lo haré!*

—Caray, te he enojado —exclamó John, compungido—. Ciertamente no era ésa mi intención, Charlie. No agregaré nada más. Siempre he sido un bocazas.

Sin embargo, la vez siguiente fue ella quien abordó el tema.

Fue tres o cuatro días después. Charlie había reflexionado concienzudamente en torno de todo lo que John le había dicho... y creía haber encontrado un punto vulnerable.

—Eso no acabaría nunca —comentó—. Siempre me pedirían más y más y más. Si supieras cómo nos *persiguieron*, sin desistir *nunca*. Una vez que empezara, me pedirían fogatas más grandes, cada vez más grandes, y después me pedirían hogueras y después..., no sé..., pero tengo miedo.

Él volvió a admirarla. Charlie tenía una intuición y un ingenio innato increíblemente aguzados. Se preguntó qué opinaría Hockstetter cuando él, Rainbird, le informara que Charlie McGee tenía una idea muy precisa acerca del plan maestro ultrasecreto. Todos los informes que se ocupaban de Charlie enunciaban la teoría de que la piroquinesis no era más que la piedra angular de muchos talentos extrasensoriales afines, y Rainbird sospechaba que la intuición era uno de ellos. Su padre les había repetido hasta el cansancio que Charlie había *sabido* que Al Steinowitz y los otros se acercaban a la granja de Manders mucho antes de que llegaran. Esto era alarmante. Si alguna vez tenía una de sus extrañas intuiciones acerca de la sinceridad de él, de Rainbird..., bueno, decían que el infierno no conoce furia como la de la mujer escarnecida, y si la mitad de lo que suponían acerca de Charlie era cierto, ésta podía perfectamente fabricar un infierno, o una imitación aceptable. Era posible que él se encontrara súbitamente muy acalorado. Esto agregaba un cierto condimento a la operación..., un condimento que echaba de menos desde hacía demasiado tiempo.

—Charlie —murmuró—, no digo que debas hacer nada de esto *gratuitamente*.

Ella lo miró, perpleja.

John suspiró.

—No sé muy bien cómo expresarlo —prosiguió—. Supongo que te quiero un poco. Eres como la hija que nunca tuve. Y el hecho de ver cómo te tienen encerrada aquí, sin dejar que te reúnas con tu padre y todo lo demás, privándote de todas las cosas de las que disfrutan las otras niñas..., es algo que casi me preduce *náuseas*.

En ese momento le clavó su ojo sano, asustándola un poco.

—Podrías obtener muchas ventajas si les siguieras la corriente... poniendo algunas condiciones.

—Condiciones —repitió Charlie, totalmente desconcertada.

—¡Sí! Podrías conseguir que te dejaran salir al sol, seguramente. Quizás incluso que te dejaran ir a hacer compras en Longmont. Podrías salir de esta maldita caja y alojarte en una casa normal. Tratar con otros niños. Y...

—¿Y ver a mi padre?

—Claro, eso también. —Pero esto era algo que nunca iba a ocurrir, porque si los dos contrastaban su información descubrirían que John el Ordenanza Servicial era demasiado bueno para ser auténtico. Rainbird no le había pasado un solo mensaje a Andy McGee. Hockstetter opinaba que eso habría supuesto un riesgo inútil, y Rainbird, que en general consideraba que Hockstetter era un miserable incordio, estaba de acuerdo con él.

Una cosa era engatusar a una chiquilla de ocho años con cuentos de hadas y hacerle creer que no había micrófonos en la cocina y que no bastaba hablar en voz baja para que no los oyeran, y otra muy distinta sería embaucar al padre de la niña con la misma fábula, aunque estuviera dopado de pies a cabeza. Posiblemente McGee no estaría tan dopado como para no darse cuenta de que hacían poco más que representar ante Charlie la comedia del Policía Bueno y el Policía Malo, técnica que la mayoría de los servicios policiales del mundo utilizaban desde hacía siglos para vencer la resistencia de los delincuentes.

Así que mantuvo la ficción de que llevaba sus mensajes a Andy como mantenía muchas otras ficciones. Era cierto que lo veía a menudo, pero sólo en las pantallas monitoras de TV. Y era cierto que Andy cooperaba en las pruebas, pero también lo era que estaba desquiciado y que no podía hacerle comer un purilí a un niño, con sus empujones. Se había reducido a una perfecta nulidad, que sólo se preocupaba por los programas de Televisión y por la hora en que le suministrarían la píldora siguiente, y ya ni siquiera pedía que le dejaran ver a su hija. Tal vez el hecho de encontrarse con su padre, y de descubrir en qué condiciones lo habían dejado, sólo serviría para despertar de nuevo su resistencia, cuando él estaba tan cerca de doblegarla por completo. Ahora Charlie *deseaba* que la convencieran. No, todo era negociable menos eso. Charlie McGee nunca volvería a ver a su padre. Rainbird sospechaba que Cap no tardaría en embarcar a McGee en un avión de la Tienda rumbo al reducto de Maui. Pero la chica tampoco tenía por qué enterarse de eso.

—¿Crees de veras que me permitirán verlo?

—Claro que sí —respondió él con desparpajo—. No al principio, por supuesto. Él es la baza que tienen para presionarte, y lo saben. Pero si llegaras hasta cierto punto y dijeses que si no te permiten verlo dejarías de cooperar... —Dejó la frase inconclusa. El señuelo estaba a la vista, un enorme cebo refulgente arrastrado por el agua. Estaba erizado de anzuelos y de todos modos no era comestible, pero esto tampoco lo sabía esa chiquilla obstinada.

Charlie lo miró pensativamente. No hablaron más del tema. Ese día.

Ahora, una semana más tarde, Rainbird invirtió bruscamente su táctica. No lo hizo por ninguna razón concreta, sino porque su propia intuición le dictó que no podría adelantar más a base de utilizar argumentos. Era hora de implorar.

—¿Recuerdas el tema del que hablamos? —preguntó, iniciando la conversación. Estaba encerando el suelo de la cocina. Ella fingía demorarse en la selección de un bocado, frente a la nevera. Un pie limpio, rosado, estaba empinado detrás del otro de modo que él veía la planta, y esta pose le hizo evocar curiosamente la etapa intermedia de la infancia. Era algo pre-erótico, casi místico. Nuevamente su corazón latió por ella. Entonces Charlie lo miró dubitativamente por encima del hombro. Su cabello, peinado en cola de caballo, descansaba sobre el otro hombro.

—Sí —contestó—. Lo recuerdo.

—Bueno, he estado pensando, y empecé a preguntarme qué es lo que me convierte en un experto en dar consejos. Ni siquiera puedo conseguir un crédito bancario de mil dólares para comprarme un coche.

—Oh, John, eso no significa nada...

—Claro que sí. Si supiera algo, me parecería a Hockstetter. Tendría educación universitaria.

—Mi padre dice que cualquier majadero se puede comprar una educación universitaria en alguna parte —replicó ella con desdén.

Rainbird se regocijó, interiormente.

2

Tres días más tarde, el pez tragó el cebo.

Charlie le informó que había resuelto permitir que la sometieran a sus pruebas. Sería prudente, añadió. Y se ocuparía de que *ellos* fueran prudentes, si no sabían cómo serlo. Sus facciones estaban macilentas y abatidas y pálidas.

—No lo hagas si no lo tienes completamente decidido —dijo John.

—Lo he ensayado —susurró Charlie.

—¿Lo haces por ellos?

—*¡No!*

—¡Estupendo! ¿Lo haces por ti?

—Sí. Por mí. Y por mi padre.

—Muy bien —asintió él—. Y Charlie..., oblígalos a ceñirse a tus reglas. ¿Me entiendes? Les has demostrado que puedes ser tenaz. No les dejes entrever ahora una veta de debilidad. Si la descubren, la explotarán. Ponte fuerte. ¿Sabes a qué me refiero?

—Creo... que sí.

—Si ellos obtienen algo, exige algo a cambio. Siempre. Nada de muestras gratis. —Sus hombros se encorvaron un poco. Su ojo perdió brillo. Ella aborrecía verlo así, deprimido y derrotado—. No dejes que te traten como me trataron a mí. Sacrifiqué por mi país cuatro años de vida y un ojo. Uno de esos años lo pasé en un hoyo subterráneo, comiendo insectos y afiebrado y oliendo constantemente mi propia mierda y arrancándome piojos del pelo. Y cuando salí de allí me dijeron muchas gracias, John, y me pusieron un estropajo en la mano. Me robaron, Charlie. ¿Entiendes? No permitas que hagan lo mismo contigo.

—Entiendo —asintió ella solemnemente.

Él se animó un poco y después sonrió.

—¿Cuándo será pues el gran día?

—Mañana veré al doctor Hockstetter. Le comunicaré que he decidido cooperar..., un poco. Y le..., y le diré qué es lo que quiero *yo*.

—Bueno, pero al principio no pidas demasiado. Es la táctica que emplean en las barracas de los parques de atracciones, Charlie. Debes dejarles echar una ojeada antes de arrebatarles el dinero.

Charlie hizo un ademán afirmativo con la cabeza.

—Pero que sepan muy claramente quién lleva la batuta, ¿de acuerdo? Demuéstrales quién manda.

—De acuerdo.

La sonrisa de él se ensanchó.

—¡Eres una chica formidable! —exclamó.

3

Hockstetter estaba furioso.

—¿Qué *diablos* significa este juego? —le gritó a Rainbird.

Estaban en el despacho de Cap. Se atrevía a gritar, pensó Rainbird, porque Cap estaba allí para desempeñar el papel de árbitro. Después echó una segunda mirada a los exasperados ojos azules del científico, a sus mejillas congestionadas, a sus nudillos blancos, y admitió que probablemente se había equivocado. Se había atrevido a franquear las puertas y a entrar en el jardín secreto de los privilegios de Hockstetter. El zarandeo que le había administrado Rainbird al concluir el apagón había sido otra cosa: Hockstetter había cometido un traspié peligroso y lo sabía. Esto era totalmente distinto, pensó.

Rainbird se limitó a mirarlo fijamente.

—¡Ha montado cuidadosamente la operación en torno de una imposibilidad! ¡Sabe muy bien que la chica no va a ver a su padre! «Si ellos obtienen algo, exige algo a cambio.» —Hockstetter lo parodió ferozmente—. ¡Grandísimo idiota!

Rainbird siguió mirándolo fijamente.

—No vuelva a llamarme idiota —manifestó, con voz impecablemente neutra. Hockstetter se replegó, pero sólo un poco.

—Por favor, caballeros —intervino Cap cansadamente—. Por favor.

Sobre su escritorio había un magnetófono. Acababan de escuchar la conversación que Rainbird había tenido con Charlie aquella mañana.

—Al parecer el doctor Hockstetter ha omitido considerar el hecho de que finalmente él y su equipo van a conseguir *algo* —añadió Rainbird—. Lo cual aumentará su volumen de conocimientos prácticos en un cien por ciento, si mis nociones de matemáticas no me engañan.

—Como consecuencia de un accidente totalmente imprevisto —comentó Hockstetter con tono hosco.

—Un accidente que ustedes no organizaron premeditamente porque son demasiado lelos —replicó Rainbird—. Tal vez estaban demasiado atareados jugando con sus ratas.

—¡Basta ya, caballeros! —exclamó Cap—. No estamos aquí para recriminarnos unos a otros. Ésa no es la finalidad de esta entrevista. —Miró a Hockstetter—. Usted va a colaborar —dictaminó—. Debo confesar que me llama la atención su ingratitud.

Hockstetter farfulló algo.

Cap miró a Rainbird.

—De todas maneras, creo que al final exageraste tu papel de defensor de pobres y desamparados.

—¿Usted cree? Entonces todavía no han entendido. —Miró alternativamente a Cap y a Hockstetter—. Creo que los dos han exhibido una miopía casi anonadante. Tienen a su disposición a dos psiquiatras de niños, y si ambos son un modelo fiel de las virtudes de esa especialidad, sospecho que en el mundo hay muchas criaturas perturbadas que lo van a pasar muy mal.

—Es fácil decirlo —protestó Hockstetter—. Esta...

—Sencillamente no se dan cuenta de lo *espabilada* que es —lo interrumpió Rainbird—. No entienden su..., su aptitud para captar las causas y los efectos de las cosas. Trabajar con ella es como abrirse paso por un campo minado. Le propuse la idea del toma y daca porque se le habría ocurrido a ella misma. Cuando se me ocurrió a mí antes que a ella, reforcé la confianza que le inspiro... En verdad, conseguí que una desventaja se convirtiera en ventaja.

Hockstetter abrió la boca. Cap levantó la mano y después se volvió hacia Rainbird. Le habló con un tono suave, apaciguador, que no empleaba con nadie más... pero, desde luego, nadie se parecía a John Rainbird.

—Igualmente, creo que has limitado la magnitud de los experimentos que podrán realizar Hockstetter y su equipo. Antes o después la chica comprenderá que no vamos a complacer su última petición, o sea, que no le permitiremos ver a su padre. Todos estamos de acuerdo en que si accediéramos, podríamos vernos definitivamente privados de sus servicios.

—Correcto —sentenció Hockstetter.

—Y si es tan espabilada como dices —prosiguió Cap—, posiblemente formulará esta petición más temprano y no más tarde.

—La formulará —asintió Rainbird—. Y ése será el fin. Para empezar, apenas lo vea comprenderá que le he mentido siempre acerca de su estado. Lo cual la llevará a la conclusión de que durante todo este tiempo he sido un testaferro de ustedes. Así pues, sólo se trata de saber hasta cuándo podrán explotarla.

Rainbird se inclinó hacia delante.

—Dos acotaciones. En primer lugar, ambos tendrán que acostumbrarse a la idea de que no podrán utilizarla *ad infinitum* para provocar incendios. Es un ser humano, una chiquilla que desea ver a su padre. No es una rata de laboratorio.

—Ya hemos... —empezó a replicar Hockstetter impacientemente.

—No, no lo han hecho. Esto se remonta al principio mismo del sistema de recompensas en la experimentación. A la estaca y a la zanahoria. Charlie cree que al prender fuego les muestra la zanahoria que finalmente los conducirá a ustedes, y a ella, hasta su padre. Pero nosotros sabemos que no es así. En realidad, su padre es la zanahoria y nosotros la llevamos a ella agarrándola de la nariz. Una mula roturará un campo de veinte hectáreas marchando en pos de la zanahoria que se balancea delante de sus ojos, porque es estúpida. *Pero esta criatura no lo es.*

Miró a Cap y a Hockstetter.

—No me canso de repetirlo. Es como clavar un clavo en un roble, un roble de primer corte. Es difícil hincarlo, ya lo saben, pero parecen olvidarlo. Más tarde o más temprano se espabilará y los mandará a la mierda. Porque no es una mula. Ni una rata blanca de laboratorio.

Y tú quieres que desista, pensó Cap con un odio incandescente. Quieres que desista para poder matarla.

—Así que empiecen por ese elemento básico —continuó Rainbird—. Ése es el punto de partida. Después busquen la forma de prolongar su cooperación lo más posible. Más tarde, cuando todo haya terminado, redacten su informe. Si consiguen reunir suficientes datos, los recompensarán con una asignación suculenta. Ustedes se habrán conseguido la zanahoria. Después podrán empezar a administrarse su mejunje a otro atajo de pobres infelices ignorantes.

—Nos está insultando —siseó Hockstetter con voz trémula.

—Peor es el caso de los estúpidos desahuciados —respondió Rainbird.

—¿Cómo propone que prolonguemos su cooperación?

—Para sacarle algunas concesiones bastará que le otorguen pequeños privilegios —explicó Rainbird—. Un paseo por el prado. O... a todas las criaturas les encantan los caballos. Apuesto que si un mozo de establo la pasea por los caminos de equitación en uno de los jamelgos de las cuadras, ella accederá a encender media docena de fogatas. Y esto bastará para que una docena de burócratas como Hockstetter cuenten con el presupuesto necesario para bailar durante cinco años sobre una cabeza de alfiler.

Hockstetter apartó su silla de la mesa.

—No tengo por qué seguir soportando esto.

—Siéntese y cállese —ordenó Cap.

Las facciones de Hockstetter se congestionaron. Se hubiera dicho que iba a rebelarse. Después palidecieron tan rápidamente como se habían congestionado y pareció a punto de llorar. Por fin volvió a sentarse.

—Déjela ir de compras a la ciudad —prosiguió

Rainbird—. Organícele quizás un viaje a Seven Flags, en Georgia, para que monte en la montaña rusa. Tal vez incluso podría ir con su buen amigo John el ordenanza.

—Piensas en serio que eso bastará... —empezó a argüir Cap.

—No, no lo pienso. No por mucho tiempo. Antes o después insistirá en el tema de su padre. Pero es un ser humano. También quiere disfrutar de su propia vida. Hará muchas de las cosas que ustedes quieren que haga, y se justificará ante sí misma diciéndose que les está dejando echar una ojeada antes de arrebatarles el dinero. Pero acabará por insitir en el tema de su padre, sí. Ésta no es una chica mercenaria. Es muy tenaz.

—Y ahí termina la fiesta —murmuró Cap pensativamente—. Todos afuera. Concluye el experimento. Esta fase, por lo menos. —En muchos sentidos, la perspectiva de un pronto desenlace le aliviaba tremendamente.

—Ahí precisamente no —dijo Rainbird, con su sonrisa desprovista de humor—. Tenemos otra baza en la manga. Una zanahoria muy grande, para cuando se agoten las pequeñas. No se trata de su padre, que es el premio gordo, sino de algo que seguirá estimulándola durante un poco más de tiempo.

—¿Y qué será eso? —preguntó Hockstetter.

—Descúbralo usted —contestó Rainbird, sin dejar de sonreír, y no agregó nada más. Tal vez Cap lo descubriría, a pesar de que durante el último medio año, más o menos, había decaído mucho. A media máquina él era más listo que todos sus subordinados (y que todos los pretendientes a su trono) a plena potencia. En cuanto a Hockstetter, no lo desentrañaría nunca. Hockstetter se había elevado varias categorías por encima de su nivel de incompetencia, hazaña que era más viable en la burocracia oficial que en cualquier otra. A Hockstetter le resultaría difícil guiarse por el olfato hasta un bocadillo de mierda y requesón.

Aunque a él poco le importaba que alguno de ellos descubriera o no cuál era el premio final (el Premio Gordo, se podría decir) de aquella pequeña competición. Los resultados serían igualmente los mismos. Lo colocarían cómodamente en el puesto de mando, de una manera u otra. Podría haberles preguntado: *¿Quién creen que es su padre ahora que su padre no está con ella?*

Que ellos lo descubrieran. Si podían.

John Rainbird siguió sonriendo.

4

Andy McGee estaba sentado frente al televisor. La lucecita piloto ambarina del equipo de vídeo privado brillaba en el dispositivo cuadrangular montado sobre el televisor. Richard Dreyfuss se preparaba para un encuentro en la tercera fase. Andy lo miraba con una expresión sosegada e insulsa de placer. Por dentro bullía de nerviosismo. Ése era el día elegido.

Para Andy, las tres semanas transcurridas desde el apagón habían sido un período de tensión y angustia casi insoportables, entretejido con hebras refulgentes de euforia culpable. Entendía simultáneamente cómo la KGB rusa podía inspirar tanto terror y cómo Winston Smith, el personaje de George Orwell, debía de haber disfrutado de su breve lapso de rebelión demencial y furtiva. Volvía a tener un secreto. Éste lo corroía y socavaba, como todos los secretos solemnes corroen y socavan la mente de sus guardianes, pero también lo hacía sentir de nuevo íntegro y potente. Los estaba engañando. Sólo Dios sabía hasta cuándo podría seguir o si eso daría algún resultado, pero por el momento lo estaba *logrando*.

Eran casi las diez de la mañana, y Pynchot, el hombre de la sonrisa eterna, llegaría a las diez. Saldrían a caminar por el jardín donde «discutirían su progreso». Andy tenía el propósito de empujarlo... o por lo menos de intentarlo. Quizás habría realizado el esfuerzo antes, si no hubiera sido por los monitores de TV y los incontables micrófonos. Y la espera le había dado tiempo para programar su plan de ataque y para repasarlo una y otra vez en el intento de encontrarle algún punto débil. En verdad, había reescrito reiteradamente, dentro de su cabeza, varios fragmentos del guión.

Por la noche, tumbado en su cama, en la oscuridad, había pensado, con insistencia machacona: *El hermano Grande vigila. No dejes de repetírtelo, grábatelo bien en tu mente. Te quieren encerrado en el mismísimo lóbulo frontal del Hermano Grande, y si de veras pretendes ayudar a Charlie, deberás seguir engañándolos.*

Nunca en su vida había dormido menos que entonces, sobre todo porque le aterraba la idea de hablar en sueños. Algunas noches permanecía varias horas en vela, e incluso temía cambiar de posición para que no se preguntaran por qué un hombre drogado estaba tan inquieto. Y cuando dormía, su sueño era ligero, estaba poblado de imágenes extrañas (la de Long John Silver, el pirata tuerto de la pata de palo, era una de ellas, recurrente) y se interrumpía con facilidad.

Lo más fácil era desembarazarse de las píldoras, porque ellos creían que las anhelaba vehementemente. Ahora se las traían cuatro veces al día, y desde el apagón no había habido más pruebas. Andy pensaba que se habían dado por vencidos, y que esto era lo que Pynchot quería informarle durante el paseo de ese día.

A veces expulsaba las píldoras de la boca con una tos, las depositaba en la mano ahuecada, y las mezclaba con los restos de comida que luego arrojaba en el sistema de eliminación de basura. Otras iban a parar al inodoro. Otras más había simulado tragarlas con el *ginger ale*. Las escupía en el bote semivacío para que se disolvieran allí cuando lo dejaba como olvidado. Más tarde las vertía en el sumidero.

Dios sabía que no era un profesional de la simulación, y presumiblemente quienes lo espiaban en las pantallas monitoras sí lo eran. Pero no creía que siguieran vigilándolo atentamente. Si seguían vigilándolo, lo atraparían. Y eso era todo.

Dreyfuss y la mujer cuyo hijo había sido invitado a un paseo por los tripulantes del platillo escalaban la ladera del Devil's Butte, cuando zumbó brevemente la chicharra que marcaba la interrupción del circuito de la puerta. Andy contuvo un sobresalto.

Ha llegado el momento, se dijo.

Herman Pynchot entró en la sala. Era más bajo que Andy y muy delgado. Tenía un aire que a Andy siempre le parecía ligeramente afeminado, aunque no en razón de algún rasgo identificable. Ese día estaba excepcionalmente apuesto y elegante con un delgado suéter gris de cuello alto y una americana de verano. Y, por supuesto, sonreía.

—Buenos días, Andy —saludó.

—Oh —exclamó Andy, y después hizo una pausa, como si pensara—. Qué tal, doctor Pynchot.

—¿Le molesta que apaguemos esto? Es hora de salir a caminar un poco, ya sabe.

—Oh. —Andy frunció la frente y después la desarrugó—. Claro. Ya he visto esta película tres o cuatro veces. Pero me gusta el final. Es bonito. El OVNI se los lleva, ya sabe. A las estrellas.

—No me diga. —Pynchot apagó el televisor—. ¿Vamos?

—¿A dónde? —preguntó Andy.

—A caminar —respondió Pynchot pacientemente—. ¿Recuerda?

—Oh. Sí. —Andy se levantó.

5

El pasillo situado fuera de la habitación de Andy era ancho y tenía suelo de baldosas. La iluminación era difusa e indirecta. No lejos de allí había un centro de comunicación o de computación: pasaban individuos con tarjetas perforadas, con rollos de información mecanografiada, y se oía el rumor de la maquinaria ligera.

Un hombre joven, enfundado en una americana deportiva confeccionada en serie —el prototipo del agente gubernamental— holgazaneaba junto a la puerta del apartamento de Andy. Tenía un bulto bajo el brazo. El agente formaba parte de la operación típica, y cuando Andy y Pynchot salieran a caminar, echaría a andar detrás de ellos, vigilante pero a una distancia que no le permitiría oírlos. Andy no creía que implicara algún peligro.

En ese momento el agente comenzó a seguirlos mientras él y Pynchot se encaminaban hacia el ascensor. El corazón de Andy palpitaba con tanta fuerza que le pareció que le hacía vibrar toda la caja torácica. Disimuladamente, lo observaba todo con atención. Había quizás una docena de puertas desprovistas de placas de identificación. Otras veces en que había pasado por ese pasillo había visto algunas abiertas —una biblioteca pequeña, especializada; una oficina de fotocopias— pero no tenía la menor idea acerca de lo que ocultaban las otras. Era posible que Charlie estuviera en ese mismo momento detrás de una de ellas... o en alguna zona totalmente distinta de ese reducto.

Entraron en el ascensor, donde habría cabido una camilla de hospital. Pynchot extrajo sus llaves, hizo girar una en la cerradura embutida, y pulsó uno de los botones no identificados. Las puertas se cerraron y el ascensor subió silenciosamente. El agente de la Tienda estaba apostado en el fondo de la cabina. Andy tenía las manos metidas en los bolsillos de sus vaqueros «Lee», con una vaga sonrisa insulsa en el rostro.

La puerta del ascensor se abrió ante lo que antaño había sido un salón de baile. El suelo era de roble lustrado. En el otro extremo del vasto recinto, una escalera de caracol se enroscaba dos veces sobre sí misma, airosamente, en su trayecto hacia el piso superior. A la izquierda, una puerta vidriera comunicaba con una terraza soleada y con el jardín de piedra contiguo. Desde la derecha, donde estaban entreabiertas unas macizas puertas de roble, llegaba el repiqueteo de las máquinas de escribir que despachaban las montañas de papeleo cotidiano.

Y de todas partes provenía el aroma de flores frescas.

Pynchot encabezó la marcha a través del salón de baile soleado, y Andy hizo como siempre un comentario acerca del suelo de madera, como si lo viera por primera vez. Atravesaron la puerta vidriera seguidos por la sombra que les había adjudicado la Tienda. La atmósfera estaba muy calurosa y húmeda. Las abejas zumbaban perezosamente, por el aire. Más allá del jardín de piedra se veían hortensias, forsitias y arbustos de rododendros. Se oía el ruido de las cortadoras de césped motorizadas que hacían sus eternos recorridos. Andy volvió la cara hacia el sol con una gratitud que no era fingida.

—¿Cómo se siente, Andy? —preguntó Pynchot.

—Bien. Bien.

—Ya sabe, hace casi medio año que está aquí —comentó Pynchot, con ese tono de ligera sorpresa propio del es-increíble-cómo-vuela-el-tiempo-cuando-lo-pasas-bien. Giraron hacia la derecha, por uno de los senderos de grava. El perfume de las madreselvas y del aromático sasafrás impregnaba el aire quieto. Del otro lado del estanque, cerca de la segunda mansión, dos caballos trotaban abúlicamente.

—Tanto tiempo... —murmuró Andy.

—Sí, es mucho tiempo —asintió Pynchot, sonriendo—. Y hemos decidido que su poder ha... declinado, Andy. En verdad, usted sabe que no hemos obtenido ningún resultado apreciable.

—Bueno, no han parado de administrarme sedantes —protestó Andy—. No pueden pretender que rinda mucho si estoy drogado.

Pynchot carraspeó pero no argumentó que Andy había estado totalmente despejado en las tres primeras series de pruebas y que todas ellas habían sido infructuosas.

—Quiero decir que he hecho todo lo posible, doctor Pynchot. Lo he *intentado*.

—Sí, sí. Por supuesto. Y pensamos, mejor dicho, *yo* pienso, que merece un descanso. La Tienda tiene un pequeño campamento en Maui, en las islas Hawai, Andy. Y yo redactaré muy pronto un informe sobre

357

lo ocurrido en estos seis meses. ¿Le gustaría —la sonrisa de Pynchot se ensanchó hasta convertirse en la mueca de un animador de programas de juego y habló con el tono propio de alguien que le ofrece a una criatura un obsequio increíble—, le gustaría que recomendase enviarlo allí para el futuro inmediato?

El futuro inmediato podría abarcar dos años, pensó Andy. Tal vez cinco. Querrían vigilarlo por si reaparecía su poder de dominación mental, y quizá sería la baza que retendrían para el caso de que se presentara una dificultad imprevista en la relación con Charlie. Pero no dudaban que al final moriría víctima de un accidente o de una sobredosis o de un «suicidio». En la jerga de Orwell, se convertiría en una no persona.

—¿Seguirían suministrándome mi medicación? —preguntó Andy.

—Oh, por supuesto.

—Hawai... —murmuró Andy con tono soñador. Después miró a Pynchot con lo que esperaba que pareciera una expresión de astucia un tanto estúpida—. Probablemente el doctor Hockstetter no me dejará partir. El doctor Hockstetter no me estima. Me doy cuenta de ello.

—Oh, claro que lo estima —afirmó Pynchot—. Claro que lo estima, Andy. Y de todos modos, usted es mi paciente, no el del doctor Hockstetter. Le aseguro que hará lo que yo aconseje.

—Pero usted aún no ha escrito su informe —argumentó Andy.

—No, quería hablar antes con usted. Pero la aprobación de Hockstetter no es más que una formalidad, de veras.

—Sería prudente realizar otra serie de pruebas —dijo Andy, y empujó ligeramente a Pynchot—. Para mayor seguridad.

De pronto los ojos de Pynchot se embotaron de una manera extraña. Su sonrisa fluctuó, con un aire perplejo, y después se borró por completo. Ahora era Pynchot el que parecía drogado, y esto le produjo a Andy una cruel satisfacción. Las abejas bordoneaban entre las flores. El olor de la hierba recién cortada, denso y pegajoso, flotaba en el aire.

—Cuando redacte su informe, sugiera que se lleven a cabo otra serie de pruebas —repitió Andy.

Los ojos de Pynchot se despejaron. Su sonrisa reapareció, radiante.

—Naturalmente, el proyecto de Hawai quedará entre nosotros, por el momento —manifestó—. Cuando redacte mi informe, sugeriré otra serie de pruebas. Creo que sería prudente. Para mayor seguridad, ya sabe.

—¿Pero es posible que después vaya a Hawai?

—Sí —contestó Pynchot—. Después de eso.

—¿Y la otra serie de pruebas durará más o menos tres meses?

—Sí, aproximadamente tres meses. —Pynchot sonrió jubilosamente como si Andy fuera un alumno sobresaliente.

Ahora se acercaban al estanque. Los patos nadaban plácidamente por el espejo de su superficie. Los dos hombres se detuvieron en la orilla. Detrás de ellos, el hombre joven de la americana deportiva miraba a un hombre y una mujer de mediana edad que caminaban juntos por la otra margen del estanque. Lo único que alteró sus imágenes reflejadas fue el lento y uniforme desplazamiento de uno de los patos blancos. Andy pensó que la pareja se parecía tétricamente a un anuncio de seguros por correspondencia, o sea, uno de esos anuncios que siempre se desprendían de la edición dominical del periódico y caían sobre tus rodillas... o en tu café.

Sentía una débil pulsación de dolor en la cabeza. Nada serio. Pero el nerviosismo casi le había hecho empujar a Pynchot con mucha más fuerza de la necesaria, y el joven que los seguía podría haberlo notado. No parecía estar observándolos, pero Andy no se dejaba engañar.

—Hábleme un poco de los caminos y la campiña que rodean esta finca —le dijo parsimoniosamente a Pynchot, y volvió a aplicarle un ligero empujón. De varios fragmentos de conversación había concluido que no estaban demasiado lejos de Washington, D.C., aunque tampoco estaban tan cerca como la base de operaciones de la CIA, situada en Langley. No sabía nada más.

—Éste es un lugar muy hermoso —comentó Pynchot con tono soñador—, desde que rellenaron los agujeros.

—Sí, es muy hermoso —asintió Andy, y se calló. A veces el empujón activaba en la persona empujada una memoria evocativa casi hipnótica, generalmente a través de una asociación oscura, y no era aconsejable interrumpir el proceso. Eso podía producir un eco, y el eco podía convertirse en un rebote, y el rebote podía desembocar en..., bueno, prácticamente en cualquier cosa. Le había sucedido a uno de sus ejecutivos tímidos y Andy se había dado un susto que le había helado la sangre en las venas. Todo se había solucionado, pero si el amigo Pynchot tenía una crisis repentina de histeria, no se solucionaría nada.

—A mi esposa le encanta —añadió Pynchot con el mismo tono soñador.

—¿A qué se refiere? —inquirió Andy—. ¿Qué es lo que le encanta?

—La nueva trituradora de residuos. Es muy...

Dejó la frase inconclusa.

—Muy bonita —sugirió Andy. El tipo de la americana deportiva se había acercado un poco más y Andy sintió que le brotaba sobre el labio superior una fina película de sudor.

—Muy bonita —asintió Pynchot, y miró distraídamente hacia el estanque.

El agente de la Tienda se acercó aún más, y Andy pensó que tal vez debería arriesgarse a aplicar otro empujón... muy suave. Pynchot estaba plantado junto a él como un televisor con una válvula quemada.

Su seguidor levantó un pequeño trozo de madera y lo arrojó al agua. Cayó con un débil impacto y generó una sucesión de ondas rielantes. Pynchot parpadeó.

—La comarca circundante es muy hermosa —sentenció Pynchot—. Muy ondulada, sabe. Apropiada para la equitación. Mi esposa y yo salimos a cabalgar una vez por semana, cuando podemos. Supongo que Dawn es el pueblo más próximo en dirección al Oeste... Al Sudoeste, en realidad. Muy pequeño. Dawn está sobre la Carretera Tres-Cero-Uno. Gether es el pueblo más próximo en dirección al Este.

—¿Gether se levanta sobre una carretera importante?

—No. Sólo sobre una comarcal.

—¿A dónde lleva la Carretera Tres-Cero-Uno? Además de pasar por Dawn.

—Bueno, si va hacia el Norte terminará en Washington, en el distrito de Columbia. Si va hacia el Sur, llegará casi a Richmond.

Ahora Andy quería preguntarle por Charlie; había planeado preguntarle por Charlie, pero la reacción de Pynchot lo había alarmado un poco. Su asociación de *esposa, agujeros, bonito* y —¡qué extraño!— *trituradora de residuos*, había sido peculiar y un poco inquietante. Quizá Pynchot, aunque accesible, no era un buen sujeto. Quizá tenía una personalidad alterada, fuertemente ceñida por un molde de aparente normalidad, mientras sólo Dios sabía qué fuerzas se hallaban en equilibrio inestable debajo de la superficie. Los empujones aplicados a personas que sufrían perturbaciones mentales podían producir toda clase de resultados imprevistos. Si no hubiera sido por la presencia de su seguidor tal vez lo habría intentado igualmente (después de todo lo que le había sucedido a él, tenía pocos escrúpulos en manipular la psiquis de Herman Pynchot), pero en esas condiciones no se atrevía a hacerlo. Quizás un psiquiatra con empuje podría convertirse en una bendición para la Humanidad, pero Andy McGee no era un brujo de ese tipo.

A lo mejor era ridículo extraer tantas conclusiones de una sola reacción de memoria evocativa. Antes las había activado en muchos individuos y muy pocos de ellos habían comenzado a desvariar. Pero no confiaba en Pynchot. Pynchot sonreía demasiado.

Repentinamente una voz fría y asesina habló desde muy adentro de él, desde un recoveco de su inconsciente: *Dile que se vaya a casa y se suicide. Después empújalo con fuerza. Empújalo con fuerza.*

Alejó la idea, horrorizado y con un poco de náusea.

—Bueno —dijo Pynchot, girando la cabeza, sin dejar de sonreír—: ¿Qué le parece si volvemos?

—Claro —respondió Andy.

Y así empezó. Pero aún no sabía nada acerca de Charlie.

6

INFORME
INTERDEPARTAMENTAL

De	Herman Pynchot
A	Patrick Hockstetter
Fecha	12 de setiembre
Asunto	Andy McGee

En los últimos tres días he repasado todas mis notas y la mayoría de las cintas magnetofónicas y he hablado con McGee. No se ha producido ningún cambio esencial en la situación desde que la discutimos por última vez el 5/9, pero por ahora me gustaría dejar en suspenso el plan de Hawai si no existe ninguna objeción importante (como dice Cap Hollister: «no es más que dinero»).

Se trata, Pat, de que a mi juicio sería prudente realizar una última serie de pruebas, sólo para mayor seguridad. Después podríamos seguir adelante con el plan y enviarlo al campamento de Maui. Creo que la última serie podría durar más o menos tres meses.

Por favor, dame tu opinión antes de que empiece el papeleo necesario.

HERM

INFORME
INTERDEPARTAMENTAL

De   P. H.
A   Herm Pynchot
Fecha 13 de setiembre
Asunto Andy McGee

¡No te entiendo! La última vez que nos reunimos acordamos —con tu plena aprobación— que McGee era tan inútil como un fusible quemado. ¡Ya sabes que todo tiene un límite!

Si quieres realizar otra serie de pruebas —una serie *abreviada*— cuenta conmigo. La semana próxima empezaremos con la chica, pero gracias a las intromisiones incompetentes de cierta persona, es probable que su cooperación no dure mucho. Mientras dure, no sería una mala idea tener a mano a su padre... ¿¿¿como «extintor de incendios»???

Oh, sí..., es posible que «no sea más que dinero», pero éste lo ponen los contribuyentes, y raramente alentamos una actitud tan frívola respecto del presupuesto, Herm. El capitán Hollister *menos que nadie*. No lo olvides.

Calcula retenerlo durante 6 a 8 semanas a lo sumo, excepto si obtienes resultados positivos..., y si los obtienes, me comeré personalmente tus mocasines.

Pat

—Grandísimo hijo de puta —masculló Herman Pynchot cuando terminó de leer el informe. Releyó el tercer párrafo. Hockstetter, el mismo Hockstetter que tenía un «Thunderbird» modelo 1958 completamente reacondicionado, se permitía reconvenirle por cuestiones de dinero. Estrujó el papel y lo arrojó a la papelera y se arrellanó en su silla giratoria. ¡Dos meses, a lo sumo! Eso no le gustaba. Tres habrían sido un lapso más razonable. Realmente pensaba...

Una visión de la trituradora de residuos que había instalado en su casa afloró en su mente, sin motivo y misteriosamente. Esto tampoco le gustó. Últimamente la trituradora de residuos se le había implantado en la cabeza y parecía que le era imposible desalojarla de allí. Salía a relucir especialmente cuando intentaba abordar el caso de Andy McGee. El agujero oscuro del centro del fregadero estaba protegido por un diafragma de caucho vaginal, que...

Se repantigó aún más en la silla, soñando. Cuando salió de su trance, con un sobresalto, lo inquietó comprobar que habían transcurrido más de veinte minutos. Acercó un bloc y garabateó una nota para esa mierda de Hockstetter, disculpándose con el inevitable servilismo por su desdichado comentario sobre el «dinero». Debió hacer un esfuerzo para abstenerse de insistir en la conveniencia de los tres meses (y en su mente volvió a aparecer la imagen del agujero liso y oscuro del sistema de eliminación de residuos). Si Hockstetter decía dos, eran dos. Pero si obtenía resultados positivos con McGee, Hockstetter encontraría quince minutos más tarde, sobre el secante de su escritorio, un par de mocasines número cuarenta, junto con un cuchillo, un tenedor y un frasco de condimento especial para ablandar carnes.

Terminó la nota, firmó *Herm* al pie, y se arrellanó nuevamente, masajeándose las sienes. Le dolía la cabeza.

En la escuela secundaria y la Universidad, Herm Pynchot había sido un travestido encubierto. Le gustaba vestirse con prendas de mujer porque pensaba que así parecía..., bueno, muy bonito. En el primer año de estudios en la facultad, cuando era miembro de la fraternidad «Delta Tau Delta», lo habían descubierto dos de sus cofrades. El precio que había tenido que pagar por su silencio había sido una humillación ritual, no muy distinta de la ceremonia iniciática en la que el mismo Pynchot había participado con muy buen humor.

A las dos de la mañana, sus descubridores habían esparcido inmundicias y basuras a todo lo largo de la cocina de la fraternidad y habían obligado a Pynchot —vestido sólo con bragas, medias, liguero y un sostén relleno con papel— a barrerlo todo y a lavar después el suelo, siempre bajo la amenaza de ser descubierto nuevamente: habría bastado para ello que otro cofrade bajara a comer un bocado.

El incidente había concluido con una masturbación mutua, de la cual, suponía Pynchot, debería haber quedado agradecido, porque quizás ése fue el único factor que realmente los indujo a cumplir su promesa. Pero renunció a la fraternidad, aterrado y asqueado de sí mismo..., sobre todo porque el episodio le había resultado bastante excitante. Desde aquella vez no volvió a «travestirse». No era homosexual. Tenía una esposa encantadora y dos hermosos niños y esto probaba que no era homosexual. Hacía años que ni siquiera pensaba en aquel hecho humillante, repulsivo. Y sin embargo...

La imagen del sistema de eliminación de residuos, ese liso agujero oscuro recubierto con caucho, seguía grabada en su cerebro. Y la cabeza le dolía cada vez más.

El eco generado por el empujón de Andy había empezado. Ahora progresaba perezosa y lentamente. La imagen de la trituradora, acoplada a la idea de ser muy bonito, aún era intermitente.

Pero se aceleraría. Empezaría a rebotar.

Hasta hacerse insoportable.

—No —dijo Charlie—. Esto está mal. —Y se volvió para volver a salir de la pequeña habitación. Tenía las facciones blancas y tensas. Había unos semicírculos oscuros, purpúreos, bajo sus ojos.

—Eh, aguarda un momento —exclamó Hockstetter, estirando las manos. Se rió un poco—. ¿Qué es lo que está mal, Charlie?

—Todo. Todo está mal.

Hockstetter estudió la habitación. En un rincón habían montado una cámara de televisión «Sony». Sus cables se conectaban, a través de la pared de corcho prensado, con una filmadora de vídeo instalada en la cabina de observación contigua. Sobre la mesa colocada en el centro de la habitación descansaba una bandeja de acero llena de virutas. A la izquierda de ésta había un encefalógrafo erizado de cables. Un joven enfundado en una bata blanca controlaba el aparato.

—No nos prestas mucha ayuda —comentó Hockstetter. Seguía sonriendo paternalmente, pero estaba furioso. No hacía falta ser adivino para saberlo. Bastaba con mirarle los ojos.

—No me escucha —chilló ella—. Ninguno de ustedes me escucha excepto...

(*excepto John pero no puedes decirlo*)

—Explícanos qué arreglos hay que hacer —manifestó Hockstetter.

Charlie no se dejó aplacar.

—Si me *escuchara*, lo sabría. La bandeja de acero con los fragmentos de madera, eso *sí* está muy bien, pero es lo único. La madera de la mesa, la sustancia de las paredes, eso es influ-inflamable... lo mismo que las ropas de ese tipo. —Señaló al técnico, que dio un leve respingo.

—Charlie...

—La cámara también lo es.

—Charlie, esa cámara...

—Es de plástico, y si se calienta mucho estallará

y los pedacitos volarán por todas partes. ¡Y no hay agua! Le he advertido que debo dirigirlo hacia el agua cuando empieza. Mi padre y mi madre me lo dijeron. Debo dirigirlo hacia el agua para apagarlo. O..., o...

Se echó a llorar. Necesitaba a John. Necesitaba a su padre. Sobre todo, oh, sobre *todo*, no quería estar allí. La noche anterior no había podido dormir.

Hockstetter la miró pensativamente. Las lágrimas, la alteración emocional..., le parecía que estos detalles demostraban patentemente que estaba dispuesta a llevar adelante el experimento.

—Está bien —asintió—. Está bien, Charlie. Explícanos lo que debemos hacer y lo haremos.

—Muy bien —respondió Charlie—. Porque si no, no conseguirá nada.

Hockstetter pensó: *Ya lo creo que conseguiremos mucho, mocosa de mierda.*

Y los hechos le dieron la razón con creces.

10

Esa tarde, mucho después, la introdujeron en otra habitación. Cuando la habían dejado de nuevo en su apartamento se había dormido frente al televisor —su organismo aún era suficientemente joven como para imponerle su necesidad a su mente preocupada, ofuscada— y había descansado durante seis horas. Gracias a ello y a la ingestión de una hamburguesa con patatas fritas, se sentía mejor, más controlada.

Escudriñó la habitación, larga y cuidadosamente.

La bandeja de virutas descansaba sobre una mesa de metal. Las paredes eran de láminas de acero industrial gris, y estaban desprovistas de adornos.

—El técnico lleva un traje de amianto y zapatillas del mismo material —anunció Hockstetter. Le hablaba desde las alturas, sin perder su sonrisa paternal. El operador del encefalógrafo parecía acalorado e incómodo. Tenía puesta una mascarilla de tela blanca para no aspirar fibras de amianto. Hockstetter señaló un espejo largo y cuadrangular embutido en la pared opuesta—. Ése es un espejo unidireccional. Su otra cara es transparente. Nuestra cámara está detrás de él. Y ya ves la bañera.

Charlie se acercó a la bañera. Era un modelo antiguo, con unas falsas zarpas a modo de soporte, y desentonaba francamente con ese entorno austero. Estaba llena de agua. Charlie pensó que bastaría.

—Está bien —asintió.

La sonrisa de Hockstetter se ensanchó.

—Estupendo.

—Pero usted vaya a la habitación de al lado. No quiero verlo mientras lo hago. —Charlie miró impasiblemente a Hockstetter—. Podría suceder algo.

La sonrisa paternal de Hockstetter fluctuó un poco.

11

—Tenía razón, como usted sabe —sentenció Rainbird—. Si la hubieran escuchado, habría salido bien la primera vez.

Hockstetter lo miró y soltó un gruñido.

—Pero todavía no lo creen, ¿verdad?

Hockstetter, Rainbird y Cap estaban frente al cristal unidireccional. Detrás de ellos, la cámara espiaba la habitación vecina y la cámara de vídeo «Sony» zumbaba casi imperceptiblemente. El cristal estaba ligeramente polarizado, en razón de lo cual comunicaba una tonalidad azulada a todo lo que había dentro de la habitación de pruebas, como si se tratara del paisaje visto a través de la ventanilla de un autocar. El técnico estaba conectando a Charlie al encefalógrafo. Un monitor de TV montado en el cuarto de observación reproducía sus ondas cerebrales.

—Miren esas alfas —murmuró uno de los técnicos—. Está sobreexcitada.

—Asustada —corrigió Rainbird—. Está realmente asustada.

—Lo crees, ¿verdad? —preguntó Cap de pronto—. Al principio no lo creías, pero ahora sí.

—Sí —contestó Rainbird—. Lo creo.

En la habitación contigua, el técnico se apartó de Charlie.

—Aquí estamos listos.

Hockstetter accionó un interruptor.

—Adelante, Charlie. Cuando quieras.

Charlie miró hacia el espejo y durante un momento sobrecogedor pareció fijar su vista en el ojo solitario de Rainbird.

Él le devolvió la mirada, sonriendo tenuemente.

12

Charlie miró el espejo unidireccional y lo único que vio fue su propio reflejo..., pero la sensación de que la observaban otros ojos era muy intensa. Le habría gustado que John pudiera estar con ella. Así se habría sentido más tranquila. Pero no intuyó que lo tenía allí.

Miró nuevamente la bandeja de virutas.

No fue un empujón. Fue una *arremetida*. Pensó en hacerlo y volvió a disgustarla y asustarla la comprobación de que *deseaba* hacerlo. Pensaba en hacerlo tal como una persona acalorada y hambrienta, sentada frente a un batido de helado de chocolate, puede pensar en devorarlo y sorberlo. Eso estaba bien, pero antes quería disfrutar de un momento para... saborearlo.

Este anhelo la hizo sentirse avergonzada de sí misma, y después sacudió la cabeza casi coléricamente. *¿Por qué no habría de querer hacerlo? La gente siempre desea hacer aquello en lo que es experta. Así como a su madre le gustaba confeccionar acrósticos dobles y al señor Douray, que vivía calle abajo en Port City, siempre le gustaba preparar pan. Cuando tenía sufi-*

ciente en casa, lo preparaba para los demás. Si eres
experto en algo, deseas hacerlo...

Virutas —pensó, con un poco de desdén—. Deberían haberme dado algo difícil.

13

El técnico fue el primero en sentirlo. Estaba acalorado e incómodo y sudado dentro del traje de amianto, y al principio pensó que esto era todo. Después vio
que en las ondas alfa de la niña había aparecido el
ritmo de picos altos que es el signo distintivo de la
concentración extrema, y que también es el sello cerebral de la imaginación.

La sensación de calor se intensificó... y súbitamente
tuvo miedo.

14

—Allí dentro ocurre algo —dijo uno de los técnicos de la sala de observación, con voz aguda y excita-
da—. La temperatura acaba de elevarse seis grados.
La configuración de las ondas parece una jodida cor-
dillera...

—¡Ya está! —exclamó Cap—. ¡Ya está! —En su voz
vibraba la estridente modulación triunfal propia de
un hombre que ha esperado durante diez años el momento que ahora tiene el alcance de la mano.

15

Ella *arremetió* con toda la fuerza posible contra la bandeja de virutas. Éstas no se inflamaron sino que estallaron. Un instante después la bandeja dio dos volteretas, despidiendo fragmentos de madera ardiente, y se estrelló contra la pared con la violencia necesaria para dejar una depresión en la lámina de acero.

El técnico que había estado controlando el electroencefalógrafo lanzó un alarido de miedo y de repente se abalanzó enloquecido hacia la puerta. Al oír el grito, Charlie se sintió bruscamente retrotraída al aeropuerto de Albany. Ése era el grito de Eddie Delgardo, que corría hacia el lavabo de señoras con sus botas de militar inflamadas.

Pensó, con súbito acceso de pánico y euforia: *¡Oh, Dios, se ha vuelto mucho más* potente!

En la pared de acero había aparecido una ondulación extraña, oscura. Dentro de la habitación reinaba un calor explosivo. En el cuarto contiguo, el termómetro digital, que había pasado de veintiún grados a veintisiete, y luego se había detenido, superó rápidamente los treinta y uno para llegar a los treinta y cinco, antes de moderar su ascenso.

Charlie encauzó la ráfaga de fuego hacia la bañera. Ahora estaba casi despavorida. El agua se arremolinó y después rompió en un torbellino de burbujas. En cinco segundos, el contenido de la bañera pasó de la frescura a una ebullición furiosa, humeante.

El técnico había salido y había dejado imprudentemente abierta la puerta de la sala de pruebas. En la sala de observaciones se produjo un tumulto repentino y sobresaltado. Hockstetter vociferaba. Cap estaba boquiabierto frente a la ventana, mirando cómo hervía el agua de la bañera. Se desprendían nubes de vapor que empezaron a empañar el cristal unidireccional. Sólo Rainbird conservaba la calma y sonreía vagamente, con las manos entrelazadas detrás de la espalda. Parecía un maestro cuyo mejor alumno ha utilizado postulados difíciles para resolver un problema particularmente complejo.

(*¡atrás!*)

Aullaba mentalmente.

(*¡atrás! ¡atrás! ¡ATRÁS!*)

Y de pronto cesó. Algo se desconectó, giró libremente durante uno o dos segundos, y después sencillamente se detuvo. Su concentración se quebró y se desprendió del fuego. Charlie pudo ver de nuevo la habitación y sintió que el calor que ella había generado la hacía transpirar. En la sala de observación, el termómetro ascendió a los treinta y seis y luego bajó un grado. El caldero que bullía frenéticamente empezó a apaciguarse, pero por lo menos la mitad de su contenido se había evaporado. No obstante la puerta abierta, la atmósfera de la pequeña habitación estaba tan calurosa y húmeda como la de una sala de calderas.

16

Hockstetter verificaba los instrumentos febrilmente. Su cabello normalmente tan pulcro y estirado que casi parecía gritar, se había alborotado, y estaba levantado por atrás.

—¡Lo tengo! —jadeó—. Lo tengo, todos lo tenemos..., está filmado..., el gradiente de temperatura..., ¿vieron cómo hervía el agua de la bañera? ¡Jesús! ¿Tenemos la grabación de audio? ¿La tenemos? *Dios* mío, ¿han visto lo que hizo?

Pasó de largo junto a uno de sus técnicos, dio media vuelta y lo cogió violentamente por la pechera de la bata.

—¿Usted diría que existe alguna duda de que ella fue la *autora* de esto? —gritó.

El técnico, casi tan excitado como Hocksteter, negó con la cabeza.

—No hay ninguna duda, jefe. Ninguna.

—Santo cielo —exclamó Hockstetter, girando en sentido contrario, nuevamente distraído—. Yo habría pensado..., algo..., sí..., pero esa bandeja..., *voló*...

Vio a Rainbird, que seguía plantado frente al cristal polarizado, con las manos cruzadas detrás de la espalda, y con esa sonrisa vaga, perpleja, en el rostro. Hockstetter olvidó las viejas animosidades. Corrió hacia el indio gigantesco, le cogió la mano y la sacudió hacia arriba y abajo.

—Lo tenemos —le dijo a Rainbird con furibunda satisfacción—. Lo tenemos todo. Es tan convincente que podría servir de testimonio en un tribunal. *¡En el mismísimo y jodido Tribunal Supremo!*

—Sí, lo tiene —asintió Rainbird parsimoniosamente—. Ahora será mejor que envíe a alguien a buscarla a *ella*.

—¿Cómo? —Hockstetter lo miró alelado.

—Bueno —prosiguió Rainbird, con el más apacible de los tonos—, tal vez el tipo que la acompañaba tenía una cita que había olvidado, porque salió como alma que lleva el diablo. Dejó la puerta abierta y su incendiaria acaba de salir.

Hockstetter escudriñó el cristal, atónito. Estaba más empañado que antes, pero era indudable que la habitación se hallaba vacía, con excepción de la bañera, el encefalógrafo, la bandeja de acero volcada y el puñado de virutas dispersas e inflamadas.

—¡Alguno de ustedes vaya a traerla! —rugió Hockstetter, girando en redondo.

Los cinco o seis hombres permanecieron junto a sus instrumentos, sin moverse.

Aparentemente sólo Rainbird había visto cómo Cap salía detrás de la niña.

Rainbird le sonrió a Hockstetter y después levantó su ojo para abarcar a los otros, esos hombres cuyos rostros se habían puesto súbitamente casi tan blancos como sus batas de laboratorio.

—Claro —dijo en voz baja—. ¿Cuál de ustedes quiere ir a buscar a la chiquilla?

Nadie se movió. Era gracioso, realmente. Rainbird pensó que los políticos pondrían esa misma cara cuando se enterasen de que finalmente estaba hecho, de que los misiles volaban de veras, de que llovían bombas, de que los bosques y ciudades ardían. Era tan gracioso que no pudo menos que reír..., y reír..., y reír.

17

—Son muy bellos —murmuró Charlie—. Todo es muy bello.

Estaban junto al estanque de los patos, no lejos del lugar donde Pynchot y su padre se habían detenido pocos días atrás. Este día era mucho más fresco y algunas hojas habían empezado a colorearse. Un viento ligero, un poco más inclemente que una brisa, ondulaba la superficie del estanque.

Charlie volvió la cara hacia el sol y cerró los ojos, sonriendo. John Rainbird, plantado junto a ella, había estado acantonado seis meses en la prisión militar de Camp Stewart, en Arizona, antes de que lo enviaran al exterior, y había visto esa misma expresión en los rostros de los hombres que salían a la intemperie después de cumplir una larga y rigurosa sentencia en el calabozo.

—¿Te gustaría que fuéramos hasta la cuadra y echar una mirada a los caballos?

—Oh, sí, claro que sí —respondió Charlie en seguida, y lo miró tímidamente—. Quiero decir, si no te molesta.

—¿Molestarme? A mí también me gusta salir al aire libre. Esto es un recreo para mí.

—¿Te asignaron esta tarea?

—No. —Echaron a andar por el borde del estanque hacia la cuadra situada en el otro extremo de la propiedad—. Pidieron voluntarios. Creo que después de lo que sucedió ayer no se presentaron muchos.

—¿Los asusté? —preguntó Charlie, exagerando un poco la dulzura de su tono.

—Sospecho que sí —contestó Rainbird, y eso era la pura verdad. Cap había alcanzado a Charlie mientras ésta deambulaba por el pasillo y la había escoltado de regreso hasta su apartamento. El joven que había huido de su puesto junto al encefalógrafo, sería destinado en breve a la ciudad de Panamá. La reunión de personal que se había celebrado después de la prueba había sido una cosa de locos: los científicos habían hecho gala de todas sus virtudes y de todos sus defectos; por un lado habían enunciado pomposamente un centenar de ideas novedosas, y por otro se habían preocupado hasta la exasperación —y tardíamente— por la forma de controlarla.

Sugirieron que aislaran sus aposentos con materiales refractarios, un servicio de guardia durante las veinticuatro horas del día, que le administraran drogas otra vez. Rainbird los escuchó hasta hartarse, y entonces golpeó fuertemente el borde de la mesa de conferencias con la parte metálica de su pesada sortija de turquesa. Golpeó hasta atraer la atención de todos los presentes. Como Hockstetter le tenía antipatía (y quizá no habría sido exagerado decir que lo odiaba), su equipo de científicos compartía este sentimiento, pero la estrella de Rainbird había ascendido a pesar de ello. Al fin y al cabo, había pasado buena parte de cada día en compañía de ese lanzallamas humano.

—Sugiero —dijo, mientras se levantaba y los miraba benévolamente desde la lente destrozada de su cara—, que no modifiquemos la política anterior. Hasta ahora ustedes actuaban fundándose sobre la premisa de que probablemente la chica no tenía la facultad que sabían que había sido documentada dos docenas de veces, y de que si efectivamente la tenía, era una facultad mínima, y de que si no era mínimo, era probable que no volviera a utilizarla nunca más. Ahora saben que no es así, y quieren ofuscarla de nuevo.

—No es cierto —protestó Hockstetter, fastidiado—. Eso es sencillamente...

—¡Es cierto! —le espetó Rainbird, y Hockstetter volvió a encogerse en su silla. Rainbird sonrió nuevamente a los rostros congregados alrededor de la mesa—. Pues bien. La chica vuelve a comer. Ha engordado cuatro kilos y medio y ya no es una sombra escuálida de lo que debería ser. Lee, habla, pinta. Ha pedido una casa de muñecas, y su amigo, el ordenanza, prometió que trataría de conseguírsela. En síntesis, nunca estuvo mejor predispuesta desde que llegó aquí. Caballeros, supongo que no nos pondremos a hacer tonterías ahora, ¿verdad?

El hombre que había controlado anteriormente el equipo de vídeo manifestó, con voz titubeante:

—¿Pero qué haremos si incendia su pequeña *suite*?

—Si ésa fuera su intención —replicó Rainbird parsimoniosamente—, lo habría hecho ya.

Nadie objetó ese argumento.

Ahora, cuando él y Charlie se apartaron del borde del estanque y se encaminaron hacia el establo de color rojo oscuro, con sus recientes ribetes de pintura blanca, Rainbird lanzó una carcajada.

—Sí, supongo que los asustaste, Charlie.

—¿Pero tú no tienes miedo?

—¿Por qué habría de tenerlo? —respondió Rainbird, y le alborotó el pelo—. Sólo me comporto como un chiquillo cuando está oscuro y no puede salir.

—Oh, John, no debes avergonzarte de eso.

—Si tuvieras la intención de incinerarme —añadió, repitiendo su argumento de la noche anterior—, supongo que ya lo habrías hecho.

Charlie se puso inmediatamente rígida.

—Preferiría que no... Que ni siquiera digas esas cosas.

—Lo siento, Charlie. A veces hablo sin pensar.

Entraron en el establo, que estaba en penumbras y fragante. Un sol crepuscular se filtraba oblicuamente, formando débiles barras y franjas en las cuales las motas de polvo de heno danzaban con una aletargada lentitud.

Un mozo cepillaba las crines de un caballo negro con una mancha blanca en la frente. Charlie se detuvo y miró al animal con expresión maravillada. El mozo se volvió hacia ella y sonrió.

—Tú debes de ser la señorita. Me dijeron que te esperara.

—Es muy *hermosa* —susurró Charlie. El deseo de

tocar ese pelaje sedoso le hacía temblar las manos. Le bastó echar una mirada a los ojos oscuros, serenos y mansos del caballo para enamorarse de él.

—Bueno, en realidad es macho —comentó el mozo, y le hizo un guiño a Rainbird, a quien nunca había visto antes y cuya identidad ignoraba—. Hasta cierto punto, claro está. —El animal había sido castrado.

—¿Cómo se llama?

—*Nigromante* —respondió el mozo—. ¿Quieres acariciarlo?

Charlie se acercó, titubeante. El caballo bajó la cabeza y ella se la acarició. Después de un rato le habló. No se le ocurrió pensar que encendería otra media docena de fogatas a cambio de poder montarlo en compañía de John..., pero Rainbird se lo leyó en los ojos y sonrió.

De pronto, Charlie se volvió hacia él y vio la sonrisa, y la mano que había estado frotando el hocico del caballo se detuvo fugazmente. En esa sonrisa había algo que no le gustó, a pesar de que ella había creído que en John le gustaba todo. Tenía intuiciones acerca de la mayoría de las personas y no pensaba mucho en ello: formaba parte de su ser, como sus ojos azules y su pulgar con dos articulaciones. Generalmente, su relación con la gente se asentaba en estas intuiciones. Hockstetter no le gustaba, porque intuía que no se preocupaba por ella más de lo que se habría preocupado por un tubo de ensayo. Charlie era sólo un objeto más para él.

Pero en el caso de John, su estima sólo era producto de lo que él hacía, de su amabilidad para con ella, y quizás en parte de su rostro desfigurado: Charlie podía identificarse con él y compadecerlo por esto. Al fin y al cabo, ¿por qué estaba ella allí, sino porque era un bicho raro? Sin embargo, aparte de ello, era una de esas pocas personas —como el señor Raucher, el propietario de la tienda de comestibles de Nueva York que jugaba a menudo al ajedrez con su padre— que por algún motivo le resultaban indescifrables. El señor Raucher era viejo y usaba un audífono y tenía tatuado en el antebrazo un número azul desvaído. Una vez Charlie le había preguntado a su padre si ese nú-

mero significaba algo, y él le había dicho —después
de advertirle que nunca debería mencionárselo al señor Raucher— que se lo explicaría más adelante. Pero
no se lo había explicado nunca. El señor Raucher acostumbraba a traerle rodajas de salchichón ahumado,
que ella comía mientras veía la televisión.

Y ahora, al mirar la sonrisa de John, que le pareció tan extraña y misteriosamente inquietante, se preguntó por primera vez: *¿En qué piensas?*

La presencia maravillosa del caballo disipó estos
pensamientos triviales.

—John, ¿qué significa la palabra «Nigromante»?

—Bueno, por lo que sé, significa algo así como
«mago» o «hechicero».

—Mago. Hechicero. —Charlie pronunció estas palabras en voz baja, saboreándolas mientras acariciaba la seda oscura del belfo de *Nigromante*.

18

Al caminar de regreso con ella, Rainbird dijo:

—Deberías pedirle a Hockstetter que te deje montar ese caballo, si te gusta tanto.

—No..., no podría... —murmuró ella, y lo miró de-
sorbitada y atónita.

—Oh, claro que podrías —afirmó él, con una inter-
pretación premeditadamente errada—. No entiendo
mucho de caballos, pero sé que los que están castra-
dos son teóricamente mansos. Parece enorme, pero no
creo que se desboque contigo, Charlie.

—No, no me refería a eso. No me lo permitirán.

Él le colocó las manos sobre los hombros y la
detuvo.

—Charlie McGee, a veces eres realmente tonta. Me
hiciste un gran favor aquella vez que se apagaron las
luces, Charlie, y guardaste el secreto. Así que ahora
escúchame y te lo devolveré. ¿Quieres volver a ver a
tu padre?

Ella hizo en seguida un ademán afirmativo con la cabeza.

—Entonces debes demostrarles que esto va en serio. Cada vez que generas fuego cuando te lo piden, para una de sus pruebas, les sacas algo a cambio. —La sacudió suavemente por los hombros—. Te habla tu tío John. ¿Me escuchas?

—¿Crees realmente que me lo permitirían, John? ¿Si se lo pidiera?

—¿Si se lo *pidieras*? Quizá no. Pero si se lo *ordenaras*, sí. A veces los oigo hablar. Cuando entras a vaciar las papeleras y los ceniceros, piensan que no eres más que otro mueble. Ese Hockstetter se está meando en los pantalones.

—¿De veras? —Charlie sonrió un poco.

—De veras. —Echaron a andar nuevamente—. ¿Qué me dices de ti, Charlie? Sé que antes estabas muy asustada. ¿Qué sientes ahora?

Ella tardó mucho en contestar. Y cuando lo hizo, habló en un tono más reflexivo y en cierta medida más adulto que el que Rainbird le había oído emplear hasta entonces.

—Ahora es distinto —explicó—. Es mucho más fuerte. Pero... lo controlo mejor que antes. Aquel día, en la granja —se estremeció un poco y bajó ligeramente la voz—, sencillamente... se me escapó durante un rato. Iba..., iba por todas partes. —Sus ojos se velaron. Exploró su memoria y vio las gallinas que estallaban como horribles fuegos de artificio vivientes—. Pero ayer, cuando le ordené que cesara, cesó. Me dije que sólo sería una pequeña fogata. Y así ocurrió. Fue como si pudiera proyectarlo en una sola línea recta.

—¿Y después lo recogiste dentro de ti misma?

—Dios mío, no —exclamó Charlie, mirándolo—. Lo dirigí al agua. Si lo recogiera dentro de mí misma... supongo que me abrasaría *yo*.

Caminaron un rato en silencio.

—La próxima vez habrá que poner más agua.

—¿Pero ya no tienes miedo?

—No tanto como antes —respondió Charlie, realizando una cuidadosa distinción—. ¿Cuándo crees que me dejarán ver a mi padre?

Él le rodeó los hombros con el brazo, en un ademán de ruda camaradería.

—Sigue engatusándolos, Charlie —sentenció él.

19

Esa tarde empezó a nublarse y al anochecer ya caía una fría lluvia de otoño. En una casa de un suburbio muy pequeño y escogido cercano al reducto de la Tienda —un suburbio llamado Longmont Hills— Patrick Hockstetter estaba en su taller, armando un modelo de barco (los barcos y su «Thunderbird» reacondicionado eran sus únicos hobbies, y en toda la casa había docenas de sus balleneros y fragatas y paquebotes) y pensando en Charlie McGee. Estaba de excepcional buen humor. Pensaba que si conseguían que realizara otra docena de pruebas —incluso otras diez— su futuro estaría asegurado. Podría pasar el resto de su vida investigando las propiedades del Lote Seis... con un aumento sustancial en su remuneración. Pegó cuidadosamente con cola un palo de mesana en el lugar apropiado y empezó a silbar.

En otra casa de Longmont Hills, Herman Pynchot estiraba un par de bragas de su esposa sobre una erección descomunal. Sus ojos estaban oscurecidos y en trance. Su mujer había ido a una fiesta organizada por una firma de ventas a domicilio. Uno de sus hijos encantadores estaba en una reunión de *Boy Scouts* y su otro hijo encantador participaba en el torneo de ajedrez de la escuela secundaria. Pynchot se abrochó cuidadosamente unos de los sostenes de su esposa detrás de la espalda. Colgaba fláccidamente sobre su pecho esmirriado. Se miró en el espejo y pensó que estaba... bueno, muy bonito. Entró en la cocina, sin preocuparse por el hecho de que las ventanas no tenían cortinas. Caminaba como en sueños. Se detuvo junto al fregadero y miró las fauces del dispositivo de eliminación de residuos recién instalado. Después de reflexionar largamente, lo puso en marcha. Y al son de sus dientes de acero giratorios y triturantes, cogió su miembro con la mano y se masturbó. Cuando el orgasmo hubo llegado y pasado, se sobresaltó y miró en torno. Sus ojos estaban preñados de un terror indefinible: eran los ojos de un hombre que despierta de una pesadilla. Detuvo la trituradora de residuos y corrió al dormitorio, agazapándose al pasar frente a las ventanas. Le dolía y zumbaba la cabeza. ¿Qué le sucedía, por Dios?

En una tercera casa de Longmont Hills —una casa desde la que se veía una colina, lujo que gentes como Hockstetter y Pynchot no estaban en condiciones de pagar— Cap Hollister y John Rainbird bebían coñac de sendas copas panzonas, en la sala. El equipo estereofónico de Cap difundía música de Vivaldi. Éste había sido uno de los favoritos de su esposa. Pobre Georgia.

—Estoy de acuerdo contigo —dijo Cap con voz lenta, mientras se preguntaba nuevamente por qué había invitado a su casa a ese hombre al que odiaba y temía. El poder de la chica era extraordinario, y suponía que los poderes extraordinarios generaban extrañas alianzas—. El hecho de que mencionara la «próxima vez» con tanta naturalidad es muy significativo.

—Sí —sentenció Rainbird—. Parece que en verdad tenemos una cuerda para estirar.

—Pero no durará eternamente —Cap agitó su coñac, y después enfrentó con un esfuerzo la mirada del único ojo refulgente de Rainbird—. Creo entender cómo te propones estirar esa cuerda, aunque Hockstetter no lo sepa.

—¿Lo entiende?

—Sí —respondió Cap, hizo una pausa y después acotó—: Es peligroso para ti.

Rainbird sonrió.

—Si ella llega a descubrir a qué bando perteneces realmente —prosiguió Cap—, es muy probable que aprendas lo que siente un bistec dentro de un horno de microondas.

La sonrisa de Rainbird se ensanchó hasta transformarse en la desagradable mueca de un tiburón.

—¿Y usted me llorará, capitán Hollister?

—No —contestó Cap—. Sería inútil mentirte. Pero desde hace un tiempo, desde antes de que ella se decidiera a hacerlo concretamente, siento rondar por aquí el fantasma del doctor Wanless. A veces sobre mi propio hombro. —Miró a Rainbird por encima del borde de la copa—. ¿Crees en los fantasmas, Rainbird?

—Sí, creo en ellos.

—Entonces ya sabes a qué me refiero. Durante la última entrevista que tuve con él, intentó ponerme sobre aviso. Utilizó una metáfora, déjame recordar, John Milton a los siete años, esmerándose por trazar su nombre en letras legibles, y ese mismo ser humano madurando hasta poder escribir *El paraíso perdido*. Me habló de..., del potencial destructivo de esa chica.

—Sí —repitió Rainbird, y su ojo centelleó.

—Wanless me preguntó qué haríamos si descubríamos que contábamos con una chiquilla que inicialmente podía generar incendios y, que, en etapas sucesivas, sería capaz de provocar explosiones nucleares y, finalmente, de partir el planeta en dos. Pensé que era cómico e irritante, y que estaba loco.

—Pero ahora cree que posiblemente tenía razón.

—Digamos que a veces me lo pregunto a las tres de la mañana. ¿Tú no?

—Cap, cuando el equipo del Proyecto Manhattan detonó su primer artefacto atómico, nadie sabía muy bien qué iba a pasar. Una escuela de pensamiento sostenía que la reacción en cadena no terminaba nunca..., que tendríamos un sol en miniatura brillando en ese desierto hasta el fin del mundo.

Cap asintió lentamente con la cabeza.

—Los nazis también eran horribles —prosiguió Rainbird—. Los japoneses eran horribles. Ahora los alemanes y los japoneses son buenos y los rusos son horribles. Los musulmanes son horribles. ¿Quién sabe qué es lo que será horrible en el futuro?

—La chica es peligrosa —afirmó Cap y se levantó, inquieto—. Wanless tenía razón al respecto. Es un callejón sin salida.

—Quizá.

—Hockstetter dice que el lugar donde aquella bandeja se estrelló contra la pared quedó ondulado. Era una lámina de acero, pero el calor la onduló. La bandeja quedó totalmente deformada. Ella la fundió. Es posible que esa chica haya generado una temperatura de tres mil grados en ese recinto, durante una fracción de segundo. —Escudriñó a Rainbird, pero éste paseaba la mirada distraídamente por la sala, como si hubiera perdido el interés—. Lo que digo es que lo que planeas hacer es peligroso para todos nosotros, y no sólo para ti.

—Oh, sí —asintió Rainbird, con tono complaciente—. Existe un riesgo. Quizá no será necesario hacerlo. Quizás Hockstetter logrará lo que desea antes de que tengamos que poner en ejecución... esto... El plan B.

—Hockstetter es un personaje singular —sentenció Cap tajante—. Es un adicto a la información. Nunca estará satisfecho. Podría experimentar dos años con ella y seguiría aduciendo que nos apresuramos demasiado cuando..., cuando se la quitemos. Tú lo sabes y yo lo sé, así que no juguemos.

—Lo sabremos cuando llegue la hora —replicó Rainbird—. *Yo* lo sabré.

—¿Y qué sucederá entonces?

—Entrará John el ordenanza amigo —explicó Rainbird, con una ligera sonrisa—. La saludará, le hablará y la hará sonreír, John el ordenanza, amigo la hará feliz porque nadie más puede lograrlo. Y cuando John sepa que ha llegado al colmo de la felicidad, le asestará un golpe en el caballete de la nariz, de manera que éste se fracture explosivamente y que los fragmentos de hueso se le incrusten en el cerebro. Será una operación rápida... y cuando suceda le estaré mirando la cara.

Sonrió, pero esta vez no como un tiburón. Su sonrisa fue tierna, bondadosa... y *paternal*. Cap terminó su coñac. Lo necesitaba. Sólo deseó que Rainbird supiera con exactitud cuándo sería el momento justo porque de lo contrario todos ellos podrían descubrir lo que sentía un bistec en un horno de microondas.

—Estás loco —afirmó Cap. Las palabras se le escaparon antes de que pudiera reprimirlas, pero Rainbird no pareció ofenderse.

—Oh, sí —asintió, y vació su copa. Siguió sonriendo.

20

El Hermano Grande. El Hermano Grande era el problema.

Andy pasó de la sala de su apartamento a la cocina, esforzándose por caminar con lentitud, por conservar una tenue sonrisa en su rostro: los movimientos y la expresión de un hombre que está plácidamente dopado.

Hasta ese momento sólo había conseguido permanecer allí, cerca de Charlie, y averiguar que la carretera más próxima era la 301 y que el paraje circundante era casi rural. Todo eso había sucedido hacía una semana. Había transcurrido un mes desde el apagón y lo único que sabía acerca de la configuración interior del edificio continuaba siendo lo que había logrado observar durante sus paseos con Pynchot.

No quería empujar a nadie en sus aposentos, porque el Hermano Grande vigilaba y escuchaba constantemente. Y no quería volver a empujar a Pynchot porque se estaba desquiciando... Andy tenía la certeza de ello. Desde el breve paseo junto al estanque de los patos Pynchot había adelgazado. Tenía ojeras y dormía mal. A veces empezaba a hablar y después dejaba la frase en suspenso, como si hubiera perdido el hilo de los pensamientos... o como si éste se hubiese cortado.

Todo lo cual hacía mucho más precaria la situación del mismo Andy.

¿Cuánto faltaba para que los colegas de Pynchot se dieran cuenta de lo que le sucedía? Quizá pensarían que no era más que un problema de tensión nerviosa, pero, ¿y si asociaban la crisis de Pynchot con la presencia de Andy? Entonces sí que se disiparía la vaga posibilidad que le quedaba de evadirse con Charlie. Y su sensación de que Charlie corría un serio peligro era cada vez más intensa.

¿Qué haría con el Hermano Grande, en nombre de Dios?

Extrajo un zumo de uvas de la nevera, volvió a la

sala y se sentó frente al televisor sin verlo. Su mente trabajaba sin parar, buscando una escapatoria. Pero cuando la escapatoria se presentó, lo tomó completamente por sorpresa (como el apagón). Hasta cierto punto fue Herman Pynchot quien le abrió la puerta: la abrió al matarse.

21

Dos hombres vinieron a buscarlo. Reconoció a uno de ellos por haberlo visto en la granja de Manders.

—Acompáñanos, muchacho —dijo uno de ellos—. Vamos a dar un paseíto.

Andy sonrió estúpidamente, pero por dentro afloró el terror. Había sucedido algo. Algo malo. No enviaban a tipos como ésos cuando se trataba de algo bueno. Quizá lo habían desenmascarado. En verdad, esto era lo más probable.

—¿A dónde?

—Acompáñanos, eso es todo.

Lo condujeron al ascensor, pero cuando desembocaron en el salón de baile lo llevaron al interior de la casa y no afuera. Pasaron por la oficina de las mecanógrafas, y entraron en un despacho más pequeño donde una secretaria escribía la correspondencia con una máquina «IBM».

—Entren —dijo.

Pasaron de largo junto a ella, por la derecha, y entraron por una puerta en un pequeño estudio con un ventanal desde el cual se divisaba el estanque de los patos a través de una barrera de alisos bajos. Detrás de un antiguo escritorio de tapa corredera estaba sentado un hombre maduro, de facciones espabiladas, inteligentes. Tenía las mejillas sonrosadas, pero por la acción del sol y el viento y no del alcohol, pensó Andy.

El hombre miró a Andy, y después hizo una seña con la cabeza a los dos agentes que lo habían traído.

—Gracias. Pueden esperar fuera.

Salieron.

El hombre sentado detrás del escritorio miró fijamente a Andy, que le devolvió una mirada apática, sonriendo todavía un poco. Rogó al cielo que no estuviera exagerando.

—Hola, ¿quién es usted? —preguntó.

—Soy el capitán Hollister. Puede llamarme Cap. Según dicen, estoy al frente de este rodeo.

—Mucho gusto en conocerlo —respondió Andy. Ensanchó un poco su sonrisa. Por dentro, la tensión se incrementó con otra vuelta de rosca.

—Tengo malas noticias para usted, Andy.

(oh Dios qué desgracia se trata de Charlie algo le ha pasado a Charlie)

Cap seguía escudriñándolo implacablemente con esos ojillos astutos, unos ojillos tan profundamente implantados en sus simpáticas redes de pequeñas arrugas que casi no notabas lo fríos y penetrantes que eran.

—¿Oh?

—Sí —dijo Cap, y se quedó callado un momento. Y el silencio se devanó cruelmente.

Cap se había abstraído en la observación de sus manos, que estaban pulcramente entrelazadas sobre el secante, delante de él. Andy necesitó hacer un esfuerzo sobrehumano para no abalanzarse sobre el escritorio y estrangularlo. Entonces Cap levantó la vista.

—El doctor Pynchot ha muerto, Andy. Se mató anoche.

La mandíbula de Andy se desencajó con una expresión de auténtica sorpresa. Lo recorrieron sensaciones alternadas de alivio y horror. Y encima se desplegaba, como un cielo bullente sobre un mar alborotado, la convicción de que esto lo cambiaba todo..., ¿pero cómo? *¿Cómo?*

Cap lo miraba. *Sospecha. Sospecha algo. ¿Pero sus sospechas son serias o sólo forman parte de su profesión?*

Un centenar de interrogantes. Necesitaba tiempo para cavilar y no lo tenía. Tendría que reflexionar sobre la marcha.

—¿Esto lo sorprende? —le preguntó Cap.

—Era mi amigo —contestó Andy sencillamente, y cerró la boca para no añadir nada más.

Ese hombre lo escucharía pacientemente. Haría una pausa suficientemente larga después de cada comentario de Andy (como la hacía ahora) para darle la oportunidad de meter la pata, de hablar sin sopesar sus palabras. La técnica habitual en los interrogatorios. Y en esa jungla había trampas encubiertas. Andy lo intuía nítidamente. Había sido un eco, por supuesto. Un eco que se había transformado en un rebote. Había empujado a Pynchot y había generado un rebote y éste lo había despedazado. Pero a pesar de todo, Andy no encontraba en su corazón un atisbo de compasión. Vislumbraba el horror... y la presencia de un troglodita que festejaba y se regocijaba.

—Está seguro de que fue..., quiero decir, a veces un accidente puede parecer...

—Temo que no fue un accidente.

—¿Dejó un mensaje?

(¿nombrándome?)

—Se vistió con la ropa interior de su esposa, entró en la cocina, puso en marcha la trituradora de residuos, y metió el brazo dentro.

—Oh... *Dios*... mío. —Andy se sentó pesadamente. Si no hubiera habido una silla a mano se habría sentado en el suelo. Sus piernas no lo sostenían. Miró a Cap Hollister con espanto y náuseas.

—Usted no tuvo nada que ver en eso, ¿verdad, Andy? —inquirió Cap—. ¿No lo habrá empujado a hacerlo, por casualidad?

—No —respondió Andy—. Aunque todavía pudiera, ¿por qué habría de hacer algo semejante?

—Quizá porque quería enviarlo a Hawai —argumentó Cap—. Quizás usted no deseaba ir a Maui, porque su hija está aquí. Quizá nos ha estado engañando hasta ahora, Andy.

Y aunque ese capitán Hollister reptaba sobre la cresta de la verdad, Andy experimentó una ligera distensión en el pecho. Porque si hubiera pensado realmente que él había empujado a Pynchot al suicidio, no habría mantenido esa entrevista a solas. No, sencillamente se atenía a las reglas, y eso era todo. Probablemente, en el expediente de Pynchot figuraba todo lo que hacía falta para justificar su suicidio, sin necesidad de buscar métodos arcanos de asesinato. ¿Acaso no decían que la tasa de suicidios entre los psiquiatras era más alta que en cualquier otra profesión?

—No, no es cierto —protestó Andy. Parecía asustado, aturdido, a punto de balbucear—. Yo *deseaba* ir a Hawai. Se lo dije. Sospecho que por eso quiso someterme a más pruebas, porque yo deseaba irme. Creo que en cierto sentido no le caía simpático. Pero le aseguro que no he tenido nada que ver con..., con lo que le ha pasado.

Cap lo estudió pensativamente. Sus miradas se cruzaron fugazmente y entonces Andy bajó la suya.

—Bueno, le creo, Andy —asintió Cap—. En estos últimos tiempos, Herm Pynchot había estado sometido a grandes presiones. Supongo que eso forma parte de la vida que vivimos. Es lamentable. Súmele a eso su travestismo secreto y, bueno, será duro para su esposa. Muy duro. Pero nosotros cuidamos de los nuestros, Andy. —Andy sintió que los ojos de ese hombre lo taladraban—. Sí, siempre cuidamos de los nuestros. Esto es lo más importante.

—Por supuesto —murmuró Andy con voz embotada.

Se estiró el silencio. Después de un rato Andy levantó la vista, esperando encontrarse con la mirada de Cap. Pero Cap contemplaba el jardín y los alisos y sus facciones parecían fláccidas y ofuscadas y avejentadas. Eran las facciones de un hombre que se ha dejado llevar por la tentación de pensar en otros tiempos, quizá más dichosos. Vio que Andy lo observaba y una pequeña arruga de repulsión cruzó por su semblante y después se borró. De pronto, Andy experimentó un acceso de odio corrosivo. ¿Por qué no habría de sentirme asqueado Hollister? Veía sentado frente a él a un gordo drogadicto... o eso era lo que creía ver. ¿Pero quién daba las órdenes? ¿Y qué le estás haciendo a mi hija, viejo monstruo?

—Bueno —dijo Cap—, me complazco en informarle que de todos modos irá a Maui, Andy. No hay mal que por bien no venga, ¿no es cierto? *Ya he iniciado los trámites burocráticos.*

—Bueno, eso me gusta. Pobre doctor Pynchot.—Pareció abatido durante un momento simbólico y después preguntó ansiosamente—: ¿Cuándo me iré de aquí?

—Lo antes posible. A fines de la semana próxima, a más tardar.

¡Un máximo de nueve días! Fue como si le hubieran asestado un golpe en el estómago con un ariete.

—Ha sido un placer hablar con usted, Andy. Lamento que nos hayamos conocido en estas circunstancias tristes y desagradables.

Estiró la mano hacia la clavija del interfono, y Andy comprendió repentinamente que no podía permitir que hiciera eso. En su apartamento equipado con cámaras y micrófonos estaría reducido a la impotencia. Pero si ese individuo era realmente el mandamás, su despacho debía estar acorazado contra indiscreciones. Debía de hacerlo controlar regularmente para evitar la instalación de micrófonos ocultos. Por supuesto, tal vez tenía sus propios sistemas de escucha, pero...

—Baje la mano —ordenó Andy, y empujó.

Cap vaciló. Su mano se replegó y se unió a la otra sobre el secante. Miró el jardín con esa expresión distraída, evocativa.

—¿Graban las reuniones que se celebran en su despacho?

—No —respondió Cap parsimoniosamente—. Durante mucho tiempo tuve aquí un «Uher 5.000» activado por la voz, como el que puso en aprietos a Nixon, pero lo hice desmontar hace catorce semanas.

—¿Por qué?

—Porque me pareció que estaba a punto de perder el empleo.

—¿Por qué le pareció que estaba a punto de perder el empleo?

Cap contestó rápidamente, con una especie de letanía:

—Por improductivo. Por improductivo. Por improductivo. Los resultados deben justificar la asignación de fondos. Hay que remplazar al jefe. Sin cintas magnetofónicas no hay escándalo.

Andy trató de adelantarse a los hechos. ¿Eso lo llevaba en la dirección que él quería seguir? Era imposible preverlo, y tenía poco tiempo. Se sintió como el niño más estúpido de la cacería del tesoro. Optó por avanzar un poco más por el mismo camino.

—¿Por qué era improductivo?

—El poder de dominación mental de McGee se había agotado. Estaba definitivamente anulado. Todos opinaban lo mismo. La chica se negaba a prender fuego. Juraba que no lo haría, en ningún caso. Decían que yo estaba obsesionado por el Lote Seis. Que había perdido la chaveta. —Sonrió—. Ahora está arreglado. Incluso Rainbird lo dice.

Andy renovó el empujón, y en su frente empezó a latir una pequeña pulsación de dolor.

—¿Por qué está arreglado?

—Tres pruebas hasta ahora. Hockstetter ha entrado en éxtasis. Ayer inflamó una placa de acero laminado. Una temperatura localizada de más de veinte mil grados durante cuatro segundos, afirma Hockstetter.

La conmoción le intensificó la jaqueca y le dificultó el control de sus pensamientos arremolinados. ¿Charlie estaba generando combustiones? ¿Qué le habían hecho? ¿Qué, en nombre de Dios?

Abrió la boca para preguntarlo y zumbó el interfono. El sobresalto le hizo empujar con mucha más fuerza de la necesaria. Por un momento, le aplicó a Cap casi todas sus reservas. Cap se estremeció de pies a cabeza como si lo hubieran azotado con una aguijada eléctrica para reses. Basqueó débilmente y su rostro perdió casi por completo el color. La jaqueca de Andy dio un salto cuántico, y se exhortó inútilmente a conservar la calma. Si tenía un derrame cerebral en el despacho de ese hombre no le haría ningún favor a Charlie.

—No haga eso —gimió Cap—. Duele...

—Ordene que no lo molesten durante los próximos diez minutos —dijo Andy. En alguna parte el caballo negro coceaba la puerta del pesebre. Quería salir, quería galopar libremente. Sintió que una transpiración aceitosa le chorreaba por las mejillas.

El interfono volvió a zumbar. Cap se inclinó hacia delante y accionó la clavija hacia abajo. Sus facciones habían envejecido quince años.

—Cap, el asistente del senador Thompson está aquí con las cifras que usted pidió para el Proyecto Salto.

—Que nadie me moleste durante los próximos diez minutos —espetó Cap, y cortó la comunicación.

Andy estaba empapado en sudor. ¿Eso los detendría? ¿U olerían que había gato encerrado? No importaba. Como Willy Loman había sido tan propenso a llorar, el bosque ardía. Jesús, ¿por qué pensaba en Willy Loman? Se estaba volviendo loco. El caballo negro no tardaría en salir y podría ir montado. Casi soltó una risita.

—¿Charlie ha estado generando incendios?

—Sí.

—¿Cómo lo consiguieron?

—El cebo. Fue idea de Rainbird. A cambio de las dos primeras pruebas, la dejamos salir al parque. Ahora le permitimos montar a caballo. Rainbird piensa que esto bastará para conformarla durante las dos semanas próximas. —Y repitió—: Hockstetter ha entrado en éxtasis.

—¿Quién es Rainbird? —inquirió Andy, sin sospechar que acababa de formular la pregunta clave.

Cap habló en ráfagas breves durante los cinco minutos siguientes. Le explicó a Andy que Rainbird era un asesino de la Tienda que había recibido heridas espantosas en Vietnam, donde había perdido un ojo (el pirata tuerto de mi sueño, pensó Andy, aturdido). Le explicó a Andy que Rainbird había estado a cargo de la operación de la Tienda que había culminado con la captura de Andy y Charlie en la laguna Tashmore. Le contó la historia del apagón y de la inteligente iniciativa que había tomado Rainbird para inducirla a producir fuego en condiciones experimentales. Por último, le informó a Andy que lo que le interesaba personalmente a Rainbird en toda esa operación era apropiarse de la vida de Charlie cuando por fin se agotara esa sucesión de patrañas. Habló de esos asuntos con voz desprovista de emoción pero curiosamente urgida. Después se calló.

Andy escuchó con indignación y pánico crecientes. Cuando Cap concluyó su disertación, temblaba como una hoja. Charlie, pensó. Oh, Charlie, Charlie.

Ya casi se habían agotado sus diez minutos, y aún necesitaba saber mucho más. Los dos permanecieron en silencio durante unos cuarenta segundos. Un observador podría haber pensado que eran viejos amigos que ya no necesitaban hablar para comunicarse. La mente de Andy se había disparado.

—Capitán Hollister —dijo.

—¿Sí?

—¿Cuándo será el funeral de Pynchot?

—Pasado mañana —respondió Cap parsimoniosamente.

—Iremos. Usted y yo. ¿Entiende?

—Sí, entiendo. Iremos al funeral de Pynchot.

—Yo pedí ir. Cuando oí que había muerto me derrumbé y me eché a llorar.

—Sí, se derrumbó y se echó a llorar.

—Estaba muy alterado.

—Sí, lo estaba.

—Iremos en su coche particular, los dos solos. Podrá haber gente de la Tienda en los coches de adelante y de atrás, y motoristas a ambos lados, si ése es el procedimiento normal, *pero iremos solos*. ¿Entiende?

—Oh, sí. Está perfectamente claro. Nosotros dos solos.

—Y conversaremos largamente. ¿Entiende?

—Sí, conversaremos largamente.

—¿En su coche hay micrófonos ocultos?

—Absolutamente ninguno.

Andy empezó a empujar otra vez, con una serie de toquecitos suaves. Cada vez que empujaba, Cap respingaba un poco, y Andy comprendió que existían muchas probabilidades de que estuviera generando un eco allí dentro, pero tenía que hacerlo.

—Hablaremos del lugar donde está encerrada Charlie. Hablaremos de la forma de desencadenar un caos en estas instalaciones sin bloquear todas las puertas como cuando se produjo el apagón. Y hablaremos de la forma en que Charlie y yo podremos salir de aquí. ¿Entiende?

—No se supone que deban escapar —protestó Cap con un tono rencoroso, infantil—. Eso no figura en el guión.

—*Ahora sí figura* —dictaminó Andy, y volvió a empujar.

—¡*Auuuu!* —gimió Cap.

—¿Lo entiende?

—Sí, lo entiendo, no, no vuelva a hacer eso, ¡duele!

—Este Hockstetter..., ¿se opondrá a que yo vaya al funeral?

—No. Hockstetter está totalmente obsesionado por la niña. Desde hace un tiempo casi no piensa en otra cosa.

—Estupendo. —No era nada estupendo. Era desesperante—. Un último detalle, capitán Hollister. Usted olvidará que mantuvimos esta pequeña conversación.

—Sí..., la olvidaré por completo.

El caballo negro estaba suelto. Empezaba a galopar. *Sácame de aquí* —pensó Andy vagamente—. *Sácame de aquí. El caballo está suelto y el bosque arde.* La jaqueca arremetió en un ciclo nauseabundo de dolor palpitante.

—Todo lo que le he dicho se le ocurrirá con la mayor naturalidad, como si fuera idea suya.

—Sí.

Andy miró el escritorio de Cap y vio una caja de «Kleenex». Sacó uno y empezó a enjugarse los ojos. No lloraba, pero la jaqueca le había hecho lagrimear y se alegró de ello.

—Ya puedo irme —le informó a Cap.

Lo soltó. Cap volvió a mirar los alisos, abstraído. Su rostro se reanimó, poco a poco, y giró hacia Andy, que se estaba secando los ojos y se sorbía la nariz. No era necesario exagerar.

—¿Cómo se siente ahora, Andy?

—Un poco mejor —respondió Andy—. Pero..., usted sabe..., recibir la noticia así...

—Sí, sí, lo alteró mucho —asintió Cap—. ¿Quiere tomar un café o algo?

—No, gracias. Prefiero volver a mi apartamento, por favor.

—Claro que sí. Lo acompañaré hasta la puerta.

—Gracias.

22

Los dos hombres que habían acompañado a Andy hasta el despacho lo miraron con recelo: el «Kleenex», los ojos enrojecidos y lacrimosos, el brazo paternal que Cap le había pasado sobre los hombros. Más o menos la misma expresión se reflejó en el semblante de la secretaria de Cap.

—Cuando se enteró de que Pynchot había muerto tuvo un colapso y se echó a llorar —comentó Cap serenamente—. Quedó muy alterado. Creo que buscaré la forma de que pueda asistir al funeral de Herman conmigo. ¿Eso le gustaría, Andy?

—Sí —contestó Andy—. Sí, por favor. Si lo puede arreglar. Pobre doctor Pynchot. —Y súbitamente prorrumpió en un llanto auténtico.

Los dos hombres lo guiaron por delante del asistente atónito y ofuscado del senador Thompson, que tenía en las manos varios cartapacios con cubiertas azules. Sacaron de allí a Andy, que seguía llorando. Cada uno lo tenía ligeramente cogido por el codo. Ambos tenían una expresión de disgusto muy similar a la de Cap, de repulsión por ese gordo drogadicto que había perdido totalmente el control de sus emociones y todo sentido de la perspectiva y que derramaba un torrente de lágrimas por un hombre que había sido su captor.

Las lágrimas de Andy eran auténticas..., pero era por Charlie por quien lloraba.

23

John siempre cabalgaba con ella, pero en sus propios sueños Charlie cabalgaba sola. El jefe de palafreneros, Peter Drabble, la había equipado con una pequeña y elegante silla inglesa, pero en sus sueños montaba a pelo. Ella y John recorrían senderos de equitación que formaban una red sinuosa por la finca de la Tienda, y entraban y salían del bosque de pinos —un bosque de juguete—, y bordeaban el estanque de los patos, siempre con el caballo al trote, pero en sus sueños ella y *Nigromante* galopaban juntos, más y más rápido, a través de un bosque auténtico. Se precipitaban velozmente por un sendero agreste y la luz que se filtraba por el techo de ramas entrelazadas era verde, y su cabello flotaba detrás de ella.

Charlie sentía ondular los músculos de *Nigromante* bajo su piel sedosa, y ella cabalgaba con las manos crispadas sobre sus crines y le susurraba en la oreja que quería correr más... y más... y más.

Nigromante respondía a sus órdenes. Sus cascos retumbaban como truenos. El sendero que atravesaba ese bosque enmarañado y verde era un largo túnel, y desde atrás llegaba una débil crepitación y

(el bosque ardía)

una vaharada de humo. Era un incendio, un incendio que ella había provocado, pero no experimentaba ningún sentimiento de culpa: sólo de júbilo. Ellos podían adelantarse al fuego. *Nigromante* podía llegar a cualquier parte, hacer cualquier cosa. Podían escapar del bosque-túnel. Charlie intuía luminosidad más adelante.

«Más rápido. Más rápido.»

La euforia. La libertad. Charlie ya no podía distinguir dónde terminaban sus muslos y dónde comenzaban los ijares de *Nigromante*. Eran un solo ser, soldado, soldado como los metales que ella fundía con su poder durante las pruebas. Delante de ellos se cruzaba un gigantesco árbol caído, un árbol derribado por la tormenta, de madera blanca, semejante a un montón de huesos enmarañados. Delirante de júbilo lunático, Charlie hostigaba ligeramente a *Nigromante* con los talones desnudos y sentía que el animal contraía los cuartos traseros.

Lo trasponían de un salto, flotando por un momento fugaz en el aire. Ella tenía la cabeza echada hacia atrás. Sus manos estrujaban las crines y lanzaba un alarido, no porque tuviera miedo, sino sencillamente porque si no gritaba, si se reprimía, podría estallar. *Libre, libre, libre...*, *te amo*, Nigromante.

Sorteaban fácilmente el tronco pero ahora el olor del humo era más penetrante, más nítido. Se oía un chasquido a sus espaldas y sólo cuando una chispa caía en espiral y le producía una breve punzada en la piel como si fuera un abrojo, Charlie se daba cuenta de que estaba desnuda. Desnuda y

(pero el bosque ardía)

libre, suelta, emancipada..., ella y *Nigromante*, galopando hacia la luz.

«Más rápido —susurraba ella—. Más rápido, por favor.»

Quién sabe cómo, el caballo negro desarrollaba aún mayor velocidad. El viento soplaba en los oídos de Charlie como un trueno desbocado. No necesitaba respirar: el aire entraba a raudales en su garganta por la boca entreabierta. El sol brillaba a través de esos viejos árboles formando barras polvorientas de cobre bruñido.

Y al frente estaba la luz, el final del bosque, el terreno despejado, donde ella y *Nigromante* galoparían por los tiempos de los tiempos. El incendio quedaba detrás de ellos, el olor odioso del humo, la sensación de miedo. El Sol estaba adelante, y ella cabalgaría montada en *Nigromante* hasta el mar, donde quizás encontraría a su padre y los dos vivirían recogiendo redes llenas de pescados refulgentes y resbaladizos.

«¡Más rápido! —exclamaba triunfalmente—. Oh, *Nigromante*, corre más *rápido*, más *rápido*, corre...»

Y era entonces cuando la silueta se cruzaba en el embudo ensanchado de luz donde terminaba el bosque, bloqueando la luz con su propia figura, bloqueando la salida. Al principio, como sucedía siempre en este sueño, ella pensaba que era su padre, se sentía *segura* de que era su padre, y su júbilo se tornaba casi doloroso... antes de transformarse repentinamente en un terror atroz.

Tenía el tiempo justo para captar el hecho de que el hombre era demasiado corpulento, demasiado alto, y sin embargo relativamente conocido, espantosamente conocido, aunque sólo viera su silueta... antes de que *Nigromante* se alzara de manos, gritando.

¿Pueden gritar los animales? Yo no sabía que podían gritar.

Ella hacía un esfuerzo para conservar la estabilidad, y sus muslos resbalaban a medida que los cascos azotaban el aire, y no gritaba sino que relinchaba, pero era un *grito*, y en algún lugar situado detrás de ella se elevaban otros relinchos ululantes, *oh Dios mío* —pensaba ella—, *ahí detrás había más caballos, ahí detrás había más caballos y el bosque ardía...*

Delante, bloqueando la luz, esa silueta, esa figura sobrecogedora. Entonces empezaba a avanzar hacia ella. Había caído sobre el sendero y *Nigromante* le tocaba delicadamente con el belfo el estómago desnudo.

«¡No le hagas daño a mi caballo! —le gritaba a la silueta que avanzaba, el padre-onírico que no era su padre—. No les hagas daño a los caballos. ¡Oh, por favor no les hagas daño a los caballos!»

Pero la figura seguía adelantándose y desenfundaba un arma y era entonces cuando Charlie se despertaba, a veces con un alarido, a veces bañada sólo en una estremecedora transpiración fría, segura de que había tenido una pesadilla pero incapaz de recordar algo más que la carrera enloquecida y eufórica por el sendero arbolado y el olor del fuego... Todo esto, y una sensación casi nauseabunda de traición.

Y ese día, en el establo, se resistía a tocar a *Nigromante* o quizás apoyaba la mejilla contra su piel cálida y experimentaba un terror inefable.

LA PARTIDA FINAL

1

Era una sala más amplia.

De hecho hasta la semana anterior había sido la capilla no sectaria de la Tienda. La velocidad con que se desarrollaban los acontecimientos podría haber sido simbolizada por la rapidez y facilidad con que Cap había accedido a las solicitudes de Hockstetter. Se construiría una nueva capilla —no cualquier recinto adicional sino una auténtica capilla— en el extremo este de la finca. Mientras tanto, las restantes pruebas de Charlie McGee se efectuarían allí.

Habían arrancado los paneles de falsa madera y los bancos. El suelo y las paredes habían sido aislados con lana de amianto que parecía lana de acero laminado y templado. El área tradicionalmente ocupada por el altar y la nave había sido dividida mediante tabiques. Habían instalado los monitores de Hockstetter y la terminal de una computadora. Todo esto, en una sola semana. Los trabajos habían comenzado apenas cuatro días antes de que Herman Pynchot pusiera fin a su vida de una manera tan tétrica.

Ahora, a las dos de la tarde de un día de comienzos de octubre, una pared refractaria se levantaba en el centro del largo recinto. A la izquierda de la pared descansaba una enorme y baja cisterna de agua. Dentro de esta cisterna, que tenía un metro ochenta de profundidad, habían volcado más de novecientos kilos de hielo. Frente a ella se erguía Charlie McGee, que parecía muy pequeña y atildada con su vestido azul de dril y con sus calcetines deportivos a rayas rojas y negras. Las trenzas rubias, ceñidas por pequeños moños de terciopelo negro, le colgaban hasta los omoplatos.

—Muy bien, Charlie —anunció la voz de Hockstetter por el interfono. Éste, como todo lo demás, había sido instalado de prisa, y su reproducción era metálica y defectuosa—. Cuando quieras, estamos listos.

Las cámaras lo filmaban todo en colores vívidos. En estas películas, la cabeza de la niña se inclina ligeramente y durante pocos segundos no sucede nada. A la izquierda del fotograma está encuadrada una transcripción de temperaturas digitales. De pronto éstas empiezan a elevarse de veinte a veintiséis y de veintiséis a treinta y dos. A partir de entonces el cambio de cifras es tan rápido que éstas no son más que un cambiante borrón rojizo. La sonda electrónica de temperaturas ha sido implantada en el centro de la pared refractaria.

Ahora la película se proyecta en cámara lenta: es la única forma de captar todo lo que sucede. Para los hombres que contemplaban la prueba desde las mirillas de cristal emplomado de la cabina de observación, todo se desarrolló con la velocidad de un disparo.

En cámara excepcionalmente lenta, la pared refractaria empieza a despedir humo. Pequeñas partículas de cemento y hormigón empiezan a saltar perezosamente hacia arriba como palomitas de maíz. Después, se observa que el cemento que cohesiona los bloques *chorrea*, como melaza caliente. A continuación los ladrillos empiezan a disgregarse, desde el centro hacia fuera. Estallan chisporroteos de partículas, y después nubes de éstas, a medida que el calor hace explotar los bloques. Ahora el sensor digital de temperatura implantado en el centro de la pared se estabiliza en más de siete mil grados. No se estabiliza porque la temperatura haya dejado de aumentar sino porque el propio sensor ha sido destruido.

Alrededor de esta sala de pruebas que fue una capilla están montados ocho inmensos acondicionadores de aire «Kelvinator», todos los cuales funcionan a tope, bombeando aire hélado dentro del recinto. Los ocho entraron en funcionamiento apenas la temperatura *ambiente* del recinto pasó de treinta y cinco grados. Charlie ya era una experta en encauzar hacia un solo punto el chorro de calor que de alguna manera emanaba de ella, pero como lo sabe cualquiera que se haya quemado la mano con el asa caliente de una sartén, incluso las superficies llamadas no conductoras conducen el calor... si hay suficiente calor para conducir.

Con los ocho «Kelvinators» industriales en funcionamiento, la temperatura de la sala de pruebas debería haber sido de treinta grados centígrados bajo cero, grado más o menos. En cambio, los protocolos muestran un aumento constante, hasta más de treinta y siete grados, y después hasta cuarenta y uno, y cuarenta y cinco. Pero el calor por sí solo no explica toda la transpiración que chorrea por el rostro de los observadores.

Ahora ni siquiera una cámara excepcionalmente lenta podrá captar una imagen nítida de lo que sucede, pero hay algo que está claro: a medida que los bloques refractarios continúan estallando hacia fuera y atrás, no queda ninguna duda de que están ardiendo. Los bloques arden tan vivamente como los papeles de periódico en un hogar. Por supuesto, un libro de ciencias para alumnos de octavo grado enseña que *cualquier cosa* arderá si se calienta hasta la temperatura apropiada. Pero una cosa es leer esta información y otra muy distinta ver cómo una pared de bloques refractarios se consume con una llama azul y amarilla.

Entonces una feroz dispersión de partículas desintegradas lo oculta todo, cuando la pared se volatiliza. La niña da media vuelta lentamente y un momento después la superficie serena del agua helada de la cisterna se convulsiona y hierve. Y el calor del recinto, que ha tocado techo en los cuarenta y cinco grados (incluso con los ocho acondicionadores de aire, hace tanto calor como en un mediodía de verano en el Valle de la Muerte), empieza a mitigarse.

Hay trabajo para la barredora.

2

INFORME
INTERDEPARTAMENTAL

De Bradford Hyuck
A Patrick Hockstetter
Fecha 2 de octubre
Asunto Telemetría, última prueba C. McGee (n.º 4)

Pat: Ya he visto las películas cuatro veces y todavía no puedo creer que no se trate de un truco de efectos especiales. Consejo gratuito: Cuando comparezcas ante la subcomisión del Senado que considerará los planes de asignación y de renovación del Lote Seis, no te conformes con cubrirte las espaldas: ¡colócales un blindaje! Dado que la naturaleza humana es como es, a los tipos que asistan a la proyección de estas películas les resultará difícil convencerse de que no se trata de pura superchería.

Vamos al grano: Envío las transcripciones con un mensajero especial, y este informe se les adelantará en no más de dos o tres horas. Podrás leerlas tú mismo, pero sintetizaré brevemente lo que hemos observado. Nuestras conclusiones se pueden resumir en dos palabras: Estamos pasmados. Esta vez la chica estaba más erizada de conexiones que un astronauta disparado al espacio. Notarás:

1) Tensión sanguínea dentro de parámetros normales para una niña de ocho años, y casi no

se produce ningún aumento cuando la pared estalla como la bomba de Hiroshima.

2) Ondas alfa anormalmente altas. Lo que llamaríamos su «circuito imaginativo» está muy activo. Podrás concordar o no con Clapper y conmigo en el hecho de que las ondas están un poco más niveladas, lo cual sugiere una cierta «destreza imaginativa controlada» (esta frase bastante atroz no me pertenece: es de Clapper). Podría indicar que está empezando a controlar su aptitud y que puede manejarla con más precisión. La práctica, como dicen, lleva a la perfección. O quizá no indica absolutamente nada.

3) Toda la telemetría metabólica se encuentra dentro de parámetros normales: no hay nada extraño ni fuera de lugar. Es como si estuviera leyendo un libro o haciendo sus deberes escolares en lugar de estar generando lo que tú dices que debió de ser un punto térmico de hasta 30.000 grados. Para mí, la información más fascinante (¡y frustrante!) es la que emana del test Beal-Searles. *¡Casi no quemó calorías!* Por si has olvidado tus nociones de física —enfermedad profesional que os aqueja a vosotros los trepanadores de cráneos— la caloría no es más que una cantidad de calor: exactamente el calor necesario para hacer que un gramo de agua aumente un grado centígrado de temperatura. Durante esa modesta exhibición ella quemó quizá 25 calorías, tantas como habría quemado al hacer media docena de flexiones o al dar dos vueltas caminando alrededor del edificio. Pero las calorías miden el calor, maldita sea, *el calor*, y lo que ella genera es calor... ¿O no? ¿Éste nace *de* ella, o pasa *a través* de ella? Y si se trata de esto último, ¿de dónde provine? ¡Averígualo y con toda seguridad te darán el premio Nobel! Te digo lo siguiente: si la serie de pruebas ha de ser tan breve como tú informas, estoy seguro de que nunca lo averiguaremos.

Una última cosa: ¿Estás seguro de que *deseas* continuar estas pruebas? Últimamente me basta pensar en esa chica para ponerme muy nervioso. Empiezo a cavilar sobre cosas tales como los pulsares y los neutrinos y los agujeros negros y Dios sabe qué más. En este universo andan sueltas algunas fuerzas que ni siquiera conocemos aún, y algunas sólo podemos observarlas desde una distancia de millones de años luz..., y en razón de ello lanzamos un suspiro de alivio. La última vez que vi esa película, empecé a imaginar a la chica como una grieta —una rajadura, si quieres— en el crisol mismo de la Creación. Sé cómo suena esto, pero sería negligente si lo callara. Que Dios me perdone por decir esto, cuando tengo tres encantadoras hijas, pero personalmente lanzaré un suspiro de alivio cuando la hayan netrualizado.

Si puede producir 30.000 grados de calor localizado sin siquiera intentarlo, ¿se te ha ocurrido preguntarte lo que podría ocurrir si realmente se lo propusiera?

BRAD

3

—Quiero ver a mi padre —anunció Charlie cuando entró Hockstetter. Estaba pálida y desvaída. Había cambiado su vestido por un viejo camisón y tenía el cabello suelto sobre los ojos.

—Charlie... —empezó a contestar Hockstetter, pero olvidó súbitamente lo que se había propuesto agregar. El informe de Brad Hyuck y las transcripciones de la telemetría en las que aquél se sustentaba lo preocupaban tremendamente. El hecho de que Brad hubiese confiado esos dos últimos párrafos a la letra impresa decía mucho y sugería aún más.

El mismo Hockstetter estaba asustado. Al dar el visto bueno para la transformación de la capilla en sala de pruebas, Cap también había autorizado la instalación de más acondicionadores de aire «Kelvinator» alrededor del apartamento de Charlie: no ocho sino veinte. Hasta ese momento sólo habían colocado seis, pero después de la prueba n.º 4, a Hockstetter le daba lo mismo que los instalaran o no. Pensaba que podían montar doscientos de esos condenados aparatos sin que ello bloqueara su poder. Ya no se trataba de que ella pudiera matarse o no a sí misma. Era cuestión de saber si podía destruir o no todas las dependencias de la Tienda, si lo deseaba... Y quizá de paso todo el este de Virginia. Ahora Hockstetter pensaba que si ella se empeñaba en hacer todo eso, podía hacerlo. Y el elemento final de su secuencia lógica era aún más alarmante: ahora sólo Rainbird estaba en condiciones de controlarla eficazmente. Y Rainbird estaba loco.

—Quiero ver a mi padre —repitió Charlie.

Su padre se hallaba en el funeral del pobre Herman Pynchot. Había ido en compañía de Cap, a petición de este último. Incluso la muerte de Pynchot, aunque desvinculada de todo lo que sucedía allí, parecía haber proyectado su propia sombra maligna sobre la mente de Hockstetter.

—Bueno, creo que eso se podrá arreglar —respondió Hockstetter cautelosamente—, si nos muestras un poco más...

—Les he demostrado bastante —lo interrumpió ella—. Quiero ver a mi padre. —Su labio inferior se estremeció. Sus ojos estaban velados por las lágrimas.

—Tu ordenanza —comentó Hockstetter—, el indio, dijo que esta mañana no quisites montar en tu caballo después de la prueba. Parecía preocupado por ti.

—No es mi caballo —replicó Charlie, con voz gangosa—. Aquí no hay nada mío. Nada excepto mi padre y..., ¡quiero verlo! —Su voz se elevó hasta trocarse en un grito colérico, lloroso.

—No te excites, Charlie —exclamo Hockstetter, súbitamente asustado. ¿La temperatura había subido de pronto allí adentro, o eso sólo era producto de su imaginación?—. No..., no te excites.

Rainbird. Rainbird debería haberse ocupado de ese trabajo, maldición.

—Escúchame, Charlie. —Ostentó una sonrisa ancha, cordial—. ¿Te gustaría ir a Six Flags, en Georgia? Es el parque de atracciones más estupendo de todo el Sur, exceptuando quizá Disney World. Arrandaríamos todo el parque por un día, sólo para ti. Podrías montar en la noria gigante, visitar la casa encantada, dar vueltas en el tiovivo...

—No quiero ir a ningún parque de atracciones. Sólo quiero ver a mi padre. Y lo veré. ¡Espero que usted me escuche, porque lo veré!

Hacía más calor.

—Está sudando —comentó Charlie.

Él recordó la pared refractaria, que había estallado tan rápidamente que las llamas sólo se veían gracias a la filmación en cámara lenta. Recordó la bandeja de acero que había dado dos volteretas al volar a través de la habitación, despidiendo virutas incandescentes. Si dirigía ese poder contra él, se convertiría en un montón de cenizas y huesos calcinados casi antes de darse cuenta de lo que estaba ocurriendo.

Oh Dios por favor...

—Charlie, de nada te servirá enfadarte conmigo...

—Sí —dictaminó ella, ciñéndose estrictamente a la verdad—. Sí, me servirá. Y estoy furiosa con usted, doctor Hockstetter. Muy furiosa.

—Charlie, por favor...

—Quiero verlo —repitió Charlie—. Ahora váyase. Dígales que quiero ver a mi padre y después podrán someterme a más pruebas si lo desean. No me molesta. Pero si no lo veo, haré que suceda algo. Dígaselo.

Hockstetter se fue. Pensaba que debería haber agregado algo más, algo que redimiera un poco su dignidad que compensara un poco el miedo

(«está sudando»)

que ella había visto estampado en su rostro, pero no se le había ocurrido nada. Se fue, y ni siquiera la puerta de acero que lo separaba de ella bastó para mitigar por completo su miedo... ni su cólera contra John Rainbird. Porque Rainbird había previsto esto, y no le había advertido nada. Y si acusaba a Rainbird de ello, el indio se limitaría a exhibir su sonrisa escalofriante y preguntaría quién era el psiquiatra allí, después de todo.

Las pruebas habían mitigado el trauma que la disuadía de prender fuego hasta convertir dicho trauma en algo semejante a una represa de tierra en la que habían aparecido filtraciones en doce lugares distintos. Las pruebas le habían suministrado la práctica necesaria para refinar un tosco martillo de poder y hacer de él algo que ella podía arrojar con letal precisión, tal como un artista de circo lanza un cuchillo balanceado.

Y las pruebas habían sido la lección objetiva perfecta. Le habían demostrado a Charlie, sin un asomo de duda, quién mandaba allí.

Ella.

4

Cuando Hockstetter se hubo ido, Charlie se derrumbó sobre el sofá, con las manos sobre la cara, sollozando. La embestían oleadas de emociones antagónicas: remordimiento y horror, indignación, incluso una especie de placer colérico. Pero el miedo era más fuerte que todas las demás. Las cosas habían cambiado cuando ella había accedido a participar en las pruebas. Temía que hubieran cambiado definitivamente. Y ahora no sólo *deseaba* ver a su padre. Lo *necesitaba*. Lo necesitaba para que le dijera lo que debía hacer a continuación.

Al principio había recibido recompensas: los paseos al aire libre con John, el derecho a cepillar a *Nigromante*, y después a montarlo. Amaba a John y amaba a *Nigromante*... Si por lo menos ese estúpido hubiera comprendido cómo la había martirizado al decirle que *Nigromante* le pertenecía a ella cuando Charlie sabía que nunca sería suyo. El robusto caballo sólo era suyo en los sobresaltados sueños que recordaba a medias. Pero ahora..., ahora..., las mismas pruebas, la oportunidad de usar su poder y de sentirlo crecer... *Eso* empezaba a ser la recompensa. Se había transformado en un juego sobrecogedor pero cautivante.

Y Charlie intuía que sólo había raspado la superficie. Era como un bebé que apenas había aprendido a caminar.

Necesitaba a su padre, lo necesitaba para que él le dijese qué era lo bueno, qué era lo malo, si debía perseverar o si debía detenerse definitivamente. Si...

—Si *puedo* detenerme —susurró.

Esto era lo más pavoroso de todo: no saber ya con certeza si *podía detenerse*. Y si no podía, ¿qué implicaría eso? Oh, ¿qué implicaría?

Se echó a llorar de nuevo. Nunca se había sentido tan atrozmente sola.

5

El funeral fue una mala experiencia.

Andy había pensado que todo saldría perfecto. Su jaqueca había desaparecido y, al fin y al cabo, el funeral sólo era una excusa para quedarse a solas con Cap. Pynchot no le había caído simpático, aunque después de todo había resultado tan insignificante que ni siquiera merecía que lo odiaran. Su arrogancia mal disimulada y el evidente placer que le producía subyugar a otro ser humano habían sido, junto con su prioritaria preocupación por Charlie, las razones por las cuales el rebote que había generado en la mente de Pynchot no le causaba mucho remordimiento. Finalmente el rebote lo había descalabrado.

El eco no era nuevo para él, pero siempre había tenido la oportunidad de enmendar las cosas. Se trataba de algo en lo que ya era muy ducho cuando él y Charlie habían tenido que huir de Nueva York. En casi todos los cerebros humanos parecía haber cargas explosivas profundamente implantadas, temores y culpas muy arraigados, impulsos suicidas, esquizofrénicos, paranoides..., incluso asesinos. El empujón producía un estado de extrema susceptibilidad y si una sugerencia se encauzaba por uno de esos senderos tenebrosos, podía ser destructiva. Una de las amas de casa que participaban en su Programa de Adelgazamiento había empezado a sufrir alarmantes trances catatónicos. Uno de sus ejecutivos le había confesado el anhelo morboso de bajar del armario el revólver que conservaba desde su paso por el Ejército y de usarlo para jugar a la ruleta rusa, anhelo que se relacionaba de alguna manera en su mente con un cuento de Edgar Allan Poe, *Silliam Wilson*, que había leído cuando era alumno de la escuela secundaria. En ambos casos, Andy había conseguido frenar el eco antes de que éste se disparara y se convirtiera en un rebote mortal. En el caso del ejecutivo —un empleado de Banca, de tercera categoría, rubio y taciturno— le había bastado darle otro empujón y sugerirle plácidamente que nunca había leído el cuento de Poe. El vínculo, cualquiera que éste hubiera sido, se cortó. En el caso de Pynchot nunca se le había presentado la oportunidad de cortar el eco.

Mientras se dirigían al funeral bajo una fría y susurrante lluvia de otoño, Cap habló incansablemente del suicidio de Pynchot. Parecía querer acostumbrarse a la idea. Afirmó que no había creído posible que un hombre mantuviera..., mantuviera simplemente su brazo allí adentro una vez que las cuchillas empezaban a picar y triturar. Pero Pynchot lo había hecho. De alguna manera lo había hecho. Fue entonces cuando a Andy empezó a estropeársele el funeral.

Los dos sólo asistieron a los servicios que se celebraron al pie de la tumba, bastante alejados del grupo de deudos y amigos que se apiñaban bajo un ramo de paraguas negros en flor. Andy descubrió que una cosa era recordar la arrongancia de Pynchot; la sed de poder de un hombrecillo, de un pequeño César, que no lo tenía en realidad; el incesante e irritante tic nervioso que remedaba una sonrisa. Y otra cosa muy distinta era ver a esa esposa pálida y desvaída, con su traje negro y su sombrero con velo, que retenía las manos de sus dos hijos (el más pequeño tenía aproximadamente la edad de Charlie, y ambos parecían totalmente aturdidos y apáticos, como drogados), y que sabía —como tenía que saber— que todos los deudos y amigos estaban enterados de que a su marido lo habían encontrado vestido con la ropa interior de ella, con el brazo derecho volatilizado casi hasta el codo, aguzado como un lápiz viviente, con su sangre rociada sobre el fregadero y los aparadores, con pingajos de carne...

La garganta de Andy se convulsionó irremisiblemente. Se inclinó hacia delante bajo la lluvia fría, luchando contra esa sensación. La voz del sacerdote se alzaba y bajaba absurdamente.

—No quiero estar aquí —dijo Andy—. ¿Podemos irnos?

—Sí, por supuesto —respondió Cap. Él también estaba pálido, avejentado, y no parecía rebosante de salud—. Ya he asistido a suficientes funerales en este año.

Se alejaron del grupo congregado alrededor de la falsa hierba. Las flores ya estaban ajadas y derramaban petalos en medio de la fuerte lluvia. El ataúd descansaba sobre sus rieles frente a la fosa. Avanzaron juntos hacia el camino sinuoso de grava donde el coche de Cap, de modelo económico, estaba aparcado cerca del final del cortejo fúnebre. Otros tres o cuatro hombres, apenas visibles, se desplazaban alrededor de ellos. Andy pensó que ahora debía de saber cómo se sentía el Presidente de los Estados Unidos.

—Es tremendo para la viuda y los pequeños —comentó Cap—. Me refiero al escándalo.

—Ella, esto..., ¿recibirá ayuda?

—Muy generosa, desde el punto de vista económico —contestó Cap, con voz casi monótona. Ya se acercaban al camino. Andy vio el «Vega» anaranjado de Cap, aparcado a un lado. Dos hombres montaban en un «Biscayne» situado delante. Otros dos montaron en un «Plymouth» gris situado atrás—. Pero nadie podrá sobornar a esas dos criaturas. ¿Vio la expresión de sus rostros?

Andy no dijo nada. Ahora se sentía culpable: era como si una sierra muy cortante le estuviera disecando las tripas. Ni siquiera lo consolaba pensar que su propia situación había sido desesperada. Lo único que podía hacer ahora era conservar el rostro de Charlie frente a él... Charlie y una figura tétricamente ominosa detrás de ella, un pirata tuerto llamado John Rainbird que había conquistado sigilosamente la confianza de Charlie para poder apresurar el día en que...

Montaron en el «Vega» y Cap puso el motor en marcha. El «Biscayne» de adalante arrancó y Cap lo siguió. El «Plymouth» ocupó su lugar detrás de ellos.

Andy experimentó una certidumbre súbita casi macabra, de que el empuje lo había abandonado nuevamente, de que cuando lo intentara sería en vano. Como si ésa hubiera de ser la forma de expiar la tragedia reflejada en el rostro de los dos niños.

¿Pero qué otra cosa podía hacer, si no intentarlo?

—Vamos a conversar un poco —le dijo a Cap, y empujó. El empuje estaba allí, y la jaqueca apareció casi en seguida. Era el castigo por emplearlo tan pronto después de la última vez—. Esto no le impedirá conducir.

Cap pareció acomodarse en su asiento. Su mano izquierda, que se estaba estirando hacia el intermitente, vaciló un momento y después completó el movimiento. El «Vega» siguió serenamente al coche guía entre las grandes columnas de piedra, para desembocar en la carretera.

—No, no creo que la conversación me impida conducir —respondió Cap.

Estaba a treinta y dos kilómetros del reducto. Andy había verificado el cuentakilómetros al partir y nuevamente al llegar al cementerio. Una buena parte del trayecto se efectuaba por la carretera de la que le había hablado Pynchot, la 301. Era una ruta de tránsito rápido. Calculó que no disponía de más de veinticinco minutos para concertarlo todo. Durante los dos últimos días casi no había pensado en otra cosa y creía que lo tenía todo muy bien montado..., pero había algo que necesitaba averiguar sin falta.

—¿Durante cuánto tiempo usted y Rainbird pueden asegurarse la cooperación de Charlie, capitán Hollister?

—No mucho más —manifestó Cap—. Rainbird montó el tinglado muy inteligentemente, de forma que es el único que la controla realmente en ausencia de su padre. El padre sustituto. —En voz baja, casi salmodiando, añadió—: Es su padre cuando su padre no está.

—¿Y cuando deje de cooperar, la matarán?

—No inmediatamente. Rainbird podrá manipularla durante un poco más de tiempo. —Cap encendió el intermitente para señalar que giraría por la 301—. Fingirá que los hemos descubierto. Que hemos descubierto que ellos dos actuaban en convivencia. Que él le aconsejaba cómo debía manejar su..., su problema. Que él le había pasado mensajes a usted.

Se calló, pero Andy no necesitaba saber más. Se sentía descompuesto. Se preguntó si se habían felicitado de que fuera tan fácil embaucar a una chiquilla, ganar su afecto en un lugar solitario y aprovecharla para sus propios fines una vez que habían conquistado su confianza. Cuando se les agotaran los recursos, se limitarían a decirle que su único amigo, el ordenanza John, sería despedido y probablemente juzgado en virtud de la Ley de Secretos de Estado, por jactarse de ser su amigo. Charlie haría lo demás por su propia iniciativa. Charlie pactaría con ellos. Seguiría cooperando.

Ojalá me encuentre pronto con ese tipo. Ojalá.

Pero ahora no tenía tiempo para pensar en eso, y si todo salía bien nunca se encontraría con Rainbird.

—Han programado enviarme a Hawai dentro de una semana a partir de hoy —dijo Andy.

—Sí, es cierto.

—¿Cómo?

—En un avión de transporte militar.

—¿Con quién habló para acordar esa operación?

—Con Puck —respondió Cap inmediatamente.

—¿Quién es Puck, capitán Hollister?

—El mayor Victor Puckeridge. De Andrews.

—¿La base Andrews de la Fuerza Aérea?

—Sí, desde luego.

—¿Es amigo suyo?

—Jugamos juntos al golf. —Cap sonrió vagamente—. Siempre desvía la pelota. Es una calamidad.

Magnífica noticia, pensó Andy. La cabeza le palpitaba como un diente cariado.

—¿Y si le telefoneara esta tarde y le dijera que desea adelantar el vuelo tres días?

—¿Sí? —preguntó Cap dubitativamente.

—¿Eso implicaría un problema? ¿Mucho papeleo?

—Oh, no. Puck es una calamidad con el papeleo. —La sonrisa reapareció, ligeramente torcida y nada alegre, en verdad—. Desvía la pelota. Es una calamidad. ¿Se lo dije?

—Sí. Me lo dijo.

—Oh. Bueno.

El coche ronroneaba a una velocidad perfectamente legal de noventa kilómetros por hora. La lluvia había amainado para reducirse a una niebla estable. Los limpiaparabrisas chasqueaban regularmente.

—Telefonéele esta tarde, Cap. Apenas regrese.

—Telefonearle a Puck, sí. Precisamente pensaba que eso era lo que debía hacer.

—Comuníquele que deben trasladarme el miércoles en lugar del sábado.

Cuatro días no eran suficientes para recuperarse —más bien habría necesitado tres semanas— pero ahora se acercaban rápidamente al punto crítico. Había empezado la partida final. Ése era el hecho, y Andy debía admitirlo, obligadamente. No dejaría..., no podía dejar a Charlie más tiempo del indispensable a merced de ese abominable Rainbird.

—El miércoles en lugar del sábado.

—Sí. Y después adviértale a Puck que usted también vendrá.

—¿Que yo iré? No puedo...

Andy renovó el empujón. Le dolió, pero empujó con fuerza. Cap respingó en su asiento. El coche coleó ligeramente en la carretera, y Andy volvió a pensar que estaba haciendo todo lo posible por generar un eco en la cabeza de ese tipo.

—Yo también iré, sí. Yo también iré.

—Eso es —asintió Andy hoscamente—. Ahora bien, ¿qué medidas de seguridad han tomado?

—Ninguna en particular —contestó Cap—. Usted está casi incapacitado por el «Toracín». Además, se ha desmoronado y no puede utilizar su poder de dominación mental. Ha vuelto al estado latente.

—Ah, sí —murmuró Andy, y se llevó a la frente una mano un poco trémula—. ¿Eso significa que volaré solo en el avión?

—En absoluto —replicó Cap inmediatamente—. Creo que yo también iré.

—Sí, ¿pero habrá alguien además de nosotros dos?

—Nos acompañarán dos hombres de la Tienda, en parte para desempeñarse como comisarios de a bordo y en parte para vigilarlo a usted. Es un procedimiento de rutina, ya sabe. Para proteger la inversión.

—¿Sólo está previsto que nos acompañen dos agentes? ¿Está seguro?

—Sí.

—Y la tripulación, por supuesto.

—Sí.

Andy miró por la ventanilla. Ya estaban a mitad de camino. Ésa era la parte crucial, y la cabeza le dolía tanto que temía olvidar algo. Si lo olvidaba, todo el castillo de naipes se vendría abajo.

Charlie, pensó, y trató de recomponerse.

—Hawai está muy lejos de Virginia, capitán Hollister. ¿El avión hará una escala para repostar?

—Sí.

—¿Sabe dónde?

—No —contestó Cap serenamente, y Andy tuvo ganas de pegarle un puñetazo en el ojo.

—Cuando hable con... —¿Cómo se llamaba? Hurgó frenéticamente en su mente exhausta, dolorida, y lo recuperó—. Cuando hable con Puck, averigüe dónde hará escala el avión para repostar.

—Sí, de acuerdo.

—Introduzca el tema con naturalidad en la conversación.

—Sí, introduciré el tema con naturalidad en la conversación y averiguaré dónde hará escala el avión para repostar. —Miró a Andy con ojos pensativos, soñadores, y Andy se preguntó sin saber por qué si ese hombre era el que había mandado matar a Vicky. Experimentó una necesidad repentina de ordenarle que acelerara a fondo y enfilara hacia el estribo del puente que se aproximaba a ellos. No lo hizo por Charlie. ¡Charlie!, exclamó su mente. Contrólate por Charlie—.

¿Le dije que Puck es una calamidad? —inquirió Cap afablemente.

—Sí, me lo dijo. —¡Piensa! ¡Piensa, maldito seas! Lo más probable era que se tratara de un lugar próximo a Chicago o Los Ángeles. Internacional. El avión repostaría en una base aérea. Este hecho no afectaba por sí mismo a su lastimoso plan (era una de las pocas cosas que no lo afectaban) siempre que pudiera averiguar por anticipado de qué lugar se trataba—. Nos gustaría partir a las tres de la tarde —añadió.

—A las tres.

—Y cuide de que John Rainbird esté lejos.

—¿Quiere que lo mande a otra parte? —preguntó Cap con tono esperanzado, y Andy sintió un escalofrío al descubrir que Cap le temía a Rainbird... Le temía mucho.

—Sí. No importa dónde.

—¿San Diego?

—Está bien.

Ahora. El último salto. Estaba a punto de darlo. Delante de ellos, una señal verde reflectante indicaba la rampa de salida que correspondía a Longmont. Andy metió la mano en el bolsillo del pantalón y extrajo una hoja doblada de papel. Por un momento se limitó a retenerla sobre las piernas, entre el pulgar y el índice.

—A los dos tipos de la Tienda que nos acompañarán a Hawai, les dirá que deben reunirse con nosotros en la base aérea —dictaminó Andy—. En Andrews. Usted y yo iremos a Andrews tal como estamos viajando ahora.

—Sí.

Andy inhaló profundamente.

—Pero mi hija vendrá con nosotros.

—¿Ella? —Por primera vez, Cap se mostró agitado—. *¿Ella?* Es peligrosa. No puede..., no podemos...

—No era peligrosa hasta que ustedes empezaron a manipularla —espetó Andy con tono airado—. Mi hija viajará con nosotros y usted no volverá a contradecirme, *¿entendido?*

Esta vez el zarandeo del coche fue más pronunciado y Cap gimió.

—Viajará con nosotros —asintió—. No volveré a contradecirlo. Eso duele. Eso duele.

Pero no tanto como me duele a mí.

Entonces su voz pareció provenir de muy lejos, filtrada por la red de dolor empapada en sangre que se ceñía cada vez con más fuerza en torno de su cerebro.

—Le dará esto —ordenó Andy, y le pasó a Cap la nota doblada—. Déselo hoy, pero con cuidado, para que nadie sospeche.

Cap guardó la nota en el bolsillo anterior de su americana. Se estaban aproximando a la Tienda. A su izquierda se levantaba la doble hilera de vallas electrizadas. Más o menos cada veinte metros se veían carteles de advertencia.

—Repita los puntos más importantes —dijo Andy.

Cap recitó rápida y concisamente, con la voz de un hombre al que le han enseñado a aprender las cosas de memoria desde los días de su juventud en la academia militar.

—Tomaré las medidas necesarias para que usted parta rumbo a Hawai en un avión de transporte militar el miércoles en lugar del sábado. Yo lo acompañaré. Su hija también nos acompañará. Los dos agentes de la Tienda que vendrán con nosotros nos esperarán en Andrews. Le preguntaré a Puck dónde repostará el avión. Se lo preguntaré cuando le telefonee para cambiar la fecha del vuelo. Tengo una nota para su hija. Se la entregaré después de hablar con Puck, y lo haré sin despertar sospechas. Y cuidaré que John Rainbird esté el miércoles en San Diego. Creo que eso es lo fundamental.

—Sí —respondió Andy—. Creo que sí. —Se recostó contra el respaldo del asiento y cerró los ojos. Por su mente cruzaron fragmentos entremezclados del pasado y el presente, al azar, como briznas de paja arrastradas por un vendaval. ¿Era realmente posible que eso saliera bien, o acaso no estaba haciendo más que pactar la muerte para ellos dos? Ahora sabían qué era capaz de hacer Charlie: habían tenido experiencias de primera mano. Si su plan fracasaba, completarían el vuelo en ese avión de transporte. Dentro de dos ataúdes.

Cap se detuvo en la garita de guardia, bajó el cristal y entregó una tarjeta de plástico, que el centinela introdujo en la terminal de una computadora.

—Adelante, señor —dijo el centinela.

Cap arrancó de nuevo.

—Un detalle más, capitán Hollister. Usted olvidará todo esto. Hará todo aquello de lo que hemos hablado, con la mayor espontenidad. No lo discutirá con nadie.

—Está bien.

Andy hizo un ademán afirmativo con la cabeza. No estaba bien, pero debería conformarse. Existían muchísimas posibilidades de que se desencadenara un eco porque se había visto obligado a empujar a ese hombre con una fuerza tremenda y también porque las instrucciones que le había dado entraban en total contradicción con su naturaleza. Tal vez Cap podría llevar a cabo todo lo que le había encomendado, simplemente en virtud del cargo que desempeñaba allí. Tal vez no. En ese momento Andy estaba demasiado cansado y dolorido para preocuparse excesivamente por ello.

Apenas pudo apearse del coche, Cap tuvo que cogerlo por el brazo para sostenerlo. Notó vagamente que la fría llovizna otoñal le producía una sensación agradable en el rostro.

Los dos hombres del «Biscayne» lo miraron con una especie de fría repulsión. Uno de ellos era Don Jules. Jules llevaba una camiseta azul con la leyenda EQUIPO OLÍMPICO DE BEBEDORES.

Mirad bien al gordo drogado, pensó Andy, medio aturdido. Nuevamente estaba al borde del llanto, y la respiración empezó a atascársele y convulsionársele en la garganta. Miradlo bien ahora, porque si el gordo escapa esta vez, va a hacer saltar toda esta inmundicia.

—Calma, calma —dijo Cap, y le palmeó el hombro con un aire condescendiente y rutinario de compasión.

Tú limítate a hacer lo que te ordené, pensó Andy, mientras se esforzaba por contener las lágrimas. No volvería a llorar delante de ellos, delante de ninguno de ellos. Tú limítate a hacer lo que te ordené, hijo de puta.

De regreso en su apartamento, Andy se tamboleó hasta la cama casi sin darse cuenta de lo que hacía, y se quedó dormido. Estuvo como muerto durante las seis horas siguientes, mientras la sangre se escurría de una minúscula perforación en su cerebro y varias células encefálicas palidecían y morían.

Cuando se despertó, eran las diez de la noche. El dolor de cabeza seguía en su apogeo. Se llevó las manos a la cara. Los puntos insensibles habían reaparecido: uno debajo del ojo izquierdo, otro sobre el pómulo del mismo lado, y otro justo debajo de la mandíbula. Esta vez eran más grandes.

No podré realizar muchos más esfuerzos sin matarme, pensó, y supo que esto era cierto. Pero resistiría el tiempo necesario para llevar esa operación a buen término, para darle una oportunidad a Charlie, si podía. De alguna manera se las apañaría para sobrevivir hasta entonces.

Fue al cuarto de baño y bebió un vaso de agua. Después volvió a tumbarse y, al cabo de un largo rato, se durmió nuevamente. Lo último que pensó, antes de dormirse, fue que Charlie ya habría leído su nota.

6

Cap Hollister tuvo un día muy ajetreado después de regresar del funeral de Herm Pynchot. No había terminado de instalarse en su despacho cuando su secretaria le entregó un informe interdepartamental con el sello URGENTE. Llevaba la firma de Pat Hockstetter. Cap le dijo a su secretaria que lo comunicara con Vic Puckeridge y se arrellanó para leer el informe. Debería salir con más frecuencia, pensó. Eso ventilaba las células cerebrales o hacía algo por el estilo. Durante el viaje de regreso se le había ocurrido que en realidad era absurdo esperar toda una semana para enviar a McGee a Maui. El traslado lo efectuaría ese mismo miércoles.

Después el informe atrapó toda su atención.

Distaba mucho de estar escrito en el habitual estilo frío y barroco de Hockstetter. En verdad, estaba redactado en una prosa grandilocuente y casi histérica, y Cap pensó, un poco regocijado, que la chica debía de haberle acertado realmente a Hockstetter con un barril de mierda. De lleno, y en la cabeza.

Lo que decía, en síntesis, era que Charlie se había emperrado. Antes de lo previsto, eso era todo. Quizá —no, probablemente— aun antes de lo calculado por Rainbird. Bueno esperarían unos días y después..., después...

La ilación de sus pensamientos se quebró. Sus ojos asumieron una expresión remota, ligeramente perpleja. Vio en su mente un club de golf, un palo número cinco, que bajaba zumbando y que hacía impacto, sólidamente, en una pelota «Spaulding». Oyó el zumbido suave, sibilante. Después la pelota salió despedida a gran altura y blanca contra el cielo azul. Pero se desviaba..., se desviaba...

Su frente se despejó. ¿En qué había estado pensando? No era normal que él se distrajera con semejantes fantasías. Charlie se había emperrado. Era en esto en lo que había estado pensando. Bueno, paciencia. No había por qué alterarse. La dejarían en paz durante un tiempo, quizás hasta el fin de semana, y después utilizarían a Rainbird para presionarla. Encendería un montón de fogatas sólo para sacar del aprieto a Rainbird.

Su mano subió hasta el bolsillo delantero de la americana y palpó el papelito doblado allí dentro. Volvió a oír mentalmente el débil zumbido de un palo de golf, que pareció reverberar en el despacho. Pero esta vez con un sigiloso *sssss* semejante al de una..., una serpiente. Qué desagradable. Las serpientes siempre le habían parecido desagradables, ya desde la más tierna infancia.

Con un esfuerzo, alejó de su cabeza todas esas necesidades acerca de las serpientes y el golf. Quizás el funeral lo había turbado más de lo previsto.

Sonó la chicharra del interfono y su secretaria le comunicó que Puck estaba en la línea uno. Cap levantó el auricular y después de intercambiar algunas trivialidades le preguntó a Puck si surgiría algún problema en el caso de que resolviera adelantar el traslado a Maui del sábado al miércoles. Puck consultó y respondió que no habría ningún problema.

—¿Digamos, alrededor de las tres de la tarde?

—Ningún problema —repitió Puck—. Pero no adelantes más la fecha, si no quieres colocarme en un aprieto. Esto empieza a ponerse peor que la autopista en las horas puntas.

—No, ya no habrá más cambios —contestó Cap—. Y otra cosa: yo también iré. Pero guarda el secreto, ¿de acuerdo?

—¿Un poco de sol, juerga y faldas de hierbas?

—¿Por qué no? —asintió Cap—. Debo escoltar un cargamento valioso. Creo que si fuera necesario, podría justificarme ante una comisión del Senado. Y no disfruto de unas auténticas vacaciones desde 1973. Los malditos árabes y su petróleo jodieron la última semana de aquel año.

—Seré discreto —prometió Puck—. ¿Jugarás al golf mientras estés allá? Conozco por lo menos dos campos estupendos en Maui.

Cap se quedó callado. Miró pensativamente la superficie de su escritorio, atravesándola con la vista. Bajó un poco el teléfono, apartándolo de su oído.

—¿Cap? ¿Sigues ahí?

Un ruido débil y nítido y ominoso en ese pequeño y confortable despacho: *Sssssssss*...

—Mierda, creo que se ha cortado la comunicación —masculló Puck—. ¿Cap? ¿Ca...?

—¿Sigues desviando la pelota, amigo? —preguntó Cap.

Puck rió.

—¿Bromeas? Cuando me muera, me enterrarán en uno de los jodidos obstáculos del campo de golf. Por un momento pensé que se había cortado la comunicación.

—Sigo aquí —respondió Cap—. Puck, ¿hay serpientes en Hawai?

Esta vez fue Puck quien hizo una pausa.

—¿Puedes repetir la pregunta?

—Serpientes. Serpientes venenosas.

—Yo..., caray, que me lleve el diablo si lo sé. Puedo verificarlo, si es importante. —El tono dubitativo de Puck pareció insinuar que Cap tenía casi cinco mil espías a su disposición para reunir precisamente esos datos.

—No, está bien —dijo Cap. Volvió a sostener el teléfono contra el oído con mano firme—. Supongo que pensaba en voz alta. Debo de estar envejeciendo.

—Tú no, Cap. Eres inmortal, como los vampiros.

—Sí, quizá. Gracias, camarada.

—No hay de qué. Me alegra de que tomes un descanso. Nadie lo merece más que tú, después de lo que has soportado este último año. —Se refería a Georgia, por supuesto. No sabía nada acerca de los McGee. Lo cual significaba, pensó Cap cansadamente, que no sabía ni la mitad de las cosas.

Se disponía a despedirse, cuando agregó:

—Entre paréntesis, Puck, ¿dónde repostará el avión? ¿Lo sabes, por casualidad?

—En Durban, Illinois —contestó Puck rápidamente—. En las afueras de Chicago.

Cap le dio las gracias, se despidió y colgó. Sus dedos subieron nuevamente hasta la nota guardada en el bolsillo y la tocaron. Sus ojos se posaron sobre el informe de Hockstetter. Parecía que la chica había estado muy ofuscada, además. Quizá no estaría de más que bajara a conversar con ella, a halagarla un poco.

Se inclinó hacia delante y pulsó el interfono.

—¿Sí, Cap?

—Voy a salir un momento —dijo—. Volveré aproximadamente dentro de media hora.

—Está bien.

Se levantó y salió del despacho. En ese momento se llevó la mano al bolsillo delantero y volvió a tocar la nota.

7

Quince minutos después de la partida de Cap, Charlie se hallaba tumbada en la cama, con la mente sumida en un torbellino de desaliento, miedo y especulaciones confusas. No sabía qué pensar, literalmente.

Él había entrado a las cinco menos cuarto, hacía media hora, y se había presentado como el capitán Hollister («pero por favor llámame Cap, como todos»). Tenía un rostro afable, espabilado, que le recordaba un poco las ilustraciones de algunos libros infantiles. Ella lo había visto recientemente en alguna parte, pero no pudo situarlo hasta que Cap le refrescó la memoria. Había sido él quien la había conducido de regreso a sus aposentos después de la primera prueba, cuando el hombre de la bata blanca había huido, dejando la puerta abierta. En aquel momento ella se hallaba envuelta de tal forma en una bruma de conmoción, remordimiento y —sí— euforia triunfal, que realmente no era extraño que no lo hubiese reconocido. Probablemente podría haberla escoltado Johnny Travolta sin que ella lo advirtiera.

Le habló en un tono suave, convicente, que le inspiró una desconfianza inmediata.

Le explicó que Hockstetter estaba preocupado porque ella había dado por terminadas las pruebas hasta que le permitieran ver a su padre. Charlie confirmó esa versión y se negó a agregar una palabra más, aferrándose a un terco silencio..., sobre todo porque tenía miedo. Si discutías las razones de tus actos con un tipo tan elocuente como Cap, él las deshojaría una por una hasta hacerte creer que lo negro era blanco y viceversa. Era mejor —y más seguro— circunscribirse a plantear un ultimátum.

Pero él le dio una sorpresa.

—Si ésa es tu actitud, estamos de acuerdo —fue lo que dijo Cap. La expresión de asombro de ella debió de ser un poco cómica, porque Cap soltó una risita—. Habrá que tomar algunas precauciones, pero...

Al oír eso, Charlie volvió a replegarse sobre sí misma.

—Basta de fogatas —sentenció—. Basta de pruebas. Aunque tarde diez años en «tomar algunas precauciones»...

—Oh, no creo que tarde tanto —exclamó él, sin ofenderse—. Sólo se trata de que debo rendir cuentas ante ciertas personas, Charlie. Y un organismo como éste se gobierna burocráticamente. Pero no tendrás que prender ni una vela mientras yo lo esté poniendo a punto.

—Muy bien —asintió ella, obstinadamente, sin creerle, sin creer que pensara poner algo a punto—. Porque no la prenderé.

—Creo que podré organizarlo para..., para el miércoles. Sí, para el miércoles, sin lugar a dudas.

Se quedó súbitamente callado. Inclinó un poco la cabeza, como si estuviera escuchando un ultrasonido que ella no alcanzaba a percibir. Charlie lo miró, intrigada, y se disponía a preguntarle si se sentía bien, pero entonces cerró la boca con un chasquido. Había algo..., algo casi familiar en su postura.

—¿De veras piensa que podré verlo el miércoles? —preguntó tímidamente.

—Sí, creo que sí —contestó Cap. Cambió de posición en su silla y suspiró profundamente. Su mirada se encontró con la de ella y en sus labios afloró una sonrisita desconcertada, que también le resultaba familiar. Sin que nada lo justificara, añadió—: Me han contado que tu padre juega muy mal al golf.

Charlie parpadeó. Por lo que sabía, su padre jamás había tocado un palo de golf. Se disponía a decirlo... y entonces las cosas se recompusieron en su mente y tuvo un acceso de atónita excitación.

(*¡El señor Merle! ¡Se parece al señor Merle!*)

El señor Merle había sido uno de los ejecutivos de su padre cuando se hallaba en Nueva York. Era un hombrecillo de pelo rubio y gafas con montura de ribetes rosados y una sonrisa dulce, apocada. Había acudido en busca de más confianza en sí mismo, como los otros. Trabajaba en una compañía de seguros o un Banco o algo parecido. Durante un tiempo su padre había estado muy preocupado por el señor Merle. Se trataba de un «rebote». Éste era consecuencia del empujón. Tenía algo que ver con un cuento que el señor Merle había leído hacía mucho tiempo. El empujón que su padre utilizaba para infundirle al señor Merle más confianza en sí mismo le hacía recordar ese cuento en condiciones desfavorables, en condiciones que lo enfermaban. Su padre decía que el «rebote» procedía de aquel cuento y que botaba de un lado a otro dentro de la cabeza del señor Merle, como una pelota de tenis, pero que en lugar de detenerse finalmente como habría ocurrido con la pelota de tenis, el recuerdo de aquel cuento se intensificaría cada vez más hasta hacerlo enfermar al señor Merle. Lo que temía era que lo matara. Así que una noche tuvo que retener al señor Merle después de que los otros se hubieron ido y lo empujó hasta convencerlo de que nunca había leído el cuento. Después de eso, el señor Merle no tuvo más problemas. Su padre le había dicho una vez que esperaba que el señor Merle nunca fuera a ver una película titulada *El cazador* o *El francotirador*, o algo así, pero no le había explicado por qué.

Pero antes de que su padre lo curara, el señor Merle había tenido el mismo aspecto que Cap tenía ahora.

De repente, se sintió segura de que su padre había empujado a ese hombre, y su excitación interior fue como un tornado. Después de no haber tenido noticias de él, exceptuando las muy vagas que a veces le traía John, y después de no haberlo visto y de no haber sabido dónde estaba, su padre parecía hallarse, de una forma misteriosa, en esa misma habitación, junto a ella, para decirle que se encontraba bien y cerca.

De pronto Cap se levantó.

—Bueno, ahora me debo irme. Pero nos veremos, Charlie. Y no te preocupes.

Ella quiso pedirle que no se fuera, que le hablara de su padre, que le informara dónde estaba, si se encontraba bien..., pero tenía la lengua pegada al paladar.

Cap se acercó a la puerta, y entonces se detuvo.

—Oh, casi lo olvidé. —Atravesó el cuarto en dirección a Charlie, extrajo un papel doblado de su bolsillo delantero de la americana, y se lo entregó. Charlie lo cogió, aturdida, lo miró y se lo guardó en el bolsillo del batín—. Y cuando salgas a cabalgar, ojo con las serpientes —le advirtió confidencialmente—. Cuando un caballo ve una serpiente, se encabrita. Siempre. Se...

Se interrumpió, se llevó la mano a la sien y se la frotó. Por un momento, pareció viejo y abstraído. Después sacudió ligeramente la cabeza, como si desechara un pensamiento. Se despidió y se fue.

Charlie permaneció un largo rato inmóvil después de que se hubo ido. Y entonces extrajo la nota, la desplegó, leyó lo que estaba escrito en el papel y todo cambió.

8

Charlie, cariño:

En primer lugar: cuando acabes de leer esto, arrójalo al inodoro y haz correr el agua, ¿de acuerdo?

En segundo lugar: Si todo sale como lo estoy planeando —y así lo espero— el próximo miércoles nos iremos de aquí. El hombre que te entregó esta nota es nuestro aliado, aunque él no lo sabe..., ¿entiendes?

En tercer lugar: Quiero que el miércoles a la una de la tarde estés en el establo. No me importa cómo. Si es necesario, prende otra fogata para dejarlos conformes. Pero debes estar indefectiblemente allí.

En cuarto lugar, y esto es lo más importante: *No te fíes del hombre llamado John Rainbird*. Es posible que esto te desconcierte. Sé que has confiado en él. Pero es un hombre muy peligroso, Charlie. Nadie te culpará por haber creído en él: Hollister afirma que es tan convincente que podría ganar un Óscar de la Academia. Pero debes saber esto: él comandaba al grupo que nos tomó prisioneros en la casa del Abuelo. Espero que esto no te altere demasiado, aunque dado tu carácter, es probable que sí te altere. No es agradable descubrir que alguien te ha estado utilizando para sus propios fines. Escucha, Charlie: si Rainbird aparece por allí —y probablemente aparecerá— es *muy importante* que crea que tus sentimientos respecto de él no han cambiado. El miércoles por la tarde estará lejos.

Iremos a Los Ángeles o Chicago, Charlie, y creo que sé como podremos organizar una rueda de Prensa. Tengo un viejo amigo llamado Quincey con cuya ayuda cuento, y confío —debo confiar—, en que saldrá en nuestra defensa si consigo ponerme en contacto con él. La celebración de una rueda de Prensa implicará que todo el país sabrá de nosotros. Es posible que a pesar de todo quieran retenernos en algún lugar, pero podremos estar juntos. Espero que tú todavía desees mi compañía tanto como yo deseo la tuya.

Esto no sería tan malo si no pretendieran que prendas fuego por las peores razones del mundo. Si dudas de la conveniencia de volver a huir, recuerda que ésta será la última vez... y que eso es lo que habría deseado tu madre.

Te echo de menos, Charlie, y te quiero inmensamente.

PAPÁ

9

¿John?

¿John al frente de los hombres que les habían disparado dardos letárgicos a ella y a su padre?

¿John?

Charlie sacudió la cabeza de un lado a otro. Su sentimiento interior de desconsuelo, su aflicción, parecían desmesurados, incontenibles. Ese cruel dilema no tenía solución. Si creía a su padre, debería admitir que John la había estado engatusando desde el principio para inducirla a colaborar en las pruebas. Si seguía confiando en John, la nota que había estrujado y arrojado al inodoro era un embuste al que le habían estampado la firma de su padre. De una u otra manera, el dolor, el *precio*, era descomunal. ¿Esto era lo que implicaba ser adulto? ¿Afrontar ese dolor? ¿Con ese precio? Si era así, deseaba morir joven.

Recordó que aquella primera vez había apartado la vista de *Nigromante* y se había encontrado con la sonrisa de John. Una sonrisa en la que había un elemento desagradable. Recordó que nunca había captado ninguna sensación auténtica irradiada por él, como si estuviera cerrado, o..., o...

Intentó apartar la idea.

(o muerto por dentro)

pero la idea no se dejó apartar.

Pero John no era *así*. No *era*. Su terror durante el apagón. Su historia acerca de lo que le habían hecho aquellos Vietcongs. ¿Podía ser mentira? ¿Podía ser mentira, cuando su cara destrozada confirmaba la versión?

Su cabeza se sacudía hacia atrás y adelante sobre la almohada, hacia atrás y adelante, hacia atrás y adelante, en un ademán interminable de negación. No quería pensar en eso, no quería, no quería.

Pero no podía evitarlo.

Y si..., ¿y si el apagón había sido premeditado? Y si había sido casual..., *¿y él lo había aprovechado?*

(¡NO! ¡NO! ¡NO! ¡NO!)

Y sin embargo, ahora ya no controlaba conscientemente sus pensamientos, y éstos giraban alrededor del enloquecedor y pavoroso matorral de zarzas con una especie de inexorable y fría obstinación. Era una chica espabilada, y abordó esa secuencia lógica minuciosamente, recitando una cuenta del rosario por vez, como un atormentado penitente ha de recitar las atroces cuentas de la confesión y la entrega totales.

Recordó un episodio de la serie de *Starsky y Hutch* que había visto una vez por televisión. Introducían al polizonte en la misma celda donde estaba encerrado el forajido que conocía todos los detalles de un robo. Al polizonte que se hacía pasar por delincuente lo llamaban «infiltrado».

¿John Rainbird era un infiltrado?

Su padre decía que lo era. ¿Y por qué habría de mentirle su padre?

¿En quién creer? ¿En John o en papá? ¿En papá o en John?

No, no, no, repetía su cerebro sistemática, monótona... e inútilmente. Estaba atrapada por una duda torturante que ninguna criatura de ocho años debería tener que sufrir, y cuando se durmió, volvió el sueño. Pero esta vez vio el rostro de la silueta que se erguía bloqueando la luz.

10

—Está bien, ¿qué pasa? —gruñó Hockstetter.

Su tono indicaba que la explicación debería ser muy buena. Se hallaba en su casa, viendo una película de James Bond en el programa de la noche del sábado, cuando había sonado el teléfono y una voz le había informado que tenían un problema potencial con la niña. Hockstetter no se había atrevido a preguntar de qué se trataba, porque la línea no suministraba ninguna garantía de discreción, así que salió tal como estaba vestido, con unos vaqueros salpicados de pintura y una camisa de tenis.

Llegó asustado, mascando una píldora para combatir la acidez que le bullía en el estómago. Se había despedido de su esposa con un beso, y había contestado a su mirada inquisitiva diciendo que tenían un pequeño problema con un equipo y que volvería en seguida. Se preguntó qué habría comentado ella si hubiera sabido que el «pequeño problema» podía matarlo en cualquier momento.

Plantado ahora allí, frente al espectral monitor infrarrojo que usaban para vigilar a Charlie cuando las luces estaban apagadas, una vez más deseó que la operación llegara a su fin y que la chiquilla estuviese de una vez por todas en el otro mundo. Nunca había previsto esto cuando el caso no era más que un problema académico bosquejado en una serie de carpetas de tapas azules. La verdad era la pared refractaria inflamada; la verdad eran las temperaturas localizadas de treinta mil o más grados; la verdad era Brad Hyuck hablando de las fuerzas que encendían el motor del Universo; y la verdad era que estaba asustado. Se sentía como si se hallara sentado sobre un reactor nuclear inestable.

El hombre de guardia, Neary, se volvió cuando entró Hockstetter.

—Cap bajó a visitarla alrededor de las cinco —manifestó—. La chica rechazó la cena. Se acostó temprano.

Hockstetter miró el monitor. Charlie daba vueltas nerviosa sobre la cama, totalmente vestida.

—Parece que tiene una pesadilla.

—Una o varias —comentó Neary, con acento lúgubre—. Le telefoneé porque la temperatura allí dentro aumentó tres grados en la última hora.

—No es tanto.

—Lo es, cuando la temperatura ambiente se halla controlada como en este caso. Es indudable que lo está haciendo.

Hockstetter reflexionó, mordiéndose el nudillo.

—Creo que alguien debería entrar y despertarla —agregó Neary, que por fin había llegado al meollo de la cuestión.

—¿Me ha hecho venir para eso? —bramó Hockstetter—. ¿Para despertar a una mocosa y darle un vaso de leche tibia?

—No quise excederme en mis atribuciones —replicó Neary tercamente.

—No, claro —dijo Hockstetter, y se tragó el resto de la frase.

Si la temperatura subía mucho más, habría que despertar a la chiquilla, y siempre existía la probabilidad de que si estaba muy asustada fulminara al primero que viese. Al fin y al cabo, se habían esmerado por eliminar todas las inhibiciones que bloqueaban y equilibraban su poder piroquinético, y lo habían conseguido con crece.

—¿Dónde está Rainbird? —preguntó.

Neary se encogió de hombros.

—Por lo que sé, puede estar masturbándose en Winnipeg. Pero ella cree que está descansando. Desconfiaría mucho si él apareciera aho...

El termómetro digital embutido en el panel de control de Neary marcó un grado más, vaciló, y después marco otros dos, en rápida sucesión.

—Alguien *tiene* que entrar —sentenció Neary, y esta vez su tono fue un poco inestable—. Ahora hay veinticinco grados ahí dentro. ¿Qué pasará si se dispara?

Hockstetter intentó reflexionar, pero su cerebro parecía paralizado. Sudaba copiosamente, y su boca estaba tan seca como un calcetín de lana. Deseaba estar de nuevo en su casa repantigado en su sillón, mirando cómo James Bond perseguía a SMERSH o a lo que diablos fuera. No quería estar allí. No quería estar mirando los números rojos situados debajo del pequeño cuadrilátero de cristal, esperando que se borronearan súbitamente a medida que aumentaban por decenas, por treintenas, por centenas, como había ocurrido dentro de la pared refractaria...

¡Piensa! —se gritó a sí misma—. *¿Qué haces? ¿Qué...?*

—Acaba de despertarse —anunció Neary en voz baja.

Los dos miraron fijamente el monitor. Charlie bajó los pies al suelo y permaneció sentada con la cabeza gacha, con las mejillas apoyadas sobre las palmas de las manos, con el rostro velado por el cabello. Después, fue al baño, con cara inexpresiva, con los ojos casi cerrados..., más dormida que despierta, conjeturó Hockstetter.

Neary accionó un interruptor y se activó el monitor del baño. Ahora la imagen era clara y nítida a la luz del tubo fluorescente. Hockstetter esperó que orinara, pero Charlie se limitó a quedarse junto a la puerta, con la vista clavada en la taza del inodoro.

—Madre de Dios —murmuró Neary—. Fíjese en eso.

El agua de la taza del inodoro había empezado a despedir una tenue nube de vapor. Esto duró más de un minuto (un minuto y veinte segundos, en el libro de control de Neary), y después Charlie se acercó al inodoro, accionó la descarga, orinó, accionó la descarga nuevamente, bebió dos vasos de agua y volvió a la cama. Esta vez pareció sumirse en un sueño más sereno, más profundo. Hockstetter miró el termómetro y vio que había bajado cuatro grados. Mientras lo observaba bajó otro grado y se detuvo en veinte, un grado por encima de la temperatura normal del apartamento.

Se quedó con Neary hasta después de la medianoche.

—Volveré a la cama. Tomará nota de esto, ¿verdad?

—Para eso me pagan —respondió Neary impasible.

Hockstetter se fue a su casa. Al día siguiente escribió un informe sugiriendo que la posibilidad de obtener nuevos conocimientos mediante pruebas adicionales debería confrontarse con los riesgos potenciales que, a su juicio, aumentaban peligrosamente.

11

Charlie recordaba poco de aquella noche. Recordaba que había tenido calor, que se había levantado, que se había librado del calor. Recordaba el sueño, pero sólo vagamente... Una sensación de libertad

(delante estaba la luz, el final del bosque, el terreno donde ella y Nigromante cabalgarían eternamente)

mezclada con una sensación de miedo y otra de pérdida. Había sido siempre su cara, la cara de John. Y quizás ella lo había sabido. Quizá lo había sabido.

(el bosque arde no hagáis daño a los caballos oh por favor no hagáis daño a los caballos)

siempre.

Cuando se despertó a la mañana siguiente, su miedo, su confusión y su desconsuelo habían iniciado la transformación quizás inevitable en una gema dura y brillante de cólera.

Será mejor que el miércoles esté lejos —pensó—. Será mejor. Si es cierto que hizo eso, será mejor que el miércoles no se acerque a nosotros.

12

Rainbird entró esa mañana, más tarde, empujando su carro de artículos de limpieza: estropajos, esponjas y bayetas. Su uniforme blanco de ordenanza aleteaba débilmente en torno de él.

—Hola, Charlie —dijo.

Charlie estaba en el sofá, mirando un libro ilustrado. Levantó la vista, con un semblante inicialmente pálido y adusto..., cauteloso. La tez parecía demasiado estirada sobre sus pómulos. Entonces sonrió. Pero no era, pensó Rainbird, su sonrisa habitual.

—Hola John.

—No tienes muy buen aspecto esta mañana, Charlie, y disculpa que te lo diga.

—No he dormido bien.

—¿De veras? —Él ya lo sabía. El imbécil de Hockstetter casi echaba espuma por la boca porque la chica había elevado la temperatura cinco o seis grados, en sueños—. Cuánto lo lamento. ¿Se trata de tu padre?

—Supongo que sí. —Cerró el libro y se levantó—. Creo que voy a echarme un rato. Hoy no tengo ganas de hablar ni de nada.

—Claro. Te entiendo.

Esperó que se fuera, y cuando la puerta del dormitorio se hubo cerrado entró en la cocina para llenar su cubo. Había captado algo en su mirada. En la sonrisa. Algo que no le gustaba. Sí, de acuerdo, había pasado una mala noche. A todos nos sucede, de vez en cuando, y a la mañana siguiente le gritas a tu esposa o miras el periódico sin verlo o lo que sea. De acuerdo. Pero... algo empezó a activar una alarma dentro de él. Hacía muchas semanas que no lo miraba así. Esa mañana no se había acercado a él, ansiosa y complacida de verlo, y eso tampoco le gustaba. Había mantenido las distancias. Eso lo inquietaba. Quizá sólo eran los efectos retardados de una mala noche, y quizá las pesadillas de la noche anterior sólo habían sido provocadas por una mala digestión, pero de todas formas se sentía intranquilo.

Y algo más lo corroía: la tarde anterior Cap había bajado a visitarla. Nunca lo había hecho antes.

Rainbird bajó el cubo y enganchó el lampazo sobre su borde. Empapó el lampazo, lo retorció, y empezó a fregar el suelo con pasadas lentas y largas. Sus facciones laceradas estaban serenas.

¿Me ha clavado un cuchillo en la espalda, Cap? ¿Cree que ha tenido bastante? O sencillamente se ha acobardado antes de hora.

Si esto último era cierto, había cometido un grave error de juicio respecto de Cap. Hockstetter era otra cosa. Hockstetter casi no tenía experiencia con las comisiones y subcomisiones del Senado: sólo una pizca aquí y otra pizca allá. Podía darse el lujo de tener miedo. Cap no. Cap sabía que las evidencias nunca eran suficientes, sobre todo cuando se trataba de algo tan potencialmente explosivo (y el juego de palabras *era* intencional) como Charlie McGee. Y Cap no pediría sólo una asignación. Cuando asistiera a la sesión secreta, de sus labios brotaría la más temida y mística de las frases burocráticas: *financiación a largo plazo.* Y en el fondo se agazaparía, tácita pero potente, la implicación de la eugenesia. Rainbird sospechaba que al fin Cap no podría evitar que un grupo de senadores acudiera allí para asistir a las demostraciones de Charlie. Quizás incluso deberían autorizarlos a traer a sus críos, pensó Rainbird, mientras fregaba y aclaraba. La chiquilla era un espectáculo más atractivo que los delfines amaestrados.

Cap sabía que necesitaría toda la ayuda posible.

432

¿Entonces por qué había bajado a visitarla la noche anterior? ¿Estaba saboteándolo?

Rainbird estrujó el lampazo y miró cómo el agua sucia ya gris volvía a chorrear en el cubo. Por la puerta abierta de la cocina espió la puerta cerrada del dormitorio de Charlie. Ella lo había dejado fuera y esto no le gustaba nada.

Lo ponía muy, muy nervioso.

13

En esa noche de un lunes de comienzos de octubre, un viento moderado sopló desde el profundo Sur, y trajo consigo jirones de nubes negras que fluían delante de la luna llena, cuya silueta preñada flotaba justo encima del horizonte. Cayeron las primeras hojas, que susurraron sobre los prados y parques bien cuidados de donde las legiones de jardineros infatigables las recogerían por la mañana. Algunas de ellas cayeron revoloteando en el estanque, donde flotaron como botecillos. El otoño había vuelto a Virginia.

Andy veía la televisión en sus aposentos, y seguía reponiéndose de la jaqueca, la magnitud de los puntos insensibles de su cara se había reducido, pero éstos no habían desaparecido. Sólo esperaba estar nuevamente en condiciones el miércoles por la tarde. Si las cosas salían tal como las había planeado, podría limitar al mínimo el número de veces que debería empujar activamente. Si Charlie había recibido su nota, y si conseguía reunirse con él en el establo..., entonces *ella* se convertiría en su empuje, en su palanca, en su arma. ¿Quién se atrevería a discutir con él cuando do tuviera en su poder el equivalente de un fusil nuclear?

Cap estaba en su casa de Longmont Hills. Como aquella noche en que lo había visitado Rainbird, tenía una copa de coñac en sus manos, y la música brotaba suavemente del equipo estereofónico. Esta noche era Chopin. Cap estaba sentado en el sofá. Frente a él, inclinada bajo un par de grabados de Van Gogh, descansaba la vieja y gastada bolsa de sus palos de golf. La había subido del sótano, donde, durante los doce años que había vivido allí en Georgia, mientras no lo enviaban en misión a otros lugares del mundo, se había acumulado un heterogéneo arsenal de equipos deportivos. Había subido la bolsa a la sala porque en los últimos días no podía apartar el golf de su cabeza. Ni el golf, ni las serpientes.

Había subido la bolsa con la intención de sacar cada uno de los palos, y los dos *putters*, para mirarlos, y tocarlos, y comprobar si eso lo apaciguaba. Y entonces uno de los palos había parecido..., bueno, era extraño (ridículo, en verdad), pero uno de los palos había parecido *moverse*. Como si en lugar de ser un palo de golf fuera una serpiente, una serpiente venenosa que había reptado hasta allí...

Cap dejó caer la bolsa contra la pared y se alejó rápidamente de ella. Media copa de coñac había puesto fin al minúsculo temblor de sus manos. Cuando terminara de vaciarla, tal vez podría convencerse de que nunca habían temblado.

Empezó a llevarse la copa a la boca y entonces se detuvo. ¡Otra vez!, un movimiento... ¿O sólo había sido una ilusión óptica?

Una ilusión óptica, seguramente. En su maldita bolsa de golf no había serpientes. Sólo palos que últimamente no usaba con suficiente frecuencia. Estaba demasiado ocupado. Y era un buen jugador, además. No era Nicklaus ni Tom Watson, claro que no, pero tampoco lanzaba la pelota fuera del campo. No la desviaba como Puck. A Cap no le gustaba desviar la pelota, porque entonces caía en los obstáculos, entre las malezas, y a veces había...

Contrólate. Contrólate, te digo. ¿Sigues siendo el capitán, o no?

Sus dedos temblaron de nuevo. ¿A qué se debía eso? ¿A qué se debía, en nombre de Dios? A veces le parecía que había una explicación, muy razonable... Algo, quizá, que alguien había dicho y que él... no podía... recordar. Pero otras veces.

(por ejemplo ahora Jesús ahora)

le parecía estar al borde de un colapso nervioso. Le parecía que esos pensamientos ajenos de los que no podía librarse le disgregaban el cerebro como si éste fuera melcocha caliente.

(¿eres o no eres el capitán?)

Cap arrojó de pronto su copa de coñac dentro del hogar, donde estalló como una bomba. De su garganta crispada brotó un ruido estrangulado, un sollozo, como si se tratara de algo podrido que debía vomitar a cualquier precio. Entonces se forzó a atravesar la habitación (con un balanceo alcohólico, como si caminara sobre zancos), cogió la correa de su bolsa de golf (nuevamente algo parecido moverse y cambiar de posición allí dentro... *dessssslizarsssse...* y *sissssear)*, y se la echó sobre el hombro. Volvió a bajarla al sótano velado por las sombras, activado únicamente por sus pelotas, con la frente perlada por gotas de sudor enormes y transparentes. Su rostro tenía un rictus de miedo y tenacidad.

Ahí no hay nada más que palos de golf, ahí no hay nada más que palos de golf, salmodiaba una y otra vez su mente, y al dar cada caso esperaba que algo largo y marrón, algo dotado de ojillos negros de azabache y de pequeños y agudos colmillos que destilaban veneno, reptara fuera de la bolsa y le hincara en el cuello las hipodérmicas gemelas de la muerte.

Cuando regresó a la sala de estar ya se sentía mucho mejor. Al margen de la jaqueca persistente, se sentía mucho mejor.

De nuevo podía pensar con coherencia.

Casi.

Se emborrachó.

Y por la mañana volvió a sentirse mejor.

Por un tiempo.

14

Rainbird consagró esa noche ventosa del lunes a recoger información. Información inquietante. Primero fue a conversar con Neary, el hombre que había estado vigilando las pantallas monitoras cuando Cap había visitado a Charlie, la tarde anterior.

—Quiero ver las cintas de vídeo —dijo Rainbird. Neary no discutió. Instaló a Rainbird en un cuartito situado en el fondo del pasillo, con las cintas de vídeo del domingo y una consola «Sony» en la que no faltaban los dispositivos de aproximación de imágenes ni la moviola. Neary se alegró de poder librarse de él y sólo deseó que Rainbird no volviera con alguna otra petición. Ya tenía bastante con la chica. Rainbird, con su propio aire reptil, era curiosamente peor.

Las cintas tenían tres horas de duración, y estaban marcadas de 0000 a 0030, y así sucesivamente. Rainbird encontró la que incluía a Cap y la pasó cuatro veces, sin moverse como no fuera para rebobinar en el punto donde Cap decía: «Bueno, ahora debo irme. Pero nos veremos, Charlie. Y no te preocupes.»

En la cinta había elementos que preocuparon a Rainbird.

No le gustaba el aspecto de Cap. Éste parecía haber envejecido. A veces, mientras hablaba con Charlie, parecía perder el hilo de la conversación, como si estuviera al borde de la senilidad. Sus ojos tenían una expresión vaga, aturdida, tétricamente parecida a la que Rainbird asociaba con el comienzo de la fatiga de combate, que un camarada de armas había apodado acertadamente, en una oportunidad, *Los Reventores* y *Barquinazos del Seso*.

Creo que podré organizarlo para..., para el miércoles. Sí, para el miércoles, sin lugar a dudas.

¿Por qué había dicho eso, en nombre de Dios?

El hecho de implantar semejante expectativa en la cabeza de la chica era, a juicio de Rainbird, la mejor manera de torpedear la continuación de las pruebas.

Parecía obvio que Cap estaba montando su propio tinglado, e intrigaba ateniéndose a la mejor tradición de la Tienda.

Pero Rainbird no creía que ésta fuera la explicación. Cap no se comportaba como un intrigante, sino como un hombre muy jodido. Ese comentario acerca de la forma en que el padre de Charlie jugaba al golf, por ejemplo. Había sido absurdo. No guardaba relación con nada de lo que habían dicho antes ni con nada de lo que dirían después. Rainbird contempló por un momento la posibilidad de que se tratara de una contraseña, pero esta hipótesis era absolutamente ridícula. Cap sabía que todo lo que sucedía en los aposentos de Charlie era controlado, filmado y grabado, y estaba sujeto a una revisión casi constante. Era capaz de disfrazar mejor una contraseña. Un comentario sobre el golf. Quedaba flotando ahí en el aire, desprovisto de sentido y desconcertante.

Y por fin subsistía el último detalle.

Rainbird repasó una y otra vez este tramo. Cap hace una pausa. *Oh, casi lo olvidé.* Y después le entrega algo que ella mira con curiosidad y guarda en el bolsillo de su batín.

Con los dedos de Rainbird sobre los botones de la consola «Sony», Cap repitió *Oh, casi lo olvidé* media docena de veces. Luego proyectó otra media docena de veces el tramo que le correspondía a Charlie. Al principio pensó que se trataba de una barra de goma de mascar, y después utilizó la moviola y los dispositivos de aproximación. Esto lo convenció de que era muy probable que se tratase de una nota.

Cap, ¿qué mierda se propone?

15

Pasó el resto de esa noche y las primeras horas de la mañana del martes frente a la terminal de una computadora, pidiendo todos los datos imaginables acerca de Charlie McGee. Trataba de detectar una pauta. Y no encontraba ninguna. Tenía la vista tan cansada que empezó a dolerle la cabeza.

Se disponía a apagar las luces cuando se le ocurrió una idea repentina, una asociación totalmente fortuita. No tenía nada que ver con Charlie sino con esa incógnita rechoncha y drogada que era su padre.

Pynchot. Pynchot había estado a cargo de Andy McGee, y la semana anterior se había suicidado utilizando uno de los métodos más macabros que Rainbird podía imaginar. Totalmente desequilibrado. Chalado. Como una cabra. Cap lleva a Andy al funeral...

Quizás un poco raro, cuando te detenías a pensarlo, pero no excepcional.

Entonces Cap se vuelve un poco excéntrico: habla de golf y pasa notas.

Es ridículo. Está descalabrado.

Rainbird se detuvo con la mano sobre los interruptores. La pantalla de la computadora despedía una opaca irradiación verdosa, del color de una esmeralda recientemente exhumada.

¿Quién dice que está descalabrado? ¿Él mismo?

Rainbird descubrió súbitamente otro detalle extreño. Pynchot se había dado por vencido, había resuelto enviar a Andy a Maui. Si Andy no estaba en condiciones de hacer nada que demostrara las virtudes del Lote Seis, no había ningún motivo para conservarlo allí... y lo más seguro sería separarlo de Charlie. Estupendo. Pero entonces Pynchot cambia bruscamente de idea y resuelve programar otra serie de pruebas.

Después Pynchot decide limpiar la trituradora de residuos... mientras ésta funciona.

Rainbird se encaminó nuevamente hacia la consola de la computadora.

Reflexionó un momento y después tecleó HOLA COMPUTADORA / CONSULTA ESTADO ANDREW MCGEE 14112 / PRUEBAS COMPLEMENTARIAS / REDUCTO MAUI / P4

PROCESANDO, centelleó la computadora. Y un instante después: HOLA RAINBIRD / ANDREW MCGEE 14112 / PRUEBAS SUSPENDIDAS / AUTORIZACIÓN «ESTORNINO» / PARTIDA PROGRAMADA PARA

MAUI 1500 HORAS OCTUBRE 9 / AUTORIZACIÓN «ESTORNINO» / BFA ANDREWS-BFA DURBAN (ILL)-AEROPUERTO KALAMI (HI) FUERA

Rainbird consuló su reloj. El 9 de octubre era miércoles. Andy partiría de Longmont rumbo a Hawai al día siguiente por la tarde.

¿Quién lo decía? La Autorización Estornino lo decía, y ése era el mismo Cap. Pero ésta era la primera noticia que Rainbird tenía al respecto.

Sus dedos danzaron nuevamente sobre el teclado. CONSULTA DE PROBABILIDAD ANDREW MCGEE 14112 / SUPUESTA CAPACIDAD DOMINACIÓN MENTAL / FACTOR INCORPORADO HERMAN PYNCHOT

Tuvo que detenerse a buscar el número de Pynchot en el libro de claves desarticulados y manchado de sudor que había plegado dentro de su bolsillo trasero antes de bajar allí.

14409 P4

PROCESANDO, respondió la computadora, y entonces permaneció tanto tiempo inactiva que Rainbird empezó a pensar que había cometido un error de programación y que sólo obtendría un «609» a cambio de sus afanes.

Entonces la computadora centelleó ANDREW MCGEE 14112 / PROBABILIDAD DE DOMINACIÓN MENTAL 35 % / FACTOR INCORPORADO HERMAN PYNCHOT / FUERA

¿Treinta y cinco por ciento?

¿Como era posible?

Está bien, pensó Rainbird. Excluyamos a Pynchot de la condenada ecuación y veamos qué pasa.

Tecleó CONSULTA DE PROBABILIDAD ANDREW MCGEE 14112 / SUPUESTA CAPACIDAD DOMINACIÓN MENTAL P4

PROCESANDO, centelleó la computadora, y esta vez la respuesta apareció en un lapso de quince segundos. ANDREW MCGEE 14112 / PROBABILIDAD DE DOMINACIÓN MENTAL 2 % / FUERA

Rainbird se echó hacia atrás y cerró el ojo sano y experimentó una especie de sensación de triunfo en medio de la lacerante palpitación de su cabeza. Había formulado las preguntas importantes en sentido inverso, pero éste era el precio que pagaban los seres humanos por sus saltos de intuición, saltos que la computadora ignoraba por completo, a pesar de que la habían programado para decir «Hola», «Adiós», «Lo siento [nombre del programador]», «Qué lástima» y «Oh mierda».

La computadora no creía que existieran muchas probabilidades de que Andy hubiese conservado su poder de dominación mental... hasta que sumabas el factor Pynchot. Entonces el porcentaje se elevaba cai hasta la luna.

Tecleó CONSULTA POR QUÉ SUPUESTA CAPACIDAD DOMINACIÓN MENTAL ANDREW MCGEE 14112 (PROBABILIDAD) AUMENTA DE 2 % A 35 % AL INCORPORAR FACTOR HERMAN PYNCHOT 14409 P4

PROCESANDO, respondió la computadora, y luego: HERMAN PYNCHOT 14409 DICTAMINADO SUICIDA / PROBABILIDAD CONSIDERA ANDREW MCGEE 14122 PUDO HABER PROVOCADO SUICIDIO / DOMINACIÓN MENTAL / FUERA

Ahí estaba, en la mismísima memoria de la computadora más grande y sofisticada del hemisferio occidental. Sólo esperaba que alguien formulara las preguntas correctas.

¿Y si le dictara como si fuese cierto lo que sospecho acerca de Cap?

Rainbird caviló y después resolvió hacerlo. Extrajo nuevamente el libro de claves y buscó el número de Cap.

INCORPORA, tecleó. CAPITÁN JAMES HOLLISTER 16040 / ASISTIÓ FUNERAL DE HERMAN PYNCHOT 14409 CON ANDREW MCGEE 14112 I4

INCORPORADO, respondió la computadora.

INCORPORA, volvió a teclear Rainbird. CAPITÁN JAMES HOLLISTER 16040 / EXHIBE ACTUALMENTE SÍNTOMAS DE GRAN TENSIÓN MENTAL I4

609, respondió la computadora. Aparentemente no sabía distinguir «tensión mental» de «Shangri-la».

—Chúpame un huevo —masculló Rainbird, y repitió la tentativa.

INCORPORA / CAPITÁN JAMES HOLLISTER

16040 / COMPORTAMIENTO ACTUAL CONTRA DI-
RECTIVAS REF CHARLENE MCGEE 14111 I4
INCORPORADO

—Incorpóralo, puta —asintió Rainbird—. Veamos
esto. —Sus dedos volvieron al teclado.

CONSULTA PROBABILIDAD ANDREW MCGEE
14112 / SUPUESTA CAPACIDAD DOMINACIÓN MEN-
TAL / FACTOR INCORPORADO HERMAN PYNCHOT
14409 / FACTOR INCORPORADO CAPITÁN JAMES
HOLLISTER 16040 P4

PROCESANDO, centelleó la computadora, y Rainbird se arrellanó mientras esperaba, escudriñando la
pantalla. Dos por ciento era demasiado poco. Treinta
y cinco por ciento aún no era una proporción suficiente para hacer apuestas. Pero...

Entonces la computadora centelleó lo siguiente:
ANDREW MCGEE 14112 / PROBABILIDAD DOMINA-
CIÓN MENTAL 90 % / FACTOR INCORPORADO HER-
MAN PYNCHOT 14409 / FACTOR INCORPORADO CA-
PITÁN JAMES HOLLISTER 16040 / FUERA

Ahora había aumenta al noventa por ciento. Y ésta
sí que era una proporción suficiente para hacer
apuestas.

Y John Rainbird tendría que apostar a otros dos
elementos. Primero, que lo que Cap le había entregado a la chica era una nota de Andy para su hija. Y
segundo, que dicha nota contenía algún plan de
evasión.

—Grandísimo hijo de puta —murmuró John Rainbird... no sin admiración.

Rainbird se inclinó nuevamente sobre la computadora.

600 ADIÓS COMPUTADORA 600
604 ADIÓS RAINBIRD 604

Rainbird desconectó el teclado y empezó a reír para
sus adentros.

16

Rainbird volvió a la casa donde se alojaba y se durmió vestido. Se despertó el martes después de mediodía y le telefoneó a Cap para informarle que esa tarde no iría a trabajar. Tenía un fuerte resfriado, posiblemente el comienzo de una gripe, y no quería correr el riesgo de contagiárselo a Charlie.

—Espero que eso no te impida viajar mañana a San Diego —manifestó Cap con voz perentoria.

—¿San Diego?

—Tres expedientes —replicó Cap—. Ultrasecretos. Necesito un mensajero. Tú. Tu avión despega mañana a las siete de la mañana, de Andrews.

Rainbird pensó de prisa. Esto también era obra de Andy McGee. Éste conocía su existencia. Claro que la conocía. Eso había figurado en la nota para Charlie, junto con el demencial plan de evasión que McGee había fraguado, cualquiera que fuese dicho plan. Y esto explicaba por qué la chica se había comportado de una manera tan extraña el día anterior. Al ir al funeral de Herman Pynchot, o al volver, Andy le había asestado un buen empujón a Cap, y éste había desembuchado todo. McGee despegaría de Andrews en la tarde del día siguiente. Ahora Cap le informaba que él, Rainbird, debía partir por la mañana. McGee utiliza a Cap para quitarlo de en medio, en aras de su seguridad. Estaba...

—¿Rainbird? ¿Me escuchas?

—Sí. ¿No puede enviar a algún otro? Me siento bastante mal, Cap.

—No hay nadie en quien confíe tanto como en ti —respondió Cap—. Este asunto es dinamita. No querríamos que alguna... serpiente emboscada... pudiera robar el material.

—¿Ha dicho «serpiente»? —preguntó Rainbird.

—¡Sí! ¡Serpiente! —exclamó Cap, casi a gritos.

McGee lo había empujado, efectivamente, y dentro de Cap Hollister se estaba produciendo una misteriosa avalancha en cámara lenta. De pronto Rainbird tuvo la sensación —no, la certidumbre intuitiva— de que si se negaba y seguía machacando, Cap reventaría... como había reventado Pynchot.

¿Era esto lo que deseaba?

Decidió que no.

—De acuerdo —asintió—. Estaré en el avión. A las siete de la mañana. Saturado de antibióticos. Es un hijo de puta, Cap.

—Tengo pruebas irrefutables de la identidad de mi padre —contestó Cap, pero su chiste fue forzado y hueco. Parecía aliviado y trémulo.

—Sí, no lo dudo.

—Quizá jugarás un partido de golf mientras estés allá.

—No juego... —Golf. También le había mencionado el golf a Charlie, el golf y las serpientes. De alguna manera estos dos elementos formaban parte del aberrante carrusel que McGee había puesto en marcha en el cerebro de Cap—. Sí, quizás eso es lo que haré.

—Preséntate en Andrews a las seis y media —añadió Cap—, y pregunta por Dick Folsom. Es el asistente del mayor Puckeridge.

—Está bien —respondió Rainbird. No tenía el menor propósito de acercarse a la base Andrews de la Fuerza Aérea, al día siguiente—. Adiós, Cap.

Colgó y después se sentó en la cama. Se calzó las viejas botas que usaba para andar por el desierto y empezó a urdir planes.

17

HOLA COMPUTADORA / CONSULTA ESTADO JOHN RAINBIRD 14222 / BFA ANDREWS (DC) A SAN DIEGO (CA) DESTINO FINAL / P9

HOLA CAP / ESTADO JOHN RAINBIRD 14222 / ANDREWS (DC) A SAN DIEGO (CA) DESTINO FINAL

/ PARTE BFA 07000 HORA LOCAL / ESTADO OK /
FUERA

Las computadoras son como los niños, pensó Rainbird, mientras leía el mensaje. Le había bastado marcar la nueva clave de Cap —éste se habría quedado atónito si hubiera sabido que él la tenía en su poder— y para la computadora él era Cap. Empezó a silbar una melodía desafinada. Acababa de ponerse el Sol y la Tienda se deslizaba somnolienta por los carriles de la rutina.

INCORPORADA ULTRASECRETO
CÓDIGO POR FAVOR
CÓDIGO 19180
CÓDIGO 19180, replicó la computadora. LISTA PARA INCORPORAR ULTRASECRETO

Rainbird sólo vaciló brevemente y después tecleó
INCORPORA / JOHN RAINBIRD 14222 / ANDREWS (DC) A SAN DIEGO (CA) DESTINO FINAL / CANCELAR / CANCELAR / CANCELAR / 19 (19180)
INCORPORADO

Después, utilizando el libro de claves, Rainbird le informó a la computadora a quiénes había que comunicar la cancelación: a Victor Puckeridge y a su asistente, Richard Folsom. Estas nuevas instrucciones figurarían en el télex nocturno a Andrews, y el avión en el que él debía viajar despegaría sencillamente sin llevarlo a bordo. Nadie se enteraría. Ni siquiera Cap.

600 ADIÓS COMPUTADORA 600
604 ADIÓS CAP 604

Rainbird se apartó del teclado. Por supuesto, sería perfectamente posible poner punto final a todo esa misma noche. Sin embargo, quedarían cabos sueltos. La computadora lo respaldaría hasta cierto punto pero el cálculo de probabilidades cibernético no basta. Lo mejor sería pararlos cuando se hubiese iniciado el proceso y las cosas estuvieran a la vista. También sería más divertido.

Todo eso era divertido. Mientras espiaban a la chica, el hombre había recuperado su facultad o la había ocultado con éxito desde el principio. Probablemente no tomaba su medicación. Ahora controlaba también a Cap, lo cual significaba que estaba a un paso de manejar la organización que inicialmente lo había capturado. Era realmente muy gracioso. Rainbird había aprendido que las partidas finales a menudo lo eran.

No sabía con exactitud qué era lo que había planeado McGee, pero lo adivinaba. Sí, irían a Andrews, y los acompañaría Charlie. Cap podría sacarla sin muchas dificultades del reducto de la Tienda. Cap, y probablemente nadie más sobre la faz de la Tierra. Irían a Andrews, pero no a Hawai. Tal vez Andy había planeado desaparecer con Charlie en Washington, D.C. O quizá desembarcarían del avión en Durban y Cap sería programado para pedir un coche oficial. En este caso se esfumarían... y reaparecerían pocos días después en los titulares sensacionalistas del *Chicago Tribune*.

Había contemplado fugazmente la idea de no interponerse en su camino. Esto también sería divertido. Suponía que Cap terminaría en un instituto psiquiátrico, delirando sobre los palos de golf y las serpientes emboscadas en las maleza, o se suicidaría. En cuanto a la Tienda, tanto daba imaginar lo que le sucedería a un hormiguero si le ponían abajo una lata de un litro llena de nitroglicerina. Rainbird calculaba que no pasarían cinco meses desde el momento en que la Prensa olfateara por primera vez el Extraño Calvario de la Familia McGee hasta que la Tienda cesara de existir. No era ni había sido nunca leal a la Tienda. Era un individualista, un soldado de fortuna lisiado, un ángel de la muerte de tez bronceada, y la institución le importaba una mierda. No le debía lealtad a la Tienda.

Se la debía a Charlie.

Los dos tenían una cita. Él le escudriñaría los ojos, y ella se los escudriñaría a él... y era muy posible que se internaran juntos en las llamas. El hecho de que al matarla tal vez salvaría al mundo de un apocalipsis casi inimaginable tampoco entraba en sus cálculos. No le debía más lealtad al mundo que a la Tienda. Era el mundo tanto como la Tienda el que lo había desarraigado de la sociedad cerrada del desierto que quizás habría sido su única salvación... o que, en el peor de los casos, lo habría convertido en un pobre indio inofensivo empleado en una gasolinera o dedicado a vender falsas muñecas autóctonas en un inmundo tenderete instalado junto a la carretera entre Flagstaff y Phoenix.

¡Pero Charlie, Charlie!

Habían compartido un largo vals de la muerte desde aquella interminable noche de tinieblas que había sucedido al apagón. Lo que él sólo había sospechado en aquel amanecer de Washington, mientras remataba a Wanless, se había transformado en una certeza irrefutable: la chica le pertenecía. Pero sería un acto de amor, no de destrucción, porque también era casi seguro que se daba la circunstancia inversa.

Era aceptable. En muchos sentidos él deseaba morir. Y morir en manos de ella, en sus llamas, sería un acto de contrición... y posiblemente de absolución.

Una vez que ella y su padre estuvieran nuevamente juntos, ella se convertiría en una pistola cargada... No, en un lanzallamas cargado.

La vigilaría y dejaría que los dos se reunieran. ¿Qué sucedería entonces? ¿Quién lo sabía?

¿Y acaso saberlo no estropearía la diversión?

18

Esa noche Rainbird fue a Washington y encontró un abogado hambriento que trabajaba hasta altas horas de la noche. A este abogado le pagó trescientos dólares en moneda menuda. Y en el despacho del abogado, John Rainbird puso en orden sus escasos asuntos personales para que el día siguiente lo encontrara preparado.

INCENDIARIA

1

El miércoles, a las seis de la mañana, Charlie McGee se levantó, se quitó el camisón y se metió bajo la ducha. Se lavó el cuerpo y el pelo, y luego abrió únicamente el grifo del agua fría y se quedó tiritando un minuto más bajo la lluvia fina. Se frotó con una toalla y después se vistió escrupulosamente: bragas de algodón, enagua de seda, calcetines azules oscuros hasta las rodillas, el vestido de dril. Finalmente se calzó sus mocasines desgastados y cómodos.

Había pensado que esa noche no podría dormir. Se había acostado llena de miedo y trémula excitación nerviosa. Pero había dormido. Y había soñado incesantemente, no con *Nigromante* y la carrera por el bosque, sino con su madre. Esto era extraño, porque no pensaba en su madre tan a menudo como antes. A veces su rostro se aparecía brumoso y distante en el recuerdo, como una fotografía desvaída. Pero en sus sueños de la noche pasada las facciones de su madre —sus ojos alegres, su boca cálida y generosa— habían aparecido tan nítidamente como si Charlie la hubiera visto el día anterior.

Ahora, vestida y lista para la jornada, algunas de las arrugas anormales de tensión se habían borrado de su cara, y parecía tranquila. En la pared, junto a la puerta que comunicaba con la cocina americana, había un botón de llamada y un interfono embutido en una placa cromada, justo debajo del interruptor de la luz. Pulsó el botón.

—¿Sí, Charlie?

Al dueño de la voz sólo lo conocía por el nombre de Mike. A las siete —hora para la que en ese momento faltaban más o menos treinta minutos— Mike se iba y lo remplazaba Louis.

—Quiero ir esta tarde al establo, para ver a *Nigromante* —manifestó—. ¿Se lo dirás a alguien?

—Le dejaré una nota al doctor Hockstetter, Charlie.

—Gracias. —Hizo una pausa, sólo por un momento. Terminabas por conocer sus voces. Mike, Louis, Gary. Y te forjabas una imagen mental de sus caras, así como de las de los *disc jockeys* que oías por la radio. Al fin les cobrabas estima. De pronto comprendió que casi seguramente nunca volvería a hablar con Mike.

—¿Algo más, Charlie?

—No, Mike. Que... tengas un buen día.

—Oh, gracias, Charlie. —Mike pareció sorprendido y complacido, al mismo tiempo—. Lo mismo digo.

Charlie encendió el televisor y sintonizó un programa de dibujos animados que transmitían todas las mañanas por el cable privado. *Popeye* inhalaba espinaca por la pipa y se disponía a aporrear a *Bruto*. Parecía faltar una eternidad para la una.

¿Y si el doctor Hockstetter no la autorizaba a salir?

En la pantalla, mostraban un corte transversal de los músculos de Popeye. En cada uno había aproximadamente dieciséis turbinas.

Será mejor que me autorice. Será mejor. Porque saldré. De una manera u otra, saldré.

El descanso de Andy no había sido tan sereno ni reparador como el de su hija. Había dado vueltas y vueltas, a veces aletargado, y después arrancado bruscamente del sopor porque el atroz filo exterior de una pesadilla le rozaba la mente. Lo único que podía recordar era la imagen de Charlie que se tambaleaba por el pasillo divisorio del establo, entre los pesebres. No tenía cabeza y de su cuello brotaba un chorro de llamas azules y rojas, en lugar de sangre.

Había planeado quedarse en cama hasta las siete, pero cuando el reloj digital que descansaba sobre la mesita de noche marcó las seis y quince, no pudo seguir esperando. Se levantó y se encaminó hacia la ducha.

La noche anterior el doctor Nutter, ex asistente de Pynchot, había aparecido poco después de las nueve con los papeles del alta de Andy. Nutter, un hombre de elevada estatura, con una calva incipiente, que ya estaba en las prostimerías de la cincuentena, exhibió un comportamiento desmañado y condescendiente. Lamento perderlo; espero que disfrute de su estancia en Hawai; ojalá pudiera acompañarlo, ja-ja; por favor firme esto.

El papel que Nutter quería que firmara contenía una lista de sus escasos efectos personales (incluido su llavero, notó Andy con un ramalazo de nostalgia). Cuando llegara a Hawai debería hacer el inventario y poner sus iniciales en otra hoja que certificaba que, en verdad, se los habían devuelto. Le pedían que firmara una relación de sus efectos personales después de haber asesinado a su esposa, después de haberlos perseguido a él y a Charlie por medio país, y después de haberlos secuestrado y tenido prisioneros. Esto le pareció tenebrosamente jocoso y kafkiano. Por supuesto no querría perder ninguna de estas llaves, pensó, mientras estampaba su firma. Podría necesitar alguna de ellas para abrir una botella de gaseosa, en el momento menos pensado, ¿no es cierto, muchachos?

También había una copia de la agenda del miércoles, con las pulcras iniciales de Cap al pie de la página. Saldrían a las doce y media, y Cap pasaría a buscar a Andy por sus aposentos. Él y Cap se dirigirían hacia la garita de control del Este, pasando por el Aparcamiento C, donde recogerían una escolta formada por dos coches. Después seguirían viaje hasta Andrews y se embarcarían en el avión aproximadamente a las tres de la tarde. Harían una escala para repostar, en la base Durban de la Fuerza Aérea, cerca de Chicago.

Está bien —pensó Andy—. *Está bien.*

Se vistió y empezó a desplazarse por el apartamento, guardando sus ropas, su equipo de afeitar, sus zapatos, sus pantuflas. Le habían suministrado dos maletas. Cuidó de hacerlo todo lentamente, moviéndose con la cuidadosa concentración de los drogados.

Cuando Cap le informó quién era Rainbird, lo primero que deseó fue encontrarse con él: le produciría un inmenso placer empujar al hombre que le había disparado a Charlie el dardo sedante y que después la había traicionado de una manera aún más atroz. Lo empujaría y lo induciría a llevarse la pistola a la sien y a apretar el disparador. Pero ya no anhelaba encontrarse con Rainbird. No quería sorpresas de ningún tipo. Los puntos insensibles de su cara se habían reducido al tamaño de alfilerazos, pero seguían allí, recordándole que si debía hacer un uso exagerado del empuje; probablemente se mataría.

Sólo pensaba que las cosas se desarrollaran apaciblemente.

Terminó de guardar sus pocos artículos personales demasiado pronto y no le quedó nada por hacer, excepto sentarse y esperar. La idea de que pronto volvería a ver a su hija era como una pequeña lumbre implantada en su cerebro.

También a él le pareció que faltaba una eternidad para la una.

Rainbird no durmió esa noche. Volvió de Washington alrededor de las cinco y media de la mañana, aparcó su «Cadillac» en el garaje, y se sentó a la mesa de la cocina para beber una taza de café tras otra. Esperaba una llamada telefónica de la base de Andrews, y mientras dicha llamada no llegara no podría descansar tranquilo. Aún era teóricamente posible que Cap hubiera descubierto lo que él había hecho con la computadora. McGee le había revuelto los sesos, pero de cualquier forma no era aconsejable subestimar a Cap Hollister.

El teléfono sonó aproximadamente a las seis y cuarenta y cinco. Rainbird depositó la taza de café sobre la mesa, se levantó, fue hasta la sala y lo atendió.

—Aquí Rainbird.

—¿Rainbird? Habla Dick Folsom, de Andrews. El asistente del mayor Puckeridge.

—Me ha despertado, hombre —dijo Rainbird—. Ojalá se contagie unas ladillas grandes como cajones de naranjas. Es una vieja maldición india.

—Su misión ha sido cancelada —anunció Folsom—. Supongo que lo sabía.

—Sí, Cap me telefoneó personalmente anoche.

—Lo siento. Pero éste es el procedimiento de rutina.

—Bueno, ya ha cumplido con el procedimiento de rutina. ¿Ahora puedo seguir durmiendo?

—Sí. Lo envidio.

Rainbird soltó la risita obligada y colgó. Volvió a la cocina, recogió la taza de café, se acercó a la ventana, miró hacia afuera y no vio nada.

Por su mente flotaba como en sueños la Plegaria por los Muertos.

Esa mañana Cap no llegó a su despacho casi hasta las diez y media, una hora y media más tarde que de costumbre. Antes de dejar la casa había registrado su pequeño «Vega» de punta a punta. Durante la noche había adquirido la convicción de que el coche estaba infestado de serpientes. La búsqueda le había llevado veinte minutos: necesitaba asegurarse de que no había serpientes de cascabel ni de coral (o algo aún más siniestro y exótico) anidadas en la oscuridad del maletero, adormecidas en la tibieza fugitiva del bloque del motor, enroscadas en la guantera. Había empujado el botón de la guantera con el mango de una escoba, porque no quería estar demasiado cerca si un engendro sibilante se le abalanzaba encima, y cuando un mapa de Virginia cayó de la abertura cuadrangular del tablero de instrumentos, estuvo a punto de lanzar un alarido.

Después, cuando iba hacia la Tienda, pasó a mitad de trayecto por el Campo de Golf Greenway, y aparcó sobre el borde de la carretera para contemplar con soñadora concentración cómo los jugadores se ajetreaban entre el octavo y el noveno hoyo. Cada vez que uno de ellos desviaba un tiro hacia un obstáculo, apenas podía controlar la compulsión de apearse del coche y gritarles que se cuidaran de las serpientes emboscadas en la maleza.

Por fin el claxon estentóreo de un gigantesco camión con remolque (había aparcado con las ruedas de la izquierda todavía sobre el pavimento) lo arrancó de su aturdimiento y reanudó la marcha.

Su secretaria, Gloria, lo recibió con una pila de cables acumulados durante la noche, que Cap cogió sencillamente sin molestarse en barajarlos para verificar si había alguno urgente que reclamara su atención. La joven, sentada detrás del escritorio, estaba revisando una serie de documentos y mensajes cuando súbitamente levantó la vista y observó a Cap con curiosidad. Cap no le prestaba atención. Miraba con talante perplejo el ancho cajón próximo a la tapa del escritorio.

—Discúlpeme —dijo Gloria. Aún tenía la marcada sensación de que era una novata, incluso después de tantos meses, y de que había remplazado a alguien que había estado muy cerca de Cap. Y que quizá se había acostado con él, pensaba a veces.

—¿Hummm? —Él se volvió al fin hacia ella. Pero sus ojos siguieron desprovistos de expresión. Era casi sobrecogedor: como mirar las ventanas tapiadas de una casa presuntamente embrujada.

La chica vaciló y luego arremetió:

—¿Se siente bien, Cap? Lo noto..., bueno, un poco pálido.

—Me siento bien —respondió él, y por un momento fue el de antes y disipó las dudas de la joven. Irguió los hombros, alzó la cabeza y la inexpresividad se borró de sus ojos—. Todo aquel que se disponga a viajar a Hawai tiene que sentirse bien, ¿no le parece?

—¿Hawai? —preguntó Gloria dubitativamente. Para ella era una novedad.

—Ahora no nos ocuparemos de esto —dictaminó Cap, y juntó los formularios de mensajes y los informes interdepartamentales con los cables—. Los revisaré más tarde. ¿Le ha pasado algo a alguno de los dos McGee?

—Sí, ha surgido un problema. Iba a hablarle de eso. Mike Kellaher informa que la chica pidió ir por la tarde al establo para ver un caballo...

—Sí, está bien —asintió Cap.

—...y la chica volvió a llamar un poco más tarde para decir que le gustaría salir a la una menos cuarto.

—Estupendo, estupendo.

—¿La acompañará el señor Rainbird?

—Rainbird está viajando rumbo a San Diego —respondió Cap con inconfundible satisfacción—. Enviaré un hombre para que se ocupe de ella.

—Está bien. ¿Quiere ver...?

Dejó la frase en suspenso. Los ojos de Cap se habían apartado de ella y parecían estar escrudiñando nuevamente el ancho cajón. Éste se hallaba entreabierto. Como siempre, por razones reglamentarias. Dentro había una pistola. Gloria era una tiradora de primera, como lo había sido Rachel antes que ella.

—Cap, ¿está seguro de que no ocurre nada malo?

—Debería mantenerlo cerrado —sentenció Cap—. Les gustan los lugares oscuros. Les gusta reptar y esconderse.

—¿A quiénes? —preguntó Gloria, cautelosamente.

—A las serpientes —contestó Cap y entró en su despacho.

5

Estaba sentado detrás de su escritorio, con un desbarajuste de cables y mensajes frente a él. Los había olvidado. Se había olvidado de todo menos de las serpientes, los palos de golf y lo que iba a hacer a la una menos cuarto. Bajaría a ver a Andy McGee. Tenía la fuerte impresión de que Andy le diría lo que debía hacer a continuación. Tenía la fuerte impresión de que Andy lo arreglaría todo.

Más allá de la una de esa tarde, toda su vida era un gran embudo de tinieblas.

No le importaba. Era una especie de alivio.

6

A las diez menos cuarto, John Rainbird se deslizó en la pequeña sala de control vecina al apartamento de Charlie. Louis Tranter, un hombre desmesuradamente gordo, cuyas nalgas casi se desbordaban de la silla donde estaba sentado, vigilaba las pantallas. El termómetro digital marcaba una temperatura estable de diecinueve grados. Cuando se abrió la puerta miró por encima del hombro y sus facciones se tensaron ante la presencia de Rainbird.

—Me dijeron que habías salido de la ciudad —comentó.

—Cancelaron el viaje —respondió Rainbird—. Y tú no me has visto esta mañana, Louis.

Louis lo miró con expresión de incertidumbre.

—No me has visto —repitió Rainbird—. Después de las cinco de la tarde me importará un bledo. Pero hasta entonces, no me has visto. Y si me llegara a enterar de que sí me has visto, te buscaré y me serviré unas rebanadas de sebo. ¿Entiendes?

Louis Tranter palideció visiblemente. La pasta que había estado comiendo se desprendió de su mano y cayó sobre el panel de acero en declive que albergaba los monitores de televisión y los controles de la toma de sonido de los micrófonos. Rodó por el declive y cayó al suelo sin que nadie se cuidara de ella, dejando un reguero de migas. Súbitamente había perdido el apetito. Había oído decir que ese tipo estaba loco, y ahora comprobaba que lo que había oído era absolutamente cierto.

—Entiendo —susurró, frente a esa sonrisa macabra y la mirada refulgente del ojo solitario.

—Bien —asintió Rainbird, y avanzó hacia él.

Louis se encogió, apartándose, pero Rainbird se desentendió de él, por el momento, y escudriñó uno de los monitores. Ahí estaba Charlie, bonita como una estampa con su vestido azul. Con sensibilidad de enamorado, Rainbird advirtió que ese día no se había trenzado el cabello: caía suelto y sutil y seductor sobre su cuello y sus hombros. No hacía nada, excepto permanecer sentada en el sofá. No leía. No veía la televisión. Parecía una mujer mientras espera un autobús.

Charlie —pensó Rainbird, admirado—, *te amo. Te amo realmente.*

—¿Qué programa tiene preparado para hoy? —preguntó Rainbird.

—Poca cosa —contestó Louis ansiosasamente. En verdad, casi balbuceaba—. Sólo saldrá a la una menos cuarto, para cepillar a su caballo favorito. Mañana le extraeremos otra prueba.

—¿Mañana, eh?

—Sí. —A Louis le importaban un bledo las pruebas, en un sentido o en otro, pero supuso que la noticia complacería a Rainbird y quizás éste se iría.

Pareció satisfecho. Volvió a sonreír.

—¿Irá al establo a la una menos cuarto, eh?

—Sí.

—¿Quién la acompañará? Puesto que yo estoy volando rumbo a San Diego.

Louis emitió una risita atiplada, casi femenina, para demostrar que no le había pasado inadvertida esa prueba de ingenio.

—Tu camarada. Don Jules.

—No es mi camarada.

—No, claro que no —se apresuró a asentir Louis—. Don, pensó..., pensó que la orden era un poco rara, pero como la dio directamente Cap...

—¿Rara? ¿Qué tenía de raro?

—Bueno, consistía en sacarla de aquí y dejarla en el establo. Cap dijo que los mozos de la cuadra la vigilarían. Pero ellos no saben nada. Don pareció pensar que sería muy impr...

—Sí, pero no le pagan para que piense. ¿No es cierto, gordinflón? —Le dio una palmada en el hombro a Louis, con fuerza. Restalló como un trueno de poca magnitud.

—Claro que no —contestó Louis astutamente. Ahora sudaba.

—Te veré más tarde —anunció Rainbird, y se encaminó nuevamente hacia la puerta.

—¿Te vas? —preguntó Louis, sin poder ocultar su alegría.

Rainbird se detuvo con la mano sobre el picaporte y miró hacia atrás.

—¿Qué dices? —inquirió—. Si nunca he estado aquí.

—No, claro, nunca —asintió Louis apresuradamente.

Rainbird hizo un ademán de asentimiento y se deslizó afuera. Cerró la puerta a sus espaldas. Louis miró durante varios segundos la puerta cerrada y después soltó un fuerte y tempestuoso suspiro de alivio. Tenía las axilas húmedas y la camisa blanca se le había adherido a la espalda. Poco después levantó su pasta caída, la frotó para quitar el polvo y empezó a comerla nuevamente. La chica continuaba plácidamente sentada, sin hacer nada. Louis Tranter no entendía cómo Rainbird —nada menos que *Rainbird*— podía haberle cobrado estima.

7

A la una menos cuarto, una eternidad después de que Charlie se hubo despertado, zumbó brevemente la chicharra de la puerta y entró Don Jules, con una chaqueta de jugador de béisbol y pantalones de pana. La miró fríamente y sin interés.

—Vamos —dijo.

Charlie lo acompañó.

8

El día era fresco y hermoso. A las doce y media Rainbird atravesó el prado aún verde en dirección al establo bajo, en forma de L, con su pintura roja oscura —del color de la sangre coagulada— y sus vivaces ribetes blancos. Grandes nubes de buen tiempo se desplazaban por el cielo. Un vientecillo le tironeó de la camisa. Si había que morir, ése era un día ideal para ello.

Dentro del establo, encontró el despacho del jefe de palafreneros y entró. Mostró su credencial con la insignia de jerarquía A.

—¿Sí, señor? —dijo Drabble.

—Vacíe este lugar —ordenó Rainbird—. Que salgan todos. En cinco minutos.

El palafrenero no discutió ni vaciló y, si palideció un poco, su tez bronceada lo disimuló.

—¿Los caballos también?

—Sólo la gente. Por la parte posterior.

Rainbird se había puesto un uniforme de faena, como los que usaban en Vietnam para salir a cazar amarillos. Los bolsillos del pantalón eran espaciosos, profundos y tenían carteras. De uno de ellos sacó un revólver de grandes dimensiones. El palafrenero lo miró con ojos expertos, desprovistos de sorpresa. Rainbird sostuvo el arma flojamente, apuntando al suelo.

—¿Va a haber jaleo, señor?

—Posiblemente sí —respondió Rainbird con voz tranquila—. En realidad no lo sé. Vamos, muévase, viejo.

—Ojalá no les pase nada malo a los caballos —comentó Drabble.

Entonces Rainbird sonrió. *Eso es lo que también deseará ella*, pensó. Había visto la expresión de los ojos de Charlie cuando estaba con los caballos. Y el establo, con sus pajares de heno suelto y sus depósitos de heno enfardado, y con su entorno de madera seca, era un yesquero poblado de carteles que rezaban PROHIBIDO FUMAR.

Estaba sobre un filo muy afilado.

Pero, a medida que transcurrían los años y que él se despreocupaba cada vez más de su vida, había caminado por otros filos aún más afilados.

Regresó hasta la enorme puerta de dos hojas y miró hacia fuera. Todavía no se veían señales de nadie. Le volvió la espalda y echó a andar entre las puertas de los pesebres, aspirando el aroma dulce, penetrante y nostálgico de los caballos.

Controló que todos los pesebres tuvieran bien echado el cerrojo.

Se encaminó nuevamente hacia la puerta de dos hojas. Ahora se acercaba alguien.

Dos personas. Aún estaban del otro lado del estanque de los patos, a cinco minutos de allí. No eran Cap y Andy McGee. Eran Don Jules y Charlie.

Ven a mí, Charlie —pensó tiernamente—. *Ahora ven a mí.*

Por un momento paseó la mirada a lo largo de los umbríos pajares del piso superior y después se acercó a la escalera —unos simples peldaños de madera clavados a una viga de sostén— y empezó a subir con agilidad felina.

Tres minutos más tarde, Charlie y Don Jules entraban en la penumbrosa y vacía frescura del establo. Inmediatamente después de trasponer la puerta se detuvieron un momento, mientras sus ojos se acostumbraban a la oscuridad. El «Magnum» calibre 357 que empuñaba Rainbird había sido modificado para acoplarse a un silenciador que él mismo había fabricado, y que se agazapaba sobre la boca del cañón como una insólita araña negra. En verdad, no era un silenciador muy silencioso: era casi imposible acallar por completo la detonación de un arma de semejantes dimensiones. Cuando apretara el disparador —si lo apretaba— la primera vez emitiría un ladrido ronco, la segunda vez un estampido débil, y a partir de entonces sería casi inservible. Rainbird esperaba no tener que usar el revólver, pero en ese momento lo bajó sosteniéndolo con ambas manos y lo estabilizó de modo que el silenciador cubrió un pequeño círculo situado sobre el pecho de Don Jules.

Jules miraba cautelosamente en torno.

—Ya puede irse —dijo Charlie.

—¡Eh! —exclamó Jules, levantando la voz y sin hacer caso de la niña. Rainbird conocía a Jules. Un hombre disciplinado. Obedecía cada orden al pie de la letra y nadie podía ponerlo en aprietos. Siempre se cubría las espaldas—. ¡Eh, palafrenero! ¡Que venga alguien! ¡He traído a la chica!

—Ya puede irse —repitió Charlie, y Jules se desentendió nuevamente de ella.

—Ven conmigo —ordenó, cogiendo con fuerza la muñeca de Charlie—. Tenemos que encontrar a alguien.

Un poco apesadumbrado, Rainbird se preparó para matar a Don Jules. Podría haber sido peor. Por lo menos Jules moriría reglamentariamente, con las espaldas cubiertas.

—Le he dicho que ya puede irse —insistió Charlie, y de pronto Jules le soltó la muñeca. No sólo la soltó sino que apartó la mano, como si hubiera tocado algo caliente.

Rainbird observó con atención esa interesante escena.

Jules se había vuelto y miraba a Charlie. Se frotaba su propia muñeca, pero Rainbird no alcanzó a ver si tenía o no una marca.

—Salga de aquí —manifestó Charlie en voz baja.

Jules metió la mano bajo la americana y Rainbird se preparó nuevamente para matarlo. No lo haría hasta que Jules hubiera terminado de desenfundar el arma y hubiese mostrado claramente su intención de obligarla a regresar a la casa.

Pero el arma sólo había asomado a medias cuando la dejó caer en el suelo del establo, con un alarido. Retrocedió dos pasos, alejándose de la niña, con los ojos desorbitados.

Charlie se volvió a medias, como si Jules ya no le interesara. En la mitad del tramo más largo de la L asomaba un grifo, y debajo de éste había un cubo parcialmente lleno de agua.

Del cubo empezó a desprenderse una perezosa espiral de vapor.

Rainbird dudó que Jules hubiera notado este detalle. Sus ojos estaban fijos en Charlie.

—Váyase de aquí, cerdo, o lo quemaré —ordenó Charlie—. Lo freiré.

John Rainbird le tributó una aclamación silenciosa.

Jules la miraba, indeciso. En ese momento, con la cabeza gacha y ligeramente ladeada, y con esos ojos inquietos que se desplazaban de un lado a otro, parecía una rata peligrosa. Rainbird estaba listo para reforzar las medidas de Charlie, si ésta tenía que tomarlas, pero esperaba que Jules fuera prudente. A veces el poder se desbocaba.

—Váyase ahora mismo —exclamó Charlie—. Vuelva al lugar de donde ha venido. Lo vigilaré para saber si me obedece. *¡Muévase! ¡Fuera de aquí!*

La cólera estridente de su voz lo decidió.

—Cálmate —murmuró él—. Está bien. Pero no tienes a dónde ir, nena. Lo pasarás muy mal.

Mientras hablaba se iba deslizando junto a ella, y después retrocedió hacia la puerta.

—Lo estaré vigilando —sentenció Charlie hoscamente—. Ni siquiera mire hacia atrás..., asqueroso.

Jules salió. Agregó algo más, pero Rainbird no lo oyó.

—¡*Váyase!* —gritó Charlie.

Charlie se quedó en el hueco de la puerta de dos hojas, de espaldas a Rainbird: una silueta menuda bañada por el sol letárgico de la tarde. Una vez más lo acometió su amor por ella. Ésa era, pues, el lugar de la cita.

—Charlie —la llamó en voz baja.

Ella se puso rígida y retrocedió un paso. No se volvió, pero Rainbird se dio cuenta de que lo había reconocido y de que la recorría un ramalazo de furia, aunque ésta sólo se reflejó en la lentitud con que erguía los hombros.

—Charlie —la llamó nuevamente—. ¡Eh, Charlie!

—¡Tú! —susurró ella. Rainbird apenas la oyó. En algún lugar, abajo, un caballo relinchó débilmente.

—Soy yo —asintió él—. Siempre he sido yo, Charlie.

Entonces ella si se volvió y recorrió con la mirada la larga zona lateral del establo. Rainbird vio lo que ella hacía, pero ella no lo vio a él. Estaba detrás de una pila de fardos, oculto en la oscuridad del segundo pajar.

—¿Dónde estás? —preguntó Charlie con voz ronca—. ¡Me engañaste! ¡Fuiste tú! ¡Mi padre dice que fuiste tú quien nos sorprendió en la casa del Abuelo! —Se había llevado la mano inconscientemente al cuello, donde él le había hincado el dardo—. *¿Dónde estás? Ah, Charlie, ¿te gustaría mucho saberlo?*

Un caballo relinchó. No con mansa satisfacción, sino con súbito pánico. Otro caballo lo imitó. Se oyó un fuerte impacto doble cuando uno de los pura sangre coceó la puerta herméticamente cerrada de su pesebre.

—*¿Dónde estás?* —gritó ella de nuevo, y Rainbird sintió que la temperatura empezaba a subir bruscamente. Justo debajo de él, uno de los caballos, quizá *Nigromante*, soltó un estridente relincho que reverberó como el chillido de una mujer.

9

La chicharra de la puerta emitió su breve y áspero clamor, y Cap Hollister entró en el apartamento de Andy situado debajo de la más septentrional de las dos mansiones. No era el mismo de hacía un año. El hombre maduro, pero sano y robusto y espabilado. Aquel hombre había tenido unas facciones que podrías haber esperado ver asomadas sobre el borde de un refugio de cazadores de patos, en noviembre, junto a una escopeta empuñada con desenvuelta autoridad. Este otro hombre caminaba arrastrando los pies distraídamente. Su cabello, que hacía un año era de un fuerte color gris acerado, estaba ahora casi blanco y era fino como el de un bebé. En su boca se dibujaba un tic espasmódico malsano. Pero el mayor cambio se reflejaba en sus ojos, que parecían azorados y hasta cierto punto infantiles. A ratos, esta expresión era interrumpida por una brusca mirada de soslayo, recelosa y temerosa y casi despavorida. Sus manos colgaban flojas a los costados y sus dedos se movían convulsivamente, sin ningún propósito. El eco se había convertido en un rebote que ahora saltaba de un lado a otro por su cerebro con una velocidad enloquecida, sibilante y letal.

Andy McGee se levantó para recibirlo. Estaba vestido exactamente igual que el día en que él y Charlie habían huido por la Tercera Avenida de Nueva York, con el coche de la Tienda en pos de ellos. Ahora la chaqueta de pana tenía desgarrada la costura del hombro izquierdo, y los pantalones de sarga marrón estaban desteñidos y brillantes en los bajos.

La espera le había hecho bien. Sentía que había podido reconciliarse con todo eso. No lo comprendía, no. Nunca lo comprendería, aunque él y Charlie consiguieran, después de todo, triunfar sobre los fantásticos obstáculos y consiguiesen escapar y sobrevivir. No encontraba ningún defecto fatal en su propia naturaleza que pudiera justificar ese portentoso embrollo, ni ningún pecado del padre que debiera expiar necesariamente su hija. No era incorrecto necesitar doscientos dólares ni participar en un experimento controlado, así como tampoco lo era anhelar la libertad. *Si pudiera zafarme* —pensó—, *les diría lo siguiente: enseñadles a vuestros hijos, enseñadles a vuestros pequeños, enseñadles bien, que ellos afirman saber lo que hacen, y a veces lo saben, pero generalmente mienten.*

Pero las cosas eran como eran, *¿n'est-ce-pas?* De una manera u otra por lo menos tendrían una última oportunidad. Lo cual no le hacía experimentar ningún sentimiento de clemencia o comprensión para con los culpables. Al ponerse en paz consigo mismo, había echado cenizas sobre el fuego de su odio contra los anónimos burocretinos que habían hecho eso en nombre de la seguridad nacional o de lo que fuera.

Aunque ya no eran anónimos: Uno de ellos estaba frente a él, sonriente y convulsionado y estólido. El estado de Cap no le inspiraba absolutamente ninguna compasión.

Tú te lo has buscado, hermano.

—Hola, Andy —dijo Cap—. ¿Todo listo?

—Sí —respondió Andy—. ¿Quiere llevar una de mis maletas?

La estolidez de Cap fue quebrada por una de esas miradas falsamente sagaces.

—¿Las ha revisado? —espetó—. ¿Para comprobar que no hay serpientes?

Andy empujó débilmente. Quería disponer de la mayor reserva posible para un caso de emergencia.

—Levántela —ordenó, y señaló una de las dos maletas.

Cap se adelantó y la levantó. Andy cogió la otra.

—¿Dónde está su coche?

—Está afuera —contestó Cap—. Lo han traído hasta la puerta.

—¿Alguien nos controlará? —Lo que había querido preguntar era si alguien los *detendría*.

—¿Por qué habrían de hacerlo? —inquirió Cap, sinceramente sorprendido—. Aquí mando yo.

Andy tuvo que conformarse con esto.

—Vamos a salir —explicó—, y meteremos el equipaje en el maletero...

—El maletero no ofrece peligro —lo interrumpió Cap—. Lo registré esta mañana.

—...y después iremos al establo y recogeremos a mi hija. ¿Alguna pregunta?

—No.

—Estupendo. Vamos.

Salieron del apartamento y se encaminaron hacia el ascensor. Unas pocas personas iban y venían por el pasillo, dedicadas a sus propios menesteres. Miraban cautelosamente a Cap y después DESVIABAN LA VISTA. El ascensor los llevó hasta el salón de baile y Cap encabezó la marcha por el largo corredor de entrada.

Josie, la pelirroja que controlaba la puerta el día en que Cap había despachado a Al Steinowitz rumbo a Hastings Glen, había ascendido a posiciones de mayor envergadura y mérito. Ahora la sustituía un hombre joven, prematuramente calvo, que fruncía el ceño sobre un texto de programación de computadoras. Tenía en una mano un rotulador amarillo. Cuando se aproximaron levantó la vista.

—Hola, Richard —saludó Cap—. ¿Devorando libros?

Richard rió.

—Más bien son ellos los que me devoran a mí. —Miró a Andy con curiosidad. Andy le devolvió la mirada sin inmutarse.

Cap introdujo el pulgar en una ranura y algo chasqueó. En la consola de Richard se encendió una luz verde.

—¿Lugar de destino? —preguntó Richard. Cambió su rotulador por un bolígrafo. Lo sostuvo en ristre sobre un pequeño libro encuadernado.

—El establo —respondió Cap rápidamente—. Vamos a recoger a la hija de Andy y ellos se fugarán.

—Base Andrews de la Fuerza Aérea —intervino Andy, y empujó. El dolor se implantó inmediatamente en su cabeza como un hacha de matarife con el filo embotado.

—BFA Andrews —asintió Richard, y lo anotó en el libro, junto con la hora—. Buenos días, caballeros.

Salieron al encuentro del sol y la brisa de octubre. El «Vega» de Cap estaba aparcado sobre la limpia grava blanca de la explanada semicircular.

—Deme sus llaves —ordenó Andy. Cap se las entregó, y Andy abrió el maletero y guardaron el equipaje. Andy cerró violentamente el maletero y devolvió las llaves—. Vamos.

Cap contorneó el estanque por un camino que llevaba al establo. En el trayecto, Andy vio a un hombre vestido con una chaqueta de béisbol, que corría hacia la casa de la que acababan de salir. Experimentó una ligera inquietud. Cap aparcó frente a las puertas abiertas del establo.

Estiró la mano hacia las llaves, pero Andy le detuvo con una palmadita.

—No. Deje el motor en marcha. Venga. —Se apeó del coche. La cabeza le palpitaba e irradiaba pulsaciones rítmicas de dolor hasta las profundidades de su cerebro, pero aún no eran demasiado insoportables. Aún no.

Cap también se apeó y se detuvo, indeciso.

—No quiero entrar ahí —murmuró. Sus ojos giraban frenéticamente de un lado a otro en las órbitas—. Está demasiado oscuro. Les gusta la oscuridad. Se esconden. Muerden.

—No hay serpientes —afirmó Andy, y empujó débilmente. Esto bastó para poner en movimiento a Cap, que sin embargo no parecía muy convencido. Entraron en el establo.

Hubo un momento sobrecogedor, espeluznante, en el que Andy pensó que Charlie no estaba allí. El cambio de la luz a la penumbra lo encegueció momentáneamente. La atmósfera estaba recalentada y bochornosa y algo había alarmado a los caballos. Éstos relinchaban y coceaban en sus pesebres.

—Charlie —exclamó, con voz entrecortado y ansiosa—. *¿Charlie?*

—¡Papá! —gritó ella, y a Andy lo acometió un arrebato de júbilo... Un júbilo que se trocó en pánico cuando captó la estridencia aterrorizada de su voz—. ¡Papá, no entres! No entres...

—Creo que es un poco tarde para eso —dijo una

voz que provenía de un lugar indeterminado de las alturas.

10

—Charlie —había dicho suavemente la voz. Procedía de arriba, ¿pero de dónde? Parecía surgir de todas partes.

Charlie tuvo un acceso de cólera... Una cólera avivada por la naturaleza atrozmente injusta de todo esto, por la forma en que nunca terminaba, por la circunstancia de que ellos estaban en todos los recodos, bloqueando todas sus arremetidas hacia la libertad. Casi inmediatamente sintió que *eso* brotaba de su interior. Ahora *eso* estaba siempre mucho más cerca de la superficie..., mucho más ansioso por eclosionar. Como en el caso del hombre que la había acompañado hasta allí. Cuando había desenfundado el arma, ella sencillamente le había recalentado para que la dejase caer. Por fortuna para él, las balas no habían estallado en el cargador.

Ya sentía cómo el calor se acumulaba dentro de ella y empezaba a irradiarse a medida que se encendía la enigmática batería o lo que fuera. Escudriñó los oscuros parajes de arriba pero no lo vio. Había demasiadas pilas de fardos de heno. Demasiadas sombras.

—Yo no lo haría, Charlie. —Ahora su voz era un poco más potente, pero todavía serena. Se abrió paso entre la bruma de ira y confusión.

—¡Deberías bajar aquí! —vociferó Charlie. Estaba temblando—. ¡Deberías bajar antes de que decida incendiarlo todo! ¡Puedo hacerlo!

—Ya sé que puedes —respondió la voz suave. Bajaba flotando desde ninguna parte, desde todas partes—. Pero si lo haces abrasarás un montón de caballos, Charlie. ¿No los oyes?

Los oía. Ahora que él se lo había hecho notar, los

oía. Estaban casi despavoridos, y relinchaban y machacaban las puertas cerradas de sus pesebres. *Nigromante* estaba en uno de esos pesebres.

La respiración se le atascó en la garganta. Volvió a ver la franja de fuego que atravesaba la granja de Manders y las gallinas que estallaban.

Se volvió de nuevo hacia el cubo de agua y esta vez se asustó mucho. El poder tremolaba sobre el filo de su capacidad para controlarlo y dentro de un momento

(¡atrás!)

rompería las puertas

(¡ATRÁS!)

y se dispararía hasta el cielo.

(¡¡¡ATRÁS, ATRÁS, ME OYES, RETROCEDE!!!)

Esta vez el agua que llenaba parcialmente el cubo no se limitó a despedir vapor. Hirvió instantánea, furiosamente. Un momento después el grifo cromado que se hallaba directamente encima del cubo giró dos veces, como una hélice, y después saltó del caño que asomaba de la pared. El artefacto voló a través del establo como un cohete y rebotó contra la pared de enfrente. Del caño manó un chorro de agua. Agua fría: ella *sentía* su frescura. Pero en seguida después de haber brotado se transformó en vapor y una bruma nebulosa llenó el corredor que separaba los pesebres. A una manguera verde enroscada que colgaba de un gancho junto al caño se le derritieron y soldaron los segmentos de plástico.

(¡ATRÁS!)

Ella empezó a controlarlo, y retraerlo. Hacía un año no habría conseguido hacer eso y el poder habría tenido que completar su ciclo destructivo. Ahora lo dominaba mejor... ¡Ah, pero había mucho más para dominar!

Se quedó donde estaba, tiritando.

—¿Qué más quieres? —preguntó en voz baja—. ¿Por qué no nos dejas ir?

Un caballo lanzó un relincho, potente y asustado. Charlie entendía perfectamente lo que sentía el animal.

—Nadie cree se os pueda dejar ir, simplemente —respondió la voz sosegada de Rainbird—. Sospecho que ni siquiera tu padre piensa que eso sea posible. Eres peligrosa, Charlie. Y tú lo sabes. Si te dejáramos ir, los próximos en capturarte podrían ser los rusos, o los norcoreanos, o incluso los paganos chinos. Tal vez pienses que bromeo, pero no es así.

—¡Yo no tengo la culpa! —gritó Charlie.

—No —contestó Rainbird, con tono reflexivo—. Claro que no. Pero de todas maneras eso es pura palabrería. A mí no me interesa el factor Z, Charlie. Nunca me interesó. Sólo me interesas tú.

—¡*Embustero!* —chilló Charlie con tono estridente—. Me engañaste, simulaste ser algo que no eras...

Se interrumpió. Rainbird sorteó con agilidad una pila baja de fardos, y después se sentó sobre el borde del pajar, con los pies colgando hacia fuera. El revólver descansaba sobre sus piernas. Su rostro parecía una luna salpicada de cráteres, allá en las alturas.

—No, no te mentí. Alteré la verdad, Charlie, eso fue lo único que hice. Y lo hice para salvarte la vida.

—Cochino embustero —susurró Charlie, pero la descorazonó descubrir que *deseaba* creerle. Empezó a sentir el picor de las lágrimas detrás de los ojos. Estaba exhausta y deseaba creerle, deseaba creer que él le había tenido estima.

—No te prestabas a sus pruebas —continuó Rainbird—. Tampoco tu padre. ¿Qué dirían ellos? ¿Dirían «Oh, cuánto lo sentimos, nos hemos equivocado», y os volverían a dejar en la calle? Ya has visto cómo proceden esos tipos, Charlie. Los viste disparar contra Manders, en Hastings Glen. Le arrancaron las uñas a tu madre y después la ma...

—¡*Basta!* —aulló Charlie, desgarrada por el dolor, y el poder volvió a agitarse, peligrosamente cerca de la superficie.

—No, no me callaré. Es hora de que sepas la verdad, Charlie. Yo te hice reaccionar. Te convertí en una persona importante para ellos. ¿Crees que lo hice porque era mi deber? Mierda. Son unos hijos de puta. Cap, Hockstetter, Pynchot, ese tal Jules que te trajo aquí..., son todos unos hijos de puta.

Ella lo miraba fijamente, como si estuviera hipnotizada por su cara flotante. No tenía puesto el parche, y el lugar donde debería haber estado su ojo era un hueco contrahecho, como un recuerdo de la iniquidad.

—No te mentí acerca de esto —prosiguió, y se tocó la cara. Sus dedos se deslizaron suave, casi cariñosamente, por las cicatrices disecadas en el costado de su mandíbula y subieron hasta la mejilla desollada y hasta la misma cuenca cauterizada—. Sí, alteré la verdad. No estuve en la Ratonera de Hanoi, ni me lo hicieron los Vietcongs. Me lo hicieron mis propios camaradas. Porque eran unos hijos de puta, como todos los de aquí.

Charlie no entendía, no sabía de qué hablaba. Estaba aturdida. ¿No sabía él que podía achicarrarlo allí donde estaba sentado?

—Nada de esto importa —continuó—. Nada excepto tú y yo. Tenemos que franquearnos, Charlie. Esto es lo único que deseo. Ser franco contigo.

Y ella intuyó que decía la verdad..., pero que una verdad más truculenta se agazapaba detrás de sus palabras. Había algo que callaba.

—Sube —añadió—, y hablaremos de esto.

Sí, era como un trance hipnótico. Y, hasta cierto punto, como un fenómeno telepático. Porque aunque ella captaba la configuración de esa verdad tenebrosa, sus pies empezaron a moverse hacia la escalera que conducía al pajar. Él no hablaba de hablar. Hablaba de terminar. De terminar con la duda, con la desdicha, con el miedo... De terminar con la tentación de generar conflagraciones aún más desorbitadas hasta que se produjera un desenlace pavoroso. En su propio estilo tortuoso, demencial, hablaba de ser su amigo en condiciones en las cuales nadie más podría serlo. Y..., sí, esto era lo que anhelaba una parte de su ser. Una parte de su ser anhelaba terminar y librarse.

Así que empezó a avanzar hacia la escalera, y sus manos estaban apoyadas sobre los peldaños cuando irrumpió su padre.

11

—¡*Charlie!* —gritó su padre, y el embrujo se rompió.

Sus manos se apartaron de los peldaños y tuvo un arrebato de tremenda comprensión. Se volvió hacia la puerta y lo vio allí plantado. Su primer pensamiento

(*¡cómo has engordado papá!*)

cruzó por su mente y se eclipsó con tanta rapidez que apenas tuvo tiempo de identificarlo. Y gordo o no, era él. Lo habría reconocido en cualquier parte y el amor por él se irradió por todas sus fibras y disipó el hechizo de Rainbird como si fuera una bruma. Y lo que comprendió fue que independientemente de lo que John Rainbird pudiera significar para ella, sólo significaba la muerte para su padre.

—¡Papá! —vociferó—. ¡No entres!

Una repentina arruga de irritación cruzó por el rostro de Rainbird. El revólver ya no descansaba sobre sus piernas: apuntaba firmemente a la silueta recortada en el hueco de la puerta.

—Creo que es un poco tarde para eso —sentenció.

Había un hombre junto a su padre. Le pareció que era el hombre al que todos llamaban Cap. Estaba simplemente allí, con los hombros encorvados como si se los hubieran fracturado.

—Entre —ordenó Rainbird, y Andy entró—. Ahora deténgase.

Andy se detuvo. Cap lo había seguido, a uno o dos pasos de distancia, como si estuvieran atados el uno al otro. Los ojos de Cap escudriñaban ansiosamente las penumbras del establo, en todas direcciones.

—Sé que puedo hacerlo —afirmó Rainbird, y adoptó un tono informal, casi humorístico—. En verdad, los dos pueden hacerlo. Pero, señor McGee... ¿Andy? ¿Puedo llamarlo Andy?

—Llámeme como quiera —respondió su padre, con voz calma.

—Andy, si intenta emplear su poder contra mí, yo trataré de resistirme a él durante el tiempo justo para matar a su hija. Y, por supuesto, Charlie, si tú intentas emplear tu poder contra mí, ¿quién sabe lo que sucederá?

Charlie corrió hacia su padre. Apretó su cara contra el áspero relieve de su chaqueta de pana.

—Papá, papá —susurró roncamente.

—Hola, cariño —replicó él, y le acarició el pelo. La retuvo, y después miró hacia arriba, en dirección a Rainbird. Sentado sobre el borde del pajar como un marinero en un mástil, era el vivo retrato del pirata tuerto que había visto en sueños—. ¿Y ahora, qué? —le preguntó a Rainbird.

Sabía que probablemente Rainbird podría tenerlos inmovilizados allí hasta que el tipo que había visto correr por el prado volviera con refuerzos, pero por alguna razón misteriosa pensaba que no era eso lo que se proponía.

Rainbird no hizo caso de su pregunta.

—¿Charlie? —dijo.

Charlie se estremeció bajo las manos de Andy pero no se movió.

—Charlie —repitió con tono suave, insistente—. Mírame, Charlie.

Ella se volvió lentamente, de mala gana, y lo miró.

—Sube aquí —prosiguió—, como ibas a subir antes. Nada ha cambiado. Completaremos nuestro trato y todo esto acabará.

—No, no puedo permitirlo —intervino Andy, casi afablemente—. Nos vamos.

—Sube, Charlie —insistió Rainbird—, o le meteré ahora mismo una bala en la cabeza a tu padre. Puedes quemarme, pero apuesto a que yo puedo apretar antes el disparador.

Charlie lanzó un gemido gutural, como un animal herido.

—No te muevas, Charlie —exclamó Andy.

—No le pasará nada —continuó Rainbird. Su voz era baja, racional, persuasiva—. Lo mandarán a Hawai y no le pasará nada. Elige, Charlie. Una bala en la cabeza de tu padre, o las arenas doradas de Kalami Beach. ¿Cuál de las dos? Elige tú.

Charlie se apartó un paso de su padre, temblando,

con sus ojos azules siempre fijamente clavados en el ojo solitario de Rainbird.

—¡Charlie! —exclamó Andy enérgicamente—. ¡No!

—Todo acabará —prometió Rainbird. El cañón de su revólver no vacilaba: seguía apuntando a la cabeza de Andy—. Y eso es lo que deseas, ¿verdad? Yo cuidaré que sea un final plácido y limpio. Confía en mí. Hazlo por tu padre y por ti misma. Confía en mí.

Ella dio otro paso. Y otro.

—No —dijo Andy—. No lo escuches, Charlie.

Pero fue como si le hubiera dado una razón para ir. Llegó hasta la escalera, apoyó las manos sobre el peldaño situado inmediatamente por encima de su cabeza y entonces se detuvo. Alzó la vista en dirección a Rainbird, y su mirada se encontró con la de éste.

—¿*Me prometes que no le pasará nada?*

—Sí —contestó Rainbird, pero Andy captó inmediatamente todo el poder de la mentira..., de todas sus mentiras.

Tendré que empujarla —pensó, aturdido y asombrado—. *No a él sino a ella.*

Se reconcentró para hacerlo. Ella ya estaba sobre el primer peldaño, asiendo el siguiente sobre su cabeza.

Y fue entonces cuando Cap —de quienes todos se habían olvidado— empezó a gritar.

12

Cuando Don Jules llegó de nuevo al edificio del que Cap y Andy habían salido apenas unos minutos atrás, estaba tan fuera de sí que Richard, encargado de custodiar la puerta, empuñó el revólver guardado en el cajón.

—Qué... —empezó a decir.

—¡La alarma, la alarma! —aulló Jules.

—Tienes autor...

—¡Tengo toda la autorización que hace falta, imbécil de mierda! ¡La chica! ¡La chica se escapa!

Sobre la consola de Richard había dos simples mandos semejantes a las combinaciones de las cajas de caudales, numerados de 1 a 10. Alelado, Richard dejó caer su bolígrafo y colocó el mando de la izquierda en una posición situada un poco más adelante del 7. Jules contorneó la mesa y colocó el mando de la derecha un poco más adelante del 1. Un momento después empezó a brotar de la consola un débil bordoneo, que se repetía en todo el reducto de la Tienda.

Los jardineros detuvieron las cortadoras de césped y echaron a correr hacia los cobertizos donde estaban guardados los fusiles. Las puertas de los recintos donde había terminales de computadoras vulnerables se deslizaron sobre sus guías para cerrarse y bloquearse. Gloria, la secretaria de Cap, extrajo su propia arma de fuego. Todos los agentes de la Tienda disponibles corrieron hacia los altavoces para esperar instrucciones, y desabrocharon sus americanas para tener las armas a mano. La corriente de la valla exterior saltó del acostumbrado cosquilleo diurno a un voltaje mortal. Los Dobermans que patrullaban el espacio comprendido entre las dos vallas oyeron el bordoneo, intuyeron el cambio que se produjo cuando la Tienda se preparó para la batalla, y empezaron a ladrar y a brincar histéricamente. Las puertas que separaban la Tienda del mundo exterior también se deslizaron sobre sus rieles, se cerraron y se bloquearon automáticamente. Una de las puertas correderas arrancó de cuajo el parachoques trasero del camión de una pastelería que estaba aprovisionando la despensa, y el conductor tuvo la suerte de no morir electrocutado.

El bordoneo parecía interminable, subliminal.

Jules cogió el micrófono de la consola de Richard y proclamó:

—Situación Amarillo Crítico. Repito, Situación Amarillo Crítico. No es un simulacro. Converged sobre el establo. Con cautela. —Hurgó en su mente buscando el nombre en clave asignado a Charlie McGee y no lo encontró. Aparentemente cambiaban todos los días esas jodidas charadas—. Se trata de la chica, ¡y lo está usando! ¡Repito, lo está usando!

Orv Jamieson estaba debajo del altavoz, en la sala de juegos del tercer piso de la mansión septentrional, con *la Turbina* en la mano. Cuando oyó el mensaje de Jules, se sentó bruscamente y la enfundó.

—Ah, no —murmuró para sus adentros, mientras los otros tres agentes que jugaban al billar con él salían disparados—. Ah no, yo no, no cuenten conmigo. —Los otros podían correr como sabuesos sobre una pista fresca, si quería. No habían estado en la granja de Manders. No habían visto a esa mocosa singular en acción.

Lo que *OJ* más deseaba en ese momento era encontrar un hoyo profundo y meterse en él.

Cap Hollister casi no había oído la conversación que habían mantenido Charlie, su padre y Rainbird. Estaba en suspenso: había ejecutado sus antiguas órdenes y aún no le habían dado otras nuevas. El ruido de las palabras fluía, totalmente desprovisto de significado, sobre su cabeza, y podía pensar libremente en su partido de golf, y en las serpientes, y en los palos número nueve, y en las boas constrictor, y en los palos de hierro, y en las serpientes de cascabel, y en los palos de acero, y en las pitones tan descomunales que podían tragar a una cabra entera. No le gustaba ese lugar. Estaba lleno de heno suelto que le recordaba el olor de los obstáculos de un campo de golf. Había sido en el heno donde una serpiente había mordido a su hermano cuando Cap sólo tenía tres años, y no era una serpiente muy peligrosa, pero su hermano mayor había *gritado*, había *gritado*, y el aire olía a heno, olía a trébol, olía a hierba, y su hermano era el chico más fuerte y valeroso del mundo pero ahora estaba *gritando*, el fortachón y robusto Leon Hollister, de nueve años, gritaba «¡Ve a buscar a *papá*!», y las lágrimas le corrían por las mejillas mientras se sujetaba la pierna hinchada entre las manos, y cuando Cap Hollister, a los tres años, había girado para hacer lo que su hermano le ordenaba, despavorido y balbuceante, eso se había deslizado sobre su *pie*, su propio *pie*, como una letal agua verde... Y más tarde el médico había dicho que la mordedura no era peligrosa, que la serpiente debía de haber mordido otra cosa hacía muy poco tiempo y había vaciado su saco de veneno, pero Lennie pensó que se estaba *muriendo* y por todas partes flotaba el dulce aroma de la hierba estival y los chicos saltaban a la pata coja, produciendo su eterno chirrido y escupiendo jugo de tabaco («Escupe y te soltaré», había sido la consigna en aquellos lejanos días de Nebraska); olores agradables, sonidos agradables, olores y sonidos de campo de golf, y los *gritos* de su hermano y el contacto seco y escamoso de la serpiente, y al mirar hacia abajo la visión de su cabeza plana, triangular, de sus ojos negros..., la serpiente se había deslizado sobre el pie de Cap en dirección a las malezas... de vuelta al obstáculo del campo de golf, se podría decir... El olor había sido parecido a ese... y a él no le gustaba ese lugar...

Cuatro palos de hierro y serpientes de cascabel y palos de acero y corales...

Ahora el rebote iba y venía cada vez más de prisa, y los ojos de Cap se paseaban inexpresivamente por el establo en penumbras mientras John Rainbird se enfrentaba con los McGee. Al fin sus ojos se posaron sobre la manguera verde de plástico parcialmente fundida, contigua al caño reventado. Colgaba enroscada de su gancho, semioculta aún por las últimas volutas de vapor.

El terror se apoderó súbitamente de él, tan explosivo como las llamas de un viejo tronco reseco.

Por un momento el pánico fue tan desmesurado que ni siquiera pudo respirar, y menos aún proferir un grito de alarma. Sus músculos estaban petrificados, paralizados.

Entonces se relajaron. Cap aspiró una gran bocanada de aire, con una sacudida convulsiva, palpitante, y lanzó un alarido, ensordecedor, repentino:

—¡Serpiente! ¡SERPIENTE! ¡SEEEERPIENTE!

No echó a correr. No era propio de Cap Hollister huir, ni siquiera de su actual condición degradada. Arremetió como un autómata herrumbroso y cogió un rastrillo que estaba apoyado contra la pared. Aquélla era una serpiente y él la machacaría, la aplastaría. La..., la...

¡Salvaría a Lennie!

Embistió contra la manguera parcialmente fundida, blandiendo el rastrillo.

Los acontecimientos se precipitaron.

15

Los agentes —la mayoría de ellos armados con revólveres— y los jardineros —casi todos con fusiles— convergían, más o menos en círculo, hacia el establo bajo en forma de L, cuando empezaron los alaridos. Un momento después se oyó un golpe sordo y fuerte y lo que podría haber sido un grito ahogado de dolor. Sólo un segundo más tarde se oyó un débil rasguido, y luego una detonación ahogada que seguramente provenía de un revólver con silenciador.

El círculo que rodeaba el establo se inmovilizó y en seguida reanudó la marcha convergente.

16

El alarido de Cap y su brusca arremetida hacia el rastrillo sólo distrajeron la concentración de Rainbird por un instante, pero ese instante bastó. El revólver se desvió de la cabeza de Andy hacia Cap. Fue un movimiento reflejo, la fluctuación rápida y vigilante de un tigre que ha salido a cazar por la jungla. Y así fue como sus instintos aguzados lo traicionaron y lo hicieron caer del filo de la navaja por el que había transitado durante tanto tiempo.

Andy utilizó el empuje con la misma rapidez y en la misma forma refleja. Cuando el revólver se desvió hacia Cap, le ordenó a Rainbird «¡Salta!», y empujó como nunca lo había hecho en la vida. El ramalazo de dolor que le atravesó la cabeza como las esquirlas de una granada de fragmentación fue tan intenso que lo descompuso, y sintió que algo *cedía*, definitiva e irrevocablemente.

Un reventón, pensó. El pensamiento se formó en un magma espeso y pegajoso. Retrocedió tambaleándose. Toda la mitad izquierda de su cuerpo había perdido la sensibilidad. La pierna de ese lado se negaba a sostenerlo.

(finalmente ha ocurrido es un reventón el muy maldito finalmente aflojó)

Rainbird tomó un fuerte impulso con los brazos para saltar del borde del pajar. Su rostro reflejaba una expresión de sorpresa casi hilarante. Retuvo su arma. Incluso cuando cayó al suelo en una mala posición y se desplomó de bruces con una pierna fracturada, seguía empuñando el arma. No pudo sofocar un grito de dolor y desconcierto, pero no soltó el arma.

Cap había llegado hasta la manguera verde y la golpeaba frenéticamente con el rastrillo. Movía los labios pero no emitía ningún sonido... Sólo una fina pulverización de saliva.

Rainbird levantó la vista. El pelo le había caído sobre la cara. Sacudió la cabeza para apartarlo de su línea de visión. Su ojo solitario centelleaba. Tenía la boca estirada en un rictus amargo. Levantó el revólver y le apuntó a Andy.

—¡No! —chilló Charlie—. ¡No!

Rainbird disparó y los orificios de ventilación del silenciador despidieron una vaharada de humo. La bala hizo saltar astillas brillantes y frescas junto a la cabeza oscilante de Andy. Rainbird apoyó un brazo

477

en el suelo y volvió a disparar. La cabeza de Andy se torció violentamente hacia la izquierda, y del lado izquierdo de su cuello manó un torrente de sangre.

—¡No! —volvió a aullar Charlie, y se cubrió la cara con las manos—. ¡Papá! ¡Papá!

La mano de Rainbird resbaló debajo de él. Largas astillas se hincaron en su palma con un susurro.

—Charlie —murmuró—. Mírame, Charlie.

17

En ese momento circundaron el establo y se detuvieron, sin saber muy bien qué hacer a continuación.

—La chica —dijo Jules—. La quitamos de en medio...

—¡No! —aulló Charlie desde adentro, como si hubiera oído lo que planeaba Jules—. ¡Papá! ¡Papá!

Entonces se oyó otra detonación, esta vez mucho más potente, y hubo un fogonazo súbito y atroz que les obligó a protegerse los ojos. Una oleada de calor se derramó por las puertas abiertas del establo, y los hombres apostados frente a ellas trataron de apartarse.

A continuación brotó el humo, el humo y el rojo resplandor del fuego.

Dentro de ese infierno infantil, los caballos empezaron a relinchar como si ulularan.

18

Charlie corrió hacia su padre, con la mente atrapada por un torbellino de horror, y cuando Rainbird le habló se volvió hacia él. Estaba despatarrado boca abajo, y trataba de estabilizar el arma con las dos manos.

Increíblemente, sonreía.

—Ya está —graznó—. Para que pueda verte los ojos. Te quiero, Charlie.

Y disparó.

El poder eclosionó ferozmente, sin ningún control. En su trayectoria hacia Rainbird, volatilizó el fragmento de plomo que en circunstancias normales se habría incrustado en el cerebro de Charlie. Por un momento pareció que un vendabal rizaba las ropas de Rainbird —y las de Cap detrás de él— y que no pasaba nada más. Pero no eran sólo las ropas las que se estaban rizando: era la carne misma, que se rizaba, que chorreaba como sebo, y que después se desprendía de los huesos que ya se carbonizaban y se ennegrecían y se inflamaban.

Hubo un silencioso fogonazo chisporroteante que la cegó momentáneamente. No vio nada más pero oyó a los caballos en sus pesebres, enloquecidos, por el miedo... y olió el humo.

¡Los caballos! ¡Los caballos!, pensó, avanzando a tientas por el resplandor que la encandilaba. Era su sueño. Había cambiado, pero se repetía. Y súbita, fugazmente, estuvo de nuevo en el aeropuerto de Albany: una chiquilla cinco centímetros más baja y con cuatro kilos y medio menos de peso, y muchísimo más inocente que una chiquilla con una bolsa de compras rescatada de una papelera, que iba de una cabina telefónica a otra, empujando en cada una de ellas, haciendo caer una avalancha de monedas de las ranuras de devolución...

En ese momento empujó, casi a ciegas, tanteando con la mente lo que debía hacer.

Una ondulación corrió por las puertas de los pesebres que formaban el tramo largo de la L. Los cerrojos cayeron al suelo, uno tras otro, humeantes, retorcidos y deformados por el calor.

La pared del fondo del establo había estallado en medio de un caos de vigas y tablas humeantes cuando el poder había dejado atrás a Cap y a Rainbird y había seguido su trayectoria rugiente, como si lo hubiera disparado un cañón parapsicológico. Las esquirlas astilladas atravesaron silbando una distancia de sesenta metros o más, abriéndose en abanico, y aquellos agentes de la Tienda que estaban en su camino lo pasaron tan mal como si hubieran recibido una andanada de metralla incandescente. Un individuo llamado Clayton Braddock fue decapitado limpiamente por una tabla giratoria. El hombre que se hallaba junto a él fue seccionado en dos por una viga que llegó dando vueltas por el aire como una hélice desprendida de su eje. Un trozo humeante de madera le cercenó una oreja a otro, que no se dio cuenta de ello hasta que hubieron transcurrido casi diez minutos.

La avanzada de agentes de la Tienda se disolvió. Los que no podían correr se arrastraban. Un solo hombre se mantuvo en su puesto, aunque sólo fuera momentáneamente. Se trataba de George Sedaka, el mismo que, en compañía de Orv Jamieson, había sustraído las cartas de Andy en New Hampshire. Sedaka sólo se hallaba de paso en el reducto de la Tienda antes de seguir viaje rumbo a la ciudad de Panamá. El hombre que había estado a la izquierda de Sedaka yacía ahora en el suelo, gimiendo. El que había estado a la derecha de Sedaka había sido Clayton Braddock.

En cuanto a Sedaka seguía milagrosamente ileso. Las astillas y las esquirlas incandescentes no lo habían tocado. Un gancho de enfardar, afilado y letal, se había sepultado en la tierra a menos de diez centímetros de sus pies. Emitía un opaco destello rojo.

El fondo del establo tenía el mismo aspecto que habría tenido si allí hubieran estallado media docena de cartuchos de dinamita. Unas vigas desplomadas, ardientes, enmarcaban un boquete ennegrecido que tenía quizá siete metros y medio de ancho. Una alta pila de abono había absorbido la mayor parte de la fuerza descomunal de Charlie al salir violentamente proyectada. Ahora estaba ardiendo, el fuego se transmitía a lo que quedaba de la parte posterior del establo.

Sedaka oía relinchar y ulular a los caballos allí adentro, y veía el macabro resplandor rojo anaranjado de las llamas que trepaban a los pajares llenos de heno seco. Era como mirar por un ojo de buey hacia el interior del Averno.

De pronto Sedaka resolvió que ya tenía bastante.

Eso era un poco más complicado que asaltar carteros desarmados en carreteras comarcales.

George Sedaka volvió a enfundar su arma y puso pies en polvorosa.

19

Charlie seguía tanteando sin poder asimilar todo lo que había ocurrido.

—*¡Papá!* —gritaba—. *¡Papá!*

Todo le parecía difuso, espectral. El aire estaba saturado de humo caliente, asfixiante, y de centellas rojas. Los caballos seguían coceando las puertas de sus pesebres, pero ahora éstas, desprovistas de cerrojos, se abrían. Algunos de los caballos, por lo menos habían podido escapar.

Charlie se hincó de rodillas, buscando a tientas a su padre, y los caballos empezaron a pasar velozmente junto a ella, rumbo a la salida. Eran poco más que siluetas borrosas, oníricas. Arriba, una viga inflamada cayó acompañada por una lluvia de chispas y el fuego se comunicó al heno suelto de uno de los pajares del piso inferior. En el tramo corto de la L, un tambor de gasolina para tractores, de cien litros, estalló con un rugido sordo y crepitante.

Los cascos vertiginosos pasaban a pocos centímetros de la cabeza de Charlie a medida que ésta se arrastraba con las manos estiradas hacia delante como una ciega. Entonces uno de los caballos en fuga le asestó un golpe rasante y Charlie se desplomó hacia atrás. Una de sus manos encontró un zapato.

—¿Papá? —gimoteó—. ¿Papá?

Estaba muerto. Tuvo la certeza de que estaba muerto. Todo estaba muerto. El mundo se consumía. Habían matado a su madre y ahora también a su padre.

Empezaba a recuperar la vista pero todo seguía siendo borroso. Las ondas de calor palpitaban sobre su cabeza. Le recorrió la pierna a tientas, le tocó el cinturón, y después le palpó suavemente la camisa hasta que sus dedos encontraron una mancha húmeda, pegajosa. Se estaba ensanchando. Allí se detuvo horrorizada, sin poder adelantar más los dedos.

—Papá —susurró.

—¿Charlie?

No era más que un graznido desfalleciente, ronco..., pero era él. La mano de Andy encontró su cara y tironeó débilmente.

—Ven aquí. A-acércate...

Ella se aproximó más y entonces su rostro surgió del fulgor grisáceo. Un rictus le tironeaba hacia abajo la mitad izquierda de la cara. Tenía el ojo en ese mismo lado muy inyectado en sangre, y esto le recordó aquel despertar en el motel de Hastings Glen.

—Papá, mira este desastre —gimió Charlie, y se echó a llorar.

—No hay tiempo —respondió él—. Escucha. ¡Escucha, Charlie!

Charlie se inclinó sobre él y le salpicó la cara con sus lágrimas.

—Esto tenía que suceder, Charlie... No malgastes tus lágrimas por mí. Pero...

—¡No! ¡No!

—¡Cállate, Charlie! —exclamó Andy con tono perentorio—. Ahora querrán matarte. ¿Entiendes? Basta..., basta de juegos. Se quitarán los guantes. —Pronunció «guants» por la comisura de su boca cruelmente torcida—. No se lo permitas, Charlie. Y no permitas que oculten lo sucedido. No les permitas decir... que ha sido... un sólo incendio.

Había levantado un poco la cabeza y en ese momento la dejó caer nuevamente, resollando. Desde el exterior, sofocado por la voraz crepitación del fuego, llegó el débil e intrascendente tableteo de las armas... y una vez más el ulular de los caballos.

—Papá, no hables..., descansa.

—No. Hay. Tiempo. —Utilizando el brazo derecho, consiguió volver a erguirse parcialmente para mirarla directamente a los ojos. Le chorreaba sangre de ambas comisuras de la boca—. Tienes que huir, si puedes, Charlie. —Ella le enjugó la sangre con el ruedo del vestido. El fuego la abrasaba desde atrás—. Huye, si puedes. Si tienes que matar a los que te cortan el paso, mátalos. Ésta es una guerra. Demuéstrales que han estado en una guerra. —Ahora su voz declinaba—. Huye si puedes, Charlie. Hazlo por mí. ¿Entiendes?

Ella forzó un ademán de asentimiento.

Arriba, cerca del fondo, otra viga estalló como una rueda de fuegos artificiales despidiendo chispas anaranjadas y amarillas. Entonces los azotó una bocanada de calor que parecía salir de la chimenea abierta de un horno. Sobre su piel centelleaban y se extinguían chispas semejantes a insectos hambrientos, mordedores.

—Cuida —Andy vomitó sangre espesa y expulsó dificultosamente las palabras—, cuida que nunca puedan volver a hacer algo como esto. Arrásalo, Charlie. *Arrásalo íntegramente.*

—Papá...

—Ahora vete. Antes de que se consuma todo.

—No puedo abandonarte —dijo ella con voz trémula, impotente.

Andy sonrió y la acercó aún más, como si quisiera susurrarle en el oído. Pero en cambio la besó.

—...amo, Ch... —balbuceó, y murió.

20

Don Jules se encontró al frente de la operación, a falta de otros mejores. Resistió lo más posible después de desencadenado el incendio, porque estaba convencido de que la niña se colocaría al alcance de sus armas. Cuando esto no sucedió —y cuando los hombres apostados en la parte de delante del establo empezaron a vislumbrar lo que les había sucedido a sus compañeros apostados atrás— resolvió que no podía esperar más tiempo, sobre todo si quería preservar la disciplina. Empezó a avanzar y los otros lo siguieron..., pero con expresión tensa y torva. Ya no parecían hombres alistados en un curso de tiro al plato.

Entonces unas sombras se movieron rápidamente más allá de las puertas abiertas. La chica iba a salir. Levantaron las armas. Dos hombres dispararon antes de que asomara algo. Luego...

Pero no era la chica, sino los caballos. Media docena, ocho, diez, con la pelambre veteada de espuma, con los ojos girando en las órbitas y desencajados, despavoridos.

Los hombres de Jules, con las armas montadas, abrieron fuego. Incluso aquellos que se habían contenido, al comprobar que los que salían del establo eran caballos y no seres humanos, no pudieron seguir controlándose cuando vieron que los otros empezaban a disparar. Fue una masacre. Dos de los caballos se derrumbaron sobre las rodillas delanteras, uno de ellos relinchando lastimeramente. Chorros de sangre atravesaron el luminoso aire de octubre y dejaron la hierba pringada y resbaladiza.

—¡Basta! —vociferó Jules—. ¡Basta! ¡Dejad de acribillar a los jodidos caballos!

Ni que hubiera sido el rey Canuto dando órdenes a la marea. Los hombres —intimidados por algo que no podían ver, sobreexcitados por la chicharra de alarma, por la alerta Amarillo Crítico, por el fuego que ahora vomitaba un humo espeso y negro hacia el cielo, y por la detonación que había producido la gasolina para tractores al estallar— por fin tenían blancos móviles contra los cuales tirar... y tiraban.

Dos de los caballos yacían muertos sobre la hierba. Otro yacía mitad dentro y mitad fuera del camino interior de grava, con los ijares palpitantes. Otros tres, enloquecidos por el pánico, viraron hacia la izquierda y arremetieron contra los cuatro o cinco hombres allí dispersos. Éstos se apartaron, sin dejar de disparar, pero uno se enredó en sus propias piernas y fue pisoteado, entre alaridos.

—¡Alto! —rugió Jules—. ¡Alto! ¡Dejad..., dejad de disparar! ¡Maldición, dejad de disparar imbéciles!

Pero la matanza continuó. Los hombres volvían a cargar sus armas con un aire extraño, impasible. Muchos de ellos, al igual que Rainbird, eran veteranos de la guerra de Vietnam, y sus rostros tenían la expresión embotada, crispada, de los hombres que reviven una vieja pesadilla con exacerbación lunática. Algunos habían cesado de tirar, pero eran los menos. Cinco caballos yacían heridos o muertos sobre el césped y en el camino interior. Otros habían conseguido huir, y entre éstos se contaba *Nigromante*, que agitaba la cola como una bandera de combate.

—¡La chica! —gritó alguien, señalando hacia las puertas del establo—. *¡La chica!*

Ya era demasiado tarde. Acababa de concluir la carnicería de los caballos y estaban distraídos. Cuando terminaron de volverse hacia el lugar donde se hallaba Charlie, con la cabeza gacha, pequeña y letal, enfundada en su vestido de cril y sus calcetines color azul oscuro que le llegaban hasta la rodilla, los regueros de fuego ya habían empezado a irradiarse desde ella hacia los demás, como hilos de tela de una araña mortífera.

21

Charlie estaba sumergida en su poder, y eso fue un alivio.

La pérdida de su padre, aguzada y puntiaguda como un estilete, se replegó y se redujo apenas a un dolor sordo.

Como siempre, el poder la arrastraba, cual un juguete fascinante cuya gama completa de posibilidades aún estaba por descubrir.

Los regueros de fuego corrían por el césped hacia el círculo discontinuo de hombres.

Matasteis los caballos, hijos de perra —pensó, y la voz de su padre reverberó, como para manifestar su aprobación—: *Si tienes que matar a los que te cortan el paso, mátalos. Ésta es una guerra. Demuéstrales que han estado en una guerra.*

Sí, resolvió, les haría saber que habían estado en una guerra.

Algunos de los hombres ya huían, descorazonados. Desvió una de las franjas de fuego hacia la derecha con un ligero movimiento de cabeza, y tres de ellos quedaron envueltos en las llamas, con las ropas convertidas en trapos ardientes. Cayeron al suelo, convulsionados y aullando.

Algo zumbó junto a su cabeza y algo más le marcó un fino trazo de fuego sobre la muñeca. Era Jules, que se había agenciado otro revólver en el escritorio de Richard. Estaba allí, con las piernas separadas, con el arma en alto, disparándole.

Charlie empujó en dirección a él: un rayo de fuerza, potente, palpitante.

Jules fue despedido hacia atrás en forma tan súbita y violenta como si lo hubiera golpeado la esfera de demolición de una gigantesca grúa invisible. Recorrió más de diez metros por el aire, pero ya no era un hombre sino una bola crepitante de fuego.

Entonces todos se dispersaron y echaron a correr. Corrían como lo habían hecho en la granja de Manders.

Bien —pensó Charlie—. *Lo has hecho bien.*

No quería matar a nadie. Esto no había variado. Lo que había variado era que los mataría si era necesario. Si se cruzaban en su camino.

Echó a andar hacia la más próxima de las dos casas, la que se levantaba un poco más adelante de un granero tan perfecto como la ilustración de un calendario rural, y de cara a su gemela situado en el otro extremo del prado.

Las ventanas se rompieron con una sucesión de estampidos. El enrejado de la hiedra que trepaba por la pared del Este se estremeció y se inflamó. El fuego se estiró hacia el techo como un círculo de manos codiciosas.

Una de las puertas se abrió violentamente para dejar salir el alarido entrecortado y despavorido de una alarma de incendios y a dos docenas de secretarias, técnicos y administrativas. Los fugitivos corrieron por el jardín hacia la valla, esquivaron la asechanza mortal de la electricidad y de los perros que ladraban y brincaban, y después se arremolinaron como un rebaño de ovejas asustadas. El poder quiso encauzarse hacia este grupo, pero Charlie lo desvió y lo dirigió hacia la valla misma, hasta que los pulcros rombos eslabonados se ablandaron y chorrearon y derramaron lágrimas de metal fundido. Se oyó una débil vibración, un chasquido apagado cuando la valla se sobrecogió de corriente y empezó a entrar en cortocircuito de trecho en trecho. Se desprendían unas cegadoras chispas purpúreas. Desde el remate de la valla saltaban pequeñas bolas de fuego, y los conductores de porcelana blanca explotaban como los patos de cerámica de una galería de tiro.

Ahora los perros se estaban enloqueciendo. Tenían la pelambre erizada y corrían de un lado a otro como almas en pena entre las dos vallas. Uno de ellos chocó con la valla que escupía alto voltaje y salió despedido por el aire, con las patas rígidas, estiradas. Cayó convertido en un despojo humeante. Otros dos perros lo atacaron con feroz histeria.

Detrás de la casa donde habían estado encerrados Charlie y su padre no había ningún granero, pero sí un edificio largo, bajo, perfectamente conservado, también pintado de rojo con ribetes blancos. Ese edificio albergaba el parque automotor de la Tienda. En ese momento las grandes puertas se abrieron repentinamente y salió a toda velocidad una limusina «Cadillac» blindada con matrícula oficial. El panel del techo estaba abierto y por allí asomaba la cabeza y el torso de un hombre. Con los codos apoyados sobre el techo, empezó a disparar una metralleta contra Charlie. Frente a éste, los proyectiles excavaron surcos mellados y levantaron panes de césped compacto.

Charlie giró hacia el coche y liberó el poder en esa dirección. El poder seguía aumentando. Se transformaba en algo dúctil pero portentoso, en algo invisible que ahora parecía autoalimentarse mediante una reacción en cadena que se propagaba con fuerza exponencial. El depósito de gasolina de la limusina explotó, y devoró la parte posterior del coche y disparó el tubo de escape en dirección al cielo como si fuera una jabalina. Pero aun antes de que ocurriera esto, la cabeza y el torso del tirador se habían incinerado, el parabrisas había estallado hacia dentro, y los neumáticos especiales a prueba de pinchazos habían empezado a chorrear como sebo.

El auto siguió rodando a través de su propio aro de fuego, sin control, y perdió su forma original y se derritió hasta parecer un torpedo. Dio dos volteretas y fue sacudido por una segunda explosión.

Ahora las secretarias huían de la otra casa, como hormigas pululantes. Charlie podría haberlas barrido con el fuego —y una parte de ella *deseaba* hacerlo— pero con un esfuerzo de su voluntad desfalleciente dirigió el poder hacia la casa misma, la casa donde ellos dos habían sido retenidos por la fuerza... La casa donde John la había traicionado.

Descargó el poder, todo el poder. Por un breve lapso pareció que no sucedía absolutamente nada. Hubo una tenue reverberación en el aire, como la que se produce sobre el hueco de una barbacoa donde las brasas han sido cubiertas con ceniza... y entonces la casa estalló por completo.

La única imagen nítida que retuvo (y más tarde el testimonio de los sobrevivientes la reiteró varias veces) fue la de la chimenea de la mansión que se elevaba hacia el firmamento como una nave espacial de ladrillo, aparentemente intacta, mientras debajo de ella el edificio de veinticinco habitaciones se desintegraba como la casa de muñecas de una niña ante la llama de un soplete. Piedras, tablas, chapas, se remontaron por el aire y volaron a lomos del abrasador aliento del poder de Charlie: un aliento de dragón. Una máquina de escribir «IBM», fundida y retorcida y convertida en algo semejante a un verde estropajo de acero anudado, salió despedida hacia arriba y después se estrelló contra el suelo entre las dos vallas, abriendo un cráter. La silla de una secretaria, cuyo asiento giratorio rotaba demencialmente, se perdió de vista con la velocidad de una flecha disparada por una ballesta.

El calor abrasó a Charlie a través del prado.

Miró en torno buscando algo más para destruir. Ahora el humo se elevaba al cielo desde varios lugares: desde las dos bellas mansiones edificadas antes de la guerra civil (una sola seguía siendo identificable como una mansión), desde el establo, desde lo que había sido una limusina. Incluso allí a la intemperie el calor era más y más intenso.

Y el poder seguía girando y girando, deseando que lo liberaran, *necesitando* que lo liberaran, pues de lo contrario se replegaría sobre su fuente y la destruiría.

Charlie ignoraba qué fenómeno inimaginable podría haberse producido finalmente. Pero cuando se volvió hacia la valla y hacia el camino que salía del reducto de la Tienda, vio a la gente que se arrojaba contra la tela metálica, empujada por un pánico ciego y frenético. En algunos tramos los cortocircuitos habían interrumpido el suministro de corriente y los fugitivos habían podido sortearla. Los perros se habían abalanzado sobre uno de estos fugitivos, una mujer joven, con una falda amarilla estilo «gaucho», que emitía espantosos chillidos.

Y Charlie oyó que su padre gritaba, con tanta nitidez como si estuviera vivo y junto a ella: *¡Ya basta, Charlie! ¡Ya basta! ¡Detente mientras aún puedes!*

¿Pero podía?

Le volvió la espalda a la valla y buscó desesperadamente lo que necesitaba, al mismo tiempo que reprimía el poder, procurando mantenerlo estabilizado y suspendido. El poder empezó a reptar sin rumbo, trazando sobre el césped locas espirales que se ensanchaban progresivamente.

Nada. Nada excepto...

El estanque de los patos.

22

OJ se iría de allí, y no lo detendría ningún perro.

Había huido de la casa cuando los otros empezaban a converger sobre el establo. Estaba muy asustado pero no tan despavorido como para embestir la valla electrizada después de que las puertas se habían cerrado automáticamente, deslizándose sobre sus rieles. Había asistido a todo el holocausto desde atrás del tronco grueso y nudoso de un viejo olmo. Cuando la chica produjo el cortocircuito en la valla, esperó que ella se apartara un poco y desviara su atención hacia la destrucción de la casa. Entonces echó a correr hacia la valla, con *la Turbina* en la mano derecha.

Cuando la corriente se cortó en un tramo de la valla trepó hasta lo alto y se dejó caer en el sector de los perros. Dos de éstos arremetieron contra él. *OJ* sostuvo su muñeca derecha con la mano izquierda y los mató a los dos. Eran unas bestias descomunales, pero *la Turbina* lo era aún más. No volverían a comer alimentos para perros, a menos que también los sirvieran en el paraíso canino.

Un tercer Doberman lo acometió desde atrás, le desgarró los bajos del pantalón y un buen pedazo de la nalga izquierda, y lo derribó al suelo. *OJ* se volvió y lidió con el animal con una sola mano, mientras asía *la Turbina* con la otra. Lo machacó con la culata del revólver, y después adelantó el cañón cuando la fiera se abalanzó contra el cuello. El cañón se deslizó limpiamente entre las fauces del Doberman y *OJ* apretó el disparador. El estampido quedó amortiguado.

—¡Salsa de arándanos! —grito *OJ*, mientras se levantaba temblando. Estalló en una risita histérica. La puerta exterior no estaba electrizada. Incluso su débil voltaje había entrado en cortocircuito. *OJ* intentó abrirla. Ya había allí otras personas que lo rodeaban y lo empujaban. Los perros sobrevivientes habían retrocedido, gruñendo. Algunos de los otros agentes que se habían salvado también blandían sus revólveres y disparaban intermitentemente contra las bestias. Se había restablecido la disciplina indispensable para que los agentes armados pudieran formar un círculo irregular alrededor de las secretarias, los técnicos y los administrativos inermes.

OJ se lanzó con todo su peso contra la puerta. Ésta se resistía a abrirse. Se había bloqueado como todas las otras. *OJ* miró en torno, sin saber muy bien qué haría a continuación. Había recuperado un poco de cordura. Era fácil echar a correr cuando estabas solo y no te observaba nadie, pero ahora había demasiados testigos alrededor.

Si esa chica infernal dejaba algún testigo.

—¡Habrá que pasar por encima! —gritó. Su voz se perdió en medio del desorden general—. ¡Pasad por encima, malditos! —No obtuvo respuesta. Se limitaban a apiñarse contra la valla exterior, alelados y con el pánico reflejado en el rostro.

OJ sujetó a una mujer que se hallaba junto a él, acurrucada contra la puerta.

—¡*Nooooo!* —chilló la mujer.

—¡Sube, yegua! —rugió *OJ*, y la hostigó para ponerla en movimiento. La mujer empezó a trepar.

Otros la vieron y comprendieron. La valla interior seguía humeando y escupiendo chispas de trecho en trecho. Un hombre gordo que *OJ* reconoció como uno de los cocineros del refectorio destaba aferrado a uno dos mil voltios. Se sacudía espasmódicamente, sus pies ejecutaban una danza paroxística sobre la hierba, y sus mejillas se estaban ennegreciendo.

Otro de los Doberman se abalanzó y arrancó un trozo de carne de la pierna de un joven esmirriado, con gafas, enfundado en una bata de laboratorio. Uno de los agentes le disparó al perro, erró y le fracturó el codo al joven de las gafas. Éste cayó al suelo y empezó a revolcarse, sujetándose el codo y pidiendo a voz en grito la ayuda de la Virgen Bendita. *OJ* le disparó al perro antes de que pudiera destrozar la garganta del joven.

Qué desastre, se lamentó interiormente. Dios mío, qué desastre.

Ahora había quizás una docena de personas trepando por la ancha puerta. La mujer que *OJ* había puesto en movimiento llegó a la parte superior, se bamboleó, y cayó fuera con un grito estrangulado. En seguida empezó a chillar. La puerta era alta. Había caído desde más de dos metros y medio, había aterrizado en una mala posición y se había fracturado el brazo.

Jesús, qué desastre.

La imagen que transmitían al escalar la puerta, cogiéndose con sus dedos agarrotados, se parecía a la que podría haberse forjado un lunático de los ejercicios de entrenamiento de una base de la Infantería de Marina.

OJ giró la cabeza, buscando a la niña con la mirada, para verificar si los seguía. Si la veía, los testigos podrían apañarse solos: él cruzaría al otro lado y se largaría.

Entonces uno de los administrativos exclamó:

—En nombre de *Dios*, qué...

El siseo se elevó inmediatamente, ahogando su voz. *OJ* diría más tarde que la primera idea que evocó fue la de los huevos que freía su abuela, aunque este sonido fue un millón de veces más potente, como si todos los miembros de una tribu de gigantes hubieran decidido freír huevos al mismo tiempo.

Se expandió y se intensificó, y de pronto una nube de vapor se desprendió del estanque de los patos y lo eclipsó. Todo el estanque, que tenía aproximadamente quince metros de ancho y un metro y pico de profundidad en el centro, estaba hirviendo.

OJ vio fugazmente a Charlie, que se hallaba a unos veintes metros del estanque, de espaldas a quienes aún pugnaban por salir, y después la ocultó el vapor. El siseo se prolongó indefinidamente. Una bruma blanca flotó sobre el césped verde, y el sol brillante de otoño generó una multitud de arco iris absurdos en la humedad algodonosa. La nube de vapor se hinchó y se alejó a la deriva. Los fugitivos estaban prendidos como moscas de la valla, mirando por encima del hombro, contemplando el espectáculo.

¿Y si no había suficiente agua?, pensó *OJ*. ¿Y si no bastaba para apagar su fósforo o su tea o lo que diablos fuera? ¿Qué sucedería entonces?

Orville Jamieson decidió que no le interesaba quedarse para averiguarlo. Ya se había hartado de comportarse como un héroe. Volvió a enfundar *la Turbina* en la pistolera de sobaco y traspuso la puerta casi a la carrera. Cuando llegó arriba saltó limpiamente y aterrizó con las piernas flexionadas cerca de la mujer que seguía aullando mientras sostenía su brazo fracturado.

—Te aconsejo que no desperdicies el aliento y te largues en seguida de aquí —le dijo *OJ*, e inmediatamente siguió su propio consejo.

23

Charlie estaba inmóvil en su propio mundo inmensamente blanco, descargando su poder en el estanque, luchando con él, procurando doblegarlo, agotarlo. Su vitalidad parecía infinita. Sí, ahora lo controlaba, lo vertía mansamente en el estanque como si fluyera por un tubo invisible. ¿Pero qué sucedería si toda el agua se consumía antes de que ella pudiera eclipsar su fuerza y dispersarlo?

Basta de destrucción. Dejaría que se volviera contra ella misma y la aniquilara para no permitir que se expandiese y volviera a autoalimentarse.

(¡Atrás! ¡Atrás!)

Ahora, por fin, sintió que perdía parte de su ímpetu, de su..., de su capacidad para mantenerse cohesionado. Se estaba disgregando. Un espeso vapor blanco por todas partes y el olor de las lavanderías. El gigantesco siseo burbujeante del estanque que ya no veía.

(¡ATRÁS!)

Volvió a pensar vagamente en su padre, y el dolor renovado hizo presa en ella: muerto, estaba muerto. La idea pareció disipar aún más su poder, y entonces, por fin, el siseo empezó a extinguirse. El vapor se elevaba majestuosamente delante de ella. En el cielo el Sol era una moneda de plata deslustrada.

He alterado el sol —pensó, ofuscada, y después—: *No..., en realidad no... Es el vapor, la niebla... Se la llevará el viento...*

Pero con una súbita certidumbre que nació del fondo de su ser comprendió que *podría* alterar el sol si lo deseaba... más adelante.

El poder seguía aumentando.

Este acto de destrucción, este apocalipsis, sólo se había aproximado a su límite actual.

Apenas había empezado a explotar el *potencial*.

Charlie cayó de rodillas sobre la hierba y se echó a llorar. Lloraba por su padre, por las personas a las que había matado, incluso por John. Quizá lo mejor habría sido aceptar el destino que le tenía reservado Rainbird, pero incluso con su padre muerto y con esa lluvia de destrucción sobre su cabeza, tenía conciencia de que era sensible a la vida, de que luchaba tenaz, silenciosamente, por sobrevivir.

Así pues, quizá lloraba más que nada por sí misma.

24

No supo cuánto tiempo permaneció sentada en el césped con la cabeza entre los brazos. Por muy imposible que ello pareciera, pensó que tal vez incluso se había adormecido. No importa cuánto hubiera durado el trance, lo cierto es que cuando salió de él el sol estaba más brillante y se había desplazado un poco hacia el Oeste. La ligera brisa había hecho jirones el vapor del estanque hirviente y lo había disipado.

Charlie se levantó y miró en torno, lentamente.

Lo primero que atrajo su atención fue el estanque. Vio que había faltado poco... muy poco. Sólo quedaban unos charcos de agua, lisos y bruñidos por el Sol como rutilantes gemas de cristal implantadas en el cieno del fondo del estanque. Los lirios y juncos agostados yacían dispersos como joyas corroídas. En algunos lugares el lodo ya empezaba a secarse y resquebrajarse. Vio unas pocas monedas en el limo, y algo herrumbroso que parecía un cuchillo muy largo o tal vez la hoja de una cortadora de césped. La hierba que rodeaba el estanque estaba totalmente chamuscada.

Un silencio de muerte pesaba sobre el reducto de la Tienda, y sólo lo interrumpían los intensos chasquidos y crepitaciones del fuego. Su padre le había dicho que les hiciera saber que habían estado en una guerra, y lo que quedaba era muy semejante a un campo de batalla abandonado. El establo, el granero y la casa situados a un lado del estanque ardían ferozmente. Lo único que quedaba de la casa del otro lado eran unos escombros humeantes. Parecía que allí hubiera caído una enorme bomba incendiaria o un cohete «V» de la Segunda Guerra Mundial.

El césped estaba atravesado en todas direcciones por unas franjas arrasadas y ennegrecidas, que formaban aquellas absurdas configuraciones en espiral todavía humeantes. La limusina blindada había sido consumida por el fuego en el extremo de una zanja excavada en la tierra. Ya no tenía ninguna semejanza con un auto. Sólo era un montón de chatarra desprovisto de identidad.

Lo peor era la valla.

Los cadáveres —casi media docena de ellos— estaban esparcidos a lo largo de su perímetro interior. En el espacio intermedio había otros dos o tres cuerpos, a los que se sumaban varios perros muertos.

Charlie echó a andar en esa dirección, como en un sueño.

Otras personas se movían por el prado, pero no eran muchas. Dos la vieron acercarse y huyeron. Las restantes no parecían saber quién era ni que había sido la autora de todo eso. Caminaban con el paso soñador de los sobrevivientes aturdidos por la conmoción.

Charlie empezó a escalar la valla interior.

—Yo que tú no lo haría —le dijo con la mayor naturalidad un hombre enfundado en un uniforme de ordenanza—. Los perros te van a despedazar, pequeña.

Charlie no le hizo caso. Los perros restantes le gruñeron pero no se acercaron. Aparentemente, ellos también estaban escarmentados. Escaló la puerta exterior, con movimientos lentos y cuidadosos, sujetándose con fuerza e introduciendo las punteras de sus mocasines en las aberturas romboidales de la tela metálica. Llegó a la parte superior, pasó prudentemente una pierna al otro lado, y después pasó la otra. Luego bajó con idénticas precauciones y, por primera vez en medio año, pisó un terreno que no pertenecía a la Tienda. Se quedó un momento allí, inmóvil, como si estuviera bajo los efectos de un *shock*.

Soy libre —pensó con el cerebro embotado—. *Libre*.

Desde lejos llegó el ulular de las sirenas, que se acercaba.

La mujer del brazo fracturado seguía sentada en

la hierba, a unos veinte metros de la garita abandonada del centinela. Era gorda, y parecía demasiado cansada para levantarse. Bajo sus ojos se veían unos semicírculos blancos causados por la conmoción. Sus labios tenían un tono azulado.

—Su brazo —murmuró Charlie con voz ronca.

La mujer la miró y sus ojos demostraron que la había reconocido. Empezó a arrastrarse en dirección contraria, gimoteando de miedo.

—No te acerques a mí —siseó entrecortadamente—. ¡Todas sus pruebas! ¡Todas sus pruebas! ¡Yo no necesito pruebas! ¡Eres una bruja! ¡Una bruja!

Charlie se detuvo.

—Su brazo —repitió—. Por favor, su brazo. Lo siento. ¿Me permite?

Sus labios temblaban nuevamente. Ahora le parecía que el pánico de esta mujer, que la forma en que sus ojos giraban en las órbitas, que la forma en que crispaba inconscientemente el labio sobre los dientes... Esos detalles eran lo peor de todo.

—¡Por favor! —gritó—. ¡Lo siento! ¡Mataron a mi padre!

—Deberían haberte matado también a ti —respondió la mujer, jadeando—. ¿Por qué no te incineras tú misma, si lo lamentas tanto?

Charlie avanzó un paso hacia ella y la mujer volvió a apartarse, aullando al caer sobre su brazo lesionado.

—¡No te acerques a mí!

De pronto todo el dolor y la aflicción y la cólera de Charlie encontraron la forma de expresarse.

—*¡Yo no tengo la culpa de nada de lo que sucedió!* —le gritó a la mujer del brazo fracturado—. *¡Yo no tuve la culpa de nada! ¡Ellos se lo buscaron y no cargaré con la culpa ni me mataré! ¿Me oye? ¿Me oye?*

La mujer se replegó sobre sí misma, farfullando. Las sirenas estaban más próximas.

Charlie sintió el poder, que afloraba vehementemente junto con sus emociones.

(y tampoco haré esto)

Atravesó la carretera y dejó atrás a la mujer farfullante, acoquinada. Al otro lado de la carretera se abría

496

un campo. El heno y la hierba le llegaban a los muslos y estaban plateados por el clima de octubre, pero
seguían siendo fragantes.

¿a dónde voy?

Aún no lo sabía.

Pero nunca volverían a capturarla.

CHARLIE, SOLA

1

La historia fue narrada en forma fragmentaria en el último telediario de la noche del miércoles, pero los norteamericanos no la conocieron íntegramente hasta que se despertaron a la mañana siguiente. Para entonces, todos los datos disponibles habían sido compaginados en lo que los norteamericanos parecen pensar cuando dicen que quieren «las noticias», aunque lo que piensan realmente es: «Contadme un cuento» y cuidad que éste tenga un comienzo, un nudo y una especie de desenlace.

El cuento que los norteamericanos escucharon colectivamente mientras tomaban su taza de café, vía *Today; Good Morning, America*; y *The CBS Morning News* fue el siguiente: Se había producido un ataque terrorista con bombas incendiarias contra un laboratorio científico ultrasecreto situado en Longmont, Virginia. Aún no se sabía con certeza cuál había sido el grupo terrorista implicado, aunque tres de ellos ya habían tomado la iniciativa de atribuirse la responsabilidad: una banda de «Japoneses Rojos»; la fracción de «Setiembre Negro» que obedecía a Gadafi, y un grupo local que respondía al grandilocuente y maravilloso nombre de «Los Patriotas Militantes del Medio Oeste».

Aunque nadie sabía con exactitud quién había sido el cerebro del ataque, ahora parecía estar muy clara la forma en que se había desarrollado. Un indio veterano de Vietnam, llamado John Rainbird, había sido un agente doble y había colocado las bombas incendiarias del grupo terrorista. Rainbird había muerto accidentalmente o se había suicidado en el escenario de uno de los incendios: un establo. Una fuente afirmaba que en verdad Rainbird se había asfixiado por efecto del calor y el humo mientras intentaba sacar a los caballos de la cuadra incendiada. Esto le inspiró al comentarista el sarcasmo habitual acerca de los terroristas implacables que se preocupan más por los animales que por los seres humanos. La tragedia había costado veinte vidas, y había cuarenta y cinco heridos, diez de ellos graves. Todos los sobrevivientes habían sido «secuestrados» por el Gobierno.

Éste fue el cuento. El nombre de la Tienda apenas se mencionó. Todo muy satisfactorio.

Si se exceptuaba un cabo suelto.

2

—No me importa dónde está —dijo la nueva jefe de la Tienda cuatro semanas después de la conflagración y de la huida de Charlie. Durante los diez primeros días, cuando habría sido fácil pescar nuevamente a la chica en las redes de la Tienda, había reinado una confusión total, y las cosas aún no habían vuelto a la normalidad. La nueva jefa estaba sentada tras un escritorio improvisado. El suyo no lo traerían hasta tres días más tarde—. Y tampoco me importa lo que es capaz de hacer. Se trata de una criatura de ocho años, y no de la Supermujer. No podrá permanecer oculta por mucho tiempo. Quiero que la encuentren y la maten.

Le hablaba a un hombre de mediana edad que parecía un bibliotecario de pueblo. No hace falta aclarar que no era ésta su profesión.

El hombre dio unos golpecitos sobre una serie de pulcras transcripciones de una computadora que descansaba sobre el escritorio de la jefa. Los expedientes de Cap no habían sobrevivido al incendio, pero la mayor parte de la información disponible estaba almacenada en los bancos de datos de la computadora.

—¿En qué estado se encuentra la operación?

—Las propuestas del Lote Seis han sido archivadas por tiempo indefinido —respondió la jefa—. Se trata de una resolución política, desde luego. Once viejos, un joven y tres viejecitas de cabellos azules que probablemente tienen acciones en una clínica suiza de glándulas de cabra. A todos les sudan las pelotas cuando piensan en lo que podría suceder si apareciera la chica. Ellos...

—Dudo mucho que a los senadores de Idaho, Maine y Minnesota le suden las pelotas —murmuró el hombre que no era bibliotecario.

La jefa se encogió de hombros.

—El Lote Seis les interesa. Por supuesto que les interesa. Yo describiría la situación diciendo que el semáforo ha virado a amarillo. —Empezó a jugar con su pelo que era largo... hirsuto y de un atractivo color rojizo oscuro—. «Archivado indefinidamente» significa hasta que tengamos a la chica con una etiqueta adosada al dedo gordo del pie.

—Nuestro papel será el de Salomé —comentó el hombre sentado enfrente de la jefa—. Pero la bandeja aún está vacía.

—¿De qué mierda habla?

—No importa. Al parecer, hemos vuelto al punto de partida.

—No del todo —replicó la jefa hoscamente—. Ya no cuenta con la ayuda de su padre. Está sola. Y quiero que la encuentren. En seguida.

—¿Y si desembucha lo que sabe antes de que la encontremos?

La jefa se arrellanó en la silla de Cap y entrelazó las manos detrás de la nuca. El hombre que no era bibliotecario supo valorar la forma en que su suéter se tensaba sobre la turgencia de los pechos. Cap nunca había sido así.

—Si se propusiera desembuchar lo que sabe, creo que ya la habríamos agarrado. —Se inclinó hacia delante y dio unos golpecitos sobre el calendario de mesa—. El 5 de noviembre —sentenció—, y nada. Mientras tanto, creo que hemos tomado todas las precauciones razonables. El *Times*, el *Washington Post*, el *Chicago Tribune*... Vigilamos a todos los grandes, pero hasta ahora, nada.

—¿Y si decide recurrir a uno de los pequeños? ¿El *Times* de Podunk en lugar del *Times* de Nueva York? No podemos vigilar a todos los periódicos del país.

—Eso es lamentablemente cierto —asintió la jefa—. Pero no ha pasado nada. Lo cual significa que tampoco ha dicho nada.

—Al fin y al cabo, ¿alguien le creería una historia tan descabellada a una criatura de ocho años?

—Si encendiera una fogata al terminar de contarla, creo que optarían por creerla —contestó la jefa—. ¿Pero quiere que le informe lo que dice la computadora? —Sonrió y le dio unos golpecitos a las transcripciones—. La computadora dice que existe un ochenta por ciento de probabilidades de que podamos entregarle su cadáver a la comisión sin levantar un dedo... excepto para identificarla.

—¿Suicidio?

La jefa hizo un ademán afirmativo. La perspectiva parecía regocijarla mucho.

—Eso está bien —comentó el hombre que no era bibliotecario, mientras se ponía de pie—. Por mi parte, recordaré que la computadora también dijo que era casi seguro que Andy McGee estaba neutralizado.

La sonrisa de la jefa fluctuó un poco.

—Que tenga un buen día, jefa —añadió el hombre que no era bibliotecario, y salió del despacho.

3

Ese mismo día de noviembre, un hombre vestido con una camisa y pantalones de franela, y con las piernas calzadas en botas verdes de caña alta, partía leña bajo un plácido cielo blanco. Ese día templado, la perspectiva de otro invierno parecía lejana. La temperatura, agradable, era de diez grados. La chaqueta del hombre, que se había puesto para que no siguiera regañándolo su esposa, colgaba del poste de una cerca. Detrás de él se alzaba contra la pared del viejo granero una pila espectacular de calabazas anaranjadas, algunas de las cuales, lamentablemente, ya empezaban a pudrirse.

El hombre depositó otro leño sobre el tajo, levantó el hacha y la descargó. Oyó un chasquido satisfactorio, y dos trozos del tamaño adecuado para la cocina económica cayeron a ambos lados del tajo. Se estaba agachando para recogerlos y arrojarlos junto a los otros, cuando una voz dijo a sus espaldas:

—Tiene un nuevo tajo pero la marca sigue allí. Sigue allí.

Se volvió, sobresaltado. Lo que vio lo indujo a retroceder involuntariamente, y el hacha cayó al suelo, donde quedó atravesada sobre la marca profunda e indeleble que la combustión había dejado en la tierra. Al principio pensó que lo que veía era un fantasma, el espectro macabro de una niña que se había levantado del cementerio de Dartmouth Crossing, situado a cinco kilómetros más arriba. Estaba pálida y sucia y flaca en el camino interior, con los ojos brillantes hundidos en sus cuencas, con el vestido andrajoso y desgarrado. Un arañazo le recorría el antebrazo derecho casi hasta el codo. Parecía infectado. Calzaba mocasines, o algo que antaño lo había sido. Ahora era difícil saberlo.

Y entonces, súbitamente, la reconoció. Era la niña que habían acogido el año anterior. Había dicho que se llamaba Roberta y tenía un lanzallamas en la cabeza.

—Bobbi —exclamó—. Válgame Dios, ¿eres Bobbi?

—Sí, sigue allí —repitió, como si no lo hubiera oído, y entonces él comprendió de pronto por qué le brillaban los ojos: estaba llorando.

—Bobbi, cariño, ¿qué te pasa? ¿Dónde está tu padre?

—Sigue allí —reiteró por tercera vez, y después se desplomó desvanecida. Irv Manders apenas alcanzó a sostenerla. Acunándola, arrodillado sobre la tierra de su patio, Irv Manders empezó a llamar a gritos a su esposa.

4

El doctor Hofferitz llegó al caer la noche y permaneció durante unos veinte minutos con la niña, en el dormitorio de atrás. Irv y Norma Manders estaban sentados en la cocina, y contemplaban la cena en lugar de comerla. De cuando en cuando Norma miraba a su marido con una expresión que no era de reproche sino sólo de duda, y se veía el peso del miedo no sobre sus ojos sino alrededor de ellos. Eran los ojos de una mujer que se veía aquejada de una jaqueca nerviosa o quizá de un dolor de cintura.

El hombre llamado Tarkington había llegado un día después del gran incendio. Se había presentado en el hospital donde se hallaba postrado Irv y les había mostrado una tarjeta que rezaba simplemente WHITNEY TARKINGTON INDEMINIZACIONES OFICIALES.

—Lo que usted debe hacer es irse de aquí —le había espetado Norma. Tenía los labios apretados y blancos, y en sus ojos se leía la misma expresión de dolor que reflejaban ahora. Señaló el brazo de su marido, envuelto en voluminosos vendajes. Le habían insertado sondas que lo fastidiaban considerablemente. Irv le había comentado que había vivido la mayor parte de la Segunda Guerra Mundial sin mayores consecuencias que un ataque feroz de hemorroides. Había tenido que estar en su casa de Hastings Glen para que le pegaran un tiro—. Lo que debe hacer es irse de aquí —había repetido Norma.

Pero Irv, que quizás había tenido más tiempo para pensar, se limitó a decir.

—Explíquese, Tarkington.

Tarkington extrajo un cheque de treinta y cinco mil dólares. No era un cheque oficial sino que había sido extendido por una importante compañía de seguros. No una compañía, empero, con la que los Manders tuvieran tratos.

—No queremos su soborno —exclamó Norma enérgicamente, y estiró la mano hacia el timbre instalado sobre la cama de Irv.

—Creo que será mejor que me escuche antes de hacer algo de lo que podría arrepentirse más tarde —replicó Whitney Tarkington con voz tranquila y amable.

Norma miró a Irv y éste hizo un ademán afirmativo. Ella apartó la mano del botón del timbre. A regañadientes.

Tarkington llevaba un maletín con él. Lo depositó sobre sus rodillas, lo abrió y extrajo una carpeta con los nombres MANDERS y BREEDLOVE escritos en el rótulo. Los ojos de Norma se dilataron y su estómago empezó a contraerse y descontraerse. Breedlove era su apellido de soltera. A nadie le gusta ver un expediente oficial con su nombre en la cubierta. Es terrible sospechar que a uno lo vigilan, que quizá conocen sus secretos.

Tarkington habló durante unos cuarenta y cinco minutos, en voz baja, con un tono razonable. De cuando en cuando ratificaba sus palabras con fotocopias del expediente Manders/Breedlove. Norma les echaba un vistazo, con los labios apretados, y después las pasaba hacia la cama donde yacía Irv.

Se trata de un caso de seguridad nacional, explicó Tarkington en aquella noche atroz. Deben comprenderlo. No nos gusta proceder así, pero el hecho concreto es que tenemos que hacerlos entrar en razón. Éstas son cuestiones de las que ustedes no saben mucho.

Sí sabemos que intentaron matar a un hombre desarmado y a su hijita, contestó Irv.

Tarkington sonrió fríamente —con una sonrisa reservada para las personas aque cometen la estupidez de pensar que entienden cómo procede un Gobierno para proteger a sus súbditos— y respondió: Ustedes no saben lo que vieron ni lo que esto significa. Mi misión no consiste en persuadirlos de ello sino sólo de tratar de convencerlos de que no deben hablar de lo que pasó. Escuchen: esto no tiene por qué ser tan engorroso. El cheque está exento de impuestos. Les bastará para pagar las reparaciones de su casa y las facturas del hospital, y todavía les quedará un bonito superávit. Y se ahorrarán muchos disgustos.

Disgustos, pensó Norma ahora, mientras oía cómo el doctor Hofferitz se desplazaba por el dormitorio y mientras miraba su cena casi intacta. Después de la partida de Tarkington, Irv la había mirado con una sonrisa en los labios pero con una expresión descompuesta y lastimada en los ojos. Murmuró: Mi padre siempre decía que cuando compites en un intercambio de mierda, lo importante no es saber cuánta arrojas sino cuántas se te adhiere.

Los dos procedían de familias numerosas. Irv tenía tres hermanos y tres hermanas. Norma tenía cuatro hermanas y un hermano. Tenía una multitud de tíos, sobrinas, sobrinos y primos. Había padres y abuelos, parientes políticos... y, como en todas las familias, algunas ovejas negras.

Uno de los sobrinos de Irv, un chico llamado Fred Drew al que sólo había visto tres o cuatro veces, cultivaba un pequeño huerto de marihuana en su patio trasero de Kansas, según los papeles de Tarkington. Uno de los tíos de Norma, contratista, estaba metido hasta las cachas en deudas y especulaciones peligrosas en la Costa del Golfo de Texas: se llamaba Milo Breedlove, tenía que mantener siete bocas, y bastaría un soplo del Gobierno para que su desventurado castillo de naipes se derrumbara y para que toda su familia, en bancarrota, pasara a depender de la caridad del Estado. Una prima de Irv (en segundo grado; él creía haberla visto una sola vez y no recordaba su cara) le había defraudado una pequeña suma al Banco para el que trabajaba, hacía seis años. El Banco la había descubierto y había optado por no denunciarla para evitar la mala publicidad. Ella había restituido el dinero a lo largo de dos años y ahora tenía un salón de belleza razonablemente próspero en North Fork, Minnesota. Pero el delito no había prescrito y aún era posible entablarle una querella federal en virtud de una u otra ley relacionada con las prácticas bancarias. El FBI tenía un informe sobre el hermano menor de Norma, Don. Don había estado vinculado a una organización radical a mediados de la década de los sesenta y tal vez había participado fugazmente en una confabulación para arrojar bombas incendiarias contra una oficina de la «Dow Chemical Company», en Filadelfia. Las pruebas no eran suficientemente contundentes como para obtener un veredicto judicial de culpabilidad (y el mismo Don le había contado a Norma que cuando había olfateado lo que se preparaba se había desligado del grupo, horrorizado), pero era indudable que si se enviaba una copia del informe a la empresa para la que trabajaba, perdería su empleo.

La voz de Tarkington había seguido bordoneando sin parar en la habitación, cerrada y compacta. Había reservado lo mejor para el final. El apellido anterior de la familia de Irv había sido Mandroski, cuando sus bisabuelos habían llegado a Estados Unidos desde Polonia, en 1888. Eran judíos y el mismo Irv era medio judío, aunque en la familia nadie había reivindicado el judaísmo desde los tiempos de su abuelo, que se había casado con una cristiana. A partir de entonces los dos habían vivido practicando un feliz agnosticismo. La sangre se había diluido aún más cuando el padre de Irv había imitado el ejemplo (como lo había imitado el mismo Irv al casarse con Norma Breedlove, una metodista a ratos perdidos). Pero aún había Mandroskis en Polonia, y Polonia estaba detrás del Telón de Acero, y si a la CIA se le antojaba podría poner en marcha una secuencia de acontecimientos que terminarían por hacer la vida muy, muy difícil a esos parientes que Irv nunca había visto. A los judíos no los querían detrás del Telón de Acero.

Tarkington se calló. Volvió a guardar el expediente, cerró la cartera con un chasquido seco, se levantó de nuevo, y los miró con expresión satisfecha, como un alumno brillante que acabara de recitar muy bien su lección.

Irv se recostó contra la almohada, exhausto. Sintió los ojos de Tarkington clavados en él, y esto no le importó mucho, pero también lo escrudiñaban los de Norma, ansiosos e interrogantes.

¿Tenéis parientes en el viejo terruño, eh? —pensó Irv. Era un clisé tan típico que parecía gracioso, pero quién sabe por qué Irv no sintió ganas de reír—. ¿Cuántos grados de parentesco debían separarlos para que dejaran de ser familiares? ¿Primos en cuarto grado? ¿En sexto? ¿En octavo? Diablos. Y si le plantamos cara a este remilgado y envían a esa gente a Siberia, ¿qué haré yo? ¿Les enviaré una postal para explicarles que están trabajando en las minas porque yo recogí a una chiquilla y a su padre que hacían autoestop en una carretera de Hastings Glen? Mierda.

El doctor Hofferitz, que tenía casi ochenta años, salió lentamente del dormitorio de atrás, alisándose el cabello con una mano nudosa. Irv y Norma lo miraron, satisfechos de que los arrancaran de los recuerdos del pasado.

—Está despierta —anunció el doctor Hofferitz, y se encogió de hombros—. No está en muy buenas condiciones, vuestra golfilla, pero tampoco corre peligro. Tiene una herida infectada en el brazo y otra en la espalda, que, según dice, se produjo al arrastrarse bajo una cerca de alambre de espino para escapar de «un cerdo que estaba enfadado con ella».

Hofferitz se sentó frente a la mesa de la cocina con un suspiro, extrajo un paquete de «Camel» y encendió uno. Había fumado durante toda su vida, y a veces comentaba con sus colegas que, por lo que a él concernía, el director de Sanidad se podía ir a tomar por el culo.

—¿Quieres comer algo, Karl? —preguntó Norma.

Hofferitz miró sus platos.

—No, pero si quisiera, creo que no tendríais que guisar nada —manifestó secamente.

—¿Deberá quedarse mucho tiempo en cama? —inquirió Irv.

—Debería enviarla a Albany —respondió Hofferitz. Sobre la mesa había una fuente de aceitunas, y el médico cogió un puñado—. En observación. Tiene treinta y nueve grados. Por la infección. Os dejaré un poco de penicilina y un ungüento con antibióticos. Sobre todo necesita alimentarse y beber y descansar. Está desnutrida. Deshidratada. —Se arrojó una aceituna dentro de la boca—. Fue una buena idea darle ese caldo de gallina, Norma. Estoy casi seguro de que cualquier otra cosa la habría descompuesto. Mañana sólo deberá tomar líquidos. Caldo de carne, caldo de gallina, mucha agua. Y mucha ginebra, por supuesto. Es el mejor de los líquidos. —Graznó, riéndose de su viejo chiste, que Irv y Norma ya habían oído una veintena de veces. Después se arrojó otra aceituna dentro de la boca—. Debería notificar a la Policía, como bien sabéis.

—No —exclamaron Irv y Norma al unísono y entonces se miraron, tan obviamente sorprendidos que el doctor Hofferitz volvió a graznar.

—Está en aprietos, ¿verdad?

Irv pareció incómodo. Abrió la boca y en seguida la cerró de nuevo.

—¿Se trata de algo relacionado con el jaleo que tuvisteis el año pasado, quizás?

Esta vez fue Norma quien abrió la boca, pero antes de que pudiera hablar, Irv dijo:

—Creía que sólo debías denunciar las heridas de armas de fuego, Karl.

—La ley, la ley —comentó Hofferitz impacientemente, y aplastó su cigarrillo—. Pero ya sabes que existe el espíritu de la ley, además de la letra. Aparece una chiquilla y tú afirmas que se llama Roberta McCauley y yo me lo creo tanto como la posibilidad de que un cerdo cague billetes de un dólar. Ella cuenta que se arañó la espalda al arrastrarse bajo un alambre de espino, y me parece que es raro que te suceda eso cuando vas a visitar a tus familiares, aunque escasee la gasolina. Agrega que no recuerda mucho acerca de lo que ocurrió más o menos durante la última semana, y esto sí lo creo. ¿Quién es, Irv?

Norma miró a su marido, alarmada. Irv se meció hacia atrás con su silla y escudriñó el rostro del doctor Hofferitz.

—Sí —sentenció finalmente—, ella está relacionada con lo que ocurrió aquí el año pasado. Por eso te llamé a ti, Karl. Tú has visto jaleos, aquí y allá en la vieja patria. Sabes lo que es el jaleo. Y sabes que a veces las leyes sólo valen tanto como las personas encargadas de aplicarlas. Lo único que digo es que si divulgas que la chica está aquí, muchas personas que no se lo merecen tendrán disgustos. Norma y yo, muchos de nuestros familiares... y la criatura. Y creo que esto es todo lo que te puedo decir. Hace veinticinco años que nos conocemos. tú tendrás que tomar la última decisión respecto a lo que piensas hacer.

—Y si me callo —preguntó Hofferitz, mientras encendía otro cigarrillo—, ¿qué haréis vosotros?

Irv miró a Norma y ésta le devolvió la mirada. Después de un momento Norma sacudió brevemente la cabeza, perpleja, y bajó los ojos hacia su plato.

—No lo sé —respondió Irv, parsimoniosamente.

—¿La retendréis simplemente, como a un loro en una jaula? —inquirió Hofferitz—. Ésta es una ciudad pequeña, Irv. Yo puedo cerrar el pico, pero estoy en minoría. Tu esposa y tú formáis parte de la comunidad religiosa. Y del club rural. La gente va y viene. Los inspectores de lechería vendrán a revisar tus vacas. El tasador de Hacienda pasará por aquí un día de éstos, ese cerdo pelado, para revaluar tu propiedad. ¿Qué harás? ¿Le construirás una habitación en el sótano? Linda vida para una niña.

Norma parecía cada vez más ofuscada.

—No lo sé —repitió Irv—. Supongo que tendré que pensarlo. Entiendo lo que dices..., pero si conocieras a los tipos que la buscaban...

Los ojos de Hofferitz se aguzaron, mas no hizo ningún comentario.

—Tendré que pensarlo. ¿Pero tú guardarás el secreto, por ahora?

Hofferitz arrojó la última aceituna al interior de su boca, suspiró, y se levantó, apoyándose en el borde de la mesa.

—Sí —anunció—. Está estabilizada. Esa V-Cilina matará los bichos. Guardaré el secreto, Irv. Pero sí, será mejor que lo pienses. Larga y detenidamente. Porque una niña no es un loro.

—No —murmuró Norma suavemente—. Claro que no.

—A esa niña le pasa algo raro —agregó Hofferitz, mientras recogía su maletín negro—. Algo muy raro. No vi qué era y no pude identificarlo..., pero lo intuí.

—Sí —contestó Irv—. Es cierto que le pasa algo raro, Karl. Por eso estamos en aprietos.

Vio cómo el médico se perdía en la tibia y lluviosa noche de noviembre.

5

Después de que el médico hubo terminado de palpar y presionar con sus manos viejas, nudosas pero maravillosamente delicadas, Charlie cayó en un letargo febril pero no desagradable. Oía las voces en la habitación contigua y sabía que hablaban de ella, pero estaba segura de que sólo conversaban... y de que no urdían planes.

Las sábanas estaban frescas y limpias. El peso de la colcha multicolor sobre su pecho era reconfortante. Se dejó llevar. Recordaba a la mujer que la había llamado bruja. Recordaba que había echado a andar. Recordaba que la había recogido una furgoneta llena de hippies, todos los cuales fumaban droga y bebían vino, y recordaba que la habían llamado hermanita y le habían preguntado a dónde iba.

«Al Norte», había respondido, y esto había generado un clamor de aprobación.

A partir de entonces recordaba muy poco, hasta llegar al día anterior y al cerdo que había arremetido contra ella, aparentemente con la intención de devorarla. Ahora se hallaba en la granja de Manders, y no recordaba por qué se había encaminado hacia allí: si había sido por una decisión consciente o por algún otro motivo.

Se dejó llevar. El sopor se hizo más profundo. Durmió. Y en sus sueños estaban de nuevo en Harrison, y ella se sobresaltaba en la cama, con el rostro empapado en llanto, lanzando alaridos de terror, y su madre entraba corriendo, con el cabello rojizo bello y refulgente a la luz de la mañana, y ella gritaba: «¡Mamá, soñé que tú y papá estabais muertos!» Y su madre le acariciaba la frente caliente con una mano fresca y decía: «Shhh, Charlie, shhh. Ya es de mañana, ¿y no te parece que ha sido un sueño tonto?»

6

Esa noche Irv y Norma Manders durmieron muy poco. Se quedaron viendo en la televisión una serie de comedias triviales, y después el telediario, y por fin el programa «Tonight». Y más o menos cada quince minutos Norma se levantaba, salía silenciosamente de la sala e iba a comprobar el estado de Charlie.

—¿Cómo se encuentra? —preguntó Irv, a la una menos cuarto.

—Bien. Duerme.

Irv soltó un gruñido.

—¿Lo has pensado, Irv?

—Tendremos que darle alojamiento hasta que se mejore —respondió Irv—. Después hablaremos con ella. Le preguntaremos por su padre. No puedo prever nada más.

—Si ellos volvieran...

—¿Por qué habrían de volver? —inquirió Irv—. Nos hicieron callar. Creen que nos asustaron...

—A mí me asustaron *realmente* —murmuró Norma.

—Pero no fue correcto —replicó Irv con voz igualmente suave—. Tú lo sabes. Ese dinero..., ese «dinero del seguro»..., nunca me dejó en paz, ¿y a ti?

—Tampoco —murmuró ella, y se revolvió, inquieta—. Pero lo que dijo el doctor Hofferitz es cierto, Irv. Una chiquilla debe estar en contacto con la gente... y debe ir a la escuela... y tener amigos... y... y...

—Ya viste lo que hizo aquella vez —la interrumpió Irv secamente—. Esa piro-no-sé-qué. La calificaste de monstruo.

—Desde entonces lamenté haber empleado esa palabra desconsiderada. Su padre... parecía un hombre tan simpático. Si por lo menos supiéramos dónde está ahora.

—Está muerto —sentenció una voz detrás de ellos, y Norma lanzó realmente una exclamación de sobresalto cuando se volvió y vio a Charlie en el hueco de la puerta, ahora aseada y por ello mismo más pálida. Su frente brillaba como una lámpara. Flotaba dentro de uno de los camisones de franela de Norma—. Mi padre ha muerto. Lo mataron y ahora no tengo a dónde ir. ¿Me ayudarán, por favor? Lo siento. Yo no tengo la culpa. Les dije que yo no tengo la culpa... Les dije... Pero esa mujer me acusó de ser una bruja... Me... —En ese momento brotaron las lágrimas, que le chorrearon por las meijillas, y su voz se disolvió en sollozos incoherentes.

—Oh, tesoro, ven aquí —exclamó Norma, y Charlie corrió hacia ella.

7

El doctor Hofferitz los visitó al día siguiente y diagnóstico que Charlie estaba mejor. Volvió a visitarlos dos días después y dijo que estaba mucho mejor. Ese fin de semana le dio de alta.

—¿Habéis decidido lo que haréis, Irv?

Irv meneó la cabeza.

8

Ese domingo por la mañana Norma fue sola a la iglesia, y explicó a la gente que Irv se hallaba «ligeramente resfriado». Irv se quedó con Charlie, que aún estaba débil pero ya podía desplazarse por la casa. El día anterior, Norma le había comprado un montón de ropa, no en Hastings Glen, donde una compra de esa naturaleza habría provocado comentarios, sino en Albany.

Irv estaba sentado junto a la estufa, tallando un trozo de madera, y Charlie entró después de un rato y se sentó junto a él.

—¿No lo quiere saber? —preguntó—. ¿No quiere saber qué sucedió después de que cogimos el jeep y nos fuimos de aquí?

Él levantó la vista y le sonrió.

—Supongo que nos lo contarás cuando estés en condiciones, muñeca.

No se notó ningún cambio en el rostro de ella, pálido, tenso y adusto.

—¿No me temen?

—¿Deberíamos temerte?

—¿No temen que los abrase?

—No, muñeca. No lo creo. Deja que te explique algo. Ya no eres una chiquilla. Quizá no eres mayor, sino sólo algo intermedio, pero ya eres bastante crecida. Una niña de tu edad, cualquier niña, podría agenciarse una caja de cerillas, si quisiera, y quemar la casa o lo que fuese. Pero no son muchas las que lo hacen. ¿Por qué habrían de querer hacerlo? ¿Por qué habrías de querer hacerlo tú? A una niña de tu edad se le podría confiar un cortaplumas o una caja de cerillas, si fuera medianamente lista. Así que no, no tenemos miedo.

Cuando Charlie oyó esto sus facciones se distendieron y por ellas cruzó una expresión casi indescriptible de alivio.

—Se lo contaré —dijo Charlie, entonces—. Se lo contaré todo.

Empezó a hablar, y seguía hablando cuando Norma volvió una hora más tarde. Norma se detuvo en el umbral, escuchando, y después se desabrochó lentamente el abrigo y se lo quitó. Dejó su bolso a un lado. Y la voz de Charlie, juvenil pero también misteriosamente madura, continuó su monótona letanía, sin parar, contando, contándolo todo.

Y cuando terminó de hablar, ambos entendieron qué era lo que estaba en juego, y se dieron cuenta de que ahora las apuestas eran desmesuradas.

9

Llegó el invierno sin que hubieran tomado ninguna decisión en firme. Irv y Norma empezaron a asitir de nuevo a la iglesia, y dejaron a Charlie sola en la casa, con instrucciones estrictas de no atender el teléfono si sonaba y de bajar al sótano si llegaba alguien mientras ellos estaban ausentes. Las palabras de Hofferitz, *como un loro enjaulado*, atormentaban a Irv. Compró una pila de libros escolares —en Albany— y empezó a darle clases a Charlie. Aunque ella era espabilada, él no sobresalía como maestro. Norma lo hacía un poco mejor. Pero a veces los dos estaban sentados a la mesa de la cocina, inclinados sobre un libro de historia o geografía, y Norma miraba a su marido con un interrogante en los ojos... Un interrogante para el cual Irv no tenía respuesta.

Llegó Año Nuevo. Febrero. Marzo. El cumpleaños de Charlie. Le compraron regalos en Albany. Como si fuera un loro enjaulado. A Charlie no parecía fastidiarla mucho, y hasta cierto punto, razonaba Irv consigo mismo en sus noches de insomnio, quizás era lo mejor del mundo para ella: ese período de lenta convalecencia, esa lenta sucesión de días invernales. ¿Pero, qué pasaría después? Lo ignoraba.

A comienzos de abril, después de dos días de lluvia torrencial, la maldita leña estaba tan húmeda que Irv no pudo encender la cocina.

—Apártese un segundo —dijo Charlie, y él obedeció automáticamente pensando que la chiquilla deseaba mirar dentro del hogar. Sintió que algo atravesaba el aire junto a él, algo compacto y caliente, y un momento después la leña menuda ardía alegremente.

Irv se volvió hacia Charlie, con los ojos dilatados, y vio que ella lo miraba a su vez con una especie de esperanza nerviosa y culpable reflejada en el rostro.

—Lo he ayudado, ¿no es cierto? —preguntó Charlie con voz totalmente firme—. No he hecho nada malo, ¿verdad?

—No —respondió Irv—. No si puedes controlarlo, Charlie.

—Cuando son pequeños los puedo controlar.

—Sólo te pido que no lo hagas delante de Norma, pequeña. Le daría un patatús.

Charlie sonrió un poco.

Irv vaciló y después agregó.

—Tratándose de mí, siempre que quieras echarme una mano y ahorrarme el trabajo de encender esa maldita leña, hazlo sin reparos. Ésa nunca ha sido mi especialidad.

—Lo haré —asintió Charlie, sonriendo con más ganas—. Y tendré cuidado.

—Sí. Claro que sí —murmuró él, y volvió a ver fugazmente a aquellos hombres que se manoteaban el pelo inflamado, en el porche, tratando de sofocar el fuego.

La convalecencia de Charlie se aceleró, pero aún tenía pesadillas y seguía estando inapetente. «Picoteaba» la comida, como decía Norma Manders.

A veces despertaba de una de esas pesadillas en forma estremecedoramente súbita, expulsado de su sueño más que arrancada de él, tal como un piloto es disparado de un avión de combate mediante un dispositivo de eyección. Esto le sucedió una noche, en la segunda semana de abril. En determinado momento estaba durmiendo, y un instante después se hallaba totalmente despierta en su angosta cama del dormitorio de atrás, con el cuerpo empapado en sudor.

Conservó por un breve lapso el recuerdo de la pesadilla, vívida y pavorosa (ahora la savia fluía pródigamente de los arces, e Irv la había llevado esa tarde a cambiar los cubos; en su sueño destilaban jugo nuevamente, y ella había oído un ruido a sus espaldas y había mirado atrás y había visto a John Rainbird que se deslizaba furtivamente hacia ellos, corriendo de un árbol a otro, apenas visible: en su ojo solitario refulgía una expresión de abyecta crueldad, y blandía en una mano el revólver, el mismo con el que había matado a su padre, y ganaba terreno). Después esa imagen se había disipado. Afortunadamente no recordaba ninguna de las pesadillas por mucho tiempo, y casi nunca gritaba al despertar como le había sucedido antes, en aquella época en que Irv y Norma irrumpían asustados en su habitación para averiguar qué pasaba.

Charlie los oyó conversar en la cocina. Buscó a tientas el despertador que descansaba sobre la mesita de noche y lo acercó a sus ojos. Eran las diez. Hacía sólo una hora y media que dormía.

—¿...haremos? —preguntó Norma.

No era correcto escuchar a hurtadillas, ¿pero cómo habría podido evitarlo? Y hablaban de ella. Lo sabía.

—No lo sé —respondió Irv.

—¿Has pensado algo más acerca del periódico?

Los periódicos —pensó Charlie—. *Papá quería hablar a los periódicos. Papá decía que entonces se arreglaría todo.*

—¿Cuál? —inquirió Irv—. ¿El *Bugle* de Hastings? Podrían publicarlo junto al anuncio del supermercado y al programa de Bijou, de esta semana.

—Era lo que planeaba hacer su padre.

—Norma, yo podría llevarla a Nueva York. Podría llevarla al *Times*. ¿Y qué pasaría si cuatro tipos desenfundaran sus pistolas y empezasen a disparar en la recepción?

Ahora Charlie era toda oídos. Las pisadas de Norma atravesaron la cocina. Se oyó el repiqueteo de la tapa de la tetera, y el ruido del agua al correr eclipsó casi por completo sus palabras.

—Sí, creo que eso es lo que podría suceder —continuó Irv—. Y te diré qué es lo que podría ser aún peor, a pesar de lo mucho que la quiero. Ella podría verlos antes. Y si perdiera el control de su poder, como sucedió en el lugar donde la tenían prisionera..., bueno, en Nueva York viven casi ocho millones de personas, Norma. Creo que soy demasiado viejo para correr semejante riesgo.

Las pisadas de Norma se encaminaron de nuevo hacia la mesa. Las viejas tablas del suelo de la casa crujieron plácidamente bajo sus pies.

—Pero escúchame, Irv —dijo Norma. Hablaba despacio, como si lo hubiera estado pensando durante mucho tiempo—. Incluso un periódico pequeño, incluso un pequeño semanario como el *Bugle*, está conectado con los teletipos de la «Associated Press». Últimamente las noticias llegan de todas partes. Vaya, si hace apenas dos años un periodiquillo del sur de California ganó el premio Pulitzer por un trabajo de investigación periodística, ¡y tenía una circulación de menos de mil quinientos ejemplares!

Irv rió, y Charlie supo repentinamente que había cogido la mano de su esposa por encima de la mesa.

—Lo has estado estudiando, ¿eh?

—Sí, efectivamente, ¡y no hay ninguna razón para que te rías de mí por ello, Irv Manders! ¡Ése es un asunto serio, muy serio! ¡Estamos arrinconados! ¿Cuánto tiempo crees que podremos tenerla oculta aquí, antes de que alguien se entere? Esta misma tarde la llevaste al bosque, a recoger la savia de los arces...

—No me reía de ti, Norma, y la chica tiene que salir alguna vez...

—¿Acaso crees que no lo sé? Yo no me opuse, ¿verdad? ¡Se trata precisamente de eso! Una chica en la edad del crecimiento necesita aire fresco, ejercicio. Sólo así tendría apetito, y ella...

—Sólo picotea, ya lo sé.

—Picotea y está pálida, efectivamente. Así que no me opuse. Me alegró ver que salías con ella. Pero, Irv, ¿y si Johnny Gordon o Ray Parks hubieran salido a caminar y se hubieran acercado a mirar lo que hacías, como otras veces?

—Cariño, no pasó nada. —Sin embargo, Irv parecía preocupado.

—¡Hoy no! ¡El otro día tampoco! ¡Pero esto no puede seguir así, Irv! La suerte ya nos acompañó una vez, y tú lo sabes.

Sus pisadas cruzaron nuevamente la cocina, y se oyó el gorgoteo del té vertido en la taza.

—Sí —murmuró Irv—. Sí, ya lo sé. Pero... gracias, querida.

—De nada —respondió Norma, y se sentó—. Y basta de peros. Sabes que bastará con que la vea una persona, o quizá dos. La noticia correrá. Se sabrá *fuera* de aquí que tenemos una niña en casa. No hablemos ya del efecto que le causa a ella. ¿Qué sucederá si se enteran *ellos*?

A Charlie se le erizó la piel de los brazos, allí en la oscuridad de su cuarto.

Irv contestó lentamente.

—Sé a qué te refieres, Norma. Tenemos que hacer algo, y yo le doy vueltas constantemente en la cabeza. Un periódico pequeño..., bueno, no es suficientemente *seguro*. Ya sabes que tenemos que asegurarnos de que la historia se publique correctamente para que la chica esté a salvo durante el resto de su vida. Para que esté a salvo, mucha gente deberá saber que existe y qué es lo que está en condiciones de hacer, ¿no te parece? *Mucha* gente.

Norma Manders se revolvió inquieta pero no contestó.

Irv prosiguió:

—Tenemos que hacerlo bien, por ella y por nosotros. Porque tal vez nuestras vidas también corran peligro. A mí ya me dispararon un tiro. Estoy convencido de ello. La quiero como si fuese mía, y sé que lo mismo te ocurre a ti, pero tenemos que ser realistas, Norma. Podrían matarnos por ella.

Charlie sintió que se le congestionaba la cara de vergüenza... y de pánico. No por ella sino por los Manders. ¿Qué desgracia había atraído sobre esa casa?

—Y no se trata sólo de nosotros o de ella. Recuerda lo que dijo aquel fulano Tarkington. Los expedientes que nos mostró. Se tratá de tu hermano y de mi sobrino Fred y de Shelley y...

—...y de esos parientes que viven en Polonia —completó Norma.

—Bueno, quizás aquello no fue más que una farsa. Ruego a Dios que lo fuera. Me cuesta creer que alguien pueda ser tan vil.

—Ya lo han sido, y mucho —comentó Norma amargamente.

—Sea como fuere —prosiguió Irv—, sabemos que llegarán hasta donde puedan esos condenados hijos de puta. La mierda volará en todas direcciones. Lo único que digo, Norma, es que no quiero que la mierda vuele inútilmente. Si hacemos algo, deseo que sea algo eficaz. No me gustaría ir a un semanario rural para que después ellos se enteren antes de que se airee y acallen el escándalo. Podrían hacerlo. Claro que podrían.

—¿Qué otro recurso queda, entonces?

—Eso es lo que me esfuerzo continuamente por descifrar —manifestó Irv con tono cansado—. Tendrá que ser una revista o un periódico en el que no se les ocurra pensar. Honesto y de circulación nacional. Pero sobre todo, no deberá tener vínculos con el Gobierno ni con las ideas del Gobierno.

—Te refieres a la Tienda —sentenció ella tajantemente.

—Sí. A eso me refiero. —Entonces se oyó el ruido suave que producía Irv al sorber su té.

Charlie estaba tumbada en su cama, escuchando, esperando.

...tal vez nuestras vidas también corren peligro... Ya me dispararon un tiro... La quiero como si fuese mía, y sé que lo mismo te ocurre a ti, pero tenemos que ser realistas, Norma. Podrían matarnos por ella.

(no por favor)

(podrían matarnos por ella como mataron un día a su madre por ella)

(no por favor no digáis eso)

(como mataron a su padre por ella)

(por favor basta)

Las lágrimas rodaban por su rostro vuelto hacia

el costado, se le atascaban en los oídos, mojaban la funda.

—Bueno, seguiremos pensándolo —dictaminó Norma enérgicamente—. Esto debe tener solución, Irv. Alguna solución.

—Sí, espero que sí.

—Y en el ínterin —acotó ella—, esperemos que nadie se entere de que está aquí. —Súbitamente su voz se animó con una dosis de excitación—. Irv, quizá si recurriéramos a un abogado y...

—Mañana —la interrumpió él—. Estoy exhausto, Norma. Y aún nadie sabe que está aquí.

Pero alguien lo sabía. Y la noticia ya había empezado a difundirse.

10

Hasta aproximarse a los setenta, el doctor Hofferitz, un solterón inveterado había dormido con su antigua ama de llaves, Shirley McKenzie. El aspecto sexual de la relación se había agotado lentamente. Hasta donde recordaba Hofferitz, la última vez se remontaba unos catorce años atrás, y eso había sido casi una anomalía. Pero los dos se habían mantenido unidos. En verdad, concluida la etapa sexual, su amistad se había ahondado y había perdido un poco de esa tensa quisquillosidad que parece formar el meollo de la mayoría de las relaciones sexuales. Su amistad pertenecía a esta categoría platónica que sólo prevalece auténticamente entre los muy jóvenes o los muy viejos de sexo opuesto.

Pese a todo, Hofferitz se reservó su información sobre la «pensionista» de los Manders durante más de tres meses. Entonces, una noche de febrero, después de beber tres vasos de vino mientras él y Shirley (que acababa de cumplir setenta y cinco años en enero) veían la televisión, le contó la historia íntegra, no sin antes haberle hecho jurar que guardaría secreto.

Los secretos, como podría haberle informado Cap al doctor Hofferitz, son aún más inestables que el uranio 235, y la estabilidad se reduce proporcionalmente cuando se los transmites a otra persona. Shirley McKenzie guardó el secreto durante casi un mes antes de contárselo a su mejor amiga, Hortense Barclay. Hortense guardó el secreto durante unos diez días antes de contárselo a *su* mejor amiga, Christine Traegger. Christine se lo contó a su marido y a sus mejores amigas (a las tres) casi inmediatamente.

Así es como la verdad se difunde en los pueblos, y aquella noche de abril en que Charlie escuchó la conversación de Irv y Norma, buena parte de Hastings Glen sabía que habían acogido a una niña misteriosa. La curiosidad iba en aumento. La gente le daba a la lengua.

Finalmente la noticia llegó a donde no debía llegar. Alguien hizo una llamada desde un teléfono equipado contra interferencias.

El último día de abril los agentes de la Tienda rodearon por segunda vez la granja de Manders. En esta oportunidad avanzaron por los campos, al amanecer, entre la bruma de primavera, como horribles invasores del planeta X enfundados en sus relucientes trajes refractarios. Los respaldaba una unidad de la Guardia Nacional que no sabía qué mierda estaba haciendo allí ni por qué le habían ordenado trasladarse al pacífico pueblo de Hastings Glen, en el estado de Nueva York.

Encontraron a Irv y a Norma Manders sentados en su cocina, alelados, con una nota entre los dos. Irv la había encontrado esa mañana cuando se había levantado a las cinco para ordeñar las vacas. Constaba de una sola línea: *Creo que ya sé lo que debo hacer. Cariños, Charlie.*

Había eludido nuevamente a la Tienda, pero estuviera donde estuviera se hallaba sola.

El único consuelo consistía en que esta vez no tendría que ir muy lejos.

11

El bibliotecario era un hombre joven, de veintiséis años, barbudo, melenudo. Frente a su escritorio estaba plantada una chiquilla vestida con una blusa verde y vaqueros. Con una mano sujetaba una bolsa de compras de papel. Era tremendamente delgada, y el joven se preguntó qué demonios le daban de comer su madre y su padre... si le daban algo.

Escuchó atenta y respetuosamente la pregunta de la niña. Su papá explicó, le había dicho que si se le planteaba un problema realmente peliagudo, debía ir a buscar la solución en la biblioteca, porque allí conocían las respuestas a casi todos los interrogantes. Detrás de ellos, el enorme vestíbulo de la Biblioteca Pública de Nueva Yord devolvía un eco vago. Fuera, los leones de piedra montaban su eterna guardia.

Cuando ella hubo concluido, el bibliotecario recapituló, contando los puntos sobresalientes con los dedos:

—Honesta.

Ella hizo un ademán afirmativo.

—Grande... o sea de circulación nacional.

Repitió el ademán afirmativo.

—Sin vínculos con el Gobierno.

La niña delgada asintió por tercera vez.

—¿Puedo preguntarte por qué?

—Yo... —hizo una pausa—, tengo que contarles algo.

El joven pensó un rato. Pareció a punto de hablar, y después levantó un dedo y fue a conversar con otro bibliotecario. Volvió a donde aguardaba la chiquilla y pronunció dos palabras.

—¿Puede darme la dirección? —preguntó ella.

El bibliotecario buscó la dirección y después la escribió cuidadosamente sobre un cuadro de papel amarillo.

—Gracias —dijo la niña, y se volvió para irse.

—Escucha —exclamó él—, ¿cuándo comiste por última vez, pequeña? ¿Quieres un par de dólares para almorzar?

Ella sonrió, y su sonrisa fue asombrosamente dulce y afable. Por un momento el bibliotecario casi se sintió enamorado.

—Tengo dinero —respondió ella, y abrió la bolsa para mostrarle su contenido.

La bolsa de papel estaba llena de monedas.

Antes de que él pudiera añadir algo más —antes de que pudiera preguntarle si había roto su hucha o qué había hecho— la niña se fue.

12

La chiquilla subió en el ascensor hasta el decimosexto piso del rascacielos. Varios de los hombres y mujeres que subieron con ella la miraban con curiosidad: sólo una niñita vestida con una blusa verde y vaqueros, que sostenía una bolsa arrugada de papel en una mano y una naranja «Sunkist» en la otra. Pero eran neoyorquinos, y la escena del carácter neoyorquino consiste en dejar que cada cual se ocupe de sus asuntos, mientras uno se ocupa de los propios.

La niña salió del ascensor, leyó los carteles indicadores y giró a la izquierda. Una puerta de cristal de dos hojas comunicaba con una hermosa recepción situada en el final del pasillo. Debajo de las dos palabras que había pronunciado el bibliotecario figuraba este lema: «Todas Las Noticas Que Cuadran.»

Charlie se detuvo un momento afuera.

—Lo estoy haciendo, papá —susurró—. Oh, y ojalá lo haga bien.

Charlie abrió una de las hojas de la puerta de cristal y entró en las oficinas de la revista *Rolling Stone*, adonde le había enviado el bibliotecario.

La recepcionista era una joven de ojos grises y claros. Miró a Charlie durante varios segundos, en silencio, estudiando la bolsa de compras arrugada, la naranja, la fragilidad de la misma niña: era tan delgada que casi se la podía calificar de escuálida, pero alta para su edad, y su rostro irradiaba una especie de fulgor sereno, apacible. *Será bella*, pensó la recepcionista.

—¿Qué puedo hacer por ti, hermanita? —preguntó la recepcionista, y sonrió.

—Necesito ver a alguien que escriba para su revista —respondió Charlie. Hablaba en voz baja, pero clara y enérgicamente—. Quiero contar una historia. Y quiero mostrar algo.

—¿Tal como cuentas y muestras en la escuela, eh? —comentó la recepcionista.

Charlie sonrió. Ésa fue la sonrisa que había deslumbrado al bibliotecario.

—Sí —dijo—. Hace mucho tiempo que espero.

ÍNDICE